中 華 教 育

香港 客家話 研究

劉 鎮 發 著

香港客家話研究

劉鎮發 著

責任編輯：楊安琪
裝幀設計：龐雅美
排　　版：楊舜君
印　　務：劉漢舉

出版
中華教育
香港北角英皇道 499 號北角工業大廈 1 樓 B 室
電話：(852) 2137 2338　傳真：(852) 2713 8202
電子郵件：info@chunghwabook.com.hk
網址：http://www.chunghwabook.com.hk

發行
香港聯合書刊物流有限公司
香港新界荃灣德士古道 220-248 號荃灣工業中心 16 樓
電話：(852) 2150 2100　傳真：(852) 2407 3062
電子郵件：info@suplogistics.com.hk

印刷
美雅印刷製本有限公司
香港觀塘榮業街 6 號海濱工業大廈 4 字樓 A 室

版次
2021 年 11 月第 1 版第 1 次印刷
2021 年 12 月第 1 版第 2 次印刷
©2021 中華教育

規格
16 開 (230mm x 170mm)

ISBN
978-988-8760-04-6

在新界這塊土地上，一直分佈着客、粵、閩三種不同的漢語方言。當中以客家語的使用者為眾，由客家人所組成的村落佔了本港村落的一半數量。然而隨着城市發展，客家原居民紛紛移居市區，在市區工作和生活，粵語取代其母語成為日常交流溝通的用語，客家話逐漸變成只在村落和家庭內使用的語言，有的年輕原居民家庭更棄而不用。

甚至在新界社會，粵語也逐步佔據主導地位。即使在村落內生活，有部分原居民已經完全不懂客家話，或只懂部分詞句。時至今日，因着年輕一輩對客家話的不認識，香港客家話正急速消亡。

自小在新界元朗八鄉客家村落長大的劉博士目睹此狀，着力進行香港客家話研究，以保存及傳承香港的客家話。劉博士精於方言音韻，對本港的瀕危方言素有研究。加上其母語為香港客家話，令他對客家話的分析尤為深入，昔日便已出版了數本關於香港客家話的書籍。是次新書從語言學角度分析了香港客家話的發音、詞彙、慣用語和特點，讀者看畢後定能增進對香港客家話的初步認識，甚至能講上一兩句客家話。

一種語言的背後是其歷史和文化。當客家話消失，客家文化只為空殼。而客家村落作為香港新界社會的重要組成部分，客家話應受到社會的重視和保育。「寧賣祖宗田，莫忘祖宗言。」劉博士身體力行實現此諺言，現今其《香港客家話研究》一書之付梓，為香港客家話的傳承貢獻殊深也！

是為序。

劉業強

新界鄉議局主席

2021 年 2 月

自序

　　2004 年，由我博士論文改寫的《香港原居民客語：一個消失中的聲音》一書出版，至今已經超過十六年。書中老派客家話的語料主要來自出生於 1908-1930 年間的原居民，書中記錄了他們的一些語音及詞彙。這本書只印了一千冊，最初幾年基本沒有銷路，只用來當禮物送給好友和一些有興趣的學者。但到了 2013 年左右，逐漸有人發現它的價值，此書改為出售。由於存貨只剩下三四百冊，很快就賣完了。有人叫我刊行第二版。但在此期間，我又蒐羅了更多材料，而且也對其中的現象加以分析，覺得這本書已經不能反映我的知識水平，所以就乾脆打算另寫一本，是為本書。

　　回想我在九十年代初從德國留學回來，發現自己村中朋輩的小孩已經不諳客家話，便開始有忐忑的危機感，奇怪為何客家話這麼寶貴的方言，會逐漸成為絕響？所以便在 1994 年起改習語言學，希望找到箇中原因和解決之道。後來，原因很快找到了，但至今仍找不出解決辦法。本來村裏大多數成年人都以客家話為母語，但到如今能跟我用客家話流暢交流的屈指可數，當我跟村中小孩的祖父母說客家話時，小朋友幾乎認為我們在說外語。我估計不到三十年，會說香港原居民客家話的人將不超過一百人，而且使用者在語音詞彙方面可能也會有嚴重的不足。

　　在最近的十年間，隨着客家老人逐漸凋零，我的視野已經從客家話是否能繼續自然承傳，轉移到它將來能否以一個相對完整的記錄流傳下來，以便有一天它被「復活」的時候，能以當初的青春美貌，而非以一個百病叢生的老態重現。因此我在過去的十年間，儘量與本地和鄰近地區跟我口音相同的客家人交流，記憶和記錄我在上個世紀跟父母和鄰居時說過和聽過的詞彙，儘量留下香港原居民客家話的精髓和美態。

　　最近幾年，我發現香港客家話正在迅速萎縮：一是人數的萎縮，這是一個恐怖的數學題。萎縮是呈幾何級數增長的。一個能說流利客家話老人的逝去，除了帶走自己的客家話以外，他們的子女也因為不再需要以客家話跟父母交談，自此也不再說客家話了。於是客家話的消失以雪崩的形式出現。二是客家話本身的退化。除了 1935 年前出生、曾經用客家話唸過課本的少數老人家以外，絕大部分

香港客家話使用者都是廣州話說得比客家話流暢。於是客家話也大受廣州話影響，用詞和發音跟長輩的有一定差別。例如他們已經大量丟失介音，把「宮、弓、恭」唸成「公」，「薫」唸成「芬」等。而很多不常用的字根本不會發音，便只能用廣州話「推理」，把「國」唸成「角」，「鎮、振、震」唸成「正」，「窗」唸成「槍」等。另外，很多常見的事物，如蟑螂、蜻蜓、壁虎、水瓢等，他們也不知道客家話的說法。因此，我在這本書裏面，用我多年的研究成果盡量讓香港客家話恢復原貌，希望這本書能在將來幫助香港的客家居民找回祖宗的聲音。

除了語音、詞彙和一些語法特點之外，本書也包含了很多客家話用字的考證，以說明很多看來不能寫的口語字其實是源遠流長、非常有文化價值的。另外，本書也收集了很多口頭禪、慣用語、諺語和歇後語等。為了方便學習和記憶，本人也特別錄製這些慣用語的朗讀音頻，供大家參考。

香港客家話已經是高度瀕危的方言，在香港這塊幾百年歷史的土地上，客家原居民已經無法將這門方言繼續傳給子孫了，這是一個語言文化的悲劇。雖然無法扭轉這個趨勢，我仍在努力用心抓住這個夕陽的餘暉。在出版這本書的同時，本人也在油管（YouTube）開設了「客家大學堂」頻道，用客家話發聲，講述客家話的一些特點，也走訪香港的客家村落，與還通曉客家話的村民談話，用聲音的形式繼續保留我們的方言。由於本人能力有限，只能在它隕落之前，盡量做一個詳盡的記錄。除非在短時間內得到政府的關注，否則客家話在香港的衰落肯定無法逆轉。

因此，本人只能把希望寄託到將來，等到科技發達，可以造出會自然說話的機械人，用我留下的語料，說跟我一樣流利的香港客家話，在語言博物館中跟大家見面。用親切的聲音告訴觀眾，客家話曾是香港這片土地上流行過的方言之一。

最後，希望你喜歡這本書。

劉鎮發

2021 年 2 月於新界八鄉

目錄

序言   III

自序   IV

第一章　導言

一	簡介	02
二	香港的客家話	02
三	客家話與音標	03
四	客家話的書寫方式	04
五	香港客家話的詞彙和語法	06

第二章　香港客家話的語音系統

一	簡介	08
二	香港客家話的語音介紹	09
三	與廣州話、普通話的聲韻母對應	16
四	與廣州話、普通話的聲調對應	27

第三章　香港客家話的多音字和特殊發音

一	簡介	30
二	多音字及其種類	30
三	特殊發音字	45
四	多音字和特殊發音引起的問題	60

第四章　香港客家話的詞彙 I

一	香港客家話的詞彙特點	64
二	單音節詞彙	65

第五章 香港客家話的詞彙 II

一	自然	154
二	方位	160
三	時令	162
四	農事	165
五	家務	168
六	植物	170
七	動物	177
八	房屋、家庭用具	183
九	衣物	190
十	飲食	192
十一	人體	196
十二	非親屬稱謂	200
十三	親屬稱謂	203
十四	紅白、宗教事務	207
十五	疾病	209
十六	日常生活	212
十七	文教娛樂	215
十八	人際	218
十九	商務	221
二十	動作心理	224
二十一	形容詞	233
二十二	數量詞	239
二十三	人稱代詞	242
二十四	各類虛詞	244

第六章 香港客家話的慣用語

一	簡介	252
二	兩字慣用語	253
三	三字慣用語	257
四	四字慣用語	268
五	五字慣用語	280
六	六字慣用語	281
七	七字慣用語	282
八	八字及以上慣用語	283
九	複句慣用語	284
十	歇後語、謎語	292
十一	故事	295

第七章 香港客家話的語法詞

一	簡介	298
二	特別的動詞	298
三	副詞	306
四	虛詞	308
五	名詞詞綴	310
六	副詞性的後綴	317
七	體貌詞	319
八	句首 / 句末助詞	321

九	方位詞	322
十	特別副詞	324
十一	疑問詞	324
十二	否定詞	326
十三	「把」字句	326

第八章　香港客家話和梅縣話的比較

一	簡介	330
二	語音差異	331
三	詞彙差異	337

附錄

附錄一	香港客家話的音節表	346
附錄二	客家話和廣州話聲母對應	355
附錄三	客家話和廣州話韻母對應	369
附錄四	香港客家話同音字表	390
附錄五	香港客家話韻母與中古音的對應	426
附錄六	中古音簡介	428
附錄七	客家話通用拼音方案	430

| 參考文獻 | | 435 |

第一章

導言

一　簡介

　　本書《香港客家話研究》是對香港地區原居民客家人母語的深入描寫和分析。本書正文分為六部分，分別描寫香港客家話：(1) 發音（語音系統），包括聲韻調系統、文白異讀、特殊的發音和詞彙配搭；(2) 單音節詞彙，包括七百多個客家話與普通話相異的單音節詞彙，並且設法考證它們的本字和書寫形式；(3) 日常用語，記錄了超過 2600 個日常用語，分析它們跟廣州話和普通話的異同，並且從語言學角度探究其中原因，另外也探究特殊用字和語法特點；(4) 慣用語，包括二至八字及以上的短語、短句，六字以上、兩句至四句的慣用說法等；(5) 一些特別的語法詞和特點；(6) 與梅縣話的比較。

　　本書也採用一套改良自漢語拼音的客家話拼音，讓操不同方言、不懂客家話的讀者輕易地掌握客家話讀音。詳細內容請見附錄七。

二　香港的客家話

　　香港的客家話是流行於香港新界大部分地區老一輩原居民口中的方言。這在筆者早期一本著作《香港原居民客語：一個消失中的聲音》中已經詳細介紹過，這裏不再贅述。

　　本書主要對香港新界客家話特有語音、詞彙和語法特點進行描述，尤其是一些特別的用語，包括日常生活的詞彙、口頭禪、慣用語、謎語等，也收錄了幾個民間故事。

　　香港客家話屬於粵台片的新惠小片，是一種流行於東江下游和珠江三角洲一帶的口音。在海外一般統稱為惠陽腔，流行於大溪地及大洋洲各國、中南美洲、歐洲、馬來西亞、汶萊；跟粵西和廣西南部、東北部賀州地區的客家話差異甚少；跟粵北的差別也不大；但跟梅縣腔和台灣四縣客家話差別較顯著。為了增進客家人之

間的溝通，本書特別在最後一章介紹了梅縣話和香港客家話之間的差異，讓大家對客家話有更深入的認識。

雖然香港客家話聽起來和周邊的新惠小片客家話很相似，但過去學術界對香港和其周邊的客家話研究不多，大家對香港客家話的認識甚為模糊及片面，以致無人能知曉香港客家話的真正面貌。因此，本書提供了香港客家話的第一手資料，詳盡描述了香港客家話的特點，也讓大家對香港客家話乃至新惠小片客家話有一個較全面的認識。

本書語料的發音人為筆者本人，以及鄰居八鄉梁屋村的梁 K 先生（1908-2012），八鄉橫台山村的鄧 C 先生（1936-）和鄧 K 先生（1945-）。筆者在此感謝他們付出時間和耐性。

三 客家話與音標

世界上的語言主要由輔音、元音、聲調（或重音）組成。漢語的輔音組成聲母和韻尾，元音組成韻腹。另外，一些半元音組成介音。所有輔音可以用發音部位、發音方法、清濁、是否送氣等來描寫。元音可以用舌位、是否圓脣等描寫。聲調可以用五度制以數字符號描寫。例如客家話「伯」的聲母 p，發音部位是雙脣成阻，發音方法是阻塞、清音（不經過聲帶）、不送氣。

學者們在十九世紀末發現，人類的語言發音其實是大致相同和有限的，可以用一套國際標準來描述。因此在 1886 年於巴黎成立國際語音學學會[1]，1888 年創製國際音標字母，又在每次開會以後作出適量修改。目前最新的版本是 2011 年修訂的。

1　國際語音學學會網址：https://www.internationalphoneticassociation.org

國際音標元音圖 *

* 符號成對出現表示右方為圓脣

如上圖，香港客家話的元音只有五個，分別是香港客家話中「沙、詩、蘇、舐、梳」的韻母，是漢語方言中最簡單的系統之一。

由於國際音標是西方語言學家建立的，他們起初忽略了聲調，後來也增加了一些表示音標的符號。我國學者趙元任用了五度標調法來解決漢語方言的聲調表達問題，普通話也採納這種標調方式。簡單來說，就是把一個語言最高的頻率定為 5，最低的定為 1。例如，普通話的陰平是 55，陽平是 35，上聲是 213，去聲是 51。而香港客家話的陰平是 13，陽平是 11，上聲是 31，去聲是 53，陰入是 31，陽入是 53。

四 客家話的書寫方式

客家話是漢語方言，源於中古漢語[2]，過去由於大家使用文言文讀寫，沒有發展出一套用來記錄口語的書寫標準。到了二戰後，客家人讀書就改用了現代白話文，雖然一般不會用客家話口語書寫，但是在記錄山歌等口語文學作品時，也有一定的口語書寫。

2　中古漢語有一套語音系統描述方法，本書在描述客家話的語音時會用到，對於中古音的具體介紹可見附錄六。

　　不過，以德國巴色教會為首的歐洲人，在十九世紀中葉先以香港島為傳教據點，並在此學習客家話，以便傳教。為方便學習，他們首先採用拉丁字母，並且開始用拉丁客文來翻譯《聖經》章節。但到了 1880 年左右，他們發現「拉丁客文」不但不為民眾接受，而且也不利於他們自己學習中文，因此 1880 年代起改用漢字書寫客家話，並且在 1880 至 1930 年間出版了一些客家話口語教科書、客家話《聖經》譯本等，之後還討論了客家話口語的寫法。因此，他們也開始了客家話口語的書寫傳統。

　　從上世紀末至今，我們進入了電子年代，尤其是在過去十年，由於電腦、手機的興起，社交平台的建立，電子媒介溝通發達，書寫客家話也成為一種趨勢。很多客家人在社交平台上都採用客家話書寫，以表達親切感。

　　但由於長期處於南方，加上語言接觸和內部演變等各種因素，客家話有些音節是無法用漢字表達的。這包括一些本來有漢字的音節，由於語音演變，發音已經跟正常的記錄相差很遠。例如，表示「快」的 giăk，以前不知道怎樣寫，只好當作有音無字，因而有台灣學者找了一個「遽」字來充當，直到最近才由筆者考證為「激」字。又例如客家話的第一人稱是 ngāi，長期沒有人注意到本字就是「我」，還另外造了一個「𠊎」字來表示。其實「我」是果攝開口一等字，唸 ai 是保存古音（類似的例子有「大、搓」）。但如果把 ngāi 寫成「我」字，絕大部分的人只會唸成 ngó，不會唸作 ngāi。筆者唯有用同音字「厓」表示。類似的例子很多，但有些字確實無法考證，或者只是擬聲詞，筆者便唯有用同音字來表示。有些連同音字都沒有，就只能用方框□表示了。為了印刷方便，本書不製造新的漢字。

　　另外，語言接觸會產生漢字多音現象。例如，香港客家話的「蘭」字，一般發音 lān（陽平），但在「荷蘭」一詞中唸 lán（陰平），與「懶」同音。這是因為「荷蘭」對於客家人來說，是一個從廣州話借入的名稱，而在這個詞彙中廣州話「蘭」唸陰平。這樣「蘭」字產生了一個新的讀音。除此之外，客家人過去對官話也有一種特別的崇拜，讀書用官話音，而口語則另有一套發音。例如「發夢」的「發」唸 bŏt，

但「發財」的時候唸 fāt，出現文白異讀的現象。

順帶一提的是，客家話雖然在曾梗攝的文讀音改變了韻尾，並且在很多地方口音中丟失了撮口的 y，但跟中古音比較還是很接近的。因此，只要比較一下客家話和韓語、日語的發音，就會發現它們的發音高度相似，尤其是韓語的「六、七、八、九、十」(yuk, chil, pal, ku, sip)，日語的「一、二、三、四」(ichi, ni, san, shi)，跟客家話簡直驚人地相似。這說明唐宋時期韓國、日本學習的中國語言，跟今天的客家話十分相似。只是今天的客家話相對弱勢，沒有話語權，風頭都給廣州話、閩南話搶去了，很少人留意到這個事實罷了。

五　香港客家話的詞彙和語法

跟其他南方方言一樣，客家話有不少古漢語的傳承詞，保留着古音古義。由於是共同語言的保留，這些詞彙在南方方言相當一致，例如「行、徛（站）、食、生（長）」等。另外有些在粵東山區發展出來的農村生活詞彙和慣用語。這些詞彙有明顯的特色。還有一些是跟其他語言，包括官話和其他漢語方言接觸而來的詞彙，尤其是現代生活、商業活動等的用語。本書將在第四、五章中簡單分析。

香港客家話在語法上跟其他南方漢語方言差別不大，語法特點和廣州話、梅縣話差別更小，跟南方方言相同的是，香港客家話有部分句子語序跟北方話不同，例如「你分（給）十塊錢佢（他）」，也有跟其他客家話大致相同的帶性別詞綴，例如「蝦公（蝦子）、薑嫲（生薑）、蛇哥（蛇）」，但香港客家話有個很特別的「仔」構詞法，相當於普通話的「子」，例如「橙仔、葱仔、錘仔」。雖然這在其他客家話也有類似的構詞方式，但在構詞範圍上會有差別，這是香港客家話的一個獨有特點。

第二章

香港客家話的語音系統

一　簡介

　　香港客家話有一套簡單而容易上口的音系，特點是聲母相對簡單，沒有類似普通話的捲舌音，也沒有類似廣州話的脣化聲母（如廣州話的「廣、括、礦、逛」）。韻母也不複雜，只有跟日文一樣的五個主要元音 a, i, u, e, o（國際音標 a, i, u, ɛ, ɔ），以及一個介音 i，組成 ia, iu, ie 和 io 的拗音。韻尾有∅ , i, u, m, n, ng, p, t, k，絕大部分與廣州話相同（只有曾梗攝相當部分的字在客家話的文讀音收 -n/-t，而在廣州話讀 -ng/-k）。

　　在《中國語言地圖集》中，香港全境被劃入粵語地區，而深圳除了東部的大鵬半島也是被判定為粵語區，以致外界誤以為香港和深圳沒有本土的客家話。其實直至 1980 年代，深圳中部到東部、香港新界大部分地方，都居住了數以十萬計操客家話的農民。這裏的客家話屬於粵台片的新惠小片（見第一章第二節）。粵台片主要分佈於廣東和台灣，而海南和廣西也有零散分佈。新惠小片包括深圳、東莞、新豐、惠陽、惠東、寶安、龍門、佛岡、清遠、從化、增城。以筆者的多年交流經驗判斷，香港新界跟深圳的客家話沒有明顯差異（一些記錄上的差異部分可能來自個人習慣，或者來自記音者的一些筆誤），而且跟東江下游的深圳、惠陽、東莞、博羅、增城等地方的發音差別很小。特點如下：

　　(1)　聲母沒有舌葉音 / 舌尖前音的對立（興寧、五華、大埔、揭西、海陸豐和粵北部分地區有這種對立）；

　　(2)　聲母 n/l 不分，具體是 n 聲母併入 l 聲母。普通話唸 n 的中古泥母字，i 韻母或者有 i 介音的如「你、尿、年、娘」（三四等字）一般唸舌面聲母 ȵ（本書拼寫為 ng），其他唸 l 聲母。只有少數字如「泥、尼、膩、匿、鈕」（唸 l）和「濃」（讀書音唸 l）例外；

　　(3)　沒有舌尖元音（梅縣和台灣有類似普通話「資、雌、思」的發音）；

　　(4)　介音只有 i（梅縣、台灣有介音 i, u）；

(5) 聲母有喉塞音 ʔ（本書不設拼音）與 j, ʔ, v 的對立；

(6) 介音 i 在 ie 的情況下經常脫落。

(7) 韻尾有 ∅ , i, u, m, n, ng, p, t, k 九種，除了來自中古曾攝和梗攝的讀書音（收 -n/-t）以外，韻尾收音絕大部分跟廣州話、廈門話文讀音一致。

(8) 聲調格局與梅縣、台灣四縣幾乎沒有差異，調值也大致相同，但去聲跟五華、四川、東莞清溪等有差異。具體是中古平聲分派到陰陽平聲。上聲則比較複雜：中古清聲母和部分非常用字次濁聲母唸上聲，但全濁聲母和部分次濁聲母（一般是常用字）唸陰平，非常用字的全濁聲母唸去聲；中古去聲不分陰陽均為去聲（五華等地點濁聲母唸上聲）。入聲則分陰陽：清聲母歸陰入，全濁聲母歸陽入，但次濁聲母則按照常用與否歸入陰入和陽入，例如「六、日、木、肉」是陰入，但「綠、翼、莫、玉」是陽入。

二 香港客家話的語音介紹

1. 聲母（18 個）

表 2-1 香港客家話聲母

b/p (巴)	p/pʰ (怕)	m/m (媽)	f/f (花)	v/v (娃)	
d/t (打)	t/tʰ (他)				l/l (啦)
g/k (家)	k/kʰ (卡)	ng/ŋ (牙)	h/h (哈)		
z/ts (渣)	c/tsʰ (叉)		s/s (沙)		
		ng(i)/ŋ (惹)		y/j (也)	_/ʔ (阿)

註：斜線左邊為本書拼音，斜線右邊為國際音標，括號中為例字。

香港客家話的聲母有 18 個，除了 ŋ, v 以外，發音基本跟廣州語相同。p, pʰ, m, f, t, tʰ, l 的發音跟普通話、廣州話也沒有差別。

香港客家話跟廣州話相同的是，嘶音只有一套：ts, tsʰ, s，而且發音跟廣州話完全沒有差別。它比普通話的舌尖音 z, c, s 稍微偏後，接近舌面音，舌頭也比較翹起，是介乎舌面、舌葉與舌尖之間的一個發音。後面有 i 作為韻母或者介音的時候就很接近舌面音。

香港客家話的 k, kʰ, ŋ, h 跟廣州話發音也一樣。注意 k, kʰ 也和普通話基本相同，ŋ 作為聲母是普通話沒有的，但在客家話和廣州話很常見。h 是個喉門擦音，跟普通話的 x 不同，但跟廣州話和英語相同。

2. 韻母（54 個）

表 2-2 香港客家話韻母

韻尾 韻腹	∅	i	u	m	n	ng	p	t	k
a	a（沙）	ai（曬）	au（燒）	am（三）	an（山）	ang（牲）	ap（颯）	at（殺）	ak（石）
i	i（西）		iu（修）	im（心）	in（新）		ip（濕）	it（息）	
u	u（書）	ui（雖）			un（順）	ung（宋）		ut（戌）	uk（叔）
e	e（洗）		eu（餿）	em（參）	en（跟）		ep（澀）	et（塞）	
o	o（疏）	oi（衰）			on（酸）	ong（桑）		ot（刷）	ok（索）
ia	ia（些）		iau（消）	iam（潛）		iang（醒）	iap（楔）		iak（錫）
iu		iui（乳）			iun（訓）	iung（雄）		iut（屈）#	iuk（蓄）
ie					ien（肩）			iet（決）	
io	io（嗦）#	ioi（艾）#			ion（軟）#	iong（箱）			iok（削）
0				m（唔）#	n（*）#	ng（吳）			

註：(1) 為方便描述，這裏對韻母的描寫按照本書所創的客家話通用拼音方案，不列國際音標，兩者對照可見附錄七的附表7-2。

(2) 表格裏的a, i, u, e, o發音對應國際音標的a, i, u, ɛ, ɔ。

(3) 表格裏的ng發音對應國際音標的ŋ。

(4) 表格裏的「韻腹」一欄包括有介音的ia、iu、ie。

(5) 0代表自成音節的鼻音。

(6) *只在口語中由於音節弱化而出現，例如「朝晨早」的「晨」會唸成音節n；[#]字數極少，只有三個音節或以下。

香港客家話韻母有 54 個，特點如下：

(1) 只有 a, i, u, e, o 五個元音，是漢語方言中最簡單的。

(2) 沒有 ian/iat，山攝三四等開口字、合口幫組、端組和見系聲母字，全部都演變為 ien/iet。但在最近的兩百年間，很多人已經把它們混入 en/et（混合程度因人而異），只有在舌根聲母以後比較明顯保留 i 介音。但本書為了方便讀者了解香港客家話的本來面貌以及音韻來源，仍保留原本有 i 介音的 ien 韻。

(3) iut, io, ioi, iui, ion, m, n 韻母牽涉的字很少，只有三個音節或以下。

(4) eu 是一個消失中的韻母，本來用來唸流攝一等的字，現在只有少數超過 90 歲、1920 年代或以前出生老人會唸。大部分人都將它唸成 iu。

(5) iung, iuk 只出現於通攝三等韻的牙喉音字，其他聲母後面已經沒有介音 i，發音為 uŋ, uk。

(6) i, e 不能跟 -ng/-k 相拼，中古曾梗兩攝的字讀書音改為以 -n/-t 收音，混入臻攝，例如「荊棘」唸 kin kit，而不像廣州話的以 -ng 收音。但是在口語的時候，梗攝的韻母是 ang/ak, iang/iak，例如「爭、白、病、劇」。

(7) 帶 i 介音的韻母跟半元音 j 聲母拼合（本書拼音字母為 y）時，仍保留有 i 介音。所以 ya, yam, yui 等其實已經包括有 i 介音。但 yit, yim, yiu 等音節中的 i 是主要元音，必須拼寫。

3. 聲調

表 2-3 香港客家話聲調

	陰平	陽平	上聲	去聲	陰入	陽入
調值	13*/35	11	31	53/55	31	53
例字	參芬聲	蠶焚成	慘粉省	杉份盛	插忽析	雜佛石
標調符號	´	￣	ˇ	`	ˇ	`

註：(1) 斜線右邊是連讀變調。

(2) *大概在15年前很多老人家還唸33，現在幾乎全部唸13。

香港客家話的聲調和梅縣話基本相同，但陰平為 13（只有很年長的老人家唸 33）。而部分常用字在香港客家話和梅縣話的發音有明顯的聲調差別，例如：

例字	香港客家話	梅縣話
唔 [m]	陰平 (13)	陽平 (11)
這樣 [an]	陽平 (11)	上平 (31)
聽 [taŋ]	去聲 (53)	陰平 (44)

在連讀變調方面，香港客家話和梅縣客家話的表現類似。陰平 13 在陽平、上聲、陰入前變調為 35，而去聲在以上聲調前由 53 變為 55。但香港客家話沒有上聲變調（梅縣話的上聲會在以上的調類前變為 33）。以下是香港客家話連讀變調的情形。

例詞（前字陰平）	客家話拼音	發音（國際音標）
西瓜	sí gá	$si^{13}ka^{13}$（不變）
西人	sí ngīn	$si^{13>35}\underset{.}{n}in^{11}$
西米	sí mǐ	$si^{13>35}mi^{31}$
西褲	sí fù	$si^{13}fu^{53}$（不變）
西北	sí bět	$si^{13>35}pɛt^{31}$
西藥	sí yòk（不變）	$si^{13}jɔk^{53}$（不變）

例詞（前字去聲）	客家話拼音	發音（國際音標）
預先	yì sién（不變）	yi^{53}sien^{13}（不變）
預言	yì ngiēn	yi$^{53>55}$ŋien^{11}
預早	yì zǎu	yi$^{53>55}$tsau^{31}
預備	yì pì	yi^{53}p^{h}i^{53}（不變）
預祝	yì zǔk	yi$^{53>55}$tsuk^{31}
預習	yì sìp	yi^{53}sip^{53}（不變）

4. 聲韻結合

　　香港客家話在音系上與粵東、台灣四縣客家話基本上相似，但音節上趨向簡化。除了韻母比較少以外，一些跟粵東客家話不同、特殊的拼合規律也是值得注意的。

　　(1)　香港客家話有 ui 韻，可以跟脣音聲母相拼，這點跟粵東的大埔相同。但粵東一些方言包括梅縣話、蕉嶺話，以及台灣四縣話不能跟脣音聲母相拼。香港客家話的「杯、佩、每、飛、威」等 ui 韻字，在以上這些地區客家話都唸 i 韻。

　　(2)　在曾攝一等和梗攝二等的字中，香港唸 ak 韻的字比梅縣的多。如「肋、革、澤」等字在香港唸 ak 韻，而在梅縣則唸 et 韻。

　　(3)　香港客家話和梅縣客家話一樣，只有一套嘶音。但是在大埔、五華、興寧、龍川等地的客家話有兩套嘶音，精組莊組和知二（以下簡稱「精莊組」）一般唸平舌，而知三和章組（以下簡稱「知章組」）則唸翹舌。

　　(4)　香港客家話不能分辨精莊組和知章組的山攝三等字，例如香港客家話的「線」（心母）和「善」（禪母）都唸 sen，但在梅縣客家話中，前者唸 sien，後者唸 san。可是梅縣客家話混淆了某些山攝一等和三等字，如「傘」和「善」都唸 san，但這些字在香港是不同音的，前者唸 san，後者唸 sen。

　　(5)　在深攝和臻攝三等字中，梅縣可以分辨精莊聲母和知章聲母字：前者的主

要元音是 i（本書拼音為 i），後者為央元音 ə（本書拼音為 ji）。但在香港的客家話中，全部都只歸為 i 而無從辨別。

(6)　此外，香港客家話在止攝三等字中能分別精莊和知章：前者為 u（例如「自私」），後者為 i（例如「時、遲」），但受到粵語和其他方言的干擾，分辨顯得不很完整（部分精莊組唸 i，例如「巴士」的「士」唸 si）。梅縣話則一律將這些字唸為 ɿ 韻母（本書拼 ji）。

5. 同化、弱化、合音

5.1 同化

在香港客家話一些常用的雙音節詞中，如果後字是零聲母或聲母為 h 的話，前字的韻尾就會連到後字中作為聲母，例如：

唔愛 m òi ⟶ m mòi

唔好 m hǎu ⟶ m mǎu

唔係 m hè ⟶ m mè

「現在」一詞在香港客家話為「今下」，但發音是 gìn là。中文字的意義顯而易見，但發音則有點讓人摸不着頭腦。我們認為它經過了一個同化的過程：

gím hà ⟶ gín hà ⟶ gín nà ⟶ gín là

5.2 弱化

在「朝晨早」（早上）、「下晝晨頭」（下午）這類詞中，中間的「晨」（sîn）字可以弱化為 ñ。

5.3 合音

客家話的合音字不多，常見的有「廿」（ngip），是「二十」（ngì sip）的合音。還

有一個是「昝晚日」（càm mín ngĭt），「昨天」的意思。「昨天」在各地的客家話都有不同的發音，例如增城是「鋤晡日、蠶晡日」，新豐是「查晡日」，粵東更有「昨暗晡日」的說法。香港「昝」的發音應為「昨暗」的合音，而第二個音節則是同義的「晚」，唸 mín 應該是受到「日」的逆同化。而年輕的使用者則更索性刪略中間的音節，變成「昝日」，接近今天廣州話的說法。

5.4 音節表與音節結構

香港客家話的音節表請見於附錄一。音節表詳細地列出老派的發音中聲韻調的結合。

概括起來香港客家話的音節結構相對簡單，有八種（括號內為客家話拼音，聲調從略）：

(1)　聲母＋主要元音（沒有韻尾），如：家、區、都、波（ga, ki, tu, po）

(2)　聲母＋主要元音＋半元音韻尾（i, u），如：包、手、胎、歸（bau, siu, toi, gui）

(3)　聲母＋主要元音＋鼻音韻尾（m, n, ng），如：三、單、風（sam, dan, fung）

(4)　聲母＋主要元音＋塞音韻尾（p, t, k），如：十、八、六（sip, bat, luk）

(5)　聲母＋介音 i＋主要元音 a, o（沒有韻尾），如：爹、茄（dia, kio）

(6)　聲母＋介音 i＋主要元音＋半元音韻尾（i, u），如：標、艾（biau, ngioi）

(7)　聲母＋介音 i＋主要元音＋鼻音韻尾（m, n, ng），如：甜、麵、餅（tiam, mien, piang）

(8)　聲母＋介音 i＋主要元音＋塞音韻尾（p, t, k），如：夾、絕、腳（kiap, ziet, giok）

其中第 (5) 種的音節最少，只有以 ia 韻為主的「爹、姐、且、寫」等 12 個字，io 韻的只有「靴、茄、瘸、𠼤」等幾個字。第 (6) 種也只有 iau 韻為主的字（約有 80 個字），ioi 只有「艾、𠯢」兩個字。

三 與廣州話、普通話的聲韻母對應

客家話、普通話和廣州話均是從中古漢語演變出來的，可以找到比較整齊的對應規律。

由於香港客家話已經嚴重瀕危，現在能良好掌握語音詞彙並流利使用的人已經很少，大都是戰前出生、七八十歲以上的老人家。因此，本書特意將香港客家話跟廣州話、普通話的對應明細列出，讓年輕的香港和海外的客家話使用者、其他地區的客家人和懂普通話、廣州話的語言學家可以進行比較研究或學習。

1. 聲母對應

聲母方面，客家話在發音上相當接近廣州話，但廣州話有些特別的演變，尤其是匣母聲母脫落和見母聲母送氣化，而客家話只有部分相同，所以產生了一些例外。跟普通話的發音就相差比較大。以下我們用本書客家話拼音來描述客家話，用香港本土語言保育協會[1]的拼音來描述廣州話，並以漢語拼音來描述普通話，以此進行比較，見下表。

---

[1] 香港本土語言保育協會（Association for Conservation of Hong Kong Indigenous Languages）成立於 2008 年，由多位熱心於保育及關注香港本土語言的社會人士設立。該組織致力保育客家話和圍頭話在內的香港本土語言，同時促進其他消失中語言的保育。該會亦在會網設立網上發音字典，供公眾檢索各漢字之圍頭話及香港客家話讀音。

表 2-4 客家話與廣州話、普通話聲母對應

客家話	b（幫）	p（滂並平／並仄）	m（明／微）	f（非組／溪曉／／匣）	v（影喻／匣／／微）
例字	版本	跑平／步拔	密碼／望蚊	方法／褲，花／／幻壞	烏王／黃／／文物
廣州話	b	p/b	m	f//w	w/h//m
普通話	b	p/b	m/w	f/k,h//h	w/h//w

客家話	d（端）	t（透定平／定仄）		l（泥／來）	
例字	低多	探頭／動敵		能耐／老李	
廣州話	d	t/d		n/l	
普通話	d	t/d		n/l	

客家話	g	k（溪／／羣平／羣仄）	ng（疑／泥／／日）	h（曉／溪／匣）	ø（影）
例字	各個	靠狂，牽／／勤／轎極	偶，遇／年／／二，然	含稀／坑氣／／合行／賢	襖，丫
廣州話	g	k,h/k//g	ng,y/n//y	h//h/x	ø
普通話	g/j	k/q//j	ø,y/n//ø,r	h,x/k,q//h/x	ø,y

客家話	z（知照／精）	c（徹穿清／澄床從平／／澄床從仄）		s（邪心／禪）	y（日影喻）
例字	摘招／足將	車窗豺／倉／趣齊／／狀族聚		四散／細斜／／山上／脣	如／要養
廣州話	z	c//z		s/s,c//sh	y
普通話	zh/z,j	ch/c/q//zh/z/j		s/x//sh,ch	r/y

註：括號內是中古音來源，廣州話拼音請見「香港本土語言保育協會」網頁：http://www.hkilang.org/V2/發音字典，後表同。

　　在表中沒有顯示的是中古一部分的濁上字，這些字清化以後在廣州話變成上聲送氣，在普通話中變成去聲不送氣，而客家話是陰平聲送氣，例如「舅、近、斷」。客家話和廣州話聲母詳細對應見附錄二。由於香港、馬來西亞和廣州等地的年輕一代客家人大多數已經轉為使用廣州話，為了方便他們比對，附錄二中會先列出廣州話，然後再列出客家話的發音，讓使用廣州話的讀者學習。

2. 韻母對應

　　客家話和廣州話、普通話的韻母對應如下。這裏分開幾組韻母來討論,以達到最佳的總結效果。

表 2-5 香港客家話以 a 為韻腹的韻母與廣州話、普通話對應

客家話	a (假開二三、假蟹合二)	ai (蟹開一二四、合二)	au (效開一、開二)	am (咸開一二、合三)	an (山攝一二、合三)
例字	沙下 / 花掛 // 車	泰柴鞋 / 黎 // 塊怪	報高 / 包教	探甘 / 衫監 // 范	讚番 / 產限 // 股 / 關
廣州話	a / a,ua // e	ai / äi // ai,uai	ou / au	am,äm / am // an	an // an / un / wan
普通話	a,ia / u / e	ai,ie / i // uai	ao / ao,iao	an / an,ian / an	an / an,ian // an / uan
客家話	ang (梗開二三四)	ap (咸開一、開二、合三)	at (山攝一二、合三)		ak (梗開二三四)
例字	彭 / 聲 / 釘	雜踏 / 插夾 // 法	達殺發擦 // 刮 / 襪		拍格 / 石 / 笛
廣州話	ang / eng / eng	ap,äp / ap // at	at // wat / ät		ak / ek / ek
普通話	eng / ing	a / a,ia // a	a // ua		ai,e / i / i

　　香港客家話以 a 為韻腹的韻母有九個,絕大部分來自假蟹效咸山梗的開口一二等。其中 a, ai, ang 和 ak 跟廣州話中古來源相同,基本上一一對應。只有少數字來自合口韻。

　　香港客家話 a 韻來自假攝二等幾乎所有字(「傻」字除外)和假開三照組的「遮、者、蔗、車、扯、蛇、射、麝、奢、賒、捨、赦、舍、畲、佘、社」(後者在廣州話、普通話發音分別為 e 和 ə)。另外還有幾個蟹攝合口二等字,如「蛙、掛、卦、畫」。由於香港客家話沒有 u 介音,來自假攝和蟹攝合口二等,廣州話、普通話唸 ua 的,在客家話都簡化為 a 韻母。但零聲母的 ua 則變成 va。

　　香港客家話 ai 韻的字絕大部分來自蟹攝一二等。一等的 ai 幾乎全部是文讀

字，白讀都是ɔi。但也有例外：(1) 來自蟹攝四等的「低、底、替、剃、蹄、泥、犁、黎、雞、溪、繫~皮帶」等也唸ai。「弟」的口語音也是ai，但讀書音是i。(2) 果攝的如「我（口語）、哪、大、搓、跛、個」，絕大部分是常用的口語發音，很多人都不知道本字，甚至新造或者借用了一些字。

此外，蟹攝合口二等字，例如「拐、怪、快」，在其他客家話、廣州話和普通話唸uai韻母，都刪除介音u而合併到開口的ai韻。由於字數不多而且是簡化，在廣州話和普通話的使用者看來都很容易。

香港客家話am, ap來自咸攝開口一二等，在廣州話大部分也是am, ap。另外也包括了「犯、范、範」等幾個合口三等字（廣州話是an, at）。但廣州話在咸攝見組，例如「甘、堪、含、鴿、合」等字是äm/äp（這些在普通話都是an/e），不能直接對應，需要緊記。

客家話的au和廣州話的對應也不容易，因為客家話有大約一半來自效開一，對應為廣州話的ou，另外一半來自效開二，對應為廣州話的au。但站在廣州話使用者的立場，ou幾乎一半來自遇合一及效開一，也不容易對應為客家話的au。幸而客家話的au跟普通話的au基本上是一一對應的，也就是說普通話和客家話在發音上基本相同。只要知道普通話的對應，說廣州話的人就不難找到客家話的發音。

香港客家話an/at跟廣州話的對應是很麻煩的，因為香港客家話把廣州話的an/at, wan/wat, un/ut（脣音聲母）幾個韻母都合併為an，但對於說廣州話的人來說並不麻煩，因為這是一種簡化。對說普通話的人來說就不是那麼簡單了，因為韻尾p, t, k不容易發音。具體而言，來自山攝開口一二等、咸山合口三等脣音的an/at，如「班、山、番、察、發」與廣州話發音相同，普通話也是an/a。來自合口一等的脣音如「潘、末」，在廣州話是un/ut，普通話卻跟客家話基本相同，發音是an/o。來自山攝二等合口，見組聲母的an/at如「關、刮」，在廣州話、普通話都會有u介音，廣州話是uan/uat，普通話是uan/ua。

因此，客家話以 a 為韻腹的字主要來自一二等，來自三四等的字不多，主要有：

(1) 假開三照組字；

(2) 十幾個常用的蟹攝開口四等字，如：低、底、替、剃、蹄、泥、犁、黎、雞、溪、繫~皮帶；

(3) 中古咸合三的字只有脣音字，不到十個，香港老派客家話還是把「犯、范、範」幾個字唸 am 韻，其他的「凡、帆、泛」都唸作 an，而「法、乏」也唸作 at。在廣州話中這些全部唸 an/at。

表 2-6 香港客家話以 ia-/ie- 加韻尾的韻母與廣州話、普通話對應

客家話	ia（假開三）	iau（效開三四）	iam（咸開三四）	ien（山三四）
例字	借謝 / 惹	貓叫	添兼	天然 / 權圓
廣州話	e	iu	im	in/ün
普通話	ie/e	iao	ian	ian,an/üan
客家話	iang（梗開三四）	iap（咸開三四）	iet（山開三四）	iak（梗開三四）
例字	姓贏	夾貼	截鐵 / 血絕	壁錫
廣州話	ing, eng	ip	it/üt	ik, ek
普通話	ing	ie	ie/üe	i

香港客家話以 ia-/ie- 加韻尾的韻母有八個，全部來自假效咸山梗的開口三四等，跟廣州話、普通話中古來源相同，而且跟廣州話幾乎一一對應，所以這也是廣州話使用者最容易掌握的。由於香港客家話的 ie- 只出現與山攝三四等的 ien/iet 發音，其他的效攝、咸攝、梗攝三四等韻母均是 ia-，因此我們認為 ie- 是 ia- 的條件變體，便把 ie- 也算進來。

表 2-7 香港客家話以 i 為韻腹的韻母與廣州話、普通話對應

客家話	i（止開三、蟹開三四、遇合三）	iu（流開三）	im（深開三）
例字	喜時／例題／／居取	流／手抽	心音／深針
廣州話	ei,i／äi／／öi	äu	äm
普通話	i／i／／ü	iu／ou	an／en
客家話	in（臻開三、梗開三四、梗合三）	ip（深開三）	it（臻開三、梗開三四）
例字	新真／經繩／榮	急十	筆失／極職
廣州話	än／ing	äp	ät／ik
普通話	in／en／ing,eng／ong	i	i

香港客家話以 i 為韻腹的韻母有六個，主要來自蟹止流深臻梗攝的開口三四等。

客家話的 i 韻來源最廣，涵蓋的字最多，主要有三個來源：(1) 大部分來自止攝開口三等，但不包括精組聲母的字。這些字在廣州話按照聲母不同而唸 ei 或者 i 韻母，例如「你地／意志」。普通話則在前三個發 i 音，「志」唸舌尖後韻母，但漢語拼音均為 i。(2) 小部分來自遇攝合口三等的精組和見組，對應為廣州話的 öi，如「聚居」，普通話則是 ü 韻。(3) 蟹攝三四等的讀書音，廣州話唸 äi，普通話拼寫為 i，但發音可以是舌面、舌尖前或舌尖後，例如「米、帝、祭、誓」。

香港客家話的 iu 韻來源簡單，全部來自流開三，而且對應為廣州話的 äu，但普通話則對應為 iu 和 ou（知照組聲母）。

客家話沒有 -ing/-ik，凡來自中古曾攝三等、梗攝三四等的字，廣州話收 -ng/-k 的，客家話都收 -n/-t，混入臻攝，唸 in/it，變得前後鼻音不分，所以「真、姪」和「蒸、直」沒有差別。但對廣州話使用者而言，客家話是很容易學的，因為只需要把 -ng/-k 說成 -n/-t 就可以。

表 2-8 香港客家話以 u 為韻腹的韻母與廣州話、普通話對應

客家話	u (遇合一、合三、止开三精莊組)	ui (蟹合一三四、止合三)	un (臻合一、合三)
例字	杜 / 古甫 / 住 // 次	杯 / 類推 // 飛貴	盆蚊 / 棍村 / 頓春
廣州話	ou / u / ü / i	ui / öi // ei / wäi	än / wän, ün / ön
普通話	u // i	ei / ei, ui // ei, uei	en / un / un
客家話	ung (通江攝)	ut (臻合一、合三)	uk (通合一、合三)
例字	東中 / 窗	不 / 骨 / 猝 / 出	獨竹
廣州話	ung / öng	ät, wät / üt / öt	uk
普通話	ong, eng / uang	u	u

香港客家話以 u 為韻腹的韻母有六個，主要來自遇蟹止臻通攝的合口一三四等，其中只有蟹攝有四等字，字數只有八個。un 韻中來自臻攝合口三等的不包括見系字。但需要注意止開三精莊組唸 u 韻，是從舌尖元音變過來的。

在這個表中，我們可以發現廣州話的發音非常複雜，但客家話跟中古音的對應卻是相當簡單。

客家話的 u 韻其實絕大部分來自遇攝的合口一等，如「布、母、粗、姑」，來自三等的只有非組和照組聲母字「夫、豬、除、書」，全部對應為普通話的 u。但這些字在廣州話剛好被分派到四個韻母：「姑、夫」唸 u，「布、母、粗」唸 ou，「豬、書」唸 y，還有「除」唸 öi。來自止攝精莊組的如「子、次、思、獅」，則全部對應普通話的 i，也對應為廣州話的 i，但有個別字例外如「使」，在廣州話唸 äi（應該是避免跟「屎」同音）。

客家話的 ui 來源也不複雜，全部來自蟹合三四、止合三，跟普通話的對應比較整齊，但跟廣州話對應就不那麼友善了，原因是廣州話按照聲母分化了。脣音比較複雜：來自蟹攝合口一等的脣音「杯、配、陪、每」，在廣州話也唸 ui。蟹攝、止攝合口三等較多唸 ei，如「非、妃、肥、尾」，但「廢、肺、費、痱」則唸 äi。以上字在普通話一律唸 ei。

　　牙喉音 ui 如「歸、位、跪」在廣州話是 wäi，但曉母如「輝」為 äi，另外「開會」的「會」也是 ui。其餘聲母如「對、水、內、雷」是 öi。（以上發音在普通話中大部分是 ui，但 n, l 聲母和少數例外是 ei。）ui 還有一些例外字，例如「內」，廣州話對應為 oi 韻，而普通話對應為 ei 韻。

　　客家話的 un, ut 來自臻合一、合三，一目了然。對應廣州話最複雜：有 än/t（脣音），wän/t（見系），ün/t（合一端精），ön/t。這是因為廣州話在端組和精組發展了一些新的韻母。客家話的 un 在普通話則根據脣音與否唸 en 或者 un。ut 一般對應為 u，但在三等有些是 ü。

　　客家話的 ung, uk 來自通攝，和廣州話基本一一對應，反而是普通話「節外生枝」，在脣音為 eng，其他是 ong。uk 在普通話的對應通常是 u，但有時是 ou, uo。

　　比較之下，可以發現合口字在客家話和普通話的發音是比較容易對應的。掌握普通話的香港人也不難聽懂客家話。

表 2-9 香港客家話以 iu 為韻腹的韻母與廣州話、普通話對應

客家話	iui*	iun (臻開三、合三)	iung (通合三 / 梗合三)
例字	乳 / 銳	銀 / 羣	宮 / 雄 // 兄
廣州話	ü/öi	än/wän	ung//ing
普通話	u/ui	in/ün	ong/iong//iong
客家話	iut (臻合三)	iuk (通合三)	
例字	屈	菊蓄	
廣州話	wät	uk	
普通話	ü	ü	

* 該韻母字數較少，不成系統，所以不加中古音。

　　香港客家話以 iu 為韻腹的韻母有五個，主要來自臻通兩攝的合口三等，其中 iui 只有四個字「乳、睿、銳、蕊」（各來自遇、蟹、止攝合口三等），iut 只有一個「屈」字。

香港客家話 iun/iut 韻字一般來自臻攝合口三等，對應為廣州話的 wän/wät，普通話的 ün/ü。最奇怪的是，客家話有些 iun 韻字來自開口，如「忍、刃、韌、僅、謹、銀、勤、芹、近、欣、隱」，字數相當多，發音跟合口三等相同，而且在香港、粵東的梅縣和大埔都是相同的發音。這在廣州話和普通話是沒有的。這些字都對應為廣州話的 än，普通話一般唸 in，捲舌聲母後唸 en。「伸」在口語唸 cún 也是同樣的現象。此外，有幾個字來自梗攝合口四等如「永、泳、詠」，廣州話唸 ing，普通話唸 iong。

香港客家話的 iung/iuk 來自通攝三等，在廣州話唸 ung/iuk，而在普通話唸 iong/ü。來自梗攝合口三等的「兄」唸 iung 韻，廣州話唸 ing，普通話是 iong，是一個例外。

表 2-10 香港客家話以 e 為韻腹的韻母與廣州話、普通話對應

客家話	e（蟹開三四）	eu（流開一）	em（深開三）
例字	細係	喉頭	森
廣州話	äi	äu	äm
普通話	i	ou	en
客家話	en（臻曾開一）	ep（深開三）	et（臻曾開一）
例字	很 / 憎	澀	瑟側
廣州話	än/äng	äp	ät/äk
普通話	en/eng	e	e

香港客家話以 e 為韻腹的韻母有六個，主要來自蟹深開口三四等，流臻曾的開口一等，沒有合口字，跟廣州話、普通話的對應也比較規則。

客家話的 e 韻來自蟹攝開口三四等的口語字，如「計、契、細、係」，對應為廣州話的 äi 和普通話的 i。

老派客家話的 eu 來自流開一，廣州話唸 äu，普通話唸 ou。

em/ep 字數不多，來自深開三，對應的廣州話是 äm/äp，普通話是 en/e。

由於客家話不區分前後鼻音，在廣州話和普通話則有區分，所以在 en 的發音上有一對二的現象。來自臻攝的 en/et 在廣州話是 än/ät，而普通話一般是 en/e。來自曾梗攝的 en/et 在廣州話是 äng/äk，而普通話一般是 eng/e。臻曾入聲在普通話也混了，但在廣州話還能區分。

表 2-11 香港客家話以 o 為韻腹的韻母與廣州話、普通話對應

客家話	o（果攝一等、遇合三）	oi（蟹開合一、蟹合三、止合三）	on（山開一、山合一三）
例字	波歌多 / 過 // 初	代背 // 稅吠	趕餐 / 團船
廣州話	o/wo//o	oi,ui//öi, äi	on,an/ün
普通話	o,uo,e/uo/u	ai,ei//ui,ei	an/uan
客家話	ong（宕攝、江開二）	ot（山開一、合一三）	ok（宕開一、江開二、宕合三）
例字	幫方 / 張	渴 / 脫	剝各角 / 學 // 諾桌 / 郭
廣州話	ong/öng	ot/üt	ok//ok,ök/wok
普通話	ang	e/uo	o,e,iao/üe//uo

香港客家話以 o 為韻腹的韻母也有六個，來源是開合參半，一二三等都有。但以一等居多。

相對而言，香港客家話以 o 為元音的韻母遠比廣州話和普通話多，來源也比較廣泛，同時包括了開口和合口字。

客家話以 o 為韻母的字涵蓋了幾乎所有的果攝一等字，無分開合。另外有幾個來自遇攝三等的莊組字，這些字在廣州話均為 o，但在普通話對應則比較複雜。果攝字按照發音部位，脣音唸 o，齒音唸 uo，牙喉音唸 e，合口部分字唸 uo，「我」字作為開口唸 uo 是例外。o 韻還有幾個字來自遇攝三等莊組，如「初、阻、楚、礎、疏、蔬、梳」，廣州話也是 o，普通話是 u。但這些字在其他客家話都唸 u 或者舌尖元音。

香港客家話發 oi 韻的字超過一半來自蟹開一，但範圍比廣州話的 oi 韻字略小，如「袋、菜、該」在廣州話也是唸 oi，但普通話唸 ai。此外，客家話的 oi 韻字相當多來自蟹合三，脣牙喉音如「背、胚、賠、焙、枚、玫、梅、妹、媒、煤、灰、會 ＝懂得」等對應為廣州話的 ui、普通話的 ei。蟹合三舌齒音如「對、碓、推、稅、蛻」，以及止合三齒音的「睡、衰、帥」，均對應為廣州話的 öi，普通話也主要對應為 ui，但莊組聲母的「衰、帥」則對應普通話的 uai。

客家話的 on/ot 韻也同樣複雜，開合口字都有，但合口字稍多一點。開口字來自山攝一等見系的「乾、看、按、割、喝」等字，廣州話一樣唸 on/ot，普通話為 an/e。但客家話的 on/ot 更多來自山攝合口，分為兩批：一是山合一端精組的「端、團、暖、鑽、脫、捋」等字，另外則是山合三的知章組聲母字，如「轉、傳、磚、川、船」，全部對應廣州話的 ün/üt 和普通話的 uan/uo。

客家話中以 ong/ok 為韻的字，範圍和廣州話的中古來源大部分相同，都是來自宕攝和江攝。其中來自宕攝一等、江攝二等、宕攝三等莊組、宕攝合口三等的字，跟廣州話的發音幾乎完全相同，而且也幾乎全部對應為普通話的 ang/uo, o, e（入聲對應比較複雜，一等見系是 e，脣音是 o，其他是 uo）。特例有：(1) 莊組聲母的「霜、孀、撞、窗」，廣州話前兩個字唸 öng，普通話全部唸 uang。(2) 宕攝合開口三等知章組「張、昌、傷、着、勺」，客家話唸 ong/ok，對應廣州話唸 öng/ök，普通話還是 ang/ uo,ao。(3) 宕攝合開口三等見組的如「廣、光、郭」，在香港客家話丟失了 u 介音，但廣州話和普通話還是唸 wang/wok 和 uang/uo。

表 2-12 香港客家話以 io 加韻尾的韻母與廣州話、普通話對應

客家話	io*	ioi*	ion*	iong（宕開三）	iok（宕開三）
例字	茄膝	艾劫	軟	將強／腔	雀腳
廣州話	e/ou	ai/öi	ün	öng/ong	ök
普通話	ie/u	ai	uan	iang	üe/iao

* 該韻母字數較少，不成系統，所以不加中古音。

香港客家話以 io 為韻腹的韻母雖然有五個，但其實以 io, ioi, ion 為韻母的字很少。io 只有「茄、膝」，ioi 只有「艾、劦」，ion 只有「軟」字。順帶一提的是，梅縣客家話沒有 ioi，但有其他客家話沒有的 iai。

香港客家話的 iong/iok 韻來源比較簡單，中古音是宕開三精組和見組，如「將、強、雀、腳」，對應為廣州話的 öng/ök、普通話的 iang/ iao,üe。

表 2-13 香港客家話的自成音節鼻音韻與廣州話、普通話對應

客家話	ng (遇合一疑、遇合三泥疑)	m
例字	吳五 // 魚 / 女	唔
廣州話	ng/ü/öi	m
普通話	u/ü	u

香港客家話的鼻音節 ng 來自疑母平聲和上聲字，如「吳、蜈、吾、梧、五、伍、午」，去聲的「悟、誤」唸 ngù。但來自遇合三疑母的「魚、漁」卻唸 ñg，以及泥母的「女」在一些組合中也唸 ňg。

香港客家話的鼻音節 m 只有一個字，就是否定詞「唔」(在台灣寫成「毋」)。在香港及其鄰近地區的口音中，這個字讀陰平，但在梅縣、台灣都和廣州話中一樣是陽平。由於這個字沒有同音字，m 在音標中不標調。

客家話和廣州話韻母的詳細對應請見附錄三，客家話同音字表請見附錄四。

四 與廣州話、普通話的聲調對應

中古漢語的聲調有平上去入四個聲調。但在宋代以後，平聲按照聲母的清濁，分化為陰平和陽平，而其他聲調的發展在北方話和廣州話有明顯的差別。

客家話和廣州話、普通話的聲調對應如下表(轉頁)：

表 2-14 客家話和廣州話、普通話的聲調對照

中古來源	例字	客家話	廣州話	普通話
清平 // 次濁上 / 濁上	參軍 // 冷暖 / 舅	陰平	陰平 // 陽上	陰平 // 上 / 去
濁平	蠶同零	陽平	陽平	陽平
清上 / 次濁上	本土 / 遠米	上聲	陰上 / 陽上	上聲
去聲	過去 / 辦事	去聲	陰去 / 陽去	去聲
清入 // 次濁入	七北 / 博 // 六	陰入	上陰入 / 下陰入 // 陽入	陰平，上 / 陽平 // 去
全濁入 / 次濁入	集合 / 物業	陽入	陽入	陽平 / 去

　　將客家話的聲調與廣州話對應時，陰平、上聲和去聲基本上是一對二，而陰入是一對三。因為客家話的陰平包含了廣州話的陰平和絕大部分陽上的字（部分次濁上聲和全濁上聲字）；客家話的上聲則對應廣州話的陰上和少量陽上字（次濁聲母上聲字）；去聲則對應廣州話的陰去和陽去（來自中古次濁和全濁去聲，以及部分全濁上聲字）；陰入則對應廣州話的兩個陰入，加上少量來自中古的次濁入聲（一般是客家話常用字），陽入絕大部分還是廣州話的陽入。但從反方向來看，會講廣州話的人學習客家話就容易多了；廣州話陰陽平還是客家話的陰陽平，陰陽去則合併為去聲，兩個陰入合併為陰入。陰上是上聲，陽上一分為二，中古全濁聲母（現代廣州話唸塞音、嘶音聲母）的歸了陰平，中古次濁聲母（現代廣州話唸 ø, l, m, n, ng, w, y）的部分留在上聲，部分歸入陰平，如「冷、暖、惹、馬」。陽入絕大部分歸陽入，但部分次濁聲母常用字歸陰入，例如「六、肉、木、育」。

　　客家話和普通話的對應規律就沒有跟廣州話那麼一目了然了，因為北方話在中古之後丟失了塞音韻尾。客家的陰平大部分來自中古的清聲母平聲，小部分來自次濁和濁上聲。前者在普通話也是唸陰平，但後者則按照中古聲母的類別而分別唸上聲（次濁聲母）或去聲（全濁聲母）。客家話的陽平來源比較單純，只來自中古的濁聲母和次濁聲母平聲，所以幾乎全部對應為普通話的陽平。客家話的上聲基本上也對應普通話的上聲，但入聲就複雜很多了。清入幾乎找不到對應規律，而陽入基本上按照中古聲母的類別對應為陽平（全濁聲母）和去聲（次濁聲母）。

第三章

香港客家話的多音字和特殊發音

一 簡介

很多人以為，客家話是鄉下的方言，不是用來學文化的。但其實香港郊區的客家鄉村到二戰前還流行着私塾，子弟幾百年來都用客家話讀千字文、三字經等啟蒙課本，以此認字。只是到了 1950 年代之後，現代學校興起，取代了私塾，客家小孩無可選擇，只能用廣州話來學中文，於是很多人都不知道原來客家話是有讀書音的。而這個轉變也把香港客家話送上了一條消亡的不歸路。

此外，大家也有個誤解，認為客家話是不能書寫的，要寫就得寫標準中文。其實標準中文也是一種方言，但經過標準化以後，大家便承認它是一種現代標準語文。同樣道理，客家話的音節絕大部分是能配上字的，問題是：第一，我們沒有這個習慣；第二，配上的字有時候會有爭議，而我們也很少去討論；第三，因為是方言，不必用來寫文章和考試，也就沒必要標準化，一些音節也沒有人去探究要配甚麼字最合適。

因此，如果我們要把客家話寫下來，第一步是要找到適當的漢字配對。若在比較正式的場合，例如是一場嚴肅的演講，客家話的大部分書面語是跟標準中文一樣的。但是在日常的場合，例如是講「熊家嫲」（熊外婆）這種童話故事的時候，就會出現很多異於標準中文的口語，一時之間很難用漢字表達出來。

從這一章開始，我們會使用一套同時適用於香港、梅縣和台灣的客家話拼音，詳細的拼音方案請見附錄七。

二 多音字及其種類

在標準語或方言中，一個漢字有超過一個發音的，就是多音字。香港客家話跟廣州話、普通話一樣，有一字多音的情況。這些字可以按照異讀的種類來分，例如只涉及聲母、只涉及韻母、只涉及聲調，以及涉及兩種以上。下面是一些常用多音字（中文字例來自香港前教育署《常用字字形表》）。

一字多音的來由非常複雜，一般可以分為三類：(1) 從古代繼承下來的一字多音，(2) 文白異讀，(3) 新破音字。

1. 從古代繼承下來的一字多音

　　若一個漢字唸作不同的發音時，有着不同的意義，例如「銀行」和「行不行」中的「行」，象棋中的「車」和日常的「車輛」的「車」，而且其發音在大多數漢語方言，包括普通話都是異讀，我們則稱之為「破音字」。這些字在普通話和其他方言一般都是多音字，而且配詞的發音和意義在客家話中也能對應。

1.1 只牽涉聲母的破音字

　　此類字的字數較少。「背、道」在普通話不是破音，但在南方方言中一般都是。

例字	發音一及其配詞	其他發音及其配詞
阪	bǎn 大阪	fǎn 阪田
背	bòi 背後、外背	pòi 耳公背、背書
斷	dòn 推斷	tòn 一刀兩斷、決斷
番	fán 番茄、番薯	pán 番禺
否	fěu 否定、是否	pǐ 否極泰來
鵠	fūk 鴻鵠	gūk 中鵠
樂	lòk 快樂、樂極生悲	ngòk 音樂、樂曲、樂器
彙	lùi = 類	fùi = 匯
道	tàu 道路、道理、講道	dàu 知道 *
戇	zòng 愚戇	ngòng = 笨

* 「知道」本字是「知到」。「道、到」在客家話、廣州話等方言皆非同音字。但由於書面語用了「知道」，唸書時需要把「知道」唸為「知到」，「道」便多了一個發音。

1.2 只牽涉韻母的破音字

　　客家話的韻母破音基本上跟普通話相對應。其中「屏」字唸 piāng 是因為屏山為香港地名，山勢平坦，居民在山上建立村莊，本應該叫「平山」。由於錯配了漢字，所以「屏」在香港客家話多了 piāng 的音。

例字	發音一及其配詞	其他發音及其配詞
差	cá 成績差、差別	cái 郵差、差館（警署）
呱	gá 呱呱叫	gú 呱呱墜地
賈	gǎ＝姓氏	gǔ 商賈
行	hāng 行為、行走、行運	hōng 銀行、行貨
撈	láu＝混合、跟隨	lēu 打撈、撈箕
沒	màt 埋沒、沒落	mùt 沒有
阿	ó 阿膠、阿諛奉承	á 阿爸、阿叔、阿哥
屏	pīn 屏風	piāng 屏山（香港地名）
莎	sá 莎士比亞	só 莎草
說	sǒt 說話、小說	sǒi 說服、遊說
倭	vúi 倭遲（姓）	vó 倭寇
映	yǒng 掩映	yāng 反映、映照
仔	zǐ 仔細	zǎi 狗仔、滴仔
正	zìn 正式、立正	záng 正月

1.3 只牽涉聲調的破音字

此類字的字數較多，其中一個原因是客家話濁音聲母清化後全部送氣。在普通話、廣州話本來聲母不同的字，在客家話中聲母完全相同，只有聲調不同。例如「傳」字在「傳承、自傳」的發音，在廣州話、普通話除了聲調不同外，還有送氣不送氣的差別，但在客家話就只唸送氣聲母，兩個發音純粹是聲調的差別。

例字	發音一及其配詞	其他發音及其配詞
拗	ǎu 拗斷	àu 執拗、爭拗
傳	cōn 傳承、失傳	còn 傳記、自傳
處	cǔ 處方	cù 好處、處長

例字	發音一及其配詞	其他發音及其配詞
重	cūng 重陽、重複、雙重	cúng 重量、重輕 cùng 重要、重視
從	cūng 從來、服從	cùng 從兄弟
打	dǎ 打人、挨打	dá = 12 個（量詞）
擔	dám 擔當、負擔	dàm 擔竿
倒	dǎu 倒垃圾、打倒、跌倒	dàu 倒車、倒轉來
華	fā 華人、中華	fà 華山
和	fō 和平、和氣、混和	fò 和音、和面
分	fún 分析、分開、十分	fùn 分子、三分一
假	gǎ 真假、放假	gà 假日
解	gǎi 解開、解釋、不解之謎	gài 解元、押解
監	gám 監督、監獄、坐監	gàm 國子監
間	gán 時間、空間、間肚	gàn 間中、間開兩邊
教	gáu 教書、教鋼琴	gàu 佛教、回教、教堂、教徒
校	gǎu 學校、校長	gàu 校對
供	giúng 供應、供給	giùng 供奉、供豬
幾	gī 幾何學、相差無幾	gí 幾乎
冠	gón 皇冠、冠冕	gòn 冠軍、奪冠
觀	gón 觀音、觀察、旁觀	gòn 道觀
好	hǎu 好人、好事、很好	hàu 愛好、好食懶做
荷	hō 荷花	hò 負荷
難	lān 難得、困難	làn 難民、患難
興	hín 興盛、時興	hìn 高興、興趣
繆	mīu 未雨綢繆	mìu（姓氏）、荒謬
胖	pán 心廣體胖	pàn 肥胖
泡	páu 起泡、泡沫、燈泡	pàu 泡茶、泡湯、泡菜

例字	發音一及其配詞	其他發音及其配詞
被	pì 被告、被動	pí 棉被、被袋
便	pièn 方便、便利	piēn 便宜
片	piǎn 片糖、藥片	piàn 片段、尿片
漂	piáu 漂泊、漂流	piàu 漂白
鋪	pú 鋪排、臥鋪	pù 鋪頭、地鋪
少	sǎu＝不多	sàu 少年
散	sǎn 藥散、散裝	sàn 分散、散落滿地
相	sióng 相差、互相	siòng 相片、看相 siǒng 一相蔗（一節甘蔗）
疏	só 疏漏、百密一疏	sò 註疏
喪	sóng 喪禮、奔喪	sòng 喪失、沮喪
上	sòng 上面、上等、上帝、皇上、後來居上、上樑不正下樑歪	sóng 上車、上山、放上去 sǒng 上樑（安放樑木）、上鏈、上螺絲、上土（培土）
調	tiāu 調節、空調	tiàu 調動、聲調
要	yáu 要求	yàu 重要
應	yín 應該、應得	yìn 反應、報應
載	zài 載客、記載	zǎi 一年半載
轉	zǒn 反轉、旋轉、轉世、轉運	zòn 轉盤
鑽	zòn 鑽石、鑽仔	zón 鑽落去、鑽過去
中	zúng 中間、中國、當中、空中	zùng 中獎、中伏、看中、打中
種	zǔng 種族、雜種	zùng 種菜、耕種
縱	zúng 縱橫	zǔng 縱壞 zùng 放縱

1.4 牽涉聲母 / 韻母 / 聲調最少兩項的破音字

例字	發音一及其配詞	其他發音及其配詞
胺	ăt = 汗味	ón = 化學品名
裨	bí 裨益	pī 裨將
鉑	bŏk = 箔	pàk = 白金
車	cá 單車、汽車、車輪	gí 車馬炮
朝	cāu 朝廷、天朝、朝拜	záu 今朝、朝晨早（早上）
錯	cò 錯誤、認錯	cŏk 交錯
長	cōng 長度、長城、伸長	zŏng 長大、仗着、成長
單	dán 簡單、單車	sèn 姓氏
畫	fà = 名詞	vàk = 動詞
復	fùk 回復	fèu 復還
分	fún 分開、區分	fùn 分數、三分之一
縫	fūng 裁縫、縫紉	pùng 一條縫
茄	gá 雪茄、五茄	kiō 番茄、茄子
繫	gái 繫安全帶	hì 聯繫
楷	gái = 樹木名	kăi 楷書、楷模
解	găi 解開、解釋、不解之謎	hài = 姓氏
告	gàu 告狀、原告	gŭk 忠告
更	gèn 更加	gáng 更換、三更
其	gí 芒其	kī 豆其
禁	gìm 禁區、嚴禁	kím 弱不禁風
覺	gŏk 覺得、感覺	gàu 睡覺、一覺醒來
莞	gón 東莞	vŏn 莞草
乾	gón 乾燥、餅乾	kiān 乾坤、乾隆
核	hèt 核准、核子彈	hàk 核卵

例字	發音一及其配詞	其他發音及其配詞
繫	hì 聯繫	gái 繫安全帶、繫褲頭帶
卡	ká 卡車	kǎt 卡等（卡住） kàt 卡片
翹	kiāu 翹楚、銀翹解毒片	hiàu 翹起來、翹課
樂	lòk 快樂、樂極生悲	àu 敬業樂業
沒	màt 埋沒、沒落	mì 沒水（潛水，本書寫作「汩」）
廿	ngiàm 一廿長	ngìp = 二十
撚	ngiǎn 用雙手掐	lǔn 用手指頭擦
凹	ngiǎp 凹凸、凹落去、跌凹	àu = 坳 vá = 窪
惡	ǒk 惡毒、兇惡	vù 厭惡、好逸惡勞
蛇	sā 蟒蛇、蛇羹	yì 委蛇
塞	sět 塞車、塞死、淤塞	sòi 邊塞、塞翁失馬
仇	sēu 仇恨、報仇	cīu = 姓氏
啜	sǒt 從碗中吸喝湯水	zòt = 嘴巴用力吸 zòi = 嘴巴
屬	sùk 屬於、家屬	zǔk 屬意
撣	tān = 拂塵	sèn 撣族
讀	tùk 讀書、半工讀	tèu 句讀
虫	vǔi = 虺	cūng = 蟲
咽	yán 咽喉	yět 嗚咽
嶼	yī 大嶼山	sì 島嶼
易	yì 容易、得來不易	yìt 交易、易容
壅	yùng 壅塞	vúng = 埋
正	zìn 正式、立正	záng 正月
曾	zén = 相隔兩代的，如：曾孫、曾祖父	cēn 曾經、唔曾

例字	發音一及其配詞	其他發音及其配詞
掣	zì 風馳電掣	cĭt 掣後腳
着	zŏk 着衫、衣着	còk 着火、點着
質	zĭt 質地、品質、素質	zì 人質
朘	zùn = 削減	zói = 陰莖（一般指小孩）

2. 文白異讀

　　文白異讀是指一個字意義不變，但口語跟讀書音有差異。這是由客家話和官話發生語言接觸引起的。例如「門檻」的「檻」讀書音是 kăm，但口語是 kiám。「飛機」的「飛」讀書音唸 fúi，但口語說「蝴蝶飛過來」時，「飛」發音是 búi。這些字在字義上沒有差別，在普通話也只有一個發音，可是客家話讀書音和口語發音不一樣，我們稱之為「文白字」。

　　只涉及聲母的文白字一般是非組字，文讀是 f，非母白讀是 b，敷奉白讀是 p。另外有些是溪母字，文讀 k，開口白讀 h，合口白讀 f。

　　一般來說，所有由書面語進入客家話的詞彙都是文讀音，世代相傳的口語詞則是白讀音。但由於客家話近代跟廣州話頻密接觸，許多北方方言的詞彙經由廣州話輸入，發音基於廣州話，於是又產生一個新的文讀層次，例如荷蘭的「蘭」。

2.1 只牽涉聲母的文白字

例字	文讀音	口語音
飛	fúi 飛機、飛翔	búi 飛起來、曉飛曉跳
扶	fū 扶持、扶手	pū 扶穩、扶唔到
儕	cē 同儕	hā/sā（關於人的量詞）兩儕、三儕
話	fà 話梅	và 講話、話佢兩句
符	fū 符合	pū 一道符、靈符

例字	文讀音	口語音
覆	fŭk 覆蓋、回覆	pŭk（口語）覆轉
分	fún 分開、區分	bín（口語）= 給、被 bún（口語）分派
幅	fŭk 幅員	bŭk 一幅畫
還	fán 還魂草	ván 還錢、歸還 hán 還有、還係
坎	kám 坎坷	ngám（口語）= 台階
肯	kĕn 肯定	hĕn 唔肯、肯食肯大
口	kĕu 戶口、口糧	hĕu 口氣、咬一口
開	kói 開始、盛開	hói 開門、開創、打開來
空	kúng 空氣、空房、太空	fúng = 動詞
試	sì 考試、嘗試、試卷	cì 試下、試水
剩	sìn 剩餘價值	yìn 食剩、用剩、剩到
托	tŏk 托福、托運	dŏk 托腳
知	zí 知己	dí（動詞）唔知、知得

2.2 只牽涉韻母的文白字

只涉及韻母的文白字一般是梗攝字，文讀是 in/it，白讀是 iang/iak。另外有些是蟹攝字，文讀 i，白讀 e/ai。

例字	文讀音	口語音
對	dùi 對聯、對錯、作對	dòi 對歲（一週歲）
暈	fún 暈厥	vín 頭暈 yùn 日暈
臉	liăm 臉色、白臉	ngiàm 臉前
徑	gìn 途徑、路徑	gàng 地名，如「蕉徑、九華徑」；動詞，如俗語「狗徑索」

例字	文讀音	口語音
驚	gín 震驚、驚奇	giáng 喊驚、驚怕
名	mīn 聲名狼藉、名貴	miāng 有名、名聲、姓名
世	sì 世界、塵世、世外桃源	sè 一世人、前世、轉世
成	sīn 成功、收成	sāng 成下（偶爾）、讀書唔成
弟	tì 徒弟、弟子、兄弟	tái 老弟（弟弟）、阿弟
聽	tìn 聽天由命	tàng 聽到、聽話、收聽 táng 聽冷（放涼）
推	túi 推車、推論	tói 推懶（找藉口躲懶）
挖	văt 挖土機	vĕt 挖鼻屎
精	zín 精神、妖精	ziáng = 精明
正	zìn 正式、立正	zàng = 剛剛，如：正先、正來、下禮拜正有貨
嚼	ziŏk 咀嚼	ciàu 嚼爛

2.3　只牽涉聲調的文白字

只涉及聲調的文白字一般是中古濁上字，文讀是去聲，白讀是陰平。也有一些濁聲母字白讀陰平，文讀陽平。

例字	文讀音	口語音
坐	cò 坐立不安、靜坐抗議	có 請坐、坐車
犯	fàm 犯人、囚犯	fám（動詞）犯太歲
戶	fù 戶口、門當戶對、個體戶	fú 屋背戶（房子後面）、閂門閉戶（緊鎖門窗）
妓	gì 妓女、嫖妓	gĭ 老妓嫲（妓女）
蝦	há 蝦米、蝦膏	hā 蝦公
下	hà 一下、上下（差不多）、下流、下放、僵持不下	há 下車、下背、底下、下菜米、下凡
後	hèu 後來、事後	héu 背後（後面）
近	kiùn 近來、就近	kiún 住得近、近好多

例字	文讀音	口語音
拿	lā 拿手、捉拿	lá 拿來、拿得起
惱	lāu 惱火	láu = 生氣
毛	māu 毛巾、毛氈	máu 毛辮、毛夾、頭那毛
貓	miāu 貓兒	miàu 貓公、殺鼠貓
目	mùk 目錄、數目	mŭk 目睡（睏了）、睡目（睡覺）
木	mŭk 木頭、樹木	mùk 木耳
扭	ngīu 扭曲、扭乾水	ngìu 扭轉頭
昂	ngōng 昂貴、高昂	ngóng 昂起頭（抬頭）
伴	pàn 伴侶、伴奏、夥伴	pán 湊伴、有伴
簿	pù 簿記	pú 簿仔
跳	tiàu 跳高、跳遠	tiāu 跳來跳去、眼眉跳
斷	tòn 一刀兩斷、斷崖	tón 切斷、斷做兩條
野	yă 野心、田野	yá 野生、野人、野仔

2.4 牽涉聲母／韻母／聲調最少兩項的文白字

例字	文讀音	口語音
跛	bŏ 跛子	bái 跛腳、跛手、發跛蹄
在	cài 自在、實在、在情在理	cói 在家、在哪、唔在
刺	cì 刺探、刺客	ciăk 頭那刺、肉刺（刺痛的感覺）、刺青 cŭk 刺一刀、刺激
化	fà 化學、化痰、美化環境	fă 梳化（沙發）
發	făt 發達、發財、意氣風發	bŏt = 所有發病的動作，如：發冷、發麻 風、發癲、發跛蹄
紡	fõng 紡紗	piŏng 縫織娘（蟲名）
婦	fù 婦女、巧婦	bú 婦娘（女人）
會	fùi 會議、開會	vòi = 懂得，可能

下	hà 一下、上下（差不多）、下流、下屬	ká 屋下（家裏）
檻	kăm（讀書音）檻羊	kiám（口語音）門檻
屈	kiŭt 屈原、屈服、屈臣氏	vŭt 屈曲、屈到腳（扭傷腳）
鳥	ngiăŭ 駝鳥、鳥巢體育館	diáu 鳥仔（小鳥）、貓頭鷹
女	ngĭ 女廁、女生、姪女、修女	ňg 子女、孫女
我	ngó 我國、自我	ngāi ＝（口語）第一人稱，本書寫作「𠊎」
閂	sán 閂窗、閂電火、閂冷氣	cón 閂門閉戶
旋	siēn 旋轉	còn 皺螺旋、（頭上的）旋
滲	sìm 滲透、滲入	zàm 滲水
伸	sín 伸張正義、延伸	cún 伸長、伸出
成	sīn 成功、一成	cāng 米成（一種食品）
士	sù 士兵、居士	sĭ 巴士、的士
柿	sù 柿子樹	sē 柿餅、腍柿
飼	sù 飼料	cì ＝ 餵人吃東西
聽	tìn 聽天由命	táng 聽冷（等食物飲料涼下來）
舵	tō 舵手	tài 轉舵、舵盤
只	zĭ（讀書音）	zĭt（口語音）只有、只管

3．新破音字

　　新破音字是客家話獨有或者與閩粵語等南方方言共有的破音字，來源於古代、近代自身發展或者語言接觸。例如廣州話、客家話「淡水魚、味道很淡」和「淡季、清淡」中「淡」的不同發音，雖然有人認為是「文白異讀」（余伯禧，1994），但這裏的「淡」其實分擔了不同的意思。前者跟實在的味道有關，而後者是引申義，且這類字在普通話一般也只有一個發音。我們稱之為「新破音字」。

3.1 只牽涉聲母的新破音字

例字	發音一及其配詞	其他發音及其配詞
標	biáu 目標、標籤	piáu 標準
濁	cùk 濁音、渾濁	kùk 濁鼻
靚	ciàng（人名）、靚衣	liàng＝漂亮
和	fō 和平、和氣	vō 和尚
丘	kíu 沙丘、山丘	híu（姓氏）
苦	kŭ 辛苦、苦力	fŭ 苦瓜、鹹到苦
空	kúng 空氣、孫悟空	fúng（動詞）空出來
斜	siā 傾斜、斜坡	ciā 斜布、黃斜褲
像	siòng 銅像、蠟像、像素	ciòng 像樣、好像
貼	tiăp 貼錢、補貼、貼服	diăp 貼門對、貼紙、剪貼
啜	zòt 啜泣	sòt 啜鼻膿（把鼻涕倒吸會去）

3.2 只牽涉韻母的新破音字

例字	發音一及其配詞	其他發音及其配詞
彩	căi 彩色、彩電、多姿多彩	cŏi 彩數、好彩、六合彩
程	cīn 程度、旅程	cāng（姓氏）
淨	cìn 淨收入、淨飯王子	ciàng 乾淨、白白淨淨、淨係
頂	dĭn 頂天立地、死頂	dăng 山頂、頂高（上面）
間	gán 時間、空間、間肚	gàm 間等（隔開）
根	gén 根本、根據、根源	gín 落地生根、根部
計	gì 夥計、會計	gè 計劃、詭計、計較
結	giĕt 結婚、團結、結算	gĭt 打結
幾	gĭ 十幾、幾何學、幾十年	gĭt（通常用於問題）幾多、幾大、有幾何
經	gín 經過、經濟、佛經	gáng 羅經（看風水用）

例字	發音一及其配詞	其他發音及其配詞
刻	kĕt 刻意、時刻	kăt 刻圖章
輕	kín 輕易	kiáng 重輕、年輕、輕鬆
擎	kīn 一柱擎天	kiā＝扛，如：擎遮、擎起來
笠	lĭp 笠嫲	lăp 笠衫、雞笠
靈	līn 幽靈、靈魂	liāng＝靈驗
零	līn 零碎、零食、凋零	lāng 一零一、十零人、零分
輪	lūn 輪流、輪船	līn 車輪
眠	miēn 睡眠、失眠	mīn 眠床、眠下去
命	mìn 命令、遵命	miàng 算命、搏命、命水
蚊	mún 蚊蟲、滅蚊	mín 蚊帳
研	ngiēn 研究、研習、科研	ngān 研成粉、分車研死
仰	ngióng 信仰、仰慕	ngóng 仰起頭
平	pīn 平時、太平山	piāng＝大平賣、平陽、平底
拍	păk 拍片、拍拖、球拍、自拍	pŏk＝敲打，如：拍門、拍桌頭
生	sén 生理（生意）	sáng 生活、生死、學生
細	sì 細菌、細胞、仔細	sè＝小
星	sín 星宿、星期一、明星	sáng 零星
先	sién 正先、行先、先到先得	sín 先生
盛	sīn 盛水	sàng 茂盛、火氣盛
性	sìn 性格、耐性、同性戀	siàng 發性、冇心冇性
析	sĭt 分析、析疑	săk＝碎片，如：瓦析、玻璃析
事	sù 事情、同事	sè 做事（幹活）
特	tèt 特別、獨特	tìt 特務、特選
庭	tīn 家庭、庭院	tāng 禾庭（曬穀場）
營	yīn 營養	yāng 營業、經營、露營

例字	發音一及其配詞	其他發音及其配詞
跡	zǐt 古跡、蹤跡	ziǎk 腳跡（腳印）
捉	zǔk 捉賊、捉老鼠	zǒk 捉棋
築	zǒk 築陂頭、築礤	zǔk 建築

3.3 只牽涉聲調的新破音字

例字	發音一及其配詞	其他發音及其配詞
撐	cáng 撐腰	càng 死撐、撐恆
層	cēn 層次、雙層、層層疊疊	cèn（動詞）碗層起來
吮	cōn = 吸吮	cǒn 鵝鴨進食、咬人的動作
丈	còng 丈夫、萬丈深淵	cóng 姑丈、姨丈、丈人佬
交	gáu 交通、交手、打交	gàu = 交換，如：用條貓交到條狗
蘭	lān 蘭花、劍蘭、白玉蘭	lán 荷蘭
老	lǎu 老伯、老朋友、敬老	làu 老虎、老鼠、老蟹（螃蟹）
淡	tám 淡水魚、味道淡	tàm 清淡、淡季
知	zí 知己	zì 知識

3.4 牽涉聲母 / 韻母 / 聲調最少兩項的新破音字

例字	發音一及其配詞	其他發音及其配詞
撮	cǒt 撮要、撮仔	zěp 一撮鹽
墊	dièn 墊支、墊牌	tiǎp 墊頭
凝	ngīn 凝固、凝結	kēn = 凝固 kèn = 冰塊
泊	bǒk 湖泊、漂泊	pǎk 泊車（停放汽車）
澀	sěp = 不滑，如：羞澀	giǎp = 苦澀
毒	tùk 毒品、毒藥、中毒	tèu = 動詞

例字	發音一及其配詞	其他發音及其配詞
探	tàm 探子、探病、密探	tám＝夠，探得到
斷	tòn 一刀兩斷、斷崖	dŏn 斷心、斷水 dòn 判斷、斷症
焦	ziáu 焦急	záu 曬焦

三　特殊發音字

　　客家話和其他方言一樣，傳承自中古音。客家話發音可以用反切、音韻地位來推敲，因此和其他方言，尤其是廣州話一樣，有相對整齊的對應規律。但由於語言接觸、古音遺留、避諱等原因，有些字有特殊的發音。以下介紹一些特別發音的常用字，並按照中古韻攝來排序分析。

1. 與反切不符，但同義的單音或多音字

1.1 果攝

　　(1)　舵：徒可切，果開一定母上聲，字義為駕駛盤，按照反切應該唸 tó 或者 tò（與「墮」同音）。廣州話口語唸 tai⁵，如「舵盤（方向盤）、轉舵、褪舵」（這裏的「舵」是改變主意的意思，但大多數香港人不知道本字是「舵」）。客家話口語讀 tài，屬於古音遺留（果攝唸 ai）。「舵」是定母上聲字，廣州話保持上聲，送氣，客家話則濁上變去，清化後送氣，符合語音演變規律。很多人另造一個「軑」字，實屬不必要。

　　(2)　搓：七何切，果開一清母平聲，客家話唸 cái 是古音遺留（果攝唸 ai），跟廣州話、普通話唸主要元音 o 不一樣，但意義相同。但廣州話也有把「搓」唸 cái 的詞組，例如「搓乒乓波」，可能是借自客家話。客家話則是任何時候都唸 cái。

　　(3)　我：五可切，果開一疑母上聲，文讀音 ngó 符合音變規律，但客家話第一人稱唸 ngāi，則是古音遺留（果攝唸 ai）。很多人無法將其與「我」字聯繫，便用了

「𠊎」或者「厓」字表示。「我」是果攝開口字，唸 ai 韻是存古的表現，「大」字也是如此。「我」是中古上聲字，客家話唸陽平似乎不妥。但客家話其他兩個人稱代名詞也唸陽平，就可以用類推來理解了。同樣道理，廣州話「我、你」唸陽上可以理解，但「佢」唸陽上，也是類推的結果。

(4) 個：古賀切，果開一見母去聲，有些地區的客家話把「個」字唸做 gāi，代替「隻」字。「個」是果開一見母去聲，聲調雖然不對，但意義完全相同，可能是音變。

(5) 賀：果開一匣母去聲，客家話唸 fò，不唸 hò。

(6) 跛：果合一幫母上聲。客家話口語唸 bái。聲調不對，但奇怪的是，廣州話唸 bäi[1]，也是平聲。客家話以前把「跛」叫「瘸」，不排除是語言接觸的發音。

(7) 簸：果合一幫母去聲。客家話口語是 bói，保留 i 韻尾是存古，廣州話和普通話都是 bo，去聲。香港客家話口語把「金環蛇、銀環蛇」稱為「黃花簸箕甲、白花簸箕甲」，非常有特色。

(8) 痤：果合一從母平聲，字義為癤子。客家話發音為 cōi，意思相同。保留 i 韻尾是存古。長癤子，客家話叫做「發痤」，發音是 bŏt cōi，跟「發財」讀音相似，因此也有人以此開玩笑。

(9) 棵：果合一溪母平聲，按照反切是 kó。為描述植物的量詞。客家話唸 pó。廣州話、客家話都唸 p 聲母，應該是 kw 的脣化。

1.2 假攝

(1) 下：胡雅切，假開二匣母上聲字，在客家話是多音字，唸 há/hà 均有。此外還有一個發音 ká，用於「屋下」，「下」字發塞音，保留古音。

(2) 傻：沙瓦切，假合二生母上聲字，按反切應該是 sǎ，客家話唸 sō，韻母和聲調均不對。但客家話、廣州話等方言以前不用「傻」字，疑是從其他方言借入。

1.3 遇攝

(1) 嗉：桑故切，遇合一心母去聲，指鳥的第一個胃，用來暫時儲存食物。按反切唸 sù，但香港客家話稱為 siò。

(2) 瓠：戶吳切，遇合一匣母平聲，按照規律唸 fū，瓠瓜，可以做瓢子的瓜，各地客家話均唸 pū，應該是古音 kw^h 演變為 p^h 的遺留。

(3) 暑、鼠：舒呂切，遇合三審母上聲，兩個字都唸 cǔ，而不是 sǔ。

(4) 佢：廣州話、客家話的第三人稱，古作「渠」，求魚切，遇合三羣母平聲，按照規律本應唸 kī，但大多數客家話不送氣，唸 gī。

(5) 脯、斧：脯，方武切，斧，匪父切，遇合三非母上聲，按照規律應該唸 fǔ。香港客家話唸 bǔ，讀同幫母。屬於中古聲母音保存。

(6) 薯：常恕切，薯蕷。俗藷字。按照反切是去聲。客家話、廣州話均發音為陽平，香港客家話發音是 sū。

(7) 乳：而主切，遇合三日母上聲，不唸 yǐ，唸 yúi。發音比較特別，如「乳癌、乳酪」。

(8) 芋：王遇切，遇合三喻母去聲，不唸 yì，唸 vù，與廣州話音相近。

1.4 蟹攝

(1) 災：祖才切，蟹開一精母平聲，不唸 zói，唸 zái（zói 是忌諱詞，指小男孩性器官）。

(2) 艾：五蓋切，蟹開一疑母去聲泰韻，發音是 ngiòi，是香港及其鄰近地區客家話的特色。

(3) 篩：蟹開二生母平聲和止開三生母平聲，香港客家話按照前者應為 sái，後者應該唸 sú，但實際發音是 sí。

(4) 梯：土雞切，蟹開四透母平聲，按照音韻地位發音是 tái/té/tí，但實際發音是 tói。這個發音在廣東所有的客家話都很一致。

(5) 對：都隊切，蟹合一端母去聲，讀書時候發音是 duì，但小孩一週歲叫「對歲」，這裏的「對」發音為 dòi。另外，「叫對佢」（因為他而哭）的「對」發音也是 dòi，應該是存古。

(6) 隊：徒對切，蟹合一定母去聲，按照音韻規律唸 tùi，但實際發音為 dùi。應該是模仿北方話的發音。

(7) 肺：方廢切，蟹合三敷母去聲，多數客家話唸 f，香港客家話唸 pùi，比較特別。聲母保存古音。

(8) 吠：扶廢切，蟹合三奉母去聲，幾乎所有廣東客家話都唸 pòi。屬於中古聲母音保存。

(9) 脆：此芮切，蟹合三清母去聲，老一輩仍有說 ciòi，今音 còi，比較特別。

1.5 止攝

(1) 璽、徙：斯氏切，止開三心母上聲，按音韻規律是 sǔ，但實際發音是 sǎi。

(2) 舐：神帋切，止開三船母上聲，按音韻規律是 sǐ/sí，但客家話口語普遍說 sé。

(3) 蟻：魚倚切，止開三疑母上聲，按音韻規律是 ngǐ，但香港客家話唸 lí。

(4) 美：無鄙切，止開三明母上聲，按音韻規律是 mí，但香港客家話唸 múi。

(5) 姊：將几切，止開三精母上聲，按音韻規律是 zǔ，但香港客家話唸 zǐ。

(6) 死：息姊切，止開三心母上聲，按音韻規律是 sǔ，但香港客家話唸 sǐ。

(7) 四：息利切，止開三心母去聲，按音韻規律是 sù，但香港客家話唸 sì。以上三個字是常用字，應該是語音演變的殘餘。

(8) 牸：疾置切，雌性動物後綴，止開三從母去聲，按音韻規律是 cù，但香港客家話唸 cì，應該是語音演變的殘餘。

(9) 字：疾置切，止開三從母去聲，按音韻規律是 cù，但香港客家話唸 sù。

(10) 廁：初吏切，止開三初母去聲，按音韻規律是 cù，但香港客家話唸 cì。客家話過去沒有「廁所」一說，應該是廣州話借詞。

(11) 之：止而切，止開三章母平聲，香港客家話唸 zú，不唸 zí（zí 在客家話是忌諱詞，指女性器官）。

(12) 只：諸氏切，止開三章母上聲，按音韻規律唸 zǐ，但客家話一般唸入聲 zīt。只有在「唔只」時發音是 zǐ。

(13) 始：詩止切，止開三審母上聲，按音韻規律是 sǐ，但香港客家話口語唸 sǔ；避免與「死」同音。讀書音唸 cǐ。

(14) 柿：鉏里切，止開三崇母去聲，按音韻規律是 cù，但香港客家話讀書音是 sù，口語是 sē，如「柿餅、腍柿」。

(15) 痱：方味切，止合三非母去聲，香港客家話唸 mùi，聲母保留上古，後來鼻化。

(16) 沸：方味切，止合三非母去聲，香港客家話唸 bùi，保留古音。

(17) 肥：符非切，止合三奉母平聲，香港客家話唸 pūi，保留古音。

(18) 微：無非切，止合三微母平聲，按音韻規律是 mūi，但香港客家話唸 mī。

1.6 效攝

(1) 毛：謨袍切，效開一明母平聲，按照規律次濁唸陽平，但客家話有幾個字次濁陽平唸陰平，「毛」是其中之一。

(2) 校:「校」有兩個讀音,「校對」的「校」,古孝切,客家話唸 gàu,符合反切;「學校」的「校」,胡孝切,效開二匣母去聲,但客家話不唸 hàu,而唸 gǎu。

1.7 流攝

(1) 牡:莫厚切,流開一明母上聲,香港客家話唸 mèu,去聲。

(2) 戊:莫候切,流開一明母去聲,但香港客家話唸 vù,聲母不是 m,明顯是受北方話影響。

(3) 優:於求切,流開三影母平聲,理論上唸陰平,但香港和多數客家話唸陽平。

1.8 咸攝

(1) 杉:所咸切,咸開二生母去聲,但客家話唸 càm,不唸 sàm。聲母與廣州話相同。

(2) 攝:書涉切,咸開三審母入聲,但客家話聲母為 ng,唸 ngiǎp。

(3) 蟾:職廉切,咸開三禪母平聲,香港客家唸 kēm,聲母塞化後化,較特別,但跟廣州話相同。

1.9 深攝

(1) 滲:所禁切,深開三生母去聲,但客家話口語唸 zàm。

(2) 深:式針切,深開三審母平聲,但客家話不唸 sím 而唸 cím,與閩南話相同。

1.10　山攝

(1)　獺：他達切，山開一透母入聲，客家話唸 căt，保留入聲，但聲母變了，與廣州話聲母相同。

(2)　餐：七安切，山開一清母平聲，客家話唸 cón，不是 cán。保留一等字 on 的讀音。

(3)　岸：五旰切，山開一疑母去聲，客家話唸 ngàn，不唸 ngòn。

(4)　潺：士山切，山開二崇母平聲，客家話唸 cān，不按規律唸 sān。

(5)　楔：先結切，山開四心母入聲，但香港客家話唸 siăp，非 siĕt，韻尾與廣州話同。

(6)　蟬、禪：市連切，山開四禪母平聲，但客家話唸 sām，非 sān，韻尾與廣州話同。

(7)　刷：山合二審母入聲，香港客家話唸 sŏt。

(8)　泉：山合三從母平聲，但客家話唸 cān，沒有介音。

1.11　臻攝

臻攝開口一等有十幾個字，如「忍、刃、靭、僅、謹、銀、勤、芹、近、欣、隱」，唸 iun 韻，另外「伸」字唸 un，比較異常，已經在上一章討論過。這裏不計算在內。

(1)　囟：息晉切，臻開三心母去聲，客家話發音是 sim，韻尾改變了。

(2)　膝：息七切，臻開三心母入聲，客家話發音是 cĭt，與「七」同音，不唸 sĭt。

(3)　鎮：陟刃切，臻開三知母去聲，但客家話唸上聲 zĭn，不唸 zìn。

(4)　振：章刃切，臻開三照母去聲，但客家話唸上聲 zĭn，與「鎮」同音，不唸 zìn。

(5) 震：章刃切，臻開三照母去聲，但客家話文讀唸上聲 zǐn，與「鎮」同音，白讀為 zún。

(6) 乙：於筆切，臻開三心母入聲，按照音韻規律是 yīt，但客家話發音是 yět，與「一」不同音。

(7) 存：徂尊切，臻合一從母平聲，按照音韻規律是 cūn，但客家話讀 sūn。

(8) 暈：王問切，臻合三喻母去聲，香港客家話中「頭暈、暈車」的「暈」唸 vīn，跟同一音韻地位的「韻、運」（yùn）不同音。但「日暈」的「暈」讀 yùn。

1.12 宕攝

(1) 襠：都郎切，宕開一端母平聲，但香港客家話不按照規律唸 dòng 而唸 lòng（其他粵東客家話是 nòng，廣州話也是 nong6，互相對應）。

(2) 鵲：七雀切，宕開三清母入聲，客家話唸 siǎk，不按規律唸 ciǒk。

(3) 匠：疾亮切，宕開三從母去聲，客家話唸 siòng，不按規律唸 ciǒng，聲母接近普通話。

1.13 江攝

(1) 窗：楚江切，江開二穿母平聲，唸 cúng。韻母是 ung，不是 ong。

(2) 雙：所江切，江開二審母平聲，唸 súng。韻母是 ung，不是 ong。

(3) 琢、啄、涿：江開二知母入聲，客家話唸 dǔk，聲母存古，韻母同通攝。

(4) 濁：江開二澄母入聲，客家話唸 cùk，韻母同通攝。

(5) 腔：苦江切，江開二的溪母平聲，按照音韻規律是 kóng，唸 kióng 可能是直接從北方話傳入的。

1.14　曾攝

(1)　冰：筆陵切，曾開三幫母平聲，客家話唸 bén，不唸 bín。

1.15　梗攝

(1)　責：側革切，梗開二照母平聲，客家話唸 zĭt，不唸 zăk。

(2)　縈：於營切，梗合三影母平聲，香港客家話唸 yáng，表示繞線的動作。

(3)　榮：永兵切，梗合三喻母平聲，香港客家話唸 yīn，跟粵東、台灣發音不同，但符合反切。

(4)　永：于憬切，梗合三喻母上聲，香港客家話唸 yún，不符合反切，與粵東同。

(5)　泳：為命切，梗合三喻母去聲，香港客家話唸 yŭn，與「永」字一樣不符合反切。

1.16　通攝

(1)　籠、聾：盧東切，通合一來母平聲，但客家話不按規律唸陽平，發音是 lúng。

(2)　松：《唐韻》詳容切，《集韻》思恭切，《正韻》息中切。客家話、廣州話均來自詳容切，邪母。而北方話是思恭切。香港客家話唸 cūng。

(3)　菊：通合三見母入聲，但客家話發音是 kiŭk，送氣。

(4)　鱅：余封切。普通話發音是 yóng，廣州話讀 yung[4]，兩者都符合反切。但客家話唸 hiūng，讀同匣母。

(5)　熊：胡弓切，通合三喻母平聲。和「鱅」相反的是，客家話的「熊」沒有聲母，唸 yūng，但普通話唸 xióng，廣州話唸 hung[4]，反而跟匣母同音。

2. 特定詞彙情況下不符合反切的發音

2.1 果攝

(1) 哪：奴可切，果開一泥母上聲。普通話的發音是 nǎ，也不符合反切。大部分的客家話用來提問地點時發音為 nài（果攝唸 ai 是古音遺留），去聲（香港客家話沒有 n 聲母，發音是 lài），因此很多人就寫成「奈、嗱」（本書寫成「嗱」）。果攝字唸 ai 韻在客家話本來就很正常，只是唸成去聲比較特別而已。香港客家話在提問人物的時候發音是 là，本書仍寫作「哪」。

(2) 荷：胡歌切，果開一匣母平聲。「荷」是破音字，在普通話唸平聲或去聲是破音字。客家話口語中表示挑擔的動作叫做 kái，俗寫作「挔」，最近學者均認為是「荷」。「荷」胡歌切，是指名詞「荷花」中的「荷」，匣母平聲，客家話唸 hō。另有胡可切，匣母上聲，《康熙字典》引《左傳》《論語》均有負擔義。唸陰平符合客家話演變規律。唸 k 被認為是古音，唸 ai 韻是古音遺留（果攝唸 ai）。所以「荷」是 kái（負擔義）的本字。「挔」在《集韻》也有負擔義，但聲韻不太合。但由於「荷」字已經多音多義，本書從俗，用「挔」對應表挑擔意義的 kái。

2.2 假攝

(1) 拿：女加切，假開二泥母平聲，按照音韻規律應該是陽平。但客家話口語音是陰平，只有唸「拿破崙、手到拿來、捉拿歸案、拿手好戲」等北方話引進的詞彙時唸陽平。

2.3 遇攝

沒有例字。

2.4 蟹攝

(1) 會：蟹合一匣母去聲，客家話和廣州話均有兩個發音。表示「遇到、集

合」的意思時，如「會議、會談、相會、開會」，客家話發音是 fùi，對應為廣州話的 wui[6]，而表示「懂得、有可能」的意思時，如「會來、會食、會做」，客家話唸 vòi，對應為廣州話的 wui[3]。

(2)　蛙：烏瓜切，「蛙」有兩個音韻地位，一個在假合二，一個在蟹合二，都是影母平聲。按照音韻規律，蟹合二應該是 vái，香港客家話唸 gǎi，而多數客家話唸 guǎi。雖然聲母和聲調均不對，但聲符「圭」發音卻很像 guǎi，因此很多學者認為「蛙」就是本字。

2.5　止攝

(1)　知：陟离切，止開三知母平聲，讀書音是 zí，在「知識」中唸 zì，但口語音是 dí。(zí 在客家話是忌諱詞，跟女性器官同音。讀為 dí 也是保留古音。)

(2)　自：疾二切，止開三從母去聲，讀 cù 符合香港客家話音韻規律，如「自由、各自為政」，但在「自家、自家人」的組合中唸 cī（梅縣話沒有陽平的發音）。

(3)　飼：相吏切，止開三從母去聲，按音韻規律是 sù，但在客家話中作動詞表示給小孩或者老人餵食的動作時唸 cì。其他情況唸 sù。

(4)　事：仕吏切，音示。止開三崇母去聲。按照音韻地位唸 sù，但在說「做事」（幹活）的時候唸 sè。諺語有「食飯打赤膊，做事尋衫着」來笑人只會吃不會做事。

(5)　枝：章移切，止開三章母平聲，一般書面語唸 zí，口語是 gí（避諱女性器官 zí 的發音）。

(6)　試：式吏切，止開三審母去聲，口語音是 cì，如「試下、試水」，其他詞組唸 sì，如「考試、試場」。

(7)　稚：直利切，止開三澄母去聲，在「幼稚、稚嫩」等詞組中唸 cì，但在「幼稚園」中唸 cí。

2.6 效攝

(1) 毛：莫袍切，效開一明母平聲，按音韻規律應該唸 māu，但只有「毛巾、毛氈」等書面詞語唸 māu，其餘唸 máu。

(2) 刀：都勞切，效開一端母平聲，一般唸 dáu，但「銼刀」的「刀」唸 tāu。

(3) 撈：魯刀切，效開一來母平聲。按音韻規律應為 lāu。「撈」在客家話是多音字，表示混合的意義唸 láu，在「打撈、撈箕」中唸 lēu，口語說 lăk。

(4) 造：昨早切，效開一從母上聲，一般唸 càu。但在「早造、一造」等詞彙中唸 làu。

(5) 鳥：都了切，效開四端母上聲字。客家話口語唸 diáu 符合音韻規律，如「鳥仔、鳥籠、目睡鳥（打瞌睡的人）」，但在北方話傳入的詞彙唸 ngiău，如「鳥巢、鳥瞰、鴕鳥」。

(6) 跳：徒聊、他吊兩切，效開四定母平聲、透母去聲字。香港客家話口語唸徒聊切，陽平聲，如「跳上跳下」，讀書音則隨北方話讀 tiàu，如「跳繩、跳水」。

2.7 流攝

沒有例字。

2.8 咸攝

(1) 探：他含切，咸開一透母平聲，一般唸 tám，但伸頭的動作唸 dám。

(2) 檻：胡黤切，咸開二匣母去聲，但普通話唸 kăn，客家話讀書音唸 kăm，如「檻、羊」，均不符聲調。香港客家話口語是 kiăm，如「門檻」（mūn kiám）。

(3) 臉：居奄切，咸開三見母上聲，或七廉切，咸開三來母上聲。客家話口語沒有「臉」字，多說「面」，在書面語中「臉」字唸 liăm。只在表示「面前」的時候說「臉前」，但發音為 ngiàm。

(4) 貼：他協切，咸開四透母入聲。在「體貼、貼錢」等書面詞彙中唸 tiăp，但表示有關「粘貼」的動作唸 diăp，如「貼門神、貼郵票」。

(5) 醃：於嚴切，咸開四影母平聲。口語唸 yăp，如「醃鹹菜、醃鹹魚」。只有在書面語詞如「進口醃肉、醃魚」等詞語中唸 yám。

2.9 深攝

(1) 林：力尋切，一般唸 līm，但在說「樹林棚」（灌木叢）時唸 lèm。

(2) 澀：色立切，深開三審母入聲，香港客家話形容物體表面不平滑是 sĕp。味道很澀是 giăp，不合反切。

2.10 山攝

(1) 彎：烏關切，山合二影母平聲，「彎曲」唸 ván，「轉一隻彎」唸 vān。

(2) 灣：烏關切，山合二影母平聲，一般唸 ván，但在地名「土瓜灣、銅鑼灣」中唸 vān。

(3) 間：古閒切，又古莧切，山開二見母平聲和去聲，在「中間、時間、房間」中唸 gán，「間中、間斷」唸 gàn，但表示「隔開」的口語時唸 gàm，如「烏色間白色、豬肉摷牛肉間等來食」。

(4) 片：普麵切，山開四滂母去聲，但現代發音有上聲和去聲兩讀。但香港客家話把「一瓣橘子」說成「一 mĭen」，聲母鼻化。

(5) 眠：莫賢切，山開四明母平聲，一般唸 mĭen，但表示「躺下」的意思唸 mīn。

(6) 先：蘇前切，山開四心母平聲，一般唸 sién，但「先生」的「先」唸 sín。

(7) 結：古屑切，山開四見母入聲，一般唸 giĕt，但表示「繩結」時唸 gĭt。如「打一隻結」。

(8) 研：五堅切，山開四疑母平聲，用比較鈍的刀弄斷叫作「研斷」，被車輾叫做「研倒」，唸 ngān，但「研究、科研」中的「研」唸 ngiēn。

(9) 撮：子括切，山合一入桓精。一般唸 cŏt，但表示一隻手能抓的數量唸 zĕp，如「一撮鹽」。

(10) 閂：數還切，山合二審母平聲，香港客家話一般唸 sán，但在「閂門」中唸 cón。

2.11 臻攝

(1) 根：古痕切，臻開一見母平聲，唸 gén 符合音韻規律，如「根源、根本、根據、存根」，但植物的地下部分唸 gín，不合反切，如「菜根、落地生根、根深蒂固」。

(2) 蝨：所櫛切，臻開三生母入聲，表示作為寄生蟲的蝨子發音是 sĭt，但表示曾孫意義時唸 sĕt（梅縣口音不區分，全部唸 sĕt）。

(3) 輪：力迍切，臻合三來母平聲，一般發音是 lūn，如「輪流、輪更、一輪」，但口語「車輪」唸 cá līn。

(4) 奮：方問切，臻合三非母去聲，讀書音是 fùn，如「奮鬥、發奮」，表掙扎意義（本義）唸 bĭn，如「奮脫、還在該奮」。

(5) 蚊：無分切，臻合三微母平聲，按照音韻規律是 mūn，但通常的發音是 mún，如「蚊好多、熱天有蚊」，但在「蚊帳」一詞發音是 mín。

(6) 分：有兩個反切。府文切，臻合三章母平聲；符問切，臻合三章母去聲，說以破音字，去聲如「分子、三分之一」。但平聲又有多音現象，文讀音是 fún，如「分開、分手、難捨難分」，作動詞表示分發意義時發音 bún，如「分到錢、分牌、一人分到一隻」，表示給予的被動意義時香港客家話唸 bín，如「呢餐厓分錢、分佢走、分你激死」（梅縣口音仍然唸作 bún）。

（7）震：章刃切，臻開三章母去聲。客家話讀書音一般唸上聲 zǐn，但描述身體遇寒冷或驚嚇時唸平聲 zún，如「極極震」。

（8）屈：區勿切，臻合三溪母入聲，一般發音是 kiǔt，但口語是 vǔt，如「屈曲、屈到腳（扭傷腳）」。

2.12 宕攝

（1）盪：吐郎切，宕開一透母平聲，一般唸 tòng，但作為洗滌意義的時候唸 lóng，如「盪碗」。

（2）托：他各切，宕開一透母入聲，一般唸 tǒk，但承托身體部位的時候唸 dǒk，如「用張凳來托腳」。

（3）像：徐兩切，宕開三邪母上聲，客家話讀書音唸 siòng，如「銅像、像素」，但表示相似的時候唸 ciòng，如諺語「瓠打瓠，瓜打瓜，唔係像阿嫲就像阿爸」。

（4）仰：魚兩切，宕開三疑母上聲，文讀 ngióng 符合音韻地位，但口語唸 ngóng。

2.13 江攝

（1）捉：側角切，江開二莊母入聲，香港客家話一般唸 zǔk，不合反切，但「捉棋」唸 zǒk，合反切。

2.14 曾攝

（1）特：徒得切，曾開一溪母入聲，客家話一般唸 tèt，如「特別、福特」，但在「特務、特工」的時候唸 tìt。

（2）層：徂稜切，曾開一從母平聲，客家話一般唸 cēn，但作為動詞表示疊起來唸 cèn。

(3) 刻：苦得切，曾開一溪母入聲，在「時刻、一刻鐘、刻薄」中唸 kĕt，口語作動詞的時候唸 kăt，如「刻圖章」。

(4) 剩：食證切，曾開三禪母去聲，香港客家話讀書音唸 sìn，但在口語唸 yìn，如「食剩飯」。

2.15 梗攝

(1) 拍：普伯切，梗開二滂母入聲，讀書音為 păk，口語讀 pŏk。

(2) 棱：魯登切，曾開一來母平聲，一般唸 līn，但口語唸 liàm，如「四棱棍」。

2.16 通攝

(1) 木：莫卜切，通開一明母入聲，一般發音是 mŭk，但在「木耳」中唸 mùk。

(2) 捅：他孔切，通開一透母上聲，香港客家話唸不送氣的 dŭng。

(2) 中：陟弓切，又陟仲切，通合三知母平聲、去聲。在部分詞彙中保持中古音的發音，讀同端母。例如在「中心」中唸 dùng，在「頂中仔」（扁桃腺）中唸 dúng。

四 多音字和特殊發音引起的問題

從上述可以看到，由於客家話的歷史發展，部分字有一字多音和特殊發音的現象，需要特別注意。

一字多音的字有些是與其他方言相同的，一般來自古漢語傳承，例如「好事、好奇」，在任何一個方言中，「好」都是破音。這些字的配詞方式在標準語和方言基本相同，語音對應規律明顯，很容易掌握。

但是，文白異讀就沒有那麼簡單了。例如說，香港、梅縣、台灣四縣客家話的「弟」字，在「兄弟、弟子」中唸 tì，但在「老弟」（弟弟）中唸 tái。這是在其他方言

不會出現的。形成這個發音差異的過程，只出現在某些客家話裏面，所以是一個獨特的多音字現象。而要掌握這個知識，才算得上懂得香港客家話。

另外，要掌握客家話的特殊例外發音也是不容易的。我們對方言發音的理解基於音韻學，而音韻學的基礎是中古音。雖然客家話、廣州話、普通話的發音都來自中古音，但由於中古音已經是一千年前的發音，經過長期流變，幾乎每個方言的個別字音均會有特殊的唸法。例如說，「學校」的「校」（gāu）在客家話是塞音聲母，跟廣州話、普通話的擦音不一樣。這就成為掌握客家話的一個難點。現在，就算是粗懂客家話的香港中年一代，要熟記本章的特殊發音也不是一件很容易的事。

第四章

香港客家話的詞彙 I

一 香港客家話的詞彙特點

客家話是漢語語族的一個分支語言（在漢語語言學中稱為方言），與其他地方的漢語變體，包括普通話在詞彙上有很多相同之處。除了基本詞彙域之外，客家話大部分的詞彙跟普通話和廣州話差別不大。

以一個香港本土語言學會介紹過的故事 ——《狐假虎威》為例：

在一隻（一個）濃密嘅（的）樹林裏背（裏面），有一條（一隻）好惡嘅（很兇猛的）老虎。佢（牠）肚脏（肚子）餓哎陣（那個時候），都會打（獵取）其它野性（動物）來食（吃）。有一日佢遇到條狐狸。狐狸啱先（剛剛）想愛（要）溜走哎陣，就分（被）佢一捉（抓）捉等（抓到）嗨嘀（了）。出嗨（了）名蠱惑（狡猾）嘅狐狸看到自家冇（沒有）辦法走得脫，就想到一隻計謀（計策）。佢板起面來教訓老虎講：「老虎阿哥，你有冇（有沒有）搞錯哦，厓（我）你都敢捉來食？你知道厓係哪人（誰）無（嗎）？厓講你聽啦：厓係（是）天神派來打管（管理）所有嘅野性嘅。你食嗨厓嘅話，就係違抗天神嘅旨意，你擔當得起無？」老虎一聽到就嚇到下。狐狸黏時（馬上）就講落去：「你還係唔信（不相信）係咩（是不是）？你就黏等（跟着）吾尾（我後面）在樹林行一擺（走一趟），看下係咩所有嘅野性看到厓，都會走死唔愛命（拼命地跑）。」老虎聽到狐狸講話嘅口氣恁（這麼）大，就相信嗨幾分，決定黏等狐狸去看下。樹林裏背大大細細（大大小小）嘅野性，看到狐狸大搖大擺，奢鼻奢鼻（神氣活現）恁樣行等過來，後背還騰等（跟着）一條生生猛猛嘅大老虎，都嚇到冇命（嚇得要死），有恁遽（那麼快）得恁遽走轉屋下（回家）。老虎看到之後，唔知道恁多野性係惶佢自家，還以為真係被狐狸嘅威風嚇走嘅，就正經（真的）相信嗨狐狸嘅話。老虎還惶（怕）得失狐狸，惶天神會罰自家，也遽遽扭轉頭（轉過頭）走嗨。

這段故事是用香港老派客家話的口語寫成的。沒有註解的話，北方人能大概猜到裏面的意思，但不能全部明白。操粵語的香港人可能會明白多一些，因為「蠱惑、捉、冇、唔、係、大大細細」等詞的意思跟廣州話相同，但其他的詞彙也是廣州話所沒有的。

　　客家話是漢語方言的一種，在日常詞彙中，大部分的詞形跟普通話相差不大。例如上文的「濃密、樹林、狐狸、老虎、天神、所有、相信、決定、還、大搖大擺、嚇到、知道」等，詞形跟普通話沒有差別，但在日常使用上也算是客家話的一部分。這都是方言跟北方話的共同詞彙，相當大部分是從北方話輸入的，也有一些是古漢語的共同傳承。

　　此外，一些有別於北方話的詞彙在客家話和其他南方方言中繼續使用。其中很多來自中古漢語，南方方言一直傳承着，但北方話已經棄用，或者意義已經改變。另外一些是南方漢族跟南方兄弟民族長期相處而從他們的語言借入的。廣義而言，這些都可以說是客家話詞彙。

　　最後是客家話的特有詞彙，只有客家話在使用，其他方言不用或者很少用，屬於狹義的客家話詞彙。例如「尋找」，北方話是「找」，廣州話是「搵」，但客家話是「尋」。

　　我們在這一章裏主要是介紹狹義的客家話詞彙。但有時候也包括較廣義、與其他南方方言共同擁有的詞彙。

二 單音節詞彙

　　香港客家話詞彙是指香港客家話中詞形跟普通話不同的詞彙，其中部分與廣州話、閩南話相同，例如「行、徛、食、落、粥、鑊、細」等。由於語言的變化，古漢語詞在北方話裏面語義很多已經轉移，或者廢棄不用，但在南方方言還是保留了生命力。另外，由於語言發展方向不同，部分詞彙在南方方言會發展出一些特別的意義。例如，香港客家話的「水」有雨水的意義，「暗」有「晚上」的意思等等。

　　此外，南方方言的單音節詞彙比較多，部分來自於古漢語傳承。本來是單音節的古漢語詞彙，在北方話要麼添加詞綴，要麼加同義詞組成合璧詞，例如客家話的「蔗、柑、褲」在北方話要說成「甘蔗、柑子、褲子」。

　　本書列出的字詞中，如果有音無字，或者無法找到本字的，我們會用方框□表示。如果本字不明，但已經有一個流行的俗字，而且俗字明顯不是本字的情況，我們用小方括號 [ ] 表示。有本字的，我們用大方括號【】表示。有時候一個字既有俗字，但又有本字的，我們會一併列出，而且建議從俗。六角括號〔〕內是例子的標準中文翻譯。單音節詞彙的發音和解釋均來源於《康熙字典》。

　　單音節詞彙中，以動詞最多（383 條），然後是名詞（190 條）、形容詞 / 副詞（122 條）、人稱代詞 / 虛詞（37 條）。

1. 動詞

á　　　【跨】跨（過去），口語聲母脫落，本字仍是「跨」。

ăm　　[罯] 硬物在地上或床上頂着身體。本字不明。暫寫作罯。

ăng　　□ 沙子硌腳叫做 ăng 腳，本字不詳。可能是粵語借詞。

àp　　　【踏】跨（過去）。有可能是「踏」字聲母脫落而來。

ău　　　【拗】用力折斷，扭曲。拗，《唐韻》《集韻》《韻會》於絞切《正韻》於巧切，坳上聲。《說文》手拉也。《增韻》折也。《尉繚子》拗矢折矛。《王令詩》低樹狂貌日摧拗。客家話、廣州話均有此說法。例：曲嘅都拗轉直〔彎的都扭得變直了〕。

àu　　　【拗】爭執。拗，《韻會》《正韻》於教切，坳去聲。拗戾，固相違也。《朱子·語類》王臨川天資亦有拗強處。《李綽秦中歲時記》初冬納文書，卻謂之選門閉。四月選事畢，卻謂之選門開。選人名在令史前，謂之某家百姓。狀在判後，又卻須黏在判前，因名四拗。客家話、廣州話均有此說法。

bá　　　【趴】趴，伏着。客家話發音不送氣。例：佢趴在書桌睡嗨〔他趴在書桌睡了〕。

bā　　　[孭] 背。本字不明，香港一般寫作孭。例：孭帶〔背帶〕、孭佢去看醫生〔背他去看醫生〕。

băn 【反】翻動尋找。反，孚遠切，覆也。客家話唸重脣。例：佢在衣櫃反來反去尋嗨半日〔他在衣櫃翻來翻去找了半天〕。

bàn 【絆】用繩子或者布條圍住。絆，《廣韻》《集韻》《韻會》《正韻》博慢切，音半。《說文》馬縶也。《玉篇》羈絆也。《增韻》繫足曰絆，絡首曰羈。《前漢·班固敍傳》今吾子已貫仁義之羈絆。今天客家話詞義擴大。

báng 【抨】拉扯。抨，《集韻》晡橫切，音祊。相牽也。與搒同。「抨」的寫法比「搒」簡單。音合，意義稍有引申。例：抨衫尾〔拉衣角〕、抨頭那毛〔扯頭髮〕。

báu ［煲］【釜】比較長時間的用水煮。「煲」是新造字，由廣州話借入。本字可能是「釜」。例：煲飯、煲順〔煮湯〕。參看名詞部分 báu 條。

bén 【崩】房子倒塌，客家話叫「崩屋」。懸崖叫做「崩崗」。崩，《廣韻》北滕切《集韻》《韻會》悲朋切，音絣。《說文》山壞也。從山朋聲。《玉篇》毀也。《禮·曲禮·註》邢昺曰：自上墜下曰崩。《詩·小雅》如南山之壽，不騫不崩。客家話保留古義。

bì 【泌】把湯水、湯藥裏的水輕輕倒出，避免倒出沉在下面的固體渣滓，過程中可以加蓋子或者用筷子按住渣滓。泌，《唐韻》《集韻》《韻會》《正韻》兵媚切，音祕。《說文》俠流也。一曰泉貌。《詩·陳風》泌之洋洋，可以樂飢。客家話意義有所引申。

biàng 【屏】收藏，藏身，本字是屏。屏，《廣韻》蒲經、必郢切。《說文》，蔽也。客家話去聲為收藏的意思。例：佢就來到，快滴屏芳蓬去〔他馬上過來，快點藏在灌木叢中〕。

biáu 【飆】狂奔。南方方言均用此字。例：佢聽到講其爸轉來就飆嗨出去接〔他聽人說他爸爸回來就飛奔出去迎接〕。

bín 【分】香港客家話中給予謂之 bín，本字其實還是「分」。分，《唐韻》府文切，《集韻》《韻會》方文切。香港客家話唸 bín，台灣、梅州客家話唸 bún。例：

這餐崖分錢，大家盡量食〔這頓飯我付錢，大家盡量吃〕。/ 這間屋係其爸分佢愛來娶老婆嘅〔這套房子是他爸給他用來討老婆的〕。

bǐn 【奮】掙扎稱 bǐn。奮，方問切，音債。《說文》翬也。客家話保留重脣，上聲，例：奮奮掙〔不停掙扎〕、奮厥脫 (lǒt) 嗨〔掙脫了〕。

bǐn 【抆】揩屁股謂之「抆屎」。抆，《唐韻》《集韻》《韻會》《正韻》武粉切，音吻。拭也。發音應該是 mǔn，在客家話聲母改變，但意義相同。

bǐt 【潷】釀酒叫做「潷酒」。潷，《廣韻》鄙密切《集韻》逼密切，音筆。《博雅》盎也。一曰去汁也。意義俱合。

bǒi 〔揹〕用棍子擊打，尤其是打人或者動物的動作，本字不詳，暫寫作揹。例：吾條狗分佢一棍揹死嗨〔我那隻狗被他一棍打死了〕。

bòi 【背】表示用車載叫「背」，例：等間崖用單車背你轉去〔等下我用單車載你回去〕。

bǒk 【剝】除了有跟普通話相同的意思以外，客家話也跟廣州話一樣用「剝」來代表脫衣服鞋襪的動作，例：覺得熱就剝冷衫正，唔係開冷氣〔覺得熱就先脫毛衣，不是開冷氣〕。

bǒk 【駁】(1) 連接，廣州話也有這個說法。(2) 回嘴，客家話、廣州話都叫「駁嘴」。(3) 動物交配叫做「駁加」。

bǒk 【博】賭運氣。例：崖博先生唔考上擺考過嘅單元，所以冇去準備〔我打賭老師不會考上次考過的單元，所以沒去準備〕。

bǒk 【搏】拼搏，拼了。例：佢搏命走都追唔到架巴士〔他拼命跑都追不上那輛巴士〕。

bòk 〔餺〕抽煙叫做「餺 (bòk) 煙」，本字不明，「餺」只是新造擬聲字。例：吾公早下用水煙筒餺煙〔我爺爺以前用水煙筒抽煙〕。

bóng　[掁] 把污垢或泥土揩在身上。暫寫作掁。掁，又《唐韻》博江切，音邦。土精，如手在地中，食之無病。同音但意義不合。例：惹手淨麵粉，唔好掁到吾條烏褲〔你的手滿是麵粉，不要揩到我的黑褲子〕。

bŏng　【傍】佐膳、佐酒謂之「傍」。傍，《集韻》補朗切，音綁。左右也。音義俱合。例：炒地豆最好愛來傍燒酒〔炒花生最好適合用來送白酒〕。

bŏt　【發】方伐切，音髮。客家話保留重脣唸 bŏt。通常用在發病、做夢等人體上的現象。例：發性〔發脾氣〕、發黃腫〔肝病〕。

bú　【俯】彎腰稱「俯腰」。俯，《廣韻》方矩切，《集韻》匪父切，音府。僄也。客家話保留非母重脣，讀同幫母，聲調改為陰平。例：有錢撿都懶俯腰〔有錢撿都懶的彎腰〕。形容懶惰。

bū　[咘] 擬聲詞，暫寫作咘，（小孩）噴口水的動作。

bùi　【沸】沸騰謂之「沸」，一般是動詞，也可以作為形容詞。沸，方未切，非母字，香港客家話保留重脣音，讀同幫母。例：水愛沸過正食得〔水要煮開過才能喝〕。

bún　【分】分派、分發，客家話唸重脣音。分，《唐韻》府文切，《集韻》《韻會》方文切。分派義，香港、台灣、梅州均唸 bún。例：分食人吮手指〔分東西給別人吃的，反而自己沒得吃〕。

bŭt　[抔] 從低處鏟起物件的動作，本字不明。有兩個用法：(1) 用鏟子、畚箕鏟起穀物、樹葉等。(2) 兩隻牛互相使用牛角抄起對方。「抔」只是俗寫，非本字。

bùt　[浡] （因為包裹層破裂）凸露出來，包括發芽的動作。本字不詳。暫寫作浡。例：番薯放得久會浡芽〔番薯放得久會發芽〕。

cá　【賒】賒借。客家話唸送氣塞擦音。

cá 【扠】用手拿着稱為「cá 等」。本字為「扠」。大概相當於廣州話的「拎、揸」。扠，《集韻》《韻會》《正韻》初加切，音叉。挾取也。《韓愈詩》饞扠飽活臠。意義或有所引申。例：扠便錢出來買票〔把錢預先拿在手裏買票〕。/ 摎厓扠等件衫〔幫我拿着衣服〕。/ 你連扠鞋都冇資格啦〔你連提鞋子都不配〕。

că 【扯】拔草、拔蘿蔔的動作叫做「扯」。

cà ［岔］佔用空間阻擋地方，本字不明，暫寫作岔。例：這張爛凳岔定，拂嗨佢〔這張爛凳子佔着地方，扔掉它〕。

cán ［攢］反過來叫做「攢轉來」。本字不明，暫寫作攢。

căn ［鏟］臭罵。

cāng 【晟】刺眼謂之「晟眼」。晟，《廣韻》承正切《集韻》《韻會》《正韻》時正切，音盛。《説文》明也。《正字通》日光充盛也。又熾也。音合，意義有所引申。

càng 【撑】頂。意義與普通話同，但客家話、廣州話唸去聲。

càng 【磔】硬塞（進袋子等容器）。磔，除更切，棖去聲。《廣韻》有「塞」的義項。客家話、廣州話均用，並且引申為拼命吃的意義。俗語有云：「豬磔大，狗磔壞，人就磔倒礙礙曬曬」（見第六章慣用語）。

càu 【抄】(1) 翻動物件找東西謂之「抄」（去聲）。抄，《唐韻》初教切《集韻》《韻會》楚教切，鈔去聲。亦略取也。意義有所引申。客家話、廣州話均有此詞。例：厓抄過渾間屋都尋唔到〔我翻找過整個房子都找不着〕。(2) 叫醒一個睡覺的人謂之「抄醒」。也有翻動的意思。(3) 打擾客家話謂之「抄冒」。

cè 【迣】傳染疾病給別人。迣，《集韻》丑制切，音跐。《玉篇》超踰也。《前漢·郊祀歌》體容與，迣萬里。音義俱合。例：傷風就唔好去返工，會迣到人〔傷風就不要去上班，會傳染到人〕。

cén　【呻】大聲呻吟謂之「呻」。呻，《唐韻》失人切。《集韻》《韻會》《正韻》升人切，音申。《說文》吟也。《禮・學記》今之教者，呻其佔畢。《爾雅・釋訓》殿屎，呻也。《莊子・列禦寇》呻吟裘氏之地。客家話口語聲母為塞擦音。例：哎隻人嘅腳分車研到，呻到好大聲〔那個人被車子輾到，呻吟得很大聲〕。

cèn　【層】把碗摞起來放謂「層起來」。層，《唐韻》昨稜切《集韻》《韻會》《正韻》徂稜切，音曾。《說文》重屋也。从尸曾聲。本來是名詞，現作為動詞讀去聲。例：洗好個碗愛層起來放好佢〔洗好的碗要疊起來放好〕。

cĕu　【湊】摻，添加。有可能是湊。湊，《唐韻》倉奏切。湊有添加義，但聲調不對。《紅樓夢》第四十回：「外頭老爺們吃酒吃飯，都有個湊趣兒的，拿他取笑兒。」例：洗面水燒過頭就摻滴冷水〔洗面水太熱就摻點冷水〕。

cì　【飼】給小孩、病人或老人餵食物的動作。古文作「飤」。飤，《唐韻》《集韻》《韻會》祥吏切《正韻》相吏切，音寺。《說文》糧也。《玉篇》食也。與飼同。《增韻》以食食人也。本來是用食物餵人的動作。客家話保留古義。

ciăk　【刺】刺進皮膚紋身寫字的動作。刺，《唐韻》《集韻》《韻會》《正韻》七迹切，音磧。穿也，傷也。《增韻》刃之也。《孟子》刺人而殺之。又針黹也。例：刺青。

ciám　【籤】用尖刀或者竹子刺，尤其是用來殺豬。籤，《廣韻》七廉切《集韻》《韻會》《正韻》千廉切，音簽。《說文》驗也。一曰銳也，貫也。客家話音義俱合。例：叫到摎籤豬恁大聲〔哭到像殺豬一樣大聲〕。

ciām　【撏】從細縫中抽出、拔出。撏，又《集韻》徐廉切，音燅。摘也。客家話意義有所引申。例：撏雞毛、撏笋。又指抽籤。廣州話也有此詞。

ciāng　【晴】除了表示晴天以外，客家話、廣州話的「晴」也用來做動詞，代表停雨的動作。例：等到水晴嗨就出門〔等到雨停了就出門〕。

ciàu 【嚼】咀嚼，客家話唸送氣，本字也是「嚼」。

cīm 【尋】找尋謂之「尋」。尋，《唐韻》徐林切《集韻》《韻會》《正韻》徐心切，音潯。《說文》繹理也，从工口，从又寸。工口，亂也。又寸，分理之也。彡聲。《增韻》求也。客家話保留古詞古義。

cǐt 【挈】用力拉繩子的一端。挈，《唐韻》《集韻》《韻會》《正韻》尺制切，音瘛。《爾雅·釋訓》粵夆，挈曳也。又《唐韻》昌列切《集韻》《韻會》尺列切，滯入聲。義同。亦挽也。本屬山攝，客家話發音讀同臻攝，韻母有所改變。

cón 【閂】門戶關閉謂之「閂門閉戶」。閂，數還切，門橫關也，名詞作動詞用。客家話在「閂門」一詞讀塞擦音比較特別。又讀作 sán。引申為關，例：閂電火〔關電燈〕。

cón 【吮】吮吸。吮，《唐韻》《韻會》《正韻》徂兗切《集韻》粗兗切，音雋。《說文》敕也。又《玉篇》食允切《廣韻》食尹切，音盾。《廣韻》舐也。但客家話聲調轉為平聲。例：分食人吮手指。

cǒn 【吮】鴨鵝等扁嘴鳥類啄人的動作。吮，《廣韻》食尹切，音盾。《廣韻》舐也。音義俱合。例：小心其隻鵝曉吮人〔小心他那隻鵝會啄人〕。

cǒt 【撮】騙，玩弄。《新華字典》有「玩弄」的義項。例：撮戲（玩把戲）、撮哄（起哄）。客家話引申其義。例：撮把戲〔玩把戲〕、撮仔〔騙子〕。

cùi 【墜】用力把樹枝拉下來，或果實太多讓樹枝下垂。墜，直類切，垂去聲。《說文》侈也。《爾雅·釋詁》落也。客家話引申為「使……下垂」義。例：今年芒果豐收，打到墜裂樹〔今年芒果豐收，結果結到把樹都墜裂了〕。

cǔk 【刺】用尖的物體插，香港客家話說 cǔk。刺，又《唐韻》《集韻》《韻會》《正韻》七迹切，音磧。穿也，傷也。《增韻》刃之也。《孟子》刺人而殺之。又針芥也。粵東的發音一般是 ciǔk。例：(1) 行刺。(2) 小心玫瑰花有芀，會刺到人〔小心玫瑰花有刺，會刺到人〕。

cùk 【濁】嗆。濁，直角切，音濯。水名。又水不清也。引申為被水嗆到，或者空
氣不乾淨嗆到人。客家話江攝有些字唸同通攝。例：厓唔係傷風，係食茶分
水濁到〔我不是傷風，是喝水被水嗆到〕。

cún 【伸】伸，口語音 cún，比較特別。臻攝開口三等在客家話中以 u 為主要元音
十分普遍。審母也有不少字唸塞擦音。例：伸懶腰、伸腳。

cūn 【蹲】體力不支或者雙腳發軟蹲下去。蹲，《唐韻》《韻會》《正韻》徂尊切《集
韻》徂昆切，音存。《說文》踞也。意義有所引申。

cùn 【皴】手指用力去擦刮。皴，《唐韻》《集韻》《韻會》七倫切，音逡。《說文》皮
細起也。《玉篇》皵也。《梁書·武帝紀》執筆觸寒，手為皴裂。本為名詞，
平聲，客家話為動詞，讀去聲，例：皴熳（màn）〔擦走身上的死皮污垢〕。

dǎ 【打】除了標準中文的意思以外，「打」在香港客家話還表示很多其他意思，
詳情請看第七章的語法詞。

dài 【帶】除了標準中文的意思以外，香港客家話中的「帶」還表示照顧（小孩）。
例：佢退休以後就撁其妹子帶人仔〔他退休以後就幫他女兒看小孩〕。

dám 【擔】提起身體部位，尤其是頭和手腳。擔，《唐韻》《集韻》《韻會》都甘切
《正韻》都藍切，膽平聲。與儋同。背曰負，肩曰擔。《釋名》擔，任也，任
力所勝也。發音相同，意義有所引申。廣州話說法相同。例：擔起頭看下
〔抬頭看一下〕。

dáng 【釘】尾巴豎起謂之「尾牯釘起來」，小孩學站立叫「打釘」，本字可能是
「釘」。釘，《唐韻》《集韻》《韻會》《正韻》當經切，音丁。《說文》鍊鉼黃金。
取其堅硬的意思，引申為豎起、站起。

dàng 【釘】縫。釘，又《廣韻》《集韻》《韻會》《正韻》丁定切，音矴。《增韻》以釘
釘物也。例：釘鈕。

dăp 【搭】(1) 拜託別人。例：搭聲〔傳話〕/ 阿張今日去投墟，厓搭撈厓買塊豬肉〔張大嫂今天去趕集，我拜託她幫我買塊豬肉〕。(2) 送禮，客家話叫做「搭人世」。(3) 附加。例：買魚尾愛搭一塊魚頭〔買魚尾要附加一塊魚頭〕。(4) 螞蟥黏在人身上吸血叫做「湖蜞搭人」。(5) 而且。例：鹹搭苦〔非常鹹〕/ 其賴子爛賭搭食煙，哪像隻好人〔他兒子又爛賭又抽煙，哪裏像個好人〕？

dău 【倒】砍樹的動作。

dĕm 【扰】小孩踢被子謂之「dĕm 被」，應該是「扰」字。扰，《唐韻》竹甚切《集韻》陟甚切，碪上聲。《説文》深擊也。从手尤聲。一説楚謂搏曰扰。又《集韻》食荏切，音甚。《揚子‧方言》拟扰，推也。客家話音義俱合。

dèm 【紞】向下垂。紞，《集韻》《韻會》《正韻》都感切，音眈。《説文》冕冠塞耳者。臣鉉等曰：今俗別作髧，非是。《左傳‧桓二年》衡紞紘綖。《註》紞，冠之垂者。意義有所引申，但聲調轉為去聲。例：紞條索下去分佢爬上來〔垂一條繩子下去給他爬上來〕。

dèp [碪] 用石頭等硬物往下砸為 dèp，應該是擬聲字，暫寫作碪。例：椰子用石頭碪爛就開到〔椰子用石頭敲破就可以打開〕。

déu [兜]【端】雙手用力持物。俗寫作兜。兜，當侯切，本義為頭，無持物義，只是個同音字。本字可能是「端」字，陰陽對轉。例：兜凳、兜梯、兜尿〔把尿〕。

dèu [斟] 安裝、接駁。本字不明。廣州話也用此詞，香港俗寫作斟。例：斟鑊鋤柄〔安裝鋤頭的把柄〕。

dí 【知】知道，發音為 dí。知，《唐韻》陟离切《集韻》《韻會》珍離切《正韻》珍而切，智平聲。保留上古音知母讀同端母。《説文》詞也。又《集韻》《韻會》知義切。《正韻》知意切。與智同。客家話「知道」發音是 dí，「知識」的發音是 zì。應是避諱女性器官 zí 而讀同端母。例：厓唔知佢姓嗄〔我不知道他姓甚麼〕。

diǎk [趃] 追逐，趕，本字不詳，暫寫作趃。例：條狗趃條貓，趃到佢爬上樹〔那隻狗追那隻貓，追到牠爬上樹〕。

diáng [蹭] 頻繁地而沒有目的地走動、飛動。本字不詳，暫寫作蹭。例：蹭來蹭去〔撲來撲去〕。

diáu [叼]【鳥】蚊子叮咬、蜂類螫的動作，本字不明，有可能就是「鳥」字。一般寫成叼。例：在花園坐好容易分蚊叼〔在花園坐很容易被蚊子叮咬〕。見 diǎu [屌] 字條。

diǎu [屌]【鳥】肏，俗稱男子的性行為，但更常用作罵人的話。本字是鳥。鳥，《唐韻》都了切《集韻》《韻會》丁了切，音蔦。《説文》長尾禽總名也。《正韻》常時曰鳥，胎卵曰禽。北方話比喻為男性器官，寫作屌，但只是近代造字。屌，《字彙》丁了切，貂上聲。男子陰。宋元話本多有此用法。《正字通》此為方俗語，史傳皆作勢。「屌」發音 diǎu 符合「鳥」字反切。客家話、廣州話均以名詞作動詞用。例：屌眉屎〔性交〕（粗俗直接說法）。

diet 【跌】除了有「跌倒」的意思以外，在客家話還有「丟失」的意思。例：厓上隻禮拜跌嗨架手機〔我上個星期丟失了一部手機〕。

dín □ 轉圈，本字不明。又作 dǐt。例：出來 dín 一隻圈就轉去〔出來 dín 轉一個圈就回去〕。

dǐn 【頂】抵擋、忍受。廣州話、客家話都有這個說法。可能是從廣州話借入。

dìn [湞] 滴水。擬聲詞，暫寫作湞。例：水桶穿底，湞到滿地都係水。

dǐt [的] 轉圈，本字不明，暫寫作的。又作 dín。例：忙到的的轉〔忙得團團轉〕。

dióng [噔] 禽鳥啄咬。本字不明，可能是「啄」的陽入對轉。例：分雞噔。

dói 【跥】跌倒、摔跤稱「dói 倒」。跥，《集韻》，當蓋切，倒也。意義相同，但讀去聲。香港客家話聲調為平聲。

dŏk 【托】用小凳子或者墊子之類承托（通常是手腳）。聲母轉為不送氣，但意義相同。例：扷張凳仔分厓托腳〔拿張凳子給我放腳〕。/ 手唔好托出窗門去〔手不要伸出窗去〕。

dòk 【斲】剁。斲，《唐韻》《集韻》《韻會》《正韻》竹角切，音琢。《說文》斫也。知母唸同端母保留古音，但聲調轉為陽入。例：拿把刀來斲斷佢〔拿把刀來把它剁斷〕。

dŏn 【斷】弄斷，截斷。把頂芽摘掉叫做「斷心」，截斷水源叫做「斷水」。

dŏt 【掇】雙手捧着。掇，都括切，音剟。讀若朵入聲。《說文》拾取也。《水滸傳》且向店裏掇條凳子，坐了兩個時辰。客家話、現代漢語有雙手端着的意義。例：掇盆飯出來分人㕭〔端那盆飯出來讓人家盛〕。

dŭi 〔敊〕用力扯。本字不明，暫寫作敊。例：敊哎桍龍眼下來摘〔扯下那枝龍眼來摘〕。

dŭk 〔丢〕【啄】（針或者尖物）扎，或者用手指去戳。啄，《廣韻》丁木切《集韻》都木切。《說文》鳥食也。客家話引申為針扎。香港地圖地名常寫作「督、篤」。「丢」是近代造字，北方方言用法相同。例：分笀丢倒〔被刺刺到〕。

dŭk 【啄】鳥類啄食的動作。另外打瞌睡也叫作「啄目睡」，因為類似鳥類啄食的動作而得名。

dŭk 【涿】淋雨。涿，竹角切，音斲。《說文》流下滴也。客家話保留古語。江攝客家話有幾個字讀同通攝。例：冇帶遮，分場水涿到一身濕嗒嗒〔沒帶傘，被雨淋到一身濕嗒嗒〕。

dún 【燉】把食物放在瓦器中，放在沸水中煮比較長的時間。燉，徒孫切，火盛貌。

dŭn 【躉】存放。

dùn 【扽】站立時因為身體失去平衡，屁股突然掉到地上，謂之「打扽坐」。扽，《唐韻》《集韻》都困切，音頓。撼也。音義俱合。

dúng 【中】頂、戴或放在頭上，名詞作動詞用。「中」為知母字，讀舌頭音 d，為古音，例：中頭仔（一種用來放在頭上的布頭飾）。另外，扁桃腺稱為「頂中仔」（dín dúng zǎi），「中」也是唸 dúng。

dǔng 【捅】捅，但聲母轉為不送氣。例：佢用棍捅爛哎鳥竇〔他用棍子捅破了那個鳥巢〕。

ém 【揞】捂。揞，烏感切，庵上聲。藏也。手覆也。又於咸切，黯平聲。客家話音義俱合。咸開二在客家話口語唸 em 的有不少例子。例：打爆仗愛揞耳公〔放鞭炮要捂耳朵〕。

ěm ﹝腌﹞偷看。本字不明，暫寫作腌。腌，《集韻》乙業切，音浥。目閉也。又《玉篇》烏感切，諳上聲。義同。「腌麼」有土坎的意思，只是同音字。

ěp □ 敷中藥、膏藥在皮膚上就說 ěp，本字不詳。可能是「壓」字。

èp □ 壓到，本字可能是「壓」，但聲調不對。例：其架車分大樹 èp 落來 èp 到〔他的車子被大樹壓下來壓到了〕。

ěu 【嘔】嘔吐。在客家話和廣州話中是單音節詞。

èu 【漚】放置在空氣、水中或土中任其腐爛。漚，《唐韻》烏候切《集韻》《韻會》《正韻》於候切，謳去聲。《說文》久漬也。《詩·陳風》東門之池，可以漚麻。《傳》漚，柔也。《正義》考工記註，漚，漸也。楚人曰漚。此云漚柔者，謂漸漬之，使柔韌也。

èu 【熰】慢火燒垃圾雜物謂之「熰火堆」。熰，《集韻》烏候切，音謳。《玉篇》炮熰也。《管子·侈靡篇》古之祭有時而熰。《註》熰，熱甚也。謂旱熱甚而祭。《新華字典》中有指冒煙、不起火苗地燒，意義相同，但用法有些不同。

fán　[番] 進去。「番」是同音字,本字不詳。例:行番行出〔進進出出〕、番新屋〔新居入伙〕。

fìt　【拂】扔。拂,《唐韻》《集韻》《韻會》《正韻》敷勿切,音髴。《說文》過擊也。《徐鍇曰》擊而過之也。又《廣韻》去也,拭也,除也。客家話唸 fìt 為丟、丟棄義,與 fũt 之拭抹義不同。例:碗布恁爛就愛拂嗨佢買過條〔碗布那麼破爛就要扔掉再買一條〕。

fit　[拂] 用鞭子抽打為 fit,應該是擬聲詞,暫寫作拂。

fúng　【空】空出。空,苦紅切,作動詞的時候聲母轉為 f,跟作形容詞的「空」kúng 區別。例:空隻盤來裝雞肉〔空個盤子來裝雞肉〕。

fũng　【哄】騙。俗語:在生唔孝順,死嗨哄鬼神(詳見第六章慣用語)。

fùng　【奉】供奉。用酒肉拜神叫做奉神。例:吾爸過年過節都會奉神〔我爸爸過年過節都會供奉神明〕。

gái　【繫】綁。繫,古詣切,約束也。客家話唸平聲,但意義相同,例:繫褲頭帶、繫鞋帶、繫安全帶。

gǎi　【解】勸說、哄、開解、安慰。例:惹老婆唔開心你就應該解下佢〔你老婆不開心你就應該哄她一下〕。

gám　【監】強迫。客家話、廣州話都有此說法。例:監佢賠錢〔強迫他賠錢〕。

gǎm　【減】把飯菜從一盤撥到另外一盤的動作,客家話、廣州話均有此說法。應該是減少的引申義。

gàm　【間】間,錯開。又隔也。《前漢‧楚元王傳》或脫簡,或閒編。《註》閒,古莧反。謂舊編爛絕,就更次之,前後錯亂也。《韋玄成傳》閒歲而袷。《註》閒歲,隔一歲也。意義一樣,發音也幾乎相同,但客家話收 m 韻尾。

gǎn 【揀】選擇，廣州話也是這樣說，似乎是古漢語遺留的同源詞。俗語：千揀萬揀揀隻爛燈盞，千擇萬擇擇隻爛飯勺（見第六章慣用語）。

gàng 〔經〕被繩子等絆（倒）。本字不明，暫寫作經。俗語：狗經索，食唔切（見第六章慣用語）。

gǎp 【佮】與人合得來。佮，《集韻》葛合切，音閣。合取也。在現代漢語中也有合作的意義。客家話、廣州話都說「佮」得來。但客家話的「佮人」是女人背夫與人有染的意思。

gǎp 【夾】趁着。例：夾硬〔硬來〕、夾生分佢激死〔活活被他氣死〕。

gǎt 〔刮〕理睬。暫寫作刮，應該不是本字。刮，《唐韻》古頒切《集韻》《韻會》古剎切《正韻》古滑切，音鴰。《說文》掊把也。一曰摩切。《廣韻》刮削，意義相差甚遠。例：唔好刮佢〔不要理睬他〕。

gǎu 〔搞〕【攪】小孩玩耍，一般寫成「搞」，非本字。搞，《集韻》《韻會》丘交切，同敲。橫撾也。或作擊。無玩耍義。本字可能是攪。攪，古巧切，音絞。《說文》亂也。《增韻》撓也。《詩·小雅》祇攪我心。又《廣韻》手動也。比較接近玩耍義，但「攪」字用作攪拌義，本書用「搞」字。例：搞冇兩下就臭貓屎〔（小孩）玩耍沒兩下就不和〕。

gàu 【交】「交換」的「交」唸去聲，可能是逆同化。更可以縮略為 gàu。例：厓用一隻鴨掅佢交倒一隻雞〔我用一隻鴨跟他交換到一隻雞〕。

gěp 【汲】舀水謂之「gěp 水」。汲，《唐韻》《正韻》居立切《集韻》《韻會》訖立切，音急。《說文》引水於井也。《易·井卦》可用汲，王明受其福。《莊子·至樂篇》綆短者，不可以汲深。客家話有所引申。

giám 【兼】靠近。暫寫作兼，可能並非本字。兼，《唐韻》古甜切《集韻》《韻會》堅嫌切《正韻》古嫌切，音縑。《說文》并也。从手禾。兼持二禾也。《徐曰》會

意。秉持一禾，兼持二禾。可兼持者，莫若禾也。《易‧繫辭》兼三才而兩之。《前漢‧王莽傳》縣宰缺者，數年守兼。《註》師古曰：不拜正官，令人守兼也。沒有靠近的意義。例：兼天光〔黎明時分〕。

giǎm 　【撿】(1) 拾取。(2) 清理。例：撿桌食飯〔收拾桌子來吃飯〕。

giǎu 　[繳] 擦眼淚、擦嘴巴的動作。繳，《廣韻》古了切《集韻》《韻會》《正韻》吉了切，音皎。《前漢‧司馬遷傳》名家苛察繳繞。《註》如淳曰：繳繞，猶纏繞也。擦是引申義。俗語：偷食唔曉繳啜（見第六章慣用語）。

giàu 　[叫] 哭泣，又作「叫啜」。客家話口語不說「哭」，只說「叫」。叫，《唐韻》《正韻》吉弔切《集韻》《韻會》古弔切，音訆。《說文》嘑也。《詩‧小雅》或不知叫號。《釋文》叫本又作吗。又叫叫，遠聲也。《莊子‧齊物論》叫者譹者，郭象讀。《前漢‧昌邑王傳》遂叫然號曰。《玉篇》同噭。「叫」有號哭義。客家話保持古義。台灣寫作「噭」是採用異體字。例：恁大人還長日叫啜〔長那麼大還整天哭〕。

giět 　【結】砌。本字是結，取其團結義。例：結磚、結灶頭。

gió 　□ 弄成一團，或者是胡亂用被子或衣服圍住。本字不詳。例：哎張紙分佢gió 做一團拂嗨〔那張紙被他揉作一團扔掉了〕。

gǐt 　【激】讓人生氣，可能是廣州話借詞。例：分佢激死〔被他氣死〕。

giǔk 　[趜] 追趕，本字不明。趜，《廣韻》《集韻》渠竹切，音鞠。《說文》窮也。非本字。

giùng 　【供】餵飼嬰兒、牲畜。用勺子餵孩子、老人家不能叫「供」，要說「飼」。供，《廣韻》九容切《集韻》《韻會》居容切《正韻》居中切，音恭。《說文》設也。一曰供給。客家話有引申義。例：供雞、供豬、供嫲〔餵奶〕。

gòk 　【過】死的委婉說法，可能是「過」（過身）的變音。

gòk　【搉】敲打，例：搉蒜頭。「搉」應該只是擬聲詞。

gŏn　【趕】趁（着）。例：趕早〔趁早〕、趕佢還吂來〔趁他還沒來〕。

gŏng　【講】(1) 說話。客家話的「講」用途比普通話廣，大概和廣州話的相若。客家話表說話的意思都用「講」，不用「說」，例：淨得把啜來講〔光會用嘴巴來說 / 光說不練〕。(2) 告訴，例：講佢聽厓晨朝日唔在家〔告訴她我明天不在家〕。

gŭ　【估】猜，估算。客家話、廣州話都說「估」。例：厓估這間屋有 150 平方米〔我猜這套房子有 150 平方米〕。/ 你估下佢今年幾多歲〔你猜猜他今年多少歲〕？

gŭn　[衮] 採用。本字不明。衮，《唐韻》《集韻》古本切，音滾。天子服也。《正韻》龍衣法服也。「衮」為同音字，無使用義。例：早下番薯苗衮來供豬，今下愛來做菜〔以前番薯苗用來餵豬，現在用來做菜〕。

gùn　[棍] 騙，借自廣州話。例：佢分人棍嗨十萬銀〔他被人騙了十萬元〕。

gúng　[嗊] 鑽，本字不詳，暫寫作嗊。例：哎條蛇嗊落老鼠窿去捉老鼠〔那條蛇鑽進老鼠洞去捉老鼠〕。

há　【下】《廣韻》胡雅切。(1) 從高的地方到低的地方的動作一般說「下」，大致跟普通話相同（廣州話多數說「落」），客家話聲調陰平合乎音變規律，例：下車、下樓梯、下去看一下。(2) 播種的動作，例：下莧菜。

hàm　【喊】呼喚。「喊」有一等和二等的發音。喊，火斬切。《廣韻》聲也，與嚂同。客家話 hàm 是呼喚的意思。例：喊佢轉來食飯〔喊他回來吃飯〕。

hán　【慳】節省。慳，《廣韻》苦閒切《集韻》《韻會》《正韻》丘閒切，丛音鏗。《廣韻》恡也。《李白詩》披豁露天慳。《朱子·極目亭詩》倒盡詩囊未許慳。音義俱合。例：這種車好慳油〔這種車很省油〕。

hàn 【罕】稀罕。例：厓正唔罕其哎滴仔錢〔我才不稀罕他的那一丁點錢〕。

hăp 【呷】客家話把哮喘叫做「發（bŏt）呷」。呷，《唐韻》《正韻》呼甲切《集韻》迄甲切，音評。《説文》吸呷也。發音相同，可能是引申義。台灣用「瘟」字，但音義相差甚遠。

hāng 【行】走路，跟廣州、閩南話等用法相同，是古漢語的傳承詞。但客家話「行」也引申為來往、交往的意思。例：吾表叔死嗨之後，厓就冇摎其屋下人行了〔我表叔死了以後，我就沒跟他家人來往了〕。/ 惹賴子有冇行到妹仔噢〔你兒子有沒有交到女朋友呀〕？

hè 【係】肯定詞。係，《集韻》《韻會》同繫。《爾雅·釋詁》係，繼也。《疏》係者，繫屬之繼。《易·隨卦》係小子，失丈夫。現代漢語也有「是」的意義。客家話、廣州話均說「係」而不說「是」。

hém 【喊】喊叫。「喊」有一等和二等的發音。hém 應該來自匣母二等的下斬切，音嗛。大聲喊的意思。例：佢大聲喊到對面山都聽到〔他大聲喊得對面山都聽得到〕。

hěn 【肯】除了表示願意的意義以外，客家話還說「肯食、肯高、肯大」，表示動物或者小孩很容易吃東西長大。

hià 【瀉】客家人在拜神、拜祖先時把酒灑在地上叫「瀉酒」，但「瀉」發音為 hià。瀉，息姐、洗野切，傾也，一曰瀉水也。聲母稍有改變。（客家話心審母唸喉門擦音的口語還有「上」字）。

hiăk □ 跑。本字不詳。例：食飽飯就 hiăk 走嗨。

hiàp 【挾】吸引。挾，《唐韻》《正韻》胡頰切《集韻》《韻會》檄頰切，音協。《説文》俾持也。《增韻》帶也，挾也。一曰輔也。《詩·大雅》既挾四鍭。《儀禮·鄉射禮》兼挾乘矢。《註》方持弦矢曰挾。古文作接。又《集韻》訖洽切

《正韻》古洽切，與夾同。亦持也。「吸引」為「挾」的引申義，例：磁挾會將鐵釘挾起來〔磁鐵會把鐵釘吸起來〕。

hiău 【曉】(1) 懂得、會（一些技能）。例：佢曉撮把戲〔他會變魔術〕。(2) 會（存在可能性）。例：記得帶遮出去，下晝曉落大水〔記得帶傘出去，下午會下大雨〕。

hièt 【穴】居住。穴，《唐韻》《集韻》《韻會》《正韻》胡決切，音坑。《説文》土室也。《易・繫辭》上古穴居而野處。《詩・大雅》陶復陶穴。《箋》未有寢廟，故覆穴而居。客家話保持古義。例：厓在這裏穴嗨十幾年〔我在這裏居住了十幾年〕。

hín 【興】流行、時興。客家話、廣州話只用一個「興」字。

hiŏk 【翹】耳朵、木板等塊狀物體翹起來。有可能是「翹」的陰入對轉。例：佢翹起耳公來聽〔他豎起耳朵來聽〕。

hŏk 【炕】煎魚、煎餅的動作。炕，《唐韻》苦浪切《集韻》《韻會》《正韻》口浪切，音抗。《説文》乾也。《玉篇》乾極也。hŏk 為「炕」字的陽入對轉。例：魚仔要慢慢炕正得〔小魚要慢慢煎才可以〕。

hōng ［迒］鋪床、鋪桌布等動作。本字不明，可能跟表示張開的 ［強］ kiōng 是同一個字。例：迒帆布床〔張開帆布床〕。

hòng 【亢】從身體臥着到坐立起來（例如起床）的動作謂之「亢身、亢床」，或簡稱「亢」。亢，《玉篇》苦浪切。又強也，蔽也。《左傳・昭元年》鄭太叔曰：吉不能亢身，焉能亢宗。客家話保持古義。例：厓今朝晨六點鐘就亢身〔我今早六點鐘就起來〕。

kái ［扲］【荷】挑擔的動作。俗寫作扲。本字為「荷」。荷，《集韻》居何切，擔也。《廣韻》胡可切，負荷也。濁上讀陰平，合客家話發音，但韻母保留上古

音。果攝一等客家話有不少字讀 ai 韻。但由於「荷」本身多音多義，挑擔意義的「荷」一般俗寫為「挍」。挍，《集韻》許既切，音餼。動搖貌。又戶代切，音瀣。于貴切，音胃。義同。一曰擔也。音雖然不合，但已經成為俗字。例：月光挍柳（月暈，因月亮像背着柳鎖而得名）。

kăm　[磡] 壓到，本字不詳，暫寫作磡。例：惹張凳磡等吾本書〔你的凳子壓着我的書〕。

kàm　【砍】切開水果的動作在客家話說 kàm，本字應該是「砍」。砍，《篇海》苦感切，音坎。砍斫也。客家話唸去聲，並且有引申義。

kàn　【擐】背負或者用手挽住。擐，《唐韻》《集韻》《韻會》《正韻》胡慣切，音患。《說文》貫也。《左傳·成十三年》躬擐甲冑。《吳語》夜中乃令服兵擐甲。客家話意義有所引申，讀音也轉為送氣。例：擐書包。

kăp　【嗑】胡亂說話謂之「亂嗑」。嗑，《廣韻》古盍切《集韻》谷盍切，音閤。《說文》多言也。意義不變，但客家話讀送氣音。

kàp　【磕】頭部或身體撞到硬物。磕，《廣韻》苦蓋切《集韻》《韻會》《正韻》丘蓋切，音嘅。《正字通》兩石相擊聲。別作礚。例：頭那磕到桌角流血〔頭撞到桌角流血〕。

kăt　【刻】痛罵。北方話也用這個字。

kăt　[卡] 擬聲詞，卡（住）、劃（破）。例：件衫分笐卡爛嗨〔衣服被刺劃破了〕。

kàt　[咔] 劃火柴叫做「kàt 火柴」，擬聲詞，暫寫作「卡」。應該是個象聲詞。

káu　【交】交叉手腳的動作。聲母送氣化。

kēm　[冚]【盦】蓋上，又作 kĕp，口語有唸上聲。盦，又《集韻》鄔感切，諳上聲。但「盦」的聲符是今，古代應該是見母或溪母，加上可以是入聲或者上

聲，跟客家話完全符合。香港一般寫作「冚」。「冚」是香港通俗寫法，方言造字，台灣則借用「揜」字。例：豉油用過愛冚轉蓋〔醬油用過要蓋上蓋子〕。

kĕm 【凵】咳嗽。凵，《唐韻》丘范切《集韻》口范切，音坎。《説文》張口也。象形。客家話有所引申。例：厓凵嗨三日都唔好〔我咳嗽了三天都沒好〕。

kēn □ 凝固。本字不詳，有可能是「凝」的古音。例：豬油放落雪櫃曉 kēn〔豬油放進冰箱會凝固〕。

kĕp ［盍］盍，《唐韻》烏合切《集韻》乙盍切，丛譜入聲。《説文》覆盇也。《博古圖》周有交虬盍，蓋鼎之盇也。又《集韻》鄔感切，譜上聲。義合，但聲母是零聲母。又可以發音為 kēm。例：豉油用過愛盍轉蓋〔醬油用過要蓋上蓋子〕。

kí 【徛】站立。徛，《廣韻》渠綺切，音技。立也。客家話濁上字唸陰平，音義俱合。香港一般俗寫為「企」。企，《唐韻》《集韻》《韻會》去智切，《正韻》去冀切，音器。舉踵望也。去聲，而且意義有些不同。「徛」比較合乎音義。例：徛等唔好動〔站着不要動〕。

kiā 【擎】高舉雨傘、竹竿等動作。擎，渠京切，舉也，拓也，持高也。在梅州一帶唸做 kiāng，音義俱合。但香港和台灣唸做 kiā，丟失後鼻音韻尾，應該是同一個字。例：落恁大水，擎遮都冇用〔下那麼大雨，打傘都沒用〕。

kià 【跁】用爪子或硬掃把刮地，本字應該是「跁」。跁，口下切，指步行停滯不前，因此有類似雞用爪翻地找食物動作的引申義。例：跁把〔硬掃把〕、雞跁〔雞用爪子翻地〕。

kiăk 【框】編織。本字可能是「框」，陽入對轉。例：框籃仔〔編籃子〕。

kiàng 【儆】有病要戒吃一些食物謂之「儆啜」。儆，《韻會》舉影切，音景。戒也。《書·大禹謨》儆戒無虞。客家話保持古義。但聲調轉為去聲。例：有敏感就愛儆啜，唔好食蝦公〔有過敏就要戒吃，不要吃蝦〕。

kiāu 【蹻】小孩撒嬌鬧着要人哄謂之「蹻人」。蹻，《唐韻》去遙切《集韻》《正韻》丘
祆切，同蹺。《説文》舉足行高也。又《廣韻》巨嬌切《集韻》《韻會》渠嬌切，
音喬。《前漢・高帝紀》可蹻足待也。《註》文穎曰：蹻，猶翹也。又《爾雅・
釋言》蹻蹻，憍也。《註》小人得志，憍蹇之貌。《詩・大雅》小子蹻蹻。《傳》
驕貌。「蹻」在客家話引申為小孩子撒嬌。

kièt 【杰】一面攪拌一面煮熟，「杰」有可能是本字。杰，《唐韻》《集韻》《韻會》渠
列切，音桀。《玉篇》人名。古書沒有解釋字源。但其字形從木從火，很明顯
是會意字，跟客家話、閩南話的意義吻合。例：杰羹、杰漿糊。

kièt 【蹶】往上爬。本字可能是「蹶」。蹶，韻書有居月切和其月切的發音，跳動
義。陽入（kièt）是其月切，可能是引申義。例：爬籬蹶壁〔(小孩好動) 爬上
爬下〕。

kìm 【撳】用指頭按。撳，《集韻》丘禁切，欽去聲。按也。意義俱合。廣州話也
有這個字，但香港一般俗寫作撳。「撳」是「撳」的異體字。例：撳釘〔圖
釘〕、撳等佢〔把他按住〕。

kiōng ［強］張開，本字不明。暫寫作強。例：強等隻袋分厓放落去〔張開袋子讓我
放下去〕。

kìp ［伋］強迫，本字不明。暫寫作伋。例：伋佢食嗨正分佢走〔強迫他吃完才讓
他走〕。

kīu 【踞】蹲。踞，韻書一般為居御切，但《集韻》有收居於切，蹲也，聲調轉為
陽平。例：厓唔踞得恁久〔我不能蹲那麼久〕。又引申為居住。例：佢在紅毛
踞嗨三十幾年〔他在英國住了三十幾年〕。

kōng 【惶】驚慌、怕。惶，胡光切，恐也。意義相同，但聲母應該是 h。今聲母讀
k 可能是古音遺留（上古音「匣、羣」不分可以此為證）。例：厓惶佢會唔識
路來〔我怕他會不知道怎麼來〕。

kú 　[箍]【籀】用篾或金屬條等圍束器物。俗寫為「箍」。箍，《廣韻》古胡切《集韻》攻乎切，音孤。以篾束物也。但客家話、廣州話均唸為送氣聲母。「箍」可能不是本字。有可能是「籀」字。籀，《集韻》空胡切，注，篾也。例：箍水桶、頭箍。

kù 　【拄】「拄柺杖」的「拄」唸 kù。拄，《正韻》腫庚切，音主。掌也，支也。意義差不多，但聲調轉為去聲，聲母則塞化。

lá 　【拿】拿，客家話唸陰平。香港客家話「泥、來」不分，均唸 l 聲母。例：轉屋下拿條索嫲來〔回家拿條繩子來〕。

lā 　【邏】巡視、探望。邏，郎佐切，羅去聲。《説文》巡也。又《集韻》良何切，音羅。義同。果攝元音為 a，乃古音遺留。例：吾姪子過年過節會來邏厓〔我姪子過年過節會來探望我〕。

lāi 　[瀨]【遺】大小便失禁。俗寫為「瀨屎、瀨尿」。瀨，《唐韻》洛帶切《集韻》《韻會》《正韻》落蓋切，音賴。《説文》水流沙上也。非本字。有學者認為是「遺」字。遺，《唐韻》以追切《集韻》《韻會》夷佳切，音夷。《説文》亡也。《易·泰卦》不遐遺。《註》用心弘大，無所遺棄也。《詩·小雅》棄予如遺。《註》言忘去不復存省也。《周禮·秋官·司刺》三曰遺忘。又《正韻》失也。《前漢·賈誼傳》功不遺矣。《後漢·桓榮傳》慮無遺計。「遺」是以母字，上古聲母為 l。今南方方言均稱遺失為 lai（平聲或去聲）。例：佢賴子六歲還瀨尿〔他兒子六歲還尿床〕。

lăi 　【拉】扭傷、拉傷筋骨說「lăi 倒」，本字是「拉」，但聲調轉了上聲。例：厓今朝拉到腳，唔做得摎你搬屋〔我今早拉傷腿，不能幫你搬家〕。

lăk 　[瀝]【撈】打撈，俗寫作「瀝」。撈，《唐韻》魯刀切《集韻》《韻會》《正韻》郎刀切，音勞。沈取曰撈，言沒入水中取物也。又《集韻》郎到切，音澇。義同。從水中「撈起」的意思，客家話文讀音為 lāu，白讀 lēu，但香港客家話口

語為 lăk。本字有可能是「撈」字，陰入對轉。另外，「撈」有「非法獲得利益」的意思，例：撈家、撈得唔錯。還有「混合」的意思。香港粵語一般用「撈」字，發音為 lou¹。客家話也發音為 láu。例：其手機跌落魚塘，瀝起來都冇用啦〔他手機掉進魚池，打撈上來也沒用了〕。

lăm 【攬】抱。攬，本作擥。《唐韻》盧敢切《集韻》《韻會》《正韻》魯敢切，音覽。《說文》撮持也。《管子‧弟子職》飯必捧擥。又手擥取也。客家話、廣州話均有此說法。但客家話用法更廣，例：厓中意攬吾孫仔〔我喜歡抱我孫子〕。

lāng 【晾】晾衣服謂之「晾衫」，「晾」發音為 lāng。晾，中古韻書不收。《字彙補》音亮。曬暴也。《呂忱‧小史》曬晾。字義相同，客家話丟失介音 i。

lăp 【笠】本義是竹製品的帽子、籠子等覆蓋物。客家話引申為從頭部往身體覆蓋的動作。笠，《廣韻》《集韻》《韻會》《正韻》力入切，音力。《篇海》簦、笠，以竹為之。無柄曰笠，有柄曰簦。《詩‧小雅》何蓑何笠。《傳》笠所以禦暑。《左傳註》兵車無蓋，簦人執笠依轂而立，以禦寒暑，名曰笠轂。香港客家話把竹笠叫做「笠嫲」，發音是 lĭp（梅縣話發音是 lĕp）。其他如「雞笠、笠蓋」唸 lăp。有袖子的內衣叫做「笠衫」。用袋子等容器去覆蓋小動物然後捉住也叫作「笠」，例：其條貓分人笠走嗨〔他的貓被人用袋子捉走了〕。

lăt 【焫】被高溫的物體燙到。焫，《廣韻》《集韻》如劣切《韻會》《正韻》儒劣切，音吶。《玉篇》本作爇。燒也。梅縣為 n 聲母，香港客家話轉為 l。例：火屎焫腳〔比喻探訪親友沒一會兒就說要走〕。

láu [撈] 混合。香港一般寫作「撈」，非本字。「撈」的解釋見「撈」條。

láu [恅] 以為，香港客家話說「láu 過」。本字不詳，台灣寫作「恅」，本書從之。恅，《廣韻》盧皓切《集韻》《韻會》《正韻》魯皓切，音老。憛恅，心亂也。聲調和意義都不太符合。

làu　　□ 加水到鍋中，本字不詳。例：làu 兩勺水到水煲裏背〔加兩瓢的水到鍋裏〕。

lē　　　□ 伸（舌頭），本字不詳。例：lē 條舌嫲出來分醫生看下〔伸舌頭出來給醫生看下〕。

lè　　　□ 從口中吐出。本字可能是「吐」。端母轉為 l。吐，又《廣韻》湯故切《集韻》《韻會》《正韻》土故切，音兔。《廣韻》歐也。例：lè 魚骨、lè 口水。

lém　　【捻】撓癢癢稱 lém，可能是「捻」字。《康熙字典》記為唸入聲，四等，按也。義合音不合，可能是陽入對轉。香港客家話有「lém zī zī」一說，表示東西很黏很軟，但讓人感覺不舒服。

lēm　　[拎] 伸手進口袋或洞中取物，香港俗寫為「拎」，對應為廣州話 ngäm[4]。非本字。拎，《集韻》其淹切，音箝。《博雅》丗拎，專職業也。《揚子·方言》拎，業也。《郭璞註》謂基業也。又《玉篇》記也。又《集韻》《韻會》渠金切，音琴。急持也。與捦同。又《五音集韻》巨禁切，音噤。捉也。或作擒。沒有伸手到口袋或袋子取物的意思。例：拎荷包〔掏腰包〕。

lèm　　【淰】淰水，積水而成為淹水的狀態。本字不詳，暫寫作淰。

lèn　　【蹬】踮腳。蹬，又《集韻》丁鄧切，音磴。《博雅》履也。意義相近，端母轉為 l。例：蹬起腳正夠高〔踮腳才夠高〕。

léu　　【摟】被蒼蠅螞蟻等昆蟲圍着。《唐韻》洛侯切《集韻》《韻會》郎侯切《正韻》盧侯切，音樓。《説文》曳聚也。《爾雅》摟聚也。註猶今言拘摟聚也。又牽也。客家話、粵語都用比喻義，而且都讀陰平。俗語：烏蠅摟，烏蠅囒（見第六章慣用語）。

lèu　　[嘍] 呼喚小動物，本字不明，一般寫作嘍。例：嘍狗、嘍雞。

liám　　【斂】斂，《唐韻》良冉切《集韻》《韻會》《正韻》力冉切，音歛。《説文》收也。(1) 收起雙手客家話說「斂等手」，保持古義。(2) 籌錢謂之「斂錢」。

斂，《爾雅·釋詁》聚也。《疏》斂者，率聚也。音義俱合。例：厓呲幾兄弟斂錢分表弟做水腳〔我們幾兄弟籌錢給表弟作路費〕。

liáu 【挑】用棍子挑撥。挑，《唐韻》《集韻》《韻會》徒了切，音窱。引也，撥也。發音本應是 tiáu，聲母轉為 l 則表示用棍子挑撥，例：衫分風吹落魚塘，愛用棍挑起來〔衣服被風吹進魚池，要用棍子撥起來〕。

liāu 【撩】挑弄。撩，《唐韻》洛蕭切《集韻》《韻會》憐蕭切《正韻》連條切，音聊。《説文》理也。一曰取物也。攏取物為撩。又挑弄也。客家話音義俱合。例：撩交打〔挑撥別人打架〕。

liàu ［料］【樂】閒談取樂，俗寫為「料」，粵東民間寫作「嬲」，台灣寫作「尞」；皆非本字。本字應該是「樂」。樂，《集韻》力照切，音遶。喜樂義。由於「樂」字多音多義，今從俗寫「料」。例：得閒來吾屋下料下〔有空來我家閒聊〕。

liēn 【聯】縫合，廣州話也用此說法。

liĕt 【捏】用指甲掐。捏，《唐韻》奴結切《集韻》《韻會》乃結切，音涅。捺也，搦也。《增韻》捻聚也。客家話符合發音，但意義有所引申，跟普通話也少有差別。例：捏滴菜葉來煮〔摘些菜葉來煮〕。

ló ［攞］向別人要，本字不明。香港廣州話、客家話均俗寫作「攞」。攞，《集韻》《韻會》朗可切，羅上聲。裂也。又《集韻》良何切，音羅。揀也。或亦作攎。音義均不合。例：攞食佬〔乞丐〕、問佢攞一份〔問他要一份〕。

lō 【捼】搓繩子、雙手洗衣的動作。捼，《唐韻》《集韻》《韻會》奴禾切，糯平聲。《説文》摧也。一曰兩手相切摩也。《廣韻》捼抄也。音義俱合。例：洗衫愛出力捼正乾淨〔洗衣服要用力搓才乾淨〕。

lò 【磨】用腳底或者鞋底磨爛磨碎，本字是「磨」。聲母由 m 變成 n，但香港客家話 n, l 不分，發音為 l。例：佢磨烏哎煙頭〔他用鞋子磨滅了煙頭〕。

lòk 【落】(1) 降水的天氣現象，例：落水〔下雨〕、落雪〔下雪〕、落雹〔下冰雹〕；(2) 從高的地方去低的地方，例：落馬〔下馬〕、落山〔下山〕、跌落來〔掉下來〕，但客家話其他類似動作說「下」，見「下」條。(3) 進，例：落來坐下〔進來坐一下〕、塞唔落去〔塞不進去〕。

lón 【暖】把水加熱但不用沸騰，用來洗澡或者洗東西。形容詞當動詞用。例：暖滴水來洗頭〔加熱點水來洗頭〕。

lóng 【盪】涮碗謂之「盪碗」。盪，《唐韻》徒朗切《集韻》《韻會》待朗切《正韻》徒黨切，唐上聲。與蕩同。《説文》滌器也。客家話按照音韻規律應該讀 tóng，聲母雖然改為 l，但意義吻合。廣州話按照音韻規律也是 tong⁵，但今讀 long²，聲母與客家話相同。例：香港人飲茶都中意盪碗筷先〔香港人飲茶都喜歡先涮碗筷〕。

lŏt 【脫】脫落。本字為「脫」。聲母轉為 l。梅縣、大埔等粵東客家話發音為 lŭt。（廣州話寫作「甩」，非本字。）例：脫頭那毛〔脫髮〕。

lú 【擼】噘嘴謂之「擼啜」。擼，《篇海》郎古切，音魯。動也。

lū 【攄】拉起衣服。攄，《唐韻》洛乎切《集韻》龍都切，音盧。《説文》挈持也。又《揚子 · 方言》張也。一曰引也。斂也。客家話保留古音古義。例：攄起件衫來分醫生看下介傷口〔拉起衣服來給醫生看下傷口〕。

lŭk 【擝】攪拌。《唐韻》《集韻》《韻會》《正韻》盧谷切，音祿。振也。又《集韻》盧貢切，音弄。搖也。《周禮 · 擝鐸註》鄭司農云：擝讀如弄。客家話義同。例：奶粉愛擝匀正食得〔奶粉要攪拌均匀才能喝〕。

lùk 【爐】被熱水、蒸汽燙到謂之「爐倒」。爐，《集韻》盧各切，音祿。煉也。意義有所引申。例：小心唔好分沸水爐倒〔小心不要被開水燙到〕。

lŭn 【撚】撚，乃殄切，音淰。讀若年上聲。《説文》執也。《廣韻》以手撚物也。
客家話指：(1) 在兩隻手指中間捏。(2) 玩弄。例：哎鳥仔分條貓撚死嗨〔那
隻鳥被貓玩死了〕。

lùn 【論】(1) 以，根據。例：這裏雞春係論斤賣嘅〔這裏的雞蛋是論斤賣的〕。
(2) 議論。例：打乞嗤，有人論你〔打噴嚏就是有人在說到你〕。

lūng 【攏】把物件推進洞穴中。攏，《唐韻》《正韻》力董切《集韻》《韻會》魯孔
切，聾上聲。持也，掠也。例：攏火〔把柴火放進灶孔中〕。

măk 【擘】掰開果子、張開嘴巴的動作。擘，博厄切，音檗。《説文》撝也。《廣
韻》分擘也。本幫母字。香港客家話、廣州話把聲母鼻化，義同。客家話又
稱萵苣為「擘仔」，因為可以隔幾天剝落一次葉子來吃。例：擘大眼〔張開眼
睛〕、擘做兩析〔掰開兩邊〕。

mău 〔扣〕推動，本字不詳，暫寫作扣。例：這隻櫃唔好講喊我搬，厓連扣都扣唔
動〔這個櫃子別說要我搬，我連推都推不動〕。

màu 【冒】承包。冒，《唐韻》莫到切《集韻》《韻會》《正韻》莫報切，音芼。《説
文》蒙而前也。从冃目，以物自蒙而前也。謂貪冒若目無所見也。《前漢‧翟
方進傳》冒濁苟容。《註》師古曰：貪蔽也。《食貨志》舉陵夷廉恥相冒。《註》
冒，蔽也。「冒」在現代漢語有「冒險」的意思。「承包」為引申義。例：佢冒
倒一份政府工程來做〔他承包到一份政府工程來做〕。

mī 【眯】小睡。眯，《唐韻》《正韻》莫禮切《集韻》《韻會》母禮切，音米。《説
文》艸入目中也。又《集韻》民卑切，音彌。眇目也。現代漢語很多方言都這
樣說。例：食飽飯想眯一下〔吃飽飯想小睡一下〕。

mì 〔泅〕【沒】潛入水中（廣州話也有相同表達）。有學者指出本字是「沒」（沉沒
義）。但一般寫成「泅」。由於「沒」多音多義，為免混淆，本書採用「泅」
字。例：佢中意去泅水看珊瑚〔他喜歡去潛水看珊瑚〕。

miă　　［瞙］眼睛看不見去摸，本字不明，暫寫作瞙。看得見去摸才是「摸」mó。一般把「瞙」也寫作「摸」，不能分辨意義。例：厓瞙隻好牌〔我摸一隻好牌〕。

miáng　［蒙］覆蓋的意思，一般寫作蒙。但「蒙」是通攝一等字，有介音與發音不符。例：西瓜切開愛用保鮮紙蒙等正放落雪櫃〔西瓜切開要用保鮮紙蓋着才放進冰箱〕。

mōi　　［埋］閉合、靠近。廣州話和客家話都有此說法，字源不詳，一般寫作埋。跟廣州話「埋葬」的「埋」同音，但客家話發音是 mōi。例如傷口癒合叫做「埋口」，船靠碼頭叫做「埋岸」，童養媳跟丈夫同房的儀式叫做「埋房」。有可能本字就是「來」。

mŏi　　［齤］（一般指老年人）沒有牙齒的咀嚼。本字不明，暫寫作齤。例：吾公冇牙，食飯齤爛來吞〔我爺爺沒牙齒，吃飯用牙齦磨爛來吞〕。

mòng　【望】希望。例：望佢晨朝日打風就唔使返工〔希望明天颳颱風就不用上班〕。

mŭ　　　【舞】弄、張羅，大部分地區客家話都採用這個動詞。例：舞嗨半日正舞到餐飯來食〔弄了半天才弄到一頓飯來吃〕。

mùk　　【目】盯住。名詞作動詞用。例：唔好目等哎月餅，厓愛來送人嘅〔不要盯着那些月餅，我要來送人的〕。

mún　　【炆】小火煮比較長時間。炆，《集韻》無分切，音文。熅也。例：芋頭炆鴨。

mŭn　　【吻】豬等動物用嘴巴推土謂之 mŭn，本字為「吻」。吻，《唐韻》《集韻》《韻會》《正韻》武粉切，音抆。《說文》口邊也。《玉篇》口吻。客家話引申為動物用嘴巴推物。例：厓種嘅番薯全部分山豬吻來食嗨〔我種的番薯全部被野豬用嘴巴翻出來吃掉了〕。

mŭt　　［歿］因為風化而腐爛、腐敗。本字不詳，暫借用「歿」字。

ngà　　[砑] 有兩個意義：(1) 叉（開腿）。(2) 伸腳或者用身體部位擋住地方。字源
　　　　不詳，暫寫作砑，可能由連綿詞 ngà cà 而來。例：坐車唔好砑隻腳出去走廊
　　　　〔坐車不要把腳伸到過道上〕。

ngàk　　[呃] 騙。廣州話借詞。老派客家話說「撮」。例：呃神騙鬼〔假鬼神之名
　　　　行騙〕。

ngām　　【吟】嘮叨地說話，令人煩厭。吟，《唐韻》《集韻》《韻會》《正韻》魚音切，
　　　　音崟。《説文》呻也。《廣韻》歎也。《增韻》哦也，咏也，鳴也。《莊子·德充
　　　　符》倚樹而吟。《戰國策》晝吟宵哭。《楚辭·漁父》行吟澤畔。《荀子·不苟
　　　　篇》盜跖吟口。《註》吟咏長在人口也。《後漢·梁冀傳》口吟舌言。《註》謂語
　　　　吃不能明了。客家話有此意思，但元音轉為洪音。例：其老婆長日吟佢，吟
　　　　到佢唔想轉屋下〔他老婆經常嘮叨他，煩到他不想回家〕。

ngăm　　【頷】點頭謂之「頷頭」。「頷」有兩個意義，作為動詞是 ngăm。頷，《正韻》五
　　　　感切，音錿。低頭。《左傳·襄二十六年》衛侯入逆于門者，頷之而已。《註》
　　　　頷，搖其頭。客家話引申為「點頭」。例：這件事愛等佢頷頭〔這件事要等他
　　　　點頭〕。

ngān　　【研】（被車子）輾過。研，《唐韻》五堅切，《集韻》《韻會》倪堅切；《正韻》夷
　　　　然切，音妍。《説文》䃺也。例：佢條狗分車研死嗨〔他的狗被車子輾死了〕。

ngăp　　[噏]【嗑】亂說話謂之「打鬼噏」。俗寫作噏。噏，《廣韻》《正韻》許及切；
　　　　《集韻》《韻會》迄及切，音翕。《廣韻》與吸同。意義不同，ngăp 可能是「嗑」
　　　　字的鼻化（見 kăp 條）。例：唔知就唔好打鬼噏〔不知道就不要亂說〕。

ngăt　　【齧】咬。齧，五結、魚列切。《説文》噬也。客家話四等讀同二等。例：吾屋
　　　　下嘅電線分老鼠齧斷嗨，搞到停電〔我家的電線被老鼠咬斷了，弄到沒電〕。

ngàt　　[嚙] 擬聲詞，磨牙的動作，字源不詳，暫寫作嚙。例：佢睡目嘅時候會嚙
　　　　牙〔他睡覺的時候會磨牙〕。

ngàt　[朳] 夾到謂之「ngàt 到」，字源不明，暫寫作「朳」。例：其隻手指公分車門朳到，痛到愛死〔他的手指給車門夾到，痛得要死〕。

ngì　【遇】碰見稱「遇到」。例：厓正先出去遇到隻老同學〔我剛才出去碰見了一個老同學〕。

ngiám　【拈】用拇指和食指取物。拈，《唐韻》《集韻》《韻會》奴兼切，音鮎。《說文》捦也。《廣韻》指取物也。《杜甫詩》舍西柔桑葉可拈。俗語有：拈蛇打蛙（見第六章慣用語）。

ngiām　【黏】(1) 粘，例：紙糊飯黏〔不牢固〕（俗語）；(2) 跟隨。黏，《唐韻》女廉切《集韻》《韻會》《正韻》尼占切，音鮎。《說文》相著也。《廣韻》黏麫。意義稍有引申。客家話「黏」與「膡」用法相似，但「黏」能組成詞語如「黏時（立即）、黏尾（後來）」。

ngiǎp　[瞱] 閃動、眨眼的動作。瞱，《廣韻》書涉切《集韻》失涉切，音攝。目動貌。或作映睫。例：火蛇瞱〔閃電〕、瞱下眼〔一眨眼〕。

ngiǎp　[攝] 上衣掖到褲子裏面，或者捲起衣袖。本字不明，廣州話也有這個說法。一般寫作「攝」。另外，偷東西的時候贓物用衣服遮住，也叫做「攝」。例：偷偷攝攝〔偷偷摸摸〕（見第六章慣用語）。

ngiěn　【撚】用手或者手指掐。例：哎隻兔仔分佢撚死嗨〔那隻兔子被他掐死了〕。

ngiǒ　□ 胡亂搓成一團，本字不詳。又作 gió。

ngìp　【入】塞進。入，《唐韻》人執切《集韻》《韻會》日汁切《正韻》日執切，任入聲。《說文》內也。《玉篇》進也。《禮·少儀》事君，量而後入。《檀弓》孟獻子比御而不入。《註》言雖比次婦人之當御者，猶不入寢也。客家話只有「塞進」的意義，進入的意思用「番」。例：入棉被。

ngìu 【扭】轉頭的動作在客家話叫「扭轉頭」。扭，《唐韻》《集韻》女久切，音紐。《佩觿集》手轉貌。今俗謂手揪為扭。一曰按也。客家話唸去聲，意義也引申為扭轉頭的動作。

ngóng 【仰】抬頭在客家話說「仰起頭」。仰，《唐韻》《正韻》魚兩切《集韻》《韻會》語兩切，舉首望也。《易・繫辭》仰以觀于天文。《詩・小雅》或棲遲偃仰。又《韻會》疑剛切，音昂。《周禮・地官・保氏軍旅之容註》軍旅之容，闞闞仰仰。《釋文》五剛反，亦作卬。按《集韻》卬本仰字省文。今客家話唸疑剛切，五剛反。

ó 【屙】(1) 排泄大小便。屙，《玉篇》《字彙》烏何切，音阿。上廁也。(2) 下陷，穿破。例：哎呀，膠袋屙嗨，番薯跌出來咯〔哎呀，塑料袋穿破了，番薯掉出來了〕。

òi 【愛】要，需要。客家話口語沒有「要」字，都說成「愛」。例：你晨朝早愛記得去看醫生〔你明早要記得去看醫生〕。

ŏt [遏] 撥開。本字不詳，暫寫作遏。可能是「撥」字的聲母脫落。例：遏開桌頭嘅書正放得落杯茶〔撥開桌上的書才放得下那杯茶〕。

pá 【扒】把飯用筷子送到口中的動作，現代漢語稱「扒飯」。「扒」是近代用字，韻書中「扒」無 pa 音。普通話、廣州話唸陽平，但客家話是陰平。例：愛扒飯，唔好淨圖棻〔要扒飯，不要光吃菜〕。

pā 【划】划，客家話、廣州話的聲母發音為 p。划，《唐韻》戶花切《集韻》《正韻》胡瓜切，音華。《廣韻》撥進船也。《集韻》舟進竿謂之划。「划」是匣母合口字，客家話有不少匣母字唸 k，經歷 kwʰ 演變到 pʰ 的過程。

pái 【批】削。批，匹迷切。《韻會》與剃通。削也。《杜甫・房兵曹馬詩》竹批雙耳峻。「批」在現代漢語中基本義有刮的意思，跟客家話、廣州話相同。香港客家話四等讀同二等。例：蘋果愛批皮正過好吃〔蘋果要削皮才比較好吃〕。

pán　　[拌] 用力拍打，本字不明。本書用同音字「拌」。拌，《唐韻》普官切《集韻》
　　　　《韻會》《正韻》鋪官切，音潘。《博雅》拌棄也。《揚子·方言》楚人凡揮棄物
　　　　謂之拌。客家話中表示發脾氣摔破物品叫做「拌」。引申義為用力拍打。例：
　　　　拌佢一巴掌〔摑他一巴掌〕、拌禾〔稻米脫粒〕。

páng　【澎】煮湯、煮粥溢出謂之「澎出」。澎，《廣韻》撫庚切《集韻》《韻會》披庚
　　　　切，音磅。澎濞，水貌。一曰水聲。根據《新華字典》，現代漢語有「滿而溢
　　　　出」的意思。如：水從堤堰上澎出來。香港客家話語義稍有轉移，例：放大
　　　　火哎粥會澎出來〔開大火的話粥會溢出〕。

păt　　【撥】客家話、廣州話均稱搖動扇子生風的動作為「撥涼」。撥，《唐韻》《集
　　　　韻》《韻會》《正韻》北末切，音鉢。《說文》治也。《詩·商頌》王桓撥。《公羊
　　　　傳·哀十四年》撥亂世，反諸正，莫近於春秋。又除也。《前漢·司馬遷傳》
　　　　秦撥去古文，焚滅詩書。又發揚貌。《禮·曲禮》衣毋撥。又《增韻》挨開
　　　　也。今客家話、廣州話表示搧涼的「撥」均唸送氣聲母。

pàt　　[潑] 揮動衣物掛在繩子、椅背上或者身上。本字不明，暫寫作潑。例：佢
　　　　中意潑件衫在肩頭〔他喜歡把衣服掛在肩膀上〕。

pèn　　【憑】倚靠。憑，《集韻》《韻會》皮冰切。依也，託也。《滿江紅》：「怒髮衝冠
　　　　憑欄處」。在客家話、廣州話都有「依靠」的意思。例：掃把憑墻角去〔掃把
　　　　靠在墻角〕。

pì　　　【鼻】嗅、聞。名詞作動詞用。

pín　　【拼】紮辮子稱「拼毛辮」。「拼」在現代漢語有拼合的意思，如：七拼八湊、
　　　　拼音。客家話意義相同。

piòk　　【縛】把中草藥用繃帶固定在皮膚上謂之「縛」。縛，《廣韻》符鑺切《集韻》
　　　　《韻會》伏約切《正韻》符約切《說文》束也。《釋名》縛，薄也。使相薄著也。
　　　　《廣韻》繫也。《左傳·僖六年》許男面縛銜璧。又《昭二十六年》以幣錦二

兩，縛一如瑱。《註》縛，卷也。客家話讀重脣並保持古義。例：你隻腳愛縛中藥一隻禮拜以上〔你的腿要敷中藥一個星期以上〕。

pǒk 【拍】敲門謂之「拍門」，用棍子打人或動物也稱「拍」，發音是 pǒk。本字應該還是「拍」。拍，《廣韻》《正韻》普百切《集韻》《韻會》匹陌切，音魄。《説文》本作栢。拊也。《釋名》搏也。意義相同，元音高化。

pū 【扶】攙。扶，《唐韻》防無切。《集韻》《韻會》馮無切。《正韻》逢夫切，音符。客家話唸重脣。例：厓扶隻老人家過馬路〔我扶一個老人家過馬路〕。

pù 【伏】雞鴨等禽類孵蛋的動作。伏，《廣韻》《集韻》《韻會》《正韻》扶富切，浮去聲。禽覆卵也。客家話、廣州話均讀重脣，音義俱合。俗寫為「孵」，非本字。例：賴伏雞嫲〔賴着想孵小雞的母雞〕。

pūn 【歕】用嘴巴吹。歕，《唐韻》普魂切《集韻》《韻會》《正韻》鋪魂切，噴平聲。《説文》吹氣也。「歕」即本字。風吹不能説「歕」。今客家話聲母為陽平。例：歕烏火就去睡目〔吹熄燈就去睡覺〕。

pūn 【溢】煮湯、煮粥溢出謂之「溢出」。溢，《廣韻》《韻會》《正韻》蒲奔切《集韻》步奔切，音盆。水名。又《通雅》溢溢，滿起也。客家話保持古音古義。例：溢脣缽出〔湯水在碗或者盆裏滿到溢出來〕。

sá 【奢】稱讚。「奢」有稱讚義，客家話用作動詞。

sái ﹝嘥﹞浪費，又作嘥爽。本字不詳，可能是從廣州話借入，香港俗寫為「嘥」。俗語：食得唔好嘥〔能吃的就不要浪費〕。

sāi 【噬】咬。例：爭滴分條狗噬嗨一啖〔差點被那條狗咬了一口〕。

sǎi 【徙】搬遷。例：貓徙竇〔貓搬家〕。

sǎm 【閃】避開。例：閃車〔避車〕。

sáng　【生】(1) 生長的意思。客家話、廣州話都不說「長」。例：惹妹子生得好高〔你女兒長得很高〕。(2) 下蛋的動作在香港客家話叫做「生春」。但包括人在內的哺乳類說「養」，不說「生」。

sáng　【聲】吭聲。例：雖然其賴子對佢唔好，但係佢聲都唔敢聲〔雖然他兒子對她不好，但是她不敢吭聲〕。

săp　[霎]【閘】緊閉起眼皮叫做「săp 眯眼」，暫寫作霎。雖然同音，但是「小雨」的意思，本字應該是「閘」。閘，《唐韻》烏甲切《集韻》乙甲切，音押。《説文》開閉門也。又《廣韻》古盍切《集韻》谷盍切，音㿺。閉門也。但現代多數漢語方言包括北京官話唸崇母。而客家話也有崇母唸 s，如「豺、柿」。

sàp　【煠】用水煮熟。本字是「煠」。煠，《廣韻》士洽切《集韻》實洽切。《廣韻》湯煠。客家話、廣州話用白開水煮熟均說「煠」。俗寫作「焗」。焗，《集韻》轄夾切，音洽。火貌。音義均不合。例：雞春唔好煠恁久〔雞蛋不要煮那麼久〕。

sé　【舓】舔謂之「舓」(有寫作「餂」)。舓，《唐韻》神旨切，音士。《説文》以舌取物也。客家話有幾個止攝字唸 e 韻母。另外，客家話引申為打架，「舓佢」，即「打他」。

sì　【蒔】插秧稱為「蒔田」。蒔，《集韻》《韻會》《正韻》時吏切，音侍。《博雅》立也。《揚子·方言》更也。《註》為更種也。移植的意思。音義俱合。

siǎk　【惜】疼愛，本字是惜。惜，《唐韻》《集韻》《韻會》《正韻》思積切，音昔。《説文》痛也。从心昔聲。《廣韻》恡也。《增韻》憐也，愛也。一曰貪也。梗攝三四等入聲唸 iak，音義俱合。例：其賴子好得人惜〔他兒子很逗人喜歡〕。

siǎp　【楔】楔，《唐韻》《集韻》《韻會》《正韻》先結切，音屑。《説文》櫼也。清代段玉裁《説文解字注》：櫼也。今俗語曰楔子。先結切。客家話、廣州話韻尾

改收 p，而且均可以當動詞使用，除本義外，也引申為墊高。例：用楔子楔緊度們〔用楔子楔穩那扇門〕。

sièt 【折】虧本叫「折本」。折，《唐韻》旨熱切《集韻》《韻會》《正韻》之列切，音浙。拗折也。又《唐韻》《集韻》《韻會》《正韻》食列切，音舌。《說文》斷也。《廣韻》斷而猶連也。《易·鼎卦》鼎折足，覆公餗。《禮·月令》孟秋命理，瞻傷察創視折。《註》折損筋骨也。《新華字典》則有「虧本、損失」的意思。

sìn 【信】相信。例：厓唔信佢有七十歲〔我不相信他有七十歲〕。

sĭt 【識】認識。「識」在粵東、台灣有「曾經」的意思，但在香港只有「認識、懂得」的意思，與廣州話相同。

sìt 【食】客家話無論吃還是喝都叫做「食」，跟廣州話不同。

sŏk ［索］吸收。俗寫作索。可能是由英語經廣州話的 soak 借入。例：索水、索油〔吸水、吸油〕。

sóng 【上】「上」是破音字，是掌切和時亮切。「上」作為動詞一般指上去的動作，唸陰平，來自是掌切。例：上山、上車、上課、放上去。

sŏng 【上】客家話「安放、安裝」等動作叫 sŏng，來自中古上聲是掌切。例：上鏈〔上發條〕、上樑（安放樑木）、上螺絲、上土（培土）。

sòng 【上】中古有是掌切和時亮切。唸 sòng 的有來自共同語的「上等、人上人、後來居上」等；也有日常口語的「上高（上面）、上晝（上午）」。

sŏng ［爽］浪費。本字可能是「爽」。一般稱「嗺爽」。把瓜子、碎紙等零碎弄到地上，不整潔的樣子叫做「爽地泥」。

sòt 【啜】用嘴巴把碗中液體吸進嘴巴的動作。啜，《唐韻》昌悅切《集韻》《韻會》

姝悦切。《說文》嘗也。《爾雅‧釋詁》啜，茹也。《註》啜者拾食。《禮‧檀弓》啜菽飲水。客家話音義俱合。

sŏt 【說】稱讚。說，《說文》釋也。从言兑。一曰談說。失爇切。又，弋雪切。「說」有「取悅」的意思，與客家話相同。說話的動作，客家話一般不用「說」而用「講」。

sùn 【順】傾倒。順，《唐韻》《正韻》食閏切，盾去聲。《說文》理也。从頁从巛，會意。川流也。《玉篇》從也。《詩‧大雅》有覺德行，四國順之。香港客家話把川流引申為液體從容器倒出來的動作，另外再引申為湯水。例：順出來〔倒出來〕、煲順〔燉湯〕。

sŭ 【使】(1) 使喚。例：佢使其賴子去買油〔他使喚他兒子去買油〕。(2) 掌握技術，例：使筷子、使牛。(3) 客家話、廣州話均用「唔使」表示不用，例：厓今日唔使上課〔我今天不用上課〕。

sŭng 【挱】推。《集韻》損動切，推也。異體字為「攃」。音義俱合。例：佢分人挱出馬路〔他被人推出馬路〕。

tám 【探】伸手去夠，客家話轉為平聲。例：厓唔夠高，探唔到哎隻芒果〔我不夠高，夠不到那隻芒果〕。

tām 【烑】用小火焙。《廣韻》直廉切《集韻》持廉切，音詗。《說文》小熱也。又《廣韻》《集韻》徒甘切，音談。義同。又燎也。或作炎。客家話發音為徒甘切，音義俱合。

táng 【聽】攤涼熱水或者食物謂「táng 冷」。一般以為是「攤」，但韻尾不符。可能來自「聽」。「聽」有等候的意思。又候也。《戰國策》請為王聽東方之處。《註》聽，偵候之。「聽冷」應該來自這個意義。「聽」在廣州話、梅縣客家話是破音字，梗開四透母，平聲他經切和去聲他定切，前者如「聽到、收聽」（梅縣客家話唸 táng），後者如「聽其自然、聽天由命」（韻母也改變了，唸

tìn）。普通話只有平聲。香港客家話有三個讀音：表示熱水放在室溫下等它變涼，唸 táng；「聽到、收聽」唸 tàng，「聽其自然、聽天由命」唸 tìn。

tàng 【聽】「聽到」之「聽」發音為 tàng，去聲，與粵東、台灣的平聲不同。

tāu 【淘】用湯拌飯。淘，徒刀切，音陶。《博雅》淘淘，水流也。又《韻會》澄汰也，與洮同。又淅米也。本來是洗米的意思，客家話有所引申。例：用蒸豬肉嘅味來淘飯真係好食〔用蒸豬肉的湯汁來拌飯味道真好〕。

tāu 【綯】綁、拴住。綯，徒刀切，音陶。《爾雅・釋言》綯，絞也。《註》糾絞繩索。客家話保留古音古義。例：拿條狗索來綯等條狗〔拿一條狗帶來綁住那隻狗〕。

tēn 【謄】跟隨謂之「謄」。謄，《唐韻》《集韻》《韻會》《正韻》徒登切，音騰。《說文》迻書也。《徐曰》謂移寫之也。《玉篇》傳也。《正韻》移書傳鈔也。《元史・選舉志》謄錄試卷，每行移文字，皆用朱書。抄寫引申為跟隨義。「謄」與「黏」的用法相似，但「謄」不能構成詞語。例：其賴子謄佢去廣州〔他兒子跟他去廣州〕。

tèn 【戥】戥，多肯切，一種小秤。取其平衡之義。廣州話也用此詞。客家話「幫忙」謂之「戥手」，挑擔用石頭來平衡叫「戥頭」。

tēu 【投】(1) 投訴的動詞。例：投舌〔投訴〕、投妹家〔向外家訴苦〕；(2) 投身。香港客家話中趁集叫做「投墟」，現在引申為到城裏買東西。

těu 〔敨〕休息。俗寫作敨，可能只是同音字。敨，他口切，展也。跟「休息」拉不上關係。例：敨大氣〔歎息〕、敨一下〔休息一會〕。

tèu 【毒】「毒」作為動詞唸 tèu。毒，《唐韻》《廣韻》《集韻》《類篇》《韻會》徒沃切，音碡。《博雅》惡也。一曰害也。南方方言「毒」用作形容詞為入聲，但作為動詞是去聲。

tiăp 　【墊】「墊」作為動詞發音為 tiăp。墊，《唐韻》《集韻》《韻會》《正韻》都唸切，
　　　音店。《説文》下也，溺也。《書‧益稷》下民昏墊。或作埝。又《廣韻》徒協切
　　　《集韻》達協切，音牒。客家話採用後者的發音，但聲調轉為陰入。例：墊頭。

tiáu 　【挑】挖掘。挑，《唐韻》《集韻》《韻會》徒了切，音窕。引也，撥也。例：挑
　　　地腳〔挖地基〕、挑竻〔用針把刺弄出〕。

tō 　　【馱】身上或體內負載很重的東西，跟標準漢語相同，但有時用法不一樣。
　　　例：馱人仔〔懷孕〕。另外，秤錘在客家話唸 cìn tō，俗寫為「秤砣」，應該也
　　　是「馱」字。今從俗。

tòk 　　【擇】揀菜謂之「擇菜」。擇，《唐韻》丈伯切。《集韻》《韻會》《正韻》直格
　　　切，音宅。《説文》揀選也。徹母讀 t 在客家話保持舌頭音。俗語：千揀萬揀
　　　揀隻爛燈盞，千擇萬擇擇隻爛飯勺（見第六章慣用語）。

tóng 　[劏]【湯】屠宰動物為謂之 tóng，廣州話借詞，俗寫作「劏」。「劏」是現代造
　　　字，本字應該是「湯」。「湯」的本義是熱水。由於屠宰禽畜要用熱水，因而
　　　產生引申義。例：劏雞殺鴨〔屠宰雞鴨〕。

tòng 　【燙】熨衣服的動作叫「燙衫褲」。與廣州話相同。

tòng 　【宕】延宕。例：坐下坐下宕嗨一班車〔坐着坐着就延宕了一班車〕。

tūn 　　【坉】填塞。坉，徒渾切，音屯。《玉篇》水不通不可別流。一曰草土填水曰
　　　坉。《廣韻》徒損切，音沌。亦填塞也。客家話保留古音古義。例：移山坉海
　　　〔移山填海〕。

tù 　　【渡】帶小孩謂之「渡人仔」。渡，《唐韻》《集韻》《韻會》徒故切《正韻》獨故
　　　切，音度。《説文》濟也。客家話稍引申古義。

tùn 　　【退】後退的「退」，發音一般是 tùn，本字仍然是「退」，陰陽對轉。例：打退
　　　論〔身體突然不受控制地向後退〕。

và 【話】作為動詞是「責怪」的意思。例：佢分其老公話嗨幾句，就屏等來叫〔她被丈夫責怪了幾句，就躲起來哭〕。

vài □ 撒石灰、種子的動作叫做 vài，本字不明。在粵東客家話發音通常為 vè。

vǎn 【挽】掛在牆上。挽，《唐韻》無遠切《集韻》武遠切，音晚。引也。客家話作為「掛」是引申義；廣州話也有此詞。例：壁項挽等一把槍〔牆上掛着一把槍〕。

vàng ［橫］用力扔掉，本字不詳。暫寫作橫。

vět 【窉】挖掘。窉，烏八切，手探穴也。意義相同。客家話二等入聲韻母有時也會唸 et。例：唔好窉鼻屎〔不要挖鼻屎〕。

vìn ［揈］甩出去，用力擺動，搖頭、搖尾巴的動作。揈，《唐韻》《集韻》呼宏切，音轟。擊聲。又揮也。或作揯。意義相似，但發音差別大。暫用此字。例：其條狗見人就揈尾〔他的狗見人就擺尾〕。

vòi 【會】「會」在香港客家話有兩個發音，一個是 vòi，一個是 fùi。唸 fùi 是「會合、會議」的意思；唸 vòi 是「懂得、可能」的意思，有客家話讀本寫作「噲」。懂得客家話一般說「曉」，但「很會、精通」說「好會、會會」，有時候跟懂得的「曉」有分工。例：你會去接佢麼〔你會去接他嗎〕？（這句話是問可能性，不是能力。）/ 佢會會講日本話〔他精通日本話〕。

vùn 【困】關住、圈起來。困，《唐韻》《集韻》《韻會》《正韻》苦悶切，坤去聲。《說文》故廬也。从木，在口中。《徐鍇曰》舊所居廬，故其木久而困檠也。今在客家話和廣州話丟失聲母。例：斷暗就愛困雞〔天黑了就要把雞圈起來〕。

vúng 【壅】埋藏在地下。壅，《廣韻》《集韻》《韻會》《正韻》於用切，雍去聲。塞也。《史記·秦本紀》河決不可復壅。一曰加土封也，培也，大江南道方語。

客家話有此意義。例：食剩嘅菜厓會拿去菜園壅嗨佢〔吃剩的菜我會拿去菜園埋起來〕。

vǔng [擁] 推。「擁」無「推」的意思，這裏只是採用近音字。

vǔt 【屈】用力扭、折彎。屈，《廣韻》區勿切《集韻》《韻會》《正韻》曲勿切，音詘。《説文》無尾也。从尾出聲。又曲也，請也。聲母丟失。例：佢屈到腳〔他扭傷腳了〕。/ 佢將哎鐵線屈直〔他把鐵線扭直〕。

yǎ [扐]【挐】抓，或者一隻手能抓到的分量。暫寫作扐。本字可能是「挐」。挐，《類篇》烏瓦切。吳俗謂手爬物曰挐。義合，但跟客家話發音差別比較大。扐，《集韻》同挖。詳挖字註。又《集韻》待可切，駝上聲。引也。《音學五書》古音徒可切。後人誤入紙韻。《詩·小雅》伐木扐矣。析薪扐矣。詳掎字註。又《唐韻》移爾切，迤上聲。加也。又離也。音義不合。例：扐痧〔抓癢〕、扐一扐米〔抓一把米〕。

yàk 【搖】招手打招呼為「yàk 手」，本字是「搖」，陰入對轉。

yàm 【煔】撒。煔，《集韻》以贍切，音豔。以手散物。音義俱合。歇後語：石灰煔路——打白行〔白走一趟〕。

yàm [掞] 輕微搖晃謂之 yàm。本字不詳，暫寫作掞。掞，《唐韻》《集韻》《韻會》《正韻》以贍切，音豔。舒也。或作剡。又與焰通。《前漢·禮樂志》長麗前掞光耀明。《註》掞，即光炎字。長麗，靈鳥也。又舒贍切，閃去聲。亦舒也。但沒有搖擺義。客家話把蹺蹺板叫做「掞掞排」，坐着搖腿叫做「掞腳」。

yáng 【縈】繞（毛線等）。縈，《廣韻》於營切《集韻》《韻會》娟營切，音褮。《説文》收卷也。《玉篇》縈，旋也。《廣韻》繞也。《詩·周南》葛藟縈之。客家話謂繞線為「縈」，保持古雅用法。

yǎp 【醃】醃製食物的「醃」讀 yǎp，本字仍是「醃」。醃，《廣韻》《集韻》《韻會》

於嚴切，音腌。《玉篇》菹也。《廣韻》鹽漬魚也。《集韻》漬藏物也。《博雅》醃，菹也。意義相同，陽入對轉。例：醃鹹菜、醃鹹魚。廣州話也是入聲。

yēn 【蜒】（蛇蟲等動物）爬行。蜒，《唐韻》以然切《正韻》夷然切，音延。蚰蜒。詳蚰字註。又《楚辭‧大招》蝮蛇蜒只。龍蛇爬行的意思。客家話保留古老詞彙。例：麵包分壁蛇蜒過，唔好拿來食〔麵包被壁虎爬過，不要拿來吃〕。

yìn 【剩】剩餘。剩，食證切，讀書音是 sìn，但口語說 yìn，丟失聲母。例：佢食剩一半就唔食〔他吃剩一半就不吃〕。

yóng 【養】香港客家話除了「供養、畜養」的意義以外，還表示生孩子的「生」。粵東、台灣一般說 giùng（本字是「降」）。例：其心臼養到隻賴子〔他兒媳婦生了個兒子〕。

zá 〔揸〕駕駛汽車謂之「揸車」，借自粵語。本字不詳，「揸」為近代方言造字，不見於古籍。有可能是「抓」字。

zà 【詐】假裝。詐，《唐韻》《集韻》《正韻》側駕切《韻會》側嫁切，柤去聲。《說文》欺也。《爾雅‧釋詁》偽也。《正韻》詭譎也。《左傳‧宣十五年》我無爾詐，爾無我虞。《禮‧樂記》知者詐愚。《疏》謂欺詐愚人也。《周禮‧地官‧司市》以賈民禁偽而除詐。《疏》使禁物之偽。而去人之詐虛也。客家話、粵語均使用「詐」字作為「偽裝」的意思，保留古義。例：詐病〔裝病〕、詐死〔裝死〕。

zăk 【炙】烤火或冬天曬太陽。炙，《唐韻》《集韻》《韻會》《正韻》之石切，音隻。《說文》炮肉也。從肉，在火上。《詩‧小雅‧瓠葉傳》炕火曰炙。客家話保留古詞語。例：炙火〔烤火〕、炙日頭〔曬太陽〕。

zăk 【砎】壓住。砎，《廣韻》《集韻》陟格切，音眨。又《廣韻》硋也。客家話和廣州話均有此引申義。例：拿隻石頭砎等就唔曉分風吹走〔拿個石頭壓住就不會被風吹走〕。也有寫作「磧」。例：大樹倒下來砎等架車〔大樹壓下來壓倒一輛汽車〕。

záng　【爭】欠、差。爭，《唐韻》側莖切《集韻》甾耕切，<u>丛</u>音箏。有「相差、差別」的意思。唐・杜荀鶴《自遣詩》：「百年身後一丘土，貧富高低爭幾多。」《水滸傳・第六十九回》：「我這行院人家坑陷了千千萬萬的人，豈爭他一個？」客家話、粵語均有此義。例：爭你一千銀，出糧正還〔欠你一千元，發薪水才還〕。

zàng　□ 大聲喊或者哭泣，本字不詳。例：zàng 命〔大聲喊叫〕。

zǎp　【紮】（到外面）住宿。有可能是「紮」字。紮，側八切，音札。纏弓弝也。《類篇》纏束也。「紮」有軍隊紮營的意思，客家話把意義引申，韻尾改變為 p。例：在吾屋下紮多兩晚正轉去啦〔在我家多住兩個晚上才回去吧〕。

zěm　【揕】蓋印、蓋章的動作。揕，《唐韻》《集韻》《韻會》知鴆切，砧去聲。擬擊也。客家話轉上聲。

zěu　【走】離開。「走」在客家話只有「離開」，沒有「走路」的意思。例：佢走嗨你正來〔他走了你才來〕。

ziám　【櫼】擠進去謂之「櫼落去」。櫼，《說文》子廉切，音尖。楔也。名詞動詞化。

ziàng　【淨】把容器倒過來，傾倒出最後的幾滴。羅肇錦認為是「罄」字，本字可能是「淨」，聲母不送氣。例：豉油還淨得出一調羹到〔醬油倒過來還可以得到一調羹〕。

zièn　【踐】踐踏破壞。踐，《集韻》才線切，音賤。《說文》履也。《禮・曲禮》修身踐言。《註》踐，履也。又《博雅》躡也。《尚書序》成王東伐淮夷，遂踐奄。《釋文》踐，藉也。又《玉篇》行也。《類篇》列也。《詩・豳風》籩豆有踐。《傳》行列貌。又《廣韻》蹋踐。《禮・曲禮》毋踐屨。《疏》踐，蹋也。又《釋名》踐，殘也。使殘壞也。客家話意義相同，但聲母轉為不送氣。

zím　【斟】客家話稱接吻為「斟啜」（zím zòi）。斟，《廣韻》職深切《集韻》《韻會》

《正韻》諸深切，音針。《説文》勺也。《楚辭·天問》彭鏗斟雉帝何饗。《註》斟，勺也。兩個人的嘴巴互相像勺子倒進去。

zìm 【針】用指甲掐進柔軟的物體或人的皮膚謂之「針落去」。有寫作「浸」，但本字應該是是「針」。名詞作動詞，聲調有所變化，一如「妻、雨」。

zǐn 【整】修理。廣州話、客家話的修理都說「整」，但粵東客家話的發音是 zǎng。

zǒk 【着】廣州話、客家話中穿衣服的動作均稱「着」。例：着衫、着褲、着鞋、唔着（còk）着（zǒk）〔不合穿〕。

zǒk 【捉】玩棋叫做「捉棋」。捉，《唐韻》《集韻》《韻會》側角切，莊入聲。《説文》搤也。一曰握也。《廣韻》捉搦也。客家話發音 zǒk 符合反切。

zón 【鑽】「鑽落去」通常指人或者動物擠進洞口、袋子、人羣等動作。

zǒn 【轉】除了「轉彎、改變、旋轉」等現代漢語的意義以外，客家話的「轉」有「回」的意義。例：轉屋下〔回家〕、轉妹家〔回娘家〕、轉來〔回來〕。

zóng 【瞙】（從門縫）偷看。瞙，《集韻》祖叢切，音椶。《類篇》視也。又《廣韻》作孔切。《集韻》祖動切，椶上聲。《揚子·方言》伺視也。凡相竊視，南楚或謂之瞙。客家話、廣州話均有這個說法，但均讀同宗攝。例：佢瞙到其爸在間肚暈嗨〔他從門縫看到他爸爸在屋子裏暈倒了〕。

zǒng 【掌】看管。現代漢語也有此意義，但客家話用得比較頻繁，例：掌牛、掌屋、掌等行李。

zòt 【啜】香港客家話稱吸食為 zòt，本字是「啜」，廣州話也有此詞，應該是同源而不是借詞，因為粵東、台灣也有同樣表達。粵東等地發音為 ziòt。啜，《唐韻》昌悦切《集韻》《韻會》姝悦切。《説文》嘗也。《爾雅·釋詁》啜，茹也。《註》啜者拾食。《禮·檀弓》啜菽飲水。客家話義有引申，但聲母轉為不送氣塞擦音。例：用飲筒啜汽水食〔用吸管吸汽水來喝〕。

zún　【震】受冷或者受驚，客家話說「省省 zún、gìt gìt zún」，本字就是「震」。震，臻攝開口照組白讀，u 作為主要元音是客家話常見現象，其他例子還有「伸」。

zǔng　【縱】過度溺愛謂之「縱」。縱，《廣韻》子用切《集韻》《韻會》《正韻》足用切，蹤去聲。《説文》緩也。一曰舍也。《博雅》置也。《玉篇》恣也，放也。又《集韻》足勇切，音㮌。客家話取其放縱義。

zǔt　[卒] 塞瓶塞的動作，本字不詳。

zùt　[捽] 輕輕擦。捽，《唐韻》《集韻》《韻會》昨沒切，存入聲。《説文》持頭髮也。《廣韻》手持也。又蘇骨切，音窣。與曲禮卹勿之卹同。摩也。發音是不送氣的陽入有點奇怪，但意義符合。廣州話也有這個詞，但發音 zöt¹ 也不符合反切。例：捽伶俐哎桌來食飯〔擦乾淨那張桌子來吃飯〕。

2.　名詞

ăk　[鈪]【戹 / 厄】「手鐲」在客家話稱「手鈪」，與廣州話相同，俗寫作「鈪」。「鈪」是方言造字，非本字。本字是戹。戹，隘也。从戶，乙声，亦作厄。《説文》厄，困也。於革切。手鈪有捆着手的意義。

áng　【罌】瓶子或者其他體積不大的容器。罌，《廣韻》烏莖切《集韻》於莖切《韻會》幺莖切，音甖。《説文》缶也。《廣雅》瓶也。《玉篇》瓦器也。《前漢・韓信傳》以木罌缶度軍，襲安邑。《註》師古曰：罌缶，謂瓶之大腹小口者也。應該是本字。例：錢罌、酒罌、罌哥〔瓶子〕、金罌〔死人撿骨以後，骨頭放進去的容器〕。台灣寫作盎。盎，《唐韻》《集韻》烏浪切《韻會》《正韻》於浪切，鴦去聲。《説文》盆也。但聲調和意義沒有「罌」貼切。

bǎi　[擺] 客家話、閩南話謂一次、一趟為「一擺」，但「擺」為俗寫，本字不明。擺，《唐韻》北買切《集韻》《韻會》《正韻》補買切，拜上聲。開也，撥也。排而振之也。意義不合，非本字。

bǎn 【粄】米製的糕點。粄,《廣韻》博管切《集韻》補滿切。屑米餅。亦作粆、餅。意義俱合。例:酵粄、蓮蓉粄。

bí 【陂】客家話稱攔着山溪、小河而築的壩為「陂頭」,因之形成的小水庫為「陂塘」。與現代漢語同。但將水壩稱為「陂頭」是客家話說法。

bǐ 【髀】腿。髀,《唐韻》并弭切《集韻》《韻會》補弭切《正韻》補委切,音俾。《說文》股也。音義俱合。廣州話、客家話均用此字。例:大髀〔大腿〕、雞髀〔雞腿〕。

báu [煲]【釜】用來煮飯、煮湯的鍋。「煲」是新造字,本字可能是「釜」。釜,《廣韻》扶雨切《集韻》奉甫切,音父。《說文》鬴,俗省作釜。《古史考》黃帝始作釜。《易·說卦傳》坤為釜。《疏》取其化生成熟也。釜是煮食工具,奉母遇攝三等上聲字,客家話保留重唇,但韻不符,應該是由廣州話借入。例:瓦煲煲飯好食過電飯煲〔瓦鍋煮飯比電飯鍋好吃〕。

biět [屄] 女性生殖器官,一般寫作屄。又作 zí biět。屄,康熙字典引《正字通》布非切,音卑。女子陰。但清代之前沒有記載,非本字。本字可能是「鱉」字。

bín 【檳】客家話稱竹枝為「竹檳」。檳,《唐韻》必鄰切《集韻》《類篇》卑民切,音賓。《類篇》樹無枝,實從心出。詳榔字註。檳應該是引申義。

bǐt [鵯] 麻雀被稱為「禾 bǐt 仔」,bǐt 本字不詳,暫寫作鵯。例:吾條貓打到隻禾鵯仔〔我的貓獵到一隻麻雀〕。

bǒk 【礐】礐,《集韻》北角切,音剝。《篇海》石礐岸也。香港俗寫為「塧」。塧,《集韻》訖岳切,音覺。器之疊圻。又轄角切,音學。音義不合。例:田脣礐〔田間小路〕。

bòt [坺] 量詞,塊的意思,口語中常用。本字不詳,暫寫作坺,對應廣州話的 fàt[1]。例:分佢割嗨一 bòt 肉〔給他割了一塊肉〕。

bú　【晡】晚上。晡，《廣韻》《集韻》《韻會》《正韻》奔模切，音逋。《玉篇》申時也。《前漢・五行志》日中時食從東北，過半，晡時復。《淮南子・天文訓》日至於悲谷，是謂晡時。發音相同，但客家話引申為晚上。例：暗晡夜、一晡夜。

bùn　【糞】「糞」有垃圾的意思。例：糞屑〔垃圾〕、糞堆頭〔垃圾堆〕。

cái　〔差〕客家話稱颱風為「風 cái」，一般寫作「風差」。可能是閩南話「風颱」的借詞。「差」非本字。「颱」是後起字，本字有可能是「胎」字。

càm　〔旮〕香港客家話稱昨天為「càm 晚日」，應該是「昨暗晡日」縮略而來，是合音字，今用近音字「旮」。

căk　【坼】微小的裂縫。坼，《唐韻》丑格切《集韻》《韻會》《正韻》恥格切。裂也。客家話和廣州話均有此詞。例：地震之後這面墻爆嗨條坼〔地震以後這面墻開了一道裂縫〕。

cāng　【成】米通（爆米花製成的硬餅）在客家話叫「米成」。成，《唐韻》是征切《集韻》《韻會》《正韻》時征切，音城。《說文》就也。《廣韻》畢也。凡功卒業就謂之成。「成」在客家話有 sīn, sāng 兩個文白對應，但也可以讀 cāng。粵東地區的客家話說「一成、兩成」發音都是 cāng。米通由米製成，因此稱為「米成」相當合理。

căp　【𪝐】畚𪝐，掃地時裝垃圾用。𪝐，《唐韻》楚洽切《集韻》《韻會》測洽切，音鍤。《淮南子・精神訓》今夫繇者，揭钁𪝐，負龍土。《註》𪝐，鍤也。青州謂之鏵，有刃也。《揚子・方言》江淮南楚之閒謂之𪝐，沅湘之閒謂之畚。客家話謂之「畚𪝐」。用金屬製的叫做「銅𪝐」。

càt　〔蚻〕客家話稱蟑螂為「黃蚻」。蚻是俗寫，非本字。蚻，《唐韻》《正韻》側八切，音札。《爾雅・釋蟲》蚻，蜻蜻。《註》如蟬而小。《揚子方言》蟬其大者謂之蟧，或謂之蝒馬。其小者謂之麥蚻。意義不太合，聲調也不對。

cé [釮] cé 仔，鈒。本字不明，暫寫作釮。

cī 【粢】糯米做的糕點。粢，《集韻》才資切，音茨。《說文》稻餅，與餈同。《列子·力命篇》食則粢糲。《註》粢，稻餅也。味類粃米，不碎。《揚子·方言》餌謂之餻，或謂之粢。

cì 【牸】沒有生養過的雌性家畜謂之「牸」，生育過的叫做「嫲」。牸，《廣韻》《集韻》《韻會》丛疾置切，音字。《廣韻》牝牛。《孔叢子·陳士義》子欲速富，當畜五牸。《說苑》愚公畜牸牛，生子而大，賣之而買駒。又牝馬亦曰牸。《廣雅》牸，雌也。《史記·封禪書》天下亭亭，有畜牸馬，歲課息。又《玉篇》疾利切《正韻》疾二切，丛音自。義同。客家人在農村生活，嚴格分辨生育過和沒有生育過的雌性禽畜。例：豬牸、狗牸、貓牸。

ciā [崟] 香港客家話稱梯田為 ciā，寫作崟。「崟」是近代字，通畬，非本字。香港地名有很多與「崟」字有關，如：禾崟（沙田）、上崟、下崟（八鄉）、菠蘿崟（荃灣）、崟下（馬鞍山）。

cīn [醒] 廣州話、香港客家話稱「罈」為 cīn，本字不詳。俗寫作醒。醒，音呈，病酒也，義不合，非本字。例：酒醒、醋醒。

cón 【餐】量詞，廣州話、客家話均說一頓飯為一餐飯。

còn 【旋】髮旋謂之旋，漩渦謂「皺螺旋」。旋，《唐韻》似宣切，《集韻》《韻會》旬宣切《正韻》旬緣切，音璿。《說文》周旋旌旗之指麾也。粵東、台灣多發音為 ción。

dǎt 【笪】(1) 簟，用竹編織，扁平塊狀物，用來承載食物或者農作物。(2) 地方的量詞，例：這笪位、這笪所在（地方）。

dàp [垯] 爛泥土、鼻涕、麵粉等半固體塊狀物的量詞。本字不詳，借用台灣客家話同義字。

déu　[箮] 給家畜盛載食物的器皿。箮，《廣韻》當侯切《集韻》徂侯切，音兜。
　　　《説文》飲馬器也。客家話意義有所引申。例：豬箮、狗箮。

dèn　【凳】椅凳的統稱。客家話、廣州話均稱椅子為「凳」。

dèu　[寶] 巢穴。俗寫為「竇」。寶，《廣韻》田侯切《集韻》《韻會》《正韻》大透
　　　切，音豆。《説文》空也。按照客家的發音應該送氣，意義也不合，不可能是
　　　本字。例：狗寶〔狗窩〕、鳥寶〔鳥巢〕、禾蜂寶〔黃蜂窩〕。

diáu　【鳥】鳥，《唐韻》都了切，《集韻》《韻會》丁了切，音蔦。《説文》長尾禽總名
　　　也。「鳥」是端母字，客家話讀 diáu，保持了中古的發音。寫成「鵰」反而不
　　　對。例：鳥仔〔小鳥〕、鳥寶〔鳥巢〕。

dìt　[滴] 一點兒謂之「一滴」，有點謂之「有滴」。滴，《廣韻》都歷切《集韻》《韻
　　　會》《正韻》丁歷切，音的。《説文》水註也。《增韻》涓滴，水點。客家話引
　　　申為一點點的「點」，聲調轉為陽入。例：滴恁多〔才一點點〕、爭滴〔差點〕。

dǒk　[剁] 樹木凸起的部分。木頭謂之「樹剁頭」，本字不詳，暫寫作剁。

dòk　[踱] 騎脖子叫做「騎馬踱」，本字不明，可能來自擬聲。

dòk　[剁] 蜥蜴謂之「剁哥蛇」，本字不明，可能來自表示發呆的「愕」（dòk），暫
　　　寫作剁。

dǔ　　【肚】(1) 肚子，不論人或動物的肚子，客家話都發音為 dǔ；(2) 裏面的意
　　　思。例：間肚有人麼〔屋子裏面有人嗎〕？

dūk　[凸]【屵】同「屵」，訛寫為「凸」，但後者較多人認識。屵，《玉篇》都谷切，
　　　音篤。俗豚字。尾下竅也。客家話器物底部，盡頭義。香港地名寫作「凸、
　　　督、篤」都有，如「西貢凸、大美督、大潭篤」。廣州話也有這個說法，但也
　　　很少用於地名。客家話的用法比較廣泛。

dŭk [涿] 大小便的量詞，本字不明，暫寫作涿。例：門口有一涿狗屎，快點掃走佢〔門口有一坨狗屎，快點掃走它〕。

dùk [督] 打嗝謂之「打 ĕt dùk」，象聲詞，俗寫作 [噎督]。

dŭn [礅] 柱石謂之「柱礅」。礅，《集韻》都昆切，音敦。石可踞者。但放牛的時候把小段木頭定在地上，用來拴住牛隻叫「打礅」。

èt [噎] 打嗝謂之「打 ĕt dùk」，象聲詞，俗寫作 [噎督]。

éu 【甌】用來盛食物給小孩的小盤。甌，《唐韻》《集韻》《韻會》《正韻》烏侯切，音謳。《説文》小盆也。《廣韻》瓦器《正韻》今俗謂盎深者為甌。《爾雅・釋器》甌瓵謂之瓵。《揚子・方言》㼶瓵謂之盎，其小者謂之升甌，又金甌。客家話保留古代詞形。例：這隻係厓飼吾孫子嘅甌仔〔這個是我給我孫子餵食的小盤〕。

fit [拂] 臭狐謂之「臭狐 fit」，本字不明，暫寫作拂。

fói 【胚】塊頭大謂之「身胚大」。「胚」發音為 fói。

fón [番] 被子、蚊帳等的量詞。本字不明，一般寫作「番」。例：這番被唔夠暖〔這床被子不夠暖〕。

fú 【戶】房子後面謂之「屋背戶」，關着門謂之「閂門閉戶」。户，《唐韻》《正韻》侯古切《集韻》《韻會》後五切，音祜。《説文》護也。《釋名》所以謹護閉塞也。「戶」在客家話口語中為陰平調，符合音變規律。

fúi [飛] 車票在香港客家話稱「車飛」。「飛」乃音譯詞，經由廣州話借入英文的 fare 而來。

fūt 【窟】窟窿。窟，《廣韻》《集韻》《韻會》《正韻》苦骨切，音堀。《篇海》窟，室也，孔穴也。客家話、廣州話經過音變以後變成 f。例：屎窟〔肛門〕、棺材窟〔棺材坑〕。台灣寫作朏，是後起字。

fùt　【橌】客家話稱果子的種子為 fùt，本字就是「核」。核，《唐韻》《集韻》《韻會》
　　　　下革切，音覈。果中核也。又《集韻》《正韻》胡骨切，覈入聲。果核也。橌
　　　　為「核」的古文。今客家話、廣州話和普通話「果核」的「核」均為胡骨切。
　　　　由於「核」有另外一個反切，今以「橌」來代表「果核」的「核」。以「核」代表
　　　　睪丸的 hàk。

gá　　【豭】種豬稱為「豬豭」。豭，《唐韻》古牙切《集韻》《韻會》《正韻》居牙切，
　　　　音家。《説文》牡豕也。《揚子・方言》豬，北燕朝鮮之閒謂之豭。《易・姤卦
　　　　註》羣豕之中，豭強而牝弱。《左傳・隱十一年》卒出豭。《疏》謂豕之牡者。
　　　　《史記・秦始皇紀》夫為寄豭。《註》夫淫他室，若寄豭之豬也。客家話音義俱
　　　　合。例：牽豬豭〔趕種豬去配種〕。

gǎi　　[蚜]【蛙】小型青蛙叫做「gǎi 仔」，俗寫作蚜，本字應該是「蛙」。蛙，《唐
　　　　韻》《集韻》《韻會》《正韻》烏烏瓜切，音哇。《説文》蝦蟆屬。《本草》今處處
　　　　有之，似蝦蟆而背青綠色，尖觜細腹，俗謂之青蛙。亦有背作黃路者，謂之
　　　　金線蛙。客家話發音不合，但「蛙」字從圭，可能牽涉上古音。例：攬腰蚜
　　　　〔樹蛙〕。

gán　　【間】房間，老派的說法。現在新派只說「房、房間」。

gǎn　　【柬】請柬。在客家話裏是單音節詞。

gǎn　　【鹼】肥皂稱為「番鹼」，洗衣粉稱為「鹼粉」。香港分別俗寫為「番梘」和「梘
　　　　粉」。肥皂、洗衣粉等為鹼性去污用品，鹼為本字，但俗寫作梘。梘是同音
　　　　字，指用來輸水的木槽，非本字。

gǎng　【梗】植物的莖部。梗，《唐韻》《廣韻》《集韻》《類篇》《正韻》古杏切，音
　　　　鯁。《説文》山枌榆，有束，莢可為蕪荑者。又《揚子・方言》梗，略也。梗
　　　　槩，大略也。又草木刺人為梗。《張衡・西京賦》梗木為之靡拉。又枝梗。
　　　　《戰國策》桃梗土偶。客家話、廣州話均有此說法。

gàng 【徑】小路。徑，吉定切。《説文》步道也。客家話口語為 gàng，保留古義，四等讀同二等。新界地名有不少地名如「蕉徑（上水）、牛徑（八鄉）、赤徑（西貢）」中的「徑」發音都是 gàng。

gáu 【酵】香港客家人每逢過年過節，都會做一種發酵過的茶點，叫做「酵粄」，又稱「起粄」（諧音「喜粄」）。酵，《廣韻》古孝切《集韻》居效切，丛音教。《廣韻》酒酵。《集韻》酒滓。《正字通》以酒母起麪曰發酵，蕭子顯《齊書》：永明九年正月詔太廟四時祭薦宣皇帝起麪餅。註：發酵也。韻書作去聲，但客家話轉為平聲，意義相同。同時符合「起粄」的意思。

gǐ 【妓】妓女謂之「老妓嫲」，或簡稱「老妓」（香港廣州話俗寫為「老舉」，客家話發音同音）。妓，《唐韻》渠綺切《集韻》《正韻》巨綺切，音伎。女樂也。洪涯妓，三皇時人，娼家托始。客家話義合，但全濁上聲聲母保留為上聲比較少見。例：這條街早下有好多老妓寮〔這條街以前有很多妓院〕。

gién 【趼】趼公，皮膚龜裂。趼，《廣韻》皮起也。《集韻》經天切，音堅。《類篇》久行傷足謂之趼。「趼」應該是本字。例：爆趼公〔皮膚起龜裂〕。

giŏk 【腳】(1) 腳，腿。客家話、廣州話裏的「腳」包括整個腿部；(2) 湯汁、茶水等最後含殘渣的部分。引申義指最後棄置的部分。例：茶腳、豉油腳；(3) 腳下，指下面，底下。例：眠床腳下〔床底下〕。

giŏk 【钁】客家話稱鋤頭為「钁鋤」。钁，《唐韻》居縛切《集韻》《韻會》《正韻》厥縛切，音戄。《説文》大鉏也。《博雅》欘謂之钁。《淮南子‧精神訓》負钁舌。《註》钁，斫也。音戄。音義俱合。例：斟钁鋤柄〔安裝鋤頭的把柄〕。

gói 【胲】下巴到脖子之間，嘴巴下面的部分。胲，又《集韻》己亥切《韻會》尸亥切《正韻》居亥切，音改。《集韻》頰下曰胲。客家話轉為平聲，義合。喉結稱「蛤蟆胲」。

gŏk 【角】小杯子、小容量器謂之「角」。從「牛角」引申而來。例：盪口角〔漱口杯〕。

gŭ 【牯】名詞詞綴。(1) 代表雄性動物，例：豬牯、狗牯；(2) 沒有實義、類似普通話「子」的詞綴，例：石牯、拳頭牯。

gúng 【公】「公」在客家話不能成詞，只能作為不自由詞素存在。「公」在客家話中有幾個普通話沒有的意思：(1) 祖父輩的稱呼，如爺爺叫做「阿公」，外祖父叫做「姐公」。(2) 名詞後綴，代表雄性的鳥類（但不包括獸類），如「雞公、鴨公」。(3) 名詞後綴，表示體型大的昆蟲或家裏、田裏的小動物，沒有性別的意義，如「貓公、蝦公、蜢公、烏蠅公、蟻公」。(4) 後綴，表示「大」意義的動物或物體，如「碗公、手指公（拇指）、腳趾公」。(5) 名詞後綴，但沒有「大」的意義，相當於普通話的「子」，如「鼻公、耳公」。

hā 【儕】人謂之「儕」。在香港及鄰近地區客家話發音為 hā，其他一些地方的客家話發音為 sā。客家話蟹攝二等有一定數量的字唸 a 韻，不算很特殊，而 s 聲母轉為 h 也是常見的音變現象。儕，《唐韻》士皆切《集韻》《韻會》床皆切，柴。等輩也。《禮·樂記》先王之喜怒，皆得其儕焉。《註》儕猶輩類。《左傳·僖二十三年》晉鄭同儕。又《成二年》文王猶用衆，況吾儕乎《列子·湯問篇》長幼儕居。「儕」已經習慣上成為客家話用字。例：哪儕〔誰〕、惹兜有幾多儕〔你們有多少人〕？

hà 【下】一下、兩下、一下子、上下（差不多）的「下」唸去聲，跟普通話相同。例：一時半下〔偶爾〕。

hái 【谿】女性生殖器，廣州話的借詞。谿，《唐韻》苦兮切《集韻》《韻會》《正韻》牽奚切。廣州話、客家話讀音符合。本義是「山溝、山谷」，這裏是比喻義。

hàk 【核】客家話稱男人睪丸為 hàk 或「hàk 卵」，本字就是「核」。核，《唐韻》《集韻》《韻會》下革切，音覈。果中核也。發音合，意義有所引申。例：大核卵〔疝氣〕。

hăp 【莢】莢的老葉稱為「莢 hăp」，有學者認為是「蓋」字，但「蓋」的韻書記載為「居太切」和「胡獵切」，讀音不符。應該是「莢」字。莢，《唐韻》《正韻》古協切《韻會》吉協切，音夾。《說文》草實。《博雅》豆角謂之莢。《周禮‧地官‧大司徒》其植物宜莢物。《註》莢物，薺莢、王棘之屬。《疏》即今人謂之皁莢是也。引申義。聲母轉為擦音 h。例：莢莢摘嗨正剩轉一半緊好〔摘完老的莢也才剩下一半而已〕。

hăm 【坎】穴。坎，《唐韻》《集韻》《韻會》《正韻》苦感切，音欿。《說文》陷也，險也。又穴也。音義俱合。例：碓坎〔碓臼〕。

hén ［脛］惡臭。本字不詳，暫寫作脛。例：臭尿脛、臭屎脛。

hiĕn ［蚿］蚯蚓謂之「蟲蚿」。「蚿」只是近音字。蚿，《唐韻》《正韻》胡田切《韻會》胡千切，音賢。《廣韻》馬蚿，蟲。《莊子‧秋水篇》夔憐蚿，蚿憐蛇。《博物志》百足，一名馬蚿，中斷成兩段，各行而去。《本草》馬蚿，形如蚯蚓，紫黑色，觸之即側臥如環，故又名刀環。意義類似，但聲母聲調均不對。

īn ［蠑］蠑盎（īn ōng），花狹口蛙，又稱亞洲錦蛙，學名 Kaloula pulchra。擬聲詞，暫寫作蠑，因為花狹口蛙的叫聲而得名。

ká 【下】下，匣母濁上讀為陰平的白讀音，聲母保留古音。南方方言保留匣母字為塞音的例子以閩語最多，客家話也有一批字，例如「惶、荷」。「家裏」在客家話多數說「屋 ká」，很多人寫成「屋家」，認為 ká 是「家」的送氣發音。但粵東、台灣和閩西有些地區直接說「屋 há」，所以第二個音節應該是「下」字。「屋下」作為家裏意義上也是說得通。例：得閒來吾屋下料〔有空來我家坐坐聊天〕。

kă ［枯］樹木的一個分支在香港客家話叫「一 kă」（粵東叫做 kuă），本字不詳，暫寫作枯。枯，《集韻》《類篇》《正韻》空胡切，音枯。木名。一曰空也。非本字但可接受。例：一枯葡萄子〔一串葡萄〕。

kēm 【蟾】蟾蜍，香港客家話叫做 kēm sū，本字仍然是「蟾蜍」，但聲母有所改變。蟾，《唐韻》職廉切《集韻》之廉切，音詹。香港客家話讀送氣塞音。而廣州話中「蟾蜍」兩個字都是送氣塞音。

kèn 【凝】冰塊。有可能是「凝」的古音。例：這幾日朝晨冷到結凝〔這幾天早上冷到結冰〕。

kī 【蜞】在客家話中，螞蟥謂之「湖蜞」，蛭蟥謂之「冷蜞」。蜞，《類篇》水蛭也。客家話音義俱合。俗語：湖蜞聽水響（比喻馬上有反應）。

kiā 【蜞】lā kiā，蜘蛛，一般寫作「蝲蜞」。蜞，《唐韻》渠綺切《正韻》巨綺切，音技。蟬也，互詳蟬、蜩二字註。又《集韻》丘奇切，音敧。蟲蟲長足者。「蜞」應該是本字。例：蝲蜞精〔蜘蛛精〕。

kiăk 【框】框架，又作編織籃子的動作。本字可能是「框」的陽入對轉。例：哎架車燒到剩到隻 kiăk〔那輛車燒到只剩下支架〕。

kiăk 【跡】遺跡。ts 塞化為 k 後，轉為送氣。例：這裏係我嘅屋跡〔這是我房子的遺跡〕。

kièn 【桊】鼻樑謂之「鼻樑桊」。桊，《唐韻》丘圓切《集韻》《韻會》《正韻》驅員切，音卷。《玉篇》屈木盂也。《廣韻》器似升，屈木為之。《孟子》順杞柳之性而以為桮桊。又《玉篇》居媛切。同棬。拘牛鼻。《呂覽·重己篇》五尺童子引其桊而牛知所以順之也。

kín 〔朜〕客家話把「雞朜」的「朜」訓讀為 kín。朜，《唐韻》章倫切《集韻》《正韻》朱倫切《韻會》株倫切，音諄。《說文》面額也。北方話 zhún 是同音字，但客家話 kín 則相差很遠，有學者認為本字是「腎」字。例：佢好中意食雞朜〔他很喜歡吃雞朜〕。

kíu　[臼] 客家話稱媳婦為 sím kíu，本字不詳，一般寫作「心臼」，台灣寫作「新婦」，有可能是「新婦」聲韻母發生多次同化與異化的結果。

lá　[那] 客家話稱頭為「頭那」，本字不詳。但福建西部稱頭為「頭囊」，因此本字可能是「囊」字（粵東、台灣是 nā，泥母）（客家話有幾個字 ng 韻尾脫落）。例：頭那痛〔頭痛〕、頭那頂〔頭頂／上面〕。

lá　【零】零搭（零食）。有時發音為 lá 搭，韻尾脫落，聲調轉為陰平。

lā　【蜊】lā kiā，蜘蛛。一般寫作「蜊蜞」。蜊，盧達切，蜊蟶，蟲名。「蜊蟶、蜊蜞」都是連綿詞，「蜊」只是一個填充的音節。

là　【罅】客家話、廣州話稱縫隙為 la，去聲，一般寫作「罅」。罅，《廣韻》呼訝切《集韻》《韻會》虛訝切，音嚇。《說文》裂也，缶燒善裂也。《廣韻》孔罅。除了聲母以外，發音和意義均符合。應該是二等字聲母脫落以後，以介音為聲母的結果。這樣「罅」有可能是本字。例：門罅〔門縫〕、手指罅〔手指縫〕。

lài　[賴]【弟】客家話稱兒子為「lài 子」，或簡稱 lài。一般寫作「賴」，台灣一般認為「賴」是本字，取其「老了有所依賴」的意思。而有學者認為是「裔」字，l 聲母是上古以母的殘留。但也有可能是「弟」字。因為客家話中女兒是「妹子」，兒子是「弟子」，剛好湊一對。弟，《廣韻》徒禮切《集韻》《韻會》《正韻》待禮切，第上聲。蟹攝四等唸 ai 韻是白讀，t 轉為 l 也有不少例子。例：吾哥有三隻賴子〔我哥哥有三個兒子〕。

lăk　【壢】客家話稱水坑為「壢」。壢，《五音集韻》郎擊切，音歷。坑也。但香港地名多誤寫為「瀝」，如「瀝源、河瀝背」。「瀝」其實是「滴水」的意思，與水坑的意義差別甚大。「壢」才是本字。台灣有地名「中壢」，則合乎字義。

làk　[瀝] 一畦菜地謂之「一 làk」，本字不詳，暫寫作瀝。瀝，水聲，非本字。

lāng　【瓤】小腿謂之「腳瓤肚」。瓤，《廣韻》汝陽切《集韻》如陽切，音穰。《廣韻》瓜實。《集韻》瓤瓤，瓜中。客家話指小腿像瓜而得名，但韻腹改為 a。

làng　【令】謎語。令，《集韻》《正韻》夶力正切，零去聲。律也，法也，告戒也。《書·冏命》發號施令，罔有不臧。客家話為引申義。

lăt　[痢] 硬塊。本字不詳。俗寫為「痢」。例：飯痢〔鍋巴〕/ 傷口結痢就快好了〔傷口結焦就快好了〕。

láu　[熮] 鑊熮，鍋底的火煙，本字不詳，今寫作熮。熮，《廣韻》《集韻》力久切，音柳。《説文》火貌。又《玉篇》燒也，爛也。又《唐韻》烙蕭切《集韻》《韻會》憐蕭切《正韻》連條切，音聊。義同。《説文》逸周書曰：味辛而不熮。又《集韻》力求切，音留。音義均有偏差。

làu　【造】作物一造叫做「一 làu」。làu 為「造」的變音。「造」為從母，歷史音變讀同來母。例：早造禾〔早稻〕。

lĕm　[稔]【棯】桃金娘，學名 Rhodomyrtus tomentosa。香港客家話稱「lĕm 仔」，本字應為「棯」。棯，《唐韵》如甚切；《集韵》忍甚切，音荏。《玉篇》果名。現代漢語拼音為 rěn。但在廣東及香港一般寫作「稔」，已被接受為俗寫。香港有地名叫做「稔灣」。

lèn　【嬭】奶，香港客家話稱奶為 lèn（泥母，梅縣腔為 n，香港客家話泥母字在洪音前多唸 l，細音前多為 ng）。本字可能是「嬭」。嬭，《廣韻》奴蟹切《集韻》女蟹切，音疒。乳也。或作妳。應該是類似「能 / 耐」的陰陽對轉。例：叫嬭食〔哭着要吃奶，指年紀小、幼稚〕。

lĕt　【竻】客家話稱刺為「竻」。竻，《廣韻》盧則切《集韻》歷德切，音勒。竹根也。又竹名。《肇慶府志》竻，竹名，俗呼刺竹。有刺而堅，可作藩籬。肇興新州舊無城，宋郡守黃濟募民以竻竹環植之，雞犬不能徑。《廣東新語》竻

竹，一名澀勒。勒，刺也。廣人以刺為勒，故又曰勒竹。例：分笏丟倒〔被刺刺到〕。

léu [褸] 大衣。本字不詳，可能是「袍」字的聲母脫落。香港俗寫為「褸」。褸，《唐韻》落侯切《集韻》《韻會》郎侯切，音樓。《玉篇》衣襟也。《説文》衽也。《博雅》裱、祐、衽謂之褸。沒有大衣的意思。例：香港冷天有時愛着大褸〔香港冬天有時要穿大衣〕。

lēu 【瘻】撞傷腫塊叫做「起瘻」。瘻，《唐韻》力豆切《集韻》《韻會》郎豆切，丛音屚。《説文》腫也。一曰久創。客家話符合古義，但聲調轉為平聲。

lí [蜊] 蜻蜓謂之「黃蜊」，「蜊」非本字。蜻蜓在廣東有不同的名稱。粵東有稱「囊尾」，最有可能是本名，因為尾部有個囊狀體。「黃蜊」可能是「囊尾」的訛變。

lì 【蒂】植物果實的蒂留下的痕跡，客家話叫「蒂朶」（lì dŭk）。蒂，都計切，韻母和聲調符合，聲母音變為流音 l。

liàm 【棱】絲瓜謂之「棱瓜」，四方木謂之「四棱棍」，酸楊桃謂之「酸棱」。「棱」發音為 liàm。棱，《廣韻》魯登切《集韻》《韻會》《正韻》盧登切，冷平聲。或作楞，俗作稜。《説文》柧也。《廣韻》四方木也。今客家話唸去聲，韻尾轉為 m。俗語：四棱棍〔四方木頭，踢一下才滾動一下，罵人不會靈活變通〕（見第六章慣用語）。

liáu [撩] 用來蒸糕點，沒有圍邊的竹製器皿。暫寫作撩，非本字。例：織粄撩（蒸糕點用的承托塊）。

liāu 【寮】簡易的棚屋，通常給動物棲息，例：雞寮、鴨寮。

lǐn 【卵】客家話謂男性器官為 lǐn，台灣寫作朘，但本字應該是卵。卵，《唐韻》盧管切《集韻》《韻會》《正韻》魯管切，鸞上聲。《説文》凡物無乳者卵生。但卵

的象形就是男性器官，今客家話聲母、聲調均合。例：殁卵（罵男人沒出息）。

lò　[囉] 打哈欠謂之「擘囉」，「囉」非本字。只是擬聲詞。

lòi　[賚] 洞穴，或者是房子故意留給貓狗通過的洞。「賚」只是同音字。本字不詳。賚，《廣韻》《集韻》《韻會》《正韻》洛代切，音睞。《説文》賜也。《爾雅．釋詁》賚，予也。《書．湯誓》予其大賚汝。俗語：阿妹冇人愛，愛來塞狗賚〔阿妹沒人要，要來塞狗洞〕。

lòn　【健】健，《類篇》力健切。《爾雅．釋畜》未成雞健。《郭註》今江東呼雞少者曰健。「健」是山攝開口，按音韻地位讀 lièn。客家話讀同臻攝合口，發音比較特別。可能是借詞。例：雞健幾多錢一斤〔小母雞多少錢一斤〕？

lòng　[襠] 襠，《唐韻》《集韻》《韻會》都郎切，音當。《類篇》裲襠，衣名。又《玉篇》袴襠也。客家話、廣州話皆作去聲，而且聲母均變流音 l。例：噴褲襠下〔鑽褲襠 / 胯下〕。

lŏt　□ 垃圾謂之 lŏt sŏt。本字不明，可能只是連綿詞的詞綴。

lú　【鹵】生鏽謂之「生鹵」。鹵，《唐韻》《正韻》郎古切《集韻》《韻會》籠五切，音魯。《説文》西方鹹地也。東方謂之㡿，西方謂之鹵。《廣韻》鹽澤也。天生曰鹵，人造曰鹽。《書．洪範疏》水性本甘，久浸其地，變而為鹵。《易．説卦》兑為剛鹵。鏽猶如鐵器上面的鹽。例：鐵線好容易生鹵〔鐵線很容易生鏽〕。

lòt　[捋] 使性子謂之「發捋」（bŏt lòt）。本字不詳，「捋」只是同音字。

lŭk　[碌] 一截謂之「一碌」。「碌」為俗寫，非本字。例：磚碌〔斷磚〕、米碌〔碎米〕。

lŭk　[碌] 柚子，香港客家話叫「lŭk 仔」，本字不詳，俗寫為「碌仔」。可能是壯侗語借詞。

lùng　　[弄] 關好兩扇門的橫木謂之「門 lùng」。「弄」只是同音字，非本字。例：閂好門弄正好睡目〔閂好門的橫木才可以睡覺〕。

mā　　　[嫲] 客家話雌性後綴，本字不明，有可能是「婆」字的鼻化。暫寫作嫲。(1) 雌性動物後綴，相當於廣州話的「乸」，例：豬嫲、雞嫲。(2) 過去也用於呼喚年輕女性（現在已經不用），例：玉蘭嫲、阿鳳嫲。(3) 後綴，沒有雌性的意義，相當於普通話的「子」，例：蝨嫲、勺嫲、薑嫲、糟嫲。「嫲」只是後起造字，非本字。

màn　　【㵣】㵣牯，身上的污垢。㵣，《廣韻》無遠切《集韻》武遠切，音晚。《博雅》離也，謂皮脫離也。又《廣韻》《集韻》無販切，晚去聲。義同。例：去露營三日右沖涼，㵣牯渾寸笨〔去露營三天沒洗澡，身上污垢幾乎三寸厚了〕。

máu　　【毛】人和動物身體上的毛髮，包括頭髮、羽毛。香港客家話口語沒有「髮」字，「髮」只在「髮型、染髮劑」等近代詞彙中使用。除了借詞以外，客家話「毛」一般的發音是陰平。

mé　　　[姆] 姆，香港客家話只用作稱呼老一輩陌生女性為「叔姆」，以及親家母叫「且姆」，說法與粵東相同。其他場合不用。

mí　　　【嬭】香港及鄰近地區對母親背稱為「阿 mí」。嬭，《集韻》彌計切，音謎。吳俗呼母曰嬭。粵東、台灣一般是「阿姆」（á mé），台灣寫作姆。例：吾嬭係廣州人〔我媽是廣州人〕。

mǐ　　　【米】除了大米、小米以外，客家話中的米可以指所有植物的種子，例：地豆米〔花生仁〕、白菜米〔白菜種子〕、莧菜米〔莧菜種子〕。

miěn　　【片】片，匹見切，《增韻》瓣也。一瓣橘子，香港客家話叫做「一 miěn」，應該是「片」聲母鼻化而來。例：一隻橙仔有幾多片〔一個橙子有多少瓣〕？

mín　　　【晚】香港客家話稱昨天為「㬥晚日」，本字是「晚」。

mùi 　【味】(1) 味道，(2) 氣味，(3) 湯汁。

ngā 　【伢】《康熙字典》沒有「伢」字，但在漢語方言中不少用「伢」來表示嬰兒或小孩，因此是一個比較正式的寫法。客家話把嬰孩叫做 ó ngā，是象聲詞。例：阿伢長日叫，可能係尿片濕嗨〔嬰孩整天哭，可能是尿片濕了〕。

ngám 　【坎】土坎謂之「坎」，發音為 ngám。坎，《唐韻》《集韻》《韻會》《正韻》苦感切，音歁。《說文》陷也，險也。又穴也。今客家話聲母鼻化，聲調改為平聲。例：地泥下有隻坎〔地面上有個坎〕。

ngám 　【頷】客家話中下巴謂之「下頷」。「頷」有兩個意義，作為名詞是 ngám。頷，《廣韻》胡男切，《揚子‧方言》頷，頤頷也。南楚謂之頷。為面頰的意思，聲母轉為鼻音，聲調轉陰平。俗語：冇下頷〔沒有下巴，指人說鬼話〕（見第六章慣用語）。

ngăp 　【坎】階級，凹下去的地方。應該是「坎」（ngám）的陽入對轉。

ngiàm 　【拈】手掌伸開後，從拇指指頭到小手指指頭的長度，大概 20 公分的長度。拈，《唐韻》《集韻》《韻會》奴兼切，音鮎。《說文》揶也。《廣韻》指取物也。「拈」是引申義。

ngiàm 　【臉】面前謂之「臉前」。臉，《集韻》《韻會》居奄切，音檢。《集韻》頰也。《韻會》目下頰上也。又《廣韻》力減切《集韻》兩減切，音溓。義同。客家話是把居奄切的聲母鼻化。聲調也改為去聲。例：放在其臉前都看唔到〔放在他面前都看不見〕。

ó 　[阿] ó ngā，嬰孩，見 ngā 條。

ói 　【娭】對母親的背稱；父母曰「爺娭」。娭，《集韻》於開切，音哀。婢也。音合，可能是引申義，謙稱。例：其爺娭都係客家人，但係佢唔曉講客家話〔他父母都是客家人，但他不會說客家話〕。

ōng　　[盎] īn ōng，花狹口蛙，擬聲詞，暫寫作盎。見 īn 條。

pàt　　[枇] 番石榴在香港客家話稱「枇仔」，聲母送氣。「枇」為俗寫。枇，博拔切，音八。《玉篇》無齒杷也。音義都差很遠，非本字。番石榴為近代從南洋傳入中國的植物品種，中古韻書無記錄。應該是外語借詞。例：今年吾哎棵枇仔樹冇打到仔〔今年我的番石榴沒有結到果〕。

pàt　　【肬】香港客家話謂肚子為「肚 pàt」。可能是「肬」字。肬，《廣韻》《集韻》《正韻》蒲撥切，音跋。《廣韻》股上小毛也。《韻會》膚毳皮。《集韻》又白肉也。有可能是這個意義的引申。例：肚肬餓〔肚子餓〕。

pǐ　　[庀] 傷口癒合時長的硬塊，本字不詳，暫寫作庀。庀，《廣韻》匹婢切《集韻》《正韻》普弭切，音庀。《玉篇》具也。《左傳・襄九年》官庀其司。「庀」沒有傷口癒合的意義，只是一個同音字。

piāu　　【薸】浮萍謂之「薸仔」。薸，《唐韻》符消切《韻會》毗霄切，音瓢。《揚子・方言》江東謂浮萍為薸。客家話音義俱合。例：鴨仔中意食薸仔〔小鴨子喜歡吃浮萍〕。

piàu　　【鰾】魚鰾的鰾，客家話唸送氣的 piàu。

piàu　　【皰】蚊蟲叮後，或者手腳勞動後起的泡。體積比較大，裏面有水的叫做「皰」。皰，《唐韻》旁教切《集韻》《韻會》皮教切，庖去聲。《說文》面生氣也。《徐曰》面瘡也。《博雅》病也。《正字通》凡手足臂肘暴起如水泡者謂之皰。客家話音義俱合。例：佢分嚹哥蜂叮到起嗨隻皰〔他被馬蜂蜇到起了一個水泡〕。

pìt　　【蝠】蝙蝠在客家話稱「蝠婆、蚊鼠」，其中的「蝠」唸 pìt。

pó　　【棵】植物的量詞。發音為 pó。棵，《類篇》苦果切，音顆。俎名。客家話、廣州話 kʰw 音變為 pʰ。很多人找不到本字而另造方言字。例：一棵祿仔樹〔一棵柚子樹〕。

pō　【婆】(1) 詞根，對祖母輩親人的稱呼。例如：阿婆〔祖母〕、姐婆〔外祖母〕、叔婆〔爸爸的嬸嬸〕。(2) 作為後綴，表示女性人物。例如：盲婆〔盲女〕、接生婆〔替人接生的女子〕。(3) 作為後綴，相當於普通話的「子」，例如：蝠婆〔蝙蝠〕、鵰婆〔鷹〕。

pōng　【胮】蚊蟲叮的包，裏面有水但體積比較小的叫做「胮」（大的叫做「皰」）。胮，《廣韻》薄江切《集韻》皮江切，音龐。《廣韻》胮肛，脹大也。《博雅》腫也。音義俱合。例：分蟻字咬到起胮〔被螞蟻咬到起包〕。

pū　【符】「符」作為單音節詞表示為「靈符、符咒」，客家話唸重脣。例如：一張符。

pùk　〔伏〕蚊蟲叮的包，裏面沒水的叫做 pùk，暫寫作伏。可能是「胮」的陽入對轉。例：佢着短褲，其腳有好多蚊伏〔他穿短褲，他的腿有很多被蚊子咬的包〕。

pūng　【蓬】荊棘叢在客家話叫做「竻蓬」。蓬，《唐韻》《正韻》薄紅切《集韻》《韻會》蒲蒙切，音髼。《詩·召南》彼茁者蓬。《荀子·勸學篇》蓬生麻中，不扶自直。《禮·內則註》蓬，禦亂之草。客家話引申為叢林義。

săk　【析】客家話稱玻璃、磚瓦碎片為「析」，一邊也叫「一析」。析，《唐韻》先擊切，《集韻》《韻會》先的切，《正韻》思積切，音錫。《説文》破木也。香港客家話四等讀同二等，並且轉為名詞。例：蘋果切做兩析〔蘋果切開做兩邊〕。

sám　【衫】上衣。衫，《唐韻》所銜切《集韻》《韻會》師銜切，音杉。《釋名》衫，芟也，衫末無袖端也。《束晳·近游賦》曳汗衫以當熱。又衣之通稱。客家話、廣州話皆稱上衣為「衫」。

săm　【糝】米粒。糝，《廣韻》《集韻》《韻會》《正韻》桑感切，音糂。《説文》古文糂作糝，以米和羹也。一曰粒也。《周禮·天官》羞豆之實，酏食糝食。客家話將用來餵豬的米粒雜糧叫做「豬糝」。

sáng 【聲】聲音。例：厓聽到其把聲，就知佢在家〔我聽到他那聲音就知道他在家〕。

sàng [覡] 巫師。客家話地區一般俗寫為「覡」，訓讀字。覡，《唐韻》胡狄切《集韻》《韻會》《正韻》刑狄切，音檄，發音不對，本字應有別字。《説文》能齋肅事神明也。在男曰覡，在女曰巫。

sĕt [塞]【蝨】蝨子，曾孫。蝨，《唐韻》所櫛切《集韻》《韻會》《正韻》色櫛切，音瑟。《説文》齧人蟲也。客家話、廣州話均稱曾孫為「蝨」，可能是指曾孫好像自己身上的蝨子那麼多。出自《抱朴子・塞難》：「蝨生於我，而我非蝨父母，蝨非我子孫。」客家話、廣州話分別稱身上的「蝨子」為「蝨嫲」和「蝨乸」，以資識別。本書從俗用同音字「塞」。例：其爸今年一百歲，有十幾隻塞子〔他爸爸今年一百歲，有十幾個曾孫〕。

sè 【事】幹活，「事」的發音是 sè。事，《唐韻》鉏吏切《集韻》《韻會》仕吏切，音示。大曰政，小曰事。止攝字唸 e 韻可能是古音遺留，也有可能是避免同音歧義而改音。例：食飯打赤膊，做事尋衫着（見第六章慣用語）。

sìt [蝨] 蝨背後，距離很近的正後方。「蝨」是同音字，應該是「屎窟」（屁股）的合音。

siò 【膆】禽類用來存放食物的前胃。膆，《廣韻》桑故切《集韻》蘇故切，音素。亢鳥嚨，其粻膆。客家話的韻母 io 很特別。例：掩膆雞（見第六章慣用語）。

siŏng 【相】（甘蔗、竹子、人的四肢等）節與節之間的長度為「一相」。本字不詳，暫寫作相。另外，孩子因為長高而變瘦謂之「拔相」。

sòk 【勺】客家話用來舀湯水的工具，例如瓢子、湯勺統稱「勺」。瓢子比較大，香港客家話叫做「勺嫲」，湯勺比較小叫「勺仔」。盛飯的工具就叫做「飯勺」。

sŏt 【屑】垃圾，客家話說「lŏt sŏt、糞 sŏt」，sŏt 應該是「屑」字。屑，《集韻》《韻

會》《正韻》先結切，先入聲。《說文》屑，動作切切也。本作屑，从尸𡭔聲。引崔駰達旨辭，吾亦病子，屑屑不已。隸作屑。又瑣屑也。《左傳・昭五年》女叔齊曰：禮所以守其國，行其政令，無失其民者也。而屑屑焉習儀以亟，不亦遠乎。又碎末也。垃圾是「碎末」的意思，韻母稍有改變。

sū 【蛛】蟾蛛。香港客家話叫做 kēm sū，本字仍然是「蟾蛛」，但聲母有所改變。蛛，《唐韻》署魚切《集韻》《韻會》常如切，蟾蛛也。香港客家話合音韻。

sŭi 【水】香港客家話除了有普通話「水」的義項以外，還指雨水。例：落大水〔下大雨〕，香港客家話一般不說「雨」。「雨」只出現在「雨水、雨季、風調雨順、狂風暴雨」等共同語詞彙中。

sūn 【脣】客家話稱田埂為「田 sūn」。台灣寫做「田塍」。塍，《集韻》神陵切，音乘。稻田畦也。客家話曾攝開口不會唸 un 韻，義合音不合。應該就是「脣」字。脣，《集韻》船倫切。《釋名・釋形体》緣也，口之緣也。就是「邊緣」的意思。

sùn 【順】指「湯」（避諱「湯」字與「屠宰」同音）。例：煲順〔煮湯〕。

tái 〔呔〕香港客家話將領帶稱為「頸 tái」，來自英語的 tie，經由廣州話傳入。「呔」是香港新造字。例：打頸呔〔結領帶〕。

tài 【舵】方向盤，客家話叫做「tài 盤」，轉方向為「轉 tài」。本字是「舵」。舵，《廣韻》徒可切《集韻》待可切，音抌。《玉篇》正船木。一作柁。客家話有不少果攝字讀 ai 韻，「舵」讀去聲是濁上變去，符合音變規律。

tàm 【啖】一口能裝的容量。客家話、廣州話都用這個量詞，例：食啖茶正開工〔先喝一口水才開工〕。

tāng 【庭】房子前面的曬稻穀場地謂之「禾庭」，台灣寫為「禾埕」。但「埕」是海邊養蠔或曬鹽的場地，意義有點偏差，本字應該是「庭」。庭，《唐韻》特丁切《集韻》《韻會》《正韻》唐丁切，音亭。《說文》宮中也。《玉篇》庭，堂階前

也。「庭」是梗攝開口四等字，客家話有不少四等字唸同二等，音義俱合。例：其門口嘅禾庭好大〔他們門口的曬穀場很大〕。

tàng [埞]【定】地點、地方，香港客家話稱「定」。定，《唐韻》《集韻》《韻會》《正韻》徒徑切，庭去聲。《說文》安也。《增韻》靜也，正也，凝也，決也。《易·說卦》天地定位。《書·堯典》以閏月定四時成歲。《禹貢》震澤底定。客家話有不少四等字唸同二等，意義從安定引申為地方。由於「定」是常用字，未免引起誤會，借用「埞」字來代表地方義。例：哎埞係其鄉下〔那邊是他老家〕。

tēm [氹] 水窪謂之「湖氹」。「氹」是近代造字，用法與廣州話相同。本字可能是「潭」。但「潭」是一等字，唸 em 韻費解。

vō 【禾】稻子。

vòk 【鑊】炒菜的鍋。鑊，《廣韻》胡郭切《集韻》《韻會》黃郭切，音穫。《說文》鑴也。从金蒦聲。《廣韻》鼎鑊。《增韻》釜屬。《周禮·天官·亨人》掌共鼎鑊。《註》鑊，所以煑肉及魚腊之器。客家話和廣州話均用此詞。

vŭk 【屋】房子。客家話、廣州話都這樣說。屋，《廣韻》《集韻》《韻會》《正韻》烏谷切，音沃。《說文》居也。从尸，尸所主也。一曰尸象屋形，从至，至所至止也。《風俗通》止也。《集韻》具也。《玉篇》居也，舍也。但客家話有村子的意義。例如香港地名「羅屋、邱屋、李鄭屋」。後來說廣州話的人覺得不習慣，便在原來的「屋」後面加一個「村」字。

yĭm 【飲】米湯。飲，《廣韻》《集韻》《韻會》《正韻》𠂭於錦切，音上聲。《玉篇》咽水也。亦歠也。《釋名》飲，奄也。以口奄而引咽之也。《周禮·天官·膳夫》飲用六清。又《酒正》辨四飲之物：一曰清、二曰醫、三曰漿、四曰酏。《註》清渭醴之泲者，醫卽內則以酏為醴者，漿今之截漿，酏今之粥也。閩南語、客家話均稱米湯為「飲」。

záng 【腈】手腳的第一個關節，即手肘和腳跟，客家話和廣州話都說「腈」。腈，
《集韻》《類篇》甾莖切，音爭。足跟筋也。可能是本字。例：手腈唔好碰到
人〔手肘不要碰到人〕。

zěp 【撮】撮，用手指能取的分量。撮，《唐韻》《正韻》倉括切《集韻》《韻會》麤
括切，竄入聲。《説文》四圭也。一曰兩指撮也。《玉篇》三指取也。但今客家
話、廣州話收 -p 韻尾。例：放一撮鹽就夠。

zí 【屄】女性器官在客家話說 zí 或者 zí biět。有學者認為 zí 就是「支」字，但理
據不充分。本字可能是「屄」。屄，《廣韻》詰利切，《集韻》詰計切，音器。
《説文》尻也。《廣雅》臀也。又《玉篇》口奚切《集韻》牽奚切，義同。口奚
切、牽奚切就是廣州話的女性器官，義合音不合。但「屄」字明顯是形聲
字，尸部從旨得聲。客家話唸 zí 似乎比較合理。

zí 【胝】麻子謂之「斑胝」。胝，《唐韻》竹尼切《集韻》《韻會》張尼切，音疷。
《説文》腄也。《玉篇》胼胝。《廣韻》皮厚也。客家話有所引申。

zí [蠄]【滋】禽畜身上的蟎類寄生蟲。廣州話、客家話均說。香港俗寫為
「蠄」，非本字。本字可能是「滋」。滋，又多也，蕃也。《左傳·僖十五年》
物生而後有象，象而後有滋。本書從俗。例：雞蠄〔雞身上的蟎蟲〕、發 (bŏt)
蠄狗〔長皮膚病的狗〕。

zì 【塒】雞塒，雞居住的小木籠子。塒，《廣韻》《集韻》《韻會》市之切《正韻》
辰之切，音時。鑿垣為雞作棲曰塒。《詩·王風》君子于役，雞棲于塒。義
合，但客家話讀去聲，聲母轉為 z。

ziǎk 【跡】痕跡。跡，《唐韻》《集韻》《韻會》《正韻》資昔切，音積。《説文》步處
也。《廣韻》足跡也。客家話梗攝開口三等白讀 iak。例：賊佬在其屋下留下
一隻腳跡〔賊人在他家裏留下一個腳印〕。

ziāu 【僬】僬仔，小孩統稱。僬，《廣韻》即消切《集韻》慈焦切《韻會》《正韻》茲消切，音焦。又僬僥氏，長三尺。《韋昭曰》西南夷別名。僬僥，短人，西南夷別名。今客家話把矮人引申為小孩，發音轉為陽平。例：佢有三隻僬仔。

zói 【朘】小男孩的性器官。朘，《唐韻》子回切《集韻》祖回切，音嗺。《說文》赤子陰也。客家話保持古音古義。

zòi 【啜】客家話稱人的嘴巴為 zòi，非「嘴」字。廣東大埔客家話稱 zhòi（舌葉音），而鳥類的嘴巴稱 zǔi（舌尖音）。後者對應為廣州話和普通話的「嘴」（分別為陰上、上聲）。嘴，《集韻》祖委切，崔上聲。《玉篇》鳥喙也。zòi 字源明顯不同，應該是「啜」。啜，《廣韻》陟劣切《集韻》株劣切，音輟。《玉篇》泣貌。《詩·王風》啜其泣矣。又《廣韻》陟衛切《集韻》株衛切，音綴。《說文》一曰喙也。應該是陟衛切、株衛切，喙義，客家話跟《說文》相同。例：眼大過啜（見第六章慣用語）。

zǔ 【子】客家話口語的「子」不能獨用，有三種用法：(1) 在詞彙中表示兒子的意思，作為並列或中心詞。例：子女、晚子、兩子爺。(2) 在詞彙中充當後綴，作用和普通話的「子」相同。這些詞彙絕大部分是北方話和廣州話借詞，發音是上聲 zǔ。例：獅子、面子、毫子〔一角錢〕、知識分子。(3) 在詞彙中充當後綴，作用和普通話的「子」相同，發音為陰平 zú。這些詞彙是由來已久的詞彙，如：日子、茄子、賴子〔兒子〕、妹子〔女兒〕、孫子、姪子、塞子〔曾孫〕。

zǔk 【粥】稀飯。粥，《廣韻》《集韻》《韻會》《正韻》之六切，音祝。糜也。《釋名》粥濯于糜，粥粥然也。《禮·月令》仲秋行糜粥飲食。《風土記》天正日南，黃鐘踐長，是日始牙動，為餳粥以養幼。《南越志》盧陵城中有井，半青半黃，黃者甜滑，宜作粥，色如金，似灰汁，甚芬馨。客家話、廣州話均用此詞。

zùn 【圳】田畔水溝、小坑謂之圳。圳，《集韵》朱潤切，溝也。田川。客家話仍用此詞，地名也有反映，如深圳。

3. 形容詞 / 副詞

àm　　[暗] 黑暗。形容光線不夠時，普通話和廣州話通常說「黑」，而客家話一般用「暗」，例：暗夜〔晚上〕、斷暗〔傍晚〕、暗摸摸〔天色或環境很黑〕、間肚式暗〔房間很暗〕。

ān　　【恁】這樣。恁，《唐韻》如甚切《集韻》《韻會》《正韻》忍甚切，<u>並</u>音飪。《説文》下齋也。从心任聲。《徐鍇曰》心所齋早下也，俗言如此也。香港客家話唸陽平，梅縣、台灣四縣唸上聲。

àn　　【咁】那樣。「咁」是近代造字，在廣州話中表示「這樣、那樣」。但客家話有時候還是能分。例：滴咁大就學人家拍拖〔才那麼小就學別人談戀愛〕。

àn　　【更】再、更加。在粵東一帶發音為 àng，但在香港及鄰近地區發音為 àn。應該是更字脫落聲母後，再在東江流域改變了韻尾。俗語：更精都食鹹魚頭（見第六章慣用語）。

ăt　　【胺】尿臭味，客家話稱 ăt。胺，《廣韻》烏葛切《集韻》阿葛切，音遏。肉敗臭。音義俱合。例：眠床有胺味〔床上有尿臭味〕。

ăt　　【閼】不高興、鬱悶。閼，《唐韻》烏割切《集韻》《韻會》《正韻》阿葛切，音遏。《説文》遮壅也。客家話引申為鬱悶、不高興。例：恁樣做其老婆會閼死〔這樣做他老婆會氣死〕。

bàk　　[啪] 子母扣謂之「啪鈕」。象聲詞。

bì　　【痺】麻痺的感覺。與廣州話相同。例：坐車坐到腳痺〔坐車都坐到腳麻〕。

biă　　【瘪】差、劣質。瘪，《廣韻》《集韻》蒲結切，音蹩。《玉篇》不能飛也。枯病也。《廣韻》戾瘪不正。又《廣韻》芳滅切《集韻》匹滅切，音瞥。但客家話讀上聲，韻尾丟失，義同。可能是從北方話借入。例：這牌子嘅手機好瘪〔這個牌子的手機好差勁〕。

cāu 【嘈】嘈雜，聲音太大。客家話、廣州話都只說「嘈」。例：這裏忒過嘈，厓聽唔到你講乜介〔這裏太嘈雜，我聽不到你說甚麼〕。

cāu ［敪〕皺謂之 cāu，本字不詳，暫寫為敪。客家話、廣州話均有此詞。例：敪皮〔皮膚有皺紋〕。

càu 【懆】小孩好動貌。懆，《廣韻》采老切《集韻》《韻會》采早切，音草。《說文》愁不安也。从心喿聲。《詩・小雅》念子懆懆。又七到切，音慥。義同。客家話音合，意義有所引申。例：其隻孫仔好懆〔他的孫子很頑皮〕。

ciăk 【刺】痛。刺，《唐韻》《集韻》《韻會》《正韻》七迹切，音磧。穿也，傷也。《增韻》刃之也。《孟子》刺人而殺之。又針黹也。本來是動詞。痛應該是引申義。例：頭那有滴刺〔頭有點痛〕。

ciáng 【青】(1) 青色、綠色、藍色。客家話傳統中沒有藍色的概念（這和日語相同），全部叫做青色。(2) 果實不成熟。例：這隻金瓜還係好青，愛過半隻月正摘得〔這個南瓜還是不熟，要過半個月才能摘〕。

ciàng 【淨】光是，只是。廣州話也有此說法。例：(1) 唔好淨圖菜唔食飯〔不用光吃菜不吃飯〕。(2) 淨得五塊錢仰邊夠食飯〔只有五塊錢怎麼夠吃飯〕？

ciĕt ［切〕來不及，客家話、廣州話都說「來唔切」。「切」只是同音字，本字不詳。

cìp 【亼】就亼，整齊。亼，《集韻》秦入切，音集。《說文》亼，三合也。从人一，象三合之形。讀若集。凡會合等字从此。整齊有歸位、會合的意思，客家話的音義都很符合。例：哎櫃放在這裏好就亼〔那櫃放在這裏好整齊〕。

còk 【着】合適，對。

cŭn 【蠢】愚笨，客家話、廣州話說「蠢」。

dăi 【抵】值得。抵，《唐韻》都禮切《集韻》《韻會》《正韻》典禮切，音邸。《說文》擠也。唐代杜甫《春望》有「烽火連三月，家書抵萬金」兩句，表示「值

得」。客家話、廣州話引申為形容詞，表示很值得是「好抵」。不值是「唔抵」。

dáng　[釘] 故意為之叫做「直釘」。可能是本字，直直的釘子有故意的意思。例：佢直釘講錯吾隻名〔他故意說錯我的名字〕。

dău　[倒]【着】可以的意思。本字就是「着」，一般俗寫為「倒」。例：看得倒〔能看到〕、裝得倒落〔可以裝得下〕。

dèm　□ 物件因發霉而發出臭味謂之「臭 dèm」。本字不明。台灣方面認為是「沉」字。

dĕt　【得】(1) 可以，口語通常說「做得」。(2) 作為補語，在動詞後面表示可以，例：行得走得〔能走動〕。(3) 只有。例：得十塊錢，做乜介到〔只有十元，可以做甚麼呢〕？「得」在客家話口語中沒有得到的意思。

dù　【黷】黑色。黷，《唐韻》《集韻》徒谷切《韻會》《正韻》杜谷切，音獨。《説文》握持垢也。《玉篇》數也，垢也，蒙也。《正韻》濁也，恩也。《書·説命》黷于祭祀，時謂弗欽。《前漢·枚皋傳》媟黷貴幸。《師古曰》黷。污濁也。又《玉篇》黑也。客家話義合，但發音讀為去聲，丟失韻尾。例：佢六十歲哎頭邪毛還黷烏〔他六十歲頭髮還黑黷黷〕。

dùng　[棟]【中】中心義，俗寫作「棟」。由於「中」多音多義，本書從俗寫作「棟」。例：「中指、中心」唸 dùng。俗寫作「棟指、棟心」。

fán　【番】本是名詞，指沒有開化的民族。但引申為外國，尤其是南洋。客家人一般稱南洋為「番背」，去南洋為「過番」，把歐洲人一般稱為「紅毛鬼」（近幾十年才跟隨廣州話稱「番鬼佬」），歐洲直接叫做「紅毛」，去歐洲謀生叫做「過紅毛」。現在客家話、廣州話把外國引進的一些動植物品種也加個「番」字，來說明是舶來品，例如：番薯、番茄、番狗、番鴨（但沒有番豬、番牛、番雞、番鵝）。部分早期從外國進口的物品也帶「番」字，例如：番鹼、番釘〔釘鋤〕。

făt 【闊】寬闊。例：這門夠唔夠闊搬隻鋼琴翻來〔這個門夠不夠寬搬個鋼琴進來〕？

fŭi [揮]粉碎。字源不詳。暫寫作揮。

gán 【奸】陰險。

găng 【梗】(1) 硬、固定。梗，《唐韻》《廣韻》《集韻》《類篇》《正韻》古杏切，音鯁。《説文》山枌榆，有束，莢可為蕪荑者。又《爾雅·釋詁》梗，正直也。客家話、廣州話均用「梗」來表示固定、非臨時的意思。例：這隻茶壺係放梗在這裏嘅〔這個茶壺是固定放在這裏的〕。(2) 一定，一般不能單獨使用，但可以做前綴或後綴。應該是固定的引申義。例：死梗〔死定〕、梗係〔一定是〕。

giá 【僵】手指頭因為天氣寒冷僵硬不能動，就叫 giá，本字應該是僵。僵，居良切，義同，但鼻音韻尾丟失，類似「擎」(kiā) 字。

giăk 【激】快。本字應該是激。激，《唐韻》《集韻》《韻會》吉歷切《正韻》訖逆切，音擊。《説文》礙衺疾波也。一曰半遮也。《前漢·溝洫志》為石隄激使東注。激者，聚石於隄旁衝要之處，所以激去其水也。又衝也。《潘岳·詩》驚湍激巖阿。「激」有急劇義，中古音為見母梗攝開口四等入聲，客家話白讀音 giăk 符合音韻。

giăp 【澀】苦澀的味道。澀，《唐韻》《韻會》色立切《集韻》《正韻》色入切，音瀒。與濇同。《説文》不滑也。《風俗通·十反篇》冷澀比干寒蜒。又牆叠石作水文為澀浪。《溫庭筠詩》澀浪浮瓊砌。客家話表示「不滑」唸 sĕp，但表示「味道苦澀」唸 giăp，可能是引申義，指舌頭變得不滑（以音變表示詞義的轉移）。giăp 跟廣州話的 gip[3] 對應，但應該不是借詞，而是傳承詞。

gĭn 【緊】着急，緊張。例：唔使恁緊，還有一隻鐘頭〔不用那麼緊張，還有一個小時〕。

gǐn 【僅】老是、只是。僅，《唐韻》《集韻》《韻會》渠吝切《正韻》具吝切，夶音覲。《說文》纔能也。客家話為現代漢語意義的引申。例：唔好僅係顧等搞〔不要老是顧着玩耍〕。/ 僅曉食唔曉做〔只會吃不會幹活〕。/ 佢僅係講嗨這句話就死嗨〔他只是說了這句話就死了〕。

gó 【過】磨損得很厲害。台灣學者認為是「過」字。過，又《廣韻》《集韻》《韻會》《正韻》古禾切，音戈。《廣韻》經也。經過，客家話引申為用過、磨損。例：聽講菩薩好靈，這條樓梯分信眾踏到過嗨〔聽說這個菩薩很靈，這條樓梯都被信眾踏到磨損了〕。

góng 【光】亮（與黑暗相反）。例：天光白日〔光天化日〕。

gùk ［焗］【濁】室內空氣很悶謂之 gùk，烤爐謂之「gùk 爐」，用毒氣悶死謂之「gùk 死」。應該是廣州話借詞（不送氣陽入調，不符合客家話語音規律），而廣州話本字應該是「濁」，但一般寫作「焗」。今從俗寫。例：今朝晨火燒屋焗死嗨三隻人〔今早火災悶死了三個人〕。

há 【下】作為位置後綴，與上相反的位置。物件的下面、地下的意義唸陰平，例：眠床腳下〔床底下〕、樹腳下〔樹底下〕、腳下（下面）、企嶺下（香港地名，即陡峭山嶺的下面）。

hà 【下】「上下」的「下」作前綴，唸去聲。例：下半年、下擺〔下次〕，但地名「下輋」的「下」唸 há。其他由北方話進入的詞彙也唸去聲，例：下人、下一頁、下落不明、地下工作、拉上補下。

hāu 【姣】婦女淫蕩。姣，《廣韻》《韻會》《正韻》古巧切《集韻》吉巧切，音狡。美也，媚也。又《廣韻》胡茅切《集韻》《正韻》何交切，音肴。淫也。《左傳·襄九年》穆姜曰：棄位而姣，不可謂貞。客家話、廣州話均保持後者的音義。

hāu 【好】除了表示「好壞」中的「好」以外，「好」在香港客家話也表示「很」的意思，例：這種蘋果好好食〔這種蘋果很好吃〕。

hēn 【絚】繃緊。絚，《廣韻》古恆切《集韻》居曾切《正韻》居登切，音揯。絚或省作緪。又古鄧切，音亙。《楚辭・九歌》絚瑟兮交鼓。《註》絚，急張弦也。一作緪。客家話保留拉緊、緊張的意義。發音則有所改變。廣州話對應為häng[4]。例：唔好絚恁絚〔別綁那麼緊〕。

hiáu 【梟】心地惡毒。梟，《唐韻》古堯切《集韻》《韻會》堅堯切，音驍。《說文》不孝鳥也。《詩・大雅》為梟為鴟。《陸璣疏》自關而西，為梟為流離。其子適長大，還食其母。故張奐云：鶹鵜食母。客家話為形容詞，意義有所引申。例：做人唔做得恁梟〔做人不能那麼惡毒〕。也可以做動詞，加害別人的意思，例：梟別人將來曉有報應〔害人將來會有報應〕。

hǐn 【忻】高興、得意。忻，《唐韻》《集韻》《韻會》許斤切，音欣。《說文》閩也。《史記・周本紀》姜嫄見巨人跡，心忻然說，欲踐之。又叶虛言切，音軒。《韓愈・孟東野失子詩》閴然入其戶，三稱天之言。再拜謝元夫，收悲以歡忻。《類篇》本作訢。意義相近，聲調轉為上聲。

hǐp 〔熻〕悶熱。熻，《廣韻》許及切，《集韻》迄及切，音吸。《玉篇》熱也。音合，客家話有所引申，閩南話也有這個詞。例：這幾日好熻，可能作大水〔這幾天很熱，可能準備下大雨〕。

hiūng 【雄】指人的身體強壯。

hōi 〔痎〕癢也，本字不詳，暫寫作痎。痎，《唐韻》古諧切《集韻》《韻會》《正韻》居諧切，音皆。《說文》二日一發瘧也。《顏氏家訓》左傳，齊侯痎遂痁。說文痎，二日一發之瘧，痁有熱瘧。按齊侯之病，本是閒日一發，漸加重，故為諸侯憂。今北方猶呼痎瘧音皆，世閒傳本多以痎為疥。意義不大相同。現借用這個字來表意。例：分蚊叮到好痎〔被蚊子叮到很癢〕。

hòng 〔項〕【上】上面。客家話的聲母弱化為 h，俗寫為「項」。例：屋頂項有隻白頭婆〔屋頂上有一隻白頭翁〕。

kí 【崎】山坡陡峭謂之「崎」。崎，《廣韻》去奇切《集韻》《韻會》丘奇切，音敧。
《說文》險也。本作敧。从危，攴聲。今文作崎。《玉篇》崎嶇，山路不平也。
客家話有所引申。例：這條山路好崎〔這條山路很陡峭〕。

kiàp 【狹】窄。狹，《玉篇》下甲切，《正韻》胡夾切，音匣。《玉篇》同狎。今為闊
狹。《釋文》狹，戶夾反。客家話聲母為羣母，或保留上古音。例：這條褲子
忒過狹，唔着得〔這條褲子太窄，不合穿〕。

kiòi ［劮／瘃］疲乏。香港客家話發音為 kiòi，對應廣州話的 gwui[6]。今在香港一
般寫作劮。劮，《集韻》居偽切《韻會》基位切《正韻》居位切，音媿。《集
韻》疲極也。《正韻》弊也，力乏也。義合，但從客家話和廣州話的發音看，
中古應該是濁聲母，可能不是本字。例：徛嗨渾日，劮死嗨〔站了一整天，
累死了〕。台灣用「瘃」字。瘃，《集韻》許滅切，音嗓。《玉篇》困極也。《揚
子·方言》劮，極也。《註》江東呼極為瘃。倦聲之轉也。義合。但聲母不對。

kún ［暉］睡覺打鼾叫做「kún 睡」，本字不明，暫寫作暉。

kùt 【屈】鈍、無尾。屈，《廣韻》區勿切《集韻》《韻會》《正韻》曲勿切，音詘。
《說文》無尾也。从尾出聲。又曲也，謅也。意義符合，但聲調轉為陽入（廣
州話也是一樣）。例：屈頭路〔死胡同〕。

làn 【爛】破爛。例：佢隻鞋爛嗨隻窿空〔他的鞋子破了一個窟窿〕。

làp ［臘］小手指謂之「臘尾指」。「臘」非本字。本字可能是「薑」，陰入對轉後被
逆同化。

lăt 【焫】物體或者陽光很熱。焫，《廣韻》《集韻》如劣切《韻會》《正韻》儒劣
切，音吶。《玉篇》本作爇。燒也。例：日頭焫〔太陽猛烈〕。

láu 【惱】討厭、生氣。惱，《廣韻》奴皓切《集韻》《韻會》《正韻》乃老切，音
腦。《說文》有所恨也。客家話音義俱合。例：得人惱（見第六章慣用語）。

làu 【落】客家話謂植物、頭髮等疏落為 làu。本字是「落」。落,現代漢語有稀少的意義,如疏落、稀落。但客家話獨立成詞。例:你種嘅菜種得落過頭〔你種的菜種得太疏落了〕。

lēm 【脥】軟。脥,《廣韻》如甚切《集韻》《韻會》《正韻》忍甚切,音餁。《廣韻》味好。《集韻》飪也。又《增韻》熟也。《禮・郊特牲》腥肆爓脥祭。《註》脥,熟也。意義有所引申。客家話、廣州話常用這個字代表物體柔軟。例:豆角愛煮脥正過好食〔豇豆要煮爛熟才比較好吃〕。

lěp 【朒】肥壯。朒,《集韻》奴骨切,音訥。膃朒,肥也。客家話收 -p 韻尾。義同,形容人或者動物。例:養到佢肥肥朒朒〔養得他很胖〕。

lēu [稠] 稀飯或漿糊很濃。本字不明,有可能是「稠」字聲母鼻化而來(比較普通話的「鳥」字)。稠,《唐韻》直由切《集韻》《韻會》陳留切《正韻》除留切,音儔。《說文》多也。《廣韻》稠也。《增韻》密。粵東客家話聲母為 n,屬於聲母鼻化。香港客家話 n, l 不分,讀作 l 聲母。例:哎粥煲得好稠,好像飯恁樣〔那些稀飯煮的很稠,好像飯一樣〕。

liăm 【斂】容器沒水或水源乾涸。斂,《唐韻》良冉切《集韻》《韻會》《正韻》力冉切,音鐮。《說文》收也。客家話保留了基本義。例:芋頭煮斂水就愛鏟起來〔芋頭煮乾水就要鏟起來〕。

liàk [扐] 有本事。一般寫作「扐、叻」。扐,《唐韻》盧則切《集韻》歷德切,音勒。《說文》材十人也。从十,力聲。《廣韻》功大。義合音不合,應該是廣州話借詞。

liàng [靚] 漂亮,應該是廣州話借詞。但廣州話也可能是來自北方話的「漂亮」(次濁聲母唸陰去不合廣州話音韻規律)。「靚」是香港通用寫法。靚,《唐韻》《集韻》《韻會》《正韻》疾正切,音淨。《說文》召也。 又《玉篇》裝飾也。《司馬相如・上林賦》靚莊刻飾。《註》靚莊,粉白黛黑也。《後漢・南匈奴傳》豐

容靚飾。義合，只是發音不符。但廣州話也有表示女子漂亮的「正」，可能也是來自「靚」的北方話發音的對應。

lòng 　【浪】浪費、枉費。例：來到佢又唔在家，浪行嗨一擺〔來了他又不在家，枉我白走一趟〕。例：食浪米〔浪費米飯（的人）〕（見第六章慣用語）。

lūng 　[燶] 烹飪食物糊掉叫做 lūng，俗寫作燶。本字不詳，應該是泥母字。「燶」是方言造字，廣州話、客家話均有此說法。例：煮燶飯〔飯燒糊了〕。

má 　[孖] 一雙。孖，《廣韻》子之切《集韻》《類篇》津之切，音茲。《玉篇》雙生子也。亦作滋，蕃長也。又《廣韻》《集韻》疾置切，音字。義同，音不合，可能是借詞。例：其姊養到對孖仔〔他姐姐生了一對雙胞胎男孩〕。

mán 　【晚】最小的孩子。可能是老來得子的意思。

mān 　[吂] 客家話謂未曾為「吂」，可能是「唔曾」的合音。香港及珠江口一代客家話發音為 mān，其他口音為 māng。

mǎt 　[末] 不潔。本字不詳。暫時寫作末。慣用語有「衰唔知，末唔知，鼻公發蟲怐過蘿蔔絲。」（見第六章慣用語）

māu 　[冇] 沒有。本字不詳。但用 mau/mou 代表「沒有」流行在廣東和江西很多地方的土話中。「冇」是後期造字。台灣用來對應 pàng 這個發音的書寫，代表「空」，但 pàng 本字應該是「泛」，本書採用此字。香港、廣東都習慣用「冇」來代表沒有。今從廣州話寫法。

mí 　【眯】合攏。眼睛緊合為「[瞹] 眯眼」，門窗關好無縫叫做「閂眯」。眯，《唐韻》《正韻》莫禮切《集韻》《韻會》母禮切，音米。《說文》艸入目中也。《廣韻》物入目中也。又塵粃迷視也。《莊子・天運篇》播糠眯目。《文子・上德篇》蒙塵而欲無眯，不可得絜。客家話引申為緊閉。例：雪櫃門吂閂眯〔冰箱的門沒關緊〕。

miēn　［綿］水果、紙張等腐爛到形狀都改變了，叫做 miēn。字源不詳，暫寫作綿。

mièn　【麵】形容南瓜、芋頭等含澱粉多，煮熟吃起來很軟的感覺。

mùk　【木】指人笨，不靈光。

mŭt　［歿］木材、金屬風化腐爛到不能使用，叫做 mŭt。字源不詳，暫寫作歿。

ngám　［啱］對，投合，剛剛。俗寫為「啱」，廣州話借詞。現代方言造字。非本字。

ngán　［晏］身材瘦小，粵語寫作厓，非本字。厓，尺止切，在客家話唸 cĭ。晏，《唐韻》烏澗切《集韻》《韻會》《正韻》於諫切，丛音曣。《説文》天清也。《小爾雅》晏明陽也。《前漢・郊祀志》中山晏溫。《註》如淳曰：三輔謂日出清濟為晏。晏無瘦小義，但《史記・管晏傳》晏平仲嬰者，萊之夷維人也。晏嬰身材瘦小，可能由此典故引申而來。

ngāu　［爻］歪掉，字源不詳，暫寫作爻。客家話、廣州話均有此字。

ngiàk　【逆】討厭、厭倦、抗拒。逆，《唐韻》《正韻》宜戟切《集韻》《韻會》仡戟切，凝入聲。《增韻》迕也，拂也，不順也。《釋名》逆，遻也。不從其理，則逆遻不順也。《書・大禹謨》從逆凶。《註》言悖善從惡也。應該是抵抗義的引申。例：日日在家坐到逆〔天天在家坐到厭〕。/ 好逆做功課〔厭倦了做功課〕。

ngòng　【戇】愚笨。戇，《廣韻》《集韻》《韻會》《正韻》陟降切。與贛耈同。《説文》愚也。客家話保留古義，但聲母塞化後轉為鼻音。

ŏk　【惡】(1) 兇惡。可以指人或者動物。例：其老婆好惡〔他的老婆好兇〕。(2) 副詞，難。例：這種藥好惡食〔這種藥好難吃〕。

pài　【敗】損害健康的食物叫做「敗」。

pàng　【泛】泛，孚梵切，《説文》浮也。一曰流也。秕穀謂之泛穀，蘿蔔糠心謂之泛蘿蔔，雞蛋不能孵出謂之泛春。本字可能是「泛」。空心，浮在水上的的意思。韻尾轉為 ng。

pièn 【便】客家話「便」作為動詞補語，有準備好的意思。例：其賴子兩歲大緊買便屋分佢娶老婆〔他兒子兩歲大他就買好房子給他結婚〕。

pún 【笨】（書本、臉皮）厚。植物栽種得密密麻麻也叫「笨」。笨，《廣韻》蒲本切《集韻》部本切，音獖。竹裏也。一曰麤率也。《晉書》豫章太守史疇，以人肥大，時人目為笨伯。客家話取其肥大義。濁上讀平聲符合音變規律。

sāi 〔豺〕很想吃的感覺，尤其是很想吃肉。本字不詳，俗寫為「豺」。蛔蟲在客家話叫「sāi 蟲」。台灣有學者認為本字是「蛇蟲」。但 sāi 是很想吃的感覺，是形容詞，說本字是「蛇」言之不成理。

sáng 【生】(1) 沒煮過，或者沒煮熟。(2) 活的，與死相反。例：翻生〔復活〕。(3) 猛鬼的猛，例：這裏講有鬼，還講十分生〔這裏說有鬼，還說十分猛〕。「生」在客家話是沒有生育的意思。

sáng 〔瘠〕客家話稱發抖的很厲害為「瘠瘠震」。又做「極極震」。瘠，《唐韻》《集韻》《韻會》《正韻》所澡切，生上聲。瘦也。非本字。

sáu 【燒】固體、液體很熱。燒，《唐韻》式昭切《集韻》《韻會》《正韻》尸招切，《說文》爇也。《玉篇》燔也。客家話除了作為動詞以外，還用作形容詞。

sè 【細】小。客家話、廣州話、閩南話均有這個用法。

sěp 【澀】不滑。澀，《唐韻》《韻會》色立切《集韻》《正韻》色入切，音濇。與歰同。《說文》不滑也。客家話保留古音古義。

sǐ 【死】(1) 與活的相反。(2) 非常，極為。例：死懶〔極為懶惰〕。(3) 貪圖。例：死食〔饞嘴〕。

siǎng 【醒】很聰明，廣州話借詞。

sién 【鮮】湯水或稀飯很稀，或者說水很清。鮮，《唐韻》《集韻》《韻會》相然切，音仙。魚名。出貉國。《禮·內則》冬宜鮮羽。《註》鮮，生魚也。又《廣韻》

潔也。《易・説卦》為蓄鮮。《註》鮮，明也。客家話符合「潔、明」義。例：佢煲嘅粥好鮮，一隻米都尋唔到〔他煮的稀飯很稀，一粒米都找不到〕。

sói 【衰】差勁，壞。客家話、廣州話均由此說法。例：當衰〔倒霉〕、講衰佢〔說他壞話〕。

sóng ［喪］饞嘴，本字不明，暫寫作喪。急着吃為 sóng，又作 sóng sāi［喪豺］。

sòng 【上】上是破音字，讀去聲是來自時亮切。上，《廣韻》君也。太上極尊之稱。《蔡邕・獨斷》上者，尊位所在。但言上，不敢言尊號。又上日。上戊，上辛，上丁之類。上等、上層，這些「上」字在客家話都唸 sòng。

sūn 【馴】指人或者動物善良，不兇。例：其賴子好馴〔他兒子很善良〕。

tĕt 【忒】太、過於。一般會說「忒過」。但有時簡略為「忒」。忒，《唐韻》他得切《集韻》《韻會》《正韻》惕得切，音慝。《説文》更也。从心弋聲。《詩・大雅》鞠人忮忒。客家話口語很少用「太」。例：這條數學題忒深，厓唔識做〔這條數學題太難，我不會做〕。

tiàm ［掂］副詞，完成的意思，來自廣州話借詞，本字不詳。例：做掂工作正來〔完成了工作才來〕。

tōng 【唐】本來是朝代的名稱，但廣東人（包括操廣州話、客家話、台山話者）均當做是「中國」的意思。尤其是在異地的廣東人士自稱為「唐人」，說話為「唐話」（有別於「番話」），中文是「唐文」；把祖國叫做「唐山」，自己在外國居住的地點叫做「唐人街」，傳統服飾是「唐裝」，本土品種的狗叫「唐狗」，中國人釀的酒類是「唐酒」（但外國的酒是「洋酒」，不是「番酒」），中國式的房子叫「唐樓」（有別於「洋樓」）。

vĕ ［歪］【乜】不正謂之 vĕ，俗寫為「歪」。本字是「乜」。乜，《廣韻》彌也切《集韻》母也切，音哶。眼乜斜也。聲母轉為 v。有可能是由廣州話 me^2 類推而來。

vōn　【渾】整整。渾，胡昆切，音魂。《説文》混流聲。又齊同也。《孫綽・天台賦》渾萬象以冥觀。現代漢語和大多數方言都有全部的意思，但客家話用得較為頻繁。例：渾隻〔整隻/個〕、渾年〔整年〕、渾身〔整個身體〕。

vōng　【黃】（果實）成熟，跟顏色沒有必然關係。

vú　【烏】黑色。烏，《韻會》黑色曰烏。《史記・匈奴傳》北方盡烏驪馬。除了「黑板、黑人」等借詞以外，客家話一般稱黑色為「烏」。

vūn　【渾】渾濁。渾，《唐韻》戶昆切《集韻》《韻會》《正韻》胡昆切，音魂。《説文》混流聲。《枚乘・七發》沌沌渾渾。《註》渾渾，波相隨貌。又泙下貌。又濁也。《老子・道德經》渾兮其若濁。客家話保留古義，但匣母字白讀音聲母脫落。

yáu　【夭】軟。夭，《廣韻》《集韻》《韻會》《正韻》烏皓切，音襖。未壯也。《禮・月令》孟春毋殺胎夭。《王制》不殺胎，不殀夭。《註》未生者曰胎，方生者曰夭。「夭」有幼嫩的意義。客家話引申為「軟」。

yē　[吔] 慢。本字不明。蝸牛走得慢，所以叫做「yē 螺蟲」。動作很慢又叫做 yē sē。暫寫作吔。

zǎi　【仔】香港客家話的「仔」不能獨立成詞，只能充當後綴，有兩個用法：(1) 作為一個沒有意義的、類似普通話「子」的詞綴，例如：簿仔〔本子〕、橙仔〔橙子〕。(2) 表示「小」的意思，例如：貓仔〔小貓〕、妹仔〔小女孩〕。

záng　【爭】本來是動詞，「差」或「欠」。但引申為病情有差別，好轉了。例：佢這兩日過爭〔他這兩天好轉了〕。

zàng　【正】「正」是破音字，音韻地位在梗開三照母有平聲和去聲。平聲之盈切，只有「正月」的「正」，客家話唸 záng。去聲之盛切，香港客家話讀書音是 zìn，如：正氣、正校長、立正、修正，口語音是 zàng，有「才、剛剛、只」的意思，例如：十二點正來；正來到；正來兩日就走；食飽飯正去。

záu 【燥】乾燥。燥，《唐韻》蘇到切《集韻》《韻會》《正韻》先到切，音喿。《說文》从火喿聲。乾也。客家話轉為平聲。

zàt 【拶】擁擠，互相壓迫。拶，《唐韻》末切《集韻》《韻會》子末切，音鬢。逼也。相排迫也。韓愈《雪詩》：「漰騰相排拶，龍鳳交橫飛」。客家話保留古音古義。

zé ［夭］【瘠】人瘦小。一般寫作夭。「夭」是近代造字，《搜眞玉鏡》尺止切。客家話音近。普通話、廣州話訓讀分別為 ēn, ngän[1]。本字應該是「瘠」。瘠，又《廣韻》徂禮切《集韻》《韻會》《正韻》在禮切，丛音薺。《揚子·方言》江湘閒凡物生而不長大曰瘠。註，今俗呼小為瘠。客家話完全符合音義。

zì ［漬］墨水洇紙。漬，《唐韻》前知切《集韻》《韻會》疾智切，音眥。《說文》漚也。又浸漬也。《史記·貨殖傳》漸漬於失教。又染也。《周禮·冬官考工記》鍾氏染羽，淳而漬之。客家話取染義。

ziáng 【精】精明、聰明。精，《廣韻》《正韻》子盈切《集韻》《韻會》咨盈切，音晶。《說文》擇也。《禮·經解》潔靜精微易教也。客家話、廣州話均用此詞。

ziáng ［膌］【精】豬的瘦肉謂之「精肉」，本字是「精」。但台灣俗寫為「膌」。精，《廣韻》《正韻》子盈切《集韻》《韻會》咨盈切，音晶。《廣韻》正也，善也，好也。客家話中的「精肉」表示好肉，音義俱合。由於「精」字多音多義，今從台灣寫法。

zìm 【淨】很冷的感覺。淨，《唐韻》楚耕切《集韻》初耕切，音琤。冷貌。意義、聲母、聲調和主要元音都符合，但客家話、廣州話均收 -m 韻尾。

zǔ ［組］結實叫做「組固」，「組」不是本字。只是同音字。

4. 人稱代詞 / 虛詞

á 　【阿】客家話、廣州話的人稱詞綴。(1) 親屬人稱的前綴，用來面稱，通常是
　　「阿」加親屬人稱，例如：阿哥、阿嫂、阿婆、阿大舅、阿晚姨。(2) 非親屬
　　但很熟絡的朋輩面稱，可以用「阿」加人名和姓。例如：阿強、阿珍、阿
　　張、阿羅。(3) 非親屬但很熟絡的長輩面稱，是「阿」加姓 / 名加親屬稱呼，
　　如：阿李嫂、阿鍾娘、阿志明叔。

ài 　〔哎〕【該】那。該，《唐韻》古哀切《集韻》《韻會》《正韻》柯開切，<u>丛</u>音該。
　　《説文》軍中約也。又《正字通》俗借為該當之稱，猶言宜也。凡事應如此曰
　　該。古漢語有「那」的意義，今香港及附近客家話丟失聲母。由於發音差別
　　較大，俗寫為「哎」。

cíu 　〔擎〕後綴，全部。本字不明，一般寫作擎，但非本字。有學者認為是「聚」
　　字。例：一斤地豆分佢一下食擎嗨〔一斤花生被他一下子全吃光了〕。

dǎp 　【搭】而且，而，甚至。例：鹹搭苦〔鹹到苦〕。

dǎu 　〔倒〕【着】客家話在描述一個遭遇的時候，常用 V+dǎu 的形式，其中的 dǎu
　　本字是「着」。俗寫作倒。今從俗。標準漢語也有類似的結構，但唸去聲，寫
　　作到。例：厓在機場遇倒佢〔我在機場遇到他〕。

děn 　〔等〕【定】持續體後綴，一般寫成「等」。相當於普通話的「着」，廣州話的
　　「緊」和「住」。「等」為同音字，本字可能是「定」。定，《唐韻》《集韻》《韻
　　會》《正韻》徒徑切，庭去聲。《説文》安也。《增韻》靜也，正也，凝也，決
　　也。《易·説卦》天地定位。《書·堯典》以閏月定四時成歲。《禹貢》震澤底
　　定。今在閩西多處客家話的持續體都是「定」，也反映「正也」的意義。

déu 　〔兜〕【等】在香港和鄰近地區的客家話中，人稱的複數形式是加詞綴 déu，相
　　當於標準漢語的「些、們」，但一些不能說「一兜」，要說「一滴」。本字應該

是「等」字（梅州地區很多客家話直接說「我等、你等」，可供佐證）。由於發音相差較遠，很難認出。今以同音字「兜」表示。

dí 【裏】裏面謂之「裏背」。裏，《唐韻》良士切《集韻》《韻會》兩耳切，夶音里。《説文》衣內也。次濁聲母上声讀陰平屬常見。聲母轉為 d（閩西及江西客家話來母字，逢細音有些常用字變讀為 d）。

dí ［哋］【等】我們謂「厓哋」（包括聽話人，如果不包括聽話人說「吾兜」），本字應該還是「等」，今從俗寫「哋」。

dú 【都】客家話口語一般很少用「也」（與廣州話同，但很難說是廣州話影響，可能是南方漢語的共同特點），普通話用「也」的場合一般說「都」。例：厓都係這間小學畢業嘅〔我也是這間小學畢業的〕。

ě ［欸］句末助詞，相當於「啦、耶」。例：條狗分車研死嗨欸〔那隻狗被車子輾死了哪〕。

è ［嘅］屬格後綴，香港也有人發音為 gè，台灣寫為「个」。相當於普通話「的」。本字應該是「個」，香港一般寫成「嘅」，粵東寫成「欸」，也有寫作「介」。本書從香港寫法。

gī ［佢］【渠】第三人稱，俗寫作佢，與廣州話相同。「佢」是近代方言造字，非本字。古代也寫作渠。今從俗。

giá ［其］第三人屬格謂之 giá，即「他的」，有時也作「他們」（其實是「其兜」的縮略）

gǐn ［緊］(1) 相當於普通話的「便、就」。緊，《廣韻》《韻會》《正韻》夶居忍切，音謹。《説文》纏絲急也。《博雅》糾也。《玉篇》紉也。應該不是本字。例：佢來到冇一陣緊走嗨〔他來到沒一會便走了〕。(2) 越 X 越 Y 的「越」，或者「一面 X 一面 Y」的「一面」，客家話一般說「緊」，但「緊」應該不是本字。例：緊來緊好、緊行緊激、緊講緊笑。

gò　【過】較為。客家話說 gò，本字應該是「過」。例：你兩儕哪儕過大〔你們倆誰比較大〕？

hói　[嗨] 完成體詞綴，相當於普通話的「了、過」，現代廣州話的「咗」。例：食嗨飯唔曾？〔吃過飯沒有？〕

là　【哪】哪個，誰。哪，《集韻》囊何切，音儺。又乃箇切，音奈。本作那，同哰，語助也。香港客家話問人物的疑問詞用「哪人、哪儕」。

lài　【哰】哪裏。哰，《集韻》囊何切，音儺。又乃箇切，音奈。本作那，同哰，語助也。客家話問地點、物件的疑問詞用「哰裏、哰埞、哰邊、哰隻、哰條」等。

láu　【摎】同、和。本字也有可能是「與」。摎，《唐韻》居求切《集韻》《韻會》居尤切，音鳩。《説文》縛殺也。《玉篇》絞也。《儀禮．喪服》殤之絰不摎垂。《註》不絞其帶之垂者。又求也。《張衡．思玄賦》摎天道其焉如。又《唐韻》《集韻》𠀤力求切，音留。束也，捋也。或作𢺐。又姓。魏河內太守摎尚。又《集韻》居虯切，音樛。義同。或作扏。又《唐韻》古肴切《集韻》居肴切，𠀤音交。亦束也，繞也。《前漢．五行志》元帝永光二年，天雨草，而葉相摎結，大如彈丸。又《集韻》力交切，音寥。物相交也。又離昭切，音繚。撩也。又古巧切，音絞。搜索也。又女巧切，鐃上聲。擾也。與撓同。《揚子．太玄經》死生相摎，萬物乃纏。《註》死生相摎擾，故萬物亦纏綿而成就也。本从翏，省作摎。「摎」是個多音多義詞，在唸力交切時表示物相交，也就是混合的意義。力交切是二等字，符合香港客家話，但不符合廣州話和台灣客家話的讀音（這兩種話分一二等）。不過，如果 láu 源於東江下游客家話，後傳入廣州話和粵東，則「摎」有可能是本字。至於 [擄] 字，郎古切，強也，或動搖義。更加沾不上邊。當我們聯繫上古音的發音，本字更有可能是「與」字。與，《廣韻》弋諸切《正韻》弋渚切，《韻會》演女切，音予。《説文》黨與也。《戰國策》是君以合齊與強楚。《註》與，黨與也。《管子．八觀

篇》請謁得于上，則黨與成于下。又《廣韻》善也。《禮・禮運》諸侯以禮相與。又《增韻》及也。《易・説卦》是以立天之道，曰陰與陽。立地之道，曰柔與剛。立人之道，曰仁與義。「與」是以母字，上古音為 l，聲調為上聲，按照次濁歸陰平的規律，láu 可能是「與」的古音殘留。而遇攝三等也跟 au 發音有聯繫。

làng　〔另〕哪兒。是「喺堘」的合音。

lōi　【來】句末詞綴，表示曾經。例：厓正去上海開會來〔我剛去過上海開會〕。／你一晡夜做嗄來〔你一整天都做了些甚麼〕？／佢坐過監來〔他曾經坐過牢〕。

m　〔唔〕【毋】香港客家話否定詞，相當於普通話的「不」。根據台灣學者考究，本字是「毋」，但香港俗寫作唔，本書從俗。香港和珠江口、東江下游一帶發音是陰平，但在粵東和台灣是陽平。

mǎi　〔嗄〕「乜介」（mǎk gài）的合音。「甚麼」的意思。

mǎk　〔乜〕乜介，客家話疑問詞「甚麼」的意思，香港發音為 mǎk gài。乜，《廣韻》彌也切《集韻》母也切，音哶。眼乜斜也。非本字，但粵語、客家話一般用作疑問詞的字符。

ngá　〔吾〕第一人稱屬格謂之 ngá，即「我的」，有時也作「我們」（其實是「吾兜」的縮略）。例：吾哥有三隻賴子〔我哥哥有三個兒子〕。

ngāi　〔厓〕【我】第一人稱為 ngāi，本字應該是「我」。「我」字屬於果攝一等上聲，但客家話果攝字不少韻母轉為 ai 韻母；而所有人稱代詞都是陽平。由於發音跟「我」字差太遠，一般寫成〔厓〕或者〔偓〕。由於「厓」字不是常用字，而且打字方便，本書採用「厓」字。

ngiá　〔惹〕你的，應該是合音。有時也作「你們」（其實是「惹兜」的縮略），本書採用同音字「惹」。

ngiă　【這】「這」在香港客家話口語發音為 ngiă。這，《廣韻》魚變切《集韻》牛堰切，音彥。《玉篇》迎也。《正字通》周禮有掌訝，主迎。訝古作這。毛晃曰：凡稱此箇為者箇，俗多改用這字。這乃迎也。「這」按反切在客家話應該讀 ngiàng，按道理不是本字，但發音相近，寫作「這」字最容易明白。

ó　[噢] 句末助詞，感歎義，相當於廣州話的 wǒ，普通話的「呀」。例：惹賴子好高噢〔你兒子很高呀〕。

tiám　【添】句末詞綴。(1) 再。例：坐多陣添。(2) 驚訝地發現一個事實：哎呀，厓冇帶荷包添〔哎呀，我沒帶錢包呢〕。

tù　【度】後綴。表示「……左右，大概」。例：哎隻賊佬三十歲度〔那個賊三十歲左右〕。

vá　[哇]【話】句末助詞，相當於廣州話轉述句的 vo⁵。例：佢冇食過榴蓮哇〔據說他沒吃過榴蓮〕。

zăk　[適]【照】打、從。台灣學者認為本字是「適」。但更有可能是「照」字的陰入對轉。客家話有幾個效攝字有陰入對轉為入聲 -k 現象，例如「灶、撈、翹」，所以「照」字唸 zăk 不奇怪。

zá　[嘛] 句末助詞，相當於「只不過」。例：好少嘛，都唔夠一餐〔很少而已，還不夠一頓〕。

zé　[只] 句末助詞，相當於「還」。例：唔得來只〔還沒那麼快〕。

zŭ　【子】在重疊的形容詞 A 後面，表示有點 A，例：肥肥子〔有點胖〕、紅紅子〔有點紅〕、慢慢子行〔慢慢地走〕。

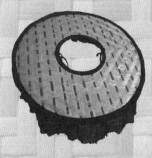

第五章

香港客家話的詞彙 II

本章主要考察香港客家話的一些日常詞彙，總數 2617 條。我們把這些詞彙分為 24 類，並且把每類的詞彙跟廣州話和普通話比較。如果跟廣州話說法相同的就標註為 G，跟普通話相同的就標註為 P。然後我們會分析比較的結果，看香港客家話跟廣州話和普通話日常詞彙的相似度（詞根和詞綴完全相同才算相同）。

以下列表中，如果是比較生僻的本字會用**粗體**表示。同音字或近音字用<u>底線</u>表示，不能用中文字表示的就用方框□表示。

一 自然

詞條	香港客家話	拼音	備註
太陽	日頭	ngĭt tēu	
太陽出來	日頭出	ngĭt tēu cŭt	
太陽下山	日頭落崗	ngĭt tēu lòk góng	
太陽猛烈	日頭**焫**	ngĭt tēu lăt	
月亮	月光	ngièt góng	G
月食	天狗食月	tién gĕu sìt ngièt	G
日食	天狗食日	tién gĕu sìt ngĭt	G
月暈	月光挔枷	ngièt góng kái gá	
日暈	日頭挔枷	ngĭt tēu kái gá	
上弦月	娥眉月	ngō mī ngièt	GP
滿月	月團圓	ngièt tōn yēn	
星星	星宿	sín sŭk	
流星	天瀉屎	tién sià sĭ	
彗星	掃把星	sàu bă sín	G
銀河	天河	tién hō	G
北斗七星	七姑星	cĭt gú sín	
彩雲	紅霞	fūng hā	
日落後天轉黃色	天放黃	tién fòng vōng	
黑雲／烏雲	烏雲	vú yūn	P
天昏地黑	烏天暗地	vú tién àm tì	
轉陰	打陰	dă yím	

詞條	香港客家話	拼音	備註
虹	天弓	tién giúng	
雷	雷公	lūi gúng	G
打雷	雷公叫	lūi gúng giàu	
雷擊	雷公劈	lūi gúng piăk	G
閃電	火蛇	fŏ sā	
閃電（正在打閃）	火蛇暱	fŏ sā ngiăp	
老天爺	天阿公	tién á gúng	
天上	天頂	tién dăng	G
天邊	天腳下	tién giŏk há	
颱風	發風	bŏt fúng	
颶颱風	打風差	dă fúng cái	
旋風	皺風鬼	zèu fúng gŭi	
逆風	頂頭風	dĭn tēu fúng	
雨	水	sŭi	
毛毛雨	水毛	sŭi máu	
驟雨	打陣水、過雲水	dă cìn sŭi, gò yūn sŭi	
下雨	落水	lòk sŭi	
雨停了	晴水	ciāng sŭi	
淋雨	涿水	dŭk sŭi	
雨水從窗口進來	潑水	păt sŭi	
露水	露水	lù sŭi	GP
結露水	打露水	dă lù sŭi	
霧	蒙紗	mūng sá	
起霧	起蒙紗	hĭ mūng sá	
霜	霜	sóng	GP
下霜	落霜	lòk sóng	G
冰雹	雹	pòk	G
下冰雹	落雹	lòk pòk	G
雪	雪	siĕt	GP
下雪	落雪	lòk siĕt	G
冰	凝	kèn	
結冰	結凝	giĕt kèn	G

詞條	香港客家話	拼音	備註
凍住了	**凝**嗨	kèn hói	
天氣	天時	tién sī	
陰天	烏陰天	vú yím tién	
晴天	好天	hăw tién	G
天旱	天旱	tién hón	GP
水澇	浸大水	zìm tài sŭi	
變天前的悶熱	天作	tién zŏk	
（天氣）熱	熱	ngièt	GP
（天氣）悶熱	**熻**	hĭp	
（天氣）冷	冷	láng	P
（天氣）暖和	暖	lón	GP
（天氣）涼	涼	liōng	GP
（天氣）涼快	涼爽	liōng sŏng	GP
山丘	嶺崗	liáng góng	
山頂	嶺頂	liáng dăng	
山腰	半山腰	bàn sán yáu	
山麓	山腳下	sán giŏk há	
山谷	山窩	sán vó	
山前	嶺腳下	liáng giŏk há	
山後	嶺背後	liáng bòi héu	
懸崖	崩崗	bén góng	
小片平地	平洋	piāng yōng	G
大片平地	平洋	piāng yōng	G
旱地	旱地	hón tì	GP
水田	水田	sŭi tiēn	GP
梯田	峯地	ciā tì	
田埂	田**脣礐**	tiēn sūn bŏk	
土坎兒	墩頭	dún tēu	
水田的出水口	田缺	tiēn kièt	
沼澤地	湖洋	fū yōng	
沙子	沙公	sá gúng	
粗沙	粗沙	cú sá	GP

詞條	香港客家話	拼音	備註
細沙	幼沙	yìu sá	G
沙灘	沙壩	sá bà	
水坑	湖凼	fù tēm	
小溪	圳、溝壢	zùn, géu lăk	
山坑	坑壢	háng lăk	
坑邊	圳磡	zùn bŏk	
溝渠	坑渠	háng kī	G
漩渦	皺螺旋	zìu lō còn	
水井	井	ziăng	GP
水井邊	井頭	ziăng tēu	
河	河壢	hō lăk	
河岸	河脣	hō sūn	
河堤（沿河築）	河壩	hō bà	
河壩（攔河築）	陂頭	bí tēu	
養魚池	魚塘	ǹg tōng	G
水庫	水塘	sŭi tōng	G
山中小水庫	陂塘	bí tōng	
深淵	深潭	cím tām	
塘邊	塘磡頭	tōng bŏk tēu	
魚塘淤泥	塘泥	tōng lāi	G
海	海	hŏi	GP
湖	湖	fù	GP
池塘	塘	tōng	G
石頭	石牯、石頭	sàk gŭ, sàk tēu	
大石頭	大石牯	tài sàk gŭ	
小石頭	石牯仔	sàk gŭ zăi	
花崗岩	麻石	mā sàk	G
石頭縫	石罅	sàk là	G
鵝卵石	鵝卵石	ngō lŏn sàk	GP
花崗岩石磚	地牛	tì ngīu	
土（乾、半乾）	泥、泥沙	lāi, lāi sá	G
泥（稀、爛）	爛泥	làn lāi	G

詞條	香港客家話	拼音	備註
泥漿	泥羹	lāi zióng	G
灰塵	泥塵	lāi cīn	
磚頭	磚頭	zón tēu	GP
半塊磚	磚碌	zón lŭk	
磚（火製的）	火磚	fŏ zón	
磚（田泥製的）	泥磚	lāi zón	
磚（鋪地的磚塊）	階磚	gái zón	G
磚窰	磚窰	zón yāu	GP
瓦塊	瓦	ngă	GP
碎瓦片	瓦析	ngă săk	
水泥	紅毛泥	fūng máu lāi	G
石灰	石灰	sàk fói	GP
玻璃	玻璃	bó lí	GP
玻璃碎片	玻璃析	bó lí săk	
垃圾	㧎屑，糞屑	lŏt sŏt, bùn sŏt	
垃圾堆	糞堆頭	bùn dói tēu	
鐵銹	鹵、鏽	lú, siò	
刨花兒	刨茸	pāu yūng	
木糠	木糠	mŭk hóng	GP
粉狀物	粉	fŭn	G
末兒（如茶葉末）	碎	sùi	G
（牆上的）硝	硝鹽	siáu yām	
漆	油漆	yīu cĭt	G
磁石	磁挾	cī hiàp	
金子	金	gím	G
銀子	銀	ngiūn	G
銅	銅	tūng	GP
鐵	鐵	tiĕt	GP
錫	錫	siăk	GP
鋁	銻	tái	G
冷水	冷水	láng sŭi	P
溫水	拿暖水	lā lón sŭi	

詞條	香港客家話	拼音	備註
熱水	燒水	sáu sŭi	
開水	**沸**水	bùi sŭi	
冷開水	冷**沸**水	láng bùi sŭi	
燒水（需要燒開）	煲茶	báu cā	
燒水（加熱來洗澡）	暖水	lón sŭi	
（水）開了	沸嗨	bùi hói	
泔水	米水	mĭ sŭi	
淡水	淡水	tám sŭi	GP
鹹水	鹹水	hām sŭi	GP
泉水	泉水	cān sŭi	GP
趕集	投墟	tēu hí	
城裏	墟肚	hí dŭ	
鄉下	鄉下	hióng hà	GP
巷子	巷仔	hòng zăi	G
東西	東西	dúng sí	P
顏色	色	sĕt	G
聲音	聲	sáng	G
氣味	味	mùi	G
味道	味	mùi	G
光（與「影」相對）	光	góng	G
影子	影	yăng	G
風景	風景	fúng gĭn	GP
公路	馬路	má lù	GP
小路	路仔	lù zăi	G
岔路	三岔路	sám cá lù	GP
隧道	地窿	tì lūng	
死胡同	屈頭路	kùt tēu lù	G
道路上	路徑頭	lù gàng tēu	
屋後	屋背**戶**	vŭk bòi fú	
屋後的山	背**戶**嶺	bòi fú liáng	
橋	橋	kiāu	GP

註：G=43/180, P=4/180, GP=33/180

自然類總共有 180 個詞彙。只跟廣州話相同的詞彙有 43 個，佔 23.9%，不到四分之一。只跟普通話相同的僅 4 個，佔 2.2%。另外 33 個跟普通話、廣州話都一樣，佔 18.3%，六分之一左右。客家話自己特有的詞彙有 100 個，佔 55.6%。稍微超過一半。

自然類詞彙是語言裏面比較基本，比較少發生借用的日常詞彙。客家話自己保留着過半的特有名稱，也是很應該的。注意有四分之一的詞彙跟廣州話相同，是因為大家都一定程度上繼承了一些古漢語詞彙，同時也有少量的互相借用。三者都相同的稍微超過六分之一，都是一些在現代方言中沒有差異的詞彙，例如娥眉月、露水、霜、雪、鹹水、淡水、泉水、風景、馬路、橋等。

在這個類別中，客家話只跟普通話相同的詞彙有 4 個：烏雲、冷、冷水、東西，僅為 2.2%，遠比只跟廣州話相同的 23.8% 低。

二 方位

詞條	香港客家話	拼音	備註
地方	所在	sŏ cài	
前面	臉前	ngiàm ciēn	
後面	背後、蝨背後	bòi héu, sĭt bòi héu	
左邊	左手析	zŏ sĭu săk	
右邊	右手析	yìu sĭu săk	
上面	頂高、上高	dăng gáu, sòng gáu	
下面	下背、腳下	há bòi, giŏk há	
裏面	裏背、裏背肚、內肚	dí bòi, dí bòi dŭ, lùi dŭ	
外面	外出、外背、門背	ngòi cŭt, ngòi bòi, mūn bòi	
(床) 底下	(眠床) 腳下	(mīn cōng) giŏk há	
(桌子) 底下	(桌棚) 腳下	(zŏk pāng) giŏk há	
中心	棟 (中) 心	dùng sím	GP
中間	中間	zúng gán	GP

詞條	香港客家話	拼音	備註
邊緣	邊脣	bién sūn	
旁邊	邊皮、側邊	bién pī, zĕt bién	
對面	兩對面	liŏng dùi mièn	
(屋)頂上	瓦面頂	ngă mièn dăng	
房子外面	門背	mūn bòi	
房子後面	屋背戶	vŭk bòi fú	
屋子	間	gán	
屋子裏面	間肚	gán dŭ	
附近	附近	fù kiùn	GP
隔壁	隔籬	găk lī	G
鄰居	隔籬鄰舍	găk lī līn sà	G
出生地	胞衣跡	báu yí ziăk	
哪裏	哪埞、哪裏	lài tàng, lài lí	
路上	半路	bàn lù	GP
門上	門頂上	mūn dàng hòng	
門角	門角頭	mūn gŏk tēu	
桌面上	桌板上	zŏk băn hòng	

註：G=2/30, P=0/30, GP=4/30

在 30 個方位詞中，只跟廣州話相同的僅 2 個：隔籬、隔籬鄰舍，佔 6.7%。跟廣州話、普通話都相同的有 4 個：中心、中間、附近、半路，佔 13.3%。其餘 24 個是客家話有固有說法的，佔 80.0%。跟普通話相同而跟廣州話不同的一個都沒有。

方位詞可以說是語言中最為封閉的詞彙，很少發生借用。客家話有超過四分三的特有說法是很正常的。

三 時令

詞條	香港客家話	拼音	備註
今年	今年	gín ngiēn	GP
去年	舊年	kìu ngiēn	G
前年	前年	ciēn ngiēn	GP
大前年	大前年	tài ciēn ngiēn	GP
明年	出嗨年	cŭt hói ngiēn	
後年	後年	hèu ngiēn	GP
大後年	大後年	tài hèu ngiēn	GP
每年	年年	ngiēn ngiēn	G
往年	往年	vōng ngiēn	GP
年初	年頭	ngiēn tēu	G
年底	年尾	ngiēn múi	G
月初	月頭	ngièt tēu	G
月尾	月尾	ngièt múi	G
今天	今日	gím ngĭt	G
昨天	晻晚日	càm mín ngĭt	
前天	前日	ciēn ngĭt	G
大前天	大前日	tài ciēn ngĭt	G
明天	晨朝日	sīn záu ngĭt	
後天	後日	hèu ngĭt	G
大後天	大後日	tài hèu ngĭt	G
前幾天	前幾日	ciēn gĭ ngĭt	G
半天	半日	bàn ngĭt	G
清晨	打早	dă zău	
早晨（泛指）	朝晨頭	záu sīn tēu	
黎明（天明，日出前）	兼天光	giám tién góng	
天亮了	天光	tién góng	
天黑了	斷暗	tón àm	
上午	上晝	sòng zìu	G
中午	當晝	dóng zìu	
下午	下晝	há zìu	G
中午或下午	晏晝辰	àn zìu sīn	

詞條	香港客家話	拼音	備註
傍晚、黃昏	兼斷暗	giám tón àm	
夜裏（靜睡以後）	暗晡夜、暗晚	àm bú yà, àm mán	
晚上（入睡前）	夜晚辰	yà mán sīn	
白天	日辰頭	ngĭt sīn tēu	
半夜	半夜、雞啼半夜	bàn yà, gái tāi bàn yà	
連夜	漏夜	lèu yà	G
整夜（整個晚上）	過夜	gò yà	
今天早上	今朝晨	gím záu sīn	
昨天早上	昝晚夜	càm mín záu sīn	
明天早上	晨朝朝晨	sīn záu záu sīn	
今天中午	今日晏晝	gím ngĭt àn zìu	
昨天中午	昝晚晏晝	càm mín àn zìu	
明天中午	晨朝晏晝	sīn záu àn zìu	
今天下午	今下晝	gím há zìu	
昨天下午	昝晚下晝	càm mín há zìu	
明天下午	晨朝下晝	sīn záu há zìu	
今天晚上	今晚夜	gím mán yà	
昨天晚上	昝晚夜	càm mán yà	
明天晚上	晨朝晚夜	sīn záu mán yà	
（睡到）過了半天	半晝黃天	bàn zìu vōng tién	
從前	早下	zău hà	
很久以前、古代	舊陣時	kìu cìm sī	
現在	今下	gín là	
將來	到第日	dàu tì ngĭt	
上次	上擺	sòng băi	
這次	這擺	ngiă băi	
下次	轉擺	zŏn băi	
起初	起勢	hĭ sì	
後來	黏尾	ngiām múi	
最後	最包尾	zùi báu múi	
剛才	正先	zàng sién	
趁早	趕早	gŏn zău	

詞條	香港客家話	拼音	備註
春節	過年	gò ngiēn	GP
進入新年期間	入年架	ngìp ngiēn gà	
新年過後期間	出年架	cŭt ngiēn gà	
除夕	年三十晚	ngiēn sám sìp mán	G
大年初一	年初一	ngiēn có yĭt	GP
元宵節	正月半	záng ngièt bàn	
正月二十	天穿日	tién cón ngĭt	
掛燈	上燈	sŏng dén	
端午節	五月節	ňg ngièt zièt	
盂蘭節	七月十四	cĭt ngièt sìp sì	G
冬至	過冬	gò dúng	G
中秋節	八月半	băt ngièt bàn	
重陽節	重陽	cūng yōng	GP
日子	日子	ngĭt zú	GP
好日子	好日腳	hău ngĭt giŏk	
擇日	揀日子	găn ngĭt zú	
曆書	通書	túng sú	
陰曆	舊曆、陰曆	kìu làk, yím làk	GP
陽曆	新曆、陽曆	sín làk, yōng làk	GP
一輩子	一世人	yĭt sè ngīn	G
前輩子	前世	ciēn sè	G
下輩子	轉世	zŏn sè	
整天	過日	gò ngĭt	
一整天（整個白天）	一日到暗	yĭt ngĭt dàu àm	
一整天（很長時間）	一晡夜	yĭt bú yà	
一天的功夫	一工人	yĭt gúng ngīn	
一會兒	陣間仔、陣時間	cìn gán zăi, cìn sī gán	
瞬間	瞌下眼	ngiăp hà ngăn	
時候	時途	sī tū	
整年（整整一年）	一年到暗	yĭt ngiēn dàu àm	
整年（很長時間）	渾年	vōn ngiēn	
上個月	上隻月	sòng zăk ngièt	

詞條	香港客家話	拼音	備註
下個月	下隻月	hà zăk ngièt	
春天	春天	cún tién	GP
夏天	熱天	ngièt tién	G
秋天	秋天	cíu tién	GP
冬天	冷天	láng tién	G
接近過年的時間	九冬十月	gĭu dúng sìp ngièt	

註：G=24/101, P=0/101, GP=14/101

有關時令的詞彙有 101 個，其中只跟廣州話相同的僅 24 個，佔 23.8%，大概四分之一。跟普通話、廣州話都相同的有 14 個，佔 13.9%，約為九分之一。只跟普通話相同的一個都沒有。客家話的特殊詞彙有 63 個，佔 62.4%，接近三分之二，份量不小。

時令也是方言詞彙中比較核心的部分，甚少發生借用。跟廣州話相同的詞彙，例如「今日、後日、前日、大前日、大後日、一世人、前世」等，大都是古漢語的傳承，不像是借用的詞彙。另外，「年三十晚、七月十四、熱天、冷天」是廣東省大部分地區使用的詞彙，很難決定誰借用誰。

至於 14 個跟普通話、廣州話都相同的詞彙，很多是跨方言的共同詞。如「春天、秋天、重陽」，其餘很多詞跟「年」有關。

四　農事

詞條	香港客家話	拼音	備註
種田	耕田	gáng tiēn	G
犂	犂	lāi	GP
犂頭	犂頭	lāi tēu	GP
耙	耙	pā	GP
耙齒	耙齒	pā cĭ	GP

詞條	香港客家話	拼音	備註
犁田	犁田	lāi tiēn	GP
引水灌田	作水	zŏk sŭi	
浸穀種	浸穀種	zìm gŭk zŭng	GP
撒秧穀	下秧穀	há yóng gŭk	GP
拔秧	脫秧、扯秧	tŏt yóng, că yóng	
插秧	**蒔**田	sì tiēn	
秧盆	秧盆	yóng pūn	GP
秧鏟	秧鏟	yóng cǎn	GP
秧筐（挑秧用）	秧笪	yóng dǎt	G
耘田	耘田	vūn tiēn	GP
（用手）拔草	扯草	că cǎu	
揚花	揚花	yōng fá	P
割稻	割禾	gŏt vō	G
脫粒	拌禾	pán vō	
鐮刀（割禾用）	牙鐮	ngā liām	
鐮刀（割草用）	草鐮	cǎu liām	G
早季	**早造**	zăn làu	G
晚季	**晚造**	mán làu	G
打穀桶	拌桶	pán tŭng	
稻草	禾稈草	vō gŏn cǎu	G
稻茬兒	禾稿頭	vō gǎu tēu	
稻草垛	禾稈堆	vō gŏn dói	G
撒（草木灰）	**敥、摡**	yàn, vài	
漚肥	漚肥	èu pūi	GP
鋤頭（鋤草刨地用）	**钁**鋤	giŏk cō	
（鋤頭）把	柄	biàng	GP
鐵鍬	鏟	cǎn	GP
鎬（挖土用）	番釘	fán dáng	G
柴刀	柴刀	cāi dáu	GP
磨刀石	刀石	dáu sàk	
水車（車水用）	水車	sŭi cá	GP
風車（風穀用）	風櫃	fúng kùi	

詞條	香港客家話	拼音	備註
穀籮（盛穀用）	籮	lō	G
簞	**笪**	dăt	
篩子（篩米用）	米篩	mǐ sí	G
篩子（篩穀用）	穀篩	gǔk sí	G
碾米	絞米	gău mǐ	G
碾米機	絞米機	gău mǐ gí	G
（趕牛的）竹枝	竹**檳**	zŭk bín	
放牛	掌牛	zŏng ngīu	
打柴	斬柴	zăm cāi	G
去城裏	去投墟	hì tēu hí	
（用網）捕魚	刮魚	găt ňg	
（用手）捕魚	捉魚	zŭk ňg	G
築壩（攔河而築）	築陂頭	zŏk bí tēu	
築堤（沿河而築）	築砌	zŏk bŏk	
抽乾水塘	乾塘	gón tōng	G
戽水	戽水	fù sŭi	GP
菜園	菜園	còi yēn	GP
種菜	種菜	zùng còi	GP
澆菜	淋菜	līm còi	G
菜苗	菜秧	còi yóng	G
撒菜籽	下菜米	há còi mǐ	
培土	上土	sŏng tŭ	

註：G=19/59, P=1/59, GP=18/59

　　有關農業的詞彙有 59 個，其中只跟廣州話相同的有 19 個，佔 32.2%，接近三分之一。跟普通話、廣州話均相同的有 18 個，佔 30.5%，接近三成。只跟普通話一樣的僅 1 個。其餘的 21 個是客家話特有的稱呼，佔 35.6%，不到四成。

　　客家人在香港過去以務農為生，農業在生活中佔很大的比重。但只有不到四成的詞彙是客家話固有的。比例雖然不低，但也不算很多。原因是農業詞彙不是核心

詞彙，方言間借用比較容易。除了一些動作和少量古漢語名詞以外，相當部分跟共同語言和廣州話相同，尤其是一些牽涉工具的詞彙。另外，跟廣州話相同的部分詞彙也是古漢語的傳承詞，應該不牽涉借用。

五　家務

詞條	香港客家話	拼音	備註
幹活	做事	zò sè	
買米	打米	dǎ mǐ	
買肉	買肉	mái ngiǔk	GP
淘米	洗米	sě mǐ	GP
做飯	煮飯	zǔ fàn	GP
做菜	煮菜	zǔ còi	P
(細火) 炆	炆	mún	GP
(清水) 煮	煠	sàp	G
煲湯	煲順	báu sùn	
汆湯	熝順	lùk sùn	
(湯) 溢 (煮沸溢出)	澎、溢	páng, pūn	
涮碗	盪碗	lóng vǒn	G
擦 (桌子)	捽	zùt	
收拾	撿	giǎm	
瞻養	養	yóng	G
看家	掌屋	zǒng vǔk	
縫 (衣服)	聯	liēn	G
洗 (衣服)	洗衫	sě sám	G
漂洗 (衣服)	盪	lóng	G
曬 (衣服)	曬	sài	GP
晾乾	晾燥	lāng záu	G
釘 (被子)	聯	liēn	G
釘 (扣子)	釘	dáng	G
繞 (毛線)	縈	yáng	
燒 (水，不用沸)	暖	lón	

詞條	香港客家話	拼音	備註
燒（開水）	煲、煮	báu, zŭ	G
灌（開水）	沖、入	cúng, ngìp	
燙（傷）	**爐**	lùk	G
失火	火燒屋	fŏ sáu vūk	
（火）滅了	烏嗨	vú hói	
使勁（拉）	出力、作下力	cŭt lìt, zŏk hà lìt	
安裝（鋤柄）	斠	dèu	G
修理（家具、電器等）	整	zĭn	G
撿漏	撿瓦背	giăm ngă bòi	
揀（菜）	**擇**	tòk	
烤（尿布）	炕	kòng	G
煎魚	**炕**魚	hŏk ñg	
（用鹽）醃肉	**醃**	yăp	G
（把開水）攤涼	**聽**	táng	
劈柴	破柴	pò cāi	G
碓	碓	dòi	GP
碓臼	碓**坎**	dòi hăm	G
碓杵	碓嘴	dòi zŭi	G
畚箕（畚穀用）	畚箕	bùn gí	GP
畚箕（畚垃圾用）	畚**盂**	bùn căp	
磨（磨麵粉用）	石磨	sàk mò	G
礱（磨穀脫殼用）	礱磨	lūng mò	
石滾（壓地，打場用）	石碌	sàk lūk	G
曬穀場	**禾庭**	vō tāng	
扁擔	擔竿	dàm gón	
繩子（粗）	索嫲	sŏk mā	
繩子（細）	繩仔	sīn zăi	
打春	打樁	dă zóng	GP
楔子	門**楔**	mūn siăp	G
牛繩	牛索	ngīu sŏk	
牛軛	牛軛	ngīu ăk	GP
餵雞	**供**雞	giùng gái	

詞條	香港客家話	拼音	備註
餵豬	**供**豬	giùng zú	
剖魚	劏魚	tóng ńg	G
殺雞	劏雞	tóng gái	G
宰豬	劏豬	tóng zú	G
養雞	養雞	yóng gái	GP
養豬	養豬	yóng zú	GP

註：G=24/63, P=1/63, GP=11/63

　　家務類的詞彙有 63 個，都是在過去農村生活中的日常家庭出現的詞彙，現在很大部分已經被遺忘了。這其中有 24 個只跟廣州話相同，佔 38.1%，接近四成。跟廣州話、普通話均相同的有 11 個，佔 17.5%，只跟普通話相同的僅 1 個。客家話特有的詞彙有 27 個，佔 42.9%，比例不算很高。

　　客家話跟廣州話相同的詞彙比較多，是因為地理和氣候環境相似，加上人們家裏的工具差不多，所以很多關於工具和動作的詞彙大都一樣。

六　植物

詞條	香港客家話	拼音	備註
稻子（整株植物）	禾	vō	G
稻穀（穀粒）	穀	gŭk	G
穀穗	禾串、禾線	vō còn, vō sièn	G
秕穀	**泛**穀	pàng gŭk	
大米	米	mĭ	G
粳米	粘米	zám mĭ	G
糯米	糯米	lò mĭ	GP
麥子	麥	màk	G
麥粒	麥米	màk mĭ	
小米	狗尾粟	gĕu múi sŭk	

詞條	香港客家話	拼音	備註
玉米	包粟	báu sŭk	
高粱	高粱粟	gáu liōng sŭk	
紅薯	番薯	fán sū	G
木薯	樹番薯	sù fán sū	
大豆	黃豆	vōng tèu	G
豌豆	荷蘭豆	hō lán tèu	G
蠶豆	蠶豆	cām tèu	GP
赤小豆	赤小豆	căk siāu tèu	G
黑豆	烏豆	vú tèu	
豇豆	豆仔、豆角	tèu zăi, tèu gŏk	G
扁豆	扁豆	biĕn tèu	G
馬鈴薯	荷蘭薯、薯仔	hō lán sū, sū zăi	G
花生	地豆	tì tèu	
花生米	地豆米	tì tèu mĭ	
花生衣皮	地豆衣	tì tèu yí	
芝麻	油麻	yīu mā	
冬菇	冬菇	dúng gú	GP
銀耳	銀耳	ngiūn ngĭ	GP
木耳	木耳	mùk ngĭ	GP
金針菜	金菜	gím còi	
板栗	風栗	fūng lit	G
甘蔗（統稱）	蔗	zà	G
黑皮甘蔗	蠟蔗	làp zà	
綠皮甘蔗	竹蔗	zŭk zà	G
稗子	稗	pài	G
蔬菜	青菜	ciáng còi	G
菠菜	角菜	gŏk còi	
小白菜	白菜、調羹白	pàk còi, tiāu gáng pàk	G
大白菜	黃牙白	vōng ngā pàk	G
洋白菜	椰菜	yā còi	G
菜心	菜心	còi sím	GP
芥蘭	芥蘭	gài lān	GP

詞條	香港客家話	拼音	備註
君達菜	勺菜	sòk còi	
芥菜	芥菜	gài còi	GP
大頭菜	頭菜	tēu còi	G
花菜	椰菜花	yā còi fá	G
茼蒿菜	蓎蒿	tōng káu	G
莧菜	莧菜	hàn còi	GP
木耳菜	潺菜	cān còi	G
野莧菜	馬屎莧	má sĭ hàn	G
瓜子菜	老鼠耳	làu cŭ ngĭ	
中國生菜	擘仔	măk zăi	
西洋生菜	生菜	sáng còi	GP
芹菜	芹菜	kiūn còi	GP
芫荽	香菜	hióng còi	P
蕹菜	蕹菜	vùng còi	G
韭菜	韭菜	gĭu còi	GP
茄子	矮瓜	ăi gá	G
絲瓜(有棱)	棱瓜、絲瓜	liàm gá, sé gá	G
絲瓜(無棱)	刺瓜	cì gá	
南瓜	金瓜	gím gá	
冬瓜	冬瓜	dúng gá	GP
節瓜	毛瓜、節瓜	máu gá, ziĕt gá	G
西紅柿	番茄	fán kiō	G
黃瓜	青瓜	ciáng gá	G
蘿蔔	蘿蔔	lō pèt	GP
(蘿蔔)糠心	泛嗨	pàng hói	G
胡蘿蔔	紅蘿蔔	fūng lō pèt	G
辣椒	辣椒	làt ziáu	GP
胡椒	胡椒、古月	fū ziáu, gŭ ngièt	GP
慈姑	薯菇、牙菇	sū gú, ngā gú	G
藕	蓮藕	liēn léu	GP
荸薺	馬蹄	má tāi	G
菱角	菱角	līn gŏk	G

詞條	香港客家話	拼音	備註
土茯苓	硬飯頭	ngàng fàn tēu	
芋頭（統稱）	芋頭	vù tēu	GP
芋頭（個頭大）	芋頭嫲	vù tēu mā	
芋頭子	芋卵	vù lōn	
包菜	椰菜	yā còi	G
洋葱	洋葱	yōng cúng	GP
西洋菜	西洋菜	sí yōng còi	GP
葱	葱仔	cúng zāi	
大蒜（整株）	蒜仔	sòn zāi	
蒜苔	蒜苗	sòn miāu	P
蒜頭（塊莖）	蒜頭	sòn tēu	G
蒜（一瓣一瓣的）	蒜米	sòn mǐ	
薤	藠苗	kiáu miāu	
薤頭	藠頭	kiáu tēu	GP
薑（塊莖）	薑嫲	gióng mā	
（茶葉）梗	梗	gǎng	G
菜苔（中間的程）	菜梗	còi gǎng	G
菜（整株）	菜	còi	GP
菜根（細根）	菜根	còi gín	G
菜秧（菜苗，供移栽）	菜秧	còi yóng	G
水果（統稱）	生果	sáng gō	G
結果（動詞）	打仔	dǎ zǎi	
桃兒（果）	桃仔	tāu zǎi	
杏兒（果）	杏	hèn	GP
李子（果）	李仔	lǐ zǎi	
柿子（果）	臁柿	lēm sē	G
石榴	石榴	sàk līu	GP
梨	梨	lī	GP
橘子（大）	柑仔	gám zǎi	
橘子（小）	桔仔	gǐt zǎi	
柳丁	橙仔	cāng zǎi	
檸檬	檸檬	līn mǔng	GP

詞條	香港客家話	拼音	備註
柚子（果）	碌仔	lŭk zăi	
梅子（果）	梅仔	mōi zăi	
葡萄（果）	葡萄子	pū tāu zŭ	G
番石榴（果）	朳仔	pàt zăi	
橄欖（果）	欖	lăm	G
棗兒（果）	紅棗	fūng zău	GP
核桃（果）	核桃	hàp tāu	GP
山楂	山楂	sán zá	GP
香蕉（統稱）	牙蕉	ngā ziáu	
芭蕉	大蕉	tài ziáu	
香蕉	香蕉	hióng ziáu	GP
荔枝（果）	荔果	lái gŏ	
龍眼（果）	龍眼	lūng ngăn	GP
西瓜	西瓜	sí gá	GP
芒果	芒果	móng gŏ	GP
木瓜	嫲瓜	lèn gá	
菠蘿	菠蘿	bó lō	GP
菠蘿蜜	樹菠蘿	sù bó lō	
桑葚兒	桑仔	sóng zăi	
稔果（桃金娘果）	稔仔	lĕm zăi	
芽兒	芽	ngā	GP
出牙	爆芽、浡芽	bàu ngā, bùt ngā	
（果）核兒	棚	fùt	G
（果）皮兒	皮	pī	GP
花兒	花	fá	GP
花蕾	花蕾	fá lūi	P
開花	打花	dă fá	
梅花	梅花	mōi fá	GP
杏花	杏花	hèn fá	GP
桃花	桃花	tāu fá	GP
荷花	蓮花	liēn fá	GP
睡蓮	蓮花	liēn fá	GP

詞條	香港客家話	拼音	備註
桂花	桂花	gùi fá	GP
杜鵑花	杜鵑花	tù gién fá	GP
蘭花	蘭花	lān fá	GP
茉莉花	茉莉花	màt lì fá	GP
白蘭花	白玉蘭	pàk ngiùk lān	
金銀花	手巾絮	sĭu gín súi	
牽牛花	五爪金龍	ňg zǎu gím lūng	G
菊花	菊花	kiŭk fá	GP
向日葵	向日葵	hióng ngĭt kūi	GP
木棉花	木棉花	mŭk miēn fá	GP
槐樹	槐樹	fāi sù	GP
楓樹	楓樹	fúng sù	GP
楝樹	苦楝樹	fŭ lièn sù	G
柳樹	柳樹	líu sù	GP
桑樹	桑仔樹	sóng zǎi sù	
稔樹（桃金娘樹）	稔仔樹	lĕm zǎi sù	
榕樹	榕樹	yūng sù	GP
茶樹（製茶葉）	茶樹	cā sù	G
油茶樹	茶仔樹	cā zǎi sù	
樟樹	樟樹	zóng sù	GP
血桐	大葉樹	tài yàp sù	
竹子（小）	竹	zŭk	GP
毛竹（大）	車筒竹	cá tūng zŭk	
竹根	竹根	zŭk gín	GP
竹衣	竹殼	zŭk hŏk	G
竹筍	竹筍	zŭk sŭn	GP
竹篾	竹篾	zŭk mièt	GP
茅草	書友草	sú yíu cǎu	
酢漿草	伏鳩酸	pùk gíu són	
蕨	萠箕	lóng gí	
青苔	溜苔	líu tōi	
浮萍	藻仔	piāu zǎi	

詞條	香港客家話	拼音	備註
艾	艾	ngiòi	GP
樹枝	樹桍	sù kǎ	
樹梢	樹尾	sù múi	G
樹幹	樹筒	sù tūng	
樹樁	樹頭	sù tēu	G
樹葉	樹葉	sù yàp	GP
木頭	木頭、樹剁頭	mǔk tēu, sù dǒk tēu	
嫁接	駁	bǒk	
樹林	樹林	sù līm	G
山林	樹山	sù sán	
灌木叢	樹**林**棚	sù lèm pāng	
荊棘叢	**笏**蓬	lět pūng	
粽葉	裹粽葉	gǒ zùng yàp	
(樹上的) 刺	**笏**	lět	G
杉樹	杉樹	càm sù	GP
柏樹	柏樹	pǎk sù	GP
松樹	松樹	cūng sù	GP
松球	松雞角	cūng gái gǒk	
松針	松毛	cūng máu	
松明子	松光仁	cūng góng yīn	
橡膠 (原料)	樹仁、樹膠	sù yīn, sù gáu	

註：G=56/190, P=3/190, GP=62/190

　　植物類的詞彙有 190 個，其中跟廣州話相同的 56 個，佔 29.5%，大約是三分一。只跟普通話相同的僅 3 個，佔 1.6%。跟廣州話、普通話均相同的有 62 個，佔 32.6%。客家話專有的詞彙只有 69 個，佔 36.3%，不到四成。

　　植物類中，客家話跟普通話、廣州話相同的大半是外來品種，也有部分是沒有方言差異的植物名稱或者植物部位名稱。客家話跟廣州話、普通話均相同的比例偏高，是因為中國人以農立國，有關植物的跨方言詞彙也比較多。一般而言，植物會

隨時間改變而增減一些品種。在過去幾百年間，華南地區也引進了一些新品種，例如番薯、馬鈴薯、豌豆、玉米等，改善了中國人的生活。由於新品種一般經過粵語地區引進，所以很多詞彙均與廣州話相同。而在類似的氣候條件下，客家話和廣州話相同命名的植物或者植物部分有 118 個，稍微超過六成，顯示出兩種方言在植物詞彙上的類似性。

七 動物

詞條	香港客家話	拼音	備註
牲畜（概稱）	頭牲	tēu sáng	
狼	豺狗	sāi gĕu	
狐狸	狐狸	fū lī	GP
黃鼠狼	捕狗	pù gĕu	
水牛	水牛	sŭi ngīu	GP
黃牛	黃牛	vōng ngīu	GP
公牛	牛牯	ngīu gŭ	
母牛	牛嫲	ngīu mā	
牛犢	牛仔	ngīu zăi	G
牛角	牛角	ngīu gŏk	GP
蹄子	蹄	tāi	G
（牛用角）頂	抔	bŭt	
羊	羊	yōng	GP
公羊	羊牯	yōng gŭ	
母羊	羊嫲	yōng mā	
羊羔	羊仔	yōng zăi	G
豬	豬	zú	GP
公豬	豬牯	zú gŭ	
母豬（生崽豬）	豬嫲	zú mā	
種豬（配種公豬）	豬豭	zú gá	
閹豬（被閹割的豬）	肉豬	ngiŭk zú	GP
小豬	豬仔	zú zăi	G

詞條	香港客家話	拼音	備註
狗	狗	gĕu	GP
公狗	狗牯	gĕu gŭ	
小母狗（沒生養過）	狗牸	gĕu cì	
母狗（生養過的）	狗嫲	gĕu mā	
貓（統稱）	貓公	miàu gúng	
公貓	貓牯	miàu gŭ	
小母貓（沒生養過）	貓牸	miàu cì	
母貓（生養過的）	貓嫲	miàu mā	
未發育、約半歲的貓	貓條仔	miàu tiāu zăi	
（豬狗等動物）下崽	養	yóng	
（母豬）發情	走水	zĕu sŭi	
（雌性狗貓）發情	起羣	hĭ kiūn	
（動物）交配	駁加	bŏk gá	
（狗）叫	吠	pòi	GP
（貓尋偶）號叫	喊花、起羣	hàm fá, hĭ kiūn	
公雞	雞公、生雞頭	gái gúng, sáng gái tēu	G
母雞	雞嫲	gái mā	
小公雞（未成年）	生雞仔	sáng gái zăi	
小母雞（沒下過蛋）	雞健	gái lòn	
尚未發育完成的雞	雞團仔	gái tōn zăi	
閹雞（閹過的雞）	閹雞	yám gái	
小雞	雞仔	gái zăi	G
野雞	山雞	sán gái	G
菢窩母雞	賴伏雞嫲	lài pù gái mā	
雞蛋	雞春	gái cún	G
雞滕囊	雞滕	gái siò	
雞胗	雞肫	gái kín	
雞冠	髻板	gì băn	
雞爪子	雞腳	gái giŏk	G
（雞）下蛋	生春	sáng cún	
孵（小雞）	伏（雞仔）	pù (gái zăi)	G
（雞）翻（食物）	耞	kià	

詞條	香港客家話	拼音	備註
（公雞）叫	啼	tāi	GP
（雞）啄（拾食）	**啄**	dŭk	
（雞）啄（啄咬）	噔	dióng	G
雞（交配）	打踏	dă tàp	
雞身上的小蝨子	雞蟶	gái zí	
鵝	鵝	ngō	GP
鴨子	鴨	ăp	G
旱鴨子	泥鴨	lāi ăp	G
野獸	野性	yá sìn	
老虎	老虎	làu fŭ	GP
獅子	獅子	sú zŭ	GP
豹子	豹	bàu	G
猴子	猴哥、馬騮	hēu gó, má líu	G
鹿	鹿	lùk	GP
吠鹿	黃麖	vōng giáng	G
兔子	兔仔	tù zăi	G
老鼠	老鼠	làu cŭ	GP
鳥	**鳥**仔	diáu zăi	
麻雀	禾鵯仔	vō bĭt zăi	
喜鵲	鴉䲸	á siăk	
烏鴉	老鴉	lău á	
鷓鴣	鷓鴣	zà gú	GP
大雁	雁鵝	ngàn ngō	
燕子	燕仔	yàn zăi	
鴿子	月鴿	ngièt găp	
八哥	鷯哥	liàu gó	G
老鷹	鷂婆、崖鷹	yàu pō, ngā yín	
貓頭鷹	貓頭鳥	miàu tēu diáu	
爬上樹去捉雛鳥	取鳥仔	cĭ diáu zăi	
蝙蝠	蝠婆、蚊鼠	pìt pō, mún cŭ	
（鳥）嘴	嘴甲	zŭi găp	G
（鳥）蛋	春	cún	G

179

詞條	香港客家話	拼音	備註
（鳥）窩	竇	dèu	G
翅膀	翼拍	yìt pǎk	
尾巴	尾牯、尾	múi gǔ, múi	
搖（尾巴）	捐	vìn	G
爪子	腳爪	giǒk zǎu	G
蜘蛛	蝲蜞	lā kiā	
螞蟻（大）	蟻公	lí gúng	
螞蟻（小）	蟻子	lí zǔ	
蚯蚓	蟲蚿	cūng hiěn	
蜈蚣	百足、蜈蚣蟲	bǎk zǔk, ng gúng cūng	G
壁虎	壁蛇	biǎk sā	
蒼蠅	烏蠅	vú yīn	G
牛虻（黃色，似蒼蠅）	牛烏蠅	ngīu vú yīn	
（蒼蠅）叮	齧	ngǎt	
蚊子	蚊	mún	G
蠓蟲（色灰，小於蚊子）	齧仔	ngǎt zǎi	
蚊子（叮）	叼	diáu	
臭蟲	乾蜱	gón bí	
跳蚤	狗蝨	gěu sǐt	G
蛔蟲	豺蟲	sāi cūng	
蝨子	蝨嫲	sǐt mā	
蟑螂	黃蚻	vōng càt	
蜻蜓	黃蜊	vōng lí	
蟬	知焱	zí yàm	
椿象	臭屁蟲	cìu pì cūng	G
蝴蝶	蝴蝶	fū tiàp	GP
螳螂	豹虎哥	bàu fǔ gó	
蚱蜢	蜢公	mǎng gúng	
螢火蟲	火焰蟲	fǒ yàm cūng	
蜜蜂	蜜仔	mìt zǎi	
黃蜂	禾蜂	vō fúng	
（蜂）窩	竇	dèu	G

詞條	香港客家話	拼音	備註
（蜂）蜇	叼	diáu	
蟋蟀	草織	cău gǐt	
蝌蚪	鮎哥仔	ngiàm gó zăi	
青蛙（青皮田蛙）	蝦嫲	hā mā	
小青蛙	蜗仔	găi zăi	
瓶口蛙	蟆盎	īn ōng	
癩蛤蟆	**蟾蜍**	kēm sū	GP
蠶	蠶蟲	cām cūng	G
烏龜	烏龜	vú gúi	GP
鱉	腳魚	giŏk ňg	
泥鰍	湖鰍	fū cíu	
黃花魚	黃花魚	vōng fá ňg	GP
帶魚	牙帶魚	ngā dài ňg	G
墨魚	墨斗仔	mèt dĕu zăi	
魷魚	魷魚	yīu ňg	GP
魷魚（小）	吹筒仔	cúi túng zăi	
魚苗	魚花	ňg fá	G
鱅魚	鱅魚	hiūng ňg	GP
鯪魚	土鯪魚	tŭ lāng ňg	G
草魚	鯇魚	ván ňg	G
生魚	斑魚	bán ňg	
鮎魚	滑哥	vàt gó	
鱔魚	黃鱔	vōng sién	G
鯉魚	鯉嫲	lí mā	
鯽魚	鯽魚	zĭt ňg	GP
（魚）鱗	鱗	lín	GP
（魚）卵	春	cún	G
（魚）刺兒	骨	gŭt	G
臭鼩	錢鼠	ciēn cŭ	
穿山甲	鯪鯉	liēn lí	G
蜥蜴	剁哥蛇	dòk gó sā	
蛇	蛇哥、蛇	sā gó, sā	GP

詞條	香港客家話	拼音	備註
蟒蛇	蚺蛇、琴蛇	lām sā, kīm sā	
眼鏡蛇	飯匙頭	fàn cī tēu	
竹葉青	青竹蛇	ciáng zŭk sā	G
金環蛇	黃花簸箕甲	võng fá bòi gí găp	
銀環蛇	白花簸箕甲	pàk fá bòi gí găp	
毛蟲	顛毛蟲	dù máu cūng	
螞蝗	湖蜞	fū kī	
蚌	蚌	póng	GP
蜆	蜆仔	hăn zăi	
蝸牛（有殼）	吔螺蟲	yē lō cūng	
蛞蝓（無殼）	冷蜞	láng kī	
蝦	蝦公	hā gúng	
螃蟹	老蟹	làu hăi	
螺螄（小，殼硬）	石螺	sàk lō	
田螺（大，殼軟）	田螺	tiēn lō	GP

註：G=39/165, P=0/165, GP=27/165

　　跟動物類有關的詞彙總共 165 個，其中只跟廣州話相同的有 39 個，佔 23.6%，即兩成左右。同時跟廣州話、普通話相同的有 27 個，佔 16.4%，只跟普通話相同的一個都沒有。也即是說，客家話特有的詞彙佔六成。

　　雖然動物和植物都不能算是核心詞彙，但動物和植物不同之處，在於動物詞彙的穩定性比植物高。和植物不同的是，動物無論是野生或者人類飼養的，都比較少進行物種交替，引進新品種的機會也比植物低。所以，雖然在植物的命名上，客家話和廣州話有六成相似，但在動物方面卻反過來，只有四成。

八 房屋、家庭用具

詞條	香港客家話	拼音	備註
家（住處）	屋下	vŭk ká	
房子（整座）	屋	vŭk	G
蓋（房子）	起（屋）	hĭ (vŭk)	G
草房	茅寮	māu liāu	
洋房	紅毛泥屋	fŭng máu lāi vŭk	
泥磚房	泥磚屋	lāi zón vŭk	
打房基	挑地腳	tiáu tì giŏk	
築牆（夯築土牆）	舂籬	zúng lī	
砌（牆）	結	giĕt	
土坯（未經燒製）	磚坯	zón pói	
上樑（架屋樑）	上樑	sŏng liōng	G
屋簷	屋簷下	vŭk yām há	
椽子	桁	hāng	
屋簷	屋簷下	vŭk yām há	
房頂	屋頂、瓦面頂	vŭk dăng, ngă mièn dăng	
柱子	柱礅	cú dŭn	
柱石	石礅	sàk dŭn	
房間	間肚	gán dŭ	
廳	廳	tiáng	GP
廂房	偏廳	pién tiáng	
天井	天井	tién ziăng	GP
院子	坪下	piāng há	
一面泄水的小房	一倒水	yĭt dău sŭi	
牆	牆、壁	siōng, biàk	GP
牆根	牆腳	siōng giŏk	G
窗戶	窗門	cúng mūn	
門	門	mūn	GP
側門	橫門	vāng mūn	G
門檻兒	門檻	mūn kiám	GP
門閂（鎖門的橫木）	門弄	mūn lùng	
釘錦兒	門搭	mūn dăp	

詞條	香港客家話	拼音	備註
曬台（樓頂曬物用）	天棚	tién pāng	G
欄杆	欄河	lān hō	G
陰溝	水涵筒	sǔi hǎm tūng	
台階／石台階	石級	sàk kǎp	G
樓梯（大，固定）	樓梯	lēu tói	GP
梯子（較小，可移動）	陡梯	děu tói	
扛梯子	兜梯	déu tói	
扛鋤頭	擎钁鋤	kiā giǒk có	
廚房	灶下	zàu há	
灶	灶頭	zàu tēu	G
砌灶	結灶頭	giět zàu tēu	
煙囪	煙囪函	yén cúng hām	
廁所	糞缸、屎坑	bùn góng, sǐ háng	
角落	角落頭	gǒk lǒk tēu	G
窟窿	窿空	lūng kúng	
縫兒（看不見）	坼	cǎk	G
縫兒（看得見）	罅	là	G
雞窩（生蛋處）	雞竇	gái dèu	G
雞籠（可搬動）	雞籠	gái lúng	GP
雞籠（棲息處）	雞塒	gái zì	
豬圈	豬欄	zú lān	GP
豬食槽	豬兜	zú déu	
牛欄	牛欄	ngīu lān	GP
狗窩	狗竇	gěu dèu	G
家具	傢俬	gá sú	GP
桌子	桌頭	zǒk tēu	
凳子（包括椅子）	凳	dèn	G
椅子	交椅	gàu yì	
長條板凳	條凳	tiāu dèn	
書桌	書櫃桌	sú kùi zǒk	
櫃子（臥式）	櫃	kùi	G
櫥子（立式）	倚櫥	kí cū	

詞條	香港客家話	拼音	備註
抽屜	拖箱	tó sióng	
箱子	箱	sióng	G
床	眠床	mīn cōng	
竹蓆	竹蓆	zŭk ciàk	GP
草蓆	草蓆	cău ciàk	GP
被子	被	pí	G
褥子	墊褥	zièn yùk	G
床單	床單	cōng dán	GP
毯子	氈	zén	G
枕頭	枕頭	zĭm tēu	GP
毛線	冷線	láng sièn	G
蚊帳	蚊帳	mín zòng	GP
窗簾	窗簾	cúng liām	GP
臉盆	面盆	mièn pūn	G
澡盆	腳盆	giŏk pūn	G
毛巾	手巾	sĭu gín	
洗臉毛巾	面帕	mièn pà	
肥皂	番鹼	fán găn	G
肥皂泡	番鹼泡	fán găn páu	G
鏡子	鏡	giàng	G
梳子	梳仔	só zăi	
牙刷	牙刷	ngā sŏt	GP
牙膏	牙膏	ngā gáu	GP
漱口杯	盪口角	lóng hĕu gŏk	
刷子	刷仔	sŏt zăi	
水舀子	勺嫲	sòk mā	
大缸	水缸	sŭi góng	G
水缸	水缸	sŭi góng	GP
罈子（大肚小口）	醒	cīn	G
缽子	缽頭	băt tēu	
罐子	罐	gòn	G
小容量器	角仔	gŏk zăi	

詞條	香港客家話	拼音	備註
瓶子	罌哥、樽	áng gó, zún	
(瓶) 塞子	卒	zŭt	G
(瓶) 蓋子	蓋	zŭt gòi	G
缸 (陶製的小缸)	甕	vùng	G
缸 (陶製的大缸)	缸	góng	GP
酒罈	酒醒	zĭu cīn	G
大碗	碗公	vŏn gúng	
飯碗	碗	vŏn	GP
小碗	碗仔	vŏn zăi	
盤子	盤	pān	
碟子	碟仔	tiàp zăi	
筷子	筷孖、筷子	kài má, kài zū	
碗筷	碗箸	vŏn cù	
筷筒	筷孖筒	kài má tūng	
茶碗 (有蓋和托盤)	茶盅	cā zúng	G
茶杯	茶杯	cā búi	GP
小茶杯	茶杯仔	cā búi zăi	G
水杯	玻璃杯	bó lí búi	GP
水壺 (燒開水用)	茶煲	cā báu	G
茶壺 (泡茶用)	茶壺	cā fū	GP
暖水瓶	暖壺	lón fū	GP
勺子	調羹	tiāu gáng	P
(飯) 勺兒	飯勺、勺仔	fàn sòk, sòk zăi	
水瓢 (葫蘆製)	葫蘆勺	pū lū sòk	
水瓢	勺嫲	sòk má	
柴火 (統稱)	柴	cāi	G
煤	煤	mōi	GP
火灰 (燒殘的灰火)	火灰	fŏ fói	G
爐子	爐仔	lū zăi	
生火	起火	hĭ fŏ	
火鉗	火鉗	fŏ kiām	GP
吹火用筒子	火筒	fŏ tūng	

詞條	香港客家話	拼音	備註
電飯鍋	電飯煲	tièn fàn báu	GP
鋁鍋	銻煲	tái báu	G
砂鍋	瓦煲	ngǎ báu	G
（大）鐵鍋	鑊頭	vòk tēu	
（炒菜用，小）鐵鍋	鑊仔	vòk zǎi	
鍋蓋	鑊蓋	vòk gòi	G
鍋鏟	鑊鏟	vòk cǎn	G
鍋煙子（鍋背煙灰）	鑊㷤	vòk láu	G
砧板	砧板	zém bǎn	GP
菜刀	刀嫲	dáu mā	
蒸籠	粄撩	bǎn liáu	
飯桶	飯甑	fàn zèn	
笊箕	笊箕	sáu gí	GP
笊籬	笊撈	zàu lēu	
炊帚	洗鑊把	sè vòk bǎ	
抹布	桌帕	zŏk pà	
火柴	火柴	fŏ cāi	GP
旱煙袋	煙筒	yén tūng	G
水煙袋	水煙筒	sǔi yén tūng	G
手電筒	電筒	tièn tūng	GP
電燈	電火	tièn fŏ	
汽燈	汽燈	hì dén	GP
電池	電心	tièn sím	G
煤油燈	油盞	yīu zǎn	
蠟燭	蠟燭	lăp zŭk	GP
煤油	火水	fŏ sǔi	G
酒精	火酒	fŏ zǐu	G
馬桶（家用，有蓋）	坐廁	có cì	G
尿桶	尿桶	ngiàu tŭng	GP
尿角	尿勺	ngiàu gŏk	
糞勺	糞勺	bùn sòk	P
痰盂	痰筒	tām tūng	

詞條	香港客家話	拼音	備註
水桶	水桶	sŭi tŭng	GP
打水桶	吊斗	diàu dĕu	
鑰匙	鎖匙	sŏ sī	G
鎖	鎖頭	sŏ tēu	G
錢包	荷包	hō báu	G
扇子（統稱）	扇	sèn	G
蒲扇	葵扇	kūi sèn	G
搖扇	撥涼	păt liōng	G
樟腦丸	臭丸	cìu yēn	G
雨傘	遮	zá	G
手錶	手錶、錶仔	sĭu biáu, biáu zăi	GP
笤帚（小）	稈掃	gŏn sàu	
掃帚（大）	掃把	sàu bă	G
掃帚（硬）	啊把	kià bă	
拖把	地拖	tì tó	G
簸箕（簸穀用）	簸箕	bòi gí	GP
簸箕（裝垃圾用）	畚垇	bùn căp	
團箕（曬穀用）	窩攔	vó lān	
竹竿	竹篙	zŭk gáu	G
曬衣篙	竹篙	zŭk gáu	G
竹叉（架曬衣篙用）	竹篙墩	zŭk gáu dún	
衣叉（叉取衣服用）	丫撐仔	cá càng zăi	
枴杖	扶手棍	pū sĭu gùn	
魚筍（捕魚具）	罍公	lúi gúng	
釣魚竿	釣檳	diàu bín	
工具	傢生	gá sáng	G
錘子	錘仔	cūi zăi	G
錐子	錐鑽	yùi zòn	
斧子	斧頭	bŭ tēu	GP
鉗子	鉗仔	kiām zăi	
鑷子	鉗仔	kiām zăi	
鑿子	鑿仔	còk zăi	

詞條	香港客家話	拼音	備註
鋸	鋸仔	gì zǎi	
銼刀	銼刀	cò tāu	P
鑽（工具）	鑽仔、絞鑽	zòn zǎi, gǎu zòn	
鉋子	刨仔	pāu zǎi	
鈎子	鈎仔	géu zǎi	
釘子	鐵釘	dáng zǎi	GP
剪刀	剪刀	ziěn dáu	P
針	針	zím	GP
穿針	串針	còn zím	
頂針兒	頂指	dǐn zǐ	G
線	線	sièn	GP
縫紉機	衣車	yí cá	G
（器物）底部	㞘	dǔk	G
（器皿上的）印跡	影	yàng	
（家具）開裂	爆坼	bàu cǎk	G
私章	印仔	yìn zǎi	G
公章	大印	tài yìn	G

註：G=70/208, P=4/208, GP=41/208

有關房屋和家庭用具的詞彙有 208 個。只跟廣州話相同的有 70 個，佔 33.7%。跟廣州話、普通話都相同的詞彙有 41 個，佔 19.7%。只跟普通話相同的只有 4 個，佔 1.9%。這些跟共同語相同的詞彙，大部分是現代工業的產品，例如「火柴、汽燈、斧頭、針、鐵釘」等。客家話特有的詞彙有 93 個，佔 44.7%，稍微少於一半。

客家話和廣州話在這方面都相同的詞彙有 111 個（53.4%），剛好稍微超過一半，反映出不同族羣在同一個地理環境和類似的居住文化下的共性，當然有一部分也是繼承了古漢語詞彙而來的。

九 衣物

詞條	香港客家話	拼音	備註
衣服	衫褲	sám fù	G
買布	剪布	ziěn bù	G
黑布	烏布	vú bù	
剪（布）	剪	ziěn	G
試（衣服）	試	cì	GP
上衣	面衫	mièn sám	G
襯衫	恤衫	sùt sám	G
汗衫（貼身衣）	底衫	dǎi sám	G
棉襖	襖婆	ǎu pō	
夾襖	搭仔	dǎp zǎi	
大衣（棉衣，較長）	大褸	tài léu	G
毛衣	冷衫	láng sám	G
被子	被	pí	G
毛巾被	被裙	pí kiūn	
（被子）面子	單被	dán pí	
（被子）裏子	棉被	miēn pí	GP
背心	背心	bòi sím	GP
內衣	底衫	dǎi sám	G
褲子	褲	fù	G
短褲	短褲	dǒn fù	GP
褲腿	褲腳	fù giǒk	G
褲襠（褲子襠部）	褲襠	fù dōng	GP
褲腰帶	褲頭帶	fù tēu dài	G
開襠褲	開襠褲	hói lòng fù	GP
密襠褲	密襠褲	mìt lòng fù	G
內褲	底褲	dǎi fù	G
裙子	裙	kiūn	G
袖子	衫袖	sám cìu	G
領子	衫領	sám liáng	G
（衣服）皺（了）	皺、皺	cāu, zèu	G
（衣服）破（了）	爛	làn	G

詞條	香港客家話	拼音	備註
（衣服）口袋	衫袋	sám tòi	G
子母扣	啪紐	bàk lĭu	G
紐扣	骨紐	gŭt lĭu	G
別針	結針	giĕt zím	
帽子	帽仔	màu zăi	G
草帽	草帽	cău màu	GP
鞋	鞋	hāi	G
拖鞋	拖鞋	tó hāi	GP
雨鞋	水鞋	sŭi hāi	G
木拖鞋	屐	kiàk	G
鞋墊兒	鞋墊	hāi tĭap	GP
靴子	靴	hió	G
襪子	襪	măt	G
手套	手襪	sĭu măt	
手絹兒	手巾仔	sĭu gín zăi	G
（繩）結兒	結	gĭt	G
圍巾	頸巾	giăng gín	G
圍嘴兒	口水枷	hĕu sŭi gá	
圍裙（幹活兒用）	圍身	vūi sín	
蓑衣	蓑衣	só yí	GP
斗笠	笠嫲	līp mā	
兜肚	肚褡	dŭ dăp	
尿布	尿片	ngiàu pièn	G
熨斗	燙斗	tòng dĕu	G
鐲子	手鈪	sĭu ăk	G
戒指	戒指	gài zĭ	GP
簪	簪	zám	GP
髮夾	毛夾	máu kiàp	
唐裝	唐裝	tōng zóng	GP
西裝	西裝	sí zóng	GP
領帶	頸呔	giăng tái	
結領帶	打頸呔	dă giăng tái	

G=35/63, P=0/63, GP=14/63

　　有關衣物的詞彙有 63 個。其中只跟廣州話相同的有 35 個，佔 55.6%。跟廣州話、普通話相同的有 14 個，佔 22.2%。只跟普通話相同的一個都沒有。換言之，客家話的特有詞彙只有 14 個，佔 22.2%，只有兩成左右，數量很少。

　　有關衣物的詞彙多半跟廣州話相同，一方面是古漢語傳承，也有一方面是經由粵語地區傳入的工業產品。客家話特有的詞彙不多，其中一部分是跟農業社會有關，另一方面則是對新生事物理解不同而產生。

十　飲食

詞條	香港客家話	拼音	備註
米飯	飯	fàn	G
麵粉	麵粉	mièn fūn	GP
麵條	麵	mièn	GP
糠	糠	hóng	G
吃飯	食飯	sìt fàn	G
剩飯	舊飯	kìu fàn	G
（飯）餿（了）	餿	séu	P
剩（了飯）	**剩**	yìn	GP
米湯	飲	yǐm	
粥	粥	zǔk	GP
鍋巴	飯<u>痸</u>	fàn lǎt	
口渴	渴	hǒt	GP
喝水（包括茶）	食茶	sìt cā	
喝酒	食燒酒	sìt sáu zǐu	
米酒	米酒	mǐ zǐu	GP
白酒	燒酒	sáu zǐu	
黃酒	黃酒	vòng zǐu	GP
酒釀（糯米酒）	甲酒	gǎp zǐu	
米酒汁	酒娘	zǐu ngiōng	
米酒渣	糟嬤	záu mā	

詞條	香港客家話	拼音	備註
茶（茶葉）	茶葉茶	cā yàp cā	
香煙	煙仔	yén zăi	G
抽煙	食煙	sìt yén	G
煙灰	煙灰	yén fói	GP
煙蒂	煙頭	yén tēu	G
早飯	朝	záu	
吃早飯	食朝	sìt záu	
午飯	晝	zìu	
吃午飯	食晝	sìt zìu	
晚飯	夜	yà	
吃晚飯	食夜	sìt yà	
盛飯	舀飯	yău fàn	
盛湯	舀順	yău sùn	
添飯	轉添	zŏn tiám	
豬肉	豬肉	zú ngiŭk	GP
瘦肉	**精**肉	ziáng ngiŭk	
豬里肌	腰梅	yáu mōi	
豬舌頭	豬舌嫲	zú sèt mā	
豬血	豬紅	zú fūng	G
臘肉	臘肉	làp ngiŭk	GP
菜（配飯統稱）	菜	còi	P
肉菜	葷	fún	GP
素菜	齋	zái	G
湯汁	味	mùi	
豬腳	豬蹄	zú tāi	G
豬肝	豬肝	zú gón	P
豬腎	豬石	zú sàk	
（雞）下水（雞內臟）	下水	hà sŭi	GP
雞臀	雞屎**窟**	gái sĭ fŭt	G
雞翅膀	雞翼	gái yìt	G
雞脾臟	雞倒冒、雞忘記	gái dàu màu, gái mòng gì	
鹹鴨蛋	鹹春	hām cún	

詞條	香港客家話	拼音	備註
松花蛋	皮蛋	pī tàn	GP
夾菜	夾菜	găp còi	P
扒飯	扒飯	pá fàn	G
只吃菜不吃飯	圖菜	tū còi	
（用醬油）拌飯	撈飯	láu fàn	G
（用湯汁）泡飯	淘飯、淘味	tāu fàn, tāu mùi	
撥（飯菜）	減	găm	G
（飯）糊（了）	燶	lúng	G
豆腐乾	豆腐乾	tèu fù gón	P
炸豆腐	油豆腐	yīu tèu fù	G
豆腐	水豆腐	sŭi tèu fù	
豆腐腦兒	豆腐花	tèu fù fá	G
豆腐乳	豆腐霉	tèu fù mói	
粉絲	萊絲	lōi sú	
（用菜）下酒	傍酒	bŏng zŭ	
（用菜）下飯	傍飯	bŏng fàn	
（菜）很下飯	扯飯	că fàn	
（吃）飽（了）	飽	bău	GP
吃不完	食唔嗨	sìt m hói	
打飽嗝	打胲約、轉膆	dă gói yŏk, zŏn siò	
打嗝	打噎督	dă èt dùk	
冰淇淋	雪糕	siĕt gáu	G
冰棍兒	雪條	siĕt tiāu	G
饅頭	饅頭	mān tēu	GP
包子	包仔	báu zăi	
餃子	餃子	gău zŭ	GP
餛飩	雲吞	vūn tún	GP
（餃子）餡兒	餡	hàm	GP
湯圓	糖圓、雪丸粄	tōng yēn, siĕt yēn băn	
糍粑	糍粑	cī bá	P
米通	米成	mĭ cāng	
粽子	裹粽	gŏ zòng	

詞條	香港客家話	拼音	備註
包粽子	包裹粽	báu gŏ zòng	
零食	零搭、小口	lāng (lá) dăp, siău hĕu	
(餅乾) 屑	碎	sùi	G
點心	茶果、點心	cā gŏ, diăm sím	
夜宵	宵夜	siáu yà	G
作料	配料	pùi liàu	G
醋	醋	cù	GP
鹽	鹽	yām	GP
豬油	豬油	zú yīu	GP
芝麻油	油麻油	yīu mā yīu	
紅糖	黃糖	vōng tōng	G
白糖	白糖	pàk tōng	GP
糖果	糖仔、麻糖	tōng zăi, mā tōng	
醬油	豉油	sì yīu	G
(醬油) 殘汁	腳	giŏk	
蜂蜜	蜜糖	mìt tōng	G
稀粥	鮮粥	sién zŭk	
稠粥	**稠**粥	lēu zŭk	
年糕	蓮蓉粄	liēn yūng băn	
一種發酵的糕點 (過節時吃)	起粄、**酵粄**	hĭ băn, gáu băn	
蘿蔔乾	菜脯	còi bŭ	
酸菜	鹹菜	hām còi	
豆豉	豆豉	tèu sì	G
花生油	生油	sáng yīu	G
淡	冇味	māu mùi	G
放鹽	放鹽	fòng yām	P
油條	油炸鬼	yīu zà gŭi	G
雞腿	雞**髀**	gái bĭ	G
釀酒	**漈**酒	bĭt zĭu	
湯	順	sùn	
喝湯	食順	sìt sùn	

詞條	香港客家話	拼音	備註
喝喜酒	食燒酒	sìt sáu zǐu	
噎住	哽倒	gǎng dǎu	
發霉（食物發霉長絨毛）	生霉	sáng mói	
（食物）長蛆蟲	發蟲	bǒt cūng	
搶着吃	爭食	záng sìt	G
嘴饞急着吃	喪豺	sóng sāi	
糊味	臭燶	cìu lúng	G
沸騰	開心沸	hói sím bùi	
放着涼一涼	聽冷	táng láng	
趁熱吃	趕燒食	gǒn sáu sìt	

註：G=32/125, P=7/125, GP=23/125

有關飲食的詞彙有 125 個，只跟廣州話相同的有 32 個，佔 25.6%。跟廣州話、普通話都相同的有 23 個，佔 18.4%。只跟普通話相同的有 7 個，佔 5.6%。也就是說，客家話特有的詞彙有 63 個，佔 50.4%，稍微超過一半。

所謂「民以食為天」，飲食是中國文化的頭號大事。客家話保留了不少農村生活的飲食文化詞彙，剛好超過一半。另外跟粵語相同的，一部分是古漢語的傳承詞，另一方面是借用，有些也很難分辨。跟普通話相同的部分則跟現代生活、飲食文化接觸、工業產品等有關。例如，十九世紀的香港客家人都不知道餛飩、餃子、饅頭為何物，當時更沒有冰棒、冰淇淋等。這些當然是從廣州話甚至是共同語借入了。

十一　人體

詞條	香港客家話	拼音	備註
塊頭（人身架大小）	身胚	sín fói	
整個身體	**渾身**	vōn sín	
滿身（是汗）	一身	yǐt sín	
頭	頭那	tēu lá	

詞條	香港客家話	拼音	備註
光頭	光頭	góng tēu	GP
頭髮	頭那毛	tēu lá máu	
頭髮旋兒	**旋**	còn	G
辮子	毛辮	máu bién	
髻	髻	gì	GP
頭屑	頭鱗	tēu lín	
掉頭髮	**脫**毛	lŏt máu	
臉蛋	面缽	mièn băt	
酒窩兒	酒凹	zĭu ngiăp	G
前額	額門頭	ngiăk mūn tēu	
太陽穴	梅子罌	mōi zú áng	
囟門	腦囟	lăn sìm	G
後腦勺	腦溝背	lăn géu bòi	
眼睛	眼珠仔	ngăn zú zăi	
瞳孔	眼珠仁	ngăn zú yīn	
眼淚	眼汁	ngăn zĭp	
眼眵	眼屎	ngăn sĭ	G
睫毛	目睡毛	mŭk sòi máu	
眉毛	眼眉毛	ngăn mī máu	G
鼻子	鼻公	pì gúng	
鼻孔（鼻子眼兒）	鼻公窟	pì gúng fūt	
鼻涕	鼻膿	pì lūng	
擤鼻（涕）	擤鼻膿	sèn pì lūng	
鼻屎	鼻屎	pì sĭ	GP
鼻樑	鼻樑**棬**	pì liōng kièn	
耳朵	耳公、耳吉	ngĭ gúng, ngĭ gĭt	
耳屎	耳屎	ngĭ sĭ	GP
耳聾	耳公聾	ngĭ gúng lúng	
耳背	耳公背	ngĭ gúng pòi	
嘴巴	**嘬**角	zòi gŏk	
嘴脣	**嘬**脣	zòi sūn	
舌頭	舌嫲	sèt má	

詞條	香港客家話	拼音	備註
牙齒	牙	ngā	GP
臼齒	大牙	tài ngā	G
齙牙	射牙	sà ngā	
齒齦	牙床肉	ngā cóng ngiŭk	
牙垢	牙黃	ngā vōng	
鬍子	鬚牯	sí gǔ	
下巴	下頷	há ngám	
口水（清，無色）	口水	hĕu sŭi	GP
唾沫（白色）	口水花	hĕu sŭi fá	G
痰涎	口水痰	hĕu sŭi tām	
喉嚨	喉連	hēu liēn	
喉結	搶食胲	ciŏng sìt gói	
嗓子（扁桃腺）	頂中仔	dín dúng zăi	
脖子	頸根	giăng gín	
肩膀	肩頭	gién tēu	
胸脯	心肝頭	sím gón tēu	
心臟、心腸	心肝	sím gón	G
肺部	肺瓜	pùi gá	
腸子	腸仔	cōng zăi	
背	背樑	bòi lōng	
脊樑骨	背樑骨	bòi lōng gŭt	
肋骨	肋框骨	làk gáng gŭt	
光膀子	打赤膊	dă căk bŏk	G
胳膊	手臂	sĭu bì	GP
胳膊肘	手踭	sĭu záng	G
手腕	脈門	măk mūn	
手	手	sĭu	GP
左手	左手	zŏ sĭu	GP
右手	右手	yìu sĭu	GP
手掌	手盤頭、手巴掌	sĭu pān tēu, sĭu bá zŏng	
拳頭	拳頭牯	kiēn tēu gŭ	
手指	手指仔	sĭu zĭ zăi	

詞條	香港客家話	拼音	備註
大拇指	手指公	sĭu zĭ gúng	G
中指	棟(中)指	dùng zĭ	GP
小拇指	臘尾指	làp múi zĭ	
無名指	無名指	vū mīn zĭ	GP
指甲	手指甲	sĭu zĭ găp	G
膈(指紋)	膈	lō	GP
簸箕(指紋)	箕	gí	
跰子	繭	gǎn	
腋下	肋坼下	làk cǎk há	
乳房	嬭菇	lèn gú	
乳頭	嬭菇嘴	lèn gú zŭi	
乳汁	嬭	lèn	
肚子	肚胈	dŭ pàt	
肚臍	肚臍	dŭ cī	GP
屁股	屎窟臀	sĭ fŭt tūn	
屁股溝	屎窟壢	sĭ fŭt lăk	
肛門	屎窟門	sĭ fŭt mūn	G
光屁股	打髀鳥	dă bĭ diáu	
腿胯(生了瘡)	髀罅	bĭ là	
胯下(腿胯之下)	褲襠下	fù lòng há	
男陰	卵、卵棍	lĭn, lĭn gùn	
陰囊	春袋、核卵皮	cún tòi, hàk lŏn pī	G
睪丸	核卵	hàk lŏn	
精液	卵屎	lĭn sĭ	G
赤子陰	朘、朘仔	zói, zói zăi	
女陰	眉屄、豀	zí biĕt, hái	
交合	屌	diău	G
腿(整條腿)	腳	giŏk	G
大腿	大髀	tài bĭ	G
小腿	下相	hā siòng	
膝蓋	膝頭	cĭt tēu	
腳肚子	腳瓤肚	giŏk lāng dŭ	

詞條	香港客家話	拼音	備註
踝骨	腳眼仁	giŏk ngăn yīn	
腳	腳	giŏk	GP
赤腳	打赤腳	dă căk giŏk	GP
腳跟	腳脛	giŏk záng	G
腳趾	腳趾仔	giŏk zĭ zăi	
腳趾甲	腳趾甲	giŏk zĭ găp	P
腳掌	腳板	giŏk păn	
腳心	腳盤底	giŏk pān dăi	
腳印	腳跡	pān ziăk	
泥垢（皮膚上的污垢）	**饅牯**	màn gŭ	
掉頭髮	**脫毛**	lŏt máu	
下頦	**頦頜**下	gói ngám há	

註：G=19/112, P=1/112, GP=16/112

　　跟人體相關的詞彙有 112 個，其中只跟廣州話相同的有 19 個，佔 17.0%。跟廣州話、普通話均相同的有 16 個，佔 14.3%，只跟普通話相同的僅 1 個。也就是說，客家話的特有詞彙有 76 個，佔 67.9%，超過三分之二。

　　關於身體部位的詞彙屬於核心詞彙，不受文化影響，也較少發生借用。跟廣州話相同的一般是古漢語傳承詞。另外有些詞彙沒有方言差別，比如跟手有關的詞彙。但總的來說，身體部位的詞彙反映出客家話中有固有說法的詞彙比較多。

十二　非親屬稱謂

詞條	香港客家話	拼音	備註
男人	老哥	lău gó	
女人	婦娘	bú ngiōng	
老人	老人家	lău ngīn gá	GP
老頭兒	老伯頭	lău băk tēu	
老頭兒（貶義）	老鬼、老白蟻	lău gŭi, lău pàk lí	

詞條	香港客家話	拼音	備註
老太婆	老婆頭	lău pō tēu	
年輕人（男女統稱）	後生人	hĕu sáng ngīn	G
姑娘	妹仔	mòi zăi	
小伙子	後生仔	hèu sáng zăi	G
小孩兒（統稱）	**僬**仔	ziāu zăi	
男孩兒	老弟仔	lău tái zăi	
女孩兒	妹仔	mòi zăi	
嬰孩	阿伢仔	ó ngā zăi	
（需要照顧的）幼兒	人仔	ngīn zăi	
城裏人	城市人	sāng sì ngīn	GP
鄉下人	鄉下人	hióng hà ngīn	GP
山裏人（貶義）	山精	sán zín	
廣府人	本地人	bŭn tì ngīn	
閩南 / 潮州人	福佬人	hòk lāu ngīn	G
外省人	外江佬	ngòi góng lău	
歐洲人	紅毛鬼、番鬼佬	fūng máu gŭi, fán gŭi lău	G
印度人	摩囉差	mó ló cá	G
非洲人	黑鬼	hĕt gŭi	G
單身漢	單身哥	dán sín gó	
老姑娘	老姑婆	lău gú pō	G
寡婦	守寡婆	sĭu gă pō	
孤兒	孤兒仔、冇爺冇娭	gú yī zăi, māu yā māu ói	
獨眼兒	單眼仔	dán ngăn zăi	G
眯縫眼	眯眼	mí ngăn	
金魚眼	暴眼	bàu ngăn	G
瞎子	盲眼	māng ngăn	G
聾子	聾佬	lúng lău	G
啞巴	啞佬	ă lău	G
結巴	結佬	giĕt lău	
豁嘴兒	缺**啜**仔	kiĕt zòi zăi	
豁牙	缺牙	kiĕt ngā	
歪脖子	側頭仔	zĕt tēu zăi	G

詞條	香港客家話	拼音	備註
左撇子	左犁跛	zŏ lāi bái	
羅圈腿	鴨嫲蹄	ăp mā tāi	
胖子	肥佬	pūi lău	G
高個兒	高佬	gáu lău	G
獠牙	爆牙	bàu ngā	G
麻子	斑胅	bán zí	
瘌痢頭	瘌痢頭	lăt lī tēu	G
六指	六指仔	lŭk zĭ zăi	
駝子	駝背佬	tō bòi lău	G
愛哭的人	叫包	giàu báu	
吝嗇的人	孤寒鬼	gú hōn gŭi	G
瘋子	發癲佬	bŏt dién lău	
瘸子	瘸腳佬、跛佬	kiō giŏk lău, bái lău	
傻瓜	傻佬	sō lău	G
騙子	撮仔	cŏt zăi	
小偷	賊佬	cèt lău	
強盜	賊佬	cèt lău	
乞丐	攞食佬	ló sìt lău	
情婦	契家婆	kè gá pō	G
情夫	契家佬	kè gá lău	G
偷漢	佮人	găp ngīn	
妓女	老妓嫲	lău gĭ mā	
內行	在行	cài hōng	G
外行	唔在行	m cài hōng	G
廚師	伙頭、廚師	fŏ tēu, cū sú	G
農民	耕田佬	gáng tiēn lău	G
木匠	斟木佬	dèu mŭk lău	G
鐵匠	打鐵佬	dă tiĕt lău	G
醫師（中醫）	醫藥先生	yí yòk sín sáng	G
醫生（西醫）	醫生	yí sáng	GP
老師	教書先生	gáu sú sín sáng	G
算命師	算命先生	sòn miàng sín sáng	G

詞條	香港客家話	拼音	備註
風水師	風水先生	fúng sŭi sín sáng	G
理髮師	剃頭佬	tài tēu lău	G
泥瓦匠	泥水佬	lāi sŭi lău	G
仵工	棺材佬	gón cōi lău	G
商人	生理佬	sén lí lău	G
傭人	工人	gúng ngīn	G
囚犯	監躉	kám dŭn	G
陌生人	生保人	sáng bău ngīn	G
客人	人客	ngīn hăk	G
小名	花名	fá miáng	G
綽號	花名	fá miáng	G

註：G=42/80, P=0/80, GP=4/80

有關非親屬的稱謂有 80 個。只跟廣州話完全相同的有 42 個，佔 52.5%。跟廣州話、普通話均相同的只有 4 個，佔 5.0%。只跟普通話相同的一個都沒有。客家話專有的詞彙有 34 個，佔 42.5%，不到一半。

稱謂分為親屬和非親屬兩種。前者是比較核心的詞彙，具有一定的穩定性，比較少借用；而後者是文化詞，則比較容易借用。

十三 親屬稱謂

詞條	香港客家話	拼音	備註
父親（面稱）	阿爸	á bá	G
父親（背稱）	阿爸	á bá	G
母親（面稱）	阿媽	á má	G
母親（背稱）	阿㜷	á mí	
父母	爺娘、爺娭	yā ngiōng, yā ói	
祖父	阿公	á gúng	
祖母	阿婆	á pō	

詞條	香港客家話	拼音	備註
曾祖父	阿公太	á gúng tài	
曾祖母	阿婆太	á pō tài	
外祖父	姐公	ziǎ gúng	
外祖母	姐婆	ziǎ pō	
伯父	阿伯	á bǎk	G
伯母	阿娘	á ngiōng	
叔父	阿叔	á sǔk	G
嬸母	叔姆、阿嬸	sǔk mé, a sīm	
姑父	姑丈	gú cóng	GP
姑母	大姑	tài gú	
姨父	姨丈	yī cóng	GP
姨母（媽媽的姐姐）	大姨	tài yī	
姨母（媽媽的妹妹）	姨仔	yī zǎi	
舅父（媽媽的哥哥）	大舅	tài kíu	
舅父（媽媽的弟弟）	舅仔	kíu zǎi	
舅母（大舅的太太）	大舅娘	tài kíu ngiōng	
舅母（小舅的太太）	舅娘仔	kíu ngiōng zǎi	
哥哥（面稱）	阿哥	á gó	G
哥哥（背稱）	阿哥	á gó	G
嫂子	阿嫂	á sǎu	G
姐姐	阿姊、阿姐	á zǐ, á ziǎ	
姐夫	姐夫	ziǎ fú	G
弟弟	老弟	lǎu tái	
妹妹	老妹	lǎu mòi	
妹夫	老妹婿	lǎu mòi sè	
弟媳	老弟心臼	lǎu tái sím kíu	
大伯子（夫兄）	大伯	tài bǎk	G
小叔子（夫弟）	叔仔	sǔk zǎi	G
大姑子	大娘姊	tài ngiōng zǐ	
大姨子	大姨	tài yī	
小姨子	姨仔	yī zǎi	
大舅子（妻兄）	大舅	tài kíu	G

詞條	香港客家話	拼音	備註
小舅子（妻弟）	舅仔	kíu zăi	G
連襟	兩姨丈	liŏng yī cóng	
妯娌	兩子嫂	liŏng zŭ său	
丈夫	老公	lău gúng	G
妻子	老婆	lău pō	G
岳父	丈人佬	cóng yín lău	
岳母	丈人婆	cóng yín pō	
公公	家官	gá gón	
婆婆	家娘	gá ngiōng	
親家	且姆	ciá mé	
繼父	繼父爺	gè fù yā	
繼母	後娭、後勺婆（貶義）	hèu ói、hèu sòk pō	
死去的原配	先頭娘	sién tēu ngiōng	
乾爹	契爺	kè yā	G
乾媽	契娭、契媽	kè ōi, kè má	
兒女	子女	zŭ ǐg	P
兒子	賴子	lài zú	
最小的兒子	晚子	mán zŭ	
兒媳	心臼	sím kíu	
女兒	妹子	mòi zú	
最小的女兒	晚女	mán ǐg	
女婿	婿郎	sè lōng	
孫子（統稱）	孫子	sún zú	
孫子（男孫）	孫仔	sún zăi	G
孫女	孫女	sún ǐg	GP
曾孫	塞子	sĕt zú	G
外孫	外孫	ngòi sún	GP
外孫女	外孫女	ngòi sún ǐg	GP
外甥	外甥	ngòi sáng	GP
外甥女	外甥女	ngòi sáng ǐg	GP
姪子	姪子	cìt zú	P
姪女	姪女	cìt ngĭ	GP

詞條	香港客家話	拼音	備註
父子倆	兩子爺（包括父女）	liǒng zǔ yā	
母子倆	兩子娭（包括母女）	liǒng zǔ ói	
夫妻倆	兩公婆	liǒng gúng pō	G
兄弟	兄弟	hiúng tì	GP
姐妹	姊妹	zǐ mòi	GP
兄弟倆	兩兄弟	liǒng hiúng tì	GP
姐妹倆	兩姊妹	liǒng zǐ mòi	GP
兄妹倆	兩姊妹	liǒng zǐ mòi	
姐弟倆	兩姊妹	liǒng zǐ mòi	
堂兄弟	叔伯兄弟	sǔk bǎk hiúng tì	G
表兄弟	表兄弟	biǎu hiúng tì	GP
表姐妹	表姊妹	biǎu zǐ mòi	GP
親戚	親戚	cín cǐt	GP
輩分	字輩	sù bùi	
曾曾祖父	阿白太	á pàk tài	
童養媳	心臼仔	sím kíu zǎi	
繼子	牛尾仔	ngīu múi zǎi	
私生子	野仔	yá zǎi	G
遺腹子	暗牙仔	àm ngā zǎi	
女兒死後，對女婿繼室的稱呼	駁腳女	bǒk giǒk ňg	

註：G=21/91, P=2/91, GP=15/91

親屬稱謂總共是 91 個。只跟廣州話相同的有 21 個，佔 23.1%，稍少於四分之一。只跟普通話相同的有 2 個，佔 2.2%。跟廣州話、普通話均相同的有 15 個，佔 16.5%。客家話特有的詞彙有 53 個，佔 58.2%，接近六成。

相對於非親屬稱謂而言，只跟廣州話相同的親屬稱謂詞彙比例大為減少，從 52.5% 大量縮減到 23.1%。由此可見，親屬稱謂在客家話和廣州話之間的差別比較大。但非親屬稱謂跟共同語言相同的較少，跨方言性的詞彙不多。反而親屬稱謂由於屬於核心詞，包含了較多跨方言性的詞彙。

十四　紅白、宗教事務

詞條	香港客家話	拼音	備註
說親	做媒人	zò mōi ngīn	GP
媒人	媒人	mōi ngīn	GP
訂婚	訂婚	tìn fūn	GP
娶妻	娶老婆	cǐ lǎu pō	G
嫁人	嫁老公	gà lǎu gúng	G
娶兒媳婦	娶心臼	cǐ sím kíu	
女兒出嫁	賣妹子	mài mòi zú	
招贅（招婿上門）	招郎入舍	záu lōng ngìp sà	G
新郎	新娘公	sín ngiōng gúng	
新娘	新娘	sín ngiōng	GP
辦酒席	做酒	zò zǐu	G
赴宴	食燒酒	sìt sáu zǐu	
娘家	妹家	mòi gá	
再嫁	翻嫁	fǎn gà	
續弦	再娶	zài cǐ	G
害喜（妊娠反應）	**發**子	bǒt zǔ	
流產	損身、小產	sǔn sín, siǎu sǎn	
孕婦	大肚婆、四眼人	tài dǔ pō, sì ngǎn ngīn	G
臨盆	打斗	dǎ děu	
生孩子	養阿伢	yóng ó ngā	
難產	養唔出	yóng m cǔt	
接生	接生	ziǎp sáng	GP
胎盤	胞衣	báu yí	
雙胞胎	孖生	má sáng	G
坐月子	做月	zò ngièt	
夭折	短命仔	dǒn miàng zǎi	G
上吊	吊頸	diàu giǎng	G
投河	跳河	tiàu hō	GP
病死了	病死嗨	piàng sǐ hói	
去世	過身、老嗨	gò sín, lǎu hói	
復活	翻生	fǎn sáng	G

詞條	香港客家話	拼音	備註
辦喪事	做白事	zò pàk sù	GP
棺材	棺材、長生板	gón cōi, cōng sáng bǎn	GP
入殮	入殮	ngìp liàm	GP
出殯	上山、上嶺崗	sóng sán, sóng liáng góng	
下葬	埋	māi	G
墳	地、墳頭	tì, fūn tēu	
墓碑	碑石	bí sàk	G
墓穴	棺材窟	gón cōi fūt	
上墳	掛山	gà sán	
收拾先人骨頭	撿骨	giǎm gǔt	
裝骨頭的罈子	金罌	gím áng	
紙錢	紙寶、溪錢	zǐ báu, kái ciēn	G
香爐	香爐钵	hiáng lū bǎt	G
線香	線香	sièn hióng	G
線香的底部	香雞	hióng gái	G
祠堂	祠堂	cū tōng	G
靈牌	神紙牌	sīn zǐ pāi	G
靈符	符	pū	G
打卦	跌聖筊	diět sìn gàu	G
求籤	求籤	kīu ciám	G
算命	算命	sòn miàng	G
做法事	打齋	dǎ zái	G
鞭炮	爆仗	bàu còng	G
談戀愛	拍拖	pǎk tó	G
出嫁	行嫁	hāng gà	
出生年月	年生	ngiēn sáng	G
懷孕	大肚胈、馱人仔	tài dǔ pàt, tō ngīn zǎi	
滿月	出月	cǔt ngièt	
慶祝小孩滿月	做出月	zò cǔt ngièt	
小孩一歲	對歲	dòi sòi	
帶（孩子）	渡（人仔）	tù (ngīn zǎi)	
新居入伙	番新屋、歸伙	fán sín vǔk, gūi fǒ	

詞條	香港客家話	拼音	備註
出生地	胞衣跡	báu yí ziǎk	
慶生	做生日	zò sáng ngĭt	G
和尚	和尚	vō sòng	GP
尼姑	尼姑	lī gú	GP
牧師	牧師	mùk sú	GP
神父	神父	sīn fù	GP
修女	修女	síu ngǐ	GP
巫師	覡公	sàng gúng	
信教	信教	sìn gàu	GP
耶穌誕辰	耶穌誕	yá sú dàn	
佛祖誕辰	佛誕	fùt dàn	GP

註：G=27/74，P=0/74，GP=16/74

　　有關紅白、宗教事務的詞彙有 74 個，其中只與廣州話相同的有 27 個，佔 36.5%。跟廣州話、普通話均相同的有 16 個，佔 21.6%，只跟普通話相同的一個都沒有。因此，客家話特有的詞彙只有 31 個，佔 41.9%，不到一半。

　　紅白、宗教事務是文化活動，跟廣州話交流頻繁，所以共同詞彙也比較多。另外，多數的宗教活動和人物是全國性的，具有跨方言的性質。

十五 疾病

詞條	香港客家話	拼音	備註
生病	病嗨、唔自然	piàng hói, m cù yēn	G
餓（了）	肚朓餓	dǔ pàt ngò	
很想吃肉的感覺	豺	sāi	
難受	難頂	lān dǐn	G
發燒	發燒	fāt sáu	GP
發冷	發冷	fāt láng	GP
發呆	發愕剝	bŏt ngòk dòk	

詞條	香港客家話	拼音	備註
打冷戰	打嚱呢	dǎ cǐn mǐn	
感冒	傷風、感倒	sóng fúng, gǎm dǎu	G
瘧疾	發冷	bǒt láng	
發抖	生生震、極極震	sǎng sǎng zún, gìt gìt zún	
哮喘	發呷	bǒt hǎp	
咳嗽	凵	kěm	
着涼	冷倒	láng dǎu	
中暑	發痧	bǒt sá	
抓痧	刮痧	gǎt sá	GP
上火	熱氣	ngièt hì	G
噁心	作嘔	zǒk ěu	G
便秘	屙屎唔出	ó sǐm cǔt	G
拉肚子	屙痢肚、肚胈屙	ó lì dǔ, dǔ pàt ó	
不消化	唔消化	m siáu fà	G
頭暈	頭那暈	tēu lá vīn	
頭痛	頭那痛	tēu lá tùng	
嘔吐	嘔	ěu	G
(肚子) 疼	痛、刺	tùng, ciǎk	G
抽筋	發抽筋	bǒt cíu gín	
(小兒) 驚風	嚇倒	hǎk dǎu	
收驚 (招魂)	喊驚、喊同年	hàm giáng, hàm tūng ngiēn	
出麻疹	出痳仔	cǔt mā zǎi	
癲癇	發死	bǒt sǐ	
中風	發癱風	bǒt tán fúng	
肺結核	發癆嗽	bǒt lāu sèu	
肝病	發黃腫	bǒt vōng zǔng	
瘤子	痤仔	cōi zǎi	
痱子	熱痱	ngièt mùi	G
粉刺	痕球	zōng kīu	
化膿	貢膿	gùng lūng	
(傷口) 癒合	埋口	mōi hěu	
痂	瘌	lǎt	

詞條	香港客家話	拼音	備註
結痂	結瘌、結庀	giĕt lăt, giĕt pĭ	
疤	疤	bá	G
痣	痣	zì	P
狐臭	臭狐忽	cìu fū fit	
疝氣	大核卵	tài hàk lŏn	
雀斑	烏蠅屎	vú yīn sĭ	
雞皮疙瘩	起雞嫲皮	hĭ gái mā pī	
蚊蟲叮的包（有水）	膀（小）、皰（大）	pōng, piàu	
蚊蟲叮的包（沒水）	伏	pùk	
夜盲	發雞盲	bŏt gái māng	G
麻風	麻風	mā fúng	GP
傳染	迣	cè	
扭傷	拉倒	lăi dău	
突然跌在地上	打扽坐	dă dùn có	
（皮膚）皸裂	爆趼公	bàu gién gúng	
（嗓子）嘶啞	失聲	sĭt sáng	G
治病	看病	kòn piàng	P
打針	打針	dă zím	GP
針灸	針灸	zím gìu	GP
號脈	打脈	dă măk	
中藥	中藥	zúng yòk	GP
中藥店	藥材鋪	yòk cōi pù	GP
處方	藥單	yòk dán	
買藥	撿藥	giăm yòk	
藥丸	丸仔	yēn zăi	
藥粉	藥粉	yòk fŭn	GP
熬藥	煲藥	báu yòk	G
湯藥	涼茶	liōng cā	G
藥膏	藥膏	yòk gáu	GP
藥散	藥散、藥粉	yòk săn, yòk fŭn	G
戒口	傲啜	kiàng zòi	
見效	見功	gièn gúng	G

詞條	香港客家話	拼音	備註
天花	出痘仔	cŭt tèu zăi	
落枕	失枕	sĭt zĭm	G
胃疼	心氣痛	sím hì tùng	
昏迷	唔知人事	m dí ngīn sù	
中耳炎	生耳罌	sáng ngĭ áng	
鼻炎	鼻公塞	pì gúng sĕt	
長牙瘡	生牙蛇、發牙包	sáng ngā sā, bŏt ngā báu	
眼瞼長瘡	發眼痤	bŏt ngăn cōi	
跌傷腳	跌跛腳	diĕt bái giŏk	G
（手腳）麻木	痺	bì	G

註：G=20/81, P=2/81, GP=10/81

有關疾病的詞彙有 81 個。其中只跟廣州話相同的有 20 個，佔 24.7%，接近四分之一。只跟普通話相同的僅 2 個，佔 2.5%。跟廣州話、普通話均相同的有 10 個，佔 12.3%。也就是說，客家話的特有詞彙有 49 個，佔 60.5%，超過六成。

與疾病相關的詞彙是比較核心的，比較不容易借用。客家話在這方面有較多的保留。

十六 日常生活

詞條	香港客家話	拼音	備註
（睡）醒了	睡醒	sòi siăng	P
起床	亢身	hòng sín	
疊（被子）	摺、疊	zăp, tiàp	G
穿（衣服）	着	zŏk	G
脫（衣服）	剝	bŏk	G
洗臉	洗面	sĕ mièn	G
梳頭	梳頭	só tēu	GP
紮（辮子）	拼	pín	

詞條	香港客家話	拼音	備註
刮（鬍子）	剃	tài	GP
理髮	剃頭、飛髮	tài tēu, fúi fǎt	G
上班	開工、做工	hói gúng, zò gúng	G
（來）晚（了）	遲、晝（白天）、夜（晚上）	cī, zìu, yà	
下班	轉夜、收工	zǒn yà, síu gúng	G
累（了）	劫	kiòi	G
休息	敨	těu	G
回家	轉屋下	zǒn vǔk ká	
上（廁所）	去	hì	G
大便	屙屎	ó sǐ	G
小便	屙尿	ó ngiàu	G
放屁	打屁	dǎ pì	
尿床	瀨尿	lāi ngiàu	G
大便失禁	瀨屎	lāi sǐ	G
洗澡	洗身、沖涼	sě sín, cúng liōng	G
擦澡	抹身	mǎt sín	G
乘涼	敨涼、吹涼、納涼	těu liōng, cúi liōng, làp liōng	
曬（太陽）	曬	sài	GP
（冬天找太陽）曬	炙	zǎk	
烤火	炙火、炙暖	zǎk fǒ, zǎk lón	
聊天	打牙骹	dǎ ngā gàu	G
打瞌睡	啄目睡	dǔk mǔk sòi	
打個盹兒	眯一下	mī yǐt hà	
打哈欠	擘囉	mǎk lò	
打噴嚏	打哈嗤	dǎ àt cì	G
鋪床	迒眠床	hōng mīn cōng	
躺下	眠下去	mīn há hì	
睡覺	睡目	sòi mǔk	
熄燈	閂電火、歕烏火	sán tièn fǒ, pūn vú fǒ	
睡着（了）	睡落覺	sòi lòk gàu	
做夢	發夢	bǒt mùng	G

詞條	香港客家話	拼音	備註
說夢話	講夢話	gŏng mùng và	
失眠	睡唔落覺	sòi m lòk gàu	
打鼾	扯鼻鼾、鼾睡	că pì hōn, kún sòi	
仰面睡	挺挺仰睡	tén tén ngóng sòi	
側身睡	那那側睡	lā lā zĕt sòi	
趴着睡	噩噩仆	ăm ăm phŭk	
午睡	睡晏晝覺	sòi àn zìu gàu	
半睡半醒	目陰目陽	mŭk yín mŭk yāng	
睡不着	睡唔落覺	sòi m lòk gàu	
趕夜班	捱夜	ngāi yà	G
偷閒	偷懶、偷料	téu lán, téu liàu	
玩	搞	gău	
吹滅	歕烏	pūn vū	
橫睡	啦啦橫	là là vāng	
餵奶	供嬭	giùng lèn	
餵飯	飼飯	cì fàn	
把尿	兜尿	déu ngiàu	G
尿床	瀨尿	lāi ngiàu	G
擦屁股	扻屎	bĭn sĭ	G
（小孩）學站立	打釘	dă dáng	

註：G=23/59, P=1/59, GP=3/59

日常生活的詞彙有 59 個，其中只跟廣州話相同的有 23 個，佔 39.0%，將近四成。只跟普通話相同的有 1 個（睡醒），佔 1.7%。跟廣州話、普通話均相同的有 3 個，佔 5.1%。即是說，客家話特有的詞彙有 32 個，佔 54.2%。超過一半。

日常生活的詞彙也是相對核心的詞彙，比較不容易受到其他方言影響。

十七 文教娛樂

詞條	香港客家話	拼音	備註
學校	學堂、學校	hòk tōng, hòk gǎu	G
啟蒙	破學	pò hòk	
上學	返學	fǎn hòk	G
放學	放學	fòng hòk	GP
書	書	sú	GP
本子	簿仔	pú zǎi	
學生	學生	hòk sáng	GP
同學	同學	tūng hòk	GP
第一名	第一名	tì yǐt miāng	GP
最後一名	尾名	múi miāng	
毛筆	毛筆	máu bǐt	GP
鋼筆	水筆	sǔi bǐt	
鉛筆	鉛筆	yēn bǐt	GP
筆套兒	筆筒套	bǐt tūng tàu	
紙	紙	zǐ	GP
圓釘	揿釘	kìm dáng	G
信封	信筒	sìn tūng	
信紙	信肉	sìn ngiŭk	G
漿糊	漿糊	zióng fū	GP
小刀兒	刀仔	dáu zǎi	G
削（鉛筆）	批	pái	G
尺	尺	căk	P
橡皮擦	擦紙膠	căk zǐ gáu	G
橡皮筋	橡筋	siòng gín	G
台硯	墨湖	mèt fū	
墨	墨	mèt	GP
墨汁	墨汁	mèt zǐp	GP
墨水	墨水	mèt sǔi	GP
揞（筆）	蘸	ziǎm	
洇（紙）	漬	zì	
寫白字	寫白字	siǎ pàk sù	GP

詞條	香港客家話	拼音	備註
草書	草書	cǎu sú	GP
（用筆）塗抹	塗	tū	
翹課	唔去讀書	m̀ hì tùk sú	
考試	考試	kǎu sì	GP
零分	零雞春	lāng gái cún	
罰站	**徛**堂	kí tōng	
圖章	印	yìn	G
徽章	襟章	kím zóng	G
郵局	郵局	yīu kiùk	GP
郵票	郵票	yīu piàu	GP
拍照	影相	yǎng siòng	G
相片	相片	siòng piěn	GP
電影	映畫戲、電影	yǎng fà hì, tièn yǎng	G
畫兒	畫	fà	G
對聯	對、門對	dùi, mūn dùi	G
球	波	bó	G
踢足球	踢波	tiǎk bó	G
踢毽子	踢毽仔	tiǎk yèn zǎi	
蕩鞦韆	打鞦鞦	dǎ cín cíu	G
放風箏	放紙鷂	fòng zǐ yàu	G
講故事	講古仔	gǒng gù zǎi	G
唱歌	唱歌	còng gó	GP
哨子	銀雞	ngiūn gái	G
吹口哨	打胡秀	dǎ fū sìu	
簫	簫	siáu	GP
吹笛子	吹笛	cúi tàk	G
下棋	捉棋	zǒk kī	G
打麻將	打麻雀	dǎ mā ziǒk	G
抓牌	瞙牌	miǎ pāi	G
游泳	游水、洗身仔	yīu sǔi, sě sín zǎi	G
潛水	沕水	mì sǔi	G
打水漂	打水片	dǎ sǔi piěn	G

詞條	香港客家話	拼音	備註
擺弄（玩具）	<u>搞</u>	gǎu	
會武功	曉功夫	hiǎu gúng fú	
變魔術	撮把戲	cǒk bá hí	
翻跟斗	打翻車	dǎ fǎn cá	
掃堂腿	勾腳	géu giǒk	G
舞獅子	打獅子	dǎ sú zǔ	
划龍舟	扒龍船	pā lūng sōn	
捉迷藏	伏人仔	pùk ngīn zǎi	
哈癢	<u>捻</u>	lém	
跳房子	跳飛機	tiàu fúi gí	G
舞龍	舞龍	mǔ lōng	GP
拉二胡	拉二弦	lái ngì hiēn	
放鞭炮	打爆仗	dǎ bàu còng	
騎脖子	騎馬踱	kī má dòk	
倒立	起種竹	hǐ zùng zǔk	
面具	鬼面殼	gǔi mièn hǒk	
猜拳	猜碼	cái mā	G
抓鬮	拈鬮	ngiám gíu	

註：G=30/81，P=1/81，GP=21/81

　　文教娛樂詞彙有 81 個，其中只跟廣州話相同的有 30 個，佔 37.0%。跟廣州話、普通話均相同的有 21 個，佔 25.9%。只跟普通話相同的有 1 個，佔 1.2%。可見，客家話特有詞彙只有 29 個，佔 35.8%，稍微超過三分之一。

　　文教娛樂是多半牽涉新生活的事物，而這些一般由北方話傳入廣州話，再傳入客家話，也有部分是廣州話特有的，而最後又有一小部分是傳承自古漢語的。由於牽涉文化，這些詞彙都不是核心詞彙，所以客家話特有詞彙比例相對就比較低。

十八　人際

詞條	香港客家話	拼音	備註
壓歲錢	矺年利是	zăk ngiēn lì sì	G
（在家裏）請客	做酒	zò zíu	
上館子	上茶居	sóng cā gí	
送禮	搭人世	dăp ngīn sè	
收禮	接禮	ziăp lí	G
感謝	多謝	dó cià	G
稀客	生客	sáng hăk	G
請坐	坐下正	có hà zàng	
講客氣	客氣	hăk hì	GP
斟（茶）	斟茶、退茶	zím cā, tùi cā	G
散（煙）	派	pài	G
開始	開始	kói sŭ	GP
入席	坐席	có cìt	
上菜	出菜	cŭt còi	G
倒酒	倒酒	dăo zĭu	GP
乾杯	乾杯	gón búi	GP
慢走	慢慢行	màn màn hāng	G
胡說	亂噏、打鬼噏、嚼舌頭	lòn kăp, dă gŭi ngăp, cìau sèt tēu	
招待	招呼	záu fú	GP
叩頭	叩頭	kèu tēu	GP
作揖	唱惹	còng ngiá	
風光	威風	vúi fúng	G
擺闊	擺架勢、擺面子	băi gà sè, băi mièn tsŭ	
充好漢	充好漢	cúng hău hòn	G
丟臉	失禮、見笑	sĭt lí, gièn siàu	G
出洋相	出六	cŭt lŭk	G
受累	馱衰	tō sói	G
難為你	難為你	lān vūi ngī	GP
（別）理（他）	打理	dă lí	
邀（伴兒）	湊	cèu	
遇見（熟人）	遇到	ngì dăo	P

詞條	香港客家話	拼音	備註
看望（病人）	**邏**	lā	
說（話）	講	gŏng	G
拍馬屁	托大腳	tŏk tài giŏk	G
叮囑	吩咐	fūn fù	G
搭腔	搭嘴	dăp zŭi	G
插嘴	插嘴、豬接勺	căp zŭi, zú ziăp sòk	G
呵斥	喝	hŏt	G
哄騙	**撮**、拐	cŏt, găi	
完蛋	死咯	sĭ lŏ	G
數落	話	và	G
（非粗話）罵（斥責）	罵、刻、鏟	mà, kăt, căn	P
（用粗話）罵人	**屌**刻	diău kăt	
講污穢話	講爛話 / **嘬**	gŏng làn và/zòi	
挨打（被打）	分人打	bín ngīn dă	
吵架	罵交、嘈交	mà gáu, cāu gáu	
打架	打交	dă gáu	G
勸架	拆交	căk gáu	
護着（他）	幫等	bóng dĕn	
頂嘴	駁嘴、撐嘴	bŏk zŭi, càng zŭi	
給（他）	分	bín	
叫（他來）	喊	hàm	
行（答應）	做得	zò dĕt	
不錯	唔錯	m cò	G
不准（去）	唔准	m zŭn	G
唆使	唆	sō	
頂撞	頂	dĭn	GP
撩撥	撩	liāu	G
合（不來）	**佮**	găp	G
遷就	就	cìu	G
回老家	轉屋下	zŏn vŭk ká	
走親戚	**邏**人客	lā ngīn hăk	
沒空兒	唔得閒、冇閒	m dĕt hān, māu hān	G

詞條	香港客家話	拼音	備註
有空兒	得閒	dĕt hān	G
辦妥（了）	搞掂	gău tiàm	G
走運	行運	hāng yùn	G
倒楣	當衰、行衰運	dóng sói, hāng sói yùn	G
幸好	好得、好彩	hău dĕt, hău cŏi	G
時興	興	hín	G
接待	接洽	ziăp giăp	
理睬	刮	găt	
詛咒	咒	zìu	
打官司	打官司	dă gón sú	GP
行賄	使錢	sŭ ciēn	G
畫押	打手指模	dă sĭu zĭ mū	G
幫忙	戙手	tèn sĭu	
爭執	拗數	àu sù	G
爭吵	拗頸	àu giăng	G
閒聊	料	liàu	
說笑話	講笑	gŏng siàu	G
吹牛	車大炮	cá tài pàu	G
騙人	撮人	cŏt ngīn	
熟悉	慣熟	gàn sŭk	G
生疏	唔慣	m gàn	G
合夥	佮份	găp fùn	G
串門	過家料	gò gá liàu	
投合	啱	ngám	G
聚餐	打鬥四	dă dèu sì	
傳話	搭聲	dăp sáng	
（媳婦向娘家）投訴	投舌、投妹家	tēu sèt, tēu mòi gá	
打聽	跟問	gén mùn	
跟從	黏、謄	ngiām, tēn	
跟隨	謄	tēn	
打攪	抄冒	càu màu	
受賄	食水	sìt sŭi	G

註：G=44/95, P=2/95, GP=9/95

牽涉人際關係的詞彙有 95 個，其中只跟廣州話相同的有 44 個，佔 46.3%，接近一半。只跟普通話相同的有 2 個，佔 2.1%。跟廣州話、普通話均相同的有 9 個，佔 9.5%。即是說，客家話特有的詞彙只有 40 個，佔 42.1%，不到一半。

牽涉人際關係的客家話詞彙，有很大部分跟廣州話相同，這是因為這些詞彙部分牽涉的概念很多來自廣州話。人際詞彙牽涉地方文化，而廣州話和客家話在地域文化上密不可分，因此有很多詞彙是從廣州話借用而來的。

十九　商務

詞條	香港客家話	拼音	備註
商店	鋪頭	pù tēu	G
飯館	茶居	cā gí	G
旅館	客棧	hăk càn	G
擺攤兒	擺檔	băi dòng	G
販子	小販	siău fàn	GP
(生意) 旺	好、旺	hău, vòng	G
開張	開張	hói zóng	GP
盤點	盤點	pān diăm	GP
歇業	打快扒、打大扒	dă kài pā, dă tài pā	
櫃枱	櫃枱	kùi tōi	GP
老闆	侍頭	sì tēu	G
女老闆	侍頭婆	sì tēu pō	G
店員	伙記	fŏ gì	G
師傅	師傅	sú fù	GP
徒弟	徒弟	tū tì	GP
顧客	客仔	hăk zăi	G
還價	還價	vān gà	G
砍價	殺價	săt gá	G
降價	跌價	diĕt gà	G
賒帳	賒數	cá sù	G

詞條	香港客家話	拼音	備註
欠帳	欠數	kiàm sù	G
要賬	追債	zúi zài	G
盤算	盤算	pān sòn	GP
秤	秤	cìn	GP
秤錘	秤陀（**馱**）	cìn tō	G
戥子	厘秤	lī cìn	
算盤	算盤	sòn pān	GP
開支	開銷、皮費	kói siáu, pī fùi	GP
發薪水	出糧	cŭt liōng	G
交稅	納糧	làp liōng	G
本錢	本錢	bŭn ciēn	GP
湊（錢）	**斂**	liám	
弄（錢）	**斂**	liám	
錢（概稱）	錢	ciēn	GP
紙幣	銀紙	ngiūn zĭ	G
硬幣	毫子、硬幣	hāu zŭ, ngàng bì	GP
整紙	大紙	tài zĭ	G
銀元	花邊	fá bién	G
零錢	散紙	săn zĭ	G
數（錢）	點、數	diăm, sù	G
找（錢）	找	zău	GP
差（一角錢）	爭	záng	G
利息	利息	lì sĭt	GP
掙（錢）	賺	càn	G
虧本	蝕本	sèt bŭn	G
值得	抵	dăi	G
夠秤	夠秤	gèu cìn	G
不夠秤	唔夠秤	m gèu cìn	G
省（錢）	**慳**	hán	G
合算	着數	còk sù	G
不合算	唔着數	m còk sù	G
貴	貴	gùi	GP

詞條	香港客家話	拼音	備註
便宜	平	piāng	G
車站	車站	cá càm	GP
碼頭	碼頭	má tēu	GP
橋	橋	kiāu	GP
街	街	gái	GP
人行道	行人路	hāng ngīn lù	G
公路	馬路	má lù	GP
汽車	汽車	hì cá	GP
小轎車	私家車	sú gá cá	GP
客車	客車	hăk cá	GP
自行車	單車	dán cá	G
人力車	黃包車	vōng báu cá	G
三輪車	三輪車	sám līn cá	GP
獨輪車	雞公車	gái gúng cá	G
車輪子	車輪	cá līn	GP
輪船	火船	fŏ sōn	G
帆船	帆船	fān sōn	GP
小船	艇仔	tiăng zăi	G
汽艇	電船	tièn sōn	G
竹筏子	竹簰	zŭk pāi	G
（船）滲水	滲水	zàm sŭi	GP
飛機	飛機	fúi gí	GP
乘客	搭客	dăp hăk	G
路費	水腳	sŭi giŏk	G
車票	車飛	cá fúi	G
搭車	搭車	dăp cá	G
誤（車）	宕	tòng	
暈車	暈車	vīn cá	GP
座位	座位	cò vùi	GP
開車（車子開動）	開車	hói cá	GP
駕駛汽車	揸車	zá cá	G
報假賬貪污	打斧頭	dă bŭ tēu	G

詞條	香港客家話	拼音	備註
提價	起價	hǐ gà	G
零售	散賣	sǎn mài	G
有餘	有**剩**	yíu yìn	G

註：G=48/87, P=0/87, GP=33/87

有關商務的詞彙有 87 個，只跟廣州話相同的有 48 個，佔 55.2%，超過了半數。跟廣州話、普通話均相同的有 33 個，佔 37.9%。只跟普通話相同的一個都沒有。也就是說，客家話特有的詞彙只有 6 個，佔 6.9%，少得可憐。

客家話地區過去只是務農，基本上沒有商務活動，因而缺乏自己的特有詞彙；絕大部分相關詞彙都是由廣州話輸入的。

二十　動作心理

詞條	香港客家話	拼音	備註
抬（頭）	**仰**起	ngóng hǐ	
低（頭）	**墜**低	cùi dái	
點（頭）	**頷**	ngăm	
搖（頭）	捵	vìn	
偏（頭）	側	zĕt	G
仰（頭）	**仰**	ngóng	
回（頭）	**扭**轉	ngìu zŏn	
睜（眼）	**擘**	măk	G
閉（眼）	霎**眯**	săp mí	
瞪（眼）	**擘**大	măk tài	G
眨（眼）	瞄	ngiăp	
瞥（一眼）	影	yăng	
（從門縫）看	瞈、揜	zóng, ĕm	G
看（書）	看	kòn	P
看守（東西）	掌	zŏng	

詞條	香港客家話	拼音	備註
聽	聽	tàng	
皺（眉頭）	皺	zìu	G
聞（用鼻嗅）	鼻	pì	
噡	噡	sōng	
張（嘴）	**擘**	măk	G
噘（嘴）	擼	lú	
抿（嘴）	咬下巴	ngáu há pā	
親嘴	**斟**啜	zím zòi	
嚼	嚼	ciàu	GP
咬	**齧**、咬	ngăt, ngáu	
吞	吞	tún	GP
吃	食	sìt	G
喝	食	sìt	
吸（奶）	**啜**	zòt	G
吸（氣）	敨	tĕu	G
舔（盤子）	**舐**	sé	
啃（骨頭）	**吮**	cón	
吐（痰）	吐、□	tù, lè	GP
含（在嘴裏）	含	hām	G
銜（在嘴上）	銜	hām	P
噴（飯）	噴	pùn	GP
吹（氣）	**歕**	pūn	
哭	叫	giàu	
笑	笑	siàu	GP
拿	拿、**扠**	lá, cá	
擰（毛巾）	扭	ngĭu	G
擰（蓋子）	扭	ngĭu	
拉（衣角）	拉、抦	lái, báng	G
拉（車）	拉	lái	GP
拉（繩子）	拉、牽	lái, kién	GP
扽（兩端同時用力猛一拉）	**掣**	cĭt	
扶（枴杖）	**拄**（棍）	kù (gùn)	

詞條	香港客家話	拼音	備註
舉（手）	舉	gǐ	GP
舉（物）	擎	kiā, ngiā	
拾取	撿	giǎm	P
提（水）	抽	cíu	G
打撈	撈、瀝	lēu, lǎk	G
硬塞進去	碪	càng	G
劃（火柴）	咔	kàt	
放（下）	放	fòng	GP
按（圖釘）	撳	kìm	G
推倒（一面牆）	扣	mǎu	
推（向前）	搋	sǔng	
（用虎口）掐	攝	ngiǎp	
（用指甲）掐	針	zìm	
抱（樹）	攬	lǎm	G
抱（小孩）	攬	lǎm	
搦（起來，兩手向上用力托）	兜	déu	
爬（樹）	爬	pā	GP
（小孩在地上）爬	爬	pā	GP
（蛇蟲在地上）爬	蜒	yēn	
撕	擘	mǎk	
捏	搓	cái	
抓（一把米）	扷	yǎ	
握（鋤頭）	捉	zǔk	
拔（雞毛）	搟	ciām	
拔（鬍子）	攕	ciām	G
拔（草）	拑	báng	
夠（用手努力伸取）	探	tám	
摘	摘	zǎk	GP
折（斷）	拗	ǎu	G
（把鐵絲）弄（直）	拗	ǎu	G
掏（口袋）	拎	lēm	G
剝（桔子）	擘	mǎk	

詞條	香港客家話	拼音	備註
掰（開）	**擘**	mǎk	G
搖（桌子）	搖	yāu	P
塞（塞子）	卒	zǔt	G
摸（看不見）	膜	miǎ	
撫摸（看得見）	摸	mó	G
挑選	**揀、擇**	gǎm, tòk	G
掖（進去）	攝	ngiǎp	G
揉（傷處）	**捽**	zùt	G
揉（臉）	**捽**	zùt	G
拍（桌子）	拍	pǒk	GP
摔（碗、花瓶）	拌	pán	
丟失（了）	跌	diět	G
丟棄	**拂**	fīt	
甩（乾衣服）	掏	vìn	G
擲（石頭）	**拂**	fīt	
張（開手）	強	kiōng	
撓（癢）	扡	yǎ	
摟（柴火）	攬	lǎm	
（用手）托（住）	托	tǒk	GP
端（碗）	捧	bǔng	G
捂（住）	**掩**	ém	G
藏（物）	**屏**	biàng	G
埋（起來）	**壅**	vúng	G
敲（門）	拍、敲	pǒk, kàu	GP
扣（上門）	搭	dǎp	G
搧（耳光）	拌	pán	
繫（鞋帶）	**綁**	bǒng	G
繫（安全帶）	**繫**	gái	P
擦（汗）	捽	zùt	
擦（錯字）	捽	zùt	
戽（水）	戽	fù	GP
（用肩膀）頂	托	tǒk	G

詞條	香港客家話	拼音	備註
（用石頭）砸	磹	dèp	G
（用鞭子）抽	拂	fìt	G
（用木杠）頂（門）	撐	càng	G
裹（嚴實）	包	báu	G
（把碗）摞（起來放）	層	cèn	
套（被子）	入	ngìp	G
刮（豬毛）	刮	găt	G
砍（樹）	倒	dău	
掏（耳朵）	扒	pā	
刻（圖章）	挑	tiáu	G
（用針）扎	乽	dŭk	
劈削（樹枝）	削	siŏk	G
捆（柴火）	綁	bŏng	G
綁（口袋）	綁	bŏng	GP
抓（人）	捉	zŭk	G
綁（人）	綁	bŏng	GP
拴住（牛）	絢	tāu	
濾	隔渣	găk zá	G
潷（湯）	泌	bì	G
攪拌	攪	gău	G
攪拌並煮熟	杰	kièt	
拌（飯）	撈	láu	G
墊（高些）	墊、楔	tiăp, siăp	
撣（灰）	拍	păk	G
甩（乾水）	搯	vìn	
（用水）沖洗	沖	cúng	GP
（往下）傾倒	順	sùn	
（亂）翻	抄	băn	G
（用棍子）捅	捅	dŭng	GP
挑（上聲，＝撥）	挑	liáu	GP
招（手）	搖	yàk	G
搓（繩子）	捼	lō	G

詞條	香港客家話	拼音	備註
（雙手）捧	**掇**	dŏt	
（用石頭）壓（着）	**砸**	zăk	G
（尾巴）豎（起來）	釘	dáng	
（把柱子）豎（起來）	豎	sù	GP
蓋（蓋子）	凵	kēm	G
蓋（被子）	蓋	gòi	P
（用手指）摳	**㓥**	vĕt	
捋（袖子）	捋	lòt	
挽（袖子）	攝	ngiăp	
撮（一小撮）	**撮**	zĕp	GP
舀（水）	舀	yău	P
側（一些）	側	zĕt	GP
搬（東西）	搬	bán	GP
站立	**徛**	kí	G
跐（腳）	**蹬**	lèn	
蹲	**踞**	kīu	
踩	踩	căi	GP
踢	踢	tiăk	GP
走	行	hāng	G
跑	走	zĕu	G
疾跑	飆	biáu	G
跨	□	àp	
跳	跳	tiāu	GP
趴（在桌子上）	趴	bá	P
跺	**扰**	dĕm	
（小孩）踢（被子）	**扰、戽**	dĕm, fù	
（腳亂）踩	踩	căi	G
叉（開腿）	矼	ngà	G
（被）絆（倒）	徑	gàng	G
跌跤	**跢倒**	dói dău	
上來	上來	sóng lōi	GP
下去	下去	há hì	P

詞條	香港客家話	拼音	備註
追	□	diăk	
攔（住）	攔	lān	GP
背（小孩）	孭	bā	
（單人）扛（箱子）	**托**	tŏk	G
抬	抬	tōi	GP
挑	挍	kái	
倚（在牆上）	**憑**	pèn	G
靠（右邊走）	適	zăk	
尋找	**尋**	cīm	
遺失	跌嗨	diĕt hói	
（往下）滑	溜	líu	
掉（下來）	跌	diĕt	GP
濺（了一身）	射	sà	
（牛）蹭（癢）	磨	mò	
擠（上車）	**櫼**	ziám	
浮（起來）	浮	fēu	GP
墜（下來）	墜	cùi	GP
翹（起來）	**翹**	hiàu	GP
淹（死了）	浸	zìm	G
（別）遮（住我）	遮、擋	zá, dŏng	GP
繞（道）	繞	yău	GP
轉（圈）	的	dĭt	
搬（來搬去）	搬	bán	GP
經受（不住）	頂	dĭn	G
混（在一起）	**撈**	láu	G
（被車）軋（了）	**研**	ngān	
（用藥）毒（魚）	**毒**	tèu	G
調換	**交**	gàu	
輪流	輪流	lūn līu	GP
躲藏	**屏**	biàng	G
假裝（不懂）	詐	zà	G
嬌慣	縱壞	zŭng fài	G

詞條	香港客家話	拼音	備註
（煙）熏（了眼）	熏	hiún	GP
（水）嗆（了鼻子）	濁	cùk	G
（飯）嗆（了氣管）	骾	gǎng	G
凹（下去）	凹	ngiǎp	GP
凸（出來）	凸	tùt	GP
破裂而出	浡出來	bùt cǔt lōi	
露出（肚臍）	打出	dǎ cǔt	G
知道	知	dí	G
懂（了）	曉	hiǎu	G
認識	識	sǐt	G
以為	恅過	láu gò	
覺得	覺得	gǒk dět	GP
估計	估	gǔ	G
牽掛	記	gì	
擔心	愁	sēu	
生氣（動詞）	發火	fǎt fǒ	G
害怕	惶	kōng	
提防	惶到	kōng dàu	
回憶	想起	siǒng hǐ	G
（甘心）情願	甘願	gám ngièn	
喜歡（看戲）	中意	zùng yì	G
依仗	倚勢	yǐ sì	
討厭	惱	láu	G
妒忌	眼熱、好了	ngǎn ngièt, hǎu liǎu	
看輕	打落	dǎ lòk	
疼愛（孫子）	惜	siǎk	G
惱火	惱、火起	láu, fǒ hǐ	
慌張	惶	kōng	
心煩	煩	fān	G
得意	興	hǐn	
氣死	激死	gǐt sǐ	G
不高興	闕	ǎt	

詞條	香港客家話	拼音	備註
歎息	敨大氣	tĕu tài hì	G
心疼（東西）	唔捨得	m să dĕt	G
擦眼淚	繳眼汁	giăo ngăn zĭp	
忘（了）	添忘	tiám mòng	
（沙子）硌腳	□	ăng	G
埋怨	怨	yèn	GP
相信	信	sìn	GP
懷疑	懷疑	fãi ngī	GP
嫌棄	嫌	hiām	GP
安慰	解	găi	
捉弄	弄蠱	lūng gŭ	
偷懶	推懶	tói lán	
耍賴	賴死	lài sĭ	G
說謊	講大話、扯大炮	gŏng tài và, cá tài pàu	G
裝傻	詐懵	zà mŭng	
發脾氣	發性、發拗	bŏt siàng, bŏt lŏt	
顯（故意讓人看）	映	yăng	
逞強	逞叻	cĭn liàk	

註：G=92/257, P=9/257, GP=47/257

　　動作心理詞有 257 個，只跟廣州話相同的有 92 個，佔 35.8%。只跟普通話相同的有 9 個，佔 3.5%。跟廣州話、普通話均相同的有 47 個，佔 18.3%。客家話特有的有 109 個，佔 42.4%。

　　動作心理詞彙跟廣州話相同率偏高，其中不少是比較日常使用的核心詞彙，多少反映了廣州話和客家話在歷史上的淵源，另外，也有部分詞彙是語言接觸的結果。跟普通話的相同率偏低，也說明這些詞彙比較核心，甚少借用。

二十一　形容詞

詞條	香港客家話	拼音	備註
高興	歡喜、忻	fón hǐ, hǐn	
傷心	傷心	sóng sím	GP
委屈	冤枉	yén vōng	G
小心	小心	siǎu sím	GP
有脾氣	有性	yíu siàng	
（脾氣）壞	臭	cìu	G
小氣	小相	siǎu siòng	
大方	大方	tài fóng	GP
（小孩）能幹	能替、协	lēn tài, liàk	
（大人）能幹	本事、协	bǔn sù, liàk	
（幹活）快手	激惜	giǎk siǎk	
勤快	煞牙	sǎt ngā	
懶	懶	lán	GP
節儉	慳	hán	G
聰明	聰明、协	cúng mīn, liàk	G
精	精	ziáng	G
（讀書）不聰明	泥包	lāi báu	
爽快	爽直	sǒng cǐt	GP
笨	蠢、泥包（讀書笨）	cǔn, lāi báu	
殘忍	毒、梟	tùk, hiáu	G
蠻橫	牛王	ngīu vōng	
刻薄	扐嚓	ngàt càt	
奸詐	奸	gán	G
陰險	梟	hiáu	
驕傲	奢鼻、大傲	sá pì, tài ngàu	
善良	好心	hǎu sím	G
老實	老實	lǎu sìt	GP
不吭氣	暮固	mù gù	
害羞	畏羞	vùi síu	
可憐	冤枉、恁前世	yēn vǒng, àn ciēn sè	
年輕	後生	hèu sáng	G

詞條	香港客家話	拼音	備註
漂亮	靚	liàng	G
難看	醜	cǐu	G
整齊	就人、伸差	cìu cìp, cún cá	
邋遢	漚漏	èu lèu	
乖	聽話	tàng và	G
淘氣	頑皮、肆意	ngān pī, cì yì	
好動	懆	càu	
執拗	硬頸	ngàng gǎng	G
(年紀) 小	細	sè	G
磨蹭	吔舐、磨嗦	yē sē, mó só	
滑頭	滑頭	vàt tēu	GP
下流	下流	hà līu	GP
無恥	唔愛面、唔知羞	m òi mièn, m dí síu	G
不錯	唔錯、幾好下	m cò, gǐt hǎu hà	G
不中用	冇用	māu yùng	G
壞	壞	fài	GP
差、次	瘍	biǎ	
耐用	耐	lài	P
乾淨	伶俐	lāng lì	
(冷到手指) 僵硬	僵	giá	
清靜	靜	cìn	GP
陰涼	涼爽	liōng sǒng	G
輕鬆	舒服	sú fùk	G
緊張 (時間不夠)	急笠	kǐp lǐp	
(光線) 刺眼	晟眼、射眼	cāng ngǎn, sà ngǎn	G
(氣味) 刺鼻	濁鼻	kùk pì	
(聲音) 刺耳	振耳	zǐn ngǐ	
(鞋子覺得) 緊	狹、緪	kiàp, hēn	
(衣服覺得) 緊	狹	kiàp	
(肚子覺得) 痛	刺、痛	ciǎk, tùng	GP
(開水覺得) 燙	燒	sáu	
(肥肉覺得) 膩	膩	lì	GP

詞條	香港客家話	拼音	備註
（身上覺得）癢	痎	hōi	
（屋裏覺得）悶	焗	gùk	G
（坐車覺得）顛	**扽**	dùn	G
（凳子覺得）冰	淨	zìm	
（毛衣覺得）扎	丑	dŭk	
殺（碘酒抹在傷口上時的刺痛感）	**刺**	ciăk	
長（繩）	長	cōng	GP
短（繩）	短	dŏn	GP
（屋簷）低	矮	ăi	GP
（路）寬	闊	făt	G
（路）窄	**狹**	kiàp	G
（衣服）新	新	sín	GP
（衣服）破	爛	làn	G
（菜）辣	辣	làt	GP
形容南瓜、紅薯等少纖維多澱粉	麪	mièn	
形容南瓜、紅薯等多纖維少澱粉	生水	sáng sŭi	
（柿子）澀	**澀**	giăp	GP
（味道）淡	淡	tám	GP
（茶）濃	濃	ngiūng	GP
（茶）淡	淡	tám	GP
（粥）稠	**稠**	lēu	P
（粥）稀	鮮	sién	
（眼睛）圓	圓	yēn	GP
（鼻子）扁	扁	biĕn	GP
（水）渾	**渾**	vūn	P
（水）清	鮮	sién	
（房間）暗	暗	àm	GP
（手）大	大	tài	GP

詞條	香港客家話	拼音	備註
(手)小	細	sè	G
(刀)鋒利	快	kài	
(魚)活	生	sáng	G
笨	蠢	cǔn	G
(飯)生	唔過欄	m gò fùt	
(飯)熟	過欄	gò fùt	
(弄)亂(了)	亂	lòn	GP
(放)穩	穩	vǔn	GP
(貼)歪(了)	爻、乜	ngāu, vě	G
(栽)密(了)	密	mìt	GP
(栽)稀(了)	落	làu	
(酒)厲害	濃	ngiūng	GP
(花生)潮(了)	潤	yùn	
(米通)潮(了)	通風	túng fūng	
(成績)差	差	cá	GP
(餅乾)脆	酥、脆	còi, sú	GP
(坡)陡	崎	kí	
(籃子)結實	組固	zǔ gù	
(人)強壯	雄	hiūng	
(車)歪(向一邊)	側	zět	GP
(桌子)晃	掞	yàm	
(球)癟(了)	凹	ngiǎp	G
(天氣)潮	回南	fūi lām	G
熱鬧	鬧熱	làu ngièt	G
冷靜	靜	cìn	G
乾淨	伶俐	lāng lì	
骯髒	累贅、囉嗦	lùi zùi, lò sò	
發霉的臭味	臭□	cìu dèm	
(事情很)麻煩	麻煩	mā fān	GP
容易	快	kài	
(路)直	直	cìt	GP
(路)直直	筆直	bǐt cìt	

詞條	香港客家話	拼音	備註
（繩子）粗	粗、大條	cú, tài tiāu	P
（繩子）細	幼	yìu	G
（房間）窄	**狹**	kiàp	
（籮裏穀子）滿	滿	mán	GP
厚	**笨**	pún	
（紙）薄	薄	pòk	GP
（燈）亮	光	góng	G
（魚）腥	腥	siáng	GP
（菜）嫩	嫩	lùn	GP
（肉煮得）爛	爛、<u>綿</u>	làn, miēn	GP
（樹木／金屬）腐爛	<u>歿</u>	mŭt	
（水果）腐爛	<u>綿</u>	miēn	
（摔得）粉碎	<u>揮</u>	fúi	
（膝蓋碰）痛（了）	痛	tùng	GP
（個兒）高	高	gáu	GP
（個兒）矮	矮	ăi	GP
（人）胖	**肭**	lĕp	
（人）瘦	瘦	sèu	GP
（豬）肥	肥	pūi	G
（菜）老	老	lău	GP
（東西）亂	亂	lòn	GP
（速度）快	**激**	giăk	
（速度）慢	慢	màn	GP
（水）熱	燒	sáu	
（天氣）熱	熱	ngièt	GP
（水）冷	冷	láng	P
（水）燙	**爉**	lùk	
紅	紅	fūng	GP
黃	黃	vōng	GP
綠	青	ciáng	
白	白	pàk	GP
黑（顏色）	烏	vú	

詞條	香港客家話	拼音	備註
黑（光線不夠）	暗	àm	GP
（菜）酸	酸	són	GP
（瓜）甜	甜	tiām	GP
鹹	鹹	hām	GP
重	重	cúng	GP
輕	輕	kiáng	GP
（衣服曬）乾（了）	**燥**	záu	
（容器）乾（了）	**斂**	liăm	
（瓜）苦	苦	fŭ	GP
（花）香	香	hióng	GP
（屎）臭	臭	cìu	GP
（尿）臊	胺	ăt	G
（地面）滑	滑	vàt	GP
（衣服淋）濕（了）	濕	sĭp	GP
（饅頭）硬	硬	ngàng	GP
（饅頭）軟	軟	ngión	GP
（石板）光滑	滑	vàt	GP

註：G=37/173, P=5/173, GP=64/173

　　形容詞有 173 個詞，只跟廣州話相同的有 37 個，佔 21.4%。只跟普通話相同的有 5 個，佔 2.9%。跟廣州話、普通話均相同的有 64 個，佔 37.0%。客家話特有的有 67 個，佔 38.7%。

　　香港客家話的形容詞中，有超過三分之一跟廣州話、普通話都相同，另外接近四分之一只跟廣州話相同。由此可見，在形容詞的選擇上，香港客家話有六成是跟廣州話一樣的。這裏包括一些語言的借用，以及一定程度的古漢語傳承。

二十二 數量詞

詞條	香港客家話	拼音	備註
一	一	yĭt	GP
二	二、兩	ngì, liŏng	GP
三	三	sám	GP
四	四	sì	GP
五	五	ňg	GP
六	六	lŭk	GP
七	七	cĭt	GP
八	八	băt	GP
九	九	gĭu	GP
十	十	sìp	GP
百	百	băk	GP
千	千	cién	GP
萬	萬	màn	GP
億	億	yì	GP
二十二	二十二、廿二	ngì sìp ngì, ngìp ngì	GP
三十三	三十三	sám sìp sám	GP
一百一十	百一	băk yĭt	G
一百一十一	一百一十一	yĭt băk yĭt sìp yĭt	GP
二百五十	兩百五、二百五	liŏng băk ňg, ngì băk ňg	G
三四個（人）	三四隻	sám sì zăk	G
十來個	十零隻	sìp lāng zăk	G
整個（吃）	**渾**隻	vōn zăk	
二斤	兩斤	liŏng gín	GP
二両	兩両	liŏng lióng	GP
二斤二両	兩斤二両	liŏng gín ngì lióng	GP
二尺	兩尺	liŏng căk	GP
一斤半	斤半	gín bàn	G
（一）個（人）	隻	zăk	
（一）隻（雞）	隻	zăk	GP
（一）頭（豬）	條	tiāu	
（一）朵（花）	朵	dŏ	GP

詞條	香港客家話	拼音	備註
(一) 枝 (花)	枝	gí	GP
(一) 條 (魚)	條	tiāu	GP
(一) 頭 (牛)	條	tiāu	
(一) 匹 (馬)	條	tiāu	
(一) 條 (狗)	條	tiāu	
(一) 條 (蛇)	條	tiāu	GP
(一) 棵 (樹)	**棵**	pó	GP
(一) 叢 (草)	**撮**	zěp	G
(一) 頓 (飯)	餐	cón	G
(一) 支 (煙)	支	zí	G
(一) 支 (針)	枚	mōi	
(一) 枝 (筆)	桿	gǒn	
(一) 件 (衣服)	眼	ngǎn	
(一) 套 (衣服)	身	sín	
(一) 雙 (鞋)	對	dùi	G
(一) 雙 (筷子)	雙	sùng	GP
(一) 條 (被子)	番	fón	
(一) 頂 (蚊帳)	頂、番	dǎng, fón	
(一) 把 (刀)	張	zóng	
(一) 幢 (房子)	間	gán	G
(一) 口 (井)	眼	ngǎn	
(一) 個 (箱子)	隻	zǎk	G
(一) 輛 (車)	架	gà	GP
(一) 隻 (船)	條	tiāu	
(一) 件 (事情)	件	kièn	GP
(一) 伙 (人)	班	bán	G
(一) 疊 (紙)	疊	tiàp	GP
(一) 捧 (花生)	捧	bǔng	GP
(一) 串 (葡萄)	桍	kǎ	
(一) 根 (香蕉)	條	tiāu	
(一) 把 (香蕉)	梳	só	
(一) 大串 (香蕉)	孔	kǔng	

詞條	香港客家話	拼音	備註
（一）口（水）	啖	tàm	G
（一）瓶（酒）	樽	zún	G
（一）片（樹葉）	皮	pī	
（一）截（木頭）	碌	lŭk	G
（一）節（甘蔗）	**相**	sióng	G
（一）片（桔子）	**片**	miĕn	
（一）灘（水）	灘	tán	GP
（一）道（痕跡）	條	tiāu	G
（一）畦（菜地）	瀝	làk	G
（一）丘（田）	塊	kài	G
（一）家（人）	家	gá	GP
（一）滴（眼淚）	點	diăm	
（一）窩（狗）	竇	dèu	G
（一）塊（磚）	隻	zăk	
（一）陣（雨）	場	cōng	GP
（一）扇（門）	隻	zăk	
（一）隻（碗）	隻	zăk	GP
（一）口（鍋）	隻	zăk	G
（一）杆（秤）	把	bă	GP
（一）把（大蒜）	紮	zăk	G
（一）泡（尿）	**涿**	dŭk	G
（一）泡（屎）	**涿**	dŭk	G
（一）團（泥）	團	tōn	GP
（一）株（草）	**棵**	pó	G
（一）堆（沙）	堆	dói	GP
（一）面（旗）	面	mièn	GP
（一）碗（飯）	碗	vŏn	GP
（一）粒（米）	粒	lĭp	GP
（一）服（藥）	劑	zè	G
（一）苫（長）	拈	ngiàm	G
（一）庹（長）	拈	ngiàm	G
（一）元	塊錢、蚊、隻花邊	kài cіēn, mún, zăk fá bién	GP

詞條	香港客家話	拼音	備註
(一) 角	毫子	hāu zǔ	G
(一) 分	分	fún	GP
(打一) 頓	身	sín	G
(看一) 遍	擺	bǎi	
(走一) 趟	擺	bǎi	
(玩一) 次	擺	bǎi	

註：G=27/101, P=0/101, GP=47/101

數量詞有 101 個，其中只跟廣州話相同的有 27 個，佔 26.7%，跟廣州話、普通話均相同的有 47 個，佔 46.5%，接近一半。只跟普通話相同的一個都沒有。客家話自己固有的只有 27 個，佔 26.7%，四分之一左右。

數量詞是最核心的詞彙，通常不借用，但為何客家話跟普通話有接近一半的相同率，而跟廣州話更有四分之三相同呢？這是因為大家都源於古漢語，很多數字和量詞都是一樣的，所以客家話特有的詞彙反而不多。

二十三 人稱代詞

詞條	香港客家話	拼音	備註
我	厓	ngāi	
你	你	ngī	GP
他	佢	gī	G
我們	吾兜	ngá déu	
咱們	厓哋	ngāi dí	
你們	惹兜	ngiá déu	
他們	其兜	giá déu	
誰	哪人、哪儕	là ngīn, là hā	
別人	人家、別人	ngīn gá, pièt ngīn	P
大家	大齊家、大家	tài cē gá, tài gá	GP

詞條	香港客家話	拼音	備註
自己	自家	cī gá	
我的	我嘅	ngá è	
你的	惹嘅	ngiá è	
他的	其嘅	giá è	
我們的	吾兜嘅	ngá déu è	
咱們的	厓哋嘅	ngāi dí è	
你們的	惹兜嘅	ngiá déu è	
他們的	其兜嘅	giá déu è	
誰的	哪人嘅	là ngīn è	
這個	這隻	ngiă zăk	
那個	哎隻	ài zăk	
那個	嗱隻	lài zăk	
這些	這兜、這滴	ngiă déu, ngiă dìt	
那些	哎兜、哎滴	ài déu, ài dìt	
哪些	嗱滴	lài déu, lài dìt	
一些兒	一滴仔	yīt dìt zăi	
這裏	這埞	ngiă tàng	
那裏	哎埞	ài tàng	
哪裏	嗱埞	lài tàng	
這邊	這邊	ngiă bién	P
那邊	哎邊	ài bién	
哪邊	嗱邊	lài bién	
這麼（甜）	恁	ān	
那麼（甜）	恁	ān	
這樣（做）	恁樣、恁攏	ān yòng, ān lūng	
那樣（做）	恁樣、恁攏	ān yòng, ān lūng	
怎樣（做）	仰邊	liòng bién	
怎麼（辦）	仰邊	liòng bién	
這會兒	這下、今下	ngiă hà, gím lá	
那會兒	哎下	ài hà	
哪會兒	幾時	gĭt sī	G
多久	幾久	gĭt gĭu	

詞條	香港客家話	拼音	備註
多少斤	幾多斤	gǐt dó gín	G
別處	第二埕	tì ngì tàng	
別的（東西）	第二兜	tì ngì déu	G
到處	另、籬頭壁角	làng, lī tēu biăk gŏk	
甚麼	乜介	măk gài	
做甚麼	做乜介	zò măk gài	
為甚麼	做乜介	zò măk gài	

註：G=4/49, P=2/49, GP=2/49

代詞有 49 個，只跟廣州話相同的有 4 個，佔 8.2%。跟廣州話、普通話均相同的只有 2 個，佔 4.1%。只跟普通話相同的一個都沒有。換句話說，客家話的特有詞彙有 41 個，佔 83.7%，接近九成。

人稱指代詞是方言中最特別的部分，一般很少跟其他方言或普通話相同。客家話也不例外。

二十四 各類虛詞

詞條	香港客家話	拼音	備註
分（幾分之幾）	分	fùn	GP
剛（到）	正	zàng	
剛好（合適）	啱啱	ngám ngám	G
乍（看很像）	唧聲子	zìt sáng zŭ	
一向	不溜	bŭt lìu	G
常常	過日、長日	gò ngǐt, cōng ngǐt	
正在（吃飯）	（食）等	(sìt) děn	
趕快（走）	趕激	gŏn giăk	
（別）老是（說）	緊係	gǐn hè	
馬上（就到）	好快	hău kài	G
一下子（找不着）	一下	yĭt hà	G

詞條	香港客家話	拼音	備註
無意中	唔知頭	m dí tēu	
很（好）	好	hǎu	G
最	最	zùi	GP
太（小了）	**忒**過（細）、（細）過頭	tĕt gò (sè), (sè) gò tēu	
特別（鹹）	特別	tèt pièt	GP
有點兒（累）	**有滴**（仔）	yíu dìt (zǎi)	
（大家）都（會）	都	dú	GP
一共	共總	kiùng zǔng	
幸虧（沒去）	好彩	hǎu cǒi	G
特地（趕來）	直登	cìt dáng	
反正	總都	zǔng dú	
光（吃菜不吃飯）	淨	ciàng	G
只（剩下一點兒）	淨	ciàng	G
偏（不去）	就係	cìu hè	G
恐怕（來不了）	**惶**到	kōng dàu	
一塊兒（去）	一齊、同下	yĭt cē, tūng hà	
故意	直登	cìt dáng	
一定（要來）	座硬、一定	cò ngàng, yĭt tìn	
隨便	濫糝、隨便	làm săm, cūi pĭen	
白（幹）	浪（做）	lòng (zò)	
不（去）	唔	m	G
不是	唔係	m hè	G
沒（去）	冇	māu	G
未（去）	吂	mān	
沒有（錢）	冇	māu	G
不必（去）	唔使	m sǔ	G
別（去）	唔好	m hǎu	G
還（沒來）	還	hān	P
突然（不見了）	陣時間、一下仔	cìn sī gán, yĭt hà zǎi	
得（去）	愛	òi	
拼命（跑）	搏命	bŏk miàng	G
更（起勁）	還過	hān gò	

詞條	香港客家話	拼音	備註
大約（二十個）	大莫約	tài mŏk yŏk	
幾乎（沒命）	**爭滴**	záng dìt	G
索性（不去）	直情	cìt cīn	
快（到了）	快	kài	GP
預先（講好了）	加先	gá sién	
仍然（那樣）	還係	hān hè	
好像（見過）	好像	hău ciòng	P
（真）還是（假）	也、還係	yá, hān hè	
不如	唔當	m dòng	
勝過	贏過	yāng gò	
跟着（就走了）	黏等、黏尾	ngiām děn, ngiām múi	
（氣）都（氣死了）	都	dú	GP
偏偏（是他）	偏偏	pién pién	GP
已經（來了）	（來）<u>嗨里</u>	hói dí	
稍微（高了些）	（高嗨）少少	(gáu hói) său său	G
多（漂亮）	幾	gĭt	G
臨時（弄）	臨時	līm sī	GP
的確（不知道）	正經、真係	zìn gín, zín hè	
（吃了飯）再說	正講	zàng gŏng	
（太陽）和（月亮）	**摎**	láu	
（我）跟（他都去）	**摎**	láu	
或者（你去）	或者	fèt ză	GP
只要	淨愛	ciàng òi	
只有	只有	zĭt yíu	GP
（借）給（我）	**分**	bín	
和（你不同）	**摎**	láu	
被（他吃了）	**分**	bín	
把（門關上）	將	zióng	G
（放）在（哪裏）	在	cói	P
從（明天起）	從、由、打	cūng, yīu, dă	P
打（哪兒來）	打、<u>適</u>	dă, ză̆k	
照（這樣做）	照	zàu	GP

詞條	香港客家話	拼音	備註
沿着（河邊走）	沿、適	yēn, zǎk	GP
替（他看門）	**摎**	láu	
向（他借錢）	**摎**、向	láu, hiòng	P
向（前走）	向	hiòng	GP
從小	從細	cūng sè	G
在（家裏吃）	在	cói	P
除（他之外）	除嗨	cū hói	
不用	唔使	m sŭ	G
不要	唔愛	m mòi	
讓（他去）	分、等	bín, děn	
由得（他）	愛得（佢）	òi dět (gī)	
用（鋼筆寫）	衮	gŭn	
用（筷子）	使	sŭ	G
到（今天止）	到	dàu	GP
比（他高）	比	bĭ	GP
（有準備地）拿好	拿便	lá pièn	
餓死了（誇張程度）	餓死咯	ngò sĭ lŏ	G
餓死了（結果）	餓死嗨	ngò sĭ hói	

註：G=24/93, P=6/93, GP=15/93

　　各類虛詞共 93 個，只跟廣州話相同的有 24 個，佔 25.8%，大概四分之一。只跟普通話相同的有 6 個，佔 6.5%。跟廣州話、普通話均相同的 15 個，佔 16.1%。客家話特有的詞彙有 48 個，佔 51.6%，稍微逾半。這些虛詞部分是核心詞彙，客家話保留過半以上，顯示出方言的特色。

以上數字總括如下表：

	總數	G	%	P	%	GP	%	HK	%
自然	180	43	23.9%	4	2.2%	33	18.3%	100	55.6%
方位	30	2	6.7%	0	0.0%	4	13.3%	24	80.0%
時令	101	24	23.8%	0	0.0%	14	13.9%	63	62.4%
農事	59	19	32.2%	1	1.7%	18	30.5%	21	35.6%
家務	63	24	38.1%	1	1.6%	11	17.5%	27	42.9%
植物	190	56	29.5%	3	1.6%	62	32.6%	69	36.3%
動物	165	39	23.6%	0	0.0%	27	16.4%	99	60.0%
房屋、家庭用具	208	70	33.7%	4	1.9%	41	19.7%	93	44.7%
衣物	63	35	55.6%	0	0.0%	14	22.2%	14	22.2%
飲食	125	32	25.6%	7	5.6%	23	18.4%	63	50.4%
人體	112	19	17.0%	1	0.9%	16	14.3%	76	67.9%
非親屬稱謂	80	42	52.5%	0	0.0%	4	5.0%	34	42.5%
親屬稱謂	91	21	23.1%	2	2.2%	15	16.5%	53	58.2%
紅白、宗教事務	74	27	36.5%	0	0.0%	16	21.6%	31	41.9%
疾病	81	20	24.7%	2	2.5%	10	12.3%	49	60.5%
日常生活	59	23	39.0%	1	1.7%	3	5.1%	32	54.2%
文教娛樂	81	30	37.0%	1	1.2%	21	25.9%	29	35.8%
人際	95	44	46.3%	2	2.1%	9	9.5%	40	42.1%
商務	87	48	55.2%	0	0.0%	33	37.9%	6	6.9%
動作心理	257	92	35.8%	9	3.5%	47	18.3%	109	42.4%
形容詞	173	37	21.4%	5	2.9%	64	37.0%	67	38.7%
數量詞	101	27	26.7%	0	0.0%	47	46.5%	27	26.7%
人稱代詞	49	4	8.2%	2	4.1%	2	4.1%	41	83.7%
各類虛詞	93	24	25.8%	6	6.5%	15	16.1%	48	51.6%
合計	2617	802	30.6%	51	1.9%	549	21.0%	1215	46.4%

註：G=廣州話獨有詞彙；P=普通話獨有詞彙；GP=廣州話和普通話共有詞彙；HK=香港客家話獨有詞彙

　　從該表可以看出，香港客家話 24 類詞彙中，最有方言特色，也就是說特有詞彙比例高於 50% 的，依次是人稱代詞（83.7%）、方位（80.0%）、人體（67.9%）、時令（62.4%）、疾病（60.5%）、動物（60.0%）、親屬稱謂（58.2%）、自然（55.6%）、日常生活（54.2%）、各類虛詞（51.6%）、飲食（50.4%），而最沒有特色的是商務（6.9%）。

　　24 類詞彙中，跟廣州話相同而又跟普通話不同的，百分比依次是衣物（55.6%）、商務（55.2%）、非親屬稱謂（52.5%）、人際（46.3%）、日常生活（39.0%）、家務（38.1%）、文教娛樂（37.0%）、紅白宗教（36.5%）和動作心理（35.8%）。最少的是人稱代詞（8.2%）。

　　24 類詞彙中，跟廣州話、普通話均相同的，百分比依次是數量詞（46.5%）、商務（37.9%）、形容詞（37.0%）、植物（32.6%）、農事（30.5%）、文教娛樂（25.9%）、衣物（22.2%）、紅白宗教（21.6%），最少的是人稱代詞（4.1%）。

　　從這些數字可以看出，2617 個詞彙中，有 802 個跟廣州話完全相同而跟普通話不同，佔 30.6%。跟普通話相同而跟廣州話不同的只有 51 個，僅佔 1.9%，可謂微不足道。跟廣州話、普通話均相同的有 549 個，佔 21.0%。可見客家話跟北方話的差異比較大。但如果連跟普通話相同的詞彙也計算在內，廣州話和客家話的相同詞彙總共有 1351 個，佔 51.6%。客家話自己特有的詞彙只有 1215 個，佔 46.4%，少於一半左右。故此，懂得廣州話的人，學客家話只需多學一千二百多個日常詞彙就夠了。當然，要說比較道地的客家話，還要正確地使用慣用語、重疊式形容詞、語氣詞等，這是要經過長期使用才能掌握的。

第六章

香港客家話的慣用語

一　簡介

慣用語是指各個地區慣常使用的口語，主要是短小定型的詞彙或短句，意義或許有所引申、比喻，未必可以從字面推斷，包括成語、諺語、歇後語。

和所有的漢語方言一樣，客家話也有很多慣用語，包括成語。由於漢語的成語是整個漢語語族的共同特徵，分佈在漢語的每個地方變體中，詞形極為一致。因此，客家人口頭上常說的成語並不包括在此。

作為地方變體，客家話有很多自己的慣用短語。然而，客家話的慣用語有很大部分與普通話相同，例如：三八、一刀切、七七八八、八九不離十、過五關斬六將、無事不登三寶殿、皇帝不急太監急、八仙過海各顯神通、人無遠慮必有近憂。其中一部分是從書面語引入，一部分是因為各方言在分化以前便已經共同擁有的。還有相當部分也是跟廣州話相同或者相似的，例如：前世唔修（命運很慘）；禾稈冚珍珠（外表不好看但很中用，近代也指隱形富豪）；好心着雷劈（好人沒好報）；食飽飯等屎屙（無所事事）；大雞唔食細米（做大事的人看不起小利益）；爛船都有三斤釘（瘦死的駱駝比馬大）；輸錢皆因贏錢起；小財唔出大財唔入；上屋搬下屋唔見一籮穀（搬家常常費時失事）；冇恁大嘅頭就唔好戴恁大頂帽（要量力而為）；人無橫財不富，馬無夜草不肥。

由於篇幅關係，我們排除所有跟普通話詞形相同的慣用語，也儘量不收錄跟廣州話相同的慣用語，只列出目前在老一輩香港客家人中流傳的客家話特有的慣用語。但有些慣用語在粵語和客家地區流行已久，分不清孰先孰後，只要是常用的，則仍然會列出。

由於客家人以前絕大多數是農民，語言使用和農村生活息息相關，慣用語也凸顯出農村生活的特色，尤其是較多動物、植物的比喻。雖然客家人的生活比較艱苦，但客家話慣用語中對小動物的描述卻非常活潑可愛，常把牠們擬人化，尤其是狗、貓、老鼠等，顯示出客家人風趣的一面。

以下我們會用慣用語字數和結構的不同來分類。**粗體**表示使用了不太為人知悉的本字，<u>加底線</u>表示使用了同音或近音字。方框□表示無法用漢字表示。六角括號〔〕內是標準中文例子的翻譯。

每一類慣用語皆有客家話錄音朗讀，掃描相應列表後的二維碼即可獲取音頻。

二　兩字慣用語

香港客家話特有的兩字慣用語並不多，而且很多詞的詞形跟廣州話相同，這裏不列出。以下列出的只是上一代客家人常用、但廣州話和普通話沒有的詞語：

慣用語	拼音（客家話）	解釋
阿姆	á mē	本來發音是 á mé，意思是媽媽。但香港客家話已經不用這個詞語來稱呼媽媽，反而在感歎的時候說。如果語氣拉長或者說「阿姆子」，則表示「我的媽呀」。如果發音短促則表示「你看」。
阿妹	á mòi	(1) 老一輩對小孩的稱謂，不分男女。語氣一般拉長，幾乎聽成 á mòi ói。(2) 夫妻之間稱自己的嬰孩。例：阿妹發燒欸，過來看下〔孩子發燒了，過來看看〕。
巴搭	bá dăp	（打人的）巴掌，例：一巴搭拌過去。又作「搭嘛」。
飽節	bău ziĕt	本來是指很飽，造成浪費。引申為浪費，不稀罕。例：恁飽節？半隻雞都當垃圾拂嗨佢？〔那麼浪費，半隻雞都當垃圾扔掉？〕
發癲	bŏt dién	發瘋。可以引申為非常生氣。又作「發捋」。
發冷	bŏt láng	又作「發大冷」。以前用來稱呼瘧疾。早些時候用來罵人，但後來變成一個無貶義的暱稱。例：你隻發冷恁早去哪哦？〔你這個傢伙那麼早上哪呀？〕
發捋	bŏt lòt	發脾氣。又作「發捋邪、發性」。
發性	bŏt siàng	發脾氣，使性子。又作「發捋」。
發瘟	bŏt vún	本義是「發生瘟疫」。現在用來咒罵一些動物，尤其是貓狗。例：其條發瘟狗咬死吾條貓〔他那隻該死的狗咬死了我的貓〕。
差過	cà gò	本義是「比……還差」。但引申為「幾乎」。注意「差」的發音是去聲。例：恁樣看等厓，差過厓係賊佬恁樣〔這樣看着我，幾乎把我當作賊一樣〕。

慣用語	拼音（客家話）	解釋
恃懵	cǐ mǔng	隨便，胡亂。例：恃懵填幾隻字就會中獎〔隨便填幾個字就會中獎〕。
座硬	cò ngàng	一定會。例：考試唔讀書座硬唔及格〔考試不讀書肯定不及格〕。
伸差	cún cá	整齊，清楚。例：這件事厓都講唔伸差〔這件事我也說不清〕。
搭嫲	dǎp mā	（打人的）巴掌。又作「巴搭」（見「巴搭」條）。
鬥多	dèu dó	隨便，不經意。例：哎隻醫生鬥多看下就講愛三千銀〔那個醫生隨便看一下就說要三千元〕。
鬥當	dèu dòng	求別人要。例：鬥當就唔抵錢〔求別人要就不值錢〕。
滴仔	dìt zǎi	一丁點兒。又作「滴息仔、滴哥仔」。
剁殺	diòk sǎt	口頭禪，相當於：我呸。
當得	dóng dět	事實上如此。例：當得做過就唔怕承〔真得做過就不怕認〕。/ 當得係就係，唔好生安白做〔事實上是就是，不要無中生有〕。
哄鬼	fūng gǔi	口頭禪，本義是騙鬼，但意思是「說鬼話、我才不信」。例：哄鬼呀！佢都有錢送賴子去英國讀書！〔說鬼話？他都會有錢送兒子去英國讀書？〕
夾總	gǎp zǔng	全部加起來，總共，又作「摎總」。例：人工摎獎金夾總都冇一萬銀〔薪水跟獎金加起來都沒有一萬塊〕。
幾面	gǐ mièn	（做了）幾次（奶奶、爺爺、外公、外婆之類）。例：吾老妹吂到五十歲就做嗨幾面姐婆咯〔我妹妹沒到五十歲已經做了幾次外婆了〕。
見人	gièn ngīn	人人，每個人。例：見人都有份〔人人都有份〕。
過魔	gó mó	「過魔」本義是絕子絕孫，本來是個罵語，但很多時候會用作朋友間的暱稱。例：惹隻過魔做七介恁久都冇來吾屋下哦〔你這個傢伙為何那麼久都沒來我家呀〕？又作「過魔薯」。
戈門	gó mūn	專門，特地（做一些令人不快的動作）。例：唔好戈門圖菜〔不要專門只吃菜〕。
過爭	gò záng	（病情等）比較好一點。例：佢今日過爭咯，正先還食得飯〔他今天好點了，剛才還吃過飯〕。
過啜	gò zòi	「啜」是嘴巴的意思。「過啜」是說吃了一些口味重的東西，用糖果或者甜品來中和嘴裏的感覺。例：食嗨條魚，愛食隻糖仔來過啜〔吃完了一條魚，要吃顆糖果來中和一下〕。
看信	kòn sìn	看看。例：你敢駁嘴看信〔你敢頂嘴看看〕？
泥包	lāi báu	讀書不聰明，一般當形容詞使用。例：佢細哎陣讀書好泥包，吂知今下做嗨大老闆〔他小時候讀書很差勁，怎知道現在做了大老闆〕。

慣用語	拼音 (客家話)	解釋
恅過	láu gò	以為。例：你恅過厓還細呀〔你以為我還小嗎〕？
啉噤	lĕm gĕm	全部。惹幾隻人啉噤都細過厓〔你們幾個人全部都比我小〕。
仰邊	liòng bién	怎樣？老派發音作 ngiòng bién。但現在大部分人發音是 liòng bién。
唔着	m còk	（數目）不對。
麻理	mā lí	隨便（副詞）。例：正先冇看清楚，麻理拿隻就走〔剛才沒看清楚，隨便拿個就走〕。
嘜都	mǎi dú	甚麼都。例：等你拿得相機出來嘜都走掅啦〔等你把照相機拿出來甚麼都走光了〕。
嘜呀	mǎi yá	你說甚麼？疑問句，但語氣一般決定意義。語氣比較輕時表示「你說甚麼，我沒聽到」。語氣比較重時表示「真的嗎？我不相信 / 我被這個消息嚇到了」。例：嘜呀，惹姐公姐婆舊年離嗨婚〔甚麼，你外公外婆去年離了婚〕？
拈便	ngiám pièn	準備好（後面一定跟動詞），通常是值得高興的事情。例：惹兩隻賴子都今年結婚，你咩拈便做阿公〔你兩個兒子都今年結婚，你豈不是準備好做爺爺〕？
嘥爽	sái sŏng	浪費。「嘥」字源不詳，可能借自廣州話。
死梗	sĭ gǎng	死定，一般是誇張說法。例：後日考試乜介都還冇準備，這擺死梗咯〔後天考試甚麼都還沒準備，這次死定了〕。
死咯	sĭ lŏk	糟糕。例：死咯，原來厓冇帶鎖匙添〔糟糕，原來我根本沒帶鑰匙〕。「咯」發音為 lŏk 表示事態嚴重，發音為 lŏ 則比較輕微。
死食	sĭ sìt	饞嘴，喜歡吃。例：這隻年紀唔好恁死食，好容易食出病嘅呀〔這個年紀不要那麼饞嘴，好容易吃出病的呀〕。
纖西	siám sí	少許、稍微。「纖西」是同音字，字源不詳。例：纖西有錢滴都唔會住在這裏〔稍微有點錢都不會住在這裏〕。
酸果	són gŏ	指人傻兮兮，大笑大哭的性格。例：其老婆正酸果，動到就哈哈大笑〔他老婆傻兮兮的，動不動就哈哈大笑〕。
喪家	sóng gá	本指辦喪事的家庭。用作詈語罵人。例：厓正唔愛其幾隻喪家錢〔我才不要他那王八蛋的幾個錢〕。
喪犺	sóng sāi	肚子餓，飢不擇食。引申為猴急。
喪食	sóng sìt	肚子餓，飢不擇食。通常沒有引申義。
順溜	sùn lìu	順利。又作「順溜順溜」。例：係講嘜都恁順溜，厓五十歲就唔使做了〔甚麼都那麼順利的話，我五十歲就不用幹了〕。

慣用語	拼音（客家話）	解釋
天作	tién zŏk	快有暴風雨前悶熱的天氣。又比喻人發脾氣。
推懶	tói lán	找藉口不工作。例：吾隻工人常日推懶，唔得佢葛煞〔我的傭人常常找藉口偷懶，真拿他沒辦法〕。
同下	tūng hà	本義是一起，一齊。引申為性生活的委婉語。例：其兩公婆分房睡，冇同下幾年了。
鹽膽	yām dăm	非常鹹的食物。
冤枉	yén vŏng	「冤枉」有三個意思，第一個跟標準漢語相同，如「分人冤枉」（被人冤枉）。第二個是很慘很可憐。第三個只是口頭禪，有點像「我的天」。例：冤枉，排隊排嗨三點鐘久都還言到厓〔我的天呀，排隊排了三個小時都還沒到我〕。
倚勢	yĭ sì	倚仗。俗語有云：緊倚勢哎管鼻，撿到來餓絕氣。
樣信	yòng sìn	諸如此類。例：你愛帶便兜紙寶蠟燭樣信過去拜惹公太〔你要準備帶些元寶蠟燭等去拜你曾祖父〕。
詐死	zà sĭ	字面意義是裝死。引申為隱藏自己的實力或財富。
正來	zàng lōi	「正來」作為詞語有三個解釋：(1) 一開始。例：佢正來都幾好嘅，黏尾緊做緊衰〔他一開始是不錯的，後來越做越差〕。(2) 才，跟「正」相同。例：吾爸六十歲正來學英文〔我爸爸六十歲才學英文〕。(3) 才來：厓今晚愛八點過外正來〔我今晚要八點鐘以後才來〕。
做得	zò dĕt	有兩個意思，一是能工作，二是可以。例：惹隻病唔算嚴重，食嗨這兜丸仔就做得〔你的病不嚴重，吃了這些藥丸就可以了〕。
作姣	zŏk hāu	女人賣弄風騷。
作死	zŏk sĭ	本義是想死，引申為該死、調皮的意思。例：其賴子好作死，滴咁大就曉撩妹仔〔他的兒子很調皮，年紀小小就會泡女孩〕。
轉添	zŏn tiám	添飯。例：愛轉添就自家去灶下舀飯〔要添飯就去廚房盛飯〕。
種草	zŭng cău	遺傳。例：其賴子有其種草，好會做生理〔他兒子有他的遺傳，很會做生意〕。
總都	zŭng dú	反正。例：總都係愛分錢，唔當住得好滴〔反正都要給錢，不如住得好點〕。
中命	zùng miàng	罵語，罵人趕着去投胎。

【1】兩字慣用語

三　三字慣用語

客家話的三字慣用語很多，有些非常特別。按照結構可以分為下面幾類。

1. ABC 結構

這些都是三音節的慣用結構，內部結構幾乎各有不同。這些結構只有部分可以從字面猜到，更多是引申義，有些還是比喻，包括隱喻。

慣用語	拼音（客家話）	解釋
哎頭碌	ài tēu lŭk	那頭，那邊（比較遠的距離）。例：哎頭碌有間觀音廟〔那邊有一間觀音廟〕。
恁好死	ān hău sĭ	字面意思是「那麼容易死」，但實際意思是「（哪有）那麼美好」。例：恁好死，今日請厓去食飯，梗係想尋厓幫忙啦〔那麼好，今天請我吃飯，一定想找我幫忙啦〕。
咁前世	àn ciēn sè	「前世」其實是「前世唔修」的縮略。字面意義是前世沒有修好，今生受苦，好慘。但一般引申為「那麼可憐，那麼差」。
鴨公聲	ăp gúng sáng	鴨公是公鴨，叫聲沙啞。喻指聲音沙啞的人。
半中腰	bàn dúng yáu	人體或植物一半的位置。注意「中」的發音。
半江浸	bàn góng zìm	(1) 形容別人的話有口音，外語（或者其他方言）學得不好。(2) 形容某個地方的方言不客不粵，很滑稽。
半公嬤	bàn gúng mā	不男不女，人妖。一般指年輕人的穿着、舉止，帶有取笑的意思。
半工讀	bàn gúng tùk	一邊工作一邊讀書。
半爛殘	bàn làn càn	中途（放棄）。例：食飯食到半爛殘就講愛趕等開工〔吃飯吃到一半就說要趕着開工〕。
半做料	bàn zò liàu	一邊工作一邊遊玩。很輕鬆的工作，又作「半做半料」。例：其份工半做料，人工又高，哪裏都尋唔到〔他那份工作很輕鬆，薪水又高，哪裏都找不到〕。
發餓癆	bŏt ngò lāu	本義是一種發餓的病，引申為貪心、貪小便宜。例：恁發餓癆，連一毫子都去撿？〔那麼貪小便宜，連一毛錢都去撿？〕
畚箕摜	bùn gí kàn	字面意思是用畚箕來提着走。實際是指以前把女嬰殺害後處理屍體的動作。近代演變為罵女孩子的話，又作「畚箕笠」。
嘈舌頭	ciàu sèt tēu	搬弄是非，亂說的意思。

慣用語	拼音 (客家話)	解釋
臭嬭臊	cìu lèn sáu	嬰孩身上散發着奶的臊味。用來笑人心智未成熟，黃毛小子乳臭未干。例：你都還臭嬭臊就學人拍拖？〔你還有奶臊味就學着別人談戀愛？〕
臭貓屎	cìu miàu sī	字面意思是有貓屎的臭味。比喻為兩個小孩玩耍之間起爭執。例：兩老表搞冇兩下就臭貓屎〔兩個老表沒玩兩下就翻臉〕。
臭水古	cìu sūi gŭ	蔬果等食物在水裏泡太久而產生的難聞味道。
長飯娘	cōng fàn ngiōng	指吃飯吃很久的人（一般指小孩）。
坐冷石	có láng sàk	坐冷板凳。受到冷落。
出絕嗨	cŭt cièt hói	字面意思是「出到盡頭了」，實際是罵對方的父母生出一個不能再壞的人。但後來這句話的意義又變得溫和些，用來笑別人過分。例：你真係出絕嗨，恁樣都想得出來〔你真的太過分了，這樣都想得出來〕。
打靶鬼	dǎ bǎ gǔi	字面是指被拉去打靶的人，引申為「該死的」。但現代只是用來笑罵對方的暱稱。又作「炮打鬼」。
打絕佢	dǎ cièt gī	字面意思是「打死他」。但沒那麼嚴重，只是嚇唬小孩的話。
打粗着	dǎ cú zŏk	（比較好的衣服）穿來幹粗活。
打鬼噏	dǎ gǔi ngăp	本指人鬼上身亂說話。用來罵人亂蓋。又作「打病噏」。
打理佢	dǎ lí gī	字面意思是「管他」。其實是「由他去」。
打落佢	dǎ lòk gī	看扁他。例：佢恁懶，厓打落佢考唔倒大學〔他那麼懶惰，我看他肯定考不上大學〕。
打病噏	dǎ piàng ngăp	本指病重的人亂說話。用來罵人亂說話。又作「打鬼噏」。
打淡食	dǎ tám sìt	本來用來送飯或者送酒的食物，結果單獨拿來吃。
打野食	dǎ yá sìt	在野外覓食，也引申為在外面偷情。
帶人仔	dài ngīn zăi	照顧小孩，又作「渡人仔」。
刀石頭	dáu sàk tēu	刀石，磨刀石。從前到後很長，像磨刀石的頭型。
滴恁多	dìt ān dó	才那麼一丁點。
滴打滴	dìt dǎ dìt	小部分小部分地。例：打爛隻杯，玻璃析愛滴打滴撿起來〔打爛了杯子，玻璃碎片要一塊一塊撿起來〕。
滴哥仔	dìt gó zăi	一丁點兒。又作「滴息仔、滴仔」。
滴息仔	dìt sīt zăi	一丁點兒。又作「滴哥仔、滴仔」。
對打對	dùi dǎ dùi	一雙雙一對對的。

慣用語	拼音（客家話）	解釋
掩膝雞	èm siò gái	本義是指一些因生病而沒有胃口、躲在一旁的雞。「掩膝」是指前胃沒有食物時凹下去的狀態。引申義指人生病、沒有精神的樣子。
漚杉樹	èu càm sù	指屍體在棺材中腐爛。罵人家去死的話。
漚歿泥	èu mŭt lāi	屍體在泥土中腐爛，連泥土都弄爛了。罵人家去死的話。又作「漚黃泥」。
漚黃泥	èu vōng lāi	指屍體在黃土中腐爛。罵人家去死的話。又作「漚歿泥」。
狗屎潑	gĕu sĭ păt	口頭禪，相當於「呸，大吉大利」。
狗蝨覺	gĕu sĭt gàu	睡覺沒一會便醒來。
叫對佢	giàu dòi gī	（被他欺負）因為他而哭。注意「對」的發音。
叫嬭食	giàu lèn sìt	哭着要喝奶。也用來嘲笑人思想幼稚，沒長大。
過魔薯	gó mó sú	詈語，罵人絕子絕孫，又作「過魔」。
各在人	gŏk cài ngīn	（在於）每個人。例：榴蓮好唔好食，各在人唔同〔榴蓮好吃與否，因人而異〕。
鬼抙筋	gŭi báng gín	指一個人發育不良，身材很瘦小。
鹹搭苦	hām dăp fŭ	非常鹹，鹹到發苦。
好下正	hău hà zàng	暫時這樣。相當於「再見」。
好食祿	hău sìt lŭk	有口福。
好**啜**碼	hău zòi má	（指小孩）很有口頭上的禮貌。
好總成	hău zŭng sīn	有好處給人。例：帶恁多東西來，有乜介好總成厓哦〔帶那麼多東西來，有甚麼好處給我的〕。
擐竹筒	kàn zŭk tūng	字面意思是「背着竹筒」，指行乞的人。
看等來	kòn dĕn lōi	小心點。
看信正	kòn sìn zàng	看清楚點。
空心肚	kúng sím dŭ	空腹。例：空心肚唔食得酒〔空腹不能喝酒〕。
屈尾龍	kùt múi lūng	字面意思是斷掉尾巴的龍。但其中有個複雜的典故。現在引申為「搞風搞雨」、給人添麻煩的人。
爛飯粥	làn fàn zŭk	煮得很爛，幾乎好像粥一樣的飯。
爛**卵核**	làn lĭn hàk	字面是爛掉的男性器官。蔑稱流氓、地痞。
兩頭<u>揁</u>	liŏng tēu cín	搖頭擺鬧，走路不穩的樣子。
仰邊好	liòng bién hău	仰邊（老派發音為 ngiòng bién），怎樣；仰邊好，怎樣是好，怎麼辦。

慣用語	拼音 (客家話)	解釋
仰得來	liòng dĕt lōi	「仰」是「仰邊」的簡稱，意思是「怎樣有那麼快？」
唔着意	m còk yì	不合胃口想吐。例子：厓正先食到嘅酸梅唔着意〔我剛才吃到的酸梅不合胃口〕。
唔着着	m còk zŏk	不合穿。注意「着」是多音多義字。
唔伸差	m cún cá	「伸差」是整齊。但「唔伸差」除了指物件不整齊以外，還有事情不清楚、沒條理的意思。例：這件事厓都講唔伸差咯〔這件事我也無法講清楚了〕。
唔得倒	m dĕt dău	巴不得。例：其三兄弟唔得倒其爸一死就分身家〔他們三兄弟巴不得他們爸爸一死就分家產〕。
唔得來	m dĕt lōi	時間還沒到。例：惹賴子幾時娶老婆噢？唔得來嘅 (zé)〔你兒子甚麼時候結婚啊？還早着啦〕。
唔得死	m dĕt sī	字面意思是想死，找死。但比喻為白費氣力、白幹。例：明知佢唔識字還送本書分佢，唔得死咩〔明知道他不識字還送一本書給他，白費氣力〕。
唔知死	m dí sī	不怕死，引申為不知天高地厚，又指不知內情。例：厓大吾老弟十八年，唔知死好多人還以為我係其爸〔我比弟弟大十八年，不明就裏的很多人還以為我是他爸爸〕。
唔知性	m dí sìn	(通常指小孩、貓狗)不懂事。有時跟「唔知死」差不多。又作「唔知天、唔知天性」。
唔知羞	m dí síu	不知羞恥，不要臉。
唔知頭	m dí tēu	不經意，不小心。
唔知天	m dí tién	(通常指小孩、貓狗)不懂事。有時跟「唔知死」差不多。又作「唔知天、唔知天性」。
唔刮你	m găt ngī	不理睬你。
唔夠胘	m gèu gói	(食物太少)不夠吃。
唔過棚	m gò fùt	飯未熟透，中心仍然很硬，好像有個核一樣。
唔好正	m măn zàng	慢着，等一下。
唔係路	m mè lù	字面意思是「不是路」，但實際意思是不對勁，不像話。
唔捨得	m să dĕt	捨不得。
唔使來	m sŭ lōi	字面意思是「不用來」。但語氣不一樣時有兩個意思。語氣輕的話是字面意義。語氣重的話意思是「(你)少來(這套)吧」。

慣用語	拼音（客家話）	解釋
唔做得	m zò dĕt	語氣不一樣時有兩個意思：(1) 不能工作。(2) 不行。例：你唔做得打人〔你不能打人〕。(3) 病重到快要死的委婉語。例：佢病到恁嚴重，怕快唔做得了〔他病到那麼嚴重，恐怕快不行了〕。
麻理來	mā lí lōi	隨便來，亂來。
麻衣煞	mā yí săt	本義是一個穿着麻衣的煞星。現一般用來罵人。有時也用作暱稱。
冇刮煞	māu găt săt	刮煞指辦法。沒法子的意思。
冇教招	māu gáu záu	沒有教養。
冇下頷	māu há ngám	下頷，下巴。傳說中的鬼是沒有下巴的，因此「冇下頷」一般指人說鬼話，胡扯。
冇心性	māu sím siàng	沒心情。又作「冇心冇性」。
冇頭神	māu tēu sīn	沒記性。
貓徙竇	miàu săi dèu	母貓經常搬動自己的孩子到新的地方。因此「貓徙竇」用來比喻一些經常搬家的人。
暮固狗	mù gù gĕu	「暮固」是不作聲的意思。「暮固狗」是指一些不喜歡吠的狗，但也用來戲稱不太說話的人。
目睡鳥	mŭk sòi diáu	「目睡」是睏的意思。「目睡鳥」是戲稱一些經常感到睏的人。
牛王頭	ngīu vōng tēu	指小孩頑皮。「牛王」是牛魔王的意思。
愛得你	òi dĕt ngī	隨你的便。
惡雞嫲	ŏk gái mā	本義是很兇猛的母雞。比喻很兇惡的女人。
白蟻嚙	pàk lí ngàt	字面意思是被白蟻咬的人，其實是罵人老不死。
霎眯眼	săp mí ngăn	閉上眼睛的意思。也是「死去」的委婉語。
殺鼠貓	să cŭ miàu	很會捉老鼠的貓。也比喻很會管理下屬的老闆。
死對佢	sĭ dòi gī	（被他欺負）因為他而死，注意「對」的發音。
死朒仔	sĭ lĕp zăi	「朒仔」是小胖子。罵男孩的話。
死妹罌	sĭ mòi áng	罵女孩的話。
死食豚	sĭ sìt tūn	罵人饞嘴，好吃。
死會算	sĭ vòi sòn	「死會」就是很會，很會算，貶義。
四棱棍	sì liàm gùn	四方的棍子。指一些不會變通的人。
鮮魚缽	sién ńg băt	字面是裝鮮魚的盤子，但實指男嬰。客家人認為生男孩子比較值錢，好像鮮魚一樣。女孩比較不值錢，好像豬肉，所以問別人新出生孩子的性別，就用鮮魚缽來指稱男孩，豬肉缽來指稱女孩。

慣用語	拼音（客家話）	解釋
蝨背後	sĭt bòi héu	在屁股後面，即正後方。「蝨」是「屎窟」（屁股）的合音。
食飽餐	sìt bǎu cón	大吃一頓。但多數用來罵人。例：好去食飽餐咯〔去大吃一頓吧〕（表示有點不滿）。
食到畏	sìt dàu vùi	（天天重複的食物）食到怕，一點胃口都沒有。
食浪米	sìt lòng mǐ	「浪」是枉、浪費的意思。「食浪米」是罵人白白浪費米飯的意思，也是一個不雅的詈語。
食燒啜	sìt sáu zòi	「啜」是嘴巴，吃到嘴巴都熱了，意思是吃上癮了。
食睡屙	sìt sòi ó	吃飯、睡覺、拉屎。形容嬰孩或者老人的生活，或者嘲笑人好像廢人一樣。
酸果頭	són gŏ tēu	字面上是指酸的果子，但引申為「傻瓜、三八」。
爽地泥	sŏng tì lāi	把碎紙等東西灑在地上，弄得滿地垃圾。
炮打鬼	pàu dǎ gǔi	該死的，又可以說成「打靶鬼」。
病脫頭	piàng lŏt tēu	應該是病到脫頭髮的意思，本來是罵人的詈語。現在用作互相笑罵的暱稱。
大番薯	tài fán sū	比喻一些塊頭大，但笨頭笨腦的人。
渡人仔	tù ngīn zǎi	照顧小孩，又作「帶人仔」。
灶下雞	zàu há gái	「灶下」是廚房的意思，指沒有膽量到外面去闖的人。歇後語是「出到門背唔曉啼」。
啜來講	zòi lōi gŏng	字面意思是「用嘴巴來說」，指只說不幹。
作下力	zŏk hà lìt	用力。
豬筧下	zú déu há	豬筧是用來餵豬的容器，通常是長條形。豬進食的時候很急，濺出很多飼料，所以豬筧下面很髒。用來形容小孩吃飯浪費了一大半的樣子。
豬嬤尿	zú mā ngiàu	（尤其指小孩）很多很大的一泡尿。
豬肉缽	zú ngiŭk băt	字面意思是裝豬肉的盤子。但實指女嬰。見「鮮魚缽」一條。
豬接勺	zú ziǎp sòk	餵豬的時候，豬來接勺子的食物通常只接到一半左右。指一個人接受信息的時候沒有聽清楚，漏掉了很多重要的部分，卻隨便插嘴。
中崩崗	zùng bén góng	跳崖的意思，用來罵人。
中命鬼	zùng miàng gǔi	亂蹦亂跳，橫衝直撞最後而死的鬼，用來罵人亂跑。
中石角	zùng sàk gŏk	跳到亂石堆而死的意思，用來罵人。

【2】三字慣用語．ABC 結構

2. ABB 結構

　　客家話和其他漢語方言一樣，有豐富的 ABB 結構。跟普通話的詞形相同的不算多，跟廣州話相同的雖然較多，例如「滑突突、薄翼翼」等，但更多的 ABB 是客家話特有的。普通話的「胖嘟嘟、慢吞吞、綠油油」客家話都不說。ABB 的中心詞是 A，通常是形容詞，而 BB 是兩個發音相同、作為補語的音節。BB 有時候很難找到本字，其中一些只是擬聲詞。BB 的作用一般是加強了 A 的感覺。以下用同音或者近音字去代表 B 的時候加上底線。

慣用語	拼音（客家話）	解釋
矮嘚嘚	ăi dèp dèp	非常矮。
暗摸摸	àm mó mó	（天色、地方）非常黑暗。
飽凸凸	bău tèt tèt	非常飽。
扁塌塌	biĕn tàt tàt	非常扁。
淺滑滑	ciĕn vàt vàt	（容器）非常淺。
深猛猛	cím máng máng	（容器或者房子的深度）非常深。
靜若若	cìn ngiòk ngiòk	（環境）非常靜。
直筆筆	cìt bĭt bĭt	非常直。
長纜纜	cōng lām lām	非常長。
粗垲垲	cú kāi kāi	非常粗。
重墜墜	cúng dūi dūi	非常重。
短述述	dŏn sùt sùt	非常短。
闊膀膀	făt póng póng	（衣物）非常寬。
苦丟丟	fŭ dīu dīu	（食物、水果）非常苦。
紅淮淮	fūng făi făi	非常紅（不好看的樣子）。
紅彤彤	fūng dùng dùng	非常紅（中性評價）。
紅唧唧	fūng zìt zìt	非常紅（中性評價）。
高東東	gáu dúng dúng	（尤其指身材）非常高，又作「高天天」。
光華華	góng vā vā	非常光亮。
好丁丁	hău dīn dīn	好端端。
香不不	hióng bŭt bŭt	非常香。又作「香噴噴」。
香噴噴	hióng pùn pùn	非常香。又作「香不不」。

慣用語	拼音 (客家話)	解釋
輕匹匹	kiáng pìt pìt	非常輕。
狹唧唧	kiàp zìt zìt	指地方非常狹小。
舊末末	kiù màt màt	(衣物) 非常舊。
爛節節	làn zièt zièt	爛得有水分，尤其是腐爛的物件或路上的泥濘。
爛綿棉	làn miēn miēn	爛得幾乎溶化了。又作「爛溶溶」。
爛溶溶	làn yūng yūng	爛得幾乎溶化了。又作「爛綿棉」。
冷懷懷	láng vāi vāi	(天氣) 非常冷。
冷挖挖	láng vàt vàt	(食物放太久) 非常冰。
老嚙嚙	lău ngàt ngàt	(食物尤其是蔬菜) 非常老 (不能用來形容人)。
捻支支	lém zī zī	(食物或用品) 非常軟而引起不舒服的感覺
脸榜榜	lēm bōng bōng	(食物或用品，也可以指人) 非常軟 (負面評價)。
脸不不	lēm bùt bùt	(食物或者用品) 非常軟 (正面評價)。
脸漿漿	lēm zió zió	(食物或者用品) 非常軟 (中性評價)。
胕卒卒	lĕp zŭt zŭt	人或者家畜非常胖 (有點可愛)。
稠度度	lēu dū dū	(稀飯等) 很黏稠。
膩絕絕	lì cièt cièt	非常油膩。
潊糠糠	liăm hŏng hŏng	(本應該積水的地方或充滿水分的食物) 很乾。
涼陰陰	liōng yĭm yĭm	(地方) 非常涼快而令人舒服。
暖屈屈	lón vŭt vŭt	(地方) 非常溫暖而令人舒服。
亂東東	lòn dúng dúng	非常凌亂。
嫩述述	lùn sùt sùt	(通常指蔬菜等食物) 非常嫩而好吃。
滿卒卒	mán zŭt zŭt	非常滿。
硬各各	ngàng gòk gòk	(物體，尤其是麵包、饅頭等食物) 非常硬。
硬翹翹	ngàng kiàu kiàu	(屍體) 僵硬。或者是物品硬得讓人不舒服。
凹皮皮	ngiăp pĭ pĭ	(皮球、肚皮等) 凹進去非常厲害。
熱伏伏	ngièt fùk fùk	(棉被、暖氣) 暖而令人舒服。
熱炳炳	ngièt lăt lăt	(物件) 非常燙。
軟泥泥	ngión lāi lāi	(身體) 非常軟而無力。
軟入入	ngión ngìp ngìp	(物件) 很柔軟。
韌極極	ngiùn gìt gìt	(食物如牛腩) 非常韌，很難嚼。
惡豺豺	ŏk sāi sāi	(人或者家畜) 非常兇。
白糠糠	pàk hŏng hŏng	一鼻子灰的樣子，見「鼻公白糠糠」。

慣用語	拼音（客家話）	解釋
白霜霜	pàk sōng sōng	（臉色、墻壁）非常蒼白而不好看。
白雪雪	pàk sùt sùt	非常白（白得好看）。
泛疏疏	pàng sò sò	空心或非常不結實。
平摸摸	piāng mó mó	（鼻子等）很平，沒有凹凸感。通常是貶義。
薄翼翼	pòk yìt yìt	非常薄。
肥腯腯	pūi dùt dùt	（人或者家畜）非常肥胖。
笨繳繳	pún giāu giāu	非常厚。
燒焓焓	sáu hēm hēm	（物件或者人體發燒）非常熱。
燒爐爐	sáu lùk lùk	（物件）非常熱（可以燙到人）。
澀騎騎	sĕp kiā kiā	（物體表面）非常澀，不平滑。
瘦蜢蜢	sèu máng máng	（人或者家畜）非常瘦。
腥瘟瘟	siáng vín vín	（魚）非常腥。
新橫橫	sín vàng vàng	非常新，又作「橫新」。
濕溚溚	sĭp dăp dăp	水分多到流出來。
實澤澤	sìt dàk dàk	很堅實。
羞毛毛	síu máu máu	感到很羞恥。
酸丟丟	són dīu dīu	（食物、水果）非常酸。
甜津津	tiām zín zín	非常甜（正面評價）。
甜唧唧	tiām zìt zìt	非常甜（負面評價）。
淡節節	tám zièt zièt	（食物）沒有味道。
滑潺潺	vàt cān cān	上面有黏液而非常滑（令人不快）。
滑突突	vàt tùt tùt	（物件、皮膚）非常滑，又作「滑律律」。
滑律律	vàt lùt lùt	（物件、皮膚）非常滑，又作「滑突突」。
滑亮亮	vàt liàng liàng	非常滑而光亮。
涴當當	vò dōng dōng	（食品等）非常柔軟，像豆腐腦一樣的質地。
黃極極	võng gìt gìt	（皮膚、臉色不健康）非常黃。
黃貢貢	võng gùng gùng	（物件）非常黃。
烏澤澤	vú dàk dàk	形容膚色非常黑而健康。
烏黷黷	vú dù dù	（物件）非常黑（沒有正面或者負面評價）。
烏臊臊	vú sáu sáu	（物件）非常黑（負面評價）。
烏律律	vú lŭt lŭt	（物件）非常黑（正面評價）。
夭蕩蕩	yáu dōng dōng	（食品等）非常軟。

慣用語	拼音（客家話）	解釋
圓丁丁	yēn dín dín	非常圓（好看），又作「圓啲啲」。
圓啲啲	yēn dīt dīt	非常圓（好看），又作「圓丁丁」。
圓愷愷	yēn kāi kāi	圓鼓鼓（負面）。
圓昆昆	yēn kún kún	圓鼓鼓（中性或者負面）。
幼末末	yìu màt màt	（棍子等）很細，不中用。
燥麥麥	záu màk màk	（食物）水分很少。
漲不不	zòng bùt bùt	漲起來很飽滿。

　　另外，客家話有些慣用語是身體部位 A 加上形容詞或動詞 B 組成的 ABB 形式，修飾詞放在後面。這些結構部分與普通話和其他方言相同，可以互相借用，而且能產性很高，下面是常見的詞語：

慣用語	拼音（客家話）	解釋
肚摑摑	dū gèt gèt	肚子隆起，吃飽、懷孕或者肥胖的樣子。
肚刺刺	dū ciăk ciăk	肚子痛得很厲害。
腳長長	giŏk cōng cōng	腳很長。
腳拖拖	giŏk yǎ yǎ	（一般指家禽或昆蟲死後）腳伸出來。
毛長長	máu cōng cōng	頭髮或者身上的毛很長的樣子。
毛茸茸	máu yūng yūng	身上很多毛的樣子。
面罌罌	mièn áng áng	臉型很大（不好看）。
面臭臭	mièn cìu cìu	給別人臉色看。
面熟熟	mièn sùk sùk	很面熟。
尾釘釘	múi dáng dáng	尾巴豎起來。
尾嚲嚲	múi tō tō	尾巴墜下去。
牙射射	ngā sà sà	齙牙的樣子。
牙犿犿	ngā sāi sāi	（狗或兇猛動物）露出牙齒很兇的樣子。
牙西西	ngā sí sí	笑容很好，經常露出牙齒。
眼深深	ngǎn cím cím	眼睛長得很深。
眼花花	ngǎn fá fá	眼睛看不清楚。
眼反反	ngǎn fán fán	用不禮貌的目光看人。「反」字聲調為陽平。
眼金金	ngǎn gím gím	目不轉睛地盯着。

慣用語	拼音 (客家話)	解釋
眼白白	ngăn pàk pàk	眼睛翻白，失望的樣子。
眼定定	ngăn tìn tìn	眼睛盯着一個方向，目不轉睛。
耳翹翹	ngĭ hiŏk hiŏk	耳朵豎起來的樣子，指很留心聽。
肉卒卒	ngiŭk zŭt zŭt	很豐滿，滿身是肉。
鼻扁扁	pì biĕn biĕn	鼻子很扁的樣子。
手多多	sĭu dó dó	一時控制不了出了手。
頭刺刺	tēu ciăk ciăk	頭痛得很厲害。
頭親親	tēu cín cín	垂頭喪氣。又作「頭犁犁」。
頭重重	tēu cúng cúng	有點頭暈的感覺。
頭犁犁	tēu lāi lāi	垂頭喪氣。又作「頭親親」。
翼披披	yìt piă piă	雞鴨等禽鳥生病導致雙腿沒力氣，於是伸開翅膀來支撐身體，造成翅膀散開的樣子。

還有少量是動詞加補語的形式：

慣用語	拼音 (客家話)	解釋
企釘釘	kí dáng dáng	站着不動。
生咬咬	sáng ngáu ngáu	活生生。
死咕咕	sī gŭ gŭ	一點都不靈活。

【3】三字慣用語・ABB 結構

3. BBA 結構

和 ABB 結構相反的是，BBA 結構的中心詞是第三個音節 A（通常是動詞），BB 是定語。

慣用語	拼音 (客家話)	解釋
罨罨仆	ăm ăm pŭk	趴着睡覺的姿勢。
奮奮掙	bĭn bĭn zàng	掙扎得很激烈。
播播跢	bò bò dói	頻繁地跌倒（一般指小孩或老人）。

慣用語	拼音（客家話）	解釋
餔餔跌	bŏt bŏt dièt	一塊一塊地掉下來。
釘釘企	dáng dáng kí	站着不動。
丁丁轉	dín dín zŏn	四周（圍一個圈）。
啲啲轉	dĭt dĭt zŏn	繞圈。
滴滴懟	dìt dìt dŭi	傷口的痛處，好像有人用力拉一樣。
踱踱跪	dòk dòk kŭi	用力跪下（賠罪）。
揮揮走	fúi fúi zĕu	（薄荷等食物）讓舌頭清凉的味道。
捲捲皺	giĕn giĕn zìu	捲起來。
極極震	gìt gìt zún	因為寒冷或驚怕而發抖。
笠笠翻	lăp lăp fán	剛好反過來。有一首客家流行曲《笠翻歌》。
雅雅叫	ngă ngă giàu	叫聲很難聽。
拈拈動	ngiám ngiám túng	搖搖欲墜。
扭扭轉	ngĭu ngĭu zŏn	螺旋。
愕愕到	ngòk ngòk dàu	不知就裏、不知所措的窘態。
生生震	săng săng zún	發抖得很厲害，比「極極震」嚴重。
廷廷跳	tīn tīn tiāu	跳來跳去。

【4】三字慣用語・BBA 結構

四　四字慣用語

　　漢語最常出現的是四字結構，客家話也不例外。四字結構可以分成幾種，形式非常豐富：不對稱的 ABCD、ABCC'，對稱的 ABAC、AABB、ABA'B'、A'A'AA、AA A'A' 等。其中以 A'A'AA、AAA'A' 結構最有趣，是漢語中少見的詞彙組成。

1. 非重疊結構

　　非重疊結構以 ABCD 和 ABCC'（CC' 通常為雙聲或疊韻）為主。有些是以短句形式出現的，而大多數是短語，包括動賓、動補、定中結構等。

1.1 短句結構

這些短句有明確的主語和謂語，通常有引申義或比喻義。

慣用語	拼音 (客家話)	解釋
鴨子聽雷	ăp zŭ tàng lūi	內容太艱澀聽不懂，或者指語言不通。
坐打正子	có dă zàng zú	正襟危坐，坐着不動的姿勢。
從頭一二	cūng tēu yĭt ngì	從頭開始 (細說)。
打屁到啜	dă pì dàu zòi	一放屁就要到嘴裏，嘲笑性急的人。
屌哥死絕	diău gó sĭ cièt	很生氣，大聲講粗話罵人的狀態。
火屎㶶腳	fŏ sĭ lăt giŏk	(探訪親友) 逗留沒一會就說要走。相當於廣州話的「滾水㶶腳」。
雞啼半夜	gái tāi bàn yà	三更半夜 (農村生活只有雞啼，沒有打更)。
蛤蟆馱春	hā mā tō cún	青蛙懷着卵子的樣子。比喻年紀不大的小孩背着自己的弟妹，又作「三斤珹 (bā) 〔背〕兩斤」。
好死唔死	hău sĭ m sĭ	字面意思是「該死的不死」。但一般是指碰巧 (遇到不好的事情)。
攬稈上棚	lăm gŏn sóng pāng	把禾稈摟住去閣樓存放，動作通常要很快。用來比喻人狼吞虎嚥的窘態。
摎人扱鞋	láu ngīn cá hāi	字面意思是「幫別人提鞋子」。比喻比別人差勁很多。又作「摎人擎腳」。
摎人擎腳	láu ngīn kiā giŏk	字面意思是「幫別人承托着腳」。比喻比別人差勁很多。又作「摎人扱鞋」。
雷公劈石	lūi gúng piăk sàk	說話大聲，沒教養。
唔得佢死	m dĕt gī sĭ	字面意思是「很想他死」。引申為「拿他沒辦法」。
唔知重輕	m dí cúng kiáng	不知道輕重。
唔知天性	m dí tién sìn	不知天高地厚。
冇嘴太過	māu măi tài gò	不過不失，沒有甚麼優點或缺點。
貓食惹禾	miàu sìt ngiá vō	貓吃掉你的水稻了 (貓是不會這樣做的)。嘲笑人無故生氣。
蚊叼牛角	mún diáu ngīu gŏk	蚊子叮咬牛角。比喻沒感覺，冥頑不靈。
眼大過啜	ngăn tài gò zòi	字面意思是眼睛比嘴巴大。笑人以為自己食量很大，結果卻吃不下。
鵝摎鴨講	ngō láu ăp gŏng	語言不通，相當於廣州話「雞同鴨講」。
蛇死腳出	sā sĭ giŏk cŭt	據說大蟒蛇死後，後腳會從身體伸出來。比喻水落石出，真相大白。

慣用語	拼音（客家話）	解釋
死唔到份	sǐ m dàu fùn	詈語，字面意思是「還沒輪到你死」。罵人該死。
四腳地天	sì giŏk yă tién	四隻腳抓着天空。四腳朝天的意思。
大嫲牯隻	tài mā gŭ zăk	塊頭很大。例：有冇搞錯？大嫲牯隻還愛阿媽孭〔有沒有搞錯？長那麼大了還要媽媽背着〕。
一年到暗	yǐt ngiēn dàu àm	一年到頭。
一日到暗	yǐt ngǐt dàu àm	一天到晚（客家話把詞形改變了一下）。

【5】四字慣用語・非重疊結構・短句

1.2 並列、定中結構

慣用語	拼音（客家話）	解釋
帶子豬嫲	dài zŭ zú mā	本指帶小豬的母豬，笑稱哺乳期的女人胃口大。
單家園屋	dán gá yēn vŭk	獨棟的房子。
暗紋財主	èm dèm cōi zŭ	隱形富豪。「暗紋」是不起眼的意思。
花厘碧綠	fá lí bìt lùk	花花綠綠，又作「花厘斗燦」。在這個詞裏「碧」唸 bìt。
花厘斗燦	fá lí dĕu càn	花花綠綠，又作「花厘碧綠」。
過魔絕代	gó mó cièt tòi	絕子絕孫。罵人的話。
蝦公老蟹	hā gúng làu hăi	字面是蝦和蟹，指蝦兵蟹將。意思是小蘿蔔頭，不重要的人物。
唔好看相	m hău kòn siòng	外表、賣相不好看。
冇條紗線	māu tiāu sá sièn	身上沒有任何衣服，一絲不掛。
溢脣缽出	pūn sūn băt cŭt	液體滿到容器邊上。
仙人卵屎	sién ngīn lĭn sĭ	字面是神仙的精液。笑別人自作聰明，自以為是神仙的後代。
黃金臘色	vōng gím làp sĕt	耀眼的金黃色，一般指動物的毛或者鳥的羽毛。
無緣故事	vū yēn gù sù	無緣無故，沒有一點理由。
圓揩鼓攏	yēn kāi gŭ lŭng	圓圓的（不好看，尤其指臉型）。

【6】四字慣用語・非重疊結構・並列、定中

1.3 擬聲狀補結構

整個詞組的詞性為形容詞，第一個音節決定了詞義，第三、四個音節是擬聲詞，而且一般是雙聲或者疊韻。普通話和廣州話也有，例如「樹影婆娑、腳步蹣跚、瘦骨嶙峋」。客家話特有詞語有：

慣用語	拼音 (客家話)	解釋
矮墩差錘	ǎi dǔn cá cūi	矮小略胖。
暗摸西疏	àm mó sí só	環境很黑。
晟光令另	cāng góng lìn làng	刺眼。
青零勁徑	ciáng līn gìn gàng	很綠或者很藍。一般指湖水或海水。
七爻揩歪	cǐt ngāu kái vě	形狀不規則，歪里歪相的。
糊藍搭咖	fū lām dǎp gá	滿地或者滿身都是黏糊糊的東西。
高腳蜊蛣	gáu giǒk lā kiā	腿太長，高得不好看。
肥頭啉噤	pūi tēu lèm gèm	很油膩或者很胖。
瘦馬零擎	sèu má lāng kiàng	(身材) 很瘦。
鮮水另徑	sién sǔi làng gāng	指稀飯很稀，沒有米粒，像水一樣。
烏厘撈臊	vú lí láu sáu	皮膚很黑而不好看。又作「烏臊滴嗒」。
烏臊百齧	vú sáu bǎk ngǎt	皮膚很黑而覺得髒。
烏臊滴嗒	vú sáu dìt dàk	皮膚很黑而不好看。又作「烏厘撈臊」。

【7】四字慣用語‧非重疊結構‧擬聲狀補

2. 對稱結構

2.1 ABAC 結構

這類詞語的第一和第三個音節是同一個字，能產性非常高，類似標準語的「好山好水、白吃白喝、會說會唱、畏首畏尾」等。這些標準語詞彙在客家話也能說。但有部分是標準語不說，客家話才說，而且在日常生活中常用的，因此算作客家話的特有詞彙。注意有些形容詞的第二和第四個音節是雙聲，而且沒有漢字。

慣用語	拼音（客家話）	解釋
蹭來蹭去	diáng lōi diáng hì	撲來撲去。
徑手徑腳	gàng sǐu gàng giŏk	很多障礙物。
閒屍閒肉	hān sí hān ngiŭk	笑稱無所事事的人。
肯食肯大	hěn sìt hěn tài	（指小孩或動物）很會吃，長得很快。
合想合算	hàp siŏng hàp sòn	很理想，一切都在掌握中。
曉飛曉跳	hiǎu fúi hiǎu tiàu	羽翼已豐，不用靠別人。
唔聲唔屈	m sáng m kùt	（因為生氣或者性格孤僻）不做聲。
冇鹽冇味	māu yām māu mùi	食物一點味道都沒有，又作「冇味冇髓」。
冇味冇髓	māu mùi māu sùi	食物一點味道都沒有，又作「冇鹽冇味」。
冇爺冇娭	māu yā māu ói	孤兒。
冇頭冇鈎	māu tēu māu géu	器物沒把柄供把持，引申為無從下手。
目陰目陽	mŭk yím mŭk yōng	打瞌睡，正在進入睡眠的狀態。
眼反眼拂	ngăn fān ngăn fùt	不禮貌地翻白眼看人。「反」字讀陽平。
惹屍惹命	ngiá sí ngiá miàng	字面意思是「你的屍體和命」。但客家話通常嵌入動詞來罵人，例如孩子想看電視，媽媽會說：「功課都盲〔沒〕做好，看惹屍看惹命。」表示生氣。
韌繳韌極	ngiùn giāu ngiùn gìt	食物非常韌，嚼不開。
絲華絲化	sí fā sí fà	很多絲帶狀的東西。
死爬死蹶	sǐ pā sǐ kièt	拼命地爬，引申為很努力地幹活。
大車大口	tài cá tài hěu	大口大口（地吃）。
大花大朵	tài fá tài dŏ	（衣服上）圖案、花紋太誇張，不好看。
停手停蹄	tīn sǐu tīn tāi	（幹活中）停手不幹活。

另外，這種句式還包括一種相當於普通話「越 X 越 Y」的「緊 X 緊 Y」，例如「緊坐緊冷、緊喊緊走、緊食緊肥、緊想緊惶（越想越怕）」等。這些詞彙能產性很強，不勝枚舉。其中 X 多為動詞，Y 多為動詞或形容詞。

【8】四字慣用語・對稱結構・ABAC

2.2 AABB 結構

AABB 可分為四類：

(1)　AB 是形容詞（並列結構較常見），重複表示程度嚴重一點。這些四音節詞有高度的能產性，但不是每個 AB 都可以重複。下面是一些常見詞：

慣用語	拼音（客家話）	解釋
喪喪緊緊	sóng sóng gĭn gĭn	很緊張，趕時間的樣子。
喪喪豺豺	sóng sóng sāi sāi	非常猴急的樣子。
冤冤枉枉	yén yén vŏng vŏng	非常可憐的樣子。

(2)　AB 是語義相近的名詞，而且 AB 本身不一定能成詞，或者雖然成詞，重疊以後的意思不一樣。

如普通話的「花花草草、貓貓狗狗、年年歲歲、時時刻刻、世世代代」。普通話絕大部分這類詞在客家話也能直接說。這類詞語在漢語哪個方言都有能產性，不勝枚舉。但也有些是客家話說，普通話、廣州話不說的，如：

慣用語	拼音（客家話）	解釋
丫丫桍桍	á á kā kā	每根樹枝。
煲煲缽缽	báu báu băt băt	各種廚具。
千千萬萬	cién cién màn màn	很多很多。
累累代代	lŭi lŭi tòi tòi	世世代代。
頭頭腳腳	tēu tēu giŏk giŏk	剩下的，不值錢或者不起眼的。

(3)　AB 都是語義相近的動詞或形容詞，AB 本身有的能成詞，有的不能。

AB 在普通話中能成詞的，客家話也能說，如「多多少少、簡簡單單、輕輕鬆鬆、高高興興」。但以下例子是客家話才有，而且 AB 能成詞：

慣用語	拼音 (客家話)	解釋
丁丁啲啲	dín dín dĭt dĭt	周圍一個圈。
糠糠歇歇	hóng hóng hèp hèp	擬聲詞，人聲鼎沸。
呵呵凵凵	kó kó kĕm kĕm	擬聲詞，咳嗽得很厲害。
爛爛漏漏	làn làn lèu lèu	非常破爛的。
撈撈夾夾	láu láu gặp gặp	胡亂混雜在一起。又作「三撈四夾」。
碌碌練練	lŭk lŭk lièn lièn	(蟲子) 萬頭鑽動的樣子
拈拈捏捏	ngiám ngiám lĕt lĕt	做事情不爽快。又作「拈燒鼻冷」。
爬爬蹶蹶	pā pā kièt kièt	爬上爬下，又作「皮爬極蹶」。
偷偷攝攝	téu téu ngiăp ngiăp	偷偷摸摸。
獨獨零零	tùk tùk lāng lāng	孤本，獨自一個 (物件，不能說人)。
彎彎屈屈	ván ván vŭt vŭt	很多彎角，即廣州話所謂「九曲十三彎」。
烏烏赤赤	vú vú căk căk	皮膚黑中帶紅 (勞動人民的膚色)。
吱吱歪歪	zí zí vāi vāi	小孩的哭聲等讓人覺得煩的聲音。

(4) AB 都是語義相近的動詞或形容詞，但 A 和 B 第一個音節各變成高元音。

慣用語	拼音 (客家話)	解釋
呡抌次扯	mín máng cĭ că	扯來扯去。
皮爬極蹶	pī pā kìt kièt	(小孩頑皮) 爬上爬下。

【9】四字慣用語・對稱結構・AABB

2.3 ABAB 結構

這類詞通常是一個雙音節詞的簡單重複，類似普通話的「很多很多、非常非常」。但普通話的一般是副詞，形容詞較少。而客家話的是形容詞。這些 ABAB 詞組後面通常加「子」（需要變調為 zú），表示有一點 AB。但我們不能直接說「AB子」。有時 AB 也可以是動詞，表示動作持續不斷。ABAB 在客家話是一個開放系統，有高度能產性。常見例子有：

慣用語	拼音（客家話）	解釋
苦甘苦甘	fũ gām fũ gām	形容食物有點苦中帶甘。
瞬下瞬下	ngiăp hà ngiăp hà	不停閃動。
奢鼻奢鼻	sá pì sá pì	有點驕傲，又作「大傲大傲」。
酸甜酸甜	són tiām són tiām	形容食物酸中帶甜，尤其是水果。
酸果酸果	són gŏ són gŏ	形容一個人有點神經不正常，亂說話。
畏羞畏羞	vùi síu vùi síu	有點害羞。
搖下搖下	yāu hà yāu hà	不停搖動。

　　以上的 AABB 結構在普通話不說，廣州話也只有動詞性的搭配，沒有形容詞搭配。相比之下，形容詞性的 ABAB 可以說是客家話比較特殊的結構，但在閩南語也有。

【10】四字慣用語・對稱結構・ABAB

2.4 ABA'B' 結構

　　在 ABA'B' 結構中，A 和 A'、B 和 B' 在語義上同類，造成對稱。可以分為三類：

(1)　A 和 A' 是名詞，B 和 B' 可以成詞。

　　這類詞在漢語是很常見的，例如「風吹草動、地動山搖、湖光山色」，但有些組合只在客家話才有，例如：

慣用語	拼音（客家話）	解釋
籬頭壁角	lī tēu biăk gŏk	形容到處都是。
蛇聲蜗氣	sā sáng găi hì	嘲笑別人說話有口音，或者說的話聽不到。
屎多狗飽	sĭ dó gĕu bău	以前農村的狗是吃屎的。屎太多就沒有吸引力了。比喻某種東西太多，吸引力大減。
腰駝背核	yáu tō bòi hèt	幹活很久很疲勞的狀態。
紙糊飯黏	zĭ fū fàn ngiām	紙紮的，不牢固。
啜馬鼻扁	zòi má pì biĕn	嘴巴和鼻子都很難看。形容醜陋的長相。
豬拖狗擘	zú tó gĕu măk	屍體被豬狗撕開。罵人家死無葬身之地。

(2) A 和 A’ 是動詞或形容詞，B 和 B’ 可以成詞。

這類在漢語也是很常見的，例如「大同小異、凡夫俗子、青山綠水」，但有些組合只在客家話才有，例如：

慣用語	拼音 (客家話)	解釋
稱功道勞	cín gúng tàu lāu	自誇自己的功勞。
閂門閉戶	cón mún bì fú	門戶都關起來了。
好食懶做	hàu sìt lán zò	只吃飯不幹活。
學啜學鼻	hòk zòi hòk pì	本義是小孩學別人說話，也引申為說別人閒話。
牽藤打纜	kién tēn dǎ làm	野生植物藤蔓亂長的狀態。
冷鑊死灶	láng vòk sǐ zàu	很久沒有生火煮食的樣子。
棉腸爛肚	miēn cōng làn dǔ	本義是肚腸都腐爛透了，但一般用來嘲笑人家放屁很臭。
咬鹽啜薑	ngáu yām zǒt gióng	形容生活艱苦。
拈蛇打蚜	ngiám sā dǎ gǎi	字面意思是捕蛇捉蛙，但用來比喻工作不專心，因其他瑣事浪費時間。
拈燒鼻冷	ngiám sáu pì láng	做事情不爽快，又作「拈拈捏捏」。
拖床拖席	yǎ cōng yǎ ciàk	形容病重。
爬籬蹶壁	pā lī kièt biǎk	(小孩) 爬上爬下，又作爬蹶爬蹶。
死蛇爛蚜	sǐ sā làn gǎi	形容人懶惰得不願意動。
死食爛癲	sǐ sìt làn tán	好吃懶做。「死食」是貪吃，「爛癲」表示很喜歡睡覺。
搋痎拖蝨	sì hōi yǎ sǐt	拼命抓癢的樣子。
偷薯挖芋	téu sū vǎt vù	小偷行為。
橫架直槓	vāng gà cìt gòng	(竹子、棍子等) 亂放亂疊。
烏天暗地	vú tién àm tì	天昏地暗。
養蛇食雞	yóng sā sìt gái	養虎為患。

(3) A 和 A’ 或 B 和 B’ 是數字。

這類詞在漢語也很常見，例如「一窮二白、說三道四、四分五裂、五光十色」，但有些組合只在客家話才有的，例如。

慣用語	拼音（客家話）	解釋
半做半料	bàn zò bàn liàu	很悠閒地幹活。「料」是同音字，玩樂的意思。
七拱八蹺	cǐt gǔng bǎt kiàu	（老人）走路快要跌倒的姿勢。
七腳八地	cǐt giǒk bǎt yǎ	手舞足蹈，或者手腳亂抓的樣子。
七銅八鐵	cǐt tūng bǎt tiĕt	不值錢的東西。
七早八早	cǐt zǎu bǎt zǎu	一大清早。
重三倒四	cūng sám dàu sì	重複很多遍。
九冬十月	gǐu dúng sǐp ngièt	冬天接近過年的時候。
嫌七嫌八	hiām cǐt hiām bǎt	很多嫌棄的話。廣州話說「嫌三嫌四」。
五揚四散	ňg yōng sí sàn	四散東西。注意「四」唸陰平。
年三夜四	ngiēn sám yà sì	接近過年的半個月左右。
三撈四夾	sám láu sì gǎp	胡亂混合，又作「撈撈夾夾」。
一時半下	yīt sī bàn hà	一下子，臨時。
一隻半隻	yīt zǎk bàn zǎk	很少、個別情況。
詐七詐八	zà cǐt zà bǎt	裝蒜，偽裝。

【11】四字慣用語・對稱結構・ABA'B'

2.5　A'A'AA 結構

這種結構可以分為三類：雙聲、疊韻和雙聲加疊韻。

(1)　雙聲

這類四音節詞其實是一個音節的重複與變音。前面兩個音節把 A 的元音高化。所以四個音節的聲調是一樣的。由於高化以後的元音不能和 -ng/-k 韻尾相拼，所以韻尾也相應地轉為 -n/-t。這些相當部分是擬聲詞，因此不能用漢字表達。有時 A'A'AA 的第二和第四個音節的聲母或替換為 l，變成 A'LAL，但條件是聲母必須為脣音或牙喉音，而且不是每個詞都可以變。

慣用語	拼音（客家話）	解釋
吡吡播播	bì bì bò bò	擬聲詞，連續地倒下，又作 bì lì bò lò。
必必剝剝	bìt bìt bòk bòk	擬聲詞，很零碎的意思。
滴滴嗒嗒	dìt dìt dàk dàk	擬聲詞，滴水、時鐘等的聲音。
記記咖咖	gì gì già già	話多得令人討厭（尤其是女人或者小孩子）。
勁勁徑徑	gìn gìn gàng gàng	障礙物阻礙通道的狀態。例：凳仔愛兜好佢，唔好在廳中間勁勁徑徑〔凳子要放好，不要在廳中間造成阻礙〕。
激激角角	gĭt gĭt gŏk gŏk	很多棱角、轉彎，不靠看、不順暢，又作 gĭt lĭt gŏk lŏk。
衣衣哦哦	í í ó ó	口齒不清的狀態。例：佢中風之後講話衣衣哦哦〔他中風之後講話口齒不清〕。
里里撈撈	lí lí láu láu	胡亂混合在一起。
殼殼吭吭	kín kín káng káng	擬聲詞，搬動碗碟或玻璃器皿的聲音。例：吾老妹一早洗碗殼殼吭吭嘈醒厓〔我妹妹一早洗碗發出的聲音吵醒我〕。又作 kín lín káng láng。
慶慶蹺蹺	kìn kìn kiàu kiàu	走路不穩。
細細唆唆	sì sì sò sò	擬聲詞，漏水、小動物爬行等的聲音。又作「細利唆囉」。
蝨蝨縮縮	sĭt sĭt sŭk sŭk	瑟縮在一旁（不大方）。
廷廷跳跳	tīn tīn tiāu tiāu	蹦蹦跳跳。

(2) 疊韻

這類四音節詞的韻母包括聲調都相同，多數是雙音節詞的重複，但相關的雙音節詞在日常生活卻比較少用。其中相當部分是擬聲詞，因此不能用漢字表達。

慣用語	拼音（客家話）	解釋
呃呃塞塞	ĕt ĕt sĕt sĕt	肚子飽脹，沒胃口的感覺。
漚漚漏漏	èu èu lèu lèu	（地方）很髒亂，（人）不整潔。
激激惜惜	giăk giăk siăk siăk	幹活手腳爽快。
急急笠笠	kĭp kĭp lĭp lĭp	時間很緊迫。
邋邋浹浹	làp làp gàp gàp	全身濕透的窘態。
遴遴掅掅	līn līn cīn cīn	（老人、小孩）走路不穩。
浪浪曠曠	lòng lòng kòng kòng	衣服太寬不合身，或者地方太大沒有家具。

慣用語	拼音（客家話）	解釋
敨敨脱脱	lŏt lŏt tŏt tŏt	快要脱落的樣子。
摸摸疏疏	mó mó só só	幹活不爽快，又作「拈拈捏捏、拈燒鼻冷」。
夢夢送送	mùng mùng sùng sùng	睡眼惺忪，沒有睡醒的樣子。
碍碍岔岔	ngà ngà cà cà	手腳擋着地方，造成障礙的樣子。
礙礙曬曬	ngài ngài sài sài	因為吃得太飽而不舒服的感覺。
扤扤嚓嚓	ngàt ngàt càt càt	很吝嗇，或者性格很怪很難對付。
愕愕剎剎	ngòk ngòk dòk dòk	愕然，迷茫的樣子。
嗡嗡哄哄	òng òng bòng bòng	很粗魯，說話很大聲。
吔吔舐舐	yē yē sē sē	動作很慢。

(3) 雙聲加疊韻

這類詞是一個字在聲調上的變化，重複四次表示很嚴重。本字可以是動詞、名詞或者形容詞，但形成的四音節詞一般是形容詞。這類詞語的頭兩個音節為同一個聲調，後面兩個音節為另外一個聲調。本調可以跟前者，也可以跟後者。

慣用語	拼音（客家話）	解釋
汀汀汀汀	dīn dīn dìn dìn	形容水滴個不停。
倒倒倒倒	dāu dāu dàu dàu	倒來倒去不斷重複。
淼淼淼淼	miáu miáu miău miău	（容器）水分很多，快要瀉出來。
吟吟吟吟	ngām ngām ngàm ngàm	不斷地說話，讓別人覺得厭煩。
淫淫淫淫	ngīm ngīm ngìm ngìm	很多蛆蟲萬頭鑽動的樣子。
蓬蓬蓬蓬	pāng pāng pàng pàng	頭髮或者植被很亂。
絮絮絮絮	súi súi sŭi sŭi	很多絲狀的東西。
搇搇搇搇	vīn vīn vìn vìn	有條狀的東西在運送的時候或者在風中搖來搖去。
洋洋洋洋	yōng yōng yòng yòng	淹水或者滿地是水的狀態。

【12】四字慣用語‧對稱結構‧A'A'AA

五　五字慣用語

五個字的慣用語一般是單句，比較少短語，部分有一定的典故。

慣用語	拼音 (客家話)	解釋
打屁安狗心	dǎ pì ón gěu sím	狗是吃屎的，放屁給牠聽讓牠安心以為很快有食物。比喻說空話。
打屁撞着凵	dǎ pì còng còk kěm	放屁碰上咳嗽，比喻巧合。
打蛇打七寸	dǎ sā dǎ cǐt cùn	打蛇要打中蛇頭以下七寸的要害，比喻做事要有效率。
打死狗講價	dǎ sǐ gěu gǒng gà	先把狗打死了才講價錢，當然是賣狗的吃虧了。
帶狗都難尋	dài gěu dú lān cīm	比喻很難找到。
花被凵雞籠	fá pí kěm gái lúng	花被蓋着雞籠。比喻金玉其外，敗絮其中。
湖蜞聽水響	fū kī tàng sūi hiǒng	湖蜞是螞蟥，對水的聲音特別敏感，會馬上游過去。比喻馬上有反應。
雞嫲帶雞仔	gái mā dài gái zǎi	母雞帶着小雞，比喻寫字不整齊，大小不一。
趕狗唔出門	gǒn gěu m cǔt mūn	形容天氣太冷。
江湖冇六月	góng fū māu lǔk ngièt	出門天氣難料，要預備好禦寒衣物。
好心着雷劈	hǎu sím còk lūi piǎk	好心沒好報。
猴哥打啟索	hēu gó dǎ lǒt sǒk	沒有繩子的猴子，表示很自由，沒人管。
窮過呂蒙正	kiūng gò lí mūng zìn	口頭禪，表示很窮。傳說呂蒙正小時候很窮。
老鼠記穀種	làu cǔ gì gǔk zǔng	比喻小孩記掛着零食。
唔得佢葛煞	m dět gī gǎt sǎt	拿他沒辦法。
麻風纏爛腳	mā fúng ciēn làn giǒk	嘲笑人捆綁東西時胡亂捆綁，很快就鬆散。
冇屎楞出腸	māu sǐ làng cǔt cōng	肚子沒有大便把腸子都拉出來，比喻不自量力。
冇菜食飽飯	māu còi sìt bǎu fàn	客套話，沒菜就多添飯。
愛死唔使病	òi sǐ m sǔ piàng	該死的時候會死得很突然。比喻生死無常。
鼻公白糠糠	pì gúng pàk hǒng hǒng	一鼻子灰。比喻沒有結果，白花氣力。
心肝掹啜講	sím gón láu zòi gǒng	自言自語或者自己在想。
食多嚼唔爛	sìt dó ciàu m làn	不能太貪心。
上紐搭下紐	sòng lǐu dǎp há lǐu	穿衣服把紐扣搭錯了。
大水推牛屎	tài sūi túi ngīu sǐ	比喻人動作緩慢。
禾稈凵珍珠	vō gǒn kěm zín zú	外表不好看但是裏面很貴重。

慣用語	拼音（客家話）	解釋
鷂婆地雞仔	yàu pō yǎ gái zǎi	小孩子的遊戲，老鷹抓小雞。
詐懵食雞髀	zà mūng sìt gái bǐ	裝傻而佔便宜。
啜硬屎窟臉	zòi ngàng sǐ fūt lēm	嘴巴硬屁股軟，比喻虎頭蛇尾。又作「屎頭硬屎尾臉」。
子多餓死爺	zǔ dó ngò sǐ yā	孩子太多，生活艱苦。

【13】五字慣用語

六　六字慣用語

慣用語	拼音（客家話）	解釋
百精唔當一熟	bǎk ziáng m dòng yǐt sǔk	沒有人脈光靠聰明不行。
分食人吮手指	bún sìt ngīn cón sǐu zǐ	分派食物的人自己沒分，只好吮手指。表示沒有徇私。
扐頭那毛出世	báng tēu lá máu cǔt sè	同胞兄弟姐妹。
剝嗨皮都曉跳	bōk hói pī dú hiǎu tiàu	（指人）性格很厲害，狡猾。
打唔死煤唔爛	dǎ m sǐ sàp m làn	打不死煮不爛，比喻非常頑固的性格。
踩到芋荄當蛇	cǎi dǎu vù hǎp dòng sā	形容沒有膽量，很容易被嚇到。
雞埘腳下蹶食	gái zì giǒk há kièt sìt	一隻雞在雞籠底下找食物。比喻在自己老家騙鄉親。
猴唔猴狗唔狗	hēu m hēu gěu m gěu	（指人舉止或衣服）不像話、不倫不類。
蛇過正來打棍	sā gò zàng lōi dǎ gùn	賊過興兵。比喻事後自稱有先見之明的人。
屎窟瀝都係膽	sǐ fūt lǎk dú hè dǎm	嘲笑別人沒膽量。
屎頭硬屎尾臉	sǐ tēu ngàng sǐ múi lēm	虎頭蛇尾，又作「啜硬屎窟臉」。
使口唔當自走	sǔ kěu m dòng zù zěu	靠自己。使喚別人不如自己動手。
偷到雞都嫌瘦	téu dǎu gái dú hiām sèu	比喻貪心。
偷食唔曉繳啜	téu sìt m hiǎu giǎu zòi	犯事留下線索、證據。

【14】六字慣用語

七 七字慣用語

慣用語	拼音（客家話）	解釋
更精都食鹹魚頭	àn ziáng dú sìt hām ŋg tēu	再聰明到頭來還是吃虧，又作「貓更精都係食鹹魚頭」。
半份婿郎半份子	bàn fùn sè lōng bàn fùn zŭ	女婿就像半個兒子一樣。
沸水正沖得好茶	bùi sŭi zàng cúng dět hău cā	開水才能沖到好茶。意思是工欲善其事，必先利其器。
草蜢唔敢撩雞公	cău măng m găm liāu gái gúng	懂得量力而為，不越級挑戰。
千擺笨拙冇擺同	cién băi bùn còt māu băi tūng	千擺，一千次。笨拙，吃虧的經驗。人每次吃虧方式不一樣。
知得天光唔賴尿	dí dět tién góng m lāi ngiàu	早知道結果就不用後悔了。
吊頸都愛敨下氣	diàu giăng dú òi tĕu hà hì	再忙碌也要休息一下。
多重麻布隔重暖	dó cúng mā bù găk cūng lón	多穿一件甚麼衣服都會暖一點。
好碗打嗨乂碗在	hău vŏn dă hói ngāu vŏn cói	好的碗打碎了，但是不好看的還在。比喻事與願違，或者該死的不死。
隔籬叔婆飯過香	găk lī sŭk pō fàn gò hióng	自家的飯不如鄰家的好。也比喻看自己不順眼，覺得別人的才好。
狗食糯米冇得變	gĕu sìt lò mĭ māu dět bièn	狗屎不能消化糯米。比喻人食古不化。
看死狗牯屌死貓	kòn sì gĕu gŭ diău sĭ miàu	看着狗把貓強姦了也不加援手。比喻見死不救。
老婆死嗨老婆在	lău pō sĭ hói lău pō cói	老婆死了，過不久就再娶。指夫妻的關係比父母兄弟隨便很多。
老鼠唔留隔夜糧	làu cù m līu găk yà liōng	老鼠是不會計劃的，有多少就吃多少。嘲笑不會計劃的人。
老虎都曉啄目睡	làu fŭ dú hiău dŭk mŭk sòi	老虎都會打瞌睡，比喻即使是精明的人也會犯錯誤。
老虎唔食孤寒肉	làu fŭ m sìt gú hōn ngiŭk	老虎不吃吝嗇的人。比喻騙錢的人不會打吝嗇之人的主意。
唔聲唔聲打爛罌	m sáng m sáng dă làn áng	平時很低調的人有時候會嚇你一跳。
冇見過大蛇屙屎	māu gièn gò tài sā ó sĭ	「屙屎」是拉屎的意思，比喻沒有見過大場面。
冇病冇痛當發財	māu piàng māu tùng dòng făt cōi	健康就是財富，不奢求大富大貴。
貓抄飯甑總成狗	miàu càu fàn zèn zŭng sīn gĕu	飯甑，飯桶。比喻為別人白忙，為他人做嫁衣。
燒茶熱飯冷金瓜	sáu cā ngièt fàn láng gím gá	茶和飯要趁熱吃，但南瓜最好放涼才吃。

慣用語	拼音（客家話）	解釋
屎出正來挑糞缸	sǐ cǔt zàng lōi tiáu bùn góng	便急才去挖糞坑。臨渴掘井。
屎窟冇蟲拈蚯鑽	sǐ fǔt māu cūng ngiám hiěn zòn	屁股沒有蟲子，撿一條蚯蚓去鑽。比喻自找麻煩。
屎窟走嗨眾人位	sǐ fǔt zěu hói zùng ngīn vùi	屁股一離開就是人人都可以坐的位子。
心肝唔好眼生壞	sím gón m hǎu ngǎn sáng fài	心肝，心腸。心腸不好，眼睛就會打壞主意。
算命唔靈自家折	sòn miàng m liāng cī gá zět	自己的命不好，算命的也不會算，只好自己折算一下。
一家便宜兩家着	yǐt gá piēn yī liǒng gá còk	一件事情雙方都撿到便宜。現代說法叫「雙贏」。
一條貓毛三條蟲	yǐt tiāu miàu máu sám tiāu cūng	農村養的貓很髒，毛上有很多蟲子和病菌，所以要小心不要碰到或吃到。
早死爺娘冇教招	zǎu sǐ yā ngiōng māu gáu záu	父母早死，沒有教養。用來罵沒有教養的人。
做死唔夠補天穿	zò sǐ m gèu bǔ tién cón	怎樣做都補不了天上的大洞。比喻白費努力。

【15】七字慣用語

八　八字及以上慣用語

慣用語	拼音（客家話）	解釋
阿官好做唔得一世過	á gón hǎu zò m dět yǐt sè gò	懶惰過日子很容易，但要過一輩子很難。
更好龍床都唔當狗竇	àn hǎu lūng cōng dú m dòng gěu dèu	出遠門睡不慣，還是自己的窩最好。
放高惶貓放低惶狗	fòng gáu kōng miàu fòng dái kōng gěu	「惶」（kōng）是怕的意思，把食物放哪裏都怕被貓狗夠到。比喻畏首畏尾。
蛤蟆過大還係胲過大	hā mā gò tài hān hè gói gò tài	蛤蟆大還是牠的下巴大？比喻不分主次。
唔好欺負奀嫲冇嬭菇	m hǎu kí fù zé mā māu lèn gú	奀嫲，瘦小女孩。嬭菇，乳房。比喻人不可以貌相。
盲眼嘅佬過光眼嘅食好滴	māng ngǎn è láu gò góng ngǎn è sìt hǎu dīt	別人對你好，但你卻去猜疑。
冇食過豬肉也看過豬毛	māu sìt gò zú ngiŭk dú kòn gò zú máu	比喻見識廣博。

慣用語	拼音 (客家話)	解釋
愛死都唔爭哎半夜命	òi sǐ dú m záng ài bàn yà miàng	反正都要死了，多了半夜的命用途不大。
蛇唔咬你恅過黃鱔	sā m ngáu ngī láu gò vōng sién	被你欺負不反抗，你就以為 (我) 很好欺負。
山豬坐巢惡過老虎	sán zú cò cāu ǒk gò làu fǔ	山豬，野豬。比喻猛虎不如地頭蛇。
屎出褲頭帶正來打結	sǐ cǔt fù tēu dài zàng lōi dǎ gǐt	便急才發現褲頭帶打結，比喻倒霉極了。
死老鼠有盲貓公來拖	sǐ làu cǔ yíu māng miàu gúng lōi tó	比喻一個人無論如何都會找到結婚對象。又作「醜人自有醜人愛」。
使妹仔大過主人婆	sǔ mòi zǎi tà gò zǔ ngīn pō	使妹仔，婢女。比喻主次不分。
一百句當你五十雙	yīt bǎk gì dòng ngī ňg sìp súng	不聽別人的勸告。

【16】八字及以上慣用語

九　複句慣用語

1. 兩句慣用語，首句三到四字

慣用語	拼音 (客家話)	解釋
哎條魚走，哎條魚大。	ài tiāu ňg zěu, ài tiàu ňg tài.	抓不住的機會往往令人懷念。
畚箕笠，畚箕摜。	bùn gí lǎp, bùn gí kàn.	罵女孩的話，該死的意思。因為以前有人殺死女嬰後用畚箕裝着去丟棄。
春寒雨起，夏寒絕雨。	cún hōn yǐ hǐ, hà hōn cièt yǐ.	春天變寒冷會下雨，夏天變涼就沒雨。
打屁唔承，惹媶俗人。	dǎ pì m sīn, ngiá mí gǎp ngīn.	不承認放屁的人，母親是偷漢的。用來逼人承認自己放屁。
當時燒香，當時保佑。	dóng sī sáu hióng, dóng sī bǎu yìu.	比喻效果短暫。
隔夜茶，壽過蛇。	gǎk yà cā, tùk gò sā.	放過夜的茶對身體有害 (最近也得到科學證實)。
好做唔做，年三十晚賣灶疏。	hǎu zò m zò, ngiēn sám sǐp mán mài zàu sò.	民間信仰認為灶君農曆十二月二十四日升天，年初四才回來。灶疏是燒給灶君的，但年三十晚灶君不在，就沒人買灶疏了。比喻做多餘的事情。

慣用語	拼音（客家話）	解釋
學勤三年，學懶三朝。	hòk kiūn sám ngiēn, hòk lán sám záu.	要懶惰容易，學勤勞很難。
看貓嫲，捉貓仔。	kòn miàu mā, zŭk miàu zăi.	孩子都是像父母的。
空手捉鳥，唔死都翹。	kóng sĭu zŭk diáu, m sĭ dú kiáu.	空手捉鳥，鳥被人捉了會拼命掙扎，到最後很多時候是死掉的。
來也不除，唔來也不請。	lōi yá bŭt cū, m lōi yá bŭt ciāng.	來不來聽隨尊便。
冇戴笠，冇戴帽。	māu dài lĭp, māu dài màu.	頭上沒有戴任何東西來遮雨或者擋太陽。
冇惹公，尋惹公。	māu ngiá gúng, cīm ngiá gúng.	你爺爺已經不在了，你卻偏去找。意思是無理取鬧。
眼唔見，肚唔問。	ngăn m gièn, dŭ m mùn.	很多食物的製作過程都很髒，眼不見為淨。
年三夜四，賊佬打屁。	ngiēn sām yà sì, cèt lău dă pì.	年關將至，盜賊猖獗，可能就在你身邊，連他們放屁都聽得見。
入年架，講好話。	ngìp ngiēn gà, gŏng hău và.	年架是指臘月廿四到正月十五期間，到處洋溢着過年的氣氛，要說吉祥的話。
牛嫲打交，牛仔食草。	ngīu mā dă gáu, ngīu zăi sìt cău.	上一代的恩怨不會影響下一代。
白蟻齧，白蟻蛀。	pàk lí ngăt, pàk lí zù.	罵老人的話，說他們快鑽進棺材給白蟻咬。
石禾庭，鐵跗把。	sàk vō tāng, tiĕt kià bă.	比喻夫妻倆的命硬鬥硬。
山光石㿯，人老病出。	sán góng sàk lŭt, ngīn lău piàng cŭt.	人老就會體弱多病。
小暑大暑，有食懶煮。	siău cŭ tài cŭ, yíu sìt lán zŭ.	小暑大暑都在陽曆七月，是一年之中最熱的時候，人沒有食慾。
小雪大雪，煮飯唔切。	siău siĕt tài siĕt, zŭ fàn m ciĕt.	小雪大雪都在陽曆十二月，是一年之中日照最短的時候。過去沒有時鐘，看日出日落來煮飯，中間相隔時間很短。
食茶甜，食飯香。	sìt cā tiām, sìt fàn hióng.	希望小孩不生病，順利長大。
食唔完，使唔盡。	sìt m yēn, sŭ m cìn.	錢多得怎樣也花不完，不愁吃不愁穿。
手擝腳等，腳擝泥打等。	síu láu giŏk dén, giŏk láu lāi dă dén.	手腳不靈活。泥打是以前的一種建築工具，形狀像腳。

慣用語	拼音（客家話）	解釋
手盤係肉，手背也係肉。	sīu pān hè ngiŭk, sīu bòi yá hè ngiŭk.	手心手背都是肉。比喻兩邊都偏袒不來。
貪條草食，跌死條牛。	tám tiāu cǎu sìt, diět sǐ tiāu ngīu.	比喻因小失大。
豆腐係水，閻王係鬼。	tèu fù hè sǔi, yàm vōng hè gǔi.	凡事均不會離開其本質。
頭紅花赤，有一隻食一隻。	tēū fūng fá cǎk, yíu yǐt zǎk sìt yǐt zǎk.	罵人不懂得計劃將來，又作「老鼠不留隔夜糧」。
天放黃，大水浸眠床。	tién fòng vōng, tài sǔi zìm mīn cōng.	如果日落以後天上泛起黃色的霞光，過幾天就會下大暴雨。
獨柴難燒，獨子難教。	tùk cāi lān sáu, tùk zǔ lān gáu.	獨子因為沒有兄弟姊妹，不容易教養。
烏蠅摟，烏蠅囓。	vú yīn léu, vú yīn ngăt.	被蒼蠅圍繞叮咬。
有錯子，冇錯孫。	yíu cò zǔ, māu cò sún.	被人收養的孩子，如果在結婚前改回原來的姓氏是可以的，但如果養子生了孩子，孫子則不可以改回原來的姓氏了。
若愛甜，先放鹽。	yòk òi tiām, sién fòng yām.	煮菜要放鹽才有味道。
早就來坐，暗就來摸。	zǎu cìu lōi có, àm cìu lōi mó.	時間管理不善，白天沒做好事情，到了晚上才認真工作。
蒸春煠茄，毒過後來婆。	zín cún sàp kiō, tùk gò hèu lōi pō.	民間認為蒸雞蛋和水煮茄子很「毒」，會觸發傷口發炎甚至潰瘍。
進豬貧，進狗富。	zìn zú pín, zìn gěu fù.	民間迷信，認為自來豬是不吉利的，會帶來貧窮。自來狗則會帶來財富。
做鹽唔鹹，做醋唔酸。	zò yām m hām, zò cù m són.	比喻一事無成。

【17】複句慣用語，兩句，首句三到四字

2. 兩句慣用語，首句五字

這類句子大概分為兩種，一種是兩句有先後關係，前因後果，第二種是兩句對仗。無論是哪一類，很多都會押韻，方便記憶。

慣用語	拼音（客家話）	解釋
出門冇老大， 包尾食飽撿碗筷。	cŭt mūn māu lău tài, báu múi sìt bău giăm vŏn kài.	不管是誰，最後吃飽的要收拾碗筷。
狐狸莫罵貓， 罵到狐狸呀呀叫。	fū lī mòk mà miàu, mà dău fū lī ngă ngă giàu.	自己也有類似的缺點卻還去罵人。
腳趾長過公， 唔死一世窮。	giŏk zĭ cōng gò gúng, m sĭ yĭt sè kiūng.	迷信說法，沒有科學根據。
好心冇好報， 好柴燒爛灶。	hău sím māu hău bàu, hău cāi sáu làn zàu.	慨歎好心人往往得不到好報。
係蛇一身冷， 係狼一身腥。	hè sā yĭt sín láng, hè lōng yĭt sín siáng.	事物的本質不會變。
泥蛇一畚箕， 唔當田棍蛇一條。	lāi sā yĭt bùn gí, m dòng tiēn gùn sā yĭt tiāu.	貴精不貴多。也可以把「田棍蛇」說成「青竹蛇」。
懶人多屎尿， 唔推冇得料。	lán ngīn dó sĭ ngiàu, m tói māu dĕt liàu.	懶惰的人往往用上廁所作藉口偷懶。
懶人有懶命， 鑊頭唔洗狗舐淨。	lán ngīn yíu lán miàng, vòk tēu m sĕ gĕu sé ciàng.	懶惰的人往往得到上天的眷顧。
蟻子食一千， 烏蠅唔好食半邊。	lí zŭ sìt yĭt cién, vú yīn m hău sìt bàn bién.	螞蟻通常不帶菌，吃了不會怎樣，可是吃了蒼蠅麻煩就大了。
唔怕落霜天， 緊惶烏黷愁。	m pà lòk sóng tién, gĭn kōng vú dù sēu.	有霜的天氣通常是晴天，早上雖然冷但中午會暖和。但陰冷的天氣卻更難受。
人情緊過債， 鑊頭拿去賣。	ngīn cīn gĭn gò zài, vòk tēu lá hì mài.	比喻拿紅包做人情很重要。
人多好做事， 人少好做年。	ngīn dó hău zò sù, ngīn său hău zò ngiēn.	幹活人多比較好，過年人少就省事兒。
人冇千日好， 花冇百日紅。	ngīn māu cién ngĭt hău, fá māu băk ngĭt fūng.	人總會隔一段時間就生病。
人愛人打落， 火愛人歎着。	ngīn òi ngīn dă lòk, fŏ òi ngīn pūn còk.	「打落」就是看扁。被看扁就會有上進心，好比火要用力吹才會着。
山精唔識寶， 蘇木袞來做柴燒。	sán zín m sĭt bău, sú mŭk gūn lōi zò cāi sáu.	山精，沒見過世面、沒知識的人。蘇木是貴重的材料。比喻不懂得珍惜好東西。
食飯打赤膊， 做事尋衫着。	sìt fàn dă căk bŏk, zò sè cīm sám zŏk.	嘲笑人只會吃飯不會幹活。

慣用語	拼音 (客家話)	解釋
食齋會變仙， 牛馬上西天。	sìt zái vòi bièn sién, ngīu má sóng sí tién.	只靠吃齋修行來改變命運是不夠的。
糶穀買番薯， 曉算唔曉除。	tiàu gŭk mái fán sū, hiăo sòn m hiăo cū.	以為自己聰明，把米賣掉來買紅薯。
天起狐狸斑， 曬穀唔使翻。	tién hĭ fū lī bán, sài gŭk m sŭ fán.	如果天上出現狐狸斑一樣的高積雲，就會連續幾天天晴。
獨貓掌穀倉， 獨狗掌庵堂。	tùk miàu zŏng gŭk cóng, tùk gĕu zŏng ám tōng.	「獨」是指沒有兄弟姊妹的動物。客家人相信獨貓特別好，獨狗就不太吉利了。
烏龜莫笑鱉， 大家泥裏穴。	vú gúi mòk siàu bĭet, tài gá lāi lí hìet.	既然大家是同類就不要互相嘲笑。
閻王唔在家， 鬼仔打翻車。	yām vōng m cói ká, gŭi zăi dă fán cá.	比喻大人出門以後，小孩子在家裏亂玩。
一日打喇赤， 三日尋火炙。	yĭt ngĭt dă lăk căk, sám ngĭt cīm fŏ zăk.	打喇赤，打赤膊。冬天裏如果有一天特別溫暖，便是變天的前奏。接着的幾天一定很冷。
一日閹九豬， 九日冇豬閹。	yĭt ngĭt yám gĭu zú, gĭu ngĭt māu zú yám.	一曝十寒。
一夜冇睡目， 十夜補唔足。	yĭt yà māu sòi mŭk, sìp yà bŭ m zŭk.	一晚不睡覺，十晚補不來。
有肉嫌有毛， 有酒嫌冇糟。	yíu ngiŭk hiām yíu máu, yíu zŭ hiām māu záu.	比喻人貪心，想得寸進尺。
左手左泥跛， 右手發跛蹄。	zŏ sĭu zŏ lāi bái, yìu sĭu bŏt bái tāi.	嘲笑左撇子。

【18】複句慣用語，兩句，首句五字

3. 兩句慣用語，首句六字或以上

這些句子除了字數較多以外，內容和結構跟首句五字的兩句慣用語一樣。大部分都是對仗句而且押韻。

慣用語	拼音（客家話）	解釋
阿斗官食牙蕉皮，食一時得一時。	á děu gón sìt ngā ziáu pī, sìt yīt sī dět yīt sī.	相傳阿斗官是一個富家子弟，後來家道中落要吃蕉皮充飢，比喻環境變差就得要適應一下。
朝上無人莫做官，廚下無人莫去鑽。	cāu sòng māu ngīn mòk zò gón, cù hà māu ngīn mòk hì zón.	沒有熟人在哪裏都不行。
千揀萬揀揀隻爛燈盞，千擇萬擇擇隻爛飯勺。	cién gǎn màn gǎn gǎn zǎk làn dén zǎn, cién tòk màn tòk tòk zǎk làn fàn sòk.	（指找對象）選擇了千遍萬遍，到頭來找到的還是很差勁。
醜人自有醜人愛，爛鑊自有爛鑊蓋。	cīu ngīn zù yíu cìu ngīn òi, làn vòk zù yíu làn vòk gòi.	安慰人無論怎樣醜都會找到結婚對象。
多啜婦娘多大舅，多啜男人多朋友。	dó zòi bú ngiōng dó tài kíu, dó zòi lām ngīn dó pēn yíu.	愛說話的人往往朋友很多。
打銅鑼手又劫，燒紙寶面又烏。	dǎ tūng lō sǐu yìu kiòi, sáu zǐ bǎu mièn yìu vú.	在慶典上幫忙打鑼或者燒紙錢都不行。比喻一事無成。
冬至唔過唔寒，夏至唔過唔暖。	dúng zì m gò m hōn, hà zì m gò m lón.	農諺。夏天過了夏至才開始熱，冬天過了冬至才會冷。
狐狸唔知尾下臭，田螺唔知屎窟皺。	fū lī m dí múi há cìu, tiēn lō m dí sǐ fūt zìu.	比喻人往往不知道自己的缺點。
緊倚勢哎管鼻，撿到來餓絕氣。	gǐn yǐ sì ài gǒn pì, giǎm dǎu lōi ngò cièt hì.	以為自己有些優點，怎知道光依靠它是活不了的。
看人做油煎煎，自家做臭火煙。	kòn ngīn zò yīu zién zién, cī gá zò cìu fò yén.	看別人做得容易，自己做起來卻不行。
爛畚箕打湖鰍，走嘅走溜嘅溜。	làn bùn gí dà fū cíu, zěu è zěu líu è líu.	比喻各散東西。
老婆就心肝命袋，阿姆就臭風鹹菜。	lǎu pō cìu sím gón miàng tòi, á mí cìu cìu fúng hām còi.	心肝命袋，即心肝寶貝。鹹菜是農村生活的日常食品，可以存放一段日子，但太久會變壞會有一種特別的臭味，客家話叫做「臭風」。整句話指兒子婚後只疼愛老婆，不理母親。

慣用語	拼音（客家話）	解釋
言曾落水先唱歌，有落都唔多。	mān cēn lòk sǔi sién còng gó, yíu lòk dú m dó.	下雨前雷聲大，下雨不多。
冇油麻唔成茶，冇婦娘唔成家。	māu yíu mā m sāng cā, māu bú ngiōng m sāng gá.	擂茶必有芝麻，比喻女人是一個家庭不可或缺的部分。
你唔嫌厓籮疏，厓唔嫌你米碎。	ngī m hiām ngāi lō só, ngāi m hiām ngī mǐ sùi.	謂夫妻之間不要互相嫌棄。
蛇爭蛇蜗爭蜗，蝦公爭老蟹。	sā záng sā gǎi záng gǎi, hā gúng záng làu hǎi.	比喻人往往幫自己人說話。
生子唔得子時到，生女唔得午時來。	sáng zǔ m dět zǔ sī dàu, sáng ňg m dět ňg sī lōi.	生兒子在子時最好，女兒則在午時最理想。但這只是順口溜而已，沒有科學根據。
殺頭生理有人做，蝕本生理冇人做。	sàt tēu sén lí yíu ngīn zò, sèt bǔn sén lí māu ngīn zò.	獲利豐厚的生意，哪怕是殺頭也有人做。虧本的就相反。
心臼多懶洗碗，鴨嫲多懶生卵。	sím kíu dó lán sè vǒn, ǎp mā dó lán sáng lǒn.	比喻幹活的人一多就互相推搪。
食死老公拑凳板，餓死老婆磨爛席。	sìt sǐ lǎu gúng kiām dèn bǎn, ngò sì lǎu pō mò làn ciàk.	女人太會吃，男人不會賺錢，家庭都會破裂。
食粥唔當食飯，炙火唔當踞炭。	sìt zǔk m dòng sìt fàn, zǎk fǒ m dòng kīu tàn.	簡單的道理誰都會。
爺娘記子長江水，子記爺娘冇擔竿長。	yā ngiōng gì zǔ cōng góng sǔi, zǔ gì yā ngiōng māu dàm gón cōng.	父母愛孩子，孩子卻不會長期記掛父母。
養子唔知得娘辛苦，養女正曉得謝娘恩。	yóng zǔ m dí ngiōng sín kǔ, yóng ňg zàng hiǎu dět cià ngiōng én.	只有女兒才知道母親的偉大。
羊有跪乳之恩，鴉有反哺之義。	yōng yíu kǔi yǔi zú én, á yíu fǎn pǔ zú ngì.	連動物也懂孝道，何況是人？
周身生成驢子形，一時唔做發頭暈。	zíu sín sáng sīn lī zǎi hīn, yít sī m zò bǒt tēu vīn.	渾身長得像驢子，不幹活就會生病。

【19】複句慣用語，兩句，首句六字或以上

4. 三句及以上慣用語

慣用語	拼音（客家話）	解釋
半壁挽笪箕，年年兩夫妻；半壁挽銅鑼，年年兩公婆。	bàn biăk văn sáu gí, ngiēn ngiēn liŏng fú cí; bàn biăk văn tūng lō, ngiēn ngiēn liŏng gúng pō.	嘲笑沒有生孩子的夫妻。
刺瓜老，好洗鑊；瓠瓜老，好做勺。	cì gá lău, hăŭ sĕ vòk; pū gá lău, hăŭ zò sòk.	農村生活很簡單 —— 絲瓜老了曬乾用來洗鍋，瓠瓜老了曬乾用來做勺子。
多子多連牽，冇子成神仙，神仙跌落地冇人牽。	dó zŭ dó lién kién, māu zŭ sāng sīn sién, sīn sién diĕt lòk tì māu ngīn kién.	孩子多的家庭很多麻煩的事，沒有孩子的夫妻很自由，但年老就無依靠。
寧賣祖宗田，莫賣祖宗言；寧賣祖宗坑，莫賣祖宗聲。	lēn mài zŭ zúng tiēn, mòk mài zŭ zúng ngiēn; lēn mài zŭ zúng háng, mòk mài zŭ zúng sáng.	強調要保護母語，母語比祖宗的田產還重要。
人心節節高，井水變成酒，又嫌豬冇糟。	ngīn sím ziĕt ziĕt gáu, ziăng sŭi bièn sāng zŭ, yiù hiām zú māu záu.	這裏引用呂洞賓把水變成酒的傳說。比喻貪念永無止境。
瓠打瓠，瓜打瓜，唔係像阿嬭就像阿爸。	pū dă pū, gá dă gá, m̀ hè ciòng á mí cìu ciòng á bá.	孩子怎樣都像父母。類似北方話的「龍生龍鳳生鳳」。
衰唔知，末唔知，鼻公發蟲怓過蘿蔔絲。	sói m̀ dí, măt m̀ dí, pì gúng bŏt cūng láu gò lō pèt sí.	怓過，以為。嘲笑人不知道自己的短處，還到處張揚。
讀書讀得少，袁字寫成表；讀書讀得多，料字寫成科。	tùk sú tùk dĕt săŭ, yēn sù siă sāng biăŭ, tùk sú tùk dĕt dó, liàu sù siă sāng kó.	嘲笑別人寫錯字。
禾鵯仔，啜嗶嗶，有啜話別人，冇啜話自家。	vō bĭt zăi, zòi vá vá, yíu zòi và pièt ngīn, māu zòi và cī gá.	罵人只會說別人，自己犯同樣毛病卻不說。
黃頭蛇，七姐妹，緊打緊多來。	vōng tēu sā, cĭt zĭ mòi, gĭn dă gĭn dó lōi.	黃頭蛇是南方田野間一種常見的無毒蛇。據說打死一條以後，同類會來增援，所以勸大家不要打。
黃腫大食懶，食飽就愛癱，食飽唔癱，黃腫曉番。	vōng zŭng tài sìt lán, sìt băŭ cìu òi tán, sìt băŭ m̀ tán, vōng zŭng hiăŭ fán.	罵人的話。「黃腫」是肝炎。罵人吃飽就睡，否則肝炎會復發。

慣用語	拼音（客家話）	解釋
醫藥先生死婦娘，算命先生半路亡，地理先生冇屋床。	yí yòk sín sáng sǐ bú ngiōng, sòn miàng sín sáng bàn lù mōng, tì lí sín sáng māu vǔk cōng.	醫生會死老婆，算命的卻不知道自己死期，看風水的沒有房子（「屋床」是建房的地）。諷刺他們敵不過天意。
一代親，二代表，三代閒了了。	yìt tòi cín, ngì tòi biǎu, sám tòi hān liǎu liǎu.	第一代是姐妹，孩子是表親，第三代就沒親情了。
豬碌大，狗碌壞，人就碌到礙礙曬曬。	zú càng tài, gěu càng fài, ngīn cìu càng dǎu ngài ngài sài sài.	豬拼命吃會長胖，狗拼命吃會生病，人拼命吃會很不舒服。

【20】三句及以上慣用語

十　歇後語、謎語

1. 歇後語

歇後語也是漢語的一種特有結構，在各種方言都有，加上地區不同，差異比較大。以下歇後語是香港客家話中特有的。

慣用語	拼音（客家話）	解釋
阿聾打屁 —— 冇聲冇氣。	á lúng dǎ pì – māu sáng māu hì.	聾子放屁自己聽不到聲音。「冇聲冇氣」也指沒有消息、音訊，語帶雙關。
伯公打屁 —— 神氣。	bǎk gúng dǎ pì – sín hì.	伯公是客家人的土地神，通常安放在大榕樹下。放的屁當然是「神氣」了。
自己扛湯 —— 自己啜。	cù gǐ góng tóng – cù gǐ sǒt.	「啜」（sǒt）是吸吮進嘴巴的意思。但也跟讚美的「說」同音。笑人自己讚美自己。
火燒竹筒 —— 直爆（報）。	fǒ sáu zǔk tūng – cìt bàu.	「爆」與「報」同音。「直報」是直接把事情說去，不作隱瞞。
狗徑索 —— 食唔切。	gěu gàng sǒk – sìt m ciět.	用來比喻太多宴會或者食物吃不完的意思。請看「狗徑索」典故。
雞屙尿 —— 冇見過。	gái ó ngiàu – māu gièn gò.	雞是鳥類，不會排泄液體的尿。所以雞排泄尿液是「沒見過」的意思。

慣用語	拼音 (客家話)	解釋
狗吠雷公 —— 唔知天性。	gĕu pòi lūi gúng – m dí tién sìn.	狗不知道雷公是屬於天上的神，於是冒犯亂吠，比喻因為無知而冒犯人。但「唔知天性」也指 (尤其是小孩) 不懂事。
狗食糯米 —— 冇得變。	gĕu sìt lò mĭ – māu dĕt bièn.	狗不能消化糯米，所以原來的樣子排泄出來。比喻食古不化。
肋坼下毛 —— 冇剃過 (冇太過)。	làk căk há máu – māu tài gò.	肋坼下，腋下。以前人一般不剃腋下的毛。「剃」在客家話跟「太」同音，「冇太過」指很普通，沒甚麼了不起。
老鼠跌落糠籮頭 —— 一時歡喜一時愁。	làu cŭ diĕt lòk hóng lō tēu – yĭt sī fón hĭ yĭt sī sēu.	老鼠以為糠籮裝的是稻穀，掉進去的時候非常開心，但發現裏面全是鬆散而不好吃的米糠，而且很難脫身，就開始發愁了。
麻風擎遮 —— 做好人。	mā fúng kiā zá – zò hău ngīn.	麻風病人用傘遮住自己，讓人不知道他發病。比喻一些人犯了錯又裝好人。
冇芽芋種 —— 淨愛來食。	māu ngā vù zŭng – ciàng òi lōi sìt.	芋頭當然沒有芽，不能做種，只能用來做菜。但「淨愛來食」有歧義，可以罵人只會吃不幹活。
貓扡糍粑 —— 唔得脫爪。	miàu yă cī bá – m dĕt lŏt zău.	糍粑是用糯米製作的節日食品，客家常見。貓抓到糍粑當然很難脫身。但「唔得脫爪」有引申義，指惹了麻煩、官司等很難脫身。
五腳凳 —— 斟多。	ňg giŏk dèn – dèu dó.	客家話把「裝」叫做「斟」。凳子四隻腳就夠，五隻當然是多裝了。但「斟多」又指隨便、不經意。
石灰敆路 —— 白行。	sàk fói yàm lù – pàk hāng.	「敆」是撒放的意思。「白行」是白走一趟的意思。
山豬打交 —— 使嘴。	sán zú dă gáu – sŭ zŭi.	字面是「使用嘴巴」，但也指使喚別人幹活。請看「山豬打交」典故。
食豬嫲肉 —— 使暗力。	sìt zú mā ngiŭk – sŭ àm lìt.	字面是「吃母豬肉」。因為母豬一般都養了好幾年，肉特別韌，所以要出暗力。

慣用語	拼音（客家話）	解釋
田脣硼 —— 唔係路。	tiēn sūn bŏk – m hè lù.	田脣硼是田壆，非常狹小，不是用來當道路用的，所以「唔係路」。但「唔係路」也有不像話、不對頭的意思。
一隻雞閹嗨三隻核 —— 冇心冇性。	yĭt zăk gái yám hói sám zăk hàk – māu sím māu siàng.	核 (hàk) 是睪丸，一隻公雞只有兩個。一隻雞閹了三個睪丸，就連心臟也被掏走了，所以就沒有心情（冇心性）了。
灶下雞 —— 出到門背唔曉啼。	zàu há gái – cŭt dàu mūn bòi m hiău tāi.	養在廚房的雞沒有到過外面，到外面就連開腔都不行了。比喻沒有膽量到外面去闖的人。

【21】歇後語

2. 謎語

(1) láng láng văt văt ngī hàm sáu, sĭp sĭp dăp dăp ngī hàm záu.

冷冷挖挖你喊燒，濕濕澾澾你喊燥。（猜兩種食品）

(2) lău pō lĕp zŭt zŭt, lău gúng yĭt bă gín, ngīn ngīn dú gŏng giá hè liŏng gúng pō, cūng lōi dú m cēn giám gò sín.

老婆朒卒卒，老公一把筋，人人都講其係兩公婆，從來都唔曾兼過身。

（猜兩種動物）

(3) yĭt zăk pū lū ŏg zăk ngī, yĭt tiāu fán sū yĭt tūng mĭ.

一隻葫蘆五隻耳，一條番薯一筒米。（猜一種果子）

(4) yíu mái māu mài, yíu sĕ māu sài.

有買冇賣，有洗冇曬。（猜一家庭用品）

（謎底在本章末）

【22】謎語

十一　故事

1. 狗徑索

　　早下有隻傻仔，其丈人佬生日做酒請去食飯。老婆惶佢失禮，暗中摎佢約好，在桌棚腳下用條索嫲絢等兩家嘅腳趾，老婆掣一下，傻仔就食一啖。開頭呢隻辦法都好使得，傻仔食得好斯文好有教招，老婆也好歡喜。仰邊知食到一半，兩條狗在桌棚腳下爭骨頭吃打交，將哎索嫲亂扯，傻仔就搏命吃都食唔切。真係失禮死人咯。所以以後人家講東西多到食唔切，都會講「狗徑索」。

　　〔從前有個呆子，他岳父生日設宴請他去吃飯。妻子怕他出糗，暗中跟他約好，在桌子底下用條繩子綁住雙方的腳趾，妻子抽動一下，呆子就吃一口。開始的時候這個辦法很管用，呆子吃得很得體，老婆也很高興。怎知道吃到一半，兩隻狗在桌子底下爭骨頭吃，打起了架，把繩子亂扯，呆子就拼命吃，但也來不及。真是失禮極了。所以以後人們說東西多到來不及吃，都會說「狗徑索」。〕

【23】故事・狗徑索

2. 山豬打交

　　早下有兩兄弟，阿哥常日出去料，使老弟做事。老弟到包尾忍無可忍，罷工抗議。阿哥轉到來看到佢乜介都冇做過，發火罵佢：「你一日到暗做嗄來哦？」老弟講：「厓看山豬打交來咯」。阿哥還過惱：「你渾日恁長到暗看山豬打交唔做事，山豬係仰邊打交嘅呀？」老弟答：「使嘴咯」。

　　〔從前有兩兄弟，哥哥常常出去玩，使喚弟弟幹活。弟弟最後忍無可忍，罷工抗議。哥哥回來看到他甚麼都沒做，惱火大罵：「你一天到晚幹嗎了？」弟弟說：「我去看野豬打架了。」哥哥更惱火：「你整天看野豬打架不幹活，野豬是怎樣打架的呢？」弟弟答道：「用嘴巴呀！」（「使嘴」也是使喚別人的意思〕。

【24】故事・山豬打交

第七章

香港客家話的語法詞

一 簡介

　　總的來說，香港客家話的語法跟其他地方的客家話差別不大，甚至跟廣州話也相當接近。但在大同之中總有一些小異。本章介紹的是香港客家話中一些表示語法關係的特有構詞法、造句法和詞綴。我們可以稱之為語法詞，其中大部分詞都是封閉性的。

二 特別的動詞

1. 發

　　客家話有一些以 bŏt 開始、有關疾病和身體現象的詞彙。這個 bŏt 的本字是「發」。發，《唐韻》《集韻》《韻會》《正韻》方伐切，音髮。《説文》躲發也。中古屬於幫母山攝合口三等，宋代之後轉為輕脣音。客家話口語中「發」保留中古以前的發音。下面是一些例子：

詞條	拼音（客家話）	解釋
發蟲	bŏt cūng	長蟲。一般指長蛔蟲。
發惶	bŏt kōng	驚怕。
發癲	bŏt dién	神經病，通常有攻擊性。
發呷	bŏt hăp	哮喘。
發冷	bŏt láng	指瘧疾。如果只是身體發冷唸 făt láng。
發捋	bŏt lòt	發脾氣。
發懜	bŏt mŭng	神經病，沒有攻擊性。
發夢	bŏt mùng	做夢。
發痧	bŏt sá	中暑。
發死	bŏt sĭ	癲癇症。
發性	bŏt siàng	發脾氣。
發瘟	bŏt vún	（動物）發生瘟疫。
發蝕	bŏt zí	皮膚或毛髮長寄生蟲或者菌類。
發子	bŏt zŭ	害喜，婦女懷孕初期的生理反應。
發跛蹄	bŏt bái tāi	變了瘸子，通常用來罵人「這樣都走不動」。

詞條	拼音（客家話）	解釋
發飽仔	bŏt bău zăi	豬等家畜脹肚而死，通常是瘟疫造成的。
發赤眼	bŏt căk ngăn	紅眼症。
發痤仔	bŏt cōi zăi	長瘡子。
發飯愁	bŏt fàn sēu	沒有胃口，吃不下飯。
發苦蟲	bŏt fŭ cūng	甘蔗、甘薯等作物中長蟲子，導致味道變苦。
發雞盲	bŏt gái māng	夜盲症的舊稱。因為雞在晚上看不見東西；但也用來罵人「這樣都看不見」。
發驚惶	bŏt giáng kōng	感到害怕，又作「發冷惶」。
發冷惶	bŏt láng kōng	感到害怕，又作「發驚惶」。
發癩痢	bŏt lăt lī	頭上長癩痢。
發癆嗽	bŏt lāu sèu	肺癆，但有時用來罵人整天在咳嗽很煩。
發漏屈	bŏt lèu kùt	據說是手指脫落的病，但通常用來罵人拿東西沒有抓牢。又作「發脫節」。
發麻風	bŏt mā fúng	麻風病。
發盲包	bŏt māng báu	罵人整天想睡覺。
發暮固	bŏt mù gù	不吭聲，目無表情的樣子。
發眼痤	bŏt ngăn cōi	眼睛長瘡。民間有說法謂：「偷看人沖涼就會發眼痤。」
發尿疾	bŏt ngiàu cìt	常常上廁所又尿不出來的病。
發尿夢	bŏt ngiàu mùng	做夢找廁所，然後尿床。
發軟蹄	bŏt ngión tāi	雙腿突然沒有力氣。通常用來嘲笑人臨陣退縮。
發肉雄	bŏt ngiŭk hiūng	精力過剩。
發餓癆	bŏt ngò lāu	本義是一種發餓的病，引申為貪心、貪小便宜。
發白極	bŏt pàk kìt	白內障。但有時用來罵人「這樣都看不見」。
發豺蟲	bŏt sāi cūng	長蛔蟲。
發蝨嫲	bŏt sĭt mā	（身上）長蝨子。
發大碏	bŏt tài càng	食慾很強，一吃就吃很多的病。
發大冷	bŏt tài láng	嚴重發冷的意思，指瘧疾。但常常用來罵人，相當於「傢伙」，沒有太大的惡意。
發大瘟	bŏt tài vún	（動物）發生瘟疫。但通常用來罵畜生，相當於「孽畜」。例：厓日日行過其條發大瘟都吠〔我天天走過他的那隻孽畜牠都在吠〕。
發癱風	bŏt tán fúng	中風。但通常用來罵人不願意動手或常常睡懶覺。
發頭暈	bŏt tēu vīn	頭暈。

詞條	拼音 (客家話)	解釋
發脫節	bŏt tŏt ziĕt	手指脫落的病，但通常用來罵人拿東西沒有抓牢。又作「發漏屈」。
發黃腫	bŏt vōng zŭng	因為肝病而全身發黃、水腫。又作「發黃病」。客家話因此又有罵語「黃病貨」。
發脹肚	bŏt zòng dŭ	肚子脹起來然後不能幹活的病。但也用來罵人只吃飯不幹活。
發雞子中	bŏt gái zŭ zùng	好像病雞一樣昏頭轉向地亂撞。
發拿加句	bŏt lā gá gì	手腳因為太冷或者生病而無法動彈。
發蘿蔔仔	bŏt lō pèt zăi	長凍瘡。
發沙蟲腳	bŏt sá cūng giŏk	真菌長在腳趾之間。
發豬頭皮	bŏt zú tēu pī	長痄腮。

有一個例外，表示身體發燒的「發」唸 făt，不唸 bŏt。

其他情況下的所有「發」字都唸 făt，如「發展、發財、一言不發」等，人名地名也只唸 făt，不唸 bŏt。

2. 打

「打」是在宋代以後意義逐漸豐富起來的一個常用多義詞。在普通話的義項有 20 個，一般是動詞。以下是《新華字典》的解釋：

(1) 擊，敲，攻擊。例：打擊、毆打、打殺。

(2) 放出，發出，注入，扎入。例：打炮、打雷、打信號、打電報。

(3) 做，造。例：打首飾、打家具。

(4) 撥動。例：打算盤。

(5) 揭，破，鑿開。例：打破、打井。

(6) 舉，提起。例：打燈籠、打起精神。

(7) 塗抹，印，畫。例：打蠟、打戳子。

(8) 寫出，開出。例：<u>打</u>證明。

(9) 捆，紮。例：<u>打</u>包裹。

(10) 合，結合。例：<u>打</u>夥、<u>打</u>成一片。

(11) 獲取，購取。例：<u>打</u>水、<u>打</u>魚。

(12) 除去。例：<u>打</u>消、<u>打</u>杈。

(13) 定出，計算。例：<u>打</u>算、<u>打</u>腹稿。

(14) 用，採用，使用。例：<u>打</u>比喻。

(15) 玩，玩耍。例：<u>打</u>球。

(16) 截，停，減，退。例：<u>打</u>住、<u>打</u>價兒。

(17) 表示人體發出某種行為動作。例：<u>打</u>手勢。

(18) 進行某種活動，從事或擔任某種工作。例：<u>打</u>交道、<u>打</u>短工。

(19) 與某些動詞結合，基本上保留原動詞詞義。例：<u>打</u>掃、<u>打</u>擾。

(20) 自，從。例：<u>打</u>喺兒來？

但客家話的「打」用途比普通話更多。普通話能說的，客家話一般也能說，但反之不一定可以。例如「打」可以表示「打獵、獵得」，如「吾條貓打倒一隻鳥仔」〔我的貓捕獲一隻鳥兒〕。

下表（轉頁）是普通話不說，客家話能說的帶「打」字的詞，其中有些跟普通話意思相似，但表示植物開花結果、製造等意思就比較特別。

詞條	拼音 (客家話)	解釋
打出	dǎ cǔt	露出,如:打出肚臍。
打釘	dǎ dáng	小孩剛學會站立。
打花	dǎ fá	(植物) 開花。
打交	dǎ gáu	打架。
打落	dǎ lòk	看扁,瞧不起。
打敓	dǎ lŏt	逃脫。
打脈	dǎ mǎk	號脈。
打米	dǎ mǐ	買米。
打屁	dǎ pì	放屁。
打踏	dǎ tàp	(雞鴨) 配種。
打陰	dǎ yím	轉陰天。
打仔	dǎ zǎi	(植物) 結果。
打早	dǎ zǎu	一大早。
打種	dǎ zŭng	配種。
打暗摸	dǎ àm mó	在黑暗中摸索。
打哈嗤	dǎ àt cì	打噴嚏。
打爆仗	dǎ bàu còng	放鞭炮。
打髀鳥	dǎ bǐ diáu	露出屁股。
打赤膊	dǎ cǎk bŏk	光膀子。
打韆鞦	dǎ cín cíu	蕩鞦韆。
打嚫呡	dǎ cǐn mǐn	打冷戰,發抖。
打陣水	dǎ cìn sǔi	驟雨。
打粗着	dǎ cú zŏk	(衣服) 用作平時穿着,穿來幹活。
打單身	dǎ dán sín	單身。
打倒橫	dǎ dàu vàng	失去重心向後栽倒。
打扽坐	dǎ dùn có	突然跌倒,屁股摔倒地上。
打噎督	dǎ èt dùk	打嗝。
打胡秀	dǎ fū sìu	吹口哨。
打翻車	dǎ fán cá	翻跟斗。
打風差	dǎ fúng cái	颳颱風。
打狗耳	dǎ gĕu ngǐ	植物的葉子因為感染疾病而捲曲成狗耳的形狀。
打頸呔	dǎ giǎng tái	結領帶。

詞條	拼音（客家話）	解釋
打鬼嚇	dă gŭi ngăp	字面意義是說鬼話，指亂說話。又作「打病嚇」。
打快扒	dă kài pā	結束營業。由於舞麒麟時，結束前會把鑼鼓音樂打得很快，俗稱「打快扒」。有人訛變為「打大扒」。
打麒麟	dă kī līn	舞麒麟（類似舞獅的一種武術）。
打空手	dă kúng sĭu	空着手（去探望親友）。
打孔翹	dă kŭng kiàu	失去平衡，一頭高一頭低。
打露水	dă lù sŭi	結露水。
打米餅	dă mĭ biăng	（過年）製造米餅。
打米成	dă mĭ cāng	（過年）製造爆米花。
打病嚇	dă piàng ngăp	字面意義是病重了亂說話，但一般用來罵人亂說話。又作「打鬼嚇」。
打獅子	dă sú zŭ	舞獅。
打淡食	dă tám sìt	（菜或者肉類）不用來送飯吃。
打挺仰	dă tĕn ngóng	仰着睡覺的姿勢。
打退論	dă tùn lùn	身體突然不受控制地向後退。
打禾庭	dă vō tāng	建造房子前面的曬穀場。
打灶頭	dă zàu tēu	築灶。
打朘鳥	dă zói diáu	沒穿褲子而露出屌。
打手指模	dă sĭu zĭ mŭ	畫押。
打黃雞啲	dă vōng gái dīt	好像病雞一樣不停轉圈。

另外，「A 打 A」還有「數以 A 計」的意思。例如「籮打籮、對打對、千打千、萬打萬」。

3. 愛

客家話的「愛」跟普通話的詞形雖然相同，但意義不一樣。客家話的「愛」是「要、必要、需要」的意思，但很少表示「喜歡」。例句：

(1)　天時冷，愛着多兩件衫咯〔天氣冷，要多穿兩件衣服了〕。

(2)　四點幾咯，愛轉去做飯咯〔四點多了，要回去做飯了〕。

(3) 整屋愛使好多錢〔修房子要用很多錢〕。

(4) 你愛鎖好門正好睡目〔你要鎖好門才睡覺〕。

(5) 去美國愛坐十幾隻鐘久飛機正到得〔去美國要坐十幾個小時飛機〕。

以上例句中的「愛」，在廣州話、普通話都說成「要」。但客家話口語不說「要」，只說「愛」。

客家話中「愛」的否定詞是「唔使」，相當於普通話的「不用」。但表達「不需要」的時候會說「唔愛」，發音是 m mòi，「唔愛」後面通常是名詞：

(1) 這本書你唔愛呀〔這本書你不要嗎〕？

(2) 厓唔愛這件衫啦，你愛唔愛〔我不需要這件衣服了，你要嗎〕？

(3) 佢唔愛厓摎佢同下去，厓咩轉屋下咯〔他不要我和他一起去，我只好回家了〕。

如果表示「不需要」的是一個動作，就用「唔使」（不用）來表示：

(4) 你唔使去北京，佢會來〔你不用去北京，他會來〕。

(5) 佢唔使厓摎佢同下去〔他不用我和他一起去〕。

普通話的「不要」在客家話說「唔好」：

(1) 你千祈唔好得罪惹老闆呀〔你千萬不要得罪你老闆呀〕。

(2) 這件事唔好分佢知〔這件事不要被他知道〕。

4. 知、識、曉、會

英文的 know 在中文有「懂得、知道、認識」的意思。客家話用「知」表示知道，發音是 dí，強調的時候說「知得」。否定是「唔知」，提問是「知唔知」，例如：

(1) 厓知佢係客家人〔我知道他是客家人〕。

(2) 佢唔知這種花有毒〔他不知道這種花有毒〕。

(3) 你知唔知佢住在哝間屋〔你知不知道他住在哪間房子〕?

(4) 知得天光就唔曉瀨尿〔知道天亮就不會尿床〕（俗語，意思是無法預先知道結果）。

客家話的「曉」是個比較傳統的用法。有兩個意思。一是表示懂得一種技能，否定是「唔曉」，提問是「曉唔曉」。廣州話也用「曉」，但普通話都說成「會」：

(1) 厓曉講英文、德文、客家話〔我會講英文、德文、客家話〕。

(2) 貓曉爬樹，但係唔曉游水〔貓會爬樹，但是不會游泳〕。

(3) 佢九十幾歲還曉行曉走〔他九十幾歲還能行走自如〕。

(4) 你曉唔曉做芋頭扣肉〔你會不會做芋頭扣肉〕?

二是表示某種可能性的推測。普通話、廣州話都用「會」，例如：

(1) 今晚厓惶曉落水〔今晚恐怕會下雨〕。

(2) 行李愛放穩正唔曉跌下來〔行李要放穩才不會掉下來〕。

(3) 佢曉唔曉恁聰明哦〔他會那麼聰明嗎〕?

現在很多香港客家人用「識」來代替懂得意義的「曉」，用「會」來代替可能性的「曉」，和廣州話的說法相同，這種客家話就不地道了。

香港客家話也用「識」字，表示對人物、事物的認識，普通話會分別說「認識、懂得」。否定是「唔識」，提問是「識唔識」，但是「識」的後面一定是名詞（否則要用「曉」），例如：

(1) 𠊎識嗨佢好多年〔我認識他很多年〕。

(2) 𠊎唔識惹爸〔我不認識你爸爸〕。

(3) 吾賴子唔識德文〔我兒子不懂德文〕。

(4) 你識唔識路去九龍公園〔你知不知道怎樣去九龍公園〕?

「會」本來是書面語,客家話也用「會」來表示懂得或者可能性,發音是 vòi。通常有負面意義,例如:

(1) 佢好會算〔他很會算〕。(負面評價)

(2) 日日恁樣做會死〔天天這樣做會死的〕。

(3) 佢會唔會係走嗨路〔他會不會是跑了路〕?

表示懂得、技術精湛,客家話說「會會、好會、死會」(否定詞還是「唔曉」,不能說「唔會會、唔好會」),但「死會」有負面感情。例如:

(1) 吾婆會會做茶果〔我奶奶很會做茶果(一種客家糕點)〕。

(2) 吾爸好會講日本話〔我爸爸很會講日語〕。

(3) 佢死會炒股票〔他精於炒股票〕。

三 副詞

1. 正

「正」是破音字,客家話發音有三個:(1) 讀書音是 zìn,也是最常用的讀音,例如:正確、正當、正式、改正、端正,表示「不偏不倚、沒錯」。(2) 讀音為 záng,只用於農曆第一個月的名稱——正月。(3) 口語音是 zàng,這個發音有幾個意思:

（1）　組成慣用詞「正先」〔剛才〕。例：厓正先看到惹爸出去〔我剛才看到你爸爸出去〕。/ 佢正先有冇打電話來〔他剛才有沒有打電話過來〕？

（2）　表示「剛剛」，很多時候是「正先」〔剛才〕的縮略，但有時不能互相取代。比如，「厓正亢身〔我剛起床〕」跟「厓正先亢身〔我剛才起床〕」意思不一樣。又如，「厓正還看到佢〔我剛才還看見他〕。」這句話中的「正」理解為「剛剛」或「剛才」都可以。

（3）　形成慣用語「正來」，是「剛來」的引申義。有兩個意思：(1) 一開始、剛開始。例：佢正來做工還係好老實，今下就學壞了〔他剛開始工作還很老實，現在就學壞了〕。(2) 才、才開始。例：等到冇錢正來算〔等到沒錢才算〕。見慣用語「正來」「屎出正來挑糞缸」條。

（4）　zàng 在動詞前面，zàng+V 是「才 V」的意思，可以理解為「正來」的縮略。例如：食嗨飯正去〔吃了飯才去〕。/ 佢來到正算〔他來到才算〕。/ 到嗨正分錢〔到了才給錢〕。這裏的「正」全部可以解釋為「才」。大部分也可以用「正來」取代。

（5）　句末助詞。「……正」相當於「先……」，例：食嗨飯正〔先吃完飯〕、唔好正〔先不要 / 等一下〕。

2. 死

「死」在世界各地的語言一般都是忌諱詞，說到親人或者朋友死的時候會用委婉語，例如「逝世、過世、走了、不在了、老了、永別、蒙主寵召、乘鶴而去」等等。英語也有類似的處理，因為直接說某人死了是很無禮的。而我們在日常生活中也儘量避免說「死」字。在農曆新年期間，很多地方都不准小孩子說這個字。

但在漢語中，「死」有很多特別的用法，可以表示「極端、非常」，例如標準漢語的「死要臉、死敵、死硬派、死撐」。另外也有直接罵人的「死丫頭、死貨」。還有感歎詞「死啦」，客家話、廣州話也有類似的說法，但在外語尤其是歐洲語言卻甚為少見。

客家話有一些以「死」為構詞的慣用語，例：死食〔饞嘴〕、死頂〔死撐住〕、死梗〔死定〕、作死、好死〔本義是死得很快很容易，引申為人品好〕、恁好死〔本義是「那麼容易死」，但實際意思是「（哪有）那麼好」〕、唔知死〔本義是不知天高地厚，但引申為不知道內情〕、死對佢〔為了他而死，死給他看〕、冷鑊死灶〔很久沒有生火煮食的樣子〕等。以下是帶有「死」字的慣用語：

(1)　動詞性的「V 死」結構，是「拼命 V」的意思。例：走死唔愛命〔拼命地跑〕、做死唔夠補天穿〔拼命做也補不了天洞〕。

(2)　動詞性的「死會 V」結構，是「很會 V」的意思。例：死會算〔很會算〕、死會投舌〔很會投訴〕、死會煮食〔很會烹調〕。

(3)　動詞性的「V 死 V 絕」結構，表示「V 得非常厲害、死命地 V」。例：叫死叫絕〔死命哭〕、罵死罵絕、捱死捱絕。或者是形容詞性的「A 死 A 絕」，例：懶死懶絕、惡死惡絕、閒死閒絕。這個結構有一定的能產性，例子不勝枚舉。

(4)　「死 A 死 B」，A 和 B 都是意義相近的動詞，表示死命地做一些動作（廣州話也有類似結構）。例如：死爬死蹶、死慳死抵、死鋤死挖。

(5)　「死 A 爛 B」，A 和 B 是近義詞，名詞和動詞都可以，例：死蛇爛蛙〔動也不願意動〕、死食爛瞓〔愛吃愛睡，比喻很懶惰的人〕。

以上的五種類型，以 (2)(3) 最有特色，是普通話和廣州話都沒有的。

四　虛詞

1. láu

香港客家話有個很特別的字：láu。láu 在香港客家話是多義字，可能來源自不同的漢字。

(1) 混合義，動詞。廣州話也有此說法，香港一般寫作「撈」，例如：豉油撈飯〔醬油拌飯〕；撈勻來〔把它混合均勻〕；兩種顏色唔好撈亂〔兩種顏色不要混在一起〕。

(2) 替、幫，動詞，寫作「摎」，例如：厓摎佢還嗨書〔我替他還了書〕。/ 阿華摎厓買到張車票〔阿華幫我買到了一張車票〕。

(3) 向，寫作「摎」，如：厓摎佢借嗨 500 銀〔我向他借了 500 塊〕。/ 阿明摎老闆攞到三日假〔阿明向老闆請了三天假〕。

(4) 「和、同」，連接詞，寫作摎，如：大人摎䲔仔〔大人和小孩〕、老虎摎獅子〔老虎和獅子〕。

(2)(3)(4) 中 láu 意義是有關聯的，巴色會（Basel Mission，又名崇真會，基督教新教差會）編寫的《客話讀本》寫作 [摛]，台灣寫作「摎」，本書跟隨台灣寫作「摎」，但本字可能是「與」。

在表達以上的四個意義時，廣州話和粵東客家話只有 (1) 用「撈」，(2)(3)(4) 都用「同」，似乎不是巧合。而東江下游的惠陽片客家話，包括香港客家話都用「撈」。台灣比較特別，海陸腔與惠陽腔相同，而四縣也摻雜了不少海陸的特點，跟粵東原鄉的客家話有點不同。本書為了辨別意義，表示 (1) 用「撈」，(2)(3)(4) 用「摎」，換言之，廣州話、梅縣話的「同」相當於香港客家話的「摎」。「摎」即是「同」的意思，東江下游客家話，包括香港客家話都一律不使用「同」，全部用「摎」，非常有趣。

2. gǐn

客家話的 gǐn 是多義字，本字不詳。巴色會曾經用過「竟、緊」兩個字。為了方便討論，本書採用「緊」字。

(1) 等於標準中文的「越……」，例如：緊來緊快〔越來越快〕。

(2) 等於標準中文的「一邊……」，例如：緊講緊笑〔一邊說一邊笑〕。

(3) 等於標準中文的「一味」，例如：緊依勢佢係唔得嘅〔一味靠他是不行的〕。

需要注意的是，在表達普通話的「着」（正在做的動作）時，老派香港客家話一般講「等」。但香港很多客家話使用者都跟隨廣州話說「緊」。例如把表示正在吃飯的「食等飯」說成「食緊飯」。這樣「緊」字便又增加一個義項了。

3. děn lí

一般寫作 [等哩]，為後綴，在形容詞或副詞後面，表示「有着……的狀態」。

例：閒等哩就織嗨件冷衫〔閒着就織了一件毛衣〕。

五 名詞詞綴

1. 性別詞綴

漢語各個地方變體絕大部分傳承了古漢語的詞彙，但很多單音節的名詞都會加一些詞綴或者變音來構成現代詞彙。北方話通常用兒化和加「子」的方式。廣州話則用小稱變調和加「仔、子」。客家話沒有兒化和變調，但詞綴相對豐富。多數客家話都有涉及性別的後綴，如「公、婆、嫲、牯、哥」，另外，後綴也有地區性差別，例如普通話的「子」詞綴相當於梅縣話的「欸」、興寧話的「里」。香港客家話則有「仔、子」。表面上好像跟廣州話相同，但實際上有相當大的區別。

先說帶性別的詞綴。「公 / 婆、牯 / 嫲、哥 / 妹」各自成對。首先，在客家話裏面，六個詞素都不是自由詞素，其中部分用於人物：

(1) 「公、婆、哥、妹」可以用作親屬人物的中心詞，例如，「阿公、阿婆」是祖父、祖母；「姐公、姐婆」是外祖父、外祖母；「老公、老婆」是丈夫、妻子；「阿哥、老妹」是哥哥、妹妹；

(2) 「牯 / 嫲」可以用作非親屬稱謂的詞綴，而且要添加在人名或特徵後面，例

如：志明牯、玉蘭嬤、賊牯、老妓嬤、肥牯、矮嬤等。不能作為中心詞（香港客家話已經不用「牯」字，而「嬤」仍用於人名之後）；

(3) 「哥 / 妹」作為後綴的用法類似「牯 / 嬤」，但一般只能用在人名或職業特徵後面，其中「妹」的用途比較廣泛。這些名詞一般指年青一輩的人物。例如：阿勇哥、玉蓮妹、耕田哥、洗頭妹、盲妹、日本妹等。在「洗頭妹、盲妹、日本妹」幾個「妹」後綴中，與之對應的不是「哥」，而是「佬」。

(4) 另外，香港客家話也常用「佬 / 婆」來表示人物，一般是職業或地方名詞加「佬 / 婆」，例如：賣魚佬、豬肉佬、上海佬、法國佬；媒人婆、算命婆、湖南婆、日本婆。這些用法跟廣州話相同，可能是借用。

有趣的是，除了「妹 / 婆」以外，這些詞素全部可以加在動物後面來表示動物的性別，其中：

(1) 「公」加在非哺乳類動物後面，表示雄性，例如：雞公、鴨公、老蟹公；

(2) 「牯」加在哺乳類動物後面，表示雄性，例如：貓牯、豬牯；

(3) 「嬤」可以加到大部分動物後面，表示雌性，例如：牛嬤、雞嬤。

此外，客家話有大約 40 個名詞添加了這些帶性別的後綴，但並不表示性別。這些名詞有小部分是動物，大部分是非動物。即使是動物，加了這些詞綴也不是代表牠們的性別，例如「貓公」是貓的意思，「貓牯」才是公貓。這些詞形是固定的，不能隨便替換。以下是這些帶性別詞綴的詞語。

(1) 動物類

拼音	香港客家話	普通話	拼音	香港客家話	普通話
hā gúng	蝦公	蝦子	bàu fû gó	豹虎哥	豹虎（蜘蛛名）
hiěn gúng	蚿公	蚯蚓	hēu gó	猴哥	猴子
lí gúng	蟻公	螞蟻	sā gó	蛇哥	蛇
mǎng gúng	蜢公	蚱蜢	vàt gó	滑哥	鯰魚

拼音	香港客家話	普通話	拼音	香港客家話	普通話
miàu gúng	貓公	貓	vú liàu gó	烏鶹哥	八哥
pùn sǐ gúng	噴屎公	屎殼郎	yēn gó	猿哥	猿
pāng pī pō	膨皮婆	（小魚名）	hā mā	蝦嫲	青蛙
pìt pō	蝠婆	蝙蝠	lí mā	鯽嫲	鯉魚
yàu pō	鷂婆	老鷹	sīt mā	蝨嫲	蝨子

(2) 非動物類

拼音	香港客家話	普通話	拼音	香港客家話	普通話
gién gúng	趼公	龜裂	kiēn tēu gǔ	拳頭牯	拳頭
giǒk zǐ gúng	腳趾公	腳趾頭	sàk gǔ	石牯	石頭
lúi gúng	簍公	魚簍	dáu mā	刀嫲	菜刀
ngǐ gúng	耳公	耳朵	gióng mā	薑嫲	生薑
pì gúng	鼻公	鼻子	lǐp mā	笠嫲	斗笠
sá gúng	沙公	沙子	sèt mā	舌嫲	舌頭
sǐu zǐ gúng	手指公	拇指	sǒk mā	索嫲	繩子
tién á gúng	天阿公	老天爺	sòk mā	勺嫲	水勺
vǒn gúng	碗公	大碗	záu mā	糟嫲	酒糟
áng gó	罌哥	瓶子	ǎu pō	襖婆	棉襖

雖然廣州話也有一些類似的詞彙，但日常用語只有「鼻哥、膝頭哥、手指公、腳趾公、鶹哥、蛤乸〔青蛙〕、蝨乸、蠄乸〔蟑螂〕」八個，數目遠比客家話少，而其中「鼻哥、手指公、腳趾公、鶹哥、蛤乸〔青蛙〕、蝨乸」跟客家話相同或相似。廣東的客家話有「膝頭牯」的說法，但香港不說。贛方言也有類似的情況，但一般也比客家話少。這說明客家話的性別詞綴的構詞方式比其他方言豐富。

2. 「仔、子」詞綴

香港客家話另外一個常用的詞綴是「仔」。「仔」在粵東的客家話基本不用，而用其他詞綴，例如梅縣話的「欸」（ě），五華、興寧的「哩」（lǐ），惠陽的「子」。但

在東江流域的客家話則常用「仔」。有人認為是受到粵語的影響。但仔細研究之下，發現事情不是那麼簡單。

香港客家話的「仔」有與「公、婆、牯、嫲」等詞綴一樣的雙重性：一方面它可以代表小稱，另一方面又是沒有意義的名詞詞綴。如果代表小稱的話，它是一個帶有「細小」意義的詞素。這時候用法跟廣州話沒有甚麼不同，例如小狗是「狗仔」，小白菜苗是「白菜仔」。在粵東客家話卻不能這樣說，所以可能是跟廣州話語言接觸的結果。但是，客家話的親屬關係裏面的「仔」卻跟廣州話有點不同，例如：

關係	香港客家話	廣州話
舅舅（面稱、背稱，比媽媽大）	大舅	（大）舅父
舅舅（面稱、背稱，比媽媽小）	舅仔	（細）舅父
姨媽（面稱、背稱，比媽媽大）	大姨	姨媽
姨媽（面稱、背稱，比媽媽小）	姨仔	阿姨（陰平變調）
妻舅（背稱*，比妻子大）	大舅佬	大舅
妻舅（背稱*，比妻子小）	舅仔	舅仔
大姨子（背稱*，比妻子大）	大姨	大姨
小姨子（背稱*，比妻子小）	姨仔	姨（陰平變調）仔
姑母（面稱、背稱，比爸爸大）	大姑	姑媽
姑姑（面稱、背稱，比爸爸小）	姑仔	姑姐
大姑（背稱*，比丈夫大）	大娘姊	姑奶（陰平變調）
小姑（背稱*，比丈夫小）	姑仔	姑仔

* 這些都是同輩，所以面對面都喊名字，或者名字加哥或姊（姐）。背稱是用來向別人介紹的時候，或者在說話中提到這個人時的稱呼。

另一方面，「仔」可以用作沒有意義的詞綴，跟普通話的「子」一樣，這是廣州話沒有的。客家話的「仔」涉及大量的名詞，下表（轉頁）分類列出，並且和廣州話比較。有一部分詞，尤其是涉及人物的詞，其中的「仔」在香港客家話和廣州話中都有小稱的意義。

(1) 人物（13 個）

香港客家話	廣州話	普通話	香港客家話	廣州話	普通話
暗牙仔	遺腹子	遺腹子	人仔	細民仔	小孩子
撮仔	騙子	騙子	阿伢仔	蘇蝦仔	嬰孩
孤兒仔	孤兒	孤兒	孫仔	孫	孫子
後生仔	後生仔	小伙子	野仔	野仔	私生子
老弟仔	男仔	男孩子	僬（ziāu）仔	靚仔	小孩子
妹仔	女仔	女孩子	左手仔	左友仔	左撇子
心臼仔	心抱仔	童養媳			

(2) 動物（11 個）

香港客家話	廣州話	普通話	香港客家話	廣州話	普通話
吹筒仔	魷魚	魷魚	齧仔	蠔蟲	蠔蟲
鳥（diáu）仔	雀仔	鳥兒	鯰哥仔	蝌蚪	蝌蚪
蚧（gǎi）仔	青蛙仔	小青蛙	兔仔	兔仔	兔子
蜆仔	蜆	蜆	禾鵪仔	麻雀仔	麻雀
墨斗仔	墨魚	墨魚	燕仔	燕子	燕子
蜜仔	蜜蜂	蜜蜂			

(3) 植物（5 個）

香港客家話	廣州話	普通話	香港客家話	廣州話	普通話
葱仔	葱	葱	蒜仔	蒜	蒜苗
擘仔	生菜	生菜	豆仔	豆角	豇豆
藻仔	浮藻	浮萍			

(4) 果實、水果（11 個）

香港客家話	廣州話	普通話	香港客家話	廣州話	普通話
茶仔	油茶	油茶	稔仔	山稔	桃金娘
橙仔	橙（變調）	橙	梅仔	梅（變調）	梅子
柑仔	柑	橘子（大）	朳仔	番石榴	番石榴
桔仔	桔	橘子（小）	桑仔	桑葚	桑葚兒

香港客家話	廣州話	普通話	香港客家話	廣州話	普通話
李仔	李（變調）	李子	桃仔	桃（變調）	桃子
碌仔	碌柚（變調）	柚子			

(5) 物件（26 個）

香港客家話	廣州話	普通話	香港客家話	廣州話	普通話
包仔	包	包子	刨仔	刨（變調）	刨子
丫撐仔	衣叉	衣叉	石牯仔	石仔	小石頭
鑿仔	鑿（變調）	鑿子	手巾仔	手巾仔	手絹兒
錘仔	錘（變調）	錘子	梳仔	梳	梳子
搭仔	棉背心	夾襖	勺仔	殼	飯勺兒
刀仔	刀仔	小刀兒	刷仔	刷（變調）	刷子
夾仔	夾（變調）	夾子	艇仔	艇仔	小船
鈎仔	鈎	鈎子	糖仔	糖（變調）	糖果
角仔	嘜、罐	罐子	煙仔	煙仔	香煙
巷仔	巷仔	巷子	丸仔	藥丸（變調）	藥丸
鉗仔	鉗（變調）	鉗子	印仔	印仔	私章
爐仔	爐	爐子	中頭仔	/	（一種頭飾）
甌仔	筧仔	小碗	簿仔	簿	本子

(6) 人體、疾病（8 個）

香港客家話	廣州話	普通話	香港客家話	廣州話	普通話
頂中仔	喉嚨叮	扁桃腺	麻仔	麻（變調）	麻疹
痤仔	瘡	瘊子	眼珠仔	眼珠	眼珠
腸仔	腸（變調）	腸子	手指仔	手指	手指
腳趾仔	腳趾	腳趾	朘仔	朘朘	赤子陰

(7) 其他（3 個）

香港客家話	廣州話	普通話	香港客家話	廣州話	普通話
陣間仔、一下仔	一陣間	一下子	古仔	古仔	故事
滴息仔、滴仔	一滴	一點兒			

以上香港客家話帶「仔」詞綴的名詞共有 77 個，跟廣州話詞形完全相同的有 10 個，分別是「後生仔、野仔、兔仔、手巾仔、煙仔、刀仔、艇仔、巷仔、印仔、古仔」，不到一成，有可能是語言接觸的結果。77 個詞語中，相對應的廣州話詞語只有 20 個帶「仔」字，另外有 13 個陰上變調。相對應的普通話則有 35 個「子」字詞，香港客家話的「仔」使用頻率比普通話的「子」多逾兩倍，也比廣州話的「仔」加小稱變調的使用頻率多出一倍以上。

如果我們從分類上看，就會發現香港客家話中植物和果實類的「仔」，跟廣州話「仔」和普通話「子」完全對不上號。其他如香港客家話帶「仔」的動物和人體名詞，對應廣州話「仔」和普通話「子」詞綴的頻率也不高。這說明香港客家話的「仔」在這些詞語中虛化，而廣州話和普通話卻沒有這個現象。

香港客家話另外一個類似的名詞詞綴是「子」，發音可以是 zú 或者 zǔ。發音為 zú 的一般是人物，包括「姪子、賴子〔兒子〕、妹子〔女兒〕、孫子、塞子〔曾孫〕」。其中「姪子、孫子」跟普通話詞形相同，唸 zú 可以視為一種小稱變調。而讀 zǔ 的有「瓜子、餃子、毫子、筷子、蟻子、葡萄子、獅子」。除了「毫子、葡萄子」以外，全部跟普通話相同。而「毫子、葡萄子」則跟舊式的廣州話相同，而且這兩個名詞恰恰是香港客家羣體中的新生事物。從這些分佈看來，香港客家話的「子」詞綴不是固有的，而是從語言接觸借入的。

3.「頭」詞綴

除了「子、仔」以外，香港客家話還有一個常用的詞綴是「頭」。「頭」在漢語是一個比較常見的詞綴，通常用在一些比較堅硬的物件後面，如「石頭、骨頭、木頭」。在客家話也有這層意思，但有時有所引申。

香港客家話跟普通話、廣州話相同，帶「頭」詞綴的詞語有「石頭、芋頭、木頭、枕頭、斧頭、饅頭、膝頭、骨頭、拳頭、碼頭、罐頭」等。跟廣州話相同、但普通話不說的有「日頭（廣州話又稱「熱頭」）、磚頭、鋪頭、鎖頭、薑頭、蒜頭、葱頭、煙頭」。以上除了「鋪頭」以外，均為堅硬的物體或植物的根頭部。但以下是

廣州話不說而客家話說的「X頭」，分為幾類：

(1) 地點：井頭〔水井邊〕、糞堆頭〔垃圾堆〕、路徑頭〔路途上〕、門角頭、墳頭（廣州話通常不說）。

(2) 時間段：朝晨頭〔早上〕、日辰頭〔白天〕、下晝晨頭〔下午〕、夜晚頭（晚上，又作「夜晚晨、暗晡夜」）。（廣州話稱早上為「朝頭早」，白天為「日頭」，也有一個「頭」字。）

(3) 物件：禾稿頭〔稻茬兒〕、陂頭〔壩〕、礐頭〔堤〕、樹剁 (dŏk) 頭〔木樁〕、柱頭〔柱子〕、灶頭〔灶〕、桌頭〔桌子〕、缽頭〔缽子〕、鑊頭〔鍋〕。（廣州話通常不說。）

(4) 身體部位：額門頭（前額，廣州話稱「額頭」）、肩頭（肩膀，廣州話稱「膊頭」）、心肝頭〔胸口〕、手盤頭〔手掌〕、腳盤頭〔腳掌〕。

(5) 人物：婆頭〔老太婆〕。

鋤頭在香港客家話一般叫做「钁鋤」，不加「頭」字。

我們發現，客家話會在地點和一些物件中加「頭」詞綴，在其他漢語方言頗為少見，是客家話的一個特點。但加在時間段、身體部位的詞，廣州話也會使用，不過頻率比較低。客家話更有一個詞綴叫做「頭邊」，用於日期的後面，表示「左右」。例如「初十頭邊」是「初十日左右」的意思。

六 副詞性的後綴

1.「子」詞綴

現代漢語有一個副詞詞綴「地」，可以加在形容詞後面把形容詞變成副詞，如「慢慢地、小心地、禮貌地、直接地」等。香港客家話則有三種處理辦法：一個是

形容詞後直接加「子」（zú，陰平調）。這些形容詞有重疊的音節 AA，而且在普通話和廣州話也在使用。如「慢慢子、輕輕子、眼定定子」等（相當於廣州話的「咁」）。

　　第二種是重複雙音節形容詞後再加「子」，作用跟以上單音節的形容詞一樣，例如「小小心心子、直直接接子、大大聲聲子」，但不能說「小心子、直接子、大聲子」。

　　第三種是說「好 A 恁樣」，其中 A 是形容詞，例如「好慢恁樣、好直接恁樣、好有禮貌恁樣」等。

　　另外，香港客家話也可以把「小小心心子、直直接接子、大大聲聲子」的「子」唸上聲 zŭ，表示有點小心。

　　除副詞結構外，客家話也有類似上述第一類「AA 子」的形容詞結構，但意思是「有點 A」，例如「肥肥子、高高子、畏羞畏羞子」，表示有點胖、有點高、有點害羞，對應為廣州話的「地」（dei²）；但廣州話不能重複雙音節詞。這些「AA 子」都是形容詞，不是副詞。

2.「調」詞綴、聲子

　　「調」是一個多音字，在多數地方話都有平聲和去聲兩個讀音。例如在普通話是 tiáo 和 diào，前者配詞有「調和、調劑、調理、協調、烹調」等，後者配詞有「調派、調查、調虎離山、強調、腔調、論調」等。廣州話對應為 tiu⁴ 和 diu⁶，客家話則是 tiān 和 tiàn。香港客家話中「AA 調」表示像 AA 的聲音，而 A 一般是擬聲詞，廣州話對應為「聲」。這裏的「調」唸 tiān，表示程度、聲音。

　　例：佢發燒發到 hēm hēm 調〔他發燒燒到很嚴重的樣子〕。/ 講話 già già 調〔說話吱吱喳喳的樣子〕。

　　另外一個跟聲音有關的詞綴是「聲子」。S 聲子，等於普通話的「S 一聲」，其中 S 是擬聲詞。

七 體貌詞

1. 等（děn）

香港老派客家話的 děn（一般寫作「等」）大概等於普通話的「着」、廣州話的「緊」，表示動作正在進行，或者動作持續中。「等」只是同音字，本字可能是「定」。新派客家話很多人說「緊」，跟廣州話詞形相同。例句：

(1) 佢食等飯〔他正在吃飯〕。

(2) 厓看等電視〔我正在看電視〕。

(3) 佢拿等本書睡嗨落覺〔他拿着一本書睡着了〕。

(4) 圍墙上寫等「不准攀越」〔圍墙上寫着「不准攀越」〕。

(5) 摎厓看等吾行李〔幫我看着我的行李〕。

(1)(2) 兩句是正在進行的動作，普通話用「正在 V」比較普遍，而廣州話用「V緊」。(3)(4)(5) 句是持續的動作，普通話用「V 着」，廣州話用「V 住」。

2. 嗨、搼嗨、嗨里

2.1 嗨（hói）

香港和鄰近地區的客家話在表示完成體時用 hói，本字不明，暫寫作「嗨」。相當於廣州話的「咗」和普通話的「了」，例如：

(1) 佢去嗨上海，過兩日正轉來〔他去了上海，過兩天才回來〕。

(2) 食嗨飯正去啦〔吃過飯菜去吧〕。

2.2 搼嗨（cíu hói）

全部完成的意思。前面可以加「全部」，也可以不加，沒有衝突。例如：

(1) 阿明養嘅雞全部死揢嗨〔阿明養的雞全部死光了〕。

(2) 一斤地豆敢分佢食揢嗨〔一斤花生竟然被他吃完了〕。

(3) 錢使揢嗨都吂到月尾〔錢用光了都還沒有到月底〕。

2.3 V + 嗨里 (hói dí)

「已經 V 了」的意思，例如：

(1) 阿明唔夠三歲其爸就死嗨里〔阿明沒到三歲他爸爸就已經死了〕。

(2) 厓還吂轉到屋佢就煮好嗨里〔我還沒有回到家他就已經煮好了〕。

3. 啦 (lá, lǎ)

香港客家話句末的「啦」，在不同情況對應為普通話的「吧」和「了」。「啦」唸不同聲調時有不同的意思。

(1) 你快滴轉去啦 (lá)〔你快點回去吧〕。(請求)

(2) 你快滴轉去啦 (lǎ)〔你快點回去吧〕。(命令)

(3) 佢轉嗨去啦 (lá)〔他已經回去了〕。(言外之意：你找他？他不在了哪。語氣比較軟。)

(4) 佢轉嗨去啦 (lǎ)〔他已經回去了〕。(言外之意：他早就走了。語氣比較硬。)

(5) 算啦 (lá)〔算了吧〕。(勸說別人)

(6) 算啦 (lǎ)〔算了〕。(自己感歎)

4. 來、來嘅

「來」是一個句末助詞，在客家話和廣州話都常用來表示一個動作已經完成，

例如：

(1)　厓去上海來〔我去了上海〕。

(2)　我看山豬打交來〔我看了野豬打架〕。

(3)　佢坐過監來〔他坐過牢〕。

「來嘅」也是一個句末助詞，有兩個意思，一個是「來的」，另外一個表示「原來是、曾經是」。例如：

(1)　其爸係偷渡來嘅〔他爸爸是偷渡來的〕。

(2)　這裏早下係間學校來嘅〔這裏以前曾經是一間學校〕。

5. A 等哩

A 是形容詞，「A 等哩」是「相當 A」。

例：你真係閒等哩，在哎里摺船仔，快幫吾手煮飯啦〔你真是太清閒了，在那邊摺小船，快幫我煮飯啦〕。

八　句首 / 句末助詞

客家話和廣州話一樣，有一系列異於北方話的句首句末助詞。以下列出一些常用助詞。

1. 句首助詞

(1)　hè gōng〔係講〕：句首助詞，如果。例：係講厓考到大學，厓定着會還神〔如果我考上大學，我一定會酬謝神恩〕。

(2)　lōi hì【來去】：句首詞綴，邀請對方做一件事情。例：來去看戲好麼〔一起去看戲好嗎〕？

2. 句末助詞

(1) gǒng vá [講哇]【講話】、vá [哇]【話】：相當於「聽說」，本字是「講話」，也可以縮略為「話」。但為了區別，俗寫為「講哇」。可以簡化為「哇」（vá）。表示說話人只是複述聽到的消息，而且有不太相信的感覺。例：其爸中嗨六合彩講哇〔據說他爸爸中了六合彩〕。/ 佢講其老公係大老闆哇〔（據她說）她老公是大老闆〕。

(2) hè yó [係唷]：句末助詞，相當於「是吧」。例：恁久冇看到佢，怕轉嗨鄉下係唷〔那麼久沒看見他，恐怕他回老家去了吧〕。

(3) hói dí [嗨里]：後綴，已經的意思。

(4) m cá【唔差】：相當於幾乎、差不多。例：吾爸都九十歲唔差咯〔我爸爸都差不多九十歲了〕。/ 渾九點唔差啦，還盲亢身〔都差不多九點了，還沒起床〕。

(5) lōi è【來嘅】：句末詞綴，表示強調、重複肯定。例：其爸早下係大地主來嘅〔他爸爸以前是大地主〕。

(6) tiám【添】：句末詞綴，表示「再」。例如：食多碗添〔多吃一碗〕。/ 坐多陣添正走〔多坐一會才走〕。也可以是「剛好、碰巧」的意思，例如：落水添，厓冇帶遮冇得轉屋下〔剛好下雨了，我沒帶傘，沒能回家〕。

九 方位詞

客家話的方位表達方式很有趣，也相對簡單，方位詞可以以一個人為中心來圖解：

客家話的方向概念

頂高＝上面

唇＝邊緣　　　臉前＝前面

背後＝後面

肚＝裏面

腳下＝下面

「上面」在客家話中說「頂高」，例：樹頂高有隻鳥仔〔樹上有隻鳥〕。「頂高」可以省略為「頂」，例：鞋櫃頂有把遮〔鞋櫃上面有一把傘〕。

「下面」在客家話中說「腳下」，例：凳腳下有條貓公〔凳子下面有一隻貓〕。

「前面」在客家話中說「臉前」或者「前面」，例：吾間屋臉面有條河〔我房子前面有一條河〕。

「後面」在客家話中叫做「背後」，例：你膽在吾背後就做得〔你跟在我後面就行〕。

客家話把邊緣叫做「唇」：井唇有隻人〔井旁有個人〕。

但房子後面叫做「屋背戶」，例如：吾屋背戶有一棵荔果樹〔我房子後面有一棵荔枝樹〕。

在一個人的正後方，就會說「瀄背後」，「瀄」其實是「屎窟」的合音，例如：就在惹瀄背後都看唔到〔就在你正後面都看不見〕。

客家話的「裏面」有很多種說法。可以簡單說「肚」，例如：

(1)　貓公鑽嗨落櫃肚去嗨〔貓咪鑽進了櫃子裏面去了〕。

(2)　我老婆在間肚〔我老婆在房間裏面〕。

「裏面」作為名詞時叫「內肚」，例如：這間屋內肚好光〔這間房子裏面很亮〕。這個情況不能單說「肚」。

也可以說「裏背」（「裏」發音是 dí）或者「裏肚、裏背肚」，例如：下嗨課佢還在課室裏肚〔下了課他還在教室裏面〕。

表示強調的時候會說「裏背肚」，例如：你去裏背肚看清楚下〔你去裏頭看看清楚〕。

十 特別副詞

(1) fà hè【怕係】：副詞，「恐怕是」的意思。注意「怕」發音為 fà。例：其爸怕係在番背〔他爸爸恐怕是在南洋吧〕。

(2) tĕt gò【忒過】：太、過於。有時也簡略為「忒」。與標準漢語相同。但客家話口語很少用「太」。

(3) m dòng【唔當】：不如。俗語：食粥唔當食飯。

十一 疑問詞

1. 句末疑問詞

(1) mé [咩]：相當於普通話的「嗎」，但只用於不相信、輕視、反問的問句。例：其爸唔係舊年死嗨嘅咩〔他爸爸不是去年去世的嗎〕？ / 你識俄文咩〔你像會懂俄文嗎〕？ / 你中嗨六合彩咩〔你中了六合彩嗎〕？（帶輕視，不相信的語氣。）

(2) miá [咩]：相當於普通話的「嗎」，但只用於不相信而驚訝的情況。例：佢都有兩層樓咩〔他會可能有兩層樓嗎〕？ / 其爸肺癌三期都醫得好咩〔他爸爸肺癌三期都能治好嗎〕？ / 你中嗨六合彩咩〔你中了六合彩嗎（帶驚訝的語氣，可能看到對方用錢習慣的改變）〕？

（3）　mó［麼］：用途廣泛，相當於普通話的「嗎」。例：惹兩儕係兩兄弟麼〔你兩個人是兩兄弟嗎〕？/ 你識講日本話麼〔你懂得說日語嗎〕？/ 你識吾村長麼〔你認識我村長嗎〕？

（4）　māu［冇］：相當於普通話的後綴「沒有」（疑問語氣）。通常是問一個經歷。例：你見過大蛇屙屎冇〔你看過大蛇拉屎沒有〕？/ 你去過韓國冇〔你去過韓國沒有〕？

（5）　mān［吂］、m cēn［唔曾］：相當於普通話的後綴「沒有（疑問語氣）」。「吂」和「唔」曾是同義詞，也常常可以和「冇」混用，但問及一個剛完成的動作，一定要用「吂」或者「唔曾」，例：你供嗨狗吂〔你餵過狗了嗎〕？

（6）　hè mó［係麼］：句末疑問詞，相當於「是否」。例：這隻惹妹子係麼〔這個是你女兒嗎〕？

2. 非句末助詞

（1）　hè mè［係芇］：表示「是否」，是「係唔係」的合音。例：佢係芇惹女朋友〔她是不是你女朋友〕？

（2）　là ngīn【哪人】：誰。

（3）　lài［嗹］【哪】、lài lí［嗹裏］、lài tàng［嗹垶］、lài vùi［嗹位］：全部都是「哪裏」的意思。

（4）　liòng bién［仰邊］：表示「怎樣？如何？」香港發音為 yòng bién 或 ngiòng bién，俗寫為「仰邊」；粵東、台灣發音為 ngiòng bán，俗寫為「樣般」。本字不詳。

（5）　măk gài［乜介］：香港客家話「甚麼」發音是 măk gài。本字不詳，暫時寫作「乜介」。

（6）　zò măk gài［做乜介］：做乜介有兩個意思：為甚麼、做甚麼。

十二 否定詞

(1) m〔唔〕【毋】：這是南方方言共有的表達方式，用途相當廣泛，相當於普通話的「不」。

(2) m mău〔唔好〕：不要，注意「好」在「唔」後面通常會變音。例：你唔好分佢去〔你不要讓他去〕。如果變音為 m hău，就是「不好」的意思（跟「好」相反），例：心肝唔好眼生壞〔心地不好就會打歪主意〕。

(3) m mé〔唔係〕：不是，「係」在「唔」後面通常會變音。例：佢唔係吾賴子〔他不是我兒子〕。

(4) m mòi〔唔愛〕：不需要，注意「愛」在「唔」後面變音。例：厓唔愛這兜錢〔我不要這些錢〕。客家話的「愛」表示「要、必要」，否定詞是「唔好」（m máu）。「唔愛」（m mòi）不是「愛」的否定，只是表示不需要。

(5) māu〔冇〕：這是客家話、大部分粵語和江西大部分方言使用的否定形式，相當於普通話的「沒有」。例：冇所謂〔無所謂，隨便〕、冇錢〔沒錢〕、冇看過〔沒看過〕、冇恁好〔沒那麼好〕、冇恁大隻頭就唔好戴恁大頂帽〔沒那麼大的頭就不要戴那麼大的帽子〕。

(6) mān〔吂〕、m cēn〔唔曾〕、mān cēn〔吂曾〕：否定一個動作或經驗。相當於普通話的「沒有」。例：吂做掔功課〔沒有全做完功課〕。/ 佢四十歲略，還唔曾娶老婆〔他四十歲了，還沒討老婆〕。/ 吂曾落水先唱歌，有落都唔多（俗語）。

十三 「把」字句

香港客家話口語不用「把」字句，但有類似的「將」字句，例如：

(1) 死咯，厓將條鎖匙漏嗨在車裏背添〔糟糕，我把鑰匙落在車裏了〕。

(2) 佢將條狗夾生打死嗨〔他把狗活活打死了〕。

「將」字句跟「把」字句不同之處，是前者不能用於命令式：

*(3) 將碗飯食嗨！（誤）

*(4) 將窗門打開！（誤）

以上的句子可以在句尾加個「佢」字來變成命令式：

(5) 將碗飯食嗨佢！

(6) 將窗門打開佢！

或者在後面加短句補語：

(7) 將碗飯食嗨正好走〔把這碗飯吃掉才可以走〕！

(8) 將窗門打開來通風〔把窗戶打開來通風〕！

但更常用的句式，是去掉「將」字，並且改變詞序：

(9) 食嗨碗飯佢！

(10) 打開窗門佢！

此外，部分「把」字句的處置句也可以用「摎」字代替：

(11) 厓摎其衫拂出去嗨〔我把他的衣服扔出去了〕。

(12) 佢摎吾地址寫錯嗨〔他把我的地址寫錯了〕。

跟「將」字句不同的是，「摎」可以用作命令：

(13) 摎其衫拂出去〔把他的衣服扔出去〕。

第八章

香港客家話和梅縣話的比較

一 簡介

很多人問筆者，香港的客家話是否「正宗」？其實客家話和英語一樣，有多種口音，而每種口音都有自己的標準。簡單地說，你的正音不等於我的正音，不能斷言誰正宗誰不正宗。我們會發現，廣東、台灣、廣西、湖南、海南的客家話口音差別不大，大概就是各個英語國家之間的差別，江西、四川的客家話口音差別稍大，但也不至於不能溝通。反而最難聽懂的是閩西一些地區的客家話。

現在客家話最流行的口音是惠陽腔和梅縣腔。惠陽腔是指珠江口一帶的客家話，尤其是以寶安（現在的深圳和香港）、東莞、惠陽、博羅、河源為主，以及從這些地方移民到粵西、廣西、馬來西亞、汶萊、越南、大溪地、歐洲、中南美洲的客家話。粗略估計，操這些客家話的人口大概有一千萬人。在南美國家蘇里南，惠陽腔客家話更是當地的官方語言之一。

梅縣腔是指以前的梅縣、平遠、蕉嶺等地的客家話，以及從這些地方遷出去的台灣、印尼、印度、非洲東部（包括毛里求斯）等地客家人所講的話，估計使用人口也有一千萬左右。

兩種口音合起來，幾乎佔客家人口的一半左右。由於兩者在國內外均有一定的影響力，討論哪種口音最正宗並無意義。雖然梅縣有世界客都的美譽，但是惠陽口音在地區分佈和人數上都與梅縣口音勢均力敵。可幸的是，兩種口音的差別不算太大，大致與英國英語和美國英語之間的差異相若。除了以上的兩種口音以外，我們在中國大陸以外也可以聽到一些其他的口音：例如台中、新加坡的大埔口音，台灣桃園、新竹和印尼的海陸口音，台灣的饒平、詔安口音，泰國的豐順口音等。另外，廣東興寧和五華的口音也很特別，不是惠陽也不是梅縣，但與兩者都有相似之處。

以下就簡單介紹一下以香港客家話為代表的惠陽口音和以梅州市區為代表的梅縣口音的主要差別，以增加彼此之間的了解，促進客家話使用者之間的交流。

二 語音差異

1. 聲母差異

香港客家話聲母介紹請參見本書第二章表 2-1。我們要注意的是，香港客家話沒有 n。來自中古泥母的洪音自合併到 l 聲母，與來母字同音。細音合併到 ŋ̟，與疑日母同音。

對比而言，梅縣客家話的聲母則比香港客家話多了一個 n，為來自中古泥母的洪音字。細音合併到 ŋ̟，與香港客家話發音一樣。

但如果仔細比較，我們會發現梅縣客家話其實多了兩個脣化聲母，k^v 和 k^{hv}，一般都會被描述為 k 或者 k^h 加有 u 介音的韻母，但這個表述並不確切。例如梅縣話的「官」字，並不是 k 聲母 + uɔn 韻母，而是脣化的 k^v 聲母 + ɔn 韻母。所以，梅縣話的聲母如下表。

表 8-1 梅縣話聲母

p（巴）	p^h（怕）	m（媽）	f（花）	v（娃）	
t（打）	t^h（他）	*n*（拿）			l（啦）
k（家）	k^h（卡）	ŋ（牙）	h（哈）		
k^v（瓜）	*k^{hv}*（跨）				
ts（渣）	t^{sh}（叉）		s（沙）		
		ŋ̟（惹）		j（也）	ʔ（阿）

註：(1) 本表採用國際音標。

　　(2) 斜體是梅縣客家話有而香港客家話沒有的聲母。

在香港客家話中，k^v, k^{hv} 完全合併到 k, k^h。所以梅縣話聲母比香港多了三個（見上表斜體）。我們發現，梅縣聲母與廣州話相似，而香港的聲母反而像是廣州話的簡化。

2. 韻母差異

香港客家話韻母有 54 個，具體請參見本書第二章表 2-2。梅縣客家話韻母如下表。

表 8-2 梅縣話韻母

韻尾 韻腹	∅	i	u	m	n	ŋ	p	t	k
a	a (沙)	ai (曬)	au (燒)	am (三)	an (山)	aŋ (牲)	ap (颯)	at (殺)	ak (石)
i	i (西)		iu (修)	im (心)	in (新)		ip (習)	it (息)	
ɿ/ə	ɿ (思)			əm (深)	ən (身)		əp (濕)	ət (識)	
u	u (書)	ui (錐)			un (順)	uŋ (宋)		ut (戌)	uk (叔)
e	ɛ (洗)		ɛu (餿)	ɛm (參)	ɛn (跟)		ɛp (澀)	ɛt (塞)	
ɔ	ɔ (疏)	ɔi (哀)			ɔn (酸)	ɔŋ (桑)		ɔt (刷)	ɔk (索)
ia	ia (些)		iau (消)	iam (潛)	ian (堅)	iaŋ (醒)	iap (楔)	iat (決)	iak (錫)
iu		iui (睿)			iun (訓)	iuŋ (雄)		iut (屈)	iuk (蓄)
ie					iɛn (先)			iɛt (雪)	
iɔ	iɔ (嗦)				iɔn (軟)	iɔŋ (箱)	iɔt (*)		iɔk (削)
∅				m (唔)	n (你)				

註：(1) 本表採用國際音標。

(2) 斜體是梅縣客家話有而香港客家話沒有的韻母。

梅縣客家話的韻母比香港客家話稍微多一些，主要是因為：

(1) 梅縣有舌尖元音 ɿ（類似普通話「資、詞、思」的元音）和央元音 ə（類似普通話「真、趁、深」的元音）。

(2) 梅縣有一套只跟見組聲母拼的 ian/iat 韻母。

(3) 梅縣話沒有 iɔi 韻母，但有 iɔt 韻母。

所以，總體而言，梅縣話的韻母表增加了 8 個韻母，少了 2 個（iɔi, ŋ）。需要注意的是，本書對梅縣話的聲母重新分析以後，取消了其中十幾個帶 u 介音的韻母，所以梅縣話的韻母總共 60 個。

3. 聲調差異

香港客家話的聲調介紹請參見本書第二章表 2-3。

在香港客家話中，雖然老派陰平仍然有人唸 33，但絕大多數已經唸 13。梅縣話陰平是 44，變調是 35，其餘聲調與香港客家話沒有差別。

4. 音系差異

雖然香港客家話和梅縣客家話在聲母和韻母上差別似乎不大，但在音系上還是有些差別，具體如下：

(1)　香港客家話的脣音可以跟 ui 音相配，發音是 bui, pui, mui, fui, vui。梅縣話脣音只能配 i 韻，發音是 bi, pi, mi, fi, vi。聲調則完全相同。日常例字如下：

杯貝狽褙輩配培陪裴倍蓓佩美每昧廢肺霈沛非飛匪扉啡腓翡緋榧菲霏斐痱妃沸費肥尾未味揮琿徽回茴徊蛔迴洄毀惠匯輝慧暉悔繪喙會薈蕙卉諱穢晦賄阽威猥為維帷圍違唯喂委萎韋偉煒緯痿胃蔚畏位衛謂慰猬（90）

梅縣話有舌尖元音 ๅ（本書建議拼音為 ji），主要來自止攝開口三等的精莊組和知章組，少數來自蟹攝開口三等。除了「知」字在兩種口音中均發音為 dí 以外，香港客家話中精莊組的止攝開口三等唸 u，日常用字如下：

資茲滋姿紫梓子仔~細次咨淄緇自詞祠此磁慈辭瓷賜思司私絲斯嘶飼~料巳伺使駛寺似事士師（37）

但香港客家話中也有例外：「自家」發音為 cī gá，「姊妹」發音為 zī mòi。香港客家話把知章組唸 i，日常例字如下：

芝支肢脂指止趾址芷紙旨酯志質ㄨ~制至致智摯置誌痣蚩笞鴟癡黐嗤眵池持弛遲匙馳齒恥始矢侈翅治稚幟峙痔熾施詩屍時鰣屎市試視嗜勢蒔弒誓世~界氏豉是噬逝侍諡埘（71）

但「之」字在香港客家話唸 zú，這是例外。

(2) 另外，梅縣也把遇攝一等的精組字唸成 ʅ（本書建議拼音為 ji），但香港保持為 u 韻，與其他遇攝一等字的韻母一致。日常例字有：

租組祖粗醋酥蘇素訴（9）

(3) 香港客家話流攝三等的知章聲母字，韻母一律是 iu，跟遇攝三等不混。梅縣話流攝三等在知章聲母後面唸 u，發音跟遇攝三等的字相同，所以「周、收」和「朱、書」同音。流攝三等的知章聲母字日常例字有：

周週晝州舟洲胄皺咒宙紂抽臭愁綢稠酬仇惆讎丑醜疇籌躊收守首手獸瘦授
受售壽狩（36）

(4) 香港客家話遇攝三等的莊組字，絕大部分唸 ɔ 韻，與粵語、閩南話文讀相同。梅縣話除了「所」以外，常用字多唸 ʅ 韻。日常例字：

阻芻雛楚礎鋤助初梳疏蔬（11）

(5) 梅縣話的深攝、臻攝、曾攝，以及梗攝文讀音、知章組的韻母主要元音為央元音 ə（本書建議拼音為 ji），梅縣唸為 -jim, -jip, -jin, -jit 等韻母，香港客家話為 -im, -ip, -in, -it。日常例字（斜線前為香港客家話發音，斜線後為梅縣話發音）：

-im/-jim 針斟朕枕箴琛葚深沉甚滲審嬸沈瀋

-in/-jin 甄真臻珍診疹鎮振震貞偵禎楨蒸徵癥征拯整~數政怔證靖正~常稱陳
塵襯趁程澄呈騁成城誠乘承懲逞陣秤身申伸呻燊紳砷娠聲~明升昇辰晨臣
繩乘神腎慎剩盛剩聖勝嵊

-ip/-jip 汁執蟄濕十拾

-it/-jit 質織職姪蛭直值植殖姪失室蝨式飾適識實食釋（108）

(6)　香港客家話山攝、蟹攝見母二等字不帶介音 i，但梅縣話有介音 i。日常例字有：

皆階楷解介界芥戒屆誡疥疥間奸姦艱簡柬揀澗鹼繭諫（23）

(7)　香港客家話山攝三等字在知章組的韻母為 εn，而梅縣話為 an。日常例字有：

展輾戰氈顫纏禪單嬋闡善膳繕扇煽搧騙擅鱔嬗撣（21）

(8)　梅縣話山攝三四等字，在見組聲母後唸 ian, iat，其餘一律唸 iεn, iεt。香港客家話沒有這個分別，全部唸 iεn, iεt。由於這是有規律的對應，即香港客家話的 gien, kien, hien, yen 全部轉為梅縣話的 gian, kian, hian, yan，所以不在這裏列出例字。

(9)　香港客家話的 iung, iuk 只能跟 g, k, ng, h 和零聲母拼，但梅縣話可以和脣音以外的聲母拼，日常例字有：

龍綜蹤縱從蓯樅松淞嵩慫聳頌誦六陸～地綠錄足刺動詞㓥宿傈粟（24）

(10) 梅縣話的 n 聲母仍然保存，與中古來母的 l 有區別。日常例字有：

那拿娜乃奶嬭奈耐柰臡氖萘迺泥腍男南喃楠赧蚋難納捼吶鈉朒呢能稔蟻挪
贏捼懦糯諾暖奴怒努弩駑內餒撚嫩濃農膿儂（51）

(11) 梅縣話唸脣化聲母的 kᵛ, kʰᵛ，香港客家話全部唸 k, kʰ，日常用字例子有：

瓜呱寡卦掛褂乖拐蝸夬怪摑卝關鰥慣刮颳官棺倌冠觀管莞館貫灌罐摜鸛盥
逛國鍋果粿過裹光桄胱廣郭

夸跨快塊筷儈寬髖款括廓狂獷框礦曠（60）

以上沒有規則的差別發音，加起來是 541 字，大概佔常用字的一成。一般來說，如果一個操香港客家話的人會講普通話，可以推理到 (1)(2)(3)(5)(7)(10)(11) 的

字。相反而言，操梅縣話的人可以推理出 (8)(9)(10)(11) 的字和部分 (2) 的字。但兩種口音的使用者始終要死記一些字，才能夠順利交流。

5. 個別字的字音差異

除了以上的系統語音差異以外，香港客家話跟梅縣話有些不成系統的個別字音的差異，主要列出如下：

(1) 聲母不同

	香港客家話	梅縣話		香港客家話	梅縣話
屎窟 (=屁股)	sǐ fŭt	sjǐ pŭt	樹枝	樹 kǎ	樹 pǎ
喋 (= 哪)	lài	ngài	攬	lǎm	nǎm
擘	mǎk	bǎk	萬	màn	vàn
舞跳~	mǔ	vǔ	朳 (= 番石榴)	pàt	bàt
啜 (~一口湯)	sŏt	cŏt	甩	vìn	fìn

(2) 韻母（包括介音）不同

	香港客家話	梅縣話		香港客家話	梅縣話
哎 (= 那)	ài	è	分 (= 給)	bín	bún
自~家	cī	cjì	吮	cón	ción
旋 (= 髮旋)	còn	ciòn	對 (~歲 = 週歲)	dòi	dùi
雞、街	gái	gé	介 (七~ = 甚麼)	gài	gè
含~一口水	hām	hēm	姣	hāu	hiāu
臊臭尿~	hién	hiám	擎遮 (= 打傘)	kiā 遮	kiāng 遮
劦 (= 很累)	kiòi	kòi	打撈	lǎk	là
殷 (= 脫落)	lŏt	lŭt	發夢 (= 做夢)	bŏt mùng	bŏt mù
艾	ngiòi	ngài	扭 (~轉頭 = 回頭)	ngòu	ngàu
蝠婆 = 蝙蝠	pìt pō	pèt pō	生	sáng	sáng, sén
蝨~嫲 = 蝨子	sǐt	sět	膆 (鳥類的前胃)	siò	sjì
歲	sòi	sè	椰	yā	yāi
爭	záng	záng, zén			

(3) 聲調不同

	香港客家話	梅縣話		香港客家話	梅縣話
唔 (＝不)	m（陰平）	m（陽平）	聽 ～過、～見、難～	tàng	táng

(4) 聲韻調最少兩項不同

	香港客家話	梅縣話		香港客家話	梅縣話
沸	bùi	fì	蟾蜍	kēm sū	cām cū
女	ngǐ（但「子女」說 zǐ ňg）	ňg	怎樣	liòng bién, ngiòng bién	ngiòng bán
你	ngī	ń	仰 (＝抬頭)	ngóng	ngò
肺	pùi	fì			

三　詞彙差異

1. 詞綴差異

　　香港客家話和梅縣話的名詞詞綴有一定的差異。兩者的主要差異在於香港客家話有「仔」後綴，有人認為是由廣州話直接借入的。其實，香港客家話的「仔」有兩種：仔₁是沒有意義的後綴，相當於普通話的「子」，而仔₂才跟廣州話相同，用來表示小稱，尤其是在動物、物品後面的「N仔」，例如「狗仔、貓仔、碗仔、杯仔」等。梅縣話不能這樣表達，只能說「細N欸」。但香港客家話有時會說一些廣州話也不能表達的「N仔」，例如：僬仔（小孩）、人仔（幼童）。

　　另外，香港客家話的名詞中，有七十幾個常用詞帶「仔」詞綴，另外也有四五十個「公、婆、牯、嫲、哥」等帶性別的後綴，或者是帶「頭、子」後綴的詞彙。另外還有些帶「老、阿」前綴的詞彙。詳情可參閱第七章。

　　除了「仔」後綴以外，梅縣話其他的詞綴跟香港客家話的詞綴相若，但範圍有時有些差異。梅縣雖然沒有「仔」，但有一個特別的後綴「欸 (ě)」，相當於香港的

「仔」，而且牽涉的詞彙達幾百個，使用範圍比香港客家話的「仔」更廣泛。梅縣話的「欸」(ĕ) 在發音上很特別，發音會隨前一字的音節而變化，變化規律如下表。類似的語音變化也在梅縣話的 ē（相當於普通話的「了」）發生，這裏不贅述。

前一字的音節韻尾	「欸」的發音	例子
a, o, k	ĕ	車欸、梳欸、索欸
e, i	yĕ	雞欸、李欸、妹欸
u	vĕ	桃欸、藻欸、狗欸、路欸
n	nĕ	蒜欸、燕欸
m	mĕ	柑欸、鹽欸
ŋ	ngĕ	後生欸、橙欸、羊欸
p	bĕ	盒欸、鴿欸
t	lĕ	朳欸、欄欸、刷欸

以下我們可以舉例比較香港客家話和梅縣話的名詞詞綴。

(1) 香港客家話帶「仔」詞綴、梅縣話帶「欸」詞綴的名詞：

詞條	香港客家話	梅縣話	詞條	香港客家話	梅縣話
蒜	蒜仔	蒜欸	桑葚	桑仔	桑欸子
李子	李仔	李欸	桃子	桃仔	桃欸
萍	藻仔	藻欸	鳥兒	鳥仔	鳥欸
小青蛙	蜗仔	蜗欸	燕子	燕仔	燕欸
鍾子	鍾仔	鍾欸	梳子	梳仔	梳欸
包子	包仔	包欸	手錶	錶仔	錶欸
小路	路仔	細路欸	小狗	狗仔	細狗欸

上面帶「仔」後綴的香港客家話名詞，除了相當於普通話的「小路、小狗」的兩個詞彙以外，都沒有小的意思，純粹是一個名詞後綴，相當於普通話的「子」。而梅縣話為了表示「小」，都要加前綴「細」。

(2) 香港客家話帶其他詞綴，但梅縣話帶「欸」的名詞：

詞條	香港客家話	梅縣話	詞條	香港客家話	梅縣話
沙子	沙公	沙欸	磚	磚頭	磚欸
簸箕	畚㧡	㧡欸	薑	薑頭	薑欸
窗子	窗門	窗欸	芝麻	油麻	麻欸
梯子	陡梯	梯欸	柿子	臉柿	柿欸
麥子	麥子	麥欸			

(3) 香港客家話沒有詞綴，但梅縣話帶「欸」的名詞：

詞條	香港客家話	梅縣話	詞條	香港客家話	梅縣話
籮	籮	籮欸	竹子	竹	竹欸
屋子	間	間欸	核兒	棚	棚欸

(2)(3) 兩類名詞佔梅縣話日常詞彙的相當部分，而沒有聽過梅縣話的香港客家人，大概可以猜出其實一半以上的日常名詞是帶「欸」的，例如常見動物名稱「羊欸、狗欸、牛牯欸、牛嫲欸」。

(4) 香港客家話詞綴或有或無，但梅縣話有後綴的名詞：

詞條	香港客家話	梅縣話	詞條	香港客家話	梅縣話
鐵鏽	鑢、鏽	鑢哥	葱	葱仔	葱欸

這類名詞佔的比重比較少。

2. 詞彙差異分類[1]

(1) 香港客家話與廣州話相同、與梅縣話不同的詞彙（83）

談到香港客家話跟梅縣話的差異，我們自然會想到廣州話的影響。根據 2011 年香港人口普查報告，香港目前人口中大約有一成是客家人（祖父輩是客家人，包

---

1   以下的詞彙差異，除了有必要以外，不加拼音。

括不會說客家話的後裔），其中一半左右是原居民。人口統計數字還顯示，香港 700 萬人口中大約有 20 萬人仍能夠說客家話，也就是說，每七個客家人仍有兩個人懂得說客家話，而其中一個說的是香港客家話。

目前能說客家話的香港人，一般都操流利廣州話。因此，香港客家話自然會受到廣州話影響。但是到底有多深呢？我們比較了一下香港客家話跟梅縣話不同的日常詞彙，發現有 83 個詞彙，香港客家話的說法跟廣州話一致，但跟梅縣話不同。我們可以推論，其中大部分是受到廣州話的影響所致。但香港客家話跟廣州話相同的詞彙中，「龍眼、漿糊」等七項跟書面語相同。而梅縣話跟香港客家話不同的詞彙中，則有「拖把」等五項與書面語相同。而經觀察比較，就會發現這些詞彙是在過去一百年間進入香港客家話的，主要是一些植物品種、工業產品、人物、商業活動的說法等。其他詞彙佔的比例相對就很少。

詞條	香港客家話	梅縣話	詞條	香港客家話	梅縣話
煤油	火水	洋油	鎬	番釘	羊角鋤
馬鈴薯	荷蘭薯、薯仔	馬鈴薯	茄子	矮瓜	吊菜
洋白菜	椰菜	包菜	龍眼	龍眼	牛眼
荸薺	馬蹄	馬薺	小雞	雞仔	黃毛雞欸
雞蛋	雞春	雞卵	蜂蜜	蜜糖	蜂糖
衣櫥	衣櫃	倚櫥	被窩	被寶	被圍欸
暖水壺	暖壺	電壺	火柴	火柴	自來火
砂鍋	瓦煲	泥煲	燒水壺	茶煲	銅煲
小茶杯	茶杯仔	細茶杯	拖把	地拖	拖把
電池	電池	電泥	漿糊	漿糊	羹糊
樟腦丸	臭丸	避鼠丸	枴杖	扶手棍	短軋欸
外地人	外江佬	別河欸人	吝嗇鬼	孤寒鬼	嚙嚓鬼
裁縫	裁縫佬	做衫嘅	理髮師	飛髮佬	飛毛嘅
屠夫	劏豬佬	㓥豬哥	傭人	工人	用人
接生婆	接生婆	看輕婆	小叔子	叔仔	小郎欸
小姑子	姑仔	小娘姑	表姐	表姐	表姊
雙眼皮	雙眼皮	雙瞼目	反胃	作嘔	打爆嘔

詞條	香港客家話	梅縣話	詞條	香港客家話	梅縣話
痔瘡	痔瘡	屎囊罌欶	鬥雞眼	鬥雞眼	推窗眼
毛線	冷線	絨欶	項鏈	頸鏈	胲鏈
橡皮筋	橡筋	牛筋	圍巾	頸巾	頸圍
(飯)糊了	燶	搭	木耳	木耳	木米
醬油	豉油	白味	冰棍	雪條	雪枝
再醮	番頭嫁	二婚	雙胞胎	孖仔	双巴卵
祠堂	祠堂	祖公廳下	求籤	求籤	拈籤欶
梳頭	梳頭	梳毛	乘涼	敨涼	料涼
午睡	睡晏晝覺	睡當晝目	逛街	行街	撩街
撒謊	講大話	tắt 人	雜貨店	雜貨鋪	阿弄店
瓷器鋪	缸瓦店	瓦碗店	本錢	本錢	盤錢
零錢	散紙	碎紙、細錢	銅板兒	毫子、硬幣	鐳欶、眼錢欶
摩托車	電單車	摩托車	板擦	粉擦	黑板捽欶
橡皮	擦紙膠	捽欶	鋼筆	墨水筆	鋼筆
打水漂	打水片	片瓦析	拔河	扯大纜	拗索欶
打鞦韆	打韆鞦	打 gōng gòng	瞪~眼	擘大	kiǎk zǎk
擦~汗	捽 (zùt)	拭 (cjīt)	敲~門	敲 (kàu)	摧 (kòk)
繫~鞋帶	綁	緤	殺~豬	劏	剮
跑~過去	hiǎk	ciǎk	踩~到蟲子	踩	nàng
爆裂	爆	必	遮擋	擋	抵 (dǎi)
顛車子~	dùn	zùk	乖	聽話	乖
固執	硬頸	執、死氣	吝嗇	孤寒	嚙嚓
對	着、啱	着	丘一~田	塊	丘
桿一~秤	把	支	泡一~尿	涿	堆
了下雨~	lǎ	ē			

(2) 香港客家話跟梅縣話、廣州話均不同的詞彙（121）

　　經過比較，我們發現還有很多香港客家話和梅縣話說法不同的詞彙，這些詞並非受到廣州話的影響。以下（轉頁）121 個日常詞彙在香港客家話和梅縣話中不一樣，也與廣州話不相同。但梅縣話的「落雨、滾水、垃圾、欄杆、烏鴉、檐蛇、墙

腳、菜刀、下頜、太陽穴、咳、豬腰、滿月、跌倒、驚、同」等16個詞彙詞形跟廣州話一致，超過這121個詞彙的一成，而「老天爺、太陽穴、脫、癢」的說法與普通話相同。

這些詞彙中，我們只能說香港客家話的「湖氹、出嗨年、頭那暈」有廣州話的影子，因為廣州話會說「水氹、出年、頭暈」，但其他的就大相徑庭了。這些詞彙牽涉的一般是農村生活，包括傳統植物、動物、身體部位、食品和人物，以及一些基本動作。另外，人稱代詞、指代詞在香港客家話和梅縣話也是相差甚大的。

在香港客家話和梅縣話有別的詞彙中，也牽涉一些地域性詞彙。這些詞彙廣泛流行在珠江口一帶的惠陽腔客家話，而少見於粵東梅州地區，例如「落水、沸水、冷天、出嗨年、松雞角、地豆、棯仔、牙蕉、老鴉、草織、筷孖、刀嫲、老弟仔、妹仔、老婆頭、攞食佬、姐公、眼汁、鼻膿、喉連、肚胈、茶果、糖圓、豆腐霉、豬石、發癆銹、生霉、米成、大肚胈、天阿公、能替、口(咳嗽)、打胲約、擘囈、痃=癢、打快扒、惶、癟、摎」等。這些詞彙讓操惠陽腔的人覺得特別親切，但操梅縣腔的人卻摸不着頭腦。

詞條	香港客家話	梅縣話	詞條	香港客家話	梅縣話
下雨	落水	落雨	水坑	湖氹	水湖剁欸
温水	拿暖水	温吞水	開水	沸水	滾水
垃圾	糞屑、lŏt sŏt	垃圾 (sĕp)	木炭	火炭	響炭
冬天	冷天	寒天	明年	出嗨年	天光年
鋤頭	钁鋤	钁頭	谷穗	禾串	穀綻欸
打水桶	吊斗	井桶	欄杆	欄河	欄杆
花生	地豆	番豆	松球	松雞角	松蕾欸
柚子	碌仔	柚欸	栗子	風栗	栗欸
桃金娘	棯仔	當梨欸	香蕉	牙蕉	弓蕉
蕨	蓢箕	魯箕	種豬	豬豭	豬哥
閹雞	閹雞	熟雞	雞冠	髻板	雞公髻
蜥蜴	剁哥蛇	狗嫲蛇	烏鴉	老鴉	烏鴉
翅膀	翼拍	翼甲	屎殼郎	噴屎公	豬屎糞公

詞條	香港客家話	梅縣話	詞條	香港客家話	梅縣話
壁虎	壁蛇	檐蛇欸	蟋蟀	草織	蟋蟀欸
蜜蜂	蜜仔	糖蜂欸	馬蜂	禾蜂	黃蜂
蜻蜓	黃蟻仔	囊蟻欸	魚鰓	魚射 (sà)	魚鰓 (sói)
蝌蚪	鯰哥仔	蚋鯰欸	地基	地腳	墙腳
抽屜	拖箱	拖格	筷子	筷孖	筷欸
菜刀	刀嫲	菜刀	煤油燈	油盞	洋油燈
耳挖子	耳屎耙	耳耙欸	男人	老哥	男欸人
女人	婦 (bú) 娘	婦人家	小孩子	僬仔	細人欸
男孩子	老弟仔	細哥欸	女孩子	妹仔	細妹欸
老太婆	老婆頭	老婦人家	乞丐	攞食佬	叫化欸、討食欸
騙子	撮仔	撮欸鬼	婢女	使妹仔	老婢欸
外祖父	姐公	外阿公	繼父	繼父爺	後來爺
親家母	且姆	親家姆	後腦勺	腦溝背	腦珠背
額	額門頭	額角	太陽穴	梅子罌	太陽穴
眼淚	眼汁	目汁	眼睫毛	目睡毛	目汁毛
鼻涕	鼻膿	鼻、鼻水	下巴	下頜	下啜頜
喉嚨	喉連	喉連管	腋窩	肋坼下	手脅下
肚子	肚�	肚屎	箕 (指紋)	箕	畚
咳嗽	凵	咳	頭暈	頭那暈	頭那昏
麻風	發麻風	發肽 (tăi)	肺癆	發癆銹	發痰火
扭傷	拉 (lǎi) 倒	跛 (bǒi) 倒	粉刺	長球	長薯欸
驚風	嚇到	驚風	扣襻	鈕襻	捲扣欸
圍嘴兒	口水枷	瀾丫	發霉	生霉	生毛
爆米花	米成	米 sŭt 欸	糕點	茶果、粄	粄欸
湯圓	糖圓、雪丸粄	圓粄欸	豬腰子	豬石	豬腰
鹹鴨蛋	鹹春、鹹鴨春	灰卵	豆腐乳	豆腐霉	豆腐乳
入贅	招郎入舍	入屋	懷孕	大肚胈、馱人仔	擐大肚
胎盤	胞衣	河車	小孩滿月	出月	滿月
老天爺	天阿公	老天爺	脫～衣服	剝 (bǒk)	脫
打飽嗝	打胲約	ĕt 胲	點燈	開火、開電火	發 (bŏt) 火
打呵欠	擘囉 (lò)	开哇擘翹	打鼾	暉睡	噴睡
結業	打快扒	唔做欸	放鞭炮	打爆仗	打纸炮欸

詞條	香港客家話	梅縣話	詞條	香港客家話	梅縣話
舞獅	打獅子	打獅頭	撞出去	diăk 出去	giŭk 出去
搖頭	掏頭	mìn 頭	低頭	墜低頭	掯頭
劃~火柴	kàt	guăk	咯吱哈癢	捻 (lém)	zì
跨~過去	àp	kiàm	跌倒	跦 (dói) 倒	跌倒
翻跟斗	打翻車	打盤車	溢出 (火太大)	páng	pú
輾被車~死	研 (ngān)	綻	想想	想下	恓下欶
害怕	惶	驚	整齊	就亼	平正 (piāng zàng)
癢	疼	癢 (yóng)	能幹	能替	踦惹
差、次貨	瘔	屙粑	外面	外出、門背	外背、外頭
後面	式背後	屎背尾	旁邊	側邊	側角
我們	吾兜	厓丁人	你們	惹兜	你丁人
他們	其兜	佢丁人	這個	ngiă 隻	ĕ 隻
怎樣	仰邊	樣般、樣欽	串一~葡萄	桍	捭
瓣一~橘子	片 (miĕn)	孔	遍看一~	到	轉
和我~你	摎	同	總共	夾總	摎總
了吃~兩碗飯	嗨	欶 (ē)、撒			

表示做生意關門結業時，惠陽腔客家話叫做「打快扒」。為甚麼呢？原來跟舞麒麟有關 —— 舞麒麟的時候，打的鑼鼓聲很慢很均勻，但是快要結束的時候，鑼鼓就會快起來，越來越快到突然停頓就完畢。有人比喻為做生意本來很冷清，老闆想結業前大減價，生意雖然轉好，但多是賠本的，好了一會就結業，就像舞麒麟的鑼鼓一樣。

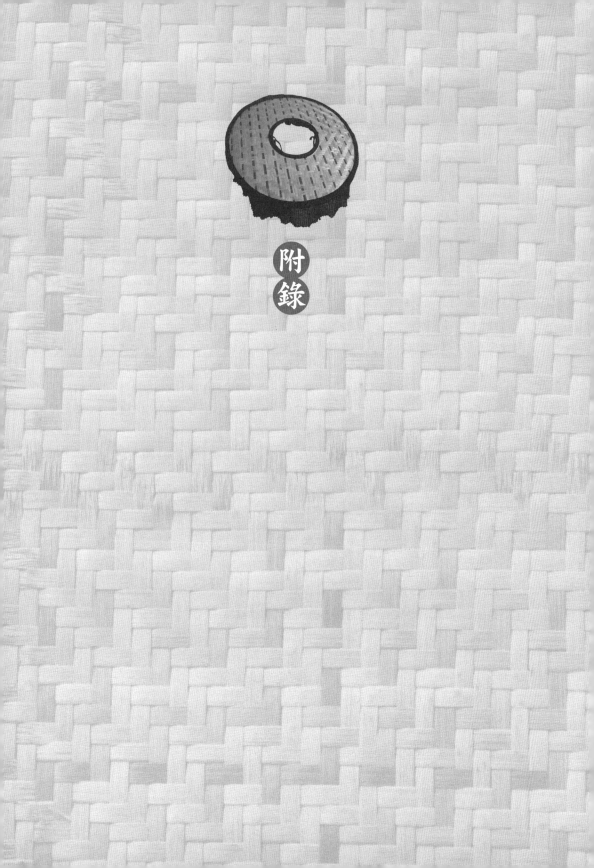

附錄

附錄一

香港客家話的音節表

聲母	a				e				u				o				ai			
聲調	1	2	3	4	1	2	3	4	1	2	3	4	1	2	3	4	1	2	3	4
b	爸	背	把	霸					晡	*①	補	布	波			播	跛		擺	拜
p	扒	爬	杷	怕					鋪	葡	譜	步	棵	婆	頗	破	批	排		派
m	媽	麻	嘛	罵	姆			咩	母	巫	舞	墓	摩	魔	摸	磨	買	埋	嘜	賣
f	花	華		化					夫	胡	府	付		和	火	賀		懷		壞
v	娃	華	哇	話			*②		污	無	舞	芋	渦	禾	喎	*③	歪	*④	喂	*⑤
d	打	*⑥	打		坁				都	嘟	肚	妒	多		朵		低		抵	帶
t	他									圖	土	兔	拖	馱	妥	惰	銻	蹄		大
l	啦	蜊	那	罅	哩	*⑦		*⑧	盧	爐	虜	路	撈	羅	裸	糯	拉	犁	睞	賴
g	加	*⑨	假	架			介		姑		古	固	哥		果	個	雞		解	界
k	卡	卡	桍	較					枯		苦	庫	科		可	課	核		楷	快
ng	吾	牙	瓦	*⑩						娛		誤	我	俄	哦	餓	捱			鵝
h	哈	霞		夏			係						呵	何			溪	孩	蟹	械
z	渣		者	詐	奀		製		租		主	注			左	做	災		宰	債
c	叉	茶	扯	岔	*⑪	齊	濟	滯	粗	除	暑	住	坐	鋤	楚	錯	猜	裁	採	在
s	沙	蛇	耍	射	舐	蛄	洗	細	書	薯	手	成	娑	傻	所	*⑫	*⑬	豺	璽	曬
y	也	爺	地	夜	弛	蠕		腋							喲					
ø	阿		啞	呀	誒		欸	嘅					痾	*⑭	啊	奧	挨		矮	隘

註：*表示該字有聲無字，底線表示白讀字，以下為字義解釋。

① 噴

② 歪

③ 軟

④ 冷~~（很冷），支支~~（嘈吵）

⑤ 撒

⑥ dì~（喇叭）

⑦ ~舌（伸出舌頭）

⑧ 吐出

⑨ ~佬（日本人）

⑩ 阻擋

⑪ 鈫

⑫ ~~調（沙沙聲）

⑬ 浪費

⑭ 睡覺

韻母 聲調 聲母	au				ø				i				ia				iu			
	1	2	3	4	1	2	3	4	1	2	3	4	1	2	3	4	1	2	3	4
b	包		飽	豹					卑		比	閉	啤		否					
p	拋	刨	跑	炮					披	皮	鄙	鼻	披							
m	毛	矛	*⑮	貌	毋				咪	迷	米	汋			摸					謬
f																				
v																				
d	刀	*⑯	島	到					知		觝	帝	爹		嗲		丟			
t	滔	桃	討	套						提	體	地								
l	撈	勞	老	老					裏	離	李	利					柳	留	紐	餾
g	交	交	校	較					基	佢	己	句	其			*⑰			九	究
k	拷		考	靠					區	期	啟	具	迦	擎		袪	舅	求	揪	舊
ng	咬	敖		傲	魚	五			語	疑	耳	二	惹		這		藕	牛	扭	扭
h	耗	毫	好	孝					希	喜	氣	*⑱			*⑲		休		朽	
z	招		早	照					支	*⑳	姊	際	嗟		姐	借			酒	皺
c	抄	吵	炒	燥					妻	徐	取	趣		斜	且	謝	秋	囚		就
s	燒	巢	少	掃					西		死	四	些	邪	寫	卸	修			秀
y	腰	搖	舀	耀					以	而	雨	意					有	由		又
ø			拗	坳					*㉑											

⑮　推

⑯　～～倒倒（說話重複）

⑰　～～調（說個不停）

⑱　散開

⑲　撒水

⑳　lém～～（又軟又濕滑）

㉑　～～óó（說話不清楚）

韻母＼聲母	io				iau				oi				ui				am			
聲調	1	2	3	4	1	2	3	4	1	2	3	4	1	2	3	4	1	2	3	4
b					錶		表				*㉒	背	杯			輩	泵			
p					飄	嫖		票	胚	賠		吠		培		佩				
m					秒	苗		妙	霉	煤	*㉓	妹			美	味				
f									灰			晦	非	回	毀	惠	犯	凡		患
v									煨			會	威	圍	卉	未				
d					貂		屌	弔	堆			碓			*㉔	隊	耽	澹	膽	擔
t					挑	條	宨	跳	胎	台		代	推	頹	腿	退	貪	痰		啖
l					撩	聊	了	料		來		賚	蕊	雷	儡	淚	籃	婪	攬	纜
g					嬌		矯	叫	該		改	蓋	規		鬼	貴	甘		敢	鑒
k	蹺	茄			蕎	橋	巧	撬	開		凱	溉	虧	葵	跪	櫃	坎		砍	礚
ng			揉		蔫	堯	繞	尿		呆		外	危		偽	魏	頤	岩	頷	
h	靴				僥	姣	曉	翹	開	痎	海	害					憨	含		陷
z				啁	焦	鳥	剿	醮	朘			嘴	錐		咀	最	沾		斬	佔
c					鍬	樵	愀	俏	在	才	彩	菜	吹	椎	璀	罪	參	慚	慘	懺
s			縢		消		小	笑	衰		甩	稅	雖	隨	水	瑞	三		閃	
y													乳		銳		閹	炎	掩	厭
ø									哀		噯	愛			*㉕		庵		*㉖	暗

㉒ 用棍子打人畜

㉓ 沒牙齒的人在口中磨食物

㉔ 拉

㉕ 回應別人稱呼

㉖ 壓在身上

韻母 聲調 聲母	ap		an				at		ang				ak		eu			
	5	6	1	2	3	4	5	6	1	2	3	4	5	6	1	2	3	4
b			般		板	半	八	朳	繃	砰		砰	百	啪				
p			潘	盤		判	潑	跋	棒	彭		夯	拍	白				
m			滿	蠻		慢	襪	末	猛	盲	蜢		脈	麥	某	謀		貿
f	法		番	煩	反	飯	髮	活				戛	拂	獲		浮	否	埠
v			彎	還	婉	萬	挖	滑		橫		*㉗	劃	劃	兜		斗	鬥
d	答	*㉘	丹			誕	笪	踏	蹬		頂	釘	逐	*㉙	偷	頭	透	透
t	塔	踏	灘	彈	坦	炭		達	聽	堂		聽		笛	摟	樓	鏤	陋
l	垃	臘	懶	攔	報	爛	剌	辣	冷	零	*㉚	另	壢	曆	勾		狗	夠
g	甲	呷	奸		簡	諫	葛	*㉛	庚		梗	徑	隔		閤			
k	恰	磕	刊		款	擐	刻		框								口	扣
ng	岬	頷	晏	頑	眼	岸	嚙	*㉜				硬		呃				
h	莢	合	慳	閒	蜆	限	瞎	*㉝	坑	行		酐	客	罨	厚	侯	口	後
z	摺		氈		盞	贊	扎	拶	爭		整	正	隻	乍	鄒		走	奏
c	插	雜	綻	殘	剗	棧	察	蜇	撐	橙		鄭	尺	宅				湊
s	眨	焓	山		產	傘	殺		牲	城	洗	盛	析	石	餿	愁	叟	瘦
y	腌	頁							縈	營	影			搖				
ø	鴨	*㉞		恁	恁	晏	閼	*㉟	壪				軛	握	歐		嘔	漚

㉗　扔

㉘　軟軟的一塊（量詞）

㉙　滴～（象聲詞）

㉚　～～震（發抖）

㉛　屎便

㉜　～牙（磨牙）

㉝　受飢餓，食物不夠

㉞　跨

㉟　～ci（噴嚏）

韻母\\聲調\\聲母	iam				iap		iang				iak		ien				iet		ioi	
	1	2	3	4	5	6	1	2	3	4	5	6	1	2	3	4	5	6	3	4
b							抨		丙	柄	壁	啪	邊		扁	變				
p							*㊱	平		病	劈		篇	朋	片	騙				
m							蒙	名		命			免	棉	片	面				
f																				
v																				
d	恬		點	店	貼	貼	*㊲				趜		癲		典	墊				
t	添	甜	舐	掭	帖	蝶	廳		艇		踢		天	田	睇	電				
l	斂	廉	激	臉	攝	獵	領	靈		靚		叻		連	攆	練				
g	兼		檢	劍	劫		驚		頸	鏡	遽		堅		捲	見	決	蝎		
k	檻	鉗		欠	怯	狹	輕	擎		慶	劇	屐	牽	權	犬	件	缺	傑		劾
ng	拈	黏		念	攝	業					額	逆	研	言	碾	願	臬	月		艾
h		嫌	險			協					劇		軒	賢	顯	現	血	穴		
z	尖		蘸		接	輒	靚		井	磬	跡		煎		剪	箭				
c	簽	*㊳	槧	漸	妾	捷	青	晴	請	淨	刺	蓆	千	錢	淺	賤				
s	*㊴	潛		暹	涉		腥		醒	姓	錫		先		癬	線				
ø																				

㊱ 象聲

㊲ 匆忙地跑

㊳ 抽出來

㊴ ～sí（稍微）

聲母＼韻母	on				ot		ong				ok		un				ut	
聲調	1	2	3	4	5	6	1	2	3	4	5	6	1	2	3	4	5	6
b					發	*㊵	幫		榜	嗙	駁	餺	奔		本	笨	不	淳
p							蚌	旁		磅	拍	薄	賁	盆		噴		勃
m							芒	亡	莽	望	膜	莫	蚊	門	*㊶	問	歿	沒
f	歡			宦			方	房	訪	放	霍	獲	昏	墳	粉	憤	忽	佛
v		渾	碗	換			汪	王	枉	旺	沃	鑊	溫	文	穩	搵	鬱	勿
d	端		短	斷	掇		當	*㊷	擋	檔	琢	剁	敦		囤	扽		*㊸
t	斷	團		段	脫	奪	湯	堂	倘	燙	託	踱	吞	屯	盾	鈍		突
l	掄		卵	亂	劣	捋	*㊹	郎	朗	浪	烙	樂	碾	輪	撚	論	角	律
g	乾		趕	灌	割	*㊺	江		港	降	各	硌			滾	棍	骨	淈
k	寬			看			康	慌	慷	抗	確	硌	坤		綑	困	掘	掘
ng							仰	昂	*㊻	戇		岳					兀	
h	旱	寒	罕	汗	喝	轄	糠	航	*㊼	巷	殼	學						
z	專		轉	鑽	拙	啜	張		掌	壯	昨		尊		准	圳	卒	捽
c	穿	傳	喘	串	撮		昌	床	廠	唱	綽	鑿	村	蹲	蠢	寸	出	捽
s	酸	船		算	說	*㊽	商	常	爽	尚	縮	勺	孫	存	損	順	戌	述
y						啜	央	羊	揚	樣	約	藥	允	勻	隕	運		
ø	安			按	遏		航				盎	惡						

㊵　塊，部分

㊶　豬用嘴巴推

㊷　vò～～（軟綿綿）

㊸　肥～～（胖嘟嘟）

㊹　嗽洗

㊺　喝水聲

㊻　～～吠（狗吠聲）

㊼　乾燥；穀類腐敗的臭味

㊽　吸吮

韻母	ung				uk		ion		iong				iok		iun			
聲調 聲母	1	2	3	4	5	6	1	2	1	2	3	4	5	6	1	2	3	4
b			捧		卜													
p	碰	蓬		縫	仆	瀑					紡			縛				
m	矇	蒙	懵	夢	木	睦					網							
f	風	紅	哄	奉	複	服												
v	翁		*㊾		甕	屋												
d	東		懂	凍	督				鐺			暢		剁				
t	通	同	桶	洞	禿	讀												
l	籠	隆	攏	弄	碌	鹿			兩	良	兩	量		掠				
g	工		拱	貢	谷	焗			姜				腳		君		僅	
k	空		孔	控	哭	酷			腔	強	鏹		卻		近	羣	菌	郡
ng						軟				娘	仰	讓		弱	忍	銀	刃	靭
h									香		享	向	翹		欣			訓
z	中		總	眾	竹				漿		獎	醬	雀					
c	充	虫	塚	仲	束	族			槍	薔	搶		像					
s	雙		愯	送	叔	屬			箱	祥	想	象	削					
y	雍	容	擁	用	育	辱												
ø																		

㊾ 推

韻母	iut		iung				iuk		em				ep	
聲調 聲母	5	6	1	2	3	4	5	6	1	2	3	4	5	6
b														
p														
m														
f														
v														
d											踹	紞		*(50)
t										*(51)				
l									*(52)	脸	稔	淰	肭	
g			弓		鞏	供	趜							
k	屈			窮	恐	共	曲	局	[illegible]	凵		*(53)		
ng				濃			肉	玉						
h			兄	雄			畜		喊	含				
z			蹤		縱	縱	足		砧		怎		撮	
c				從			刺		睬					
s			嵩			頌	粟	續	森	岑		滲	澀	
y														
ø									揞		*(54)	*(55)	*(56)	壓

(50) 用力擊打

(51) 湖～（水窪）

(52) 哈癢，～jī jī（又軟又濕滑）

(53) 蓋上

(54) 偷看

(55) ～dèm（不起眼）

(56) 敷中藥

韻母＼聲母	en				et		im				ip		in				it	
聲母＼聲調	1	2	3	4	5	6	1	2	3	4	5	6	1	2	3	4	5	6
b	冰				北	*57							兵		稟	殯	筆	
p	烹	朋		憑		蔔							拼	平	品	姘	匹	蝠
m	皿	盟	敏	孟	覓	默								民		命		密
f		宏				或										*58	拂	拂
v					挖	域								暈	搵		*59	*60
d	登		等	凳	德								仃	*61	鼎	*62	的	滴
t		騰	挺	鄧	忒	跌							町	庭	鋌	定	惕	敵
l	拎	能	碾	嬭	勒	裂	廩	林	凜		粒	立	鱗	鄰	卵	吝	捩	力
g	跟		耿	艮			今		錦	禁	急		經		景	敬	吉	*63
k	鏗	凝	墾				欽	琴		撳	吸	及	卿			慶		極
ng								王	任		入			人		認		日
h	亨	痕	狠	恨			鑫					翕	興	形	忻	釁		隙
z	增		展	贈	則	*64	嗻		枕	浸	執		精		振	進	即	漬
c	呻	曾	淺	層	測	賊	侵	尋	寢				清	秦	磬	盡	七	疾
s	僧		省	擤	塞	舌	心	忱	沁	凶	濕	習	新	承	蜃	性	息	夕
y	煙	員	遠	院	乙	越	音	淫	飲	蔭	邑	熠	因	仍	引	印	一	亦
ø	恩		嗯	呃	啞	噎							*65					

㊄⑦　～仔話（對圍頭話的蔑稱）

58　甩

59　甩，扔

60　甩掉

61　捶打

62　dīn dīn dìn dìn（水滴貌）

63　黃～～（又黃又瘦）

64　爛～～（很爛）

65　～ōng（瓶口蛙）

附錄二

客家話和廣州話聲母對應

1. 廣州話聲母 b（226 字）

　　廣州話聲母 b 大多數來自幫母（陰聲調）和並母（陽去、陽入）。前者對應為客家話的 b，後者為 p。

　　只有一個「品」字來自滂母，客家話唸 p，符合音韻對應。

〔難度 0〕b [幫] 叭巴笆芭疤爸葩靶把壩霸壩葩拜湃擺百伯泊佰頒扳斑班搬扳板版飯阪闆八胞苞包爆飽鮑 / 閉敝斃蔽幣陛濱繽賓彬儐檳殯臏鬢奔賁畚笨 [①] 北崩繃蹦乒筆畢不 / 啤卑悲彎碑弊俾妣彼比匕臂裨痺庇秘泌 / 逼迸愎壁璧碧迫砭鞭邊貶匾扁辮變乓兵冰稟餅丙屏 [②] 炳秉柄併摒并並必鼈標 [③] 彪鏢鑣錶表婊 / 波玻菠跛簸播缽撥博搏膊駁亳補哺埔幫梆邦綁膀榜傍 [④] 褒保褓堡寶暴報佈布怖 / 杯盃貝狽輩背 [⑤] 焙捧甭卜般本半勃渤脖

〔難度 0.5〕p [並] 罷吧扮辦敗白帛蔔 / 跋拔鈸弼 / 備憊被鼻避 / 便卞弁辨辯 / 病甏別彭坡蹼舶箔鉑雹 / 磅鎊謗謗傍 [④] 薄 / 步捕簿部背 [⑤] 縛瀑曝僕叛畔拌伴絆胖捧悖莩

〔難度 1〕p [滂] 品

---

① 「笨」口語不用，讀書音為 bùn。但「厚」唸 pún，應該是「笨」字。

② 「屏」表收藏、藏匿之意的時候唸 biàng。

③ 「標」有 b, p 兩讀。「標準」唸 p，「投標」唸 b。

④ 「傍」有 b, p 兩讀。多數情況是 p，但「傍」作為送飯、送酒的意思時唸 bŏng。

⑤ 「背」在廣州話有陰去和陽去兩讀。前者用來表示身體或器物，如「背部、靠背」，客家話對應為 b；後者是動詞或形容詞，如「背書、耳朵背」，客家話對應為 p。

2. 廣州話聲母 p（161 字）

廣州話聲母 p 大多數來自滂母（陰聲調）和並母（陽平、陽上），小部分來自幫母，前者對應為客家話的 p，後者為 b。

---

p [滂並] 扒耙趴扒啪杷爬琶怕俳牌徘排派帕拍柏珀魄魄攀烹硼鵬棚棒膨彭抨砰澎拋抱泡刨咆匏庖袍跑炮匏砲鉋 / 嬪踫拼噴朋憑疋匹 / 呸批丕披紕霹劈杧毗琵皮脾甓仳痞婢屁睥譬疲婢 / 僻闢癖偏篇翩片辟鰾瀕駢姘騙漂飄驃剽嫖瓢瞟票瞥撇 / 貧頻顰牝聘坪平瓶蘋萍評 / 頗潑婆叵破滂徬旁螃龐蚌圃普浦溥甫譜粕噗撲樸鋪脯菩葡蒲匍 / 胚坯佩珮配沛培裴賠陪倍蓓潘磐判拚盤盆篷蓬碰鄙

b [幫] 豹編蝙遍

---

3. 廣州話聲母 m（241 字）

廣州話 m 聲母的字大概有八成來自明母，另外近兩成來自微母。前者在客家話唸 m，後者有部分唸 v。我們不能從廣州話的發音規律中判斷哪些字唸 v，只能死記。另外，廣州話有幾個字並非來自明母和微母，而是過去一些特別音變或誤讀的結果，而這些字在客家話沒有同步變化，因而發音不同。

---

m [明] 嘛媽蟆麻痳嗎瑪碼螞馬罵霾埋買賣邁蠻饅鰻瞞滿曼幔慢漫蔓盲孟貓矛茅錨毛髦卯貌 / 咪眯謎迷糜縻靡米弭蜜密脈麥氓岷民閩憫抿閔敏乜貿牟眸繆謀某厶牡畝茂謬 / 咩眉媒梅枚煤玫莓霉黴沒美鎂每袂媚 / 娩緬冕靦面麵描瞄苗渺秒藐妙廟糸汨覓棉眠綿免勉皿明瞑螟銘鳴冥名茗酩命滅蔑篾 / 摸嬤摩魔蘑膜摹糢謨麼模磨抹陌驀墨默漠莫寞蟒莽忙芒茫姆拇母幕募墓慕暮帽瑁冒 / 魅寐妹昧木沐牧目睦穆們悶捫門漫燜蒙盟萌朦檬濛矇猛蜢錳懵夢秣末歿沫茉

[微] 晚萬襪 / 蚊玟問 / 微薇娓尾味 / 巫誣杳毋[①] 亡惘忘網罔妄望

[其他] 窈杳

〔難度 2〕v [微] 勿紋雯文聞刎吻紊 / 未 / 無蕪嫵侮武舞鵡鶩 / 毋[①] 物務戊霧

〔難度 2〕b [幫] 剝擘
　　　　　p 蹣

① 「毋」在客家話讀書音是 vū，但應該是口語「唔」(m) 的本字，所以兩處都收。

4. 廣州話聲母 f（227 字）

廣州話 f 聲母的字大概有三分之二來自非敷母（陰聲調）和奉母（陽聲調）。客家話均唸 f。廣州話 f 聲母的另外兩個主要來源是曉母合口字，幾乎佔兩成，也大部分對應為客家話的 f，只有少量對應為 h。大概一成左右為溪母合口字，大多數對應為客家話的 k。

〔難度 0〕f [非敷奉] 番翻反返帆蕃樊煩礬繁藩凡氾泛販梵犯範范飯發法砝琺髮 / 沸肺費廢痱分吩氛紛芬墳汾焚粉糞奮忿憤份弗彿拂氟緋伐筏罰閥乏否缶浮埠 / 啡妃蜚菲霏非飛扉肥匪斐翡 / 坊方芳肪妨防房仿倣彷紡舫訪放 / 扶符芙幅福蝠伏服袱輻伕夫孵膚敷封峰楓烽蜂豐鋒風瘋縫馮逢奉俸諷鳳佛 / 俘乎撫斧俯甫腑釜府腐輔阜副咐賦富婦付傅父訃負赴附駙腹複覆馥復

[曉] 忽惚呼乎唬虎琥花化歡肓荒慌謊恍幌晃揮暉輝麾徽灰詼恢悔賄誨晦昏婚葷火伙夥貨霍

[溪] 苦窟褲闊

〔難度 1〕h [曉] 勛燻醺薰訓

〔難度 2〕k [溪合] 傀筷快塊科蝌窠棵顆課況枯骷庫魁奎寬款攓麩

〔難度 3〕b [非敷奉] 斧幅婦糞飛
　　　　　p 吠肺肥剖扶符瓣分伏棵

客家話溪母唸 f 的情況較少，較多字保留中古音 k，跟普通話的情況相似。客家話還有部分非敷奉字，尤其是在口語中保留了中古的重脣音。這些字是需要牢記

的。例如「扶、符」兩字，說「扶手、符合」的時候唸 fû，但是在「扶着、靈符」中唸 pū。

由於難度高的字特別多，廣州話 f 聲母的字在客家話發音的時候要留心。

客家話還有一部分 f 聲母的字（共 80 字），在廣州話是唸 w 聲母的（詳見廣州話聲母 w 部分）。雖然有部分廣州話 f 聲母的字在客家話唸了 k, b, p（共 35 字），但總的來說，客家話 f 聲母的字比廣州話多了兩成左右。

5. 廣州話聲母 d（230 字）

廣州話聲母 d 大多數來自端母（陰聲調）和定母（陽去入），只有幾個字來自知母（陰聲調），端知母字絕大部分對應為客家話的 d，定母字對應為 t。這些在廣州話唸不送氣的定母字，在客家話唸送氣。只有兩個字例外。

〔難度 0〕d [端定] 打大待歹逮帶戴單擔耽躭簞丹膽旦誕但憚蛋搭瘩答 / 低氐抵牴砥詆邸底帝締蒂諦娣德得燈登等凳嶝磴蹬兜 / 爹 / 的滴鏑巔顛癲點典碘惦玷店墊丁仃叮叮盯酊釘頂鼎刁丟叼碉貂雕凋彫弔釣 / 殆噹當襠鐺擋黨檔盪蕩倒島搗嘟堵睹賭蹈到 / 多奪朵躲剁跺刀都抖斗蚪陡鬥竇 / 堆兌對隊敦蹲躉盹燉噸遁 / 咚東鼕冬懂董棟凍 / 篤妒蠹杜渡鍍度督 / 端短咄

[知] 諄啄涿琢

〔難度 0.5〕t [定] 啖澹氮淡踏靼達特弟棣第遞悌鄧靛佃豆痘逗 / 地訂錠定喋牒疊碟蝶諜跌迭憚凸突汀笛嘀嫡滌狄翟荻敵迪 / 墮惰跢代岱玳袋黛悼鐸盜稻道掉調奠澱殿甸電 / 沌鈍頓導動恫洞胴櫝毒瀆牘犢獨讀黷鍛斷段緞

〔難度 3〕zh 秩

    l 隸

6. 廣州話聲母 t（194 字）

廣州話聲母 t 多來自透母（陰聲調）和定母（陽平、陽上）。只有一個「拖」字用於口語，指坐在椅子時用小凳子等東西承托腳。

〔難度 0〕t [透定] 他她牠它踢塌塔榻撻太貸態汰泰貪坍攤灘癱潭覃罈談譚痰壇彈檀毯坦袒探歎炭碳韃躂 / 吞飩藤謄騰疼梯銻踢啼提蹄題堤體剃嚏屜替涕 / 愚剔惕逖添天恬甜填田滇闐忝舔腆廳汀聽庭停婷蜓霆亭廷挺梃艇佻挑條迢窕眺跳帖貼鐵 / 佗沱跎陀舵鴕馱妥橢唾拓胎抬枱苔跆颱怠湯鏜搪唐堂塘棠糖膛螳瞠醣倘帑淌躺燙趟叨滔韜討掏濤啕桃淘萄陶逃塗屠圖徒荼途土禱兔吐套肚舵 / 推頹腿褪蛻退 / 盾通僮同桐潼瞳童銅彤幢桶統筒痛偷投頭骰透禿 / 湍團屯臀豚囤拖托託脫

〔難度 1〕d 托

7. 廣州話聲母 n（96 字）

廣州話 n 聲母的字偏少，九成以上來自泥母，其餘主要來自日母和明母。泥母字部分對應為 l，部分對應為 ng。但現在香港人一般把這些字唸 n，只有少數人能辨別 n/l 聲母。

〔難度 1〕[泥] 拿哪那納鈉吶奶氖乃迺耐奈南喃楠男難赧呶撓橈鬧訥餒 / 能粒泥妮尼呢 / 旎膩您稔囊挪娜懦糯諾惱瑙腦內嫩匿溺躡鎳檸嚀寧獰濘擰佞儂噥膿農奴駑努弩怒暖

〔難度 2〕ng [日] 餌凹洱妞扭紐鈕你妳女拈黏年捻撚廿[1] 唸念碾娘釀臬鳥尿捏聶濃

〔難度 3〕m [明] 彌瀰

h 朽

[1]　廣州話「廿」有兩個發音，讀書音 nim^6，口語音 ya^6，這裏指讀書音。但客家話只有一個發音 ngip。

8. 廣州話聲母 l（325 字）

廣州話 l 聲母的字來自來母，對應為客家話的來母，是所有聲母中最容易對應的，沒有例外。

〔難度 1〕l [來] 艦檻啦喇拉癩瀨籟賴垃蠟剌辣臘睞婪嵐籃襤藍攔欄瀾蘭闌攬欖覽纜懶濫爛冷 / 犁黎例儷勵厲礪蠣荔麗癧勒肋林淋琳臨霖笠立慄凜溜劉榴瀏琉留硫流瘤柳餾嘍嫠樓螻髏摟簍漏陋甩^①/ 哩喱梨漓犛狸璃籬罹釐離驪蠡澧禮俚娌李浬理里鯉俐利吏莉茘痢 / 奩帘濂簾鐮廉憐漣蓮鏈連聯臉殮斂煉練鍊鏈戀楞稜愣礫力曆歷瀝靂葷摙伶玲綾羚翎聆苓菱鈴陵靈零齡凌嶺領令另咧列獵捩烈裂列僚嘹撩繚聊寥寮療遼潦燎瞭了料廖 / 來萊槤狼瑯螂廊郎朗浪撈勞嘮牢癆佬姥老咯酪烙絡囉玀籮螺羅蘿鑼騾邏裸咯洛犖駱落樂露嚕爐盧臚蘆顱鱸廬攎櫓虜魯鹵賂路鷺 / 倆梁樑涼粱糧良量兩諒輛亮嫽擂縲贏履鐳雷累儡壘蕾邐裏淚類耒欄閭驢侶呂屢旅縷褸鋁慮濾掠略掄侖倫崙淪輪論燐磷轔鄰鱗麟遴吝藺躪慄栗律 / 唳戾 / 嚨朧瓏曨籠聾隆龍壟攏隴弄麓戮祿錄陸鹿碌六 / 劣孿巒攣鑾鸞卵亂氯綠

① 廣州話「甩」唸 lät¹ 是口語音，客家話對應為 lŏt。另還有讀音為 soi²，客家話對應為 sŏi，但很少用。

9. 廣州話聲母 z（511 字）

廣州話中聲母為 z 的字，中古來源也比較複雜，稍微超過一半的字來自知照母（陰聲調）和澄床母（陽去、陽入），接近四成字來自精母（陰聲調）和從母（陽去、陽入），少量來自邪母（陽去、陽入）。其中精知照母對應為客家話的 z，從澄床母對應為客家話的 s，邪母對應為客家話的 s（邪母在普通話唸 s/x，很容易認出）。只有幾個字找不到對應規律。

〔難度 0〕z [精] 嘖責澤匝扎咱簪暫讚贊纂砸 / 擠劑掣 ① 濟祭際霽啾揪酒 / 嗟姐借藉則仄怎增憎贈鄒走奏揍 / 吱咨姿孜孳淄滋緇茲諮資貲輜髭姊子梓滓紫恣漬即唧稷績鯽跡積瘠脊尖湔煎箋濺剪箭荐餞旌晶睛精菁井阱接捷睫櫛節椒焦礁蕉劖 / 哉栽災仔宰載再 / 蛆狙疽齟咀津儘浸晉進雋俊峻浚濬竣駿將漿槳獎蔣醬爵雀 / 阻詛昨臧臟髒奘葬糟遭早租棗蚤藻俎祖組灶左佐作做 / 棕綜蹤鬃宗總縱粽卒足 / 鑽嘴醉最尊樽遵

[知照] 吒渣搾榨咋蚱詐乍炸齋湛嶄斬盞札紮摘窄債撰找爪罩櫂帚肘抓 / 斟砧箴針珍真枕朕圳振賑鎮震崢猙睜箏錚爭諍汁周啁洲舟州週咒晝皺紂胄宙 / 支枝知肢脂蜘芝之卮衹躑執姪只咫址指旨止祉紙趾制製質治窒蛭炙志摯智緻至致置誌輊痣稚雉痔織職 / 者赭褶蔗鷓這遮隻 / 占沾瞻詹氈霑氊展輾蘸貞偵楨禎幀征怔蒸正證政症癥掙整徵站佔戰摺輒哲折蜇浙招沼照 / 助妝椿裝莊壯 / 着斫酌榛臻佳椎錐追惴綴贅腙諄準准張樟漳獐璋蟑章彰掌漲仗帳幛脹賬障瘴 / 忠終鍾鐘中舂腫踵眾種捉粥燭竹竺祝築躅逐囑矚忪 / 朱侏株珠硃蛛茱誅諸豬銖拄煮主渚 / 注蛀註駐鑄專磚塼轉絀拙茁啜

〔難度 0.5〕c [從] 擇雜集嫉疾籍就字自寂賤漸淨靖靜截擲嚼趙坐座在聚罪盡臟鑿藏西~皂造祚族鏃絕

[澄床] 寨宅棧綻鄭閘滯直值植殖鳩召丈杖陣妯軸驟賺住撞墜着鐲狀棹仲濯治

[邪] 像榭謝岫袖側隹

〔難度 1〕s [邪] 夕汐習襲席濁蓆矽橡象序嶼敘續伺兕嗣寺巳祀耜飼鵲訟誦頌俗

[精] 匠僧

〔難度 2〕c [知照] 闡嘲觸塹

〔難度 3〕d 輟

　　　　t 墊 ②

　　　　ng 囁

① 廣州話「掣」有兩個發音 zäi³ 和 cit³，對應客家話的 zi 和 cīt，聲母也剛好相同。

② 廣州話「墊」有兩個發音，一個是 din⁶，用於「墊牌、墊錢」，客家話也唸 dièn；另一個是 zin³，用於「墊高、墊起」，客家話唸 tiăp。

10. 廣州話聲母 c（392字）

廣州話聲母 c 的發音來源比 z 更分散，四成字來自徹穿母（陰聲調）和床澄母（陽平、陽上），幾乎相同數量來自清母（陰聲調）和床母（陽平、陽上），接近一成來自知照母的送氣化和審母，對應為客家話的 z。餘下還有接近一成來自心邪母（陽去、陽入），對應為 s，例外只有幾個字。

〔難度 0〕c [清從心邪] 猜惻測策賊參册餐殘慚蠶慘燦擦 / 寢尋親曾層漆戚棲齊臍砌緝戢輯秋揪鍬鰍湊囚泅 / 斜 / 疵祠瓷詞慈磁雌辭此次刺賜廁七妻悽淒萋 / 且 / 戚侵秦潛僭千仟阡遷簽籤韆錢淺前踐青清蜻情晴請妾切憔樵瞧悄愀俏峭鞘 / 搓磋蹉挫措銼錯坐才材財裁采彩採睬綵踩菜蔡倉傖滄蒼艙藏操粗草糙醋澡噪燥躁曹嘈漕槽 / 趨崔催摧娶取趣脆翠隨嗆槍鎗戕牆薔搶 / 匆囱聰葱從松淙叢促簇蹙 / 村竄爨存忖寸吋全泉詮銓撮

[知徹澄照穿床] 叉差查茶搽察岔詫釵拆坼柴豺懺杉讒饞產剗撑橙鏟插獺抄鈔吵炒巢 / 沉陳塵趁襯抽丑醜臭惆稠酬綢儔疇籌躊 / 車扯尺呎赤 / 蚩笞嗤痴侈恥齒褫翅熾啻弛池持匙馳墀踟遲彳叱斥飭詔諂讖纏稱呈程澄瞪懲逞騁秤屮徹撤澈超朝潮 / 初芻雛礎楚鋤戳瘡床闖創 / 吹炊捶槌綞除綽春鶉蠢昌倀娼猖長腸敞廠場倡鬯窗唱悵悵暢出齣 / 充沖涌憧衝虫蟲重寵 / 廚褚儲處櫥躇杵矗揣踹川穿巛傳舛喘串釧黜 / 幟衷冢塚重貯佇柱苧幢

[其他] 椙齔眨灼掣

〔難度 1〕s [心邪] 纖肖暹賽似姒速隋嗅蓄庠祥翔詳邪斜徐旬巡循 z 殲

　　　　z [知照澄床] 昭釗轍疹診拯卓桌灼 s 峙

　　　　s [審] 芍奢設哂始矢豕柿恃螫崻署束曙刷

〔難度 3〕k 畜噱檻 [①]

　　　　h 蓄

---

① 「檻」在廣州話口語為 cam^5，讀書音是 lam^5 / ham^5。

11. 廣州話聲母 s（465 字）

廣州話聲母 s 的發音來源也很多，稍微超過一半字來自審母（陰聲調）和禪母（陽聲調），絕大多數對應為客家話的 s，但有 21 個字對應為 c。另外「攝」唸 ngiăp。

〔難度 0〕s ［心邪］撒灑卅颯薩塞三傘散澀 / 些寫卸瀉 / 西犀洗徙璽細婿森心辛莘新鋅薪信星惺猩腥醒姓性修羞脩秀繡鏽嗇瑟色穡搜蒐艘餿颼叟嗾擻藪嗽 / 司私斯絲嘶廝撕鷥思死四泗肆駟析息悉淅晰蜥仙先鮮薛羨腺線膝錫蟋昔惜熄熄泄屑楔燮褻薛宵消逍硝銷霄蕭簫瀟削小笑嘯詔 / 唆娑梭所索瑣鎖嗦蓑腮鰓塑溯桑喪嗓搔繰騷訴掃甦酥穌蘇嗽夙鬚素 / 綏雖胥須需髓絮緒崇歲碎遂隧燧穗彗徇荀筍詢迅殉訊巽馴遜相廂湘箱襄鑲想戌卹恤 / 淞嵩鬆悚慫聳宋送宿粟肅縮 / 酸宣選癬渣算蒜孫飧蓀損漩旋雪

［審禪］沙砂紗殺莎耍煞裟鯊唅傻倏篩舐曬山拴柵栓汕疝訕霎圾涮荽珊舢衫珊煽潸刪姍捎梢稍肇 / 駛勢逝誓噬審嬸潘忱甚申身呻臣辰晨娠紳神腎慎蜃滲生牲笙甥溼蝨蝨失十什拾實收手守首受狩售授壽瘦漱仇愁 / 睒麝蛇捨社舍射涉赦石碩 / 尸時屍施獅詩史使屎弒試士豉氏世仕市示視事侍式適釋室拭是螫識軾飾食扇閃陝嬋禪蟬擅膳繕贍鱔善單升昇聲省繩丞成承城乘誠勝聖盛剩蝕舌燒韶少邵哨紹 / 梳疏蔬甩爽朔 / 舜順瞬商傷殤觴霜雙孀賞常嘗償裳嫦上尚爍鑠數 / 水稅睡誰垂陲錘衰摔帥瑞純淳脣醇率蟀術朮 / 崇熟抒叔淑孰菽塾屬贖蜀 / 書殳殊舒樞輸黍署戍述恕庶墅豎樹船說

〔難度 1〕c 岑沁篡悴萃瘁粹皴潺竊倩篆閂深伸呻獸暑鼠吮兆

〔難度 3〕ng 攝

---

12. 廣州話聲母 g（430 字）

廣州話聲母 g 絕大多數來自見母（陰聲調）和羣母（陽去、陽入），前者對應為客家話的 g，後者對應為客家話的 k。例外只有幾個字。

〔難度 0〕g [見] 伽咖傢加嘉袈家迦戛賈假價嫁架稼駕佳偕皆街階尬尷解介屆戒界芥誡疥格膈隔骼甲胛鉀監緘菅間奸姦艱橄革夾莢頰窖較教搞攪狡皎絞餃 / 雞柑甘疳感敢贛根跟艮互更粳羹耕庚梗耿急蛤吉鴿鳩糾赳九玖韭久枸狗苟垢夠媾詬邁究灸救疚咎柩 / 氿几杞譏基姬機犄磯磯箕肌羈譏期饑己幾戟繼計髻紀覬記寄既妓技 / 激擊棘亟兼縑堅肩減揀柬簡繭鹼撿檢儉鑑澗諫劍毽腱建見今金巾斤筋矜錦緊謹僅喋禁覲近勁兢涇經荊驚京莖頸憬景警鏡境竟徑敬逕競痙結黠桔劫拮潔傑杰桀叫 / 哥歌戈該賅改蓋胳擱覺割閣干桿杆竿肝乾稈趕幹榦扛缸肛剛岡綱崗港槓鋼江講降膠蛟郊鮫交嬌澆驕矯姣繳角罩篙糕羔膏高稿犒葛個各槁告誥 / 姜羌僵彊薑韁腳居鋸矩舉莒齟踞凥句據瞿炬遽 / 咕姑孤菰辜鴣估呱古牯瞽股蠱罟詁鈷鼓僱固雇顧故穀谷轂公功工弓恭蚣躬糞宮攻供肱廾拱鞏貢 / 娟捐涓鵑捲卷狷眷絹 / 瓜骨寡骶卦掛褂刮乖拐枴怪摑綸關鰥季悸瑰傀圭歸皈閨龜詭軌鬼癸桂貴簣橘君軍鈞均滾衰棍郡譎炯迥倌棺莞觀官冠管館灌盥罐貫慣光胱獷廣蟈郭幗國果裹槨過轟

〔難度 0.5〕k [羣] 舊忌極件健鍵轎巨懼颶具苣共倦櫃跪匱崛掘倔撬饅局

〔難度 1〕k 菊掬鞠麴

〔難度 3〕h 隙

13. 廣州話聲母 k（176 字）

廣州話聲母為 k 的字大多數來自溪母（陰聲調）和羣母（陽平、陽上），小部分來自見母。廣州話聲母 k 大多數對應為客家話的 k，只有一些來自見母的 k 對應為客家話的 g。另外有三個字例外。

〔難度 0〕k [溪羣] 卡楷靠 / 谿溪吸契咳叩扣釦銬寇求球佝虯裘 / 茄瘸期崎其奇岐旗棋歧淇琪琦祇祁祈祺耆騎鰭麒俟畦啟企 / 箝鉗鈐黔虔掔鍥嗑擒琴禽勤芹傾擎頃瓊僑喬橋翹 / 恪慨愾忼抗炕榷確涸壳 / 嶇軀驅劬渠衢強卻 / 曲穹窮 / 拳權缺闋 / 夸誇垮跨羣裙儈檜膾繪潰盔窺虧睽揆葵逵攜愧狂誑壙曠礦坤崑昆捆綑睏困擴廓

[見羣] 稽汲畸屐炭級及冀暨驥襟鯨窘臼舅拘駒俱劇拒距噱噘獗蹶菌

〔難度 1〕[見] g 給構購溝揭竭羯訐詰子頡丐概溉鈣抉決蕨訣孓括逛規鱖
〔難度 3〕h 隙豁 　　　　f 賄

14. 廣州話聲母 ng (88 字)

　　廣州話聲母為 ng 的字偏少，來源也相對單純，絕大部分來自疑母。這些字在客家話唸 ng。只有三個字例外。

〔難度 0〕ng [疑] 牙芽崖涯衙瓦雅訝捱刈艾額岩癌巖顏眼雁贗鷹硬爻肴淆咬 / 倪霓睨羿詣毅危桅巍藝偽魏囈垠銀齦韌兀紇疙迄訖屹牛 / 俄娥峨訛蛾哦鵝我餓臥呆外礙愕鄂萼噩顎鱷岳嶽偶藕鏖岸皚昂嗷熬翱鼇敖遨傲昂
〔難度 2〕l 蟻 　　　　g 鈎勾

15. 廣州話聲母 h (298 字)

　　廣州話聲母為 h 的字，大部分來自曉母（陰聲調）和匣母（陽聲調）。另超過三分之一來自溪母（陰聲調）和羣母（陽聲調）。注意，客家話中這些字多數也唸 h，但是有 76 個溪羣母字唸 k，還有 6 個字唸其他聲母，可以說是比較難掌握的對應。

〔難度 0〕h [曉匣] 哈蝦瑕霞遐暇下夏廈孩諧鞋蟹邂懈械嚇蚶酣函涵陷餡喊頜咸銜鹹嫻閒限呷俠匣呷峽狹狎哮酵孝校效 / 兮奚蹊系係含啣杏倖幸悻嗑憾撼瞎轄 / 黑痕很狠恨哼亨恆衡合盒盍闔劾閡 / 嘿僖嘻嬉希曦熙熹犧稀羲檄禧喜戲 / 險掀顯憲獻兄馨興協挾脅歇蠍囂梟曉 / 呵何河荷核赫賀海骸駭氦亥害鶴韓寒鼾罕漢旱悍汗瀚焊翰杭航行巷項喝褐曷蒿貉學嚆嚎壕毫濠蠔豪好耗浩皓號 / 靴噓虛吁栩許煦鄉香響餉享向嚮 / 哄烘訌鬨洪紅鴻兇凶洶胸匈熊雄虹喉尤吼厚候后後逅侯鵠繫 / 軒喧萱絢血
[溪羣] 客慳坑口肯起汽氣憩器棄僥開殼糠渴去檻

〔難度 2〕k [溪羣] 喀揩乞堪戡勘坎砍崁侃凵瞰拷烤考 / 欺刊看康慷匡筐框眶瞌磕硈可坷凱剴克刻剋溘墾懇唭鏗吭崆空倥孔恐控哭酷 / 豈恰謙牽騫譴遣欠歉腔敲橇巧蹺竅怯愜氫輕卿慶磬罄區圈犬券勸
〔難度 3〕g 洽坩吃繫 s 眴 f 汞

16. 廣州話聲母 ∅ (89 字)

　　廣州話∅聲母的字很少，來源絕大部分來自影母（陰聲調）、喻母（陽聲調）的一二等，對應為客家話的零聲母，少數來自疑母遇攝一等字（陽聲調），跟客家話對應相當簡單，只有幾個字是例外。

〔難度 0〕∅ [影喻] 啊阿呀丫啞吪亞哎挨唉隘晏押鴉鴨壓拗凹 / 矮縊翳鶴庵暗黯鶯拗厄扼軛遏呃歐毆甌鷗嘔漚 / 哦婀哀埃藹靄愛噯曖璦惡安氨鞍按案骯盎鏖媼襖奧懊澳噢握喔渥齷塢渥齷 [疑] 吾吳唔梧蜈五伍午寤悟捂晤誤
〔難度 1〕v 屋蕹甕握
〔難度 3〕k 柯軻

17. 廣州話聲母 y (481 字)

　　廣州話 y 聲母的字偏多，絕大部分來自影母（陰聲調）和喻母（陽聲調）的三四等，少數來自疑母和日母，另外不足一成來自匣母。接近八成對應為客家話的 y，但來疑母的全部字對應為客家話的 ng；而來自日母則有四成左右唸 ng，其餘唸 y。匣母絕大多數對應為客家話的 h。所以各類 y 聲母字在對應客家話時比較難應付。疑母和日母在日語漢字音有保留，而匣母在普通話、韓語、日語也是有保留。

〔難度 0〕y [影喻] 音吟蔭淫黋霪恩引蚓飲寅拽因姻茵隱癮陰慇殷胤一壹軼逸溢邑揖幽悠憂優尤由油游猶郵猷遊銪魷友有酉莠牖黝又右幼佑宥柚祐釉誘鼬耶椰噎掖爺也冶野夜 / 伊衣依漪曳噎醫圯意懿夷迤倚椅旖宜怡咦姨胰移貽飴頤誼彝已以矣肄抑億憶臆亦役易奕弈疫弋腋奄俺厭炎閻簷鹽淹閹焉菸煙咽胭嫣醃燕宴妍延筵掩演儼魘焰硯餤嚥靨豔 / 英瑛嬰應影映盈楹瑩嬴縈螢營瀛蠅贏嚶櫻纓鷹鸚葉饜謁異翼翌蜴繹譯驛頁液夭吆妖要腰邀幺祅姚堯搖瑤遙窯謠舀 / 裔日約喲藥耀鷂鑰央決殃軮鴦羊佯洋烊揚陽楊煬瘍颺氧養癢快恙漾樣躍沃 / 邕庸傭雍擁臃甬俑勇恿湧蛹踴容溶蓉榕融鎔用佣 / 迂淤瘀于余妤於盂臾俞竽娛庾魚愉渝萸榆瑜虞逾漁餘覷輿歟予宇羽雨禹與裕愈預育郁峪浴欲喻唷毓煜嫗獄瘉慾禦諭豫譽籲冤淵鳶鴛怨宛婉惋苑蜿丸元沅沿完員園圓猿緣轅愿遠院悅越粵兗袁孕乙聿閱

[日] 然燃擾仁扔仍熔戎絨茸宂輮柔揉蹂若如蠕儒嚅濡孺茹辱汝乳褥蕊睿銳閏潤偌而兒耳洱爾邇二貳

[匣] 縣懸綺鉛酋

〔難度 1〕v [影] 翁嗡壅 [1]

〔難度 2〕ng [疑] 廿 [2] 擬疑儀義嚴驗言彥唁研衍偃諺堰齷議迎凝業孽月蟯逆仰釀虐瘧愚遇齬寅馭語隅御願原源

[日] 髯冉苒染入日嚷攘壤讓饒繞惹弱熱王人任荏忍妊餁刃仞紉軔靷認玉肉內軟阮賃

〔難度 3〕h [匣] 弦涎絃舷嫌賢現欣釁刑形邢型休咻旭勗酗玄炫眩穴翕丘蚯邱

k 泣欽

z 甄

---

① 「壅」在廣州話有兩個音，讀書音為 yung¹，口語音為 ung¹，但客家話只有一個發音 vúng。

② 「廿」在廣州話有兩個音，讀書音為 nim⁶，口語音為 ya⁶，但客家話只有一個發音 ngip。

18. 廣州話聲母 w (201 字)

廣州話聲母 w 大約一半來自影母（陰聲調）、喻母（陽聲調）的合口一二等，另外也有四成多來自匣母（陽聲調）。前者客家話多數唸 v，少數唸 y。後者絕大多數唸 f。可以說，廣州話唸 w 的字，不到一半可以對應為 v，另外也有四成左右對應為 f，有一成多對應為 y，還有幾個是沒有規律的。但廣州話唸 w 而客家話唸 v 的字，普通話都唸 hu-，所以很容易找到規律，但常用字是例外，還是唸 v。

〔難度 0〕v [影喻] 娃蛙窪挖哇歪彎灣踠剜頑玩綰挽輓 / 威偎煨委口帷惟維圍違闈韋葦緯喂畏慰餵尉遺唯為萎痿諉猥偉位胃渭衛謂温瘟穩鬱 / 榮 / 蝸倭渦萵窩汪王枉往旺 / 鎢圬污烏嗚惡芋莞碗皖腕暈

[匣] 話 ① 滑畫 ② 劃還 ③ 環渾猾禾和 ④ 黃會 ⑤ 鍋橫喎換鑊

〔難度 1〕y [影喻] 尹穎永泳詠蔚熨域垣氳渾筠勻云紜耘雲允愠蘊醖均韻運熨

〔難度 2〕f [匣] 嘩譁華樺話 ① 畫 ② 壞懷槐淮還 ③ 患豢宦幻 / 卉毀煅穢諱惠慧蕙琿餛魂混 / 弘泓宏 / 和 ④ 徨惶煌璜皇磺篁簧蝗隍凰遑 / 回迴茴蛔徊壺弧狐胡湖瑚糊蝴葫鬍互滬扈户護匯會 ⑤ 燴彙桓緩喚奐渙煥瘓 / 活惑或禍獲穫

〔難度 2〕h [匣] 還 ③

〔難度 3〕p [匣合] 瓠

k 踝屈

---

① 「話」大部分情況唸 và，但在「話梅、話劇」中唸 fà。

② 「畫」作為動詞唸 vàk，作為名詞唸 fà。

③ 「還」大部分情況唸 vân，如「還神、還錢」，「借屍還魂、衣錦還鄉」等讀書音唸 fân。但在「還有、還去」（相當於廣州話的「仲」）中唸 hân。

④ 「和」大多數情況唸 fô，在「唱和、和議、和麵」中唸 fò，但在「和尚」中唸 vô。

⑤ 「會」表示懂得、可能性的時候，例如「會英語、會去、會死」唸 vòi，表示集合、見面的時候，例如「會面、會議、相會、後會有期」唸 fùi。

附錄三

客家話和廣州話韻母對應

以下為客家話和廣州話韻母的對應，注意：雙斜線「//」後面的字是例外字；劃底線者表示為白讀字。

1. 廣州話韻母 a（140 字）

廣州話的 a 韻母來自假攝開口二等。wa 主要來自假攝合口二等，此外有幾個字來自蟹攝合口二等。客家話幾乎全部唸 a 韻。「廿、也」不屬於假攝二等或蟹攝，所以是例外。

【假開二、合二】a 巴芭疤笆爸叭把靶霸壩吧罷葩怕帕趴扒杷爬耙琶媽嗎嘛蟆麻痲螞馬瑪碼罵花化啦喇拿娜渣咱喳查吒炸搾詐咋蚱乍叉差岔茶搽查詫灑耍卅沙砂紗鯊裟莎啥茄家嘉伽加伽咖傢袈迦賈假架嫁稼價駕卡喀牙芽衙瓦雅哈蛤蝦遐瑕霞暇下夏廈丫鴉阿啊啞吔亞呀訝瓜呱寡夸誇垮跨窪挖哇嘩譁華樺

【蟹合二】a 話畫卦褂掛娃蛙踝

【果攝一等】a 打他她它牠那 // ai 哪

【其他】// ip 廿 ia 也

---

2. 廣州話韻母 ai（105 字）

廣州話的 ai 主要來源於蟹攝開口二等，wai 來源於蟹攝合口二等，除了「佳、舐」以外，客家話全部唸 ai 韻。

【蟹開二、合二】ai 擺拜湃敗憊派俳牌排徘埋霾買賣邁筷快塊儈歹帶戴大太汰泰態貸拉奶氖迺乃拉癩賴瀨籟齋債寨猜踹踩差釵柴豺徙璽曬皆偕階街楷解介戒芥屆界疥尬誡楷涯崖挨哎唉捱隘艾刈揩鞋孩骸駭諧懈蟹邂解械埃乖歪拐柺怪淮槐懷壞 // a 佳 e 舐

【果攝一等】ai 跛舵大搓我哪荷

---

3. 廣州話韻母 au（86 字）

　　廣州話的 au 韻母幾乎全部來自效攝開口二等，客家話唸 au 韻。只有「驟」是流攝字，所以是例外。

【效開二】au 包胞苞炮飽鮑爆豹鉋拋泡刨咆庖匏炮跑匏砲貓矛茅錨卯貌咬鐃撓鬧撈嘲找爪抓肘罩櫂抄鈔吵炒巢捎梢稍哨交郊蛟膠鮫搞攪教餃狡皎絞姣窖較覺校靠咬爻肴淆拗酵敲烤拷考巧吼銬哮孝校效凹拗樂 // eu 驟

---

4. 廣州話韻母 am（74 字）

　　廣州話的 am 韻母來自咸攝開口一等和二等。客家話全部唸 am 韻，但「<u>檻</u>」口語唸 iam。

【咸開一、二】am 耽眈擔膽石淡氮啖澹貪覃罈痰潭談譚毯探男南喃楠婪嵐藍襤籃攬欖覽纜濫<u>檻</u>艦簪暫嶄斬湛蘸站參慚蠶慘杉攙讒饞懺三芟衫彡緘監減尷橄鑑岩癌巖咸鹹啣銜檻^① 餡陷函涵喊 // iam <u>檻</u>^①

---

①　「檻」廣州話讀書音是 ham⁵，也有發音為 lam⁶，但「門檻」作為口語音則是 cam⁵。客家話前者唸 kăm，口語為 kiám。

5. 廣州話韻母 an（148 字）

　　廣州話的 an 韻母來自山攝開口一二三等和咸攝合口三等骨音，wan 來自山攝合口二等，幾乎全部對應為 an。但是要注意來自咸攝的幾個字唸 am 韻，還有「餐」唸 cón。

【山開一二三】an 班斑頒扳版閻板版阪扮辦瓣攀丬盼蠻饅鰻慢漫幔曼蔓晚萬丹簞單旦誕但蛋憚彈坍攤灘癱彈壇檀毯坦袒碳炭歎闌攔瀾蘭欄懶爛難赧贊讚盞棧綻撰賺殘燦孱潺產剷鏟傘散舢山刪姍珊跚栓拴篡涮潸汕疝訕奸姦菅艱慳間揀柬簡繭鹹澗諫眼晏雁贗顏研閒嫻限矜關鰥綸彎灣綰慣還環頑玩挽輓幻宦患拳 // on 餐閂

【山合三】an 翻番蕃帆凡煩樊繁藩礬反返氾泛販飯

【咸合三】// am 梵犯范範

---

6. 廣州話韻母 ang（29 字）

廣州話的 ang 韻母來自梗攝開口二等白讀。wang 來自梗攝合口二等。對應為客家話的 ang 韻。

> 【梗開二、合二】ang 棒硼烹彭棚膨澎鵬錳蜢猛孟盲冷爭撐橙瞠倀生牲更耕硬坑行罌逛橫

7. 廣州話韻母 ap（42 字）

廣州話的 ap 韻母主要來自咸攝開口一等、二等入聲。只有四個字來自深攝開口三等入聲。其中來自咸攝的唸 ap（普通話韻母是 a, ia），深攝的唸 ip 韻（普通話的韻母也是 i）。

> 【咸開一二】ap 搭瘩答踏蹋塌塔榻垃蠟臘納鈉插砸雜閘颯圾霎眨夾莢頰鉀甲胛呷匣狎峽俠押鴨壓 // iap 洽狹
>
> 【深開三】// ip 集習襲 ep 澀 ①

①　廣州話「澀」唸 sap³，是讀書音，對應為客家話的 sĕp；口語音 gip³ 對應為客家話的 giăp。

8. 廣州話韻母 at（36 字）

廣州話的 at 韻母主要來自山攝開口一二等入聲和咸山攝合口三等脣音入聲，wat 來自山攝合口二等，幾乎全部對應為客家話的 at。例外字有兩個。

> 【山開一二三】at 八抹擦獺察撻躂軷韃達軋紮札刺辣薩撒殺剎煞戛卡軋 // ot 遏
>
> 【山合二】// ot 刷
>
> 【咸山合三】at 發法砝琺髮颫刮挖滑猾斡

9. 廣州話韻母 ak（64 字）

　　廣州話的 ak 大部分來自梗攝開口二等，小部分來自曾攝開口一等。wak 來自曾攝合口一等（只有「或、惑」兩個字）和梗攝合口二等（只有「劃、畫」兩個字）。來自梗攝的字在客家話唸 ak，曾攝字唸 et。只有「擲、躑」兩個客家話很少用到的字是例外。

　　來自曾攝在廣州話中唸 ak 韻的字，部分在讀書音仍然讀 äk，如「克、刻、尅」。說明 ak 是個後起的發音。如果廣州話沒有這個後起的發音，則不會出現這個例外的情況。

> 【曾開一、梗開二三】ak 伯舶泊[①] 魄帛柏迫擘珀白伯百拍啪帕責摘窄擇澤翟宅拆坼厄扼冊策拆柵格隔膈骼革赫嚇軛嚇客喀胳劃畫厄扼呃喔 // it 擲躑 et 匐蔔賊惻測克刻尅 iak 額 ok 握渥齷

> 【曾合一】// et 或惑

[①]　廣州話「泊」唸 pak^3 是英語音譯詞，屬於口語。讀書音是 bok^3。

10. 廣州話韻母 äi（217 字）

　　廣州話的 äi 主要來源有幾個，分為兩類：一是中古開口字，絕大部分來自蟹攝開口三四等，只有幾個止攝開口字，這些字主要對應客家話的 i，少數為 ai 或 e（但沒有規律）；二是中古合口字，絕大部分是蟹攝合口三等脣音，只有幾個字來自止攝，對應為 ui。wäi 則主要來自止攝合口三等，也對應為 ui。只有「梯、嘶」的發音最特別，當作例外。

> 【蟹開三四】i 閉蔽睥陛幣弊敝斃批迷眯米謎咪蒂帝諦締氏牴砥祗邸底隸涕體屜嚏弟悌第棣遞悌提題堤禮禮蠣例厲勵癘礪麗儷祭際制濟擠淒萋棲氏妻砌霽西犀世[①] 勢剃細[②] 逝誓噬雞髻繼計[③] 啟羿詣毅藝囈兮奚蹊稽翳倪睨霓系繫[④] 曳 // ai 鎝娣啼蹄逮替低抵泥犁黎掣滯仔哎矮繫 e 劑製齊洗婿細世計契係溪谿 u 駛使 oi 梯
>
> 【止開三】i 蠡篩蟻縊 // ai 荔 u 嘶

【蟹合三四、止合三】ui 沸肺廢痱費揮暉輝麾徽龜軌鬼圭皈閨歸規盔窺虧桂貴鱖瑰畦季悸簣跪櫃匱癸暌攜愧揆逵葵餽危巍桅偽魏倭威卉毀燬痿諉畏喂慰餵尉口帷惟維圍違闈委穢虫唯遺為萎詭韋偉葦諱緯喟慧惠蕙彙位胃渭衛謂 oi 吠猥

① 「世」在「世界、世紀」的書面語中唸 si，在「一世人（一輩子）、出世紙（出生證）」等口語詞中唸 se。
② 「細」在「細菌、仔細」等詞中唸 si，口語表示「小」的時候唸 se。
③ 「計」在「夥計」中唸 gi，其餘詞彙唸 ge。
④ 「繫」作為「捆綁」的意義在客家話中唸 gái，如「繫褲頭帶、繫頸呔（領帶）」。其他情況如「聯繫」唸 hì。

11. 廣州話韻母 äu（234 字）

廣州話的 äu 有兩個來源，流攝開口一等和流攝開口三等。前者對應為客家話的 eu，後者為 iu。不過大部分新一代客家話使用者已經把它們合併為 iu。

【流開一】eu 剖畝牟眸謀繆某牡茂貿缶否浮阜埠復兜斗抖陡蚪鬥豆逗痘竇讀偷骰投頭透摟螻髏婁嘍簍褸縷陋漏鄒走奏揍皺湊餿漱嗽嗽溝枸狗苟垢夠媾詬遘構購叩扣寇鈎勾偶藕内嘔州舟洲週周肘口釦厚后後逅候喉猴嘔鷗歐毆嘔漚

【流開三】iu 妞牛扭紐鈕溜流留琉硫榴劉瘤瀏餾柳繆謬鳩啾揪赳就秋鞦鰍龜邱丘蚯囚泅酋仇修羞脩朽宿嗅秀繡鏽岫袖宙胄抽帚紂咒晝丑惆稠酬綢儔疇籌躊醜臭驛仇愁收蔻手守首颼艘搜叟藪擻狩獸瘦受授壽售糾究九久玖韭酒灸疚救咎舅臼樞舊求虯球裘休咻鞣柔揉蹂友酉莠牖有幼誘釉鼬又右佑宥祐幽憂優悠鈾尤由油郵游猶遊猷魷柚勁

12. 廣州話韻母 äm（87 字）

廣州話的 äm 主要有兩個來源，深攝開口三等和咸攝開口一二等。其中深攝（這些字普通話唸 in 或 en，懂普通話者很容易分辨）對應為客家話 im 或 em（只有六個字），咸攝對應為 am（這些字普通話唸 an，懂普通話者很容易分辨）。

【深開三】im 凜懍寢飲噤賃沁林淋琳霖臨深針浸斟箴朕鳩侵沉尋忱心甚審嬸瀋沈枕滲今金錦禁襟琴噙禽擒音陰蔭吟淫霪妊飪壬什任荏欽 // em 蔘森砭岑稔怎

【咸開一二】am 庵鵪甘柑疳坩蚶酣堪戡勘含敢感坎砍坎黯暗贛頷啣緘銜陷撼憾瞰

13. 廣州話韻母 än（220 字）

廣州話的 än 有三個來源：臻攝開口三等對應為客家話的 in, iun，唸 iun 的字沒有規律，只能死記；臻攝合口一等對應為客家話的 un（這些字在普通話唸 un，雙唇聲母後為 en）；臻攝合口三等在脣齒音對應為 un（這些字在普通話唸 en），牙喉音對應為 iun（這些字在普通話唸 ün），懂普通話應該很容易找到對應。例外有來自臻開一的 10 個字，對應為 en。

【臻開三】in 彬賓濱繽檳稟嬪貧頻顰蘋品臏殯鬢牝償瀕民岷抿氓鄰遴燐磷轔鱗麟吝藺躪津臻秦榛盡儘晉進信迅訊珍真振賑震① 鎮陣娠親襯陳神塵辰晨臣哂疹診趁申身伸② 呻③ 鋅莘辛新薪紳蜃慎腎巾斤筋根④ 緊甄因姻茵慇氤尹殷寅鷙人仁認癮引蚓印釁胤孕 // iun 芹勤欣刃仞紉靭忍垠銀齦謹僅覲近隱 en 憫黽閩閔敏

【臻合一】un 奔賁笨噴蚊玟紋雯文聞問刎吻紊吩芬氛紛份賁分⑤ 汾焚墳粉糞憤奮忿蠢燉吞褪撙圳昆崑坤溫瘟琿魂餛渾袞滾捆綑棍睏混穩昏婚葷

【臻合三】iun 勛燻醺薰訓窘龜君軍鈞均氳菌裙羣筠勻云紜耘雲隕允均韻郡運熨 // un 暈慍蘊醞 in 暈

【臻開一】en 恩跟根④ 艮恨痕很狠墾懇

① 「震」有白讀音 zún。

② 「伸」有白讀音 cún。

③ 「呻」有白讀音 cén。

④ 「根」作為植物的地下部分在客家話唸 gín，其他比較抽象的詞語如「根本、根據」唸 gén。

⑤ 「分」只在口語「給、被」的意義下唸 bín。

14. 廣州話韻母 äng (75字)

　　廣州話的 äng 韻母來自曾攝開口一等和梗攝開口二等。wäng 來自曾攝合口一等。大部分對應為客家話的 en，小部分對應為 ang，只有兩個例外。

【曾開一、梗開二】en 崩盟萌朋蹦繃烹抨甮孟登燈等嶝磴凳瞪澄鄧蹬僧掙能騰藤騰疼曾增憎層贈曾崢猙錚諍省更^①亙肯啃恆衡耿哼亨鏗悻杏倖倖
【曾合一】en 肱轟弘泓宏
【梗開二】ang 鶯掙睜生牲笙甥撐庚羹粳梗更^①爭箏行 // in 憑莖

①　「更」表示「更加」的意義時在客家話唸 en，表示「變更」的意義時唸 ang。另外「更」在廣州話也唸 ang 韻，如「三更半夜」中的「更」在客家話也唸 gang。

15. 廣州話韻母 äp (40字)

　　廣州話的 äp 韻母來源有兩個，主要是深攝開口三等入聲，對應為客家話的 ip；另外是咸攝開口一等入聲字，對應為客家話的 ap 或 iap。

【深開三】ip 立濕揖汁戢輯執什十拾笠粒緝急給汲圾吸級炭及泣入翕邑
【咸開一】ap 鴿磕瞌蛤盒閤合盍闔蓋嗑溘 // iap 恰洽凹

16. 廣州話韻母 ät (70字)

　　廣州話的 ät 對應為客家話三個不同的韻：來自臻攝開口三等的字在客家話對應為 it；臻攝合口一等、三等字在客家話對應為 ut；咸攝合口三等、山攝開口二等對應為 at。wät 來自臻攝合口，也對應為 ut，例外有五個字。這個韻幾乎是廣州話對應客家話中最難掌握的。

【臻開三】it 筆畢弼泌密蜜疋疾嫉匹七漆姪膝實失室蝨吉訖迄日橘桔軼 et 乞
【臻合一三】ut 不忽惚氟緋弗彿拂佛窟勿物突凸骨核兀鬱蔚倔掘崛熨 iut 屈 // et 瑟咳 ot 甩
【山開二】at 疙劼核閡拔跋乏伐筏罰閥襪瞎轄點鈸 // iet 紇

17. 廣州話韻母 äk（25字）

　　廣州話的 äk 來自曾攝開口一等、梗攝開口二等入聲字。前者對應為客家話的 et，後者對應為 ak。

【曾開一】et 北默冒嘿驀墨陌得德特勒則側仄測惻塞黑克刻剋
【梗開二】ak 麥脈肋赫

18. 廣州話韻母 e（47字）

　　廣州話的 e 韻母來自假攝開口三等，一般對應為客家話 a 韻（知章組聲母，普通話唸捲舌的字）或 ia 韻（其他聲母），例外有五個字。

【假開三】ia 啤爹嗟些姐且寫瀉借藉卸伽斜邪榭謝 / 耶椰爺冶野琊夜 a 遮者赭蔗鷓這車扯惹若奢賒蛇捨舍社射麝赦
【果三】// io 瘸茄 e 咩呢 i 騎①

　① 「騎」廣州話唸 e 韻是白話音，客家話只唸 i 韻。

19. 廣州話韻母 ei（190字）

　　廣州話的 ei 韻母來源有兩個，一個是止攝開口三等，另一個是脣音聲母的止攝合口三等。絕大部分對應為客家話的 i 韻，但在部分脣音聲母字後面唸 ui 韻。

【止開三】i 卑俾妣悲碑備儻被臂鼻彼鄙匕比裨賁庇痺婢避臂泌糜糜靡弭祕丕
披紕裨毗脾鼙皮枇疲琵否痞仳媲屁譬呸孍眉媚微薇地尼妮旎你妳您哩喱犛犛
狸梨漓璃罹離驪離浬邐里李俚娌理鯉裏吏利俐痢蒞莉餌洱彌瀰膩死四肆犄嘰
乩肌姬飢基箕機璣磯譏饑羈期奇其畸幾几己紀計覬既記寄暨冀驥妓忌技欺期
崎奇其鰭祁岐歧祈耆淇棋琦琪祺旗麒衹俟騎杞起豈企汽氣棄器憩希稀僖熙嘻
嬉熹羲曦犧犛禧喜戲 // ui 美鎂

【止合三】ui 尾娓未味寐魅啡妃非飛扉霏菲蜚肥匪翡斐 // et 嘿

20. 廣州話韻母 eng（6 字）

廣州話的 eng 韻母來自梗攝開口三等，原來是白讀字或口語字，只有五個字，客家話唸 iang 或者 ang，但規律不明顯。

【梗開三】iang 餅廳頸贏 ang 鄭埞

21. 廣州話韻母 ek（17 字）

廣州話的 ek 韻母來自梗攝開口三四等入聲字，過去是白讀，現在用來讀書，對應為客家話的 iak 或者 ak 韻（知章組聲母，普通話唸捲舌的字）。例外有一個字。

【梗開三四】iak 劈笛錫脊蓆踢劇屐惜 ak 隻石碩尺呎赤炙 // et 吃

22. 廣州話韻母 i（204 字）

廣州話的 i 韻母來自止攝開口精組知組照組影喻日母字，共有 204 字。大部分對應為客家話的 i 韻，但在精組聲母字大部分唸 u 韻（這些字在普通話唸舌尖元音）。有兩個例外字。

廣州話的 i 韻母跟 ei 是兩個互補的韻母，其他止攝開口的字都唸 ei，大多數也對應為客家話的 i 韻（見本附錄第 19 條）。

【止開三】i 知支厄芝枝肢脂蜘只① 攵衹咫止旨址祉指紙趾徵幟質至志致智痣置輕誌摯緻治飼廁衹峙豸雉痔稚吱諮仔姊恣漬咪蚩笞嗤痴差綺恥褫齒弛馳踟遲墀池持匙佟翅熾苣疵刺臍匙尸屍詩施時始矢豕屎使柿嗜弒試峙恃市示是視氏死四肆泗駟豉秜嗣伊依噫醫漪椅衣頤彝圯疑蛇迤倚旖翳意懿肄誼而兒擬胰夷宜怡咦姨移貽飴儀洱耳已以矣議爾邇二貳異義易 u 茲祠雌辭此次鷥私斯撕嘶思巳寺伺俟祀史似之資緇輜子梓紫滓自孜咨姿淄孳滋貲髭詞慈磁瓷姒獅師賜侍仕事使士厶司絲廝 // it 只① ia 呢②

① 「只」在「只有、只要」中唸 zǐt，其他情況唸 zǐ。

② 廣州話「呢」唸 ni¹ 時是口語詞，意思是「這」，客家話說「ngiǎ」。

23. 廣州話韻母 iu（156 字）

廣州話的 iu 韻母來自效攝開口三四等，一般對應為客家話的 iau 韻，但在知章組聲母（普通話捲舌聲母）時唸 au 韻，只有「丟」是例外，在客家話仍唸 iu 韻。

【效開三四】iau 鏢標鑣髟彪錶婊表鰾飄驃剽漂嫖瓢瞟票瞄苗描藐秒渺繆妙廟叼碉刁凋貂雕彫弔釣調佻挑迢調條窕眺跳掉嬲鳥梟溺尿潦撩嘹療聊僚遼繚寥寮燎了暸廖料礁椒焦蕉剿剿鍬憔樵瞧愀悄蹺俏峭鞘宵消逍硝銷霄蕭瀟簫小肖嘯笑嬌驕澆矯矯叫轎橇撬喬僑橋翹囂曉竅僥幺吆腰邀夭妖要僥姚堯搖遙瑤窯謠杳窈舀擾繞鷂蟯饒耀

【效開三】au 朝招沼照詔召趙超剿昭朝潮燒少韶邵紹召兆肇

24. 廣州話韻母 im（85 字）

廣州話的 im 韻母來自咸攝開口三四等，一般對應為客家話的 iam 韻，但在知章組聲母（普通話捲舌聲母）時唸 am 韻，沒有例外。

【咸開三四】iam 點惦店玷添甜恬忝舔拈黏捻唸念廿帘廉奩濂簾鐮臉斂殮尖漸
殲簽籤潛僭暹纖兼縑撿檢儉劍鈐鉗箝黔塹謙險欠俺淹閹醃奄掩魘儼厭簷炎閻
嚴鹽嫌魘焰燄豔驗髯冉苒染

【咸開三】am 單禪蟬嬋諂閃陝贍詹瞻霑沾占佔

25. 廣州話韻母 in（165 字）

　　廣州話的 in 韻母來自山攝開口三四等，一般對應為客家話的 ien 韻，但在知章組聲母（普通話捲舌聲母）時唸 an 韻，沒有例外。

【山開三四】ien 砭邊鞭編蝙匾貶扁辮變扁便駢片騙卞辨辯便弁偏篇翩遍眠棉
綿緬免勉冕靦娩面麵顛巔癲滇典碘甸墊澱奠殿電靛佃年撚攆輦碾鏈連漣蓮憐
鏈煉練鍊氈湔煎箋韆濺剪踺建荐箭餞踐輾千仟阡遷韆牽騫錢前乾虔淺遣譴倩
天佃田填闐腆掀仙先鮮腺線羨肩堅件健鍵賤見湮菸胭煙嫣焉咽燕延妍言筵研
偃演衍兗齞堰嚥宴彥唁硯現諺絃舷賢涎弦顯蘚憲獻

【山開三】en 纏闡顫然燃羶煽扇禪鱔單善擅膳繕輾展戰

26. 廣州話韻母 ing（239 字）

　　廣州話的 ing 韻母來源於曾攝開口三等、梗開攝口三四等和梗攝合口三四等，wing 來自梗攝合口三四等。這些字大部分對應為客家話的 in 韻，但也有相當部分來自梗攝的字，唸 iang 和 ang 韻。但有不少字在不同情況下有文白異讀（請見第三章文白異讀部分）。也有部分來自曾攝的字唸 en。此外，來自梗攝合口的字唸 iun（零聲母）或 iung（只有一個「兄」字），非常接近普通話的發音。「擎」白讀 ia 是例外。

　　以下有底線的字有文白異讀，即在讀書和口語的不同場合下，意思相同而發音不同，但也有因為是配詞不一樣而發音不同的情況。在廣州話發音相同的配詞，在客家話可能就不一樣。例如「平時、平常」的「平」客家話是 pīn，但「平地、平賣」是 piāng，而廣州話一律讀 ping[4]。

【曾梗開三四】in 乒檳兵并並秉屏併拼姘聘平瓶蘋萍評明鳴螟冥銘瞑茗酩命仃 酊汀頂鼎錠定庭廷亭停婷蜓霆艇梃凝檸佞靈羚伶苓玲聆鈴凌陵翎齡菱零綾令 菁旌精徵晶晴征怔蒸癥貞偵楨禎幀淨靖靜清蜻逞騁秤情星惺猩升昇省性稱程 呈懲澄成丞承誠乘勝繩聖盛剩正拯整政症證京荊矜驚景憬警竟境涇經兢莖逕 徑敬競勁痙鯨輕氫卿傾興慶磬罄英瑛嬰鷹嚶纓鷹鸚櫻應盈楹營蠅瀛螢螢刑邢 形型馨認榮穎扔仍 // en 冰皿丁叮挺凝寧獰嚀濘擰省
【梗開三四】iang 餅丙炳屏柄摒病名命精淨靈零映領嶺平坪井阱晴青請擎腥 姓醒驚荊鏡迎輕影贏營縈 ang 盯釘頂訂埕聽庭另星成城聲盛程正徑
【梗攝合口】iung 兄 iun 永泳詠瓊 ia 擎 en 頃迥炯

27. 廣州話韻母 ip（35字）

　　廣州話的 ip 韻母來自咸攝開口三四等入聲。除了有兩個字唸 ap 以外，客家話全部唸 iap 韻。

【咸開三四】iap 疊碟牒蝶諜喋獵捏囁鑷聶躡妾怯愜帖貼涉攝輒澀接劫魘脅協 挾歉醃頁業葉
【山開四】iap 楔 ap 摺褶

28. 廣州話韻母 it（68字）

　　廣州話的 it 韻母來自山攝開口三四等入聲，一般對應為客家話的 iet 韻，但在知章組聲母字（普通話唸捲舌）唸 et 韻。例外字有五個。

【山開三四】iet 龘別瞥撇滅蔑篾跌迭鐵孽列捩冽烈裂節泄挈鍥竊褻屑睫櫛截切 瞥孽薛 / 杰桀傑孑揭結黠拮頡訐羯竭頡詰噎謁歇蠍 et 折哲蜇浙徹澈屮掣撤 舌設轍 // it 必秩 ot 遏 iap 輒捷

29.　廣州話韻母 ik（123 字）

廣州話的 ik, wik 主要來源於曾攝開口三等入聲和梗攝開口三四等入聲。

這些字很大部分對應為客家話的 it 韻，但也有相當部分來自梗攝的字唸 iak 和 ak 韻。更有幾個字在不同情況下有文白異讀，所以不容易掌握。「色、域」等唸 et 是例外。

【曾梗開三四】it 逼迫碧壁愎辟霹僻癖闢嫡滴鏑嘀的剔逖惕狄迪荻滌敵慝礫力歷靂嘖匿溺跡 [1] 績稷即鯽積織職席矽寂瘠籍直值植殖藉感戚斥叱彳飭唧識殷食蝕適螫嗇穡式拭軾飾息熄熄昔惜析 [2] 悉淅晰蜥蟋釋夕汐射棘激擊亟戟隙極抑益憶臆易弋亦奕弈疫翌蜴翼繹譯驛役掖液腋 // et 汩域覓糸 i 億
【梗開三四】iak 壁逆 ak 瀝曆析 [2] et 色

[1]　「跡」表示「痕跡」的意義時唸 iak，作為抽象意義如「跡象」時唸 it。

[2]　「析」表示「碎片」的時候唸 ak，其他情況唸 it。

30.　廣州話韻母 o（135 字）

廣州話的 o 韻來源於果攝開口一等、合口一等和遇攝合口三等莊組，wo 來自果攝合口一等。對應的主要規律是雙脣音對應為 o，y 聲母對應為 io。

【果攝】o 波玻菠跛簸播坡頗鄱婆叵破摸摩魔蘑麼磨火伙夥貨多躲朵跺剁舵惰墮拖佗鴕陀沱跎馱馱妥橢唾挪娜糯懦囉螺羅騾玀蘿籮鑼邏裸咯左佐助阻俎詛坐座搓磋蹉挫銼錯莎唆娑梭蓑瑣鎖嗦哥歌個科蝌窠苛柯軻棵顆坷可課婀俄娥峨訛鵝哦蛾餓我臥呵河何荷賀渦鍋蝸倭渦萵窩過果裹禍戈禾和
【假合二】o 傻 // io 喲唷
【遇合三】o 初芻雛鋤楚礎梳疏蔬所

31.　廣州話韻母 oi（78 字）

廣州話的 oi 韻母來自蟹攝開口一等，大部分對應為客家話的 oi 韻，但也有些

字對應為 ai。例外有兩個字。

> 【蟹開一】oi 胎苔台跆颱抬枱才材裁財睞采彩[①] 菜呆待逮怠代岱玳袋黛殆萊來睞耒腮鰓塞賽宰載埃哀靄愛噯曖璦礙害開慨愾賅該改蓋鈣丐溉概外海頦亥氦ai 彩[①] 採綵蔡奈耐災哉栽再在唉皚藹鎧凱 // ui 內餒

> ① 「彩」在客家話表示運氣的時候唸 cǒi，如「好彩、彩數、六合彩」。表示顏色時候唸 cǎi，如「彩電、色彩」。

32. 廣州話韻母 on（29 字）

廣州話的韻母 on 來自山攝開口一等的牙喉音（見組），對應為客家話的 on 韻。例外只有兩個字。

> 【山開一】on 氨安鞍干杆肝竿乾桿看稈趕侃罕按案幹漢斡骭寒韓汗旱悍焊翰 // an 刊岸

33. 廣州話韻母 ou（230 字）

廣州話的 ou 韻有三個來源：效攝開口一等、遇攝合口一等和遇攝合口三等脣音。效攝對應為客家話韻母 au（普通話韻母是 ao），遇攝對應為客家話韻母 u（普通話韻母是 u）。例外只有三個字。

> 【效開一】au 保褓寶堡報抱暴泡袍毛髦帽瑁冒刀叨蹈島搗禱導倒到道悼盜稻滔韜掏濤陶啕逃桃淘萄討套惱瑙腦撈嘮牢癆勞佬老姥潦酪露遭糟早蚤棗藻澡噪燥躁灶造皂柞操曹嘈漕槽屮草糙搔繰騷嫂掃罩羔高篙糕膏咎犒槁稿告誥蒿嚆熬鰲翱螯鼇敖遨傲毫豪壕濠蠔號好皓浩媼襖奧懊澳 // o 噢做

> 【遇合一】u 哺甫補捕堡布佈怖步部簿埠埔鋪脯匍葡蒲菩圃普溥譜浦巫誣毋無蕪嫵侮武舞鵡騖戊務模摹摸母拇姆募墓慕暮都嘟堵睹賭妒蠹度杜渡鍍徒荼途屠塗圖土兔吐肚奴駑弩怒嚕盧蘆爐顱鱸廬臚鹵虜魯擄櫓賂路露鷺租祖組粗醋措數嗉甦酥穌蘇塑素訴溯 // i 鬚

34. 廣州話韻母 ong（185 字）

　　廣州話的 ong 韻母來源於宕攝開口和合口的一等和三等以及江攝開口二等，wong 來自宕攝合口一三等牙喉音。來源雖然複雜，但幾乎全部對應為客家話的 ong。

【宕江】ong 邦梆幫綁膀榜謗磅鎊傍蚌垊忙芒茫亡惘莽蟒罔忘妄望滂膀彷旁徬螃龐方芳坊肪妨防房仿倣紡舫訪彷放肓荒慌恍幌謊晃況噹襠鐺當黨擋檔盪蕩湯燙鏜搪醣瞠唐堂棠塘膛糖螳帑淌躺倘趟囊狼廊榔瑯螂郎朗浪臧贓臟髒壯撞傖奘葬藏狀臟瘡倉滄蒼艙愴廠敞閶創床幢爽妝莊裝椿桑喪嗓岡缸肛剛綱崗江扛講降鋼槓港行杭航康糠慷昂仰① 炕伉抗吭烘巷項骯盎光胱獷廣皇凰隍徨惶遑黃煌璜篁蝗磺簧誑狂礦壙曠擴汪王枉往旺狂 // iong 網眶筐匡框腔 ang 乓

①　「仰」在廣州話唸 ngong⁵，是口語音，對應為客家話的口語音 ngóng，讀書音是 yöng⁵。

35. 廣州話韻母 ok（85 字）

　　廣州話的 ok 來自宕攝和江攝，wok 來自宕攝合口一等、梗攝合口二等（只有「獲、矱」兩個字）和曾攝合口一等。除了「國、幗、蟈、獲、矱」之外，全部對應為客家話的 ok。

【宕江】ok 剝雹薄剝博搏膊駁朴泊① 鉑舶箔粕噗撲莫膜寞漠縛幕度鐸踱托拓託諾落犖洛駱烙落酪絡錯霍朔索數塑魄濯昨作鶴鑿甂擱胳閣閣各涸鶴壑恪攫覺角榷確樂岳嶽鄂愕萼顎鱷殼學貉惡郭槨廓擴鑊 // et 獲矱

【曾合一】et 國幗蟈

①　廣州話「泊」字另外又有發音 pak¹，是英語譯音詞，客家話也一樣唸 păk。

36. 廣州話韻母 ot（6 字）

　　廣州話的韻母來自山攝開口一等的牙喉音入聲，毫無例外全部對應為客家話的 ot 韻。

【山開一】ot 割葛喝曷褐渴

37. 廣州話韻母 ö（1 字）

廣州話的 ö 韻母來自果攝開口三等，對應只有一個「靴」字，在客家話唸 io 韻。

38. 廣州話韻母 öi（164 字）

廣州話的 öi 韻母來源於蟹攝合口三四等、止攝合口三等和遇攝合口三等，來自蟹攝和止攝的齒音對應為客家話的 ui，但是有少數對應為 oi。來自遇攝的對應為客家話的 i，只有兩個字例外。

【蟹合三四、止合三】ui 兌對隊敦推蛻退腿褪頹媒鐳雷擂縲贏蕾磊儡壘淚累類戾唳佳追錐咀醉最贅墜罪翠炊崔催橇椎吹揣摧槌縋捶隨隋綏雖尿水陲垂錘誰髓碎悴綴悴粹萃瘁瑞彗崇遂隧燧穗蕊睿銳 oi 堆<u>對</u><u>蛻</u><u>推</u><u>罪</u>耒衰摔帥稅說歲睡啜脆
【遇合三】i 裏櫚驢閭呂侶旅屢履褸縷鋁慮濾女趨取齲聚娶胥須需緒絮嶼序敘車居拘駒鋸莒舉矩俱懼句倨據拒距巨炬遽颶懼苣俱具區嶇軀驅瞿劬渠衢去虛噓吁徐栩許煦裔 // u 除墅齟沮蛆狙疽

39. 廣州話韻母 ön（80 字）

廣州話的 ön 韻母來源有兩個，一個是臻攝合口三等，另一個是臻攝開口三等。前者對應為客家話的 un（普通話也唸 un 韻），後者只出現於齒音聲母後，唸 in 韻（普通話也唸 in 韻），例外有兩個字。由於廣州話把開口和合口字混在一起，所以無論學客家話或者普通話都有一定的困難。

【臻合三】un 屯肫皴蹲敦盹噸盾燉沌鈍頓囤掄綸侖倫崙淪輪論諄准準樽遵春蠢鶉循遁巡純醇淳脣筍瞬舜順詢荀徇旬殉浚濬峻俊竣駿巽遜馴 // on 卵溈吮 iun 閏潤
【臻開三】in 鄰遴燐磷轔鱗麟吝藺躙津臻秦榛盡儘晉進信迅訊

40.　廣州話韻母 öng（132 字）

　　廣州話的 öng 韻母絕大部分來自宕攝開口三等，只有極少數來自江攝。宕攝知章組聲母（普通話唸捲舌）一般對應為客家話的 ang，其他是 iang。但「窗、雙」唸 ung 是例外。

【宕開三】iang 両倆良梁涼粱樑糧量兩輛亮諒娘釀鏹漿將蔣槳獎醬搶嗆戕爿薔槍翔詳庠祥牆匠橡象像姜羌僵薑疆韁強香廂湘箱襄鑲鄉相享響餉想嚮向央決殃秧鴦鞅羊佯洋烊陽揚楊瘍颺煬氧癢仰 ① 養怏漾樣嚷壤讓 ang 章彰漳獐樟璋蟑張長掌漲幛帳脹障賬瘴仗丈杖倀昌娼猖倡悵唱暢腸長場商傷殤觴孀賞常嘗償嫦裳上尚晌

【江開二】ung 窗雙

---

①　「仰」的廣州話讀書音唸 yöng[5]。另外有口語音 ngong[5]，見 ong 韻。

41.　廣州話韻母 öt（19 字）

　　廣州話的 öt 來自臻攝合口三等，幾乎全對應為客家話的 ut，只有「栗」字例外。

【臻合三】ut 律率戌卹恤慄出齣黜絀怵卒捽率蟀述術朮 // i 栗

42.　廣州話韻母 ök（36 字）

　　廣州話的 ök 韻母來自宕攝開口三等入聲，在聲母是知章組（普通話唸捲舌）時對應為客家話的 ok 韻，其他聲母唸 iok 韻，只有少數唸 uk。

【宕開三】ok 綽剎灼斫酌着芍着爍鑠 iok 掠略虐瘧若弱腳爵噱嚼雀鵲卻削雀削藥鑰約日

【江開二】ok 戳卓桌棹 uk 啄琢

---

43. 廣州話韻母 u (wu) (89字)

廣州話的 u 韻母來自遇攝合口一三脣音和合口一等牙喉音，全部對應為客家話的 u。

> 【遇合一三】u 伕孵敷膚麩俘孚呼枯骷呱鈷夫乎府斧俯釜腑唬虎琥苦撫脯甫副富褲庫扶芙符婦咐賦父輔咕姑孤沽腐付附訃負赴傅駙仆 [1] 菰辜鴣賈古股牯罟鼓瞽蠱估詁僱雇固故顧烏嗚惡弧狐胡壺湖葫瑚糊蝴鬍瓠滬互户扈護芋

[1] 「仆」俗讀為 puk，見 uk 韻。

44. 廣州話韻母 ui (wui) (50字)

廣州話的 ui(wui) 韻母，來源只有蟹攝合口一等，主要跟雙脣聲母結合，對應為客家話的 ui，但有小部分對應為 oi，需要緊記。

> 【蟹合一】ui 坏杯盃貝狽輩悖蓓倍每魅妹昧陪培裴沛賄繪誨晦潰魁奎佩珮配徊會 [1] 儈膾檜 oi 背焙枚玫莓梅媒煤霉黴胚坯賠灰詼恢悔會 [1]

[1] 「會」在「開會、會面」等表示集合、見面的時候唸 ui，表示懂得、可能的時候唸 oi。

45. 廣州話韻母 un (55字)

廣州話的 un 韻母只配脣音聲母，共有兩個來源，一是山攝合口一等，對應為客家話的 an（跟普通話發音一樣），另外是臻攝合一等，對應為客家話的 un（普通話發音為 en）。wun 來自山攝合口一等，對應為客家話的 on。有兩個字例外。

> 【山合一】an 搬般半伴絆拌瞞滿番潘蹣蹦盤磐胖拚判叛畔弁款 on 歡寬官倌棺莞管館冠觀盥貫灌罐碗皖腕桓緩喚奐渙煥瘓 // ang 胖 ien 爰
>
> 【臻合一】un 本畚門們悶燜潠盆

46. 廣州話韻母 ung（198字）

廣州話的 ung 韻母來源於通攝合口一等和三等，非牙喉音對應為客家話的 ung，但牙喉音來自一等的對應為 ung，來自三等的大多數對應為 iung。在客家話唸 iung 的字中，除了廣州話的 y 聲母字比較容易辨認以外（只有「嗈、翁、甕」唸 ung），其他都要死記（普通話在 g 聲母沒有提示，但在 h 聲母字全對應為 xiong）。所以廣州話發音為 gung 的音節對應最麻煩。

【通合一三】ung 捧碰蒙檬濛朦矇懵夢蓬篷封峰烽楓蜂瘋鋒豐風逢馮縫俸諷奉鳳咚冬東鼕董懂凍棟胴洞動恫恫通同彤桐童僮銅潼瞳桶統筒痛慟隆龍嚨朧瓏矓籠聾隴壟攏弄濃儂農儂膿弄宗踵腫淙棕蹤鬃衷綜舂中忠終鍾鐘總種縱粽仲重頌訟誦充匆涌蔥聰沖衝眾從松叢蟲虫寵肉家塚憧從重淞嵩鬆崇悚慫聳宋送工公功攻蚣糞鞏槓汞貢烘哄紅洪鴻虹訌閧崆倥空孔控嗈翁甕

【通合三】iung 弓躬宮恭廾共拱供恐穹窮凶兇匈洶胸雄熊鱅① 熔戎絨容溶蓉榕融鎔茸宂邕雍壅臃擁庸傭慂甬俑湧踴勇蛹佣用

① 「熊、鱅」兩個字的發音是 hiūng，是客家話特別的發音，需要牢記。

47. 廣州話韻母 ut（18字）

廣州話的 ut, wut 來自山攝合口一等脣牙喉音入聲和臻攝合口一脣音入聲，對應為客家話的 at 韻，但「沒」字在客家話有三個發音。

【山臻合一】at 缽撥鈸脖渤勃抹沫秣沒① 末茉歿潑括闊活 // ut 荸沒①

① 「沒」在一般情況韻母是 at，「沒收」的「沒」讀 mut。另外表示潛水時廣州話讀 mei⁶，客家話讀 mì。

48. 廣州話韻母 uk（125字）

廣州話的 uk 韻母來源於通攝合口一等和三等。其中大部分字對應為客家話的 uk，但牙喉音和少數齒音三等字對應為 iuk（這些字在普通話唸 ü 韻母或者 r 聲母）。

【通合一三】uk 卜蹼僕樸瀑曝木目沐牧睦穆幅福蝠伏服袱輻馥覆腹複復仆①
督讀頓毒獨瀆櫝犢黷篤禿碌麓六綠陸鹿祿戮錄氯竹捉②粥妯軸竺築燭鐲濁
逐躅囑矚祝足族俗續束速矗觸促齪簇蹙鏃夙宿熟叔倏淑孰菽塾贖屬蜀粟肅
縮屋谷峪穀轂鵠哭酷 // ok 喔

【通合三】iuk 掬菊鞠局跼麴曲蓄畜旭勗郁煜毓玉育沃浴欲獄慾肉辱褥 // ok 捉②

① 「仆」的廣州話讀書音是 fu⁶，見 u 韻。

① 「仆」的廣州話讀書音是 fu^6，見 u 韻。

② 「捉」在「捉棋」的時候唸 ok，其他時候唸 uk。

49. 廣州話韻母 ü（114 字）

廣州話的 ü 韻母來自遇攝合口三等知組照組影喻日母字，分為兩組：廣州話 z,
c, s 聲母的 ü 韻字對應為客家話的 u 韻。廣州話 y 聲母的 ü 韻字對應為客家話話的 i
韻。但「魚、乳」是例外，而且讀音發音很特別，需要特別牢記。

【遇合三】u 廚櫥躇杵褚儲處抒書舒樞輸殊殳暑黍鼠薯署戍恕庶曙豎樹銖朱侏
茱株珠硃蛛誅諸豬主拄渚煮貯注蛀註駐鑄著佇苧柱住 i 煦酗迂瘀淤於于好余蠕
盂臾俞竽娛萸愉渝逾愚榆瑜虞漁餘覦歟輿隅庾予與嶼宇羽禹齬語雨嫗瘉喻寓
裕遇馭愈預豫諭禦譽御如儒嚅濡茹孺汝 // ng 魚 iui 乳

50. 廣州話韻母 ün（126 字）

廣州話的 ün 韻母，齒音來源於山攝合口三四等和臻攝合口一等，牙喉音來源
於山攝合口三四等。山攝三四等多數對應為客家話的 ien，知章組聲母字多數對應
為 on（這些字在普通話唸 uan），臻攝合口一等對應為 un（這些字在普通話唸 un）。
牙喉音幾乎全部唸 ien（這些字在普通話唸 üan），但例外有兩個字（日母字，普通話
唸 ruan）。

【山合三四】ien 聯戀孿鑾鸞孿攣全泉荃痊詮銓拳權娟涓鵑捐捲卷狷眷圈倦圈犬券勸喧萱宣玄漩縣旋選渲絢懸炫眩鴛冤淵鳶沅原袁圓源猿緣轅元園員援愿媛遠苑怨院願隕蜿完宛婉丸惋鉛縣沿弦 on 端短鍛段緞團斷暖亂專磚轉囀篆傳鑽纂巛川穿傳船舛喘釧串竄爨酸蒜算 // ion 阮軟

【臻合一】un 豚臀屯囤嫩孫蓀損飧尊蹲村忖寸吋存

51. 廣州話韻母 üt（36字）

　　廣州話的 üt 韻母，齒音有兩個來源，一是山攝合口三四等入聲，另外是臻攝合口三等入聲，牙喉音只來自山攝合口三四等。知章組聲母字絕大多數對應為客家話的 ot，而牙喉音對應為客家話的 iet。有兩個字例外。

【山合三四】iet 抉決訣厥獗蕨絕蹶孑缺闋血雪穴月悅粵越閱說血乙 ot 輟啜撮奪說脫茁拙絀綴黜劣

【臻合三】// ut 聿崒

52. 廣州話韻母 m（1字）

　　廣州話 m 是口語詞，一般寫作「唔」，本字應該是「毋」（微母）。客家話也是 m 韻。

53. 廣州話韻母 ng（13字）

　　廣州話的 ng 韻母來自遇攝合口一等疑母字，客家話在平聲和上聲也是 ng 韻，但在去聲是 u 韻，發音是 ngù。

【遇合一】ng 吳吾梧蜈午五伍嗯
　　　　　u 唔悟寤誤捂

附錄四

香港客家話同音字表

音調符號：① 陰平 ② 陽平 ③ 上聲 ④ 去聲 ⑤ 陰入 ⑥ 陽入

劃底線者表示口語音。

1. a 韻

a　　① 丫鴉阿啊呀 ③ 啞吨亞

ba　　① 巴芭疤笆爸叭趴 ③ 把靶 ④ 霸壩

pa　　① 葩扒~飯 ② 扒杷爬耙琶 ④ 吧罷怕帕

ma　　① 馬媽嗎瑪碼螞 ② 蟆麻痳嬤 ④ 罵

fa　　① 花 ② 華樺 ④ 化話~梅畫名詞

va　　① 娃蛙譁嘩窪哇 ② 嘩 ④ 話講~

da　　① 打┐~ ③ 打

ta　　① 她它牠他

la　　① 剌啦喇拿那 ② 拿娜 ④ 罅

za　　① 遮吒渣咱喳查姓氏 ③ 者赭 ④ 乍咋炸蚱榨詐蔗鷓

ca　　① 叉差~別車奢賒 ② 茶搽查 ③ 扯 ④ 岔詫

sa　　① 社卅沙砂紗裟莎鯊 ② 蛇 ③ 啥耍捨灑 ④ 舍射麝赦

ga　　① 加伽咖迦茄雪~袈嘉佳家傢瓜呱 ③ 賈姓氏假寡 ④ 架嫁稼價駕卦掛掛

ka　　① 卡~車夸誇垮跨 ③ 梏 ④ 踝

nga ① 吾 ﹦我的 ② 牙芽衙 ③ 瓦雅 ④ 訝

ha ① 下哈蛤蝦~米 ② 蝦遐瑕霞暇 ④ 下夏廈

2. ai 韻

ai ① 埃唉 ③ 藹矮 ④ 哎

bai ① 跛 ③ 擺 ④ 拜湃

pai ① 批 ② 俳牌排徘 ④ 敗憊派

mai ① 買 ② 埋霾 ③ 嚷 ④ 賣邁

fai ② 淮槐懷 ④ 壞

vai ① 歪

dai ① 低 ③ 歹底抵 ④ 帶戴

tai ① 銻娣弟 ② 啼蹄 ④ 大太汰替泰態貸舵逮剃

lai ① 拉奶氖㘰乃拉荔 ② 泥犁黎 ④ 奈耐癩賴瀨籟哪荔

zai ① 齋災哉栽 ③ 仔宰載一年半~ ④ 債再掣噬

cai ① 搓猜差郵~釵 ② 柴 ③ 踹踩採綵彩 ④ 在寨蔡

sai ① 獅 ② 豺 ③ 徙璽 ④ 曬

gai ① 雞繫乖皆偕階街楷~樹 ③ 拐柺解~釋蛙 ④ 介戒芥屆界疥尬誡怪解~元

kai ① 溪荷 ③ 揩概鎧剴凱楷~書 ④ 快筷塊儈膾檜

ngai ② 厓涯崖挨捱 ④ 哎唉隘艾刈

hai ① 谿 ② 鞋孩骸駭諧 ③ 蟹邂 ④ 械懈解姓氏

3. au 韻

au　① 拗 ③ 襖拗 ~斷 ④ 奧懊澳拗 =爭辯 凹樂 =喜歡

bau　① 包胞苞鮑 ③ 飽保堡褓寶 ④ 報爆豹

pau　① 泡 ~沫 抱拋 ② 刨咆庖鉋袍匏 ③ 跑 ④ 泡 ~菜 炮砲暴

mau　① 毛 ~辮 卯 ② 毛 ~巾 矛茅錨髦 ④ 貌冒帽瑁

dau　① 刀叨 ③ 島搗禱 ④ 倒到道 知~

tau　① 滔稻韜 ② 掏濤陶啕逃桃淘萄 ③ 討導 ④ 悼盜套蹈道 ~理

lau　① 惱摎撈 =混 ② 鐃撓撈 打~ 嘮牢癆勞 ③ 老佬潦 ~倒 姥璐腦 ④ 鬧

zau　① 燥嘲遭糟朝 今~ 釗昭招啁 ③ 早爪蚤棗藻澡沼找抓肘 ④ 灶罩櫂照詔

cau　① 抄鈔操超 ② 曹嘈漕槽巢潮朝 ~代 ③ 草吵炒 ④ 兆噪燥躁造皂祚糙召趙

sau　① 捎梢鞘搔騷燒 ② 繅韶 ③ 嫂稍少 多~ ④ 少 ~年 掃哨邵紹肇

gau　① 交羔糕高郊蛟膠鮫酵翱教 ~書 罦篙膏 ③ 校 學~ 餃狡皎絞搞犒槁稿攪 ④ 告教 ~堂 誥蒿嗥窖較覺 睡~ 校 ~對

kau　① 吼敲烤 ③ 巧考拷銬 ④ 靠

ngau　① 咬 ② 爻肴淆嗷熬鏖敖聱鰲 ④ 遨傲

hau　① 哮 ② 毫豪嚎壕濠蠔姣 ③ 好 ~壞 ④ 孝效號皓耗浩好 ~奇

4. am 韻

am　① 庵鵪 ④ 黯暗

fam　① 犯 ~錯 ② 凡帆 ④ 氾泛犯 ~人 范範豢

dam　① 耽躭擔承~ ③ 膽 ④ 石擔量詞

tam　① 貪淡 ② 覃罈痰潭談譚毯 ④ 淡氮啖澹探

lam　① 籃 ② 藍襤婪嵐籃男南喃楠 ③ 攬欖腩 ④ 覽纜濫艦

zam　① 占簪緘詹瞻霑沾 ③ 嶄斬 ④ 湛佔滲

cam　① 參攙 ② 慚蠶讒饞 ③ 慘 ④ 杉懺站

sam　① 三芟衫彡 ② 禪~宗蟬嬋 ③ 閃陝 ④ 贍

gam　① 甘坩柑疳監尷 ③ 敢減感橄 ④ 鑑贛

kam　① 堪戡 ③ 坎砍坎檻 ④ 勘瞰

ngam　① 喑頜名詞 ② 岩癌巖 ③ 頜動詞

ham　① 蚶 ② 含唅咸鹹銜函涵酣 ④ 喊陷餡撼憾

5. an 韻

an　　② 恁 ④ 咁

ban　① 般班斑頒搬 ③ 扳阪大~板版舨闆 ④ 半

pan　① 番~禺潘攀拚胖 ② 蹣盤磐爿弁 ④ 盼扮辦瓣伴絆拌胖判叛畔

man　① 晚滿 ② 蠻饅鰻瞞 ④ 慢漫幔曼蔓蔓萬

fan　① 翻番蕃 ② 還~魂梵樊繁煩藩礬 ③ 反返阪~田 ④ 販飯幻宦患

van　① 彎灣 ② 還~錢環 ③ 挽輓

dan　① 丹單簞 ④ 旦誕

tan ① 坍攤灘癱 ② 彈壇檀毯 ③ 坦袒 ④ 但炭蛋憚碳歎

lan ① 懶 ② 闌攔瀾蘭欄難_{困~} ③ 赧 ④ 爛難_{災~}

zan ③ 盞 ④ 贊讚撰

can ① 綻 ② 殘屛潺 ③ 剗鏟 ④ 賺燦棧綻

san ① 山舢刪姍柵珊跚栓拴閂 ③ 產散_{藥~} ④ 散_{~播}傘篡涮潸汕疝訕

gan ① 間奸姦菅艱關鰥綸 ③ 揀柬簡繭鹼 ④ 澗諫慣

kan ① 刊 ③ 侃款 ④ 摜

ngan ① 晏 ② 顏研頑 ③ 眼 ④ 晏雁贋玩岸

han ① 慳 ② 還_{~有}閒嫻 ③ 蜆 ④ 限

6. ang 韻

ang ① 罌鶯

bang ① 㧈兵

pang ① 棒烹 ② 彭棚膨澎硼鵬 ④ 泛

mang ① 猛錳 ② 盲 ③ 蜢

vang ④ 橫

dang ① 盯釘汀 ③ 頂 ④ 訂

tang ① 聽_{~冷} ② 庭 ④ 埞聽_{~到}

lang ① 冷 ② 零 ④ 另

zang　① 爭箏掙睜 ④ <u>正</u>

cang　① <u>撐</u> ② <u>成程橙</u> ④ 鄭撐倀碏

sang　① 聲生牲甥<u>星</u> ② <u>成城</u> ④ 盛

gang　① <u>更耕庚羹</u> ③ 粳梗 ④ <u>脛逕</u>

ngang　④ 硬

hang　① 坑吭_{~聲} ② 行_{步~}

7. ap 韻

ap　⑤ 押狎壓鴨

dap　⑤ 搭瘩答 ⑥ 垯

tap　⑤ 塔塌榻蹋 ⑥ 踏

lap　⑤ 垃 ⑥ 蠟臘納鈉訥

zap　⑤ 匝砸摺褶

cap　⑤ 插 ⑥ 雜閘颯

sap　⑤ 圾霎眨 ⑥ 煠

gap　⑤ 夾莢頰鉀甲鴿胛蛤佮

kap　⑤ 瞌 ⑥ 磕

ngap　⑤ <u>級</u>

hap　⑤ 莢呷 ⑥ 合閤盒盍闔嗑溘匣峽俠

8. at 韻

at   ⑤ 關

bat   ⑤ 八缽撥

pat   ⑤ 潑 ⑥ 朳拔鈸跋<u>潑</u>

mat   ⑤ 抹襪沫秣 ⑥ <u>沒末</u>茉歿

fat   ⑤ 發法琺砝髮闊 ⑥ 活乏伐筏罰閥

vat   ⑤ 挖 ⑥ 滑猾斡

dat   ⑤ 撻躂粗韃

tat   ⑤ 撻 ~沙魚 ⑥ 達撻蛋~

lat   ⑤ 炳 ⑥ 辣剌

zat   ⑤ 札軋紮 ⑥ 拶

cat   ⑥ 擦獺察 ⑥ 蚻

sat   ⑤ 殺剎煞薩撒

gat   ⑤ 括戛黠

kat   ⑤ 卡~住 ⑥ 卡~片

ngat   ⑤ 嚙

hat   ⑥ 瞎轄黠劼核閡

9. ak 韻

ak   ⑤ 鈪

bak   ⑤ 百伯佰 ⑥ 啪~鈕

pak   ⑤ 泊~車拍~戲柏魄珀 ⑥ 白鉑帛啪

mak   ⑤ 乜脈擘 ⑥ 麥

vak   ⑤ 劃 ⑥ 畫動詞劃

tak   ⑥ 笛

lak   ⑤ 壢 ⑥ 肋曆瀝

zak   ⑤ 摘窄隻炙

cak   ⑤ 赤拆坼冊策尺呎 ⑥ 澤擇翟宅

sak   ⑤ 析 ⑥ 石碩

gak   ⑤ 革格隔膈骼

ngak   ⑤ 軛 ⑥ 厄扼呃

hak   ⑤ 客喀胳赫嚇 ⑥ 核=睪丸

10. ia 韻

bia   ① 啤~酒 ③ 瘤

pia   ① 啤~牌 ③ 披翼~~

dia   ① 爹 ③ 嗲

zia   ① 嗟 ③ 姐 ④ 借藉~口

cia　②斜 ③且 ④榭謝

sia　①些 ②斜邪 ③寫 ④卸瀉

gia　①其 ﹦他的 僵

kia　②擎 ④跒

ngia　①惹

ya　①也冶野 ②耶椰爺琊 ③野抴 ④夜

11.　iau 韻

biau　①鏢標鑣髟彪錶飆 ③表婊

piau　①鰾飄漂 ②剽嫖瓢 ③瞟 ④票驃炮

miau　②苗描瞄 ③秒渺藐 ④妙廟

diau　①刁叼鳥碉凋貂雕鵰彫 ③屌 ④弔吊釣

tiau　①佻挑 ②調~和跳迢條窕 ④調~動眺跳掉

liau　①撩 ②撩嘹療聊僚遼繚寥寮燎 ③了潦~草瞭 ④廖料

ziau　①礁椒焦蕉 ②僬 ③剿 ④醮

ciau　①鍫 ②憔樵瞧 ③愀 ④峭悄噍

siau　①鞘宵消逍硝銷霄蕭瀟簫 ③小 ④肖嘯笑俏

giau　①嬌驕 ③繳矯 ④叫

kiau　①蹺 ②喬僑橋 ③巧 ④轎橇撬竅翹

ngiau　②蟯饒 ③鳥嬈嫋 ④尿

hiau　① 僥嚻澆梟 ③ 曉 ④ 翹

yau　① 幺吆要_{~求}腰邀夭妖 ② 姚堯搖遙瑤窯謠 ③ 杳窈窅擾繞 ④ 鷂耀要_{需~}

12.　iam 韻

diam　③ 點 ④ 惦店站

tiam　① 添 ② 甜 ③ 恬忝舔 ④ 掂

liam　① 斂_{~錢} ② 帘廉奩濂簾鐮 ③ 斂_{=水乾} ④ 臉殮

ziam　① 尖殲 ③ 蘸

ciam　① 簽籤纖 ② 潛僭 ③ 詔 ④ 漸暹塹暫

giam　① 兼縑 ③ 撿檢 ④ 劍

kiam　① 槏謙 ② 鈐鉗箝黔縅 ④ 儉

ngiam　① 拈 ② 黏嚴髯 ③ 捻儼冉苒 ④ 念唸廿驗染

hiam　② 嫌 ③ 險 ④ 欠

yam　① 奄掩淹醃閹 ② 炎簷閻鹽 ③ 俺魘魘 ④ 厭焰燄豔

13.　iang 韻

biang　③ 餅丙炳 ④ 柄摒

piang　② 平坪 ④ 病

miang　① 蒙 ② 名 ④ 命

tiang　① 廳 ③ 艇

liang　① 領嶺 ② 靈 ④ 靚

ziang ① 精 ③ 井阱 ④ 淨~出來

ciang ① 青 ② 晴 ③ 請 ④ 淨

siang ① 腥 ③ 醒 ④ 姓

giang ① 驚荊 ③ 頸 ④ 鏡

kiang ① 輕 ② 擎荊

ngiang ② 迎

yang ① 縈 ② 贏營 ③ 映影

14. iap 韻

diap ⑤ 貼剪~

tiap ⑤ 貼~錢墊 ⑥ 帖喋牒碟蝶諜疊

liap ⑥ 獵

ziap ⑤ 輒接

ciap ⑤ 妾 ⑥ 捷

siap ⑤ 涉楔

giap ⑤ 洽澀劫

kiap ⑤ 怯愜恰歉 ⑥ 狹夾

ngiap ⑤ 凹捏聶囁攝囁躡 ⑥ 業

hiap ⑤ 挾 ⑥ 脅協

yap ⑤ 醃 ⑥ 頁葉靨

15.　iak 韻

biak　⑤壁

piak　⑤劈

tiak　⑤踢

liak　⑥朸

ziak　⑤跡脊

ciak　⑤刺 ⑥蓆

siak　⑤錫惜鵲

kiak　⑤劇 ⑥屐

ngiak　⑤額 ⑥逆

16.　e 韻

e　　④嘅

me　　① 姆咩羊～ ④咩

ve　　③歪

le　　①呢

ze　　①夭 ④製劑

ce　　②齊 ④泄

se　　① 舐柿 ③洗 ④婿細世事

ge　④ 嘅計

ke　④ 契

he　④ 係

17.　eu 韻

eu　① 歐甌鷗 ③ 嘔毆 ④ 漚熰

peu　③ 剖

meu　① 某畝 ② 牟眸謀 ④ 牡茂貿

feu　② 浮 ③ 否缶 ④ 阜埠復~還

deu　① 兜 ③ 斗抖陡蚪 ④ 鬥藪

teu　① 偷 ② 投頭骰 ③ 敨 ④ 透豆逗痘竇讀句~

leu　① 摟褸 ② 樓螻髏婁稠 ③ 縷簍 ④ 陋漏嘍

zeu　① 鄒 ③ 走 ④ 奏揍驟皺

ceu　④ 湊

seu　① 餿蒐颼 ③ 艘搜叟 ④ 嗽嗽瘦

geu　① 鈎勾溝 ③ 狗枸苟 ④ 垢夠媾詬遘構購

keu　③ 口 ④ 叩扣寇釦

ngeu　① 偶藕 ③ 吶

heu　① 厚 ② 侯喉猴 ③ 口 ④ 后後逅候

18. em 韻

em ① 揞 ③ 腌

dem ③ 扰 ④ 紞

tem ② 憛

lem ② 朕 ③ 稔 ④ 淰

zem ① 砧 ③ 怎揕

sem ① 蔘森 ② 岑

kem ② 𭅺 ③ 𭅺山 = 咳嗽

hem ① 喊

19. en 韻

en ① 恩

ben ① 崩蹦繃冰

pen ① 烹 ② 朋抨 ④ 憑

men ② 盟萌 ③ 憫黽閩閔敏茗皿 ④ 孟

fen ② 宏弘泓衡

den ① 丁叮登燈 ③ 等 ④ 凳磴凳

ten ② 膽藤騰疼 ③ 挺 ④ 瞪鄧蹬

len ① 拎 ② 能寧獰嚀濘擰 ④ 嫋蹬

zen ① 顫羶掙曾姓氏增憎 ③ 闡輾展 ④ 戰崢猙錚諍

cen ① 呻 ② 纏層贈曾~經

sen ① 僧 ③ 單省~份 ④ 扇煽禪~讓鱔善擅膳繕撍

gen ① 跟根~本肱轟 ③ 互耿迥炯 ④ 艮更~加

ken ① 鏗 ② 凝動詞 ③ 啃肯頃墾懇 ④ 凝=冰塊

hen ① 亨哼 ② 恆痕 ③ 肯很狠 ④ 杏恨幸倖悻

20. ep 韻

lep ⑤ 朒

zep ⑤ 撮一~鹽

sep ⑤ 澀=不滑

21. et 韻

et ⑤ 噎 ⑥ 噎

bet ⑤ 北迫

pet ⑥ 匐蔔

met ⑥ 默嘿驀墨陌覓糸汩

fet ⑥ 或惑

vet ⑤ 挖 ⑥ 域獲穫

det ⑤ 得德

tet　⑤忒 ⑥特

let　⑤笭 ⑥勒

zet　⑤則側仄折哲蜇浙軋

cet　⑤測惻屮徹澈掣撤轍 ⑥賊

set　⑤塞色設瑟 ⑥舌蝕（折）

get　⑤吃國幗蟈

ket　⑤克刻剋咳乞吃

het　⑤黑

22.　ien 韻

bien　①邊鞭編蝙辮 ③扁砭匾貶 ④變

pien　①偏篇翩 ②便~宜 ③片~糖 ④弁便方~騙片~面卞辨辯遍

mien　①免勉 ②棉綿眠 ③緬冕靦娩 ④面麵

dien　①顛巔癲 ③典碘

tien　①天 ②滇佃田填闐 ③腆 ④甸澱奠殿電靛

lien　②連漣蓮鰱憐聯戀孿鑾鸞攣攣 ③撚輦 ④鏈煉練鍊

zien　①氈湔煎箋 ③剪 ④墊濺荐箭餞

cien　①千仟阡遷韆 ②前錢全泉荃痊詮銓 ③淺 ④踐賤倩

sien　①先仙鮮新~喧萱宣 ②漩旋 ③鮮~有蘚選絢 ④羨渲腺線

gien ① 肩堅捐狷娟涓鵑 ③ 卷捲 ④ 見建絹眷

kien ① 牽騫圈圈拳權 ② 乾虔 ③ 犬遣譴 ④ 件健鍵腱倦芬勸

ngien ② 年言研妍原源沅 ③ 碾撚 ④ 彥諺唁愿願

hien ① 掀 ② 賢絃舷涎玄弦炫眩 ③ 顯 ④ 憲獻現

yen ① 湮菸胭煙嫣焉咽掀燕~京嘅鴛冤淵演鳶 ② 然燃延筵袁圓猿緣轅園員蜿完宛鉛沿丸元援媛懸爰 ③ 婉遠顯 ④ 燕~子苑怨院惋縣宴毽

23. iet 韻

biet ⑤ 鼈

piet ⑤ 撇瞥 ⑥ 別蹩

miet ⑥ 滅蔑篾

diet ⑤ 跌迭

tiet ⑤ 鐵 ⑥ 突

liet ⑥ 列捩洌烈裂

ziet ⑤ 節睫櫛

ciet ⑤ 切 ⑥ 截絕

siet ⑤ 泄褻竊屑燮薛雪

giet ⑤ 子揭結點潔拮頡訐羯竭頡詰抉決訣厥獗蕨

kiet ⑤ 挈鍥蹶了缺闋 ⑥ 杰桀傑蹶

ngiet ⑤ 迄訖紇鎳 ⑥ 孽月

hiet　⑤ 歇血 ⑥ 穴

yet　⑤ 乙謁 ⑥ 悅粵越閱

24. i 韻

bi　① 卑俾悲碑裨 ③ 匕比妣鄙彼髀 ④ 臂泌祕閉蔽轡陛敝幣弊斃庇痺賁臂

pi　① 批婢披呸被~褥丕 ② 裨脾鼙皮枇疲琵毗 ③ 否痞仳紕睥 ④ 屁鼻避譬媲備憊
被~動

mi　① 眯咪 ② 迷謎眉媚微薇糜麋靡羋 ③ 米 ④ 汃（沒）

di　① 蜘知 ③ 氐柢砥詆邸 ④ 帝蒂諦締

ti　② 堤提題 ③ 體 ④ 涕屜嚏第弟~子悌遞地

li　① 里浬俚理鯉裏澧禮蟻縷呂侶鋁櫚閭屢履蠡哩喱你您 ② 驢氂犛狸梨漓璃罹
籬驪離彌瀰釐宜尼妮旎 ③ 旅汝褸李娌爾邇 ④ 慮濾蠣棣隸例厲勵癘礪麗儷邐
吏利俐痢涖莉餌珥膩

zi　① 知支巵芝吱枝肢脂 ③ 只姊仔~細衹咫止旨址祉指紙趾黹 ④ 知~識祭際濟擠
漬幟質至志致制智痣置輊誌摯緻霽

ci　① 悽淒萋棲妻趨蚩笞嗤痴差稚~幼~園 ② 自~家臍匙弛馳踟遲墀池持匙徐 ③ 恥褫
齒侈始取娶 ④ 聚廁翅熾啻疵刺豸砌治飼衹雉痔稚試

si　① 西犀篩胥須鬚需尸屍詩施 ② 時 ③ 矢豕屎使天~ ④ 世勢細逝誓緒絮嶼序敘
柿嗜弒試峙恃市示是視氏死四肆泗駟豉峙耜嗣死四肆

gi　① 車几居拘駒犄嘰乩肌姬飢基箕機璣磯譏饑羈奇~數幾~平枝 ② 佢 ③ 己齮遽
妓杞紀 ④ 鋸莒舉矩俱懼句倨據覬寄記計既髻繼

ki　① 欺稽區嶇軀驅俱暨冀驥企畸拒距 ② 期騎崎奇其鰭祁岐歧祈耆淇棋琦琪祺

旗麒祇瞿劬渠衢 ③ 啟豈 ④ 颶懼具苣忌技巨炬

ngi ① 語 ② 你儀疑倪睨霓禹愚隅 ③ 女洱耳齬擬 ④ 二貳義議羿詣毅藝囈齧縊馭
禦御遇寓

hi ① 虛噓吁煦希稀僖熙嘻嬉熹禧羲曦犧兮 ② 奚蹊 ③ 栩許起喜 ④ 系汽氣棄器
憩戲繫去

yi ① 以衣伊依矣醫羽迂于於淤與 ② 而兒夷咦姨胰怡貽飴誼彝坯蛇委~迆盂臾移
妤竽如儒嚅濡茹孺蠕俞渝愉逾榆瑜虞余餘覦歟輿庾萸予嶼大~山 ③ 已倚綺漪椅
旖宇禹雨嫗瘀曳 ④ 裔億翳意懿噫頤肆異易容~酗喻瘉愈諭裕預豫譽籲

25. iu 韻

miu ④ 繆謬

diu ① 丟 ③ 赳

liu ① 溜柳 ② 流琉硫留榴瘤劉瀏 ③ 紐鈕 ④ 餾

ziu ① 州舟洲週周 ③ 酒帚 ④ 咒晝

ciu ① 啾揪秋鞦鰍抽 ② 囚泅仇姓氏售惆稠酬綢儔疇籌躊 ③ 丑醜 ④ 就嗅岫袖臭
獸宙紂胄肘

siu ① 修羞脩收 ② 仇 ③ 手守首狩擻 ④ 宿秀繡鏽受授漱壽

giu ① 鳩龜~茲 ③ 糾九久玖韭 ④ 灸究疚救咎樞

kiu ① 舅臼 ② 求虯球裘 ④ 舊

ngiu ② 牛 ③ 妞扭 ④ 扭

hiu ① 邱丘蚯休咻 ③ 朽

yiu　① 友有酉莠幽憂 ② 酋猶優悠郵尤猷魷由油柚鈾釉鼬游遊柔揉蹂鞣 ③ 牖誘黝 ④ 幼又右佑祐宥

26．im 韻

lim　② 林淋琳霖臨 ③ 凜懍

zim　① 斟針箴 ③ 枕 ④ 浸朕

cim　① 深侵 ② 沉尋 ③ 寢 ④ 鴆

sim　① 心沁 ② 忱 ③ 沈審嬸瀋 ④ 什甚滲

gim　① 今金矜 ③ 錦 ④ 禁

kim　① 欽噤襟 ② 琴噙禽擒 ④ 撳

ngim　② 妊飪壬荏 ④ 任賃

him　① 鑫

yim　① 音陰 ② 吟淫霪 ③ 飲 ④ 蔭

27．in 韻

bin　① 彬賓儐濱繽檳乒兵分 ＝給 ③ 稟秉 ④ 嬪臏殯鬢牝并並併

pin　② 貧頻蘋瀕顰屏平瓶萍評憑駢 ③ 品 ④ 拼姘聘

min　① 蚊 ② 民岷抿岷明鳴 ③ 螟冥銘瞑酩 ④ 命

vin　② 暈 ④ 搵

din　① 仃 ③ 酊頂鼎 ④ 汀

tin　① 汀 ② 庭廷亭停婷蜓霆 ③ 挺梃 ④ 錠定聽

lin ① 鱗 ② 鄰遴燐磷轔麟輪靈羚伶苓玲聆鈴翎齡凌陵菱綾零佞檸 ③ 卵 ④ 吝藺躪令

zin ① 津臻榛珍真甄菁旌精晶睛征怔蒸徵癥貞偵楨禎幀 ③ 振賑震鎮拯整 ④ 晉正政症證

cin ① 親清蜻稱 ② 秦陳塵逞騁情呈程懲澄 ③ 哂 ④ 盡儘陣襯疹診趁淨靖靜秤

sin ① 身申呻鋅莘辛新薪紳星惺猩升昇 ② 神辰晨臣娠成丞承誠乘繩 ③ 蜃慎省 ④ 信迅訊腎性盛勝聖剩乘馬車的單位

gin ① 巾斤筋根京荊驚 ③ 緊景憬警竟境 ④ 涇經兢莖逕徑敬競勁痙莖

kin ① 卿傾輕氫馨 ② 鯨 ④ 慶磬

ngin ② 人凝 ④ 認

hin ① 興~起馨 ② 刑邢形型 ③ 忻 ④ 興高~釁

yin ① 因姻茵殷慇氤尹殷英瑛嬰膺嚶纓鷹鸚櫻應~該 ② 寅夤仁仍盈楹營蠅瀛塋螢榮 ③ 引蚓癮穎 ④ 印孕應報~扔胤

28. ip 韻

lip ⑤ 笠粒 ⑥ 立

zip ⑤ 汁執

cip ⑤ 戢輯緝 ⑥ 入

sip ⑤ 濕 ⑥ 十什拾集習襲

gip ⑤ 急給

kip ⑤ 泣汲吸級岌 ⑥ 及

ngip ⑥ 入廿

hip ⑤ 翕

yip ⑤ 揖邑

29. it 韻

bit ⑤ 必筆畢弼逼迫碧璧潷愎

pit ⑤ 疋匹辟霹僻癖闢 ⑥ 蝠

mit ⑥ 蜜密

fit ⑤ 拂 ⑥ 拂

dit ⑤ 嫡鏑嘀的滴 ⑥ 滴

tit ⑤ 剔逖惕 ⑥ 狄迪荻滌敵特~務

lit ⑤ 慄礫溺 ⑥ 栗力歷靂

zit ⑤ 即唧鯽跡責嘖績稷瘠積織職只秩 ⑥ 唧

cit ⑤ 七漆膝慼戚斥叱彳飭 ⑥ 疾嫉姪擲躑席矽寂籍直值植殖藉狼~夕汐

sit ⑤ 息媳熄昔惜析悉淅晰蜥蟋失室蝨識骰螫嗇穡式拭軾飾釋適 ⑥ 實食蝕

git ⑤ 吉桔棘激擊亟戟橘

kit ⑥ 極

ngit ⑤ 日

hit ⑤ 隙

yit ⑤ 抑益憶臆噫 ⑥ 易交~弋亦奕弈疫軼射翌蜴翼繹譯驛役掖液腋

30. o 韻

o   ① 阿屙噢

bo   ① 波玻菠坡 ④ 播

po   ① 棵 ② 鄱婆 ③ 頗叵 ④ 破

mo   ① 摸摩 ② 魔蘑麼磨~擦 ③ ④ 磨石~

fo   ② 和~平 ③ 火伙夥 ④ 貨禍賀和~麵

vo   ① 渦鍋蝸倭萵窩 ② 和~尚禾

do   ① 多 ③ 朵躲跢

to   ① 拖 ② 舵佗陀沱跎駝鴕馱 ③ 妥橢唾 ④ 惰墮

lo   ① 攞 ② 囉螺羅騾玀蘿籮鑼邏挪娜 ③ 裸咯 ④ 糯懦磨

zo   ③ 左阻俎詛 ④ 佐做

co   ① 坐初鋤雛磋蹉 ② 鋤 ③ 楚礎 ④ 助座挫銼錯

so   ① 莎唆娑梭蓑嗦梳疏~通蔬 ② 傻 ③ 所瑣鎖 ④ 疏註~

go   ① 哥歌戈 ③ 果裹 ④ 個過

ko   ① 科蝌窠坷苛柯軻棵顆 ③ 可 ④ 課

ngo   ① 我 ② 鵝哦蛾婀俄娥峨訛 ④ 餓臥

ho   ① 呵 ② 河何荷

31. oi 韻

oi ① 埃哀 ③ 靄 ④ 愛噯曖璦

boi ④ 背簸

poi ① 胚坯 ② 賠 ④ 吥焙

moi ① 霉 ② 枚玫媒莓梅煤黴 ④ 妹

foi ① 灰詼恢

voi ① 煨猥 ④ 會～不～

doi ① 堆跢 ④ 碓對

toi ① 梯胎怠<u>推</u> ② 台苔跆抬枱颱 ③ 殆 ④ 待代岱玳袋黛<u>蛻</u>

loi ② 來萊 ③ 耒睞 ④ <u>賚</u>

zoi ① 胲 ④ 載嘬

coi ① <u>在</u> ② 才材裁財 ③ 彩<u>罪</u> ④ 采菜睬脆

soi ① 腮鰓衰 ③ 摔帥 ④ 塞賽說～服稅歲睡

goi ① 賅該 ③ 改 ④ 丐鈣溉蓋

koi ③ 慨愾

ngoi ② 呆 ④ 外礙

hoi ① 開 ② 頦 ③ 海 ④ 害亥氦

32. on 韻

on ① 安氨鞍 ④ 按案

fon ① 歡 ② 桓緩 ④ 奐喚渙煥瘓

von ② 渾 ③ 碗皖腕 ④ 換

don ① 端 ③ 短斷~血 ④ 鍛

ton ① 斷 ② 團 ④ 斷段緞

lon ① 暖 ③ 卵 ④ 亂

zon ① 專磚 ③ 轉~彎囀纂 ④ 轉__~篆鑽

con ① 吮巛川穿閂釧餐 ② 傳~承 ③ 舛吮喘湍竄 ④ 傳~記串爨

son ① 酸 ② 船 ④ 蒜算

gon ① 干杆肝竿乾桿官倌棺冠皇~觀~音 ③ 莞管館縮稈趕 ④ 幹榦貫盥冠~軍觀寺~灌罐

kon ① 寬 ④ 看

hon ① 旱 ② 鼾寒韓 ③ 罕 ④ 汗悍焊漢翰

33. ong 韻

ong ① 骯盎

bong ① 幫 ③ 綁榜榜傍~飯

pong ① 碰蚌 ② 滂膀彷旁傍徬膀螃龐 ④ 謗磅鎊

mong ① 芒 ② 忙茫亡 ③ 妄罔惘莽蟒 ④ 忘望

fong　① 方芳坊肪肓荒慌謊 ② 妨防房皇凰隍徨惶遑 ③ 恍幌晃仿傲紡舫訪彷 ④ 放

vong　① 汪往 ② 王黃煌璜篁蝗磺簧 ③ 枉 ④ 旺

dong　① 當~兵噹襠鐺 ③ 黨擋檔 ④ 襠當家~

tong　① 湯 ② 唐搪糖醣堂棠塘膛瞠鏜螳 ③ 倘帑淌躺 ④ 趟燙盪蕩

long　① 盪 ② 狼廊榔瑯螂郎囊 ④ 朗浪襠

zong　① 莊裝妝臧贓髒奘章彰漳獐樟璋蟑張椿 ③ 長~子幢掌 ④ 仗打~葬壯漲幛帳脹障賬瘴

cong　① 瘡倉滄蒼艙愴傖丈姑~昌娼猖倡 ② 床藏躲~腸長~短場倀 ③ 廠敞闖凵 ④ 丈~夫創狀臟撞杖唱暢藏西~仗爆~倡

song　① 上~樓梯桑商傷殤觴霜孀喪奔~ ② 常嘗償嫦裳 ③ 晌上~螺絲嗓爽賞 ④ 喪~失上樓~尚

gong　① 岡缸肛剛綱崗光胱江扛 ③ 廣講港 ④ 降鋼槓降

kong　① 康 ② 狂誆惶 ③ 慷 ④ 烘炕伉抗況礦壙曠擴獷

ngong　① 仰 ② 昂 ④ 戇

hong　① 糠 ② 行銀~杭航吭 ④ 亢項巷

34．ot 韻

ot　　⑤ 遏

bot　　⑤ 發

dot　　⑤ 綴輟

415

tot ⑤ 脫 ⑥ 奪

lot ⑤ 脫劣 ⑥ 捋

zot ⑤ 拙絀 ⑥ 啜

cot ⑤ 撮苗

sot ⑤ 刷說 ⑥ 啜

got ⑤ 割葛

hot ⑤ 喝曷褐渴

35. ok 韻

ok ⑤ 惡善～

bok ⑤ 剝駁博搏膊舶泊鉑粕

pok ⑤ 朴噗撲樸 ⑥ 雹箔薄

mok ⑤ 幕漠 ⑥ 莫膜寞

vok ⑤ 握喔渥齷 ⑥ 鑊

dok ⑤ 琢 ⑥ 剁

tok ⑤ 托拓託 ⑥ 度量～鐸踱

lok ⑤ 洛駱酪 ⑥ 落犖烙落絡樂快～諾

zok ⑤ 綽昨作斫酌灼捉卓桌棹着＝穿衣 ⑥ 鑿

cok ⑤ 戳錯 ⑥ 濯着～火

sok 　⑤ 朔索數塑爍鑠 ⑥ 勺芍

gok 　⑤ 角各胳閣擱郭槨覺_{感～}

kok 　⑤ 涸霍恪廓擴榷確

ngok 　⑥ 噩鄂愕萼顎鱷岳嶽樂_{音～}

hok 　⑤ 壑殼 ⑥ 鶴貉學

36. io 韻

kio 　② 茄_{番～}瘸

hio 　① 靴

yo 　① 喲唷

37. ioi 韻

kioi 　④ 劮

ngioi 　④ 艾

38. ion 韻

ngion 　① 阮軟

39. iong 韻

miong 　③ 網

liong 　① 両 ② 良梁涼粱樑量糧 ③ 兩倆輛 ④ 亮諒

ziong 　① 鏘漿將_{～來} ③ 獎槳蔣 ④ 將_{～帥}醬

ciong ① 槍 ② 薔戕爿 ③ 嗆搶 ④ 像＝相似

siong ① 廂湘箱襄鑲相～互 ② 庠祥翔詳牆 ③ 想 ④ 匠象橡像銅～相～片

giong ① 羌姜僵薑疆韁

kiong ① 腔匡框眶筐 ② 強～壯 ③ 強勉～

ngiong ① 仰 ② 娘 ④ 嚷壤讓釀

hiong ① 香鄉 ③ 享響餉 ④ 嚮向

yong ① 央泱殃秧鴦鞅氧養癢 ② 羊佯洋烊揚陽楊瘍颺煬 ③ 揚 ④ 怏漾樣

40. iok 韻

piok ⑥ 縛

liok ⑥ 掠略

ziok ⑤ 雀爵嚼

siok ⑤ 削

giok ⑤ 腳钁

kiok ⑤ 卻攫噱

ngiok ⑤ 虐瘧 ⑥ 弱若

hiok ⑤ 翹

yok ⑤ 約鑰 ⑥ 藥曰

41. u 韻

bu ① 俯婦莆_{地名}埔_{大~縣} ③ 斧補 ④ 布佈怖埔_{新界大~}

pu ① 鋪_{動詞}普簿 ② 扶符瓠菩匍葡浦莆蒲圃脯 ③ 甫哺溥譜 ④ 捕鋪_{店~步部}

mu ① 母拇姆_{保~} ② 誣毋謨模摹巫糢 ③ 舞 ④ 募墓慕暮

fu ① 脯孵敷膚麩户孚俘呼夫伕 ② 乎扶芙符狐弧壺胡湖葫瑚糊蝴鬍 ③ 唬虎琥苦府撫甫釜俯腑 ④ 互户付附咐褲滬扈護婦副腐訃富負賦父輔赴傅駙仆

vu ① 烏鳴侮武鵡 ② 無蕪嫵 ④ 惡_{厭~}芋鶩戊務霧

du ① 都嘟 ③ 肚堵睹賭 ④ 妒

tu ② 徒荼途屠塗圖 ③ 土 ④ 兔吐杜鍍渡度_{溫~}蠹

lu ① 鹵虜魯櫓嚕 ② 盧廬蘆爐臚顱鱸奴駑 ③ 擄努弩 ④ 賂路露鷺怒

zu ① 之朱侏茱株珠硃蛛誅諸豬租茲諮孜咨姿淄孳滋貲髭恣資緇輜疽沮狙蛆 ③ 主煮渚祖組子梓紫滓齟 ④ 拄注蛀註駐鑄著_{~作}

cu ① 佇苧柱褚儲貯粗雌 ② 除廚櫥祠辭躇慈磁瓷詞 ③ 暑鼠杵處_{~理}此 ④ 住署處_{好~}醋措自_{~私}次箸

su ① 厶私司思絲鶯斯廝撕嘶師獅酥穌甦蘇囌抒書舒樞輸 ② 殳薯殊銖 ③ 史使_{=用}駛黍 ④ 事士侍仕巳寺伺俟似兕祀賜俟姒塑素訴溯戍恕庶曙豎樹墅數

gu ① 咕姑沽鈷辜鴣呱孤菰 ③ 古估牯罟詁鼓股瞽蠱賈_{商~} ④ 雇固故僱顧

ku ① 枯骷 ③ 苦 ④ 庫

ngu ④ 晤悟誤捂娛寤

42. ui 韻

bui　① 杯盃<u>飛</u> ④ 貝狽沸輩悖

pui　② 肥陪培蓓裴 ④ 倍沛肺佩珮配

mui　① 美每鎂尾娓 ④ 昧痱味寐魅

fui　① 非飛啡妃扉霏菲蜚揮暉輝麾徽 ② 徊回茴 ③ <u>虫</u>毀燬匪翡斐 ④ 廢誨晦賄會開~慧費繪悔惠蕙匯

vui　① 威倭委 ② 口帷惟維遺圍違闈唯為行~ ③ 葦萎痿諉偉葦緯諱喂喟卉 ④ 未位胃渭<u>彙</u>衛謂畏慰餵穢尉為人~財死

dui　④ 兌對隊敦

tui　① 推 ② 頹 ③ 腿 ④ 退蛻褪

lui　① 餒 ② 嫘鐳雷擂縲羸蕾 ③ 磊儡壘 ④ 淚累類戾唳內

zui　① 追佳椎錐 ③ 咀 ④ 醉最綴詞~

cui　① 炊崔催橇吹摧 ② 槌縋捶隨隋 ③ 揣 ④ 贅墜罪翠

sui　① 綏雖 ② 陲垂錘誰 ③ 水髓惴 ④ 悴粹萃瘁碎瑞彗祟遂隧燧穗

gui　① 飯閨歸規龜鱖 ③ 軌鬼詭 ④ 季悸圭桂瑰貴簣

kui　① 盔窺虧 ② 葵揆葵逵睽攜魁奎畦 ③ 傀愧跪 ④ 匱餽櫃潰

ngui　② 危桅巍 ④ 偽魏

43. un 韻

bun　① <u>分</u>=分發奔賁 ③ 本 ④ 畚笨糞

pun　① 笨 ＝厚 ② 盆 ④ 噴

mun　① 蚊 ② 門們 ③ 吻 ④ 悶燜澏問

fun　① 分～別吩芬氛紛汾焚墳 ② 魂 ③ 粉憤奮忿 ④ 分三～之一份混

vun　① 氳慍蘊温瘟 ② 文魂琿餛渾玟紋雯聞 ③ 穩媼刎吻䌓 ④ 困

dun　① 敦盹噸燉 ③ 蔓 ④ 豚臀屯囤

tun　① 吞 ② 沌 ③ 盾 ④ 褪鈍頓

lun　② 侖倫崙淪掄綸輪 ③ 撚 ④ 嫩論

zun　① 肫尊樽諄遵 ③ 准準 ④ 圳峻俊浚竣駿皴濬

cun　① 伸村春鶉 ② 蹲 ③ 蠢 ④ 寸吋忖

sun　① 蓀孫飧詢荀殉 ② 存純徇旬淳脣醇馴循遁巡 ③ 損筍 ④ 瞬舜順巽遜

gun　③ 袞滾 ④ 棍

kun　① 坤昆崑 ③ 捆綑 ④ 睏

44.　ung 韻

bung　③ 捧

pung　② 蓬篷 ④ 碰

mung　② 蒙檬濛朦矇 ③ 懵 ④ 夢

fung　① 風封峰烽楓蜂瘋鋒豐 ② 逢馮縫紅洪鴻虹 ③ 哄俸 ④ 奉烘諷鳳鬨

vung　① 嗡翁 ③ 擁 ④ 甕蕹

dung ① 咚冬東鼕 ③ 董懂 ④ 凍楝

tung ① 恫恫通<u>動</u> ② 同桐銅筒彤童僮潼瞳 ③ 桶統 ④ 洞胴痛慟動

lung ① 聾籠燶 ② 隆窿龍嚨朧瓏矓噥農儂膿 ③ 隴壟攏 ④ 弄

zung ① 宗淙椶終鍾鐘蹤鬃舂中～國忠衷 ③ 踵腫總縱種～類 ④ 中～獎種～花眾綜縱粽

cung ① 囪憧窗充匆涌葱聰沖衝重～量 ② 從松崇叢蟲虫重～複 ③ 寵冢塚 ④ 仲重～要

sung ① 淞嵩鬆雙 ③ 悚慫聳 ④ 宋送頌訟誦

gung ① 工公功攻蚣龔 ③ 鞏汞 ④ 貢訌

kung ① 崆倥空 ③ 孔 ④ 控

45. ut 韻

but ⑤ 不荸 ⑥ <u>勃</u>

put ⑥ 脖渤勃

mut ⑤ <u>歿</u> ⑥ 沒

fut ⑤ 忽惚窟氟絀弗彿拂 ⑥ 佛<u>柪</u>

vut ⑤ <u>屈</u>鬱熨蔚 ⑥ 勿物

tut ⑥ 突凸

lut ⑥ 律慄聿

zut ⑤ 卒黜 ⑥ <u>捽</u>

cut ⑤ 猝出齣

sut　⑤ 摔率蟀率戌卹恤 ⑥ 怵恤述術朮

gut　⑤ 骨

kut　⑥ 倔掘崛

ngut　⑤ 兀

46.　uk 韻

buk　⑤ 卜仆

puk　⑤ 蹼僕 ⑥ 瀑曝伏

muk　⑤ 木目 ⑥ 目木~耳沐牧睦穆

fuk　⑤ 幅福蝠輻馥覆腹複 ⑥ 復~工伏服袱

vuk　⑤ 屋

duk　⑤ 督篤啄

tuk　⑤ 禿 ⑥ 讀~書頓毒獨瀆櫝犢牘

luk　⑤ 六硉祿麓 ⑥ 綠陸鹿戮錄氯

zuk　⑤ 竹祝足捉竺築粥燭鐲濁逐躅囑矚屬

cuk　⑤ 束刺速矗觸促齪蹙 ⑥ 族妯軸鏃簇

suk　⑤ 宿叔倐粟肅縮莤 ⑥ 俗孰熟塾贖屬蜀淑

guk　⑤ 谷峪穀轂鵠 ⑥ 焗

kuk　⑤ 哭 ⑥ 酷

47．iui 韻

yui　③乳 ④銳睿蕊

48．iun 韻

giun　①君軍龜筠鈞均 ③謹僅覲

kiun　①近 ②裙羣芹勤瓊 ③窘菌 ④郡

ngiun　①忍 ②垠銀齦 ④刃仞紉軔靭

hiun　①勛欣 ④燻醺薰訓

yun　①永 ②云紜耘雲匀 ③允泳詠隕 ④隕醖韻運熨閏潤隕

49．iung 韻

giung　①供弓躬宮恭 ③廾拱 ④<u>供</u>

kiung　②穹窮 ③恐 ④共

ngiung ②濃

hiung　①兄凶兇匈洶胸 ②雄鱅

yung　①邕雍壅 ②戎絨容溶蓉熔榕鎔茸熊融庸傭 ③宂涌甬俑愚湧踴勇蛹佣臃擁
④用

50．iut 韻

kiut　⑤屈

51. iuk 韻

giuk ⑤ 掬鞠鞠麴

kiuk ⑤ 曲菊畜麴 ⑥ 局跼

ngiuk ⑤ 肉 ⑥ 玉獄

hiuk ⑤ 蓄旭勗

yuk ⑤ 郁煜毓育沃浴 ⑥ 欲慾辱褥

52. m 韻

m ① 唔（毋）

53. ng 韻

ng ② 吳魚漁吾梧蜈 ③ 女子~午五伍嗯

54. n 韻

連讀的口語音，無字音。

附錄五

香港客家話韻母與中古音的對應

韻母 [字數]	a [162]	ai [153]	au [223]
主要中古來源	假攝 / 蟹攝二等	蟹開一二、蟹開三四	效開一二三
韻母 [字數]	am [122]	an [174]	ang [65]
主要中古來源	咸開一二三、咸合三	山開一二三、山合一	梗二、梗開三
韻母 [字數]	ap [55]	at [69]	ak [59]
主要中古來源	咸開一二	山開一二、臻合一	梗攝開口、江開二
韻母 [字數]	ia [35]	iau [146]	iak [15]
主要中古來源	假開三	效開三四	梗開三四
韻母 [字數]	iam [78]	iang [41]	iap [41]
主要中古來源	咸開三四	梗開三四	咸開三四
韻母 [字數]	en [110]	ep [3]	et [63]
主要中古來源	曾一、曾開三、梗開二三、山開三、臻開一	深開三	曾一、梗開二、山開三、曾合一三、臻開三
韻母 [字數]	i [540]	ien [219]	iet [73]
主要中古來源	遇合三、蟹開三四、止攝	山攝三四等	山攝三四等
韻母 [字數]	e [22]	eu [99]	em [18]
主要中古來源	蟹開三四	流開一	深開三
韻母 [字數]	im [56]	in [277]	ip [28]
主要中古來源	深開三	臻開三、曾梗三四	深開三
韻母 [字數]	it [146]	iu [139]	io [5]
主要中古來源	臻開三、曾梗三四	流開三	果攝三等
韻母 [字數]	o [139]	oi [99]	on [95]
主要中古來源	果一、遇合三	蟹一、蟹止合三	山一、山臻合三
韻母 [字數]	ong [238]	ot [23]	ok [98]
主要中古來源	宕一、江開二、宕開三	山合三四、山開一	宕一、江開二、宕開三、宕合三
韻母 [字數]	ioi [2]	ion [2]	iong [95]
主要中古來源	蟹開一	山合三	宕開三
韻母 [字數]	iok [21]	u [329]	ui [212]
主要中古來源	宕開三	遇合一三、止開三	蟹止合口

韻母 [字數] 主要中古來源	un [136] 臻合一三	ung [158] 通合一三	ut [52] 臻合一三
韻母 [字數] 主要中古來源	uk [101] 通合一三	iui [4] 止合三	iun [51] 臻三、梗合三
韻母 [字數] 主要中古來源	iung [51] 通合三	iut [1] 臻合三	iuk [26] 通合三
韻母 [字數] 主要中古來源	m [1] 遇合一	ng [11] 遇合一	

香港客家話韻母按照字數多寡的排序如下：

i [540]	u [329]	in [277]	ong [238]	au [223]	ien [219]
ui [212]	an [174]	a [162]	ung [158]	ai [153]	it [146]
iau [146]	o [139]	iu [139]	un [136]	am [122]	en [110]
uk [101]	oi [99]	eu [99]	ok [98]	on [95]	iong [95]
iam [78]	iet [73]	at [69]	ang [65]	et [63]	ak [59]
im [56]	ap [55]	ut [52]	iung [51]	iun [51]	iap [41]
iang [41]	ia [35]	ip [28]	iuk [26]	ot [23]	e [22]
iok [21]	em [18]	iak [15]	io [5]	iui [4]	ep [3]
ion [2]	ioi [2]	iut [1]	m [1]		

附錄六

中古音簡介

　　中古音是中國人在唐宋時期的語音概念。由於漢字不是拼音文字，發音隨時間和地域而異，所以我們在比較現代方言語音的時候，就會用中古音來作參照。

　　現在我們採用的中古音一般來源於宋代的語音概念。一個漢字讀音通常由聲母、介音、韻母和聲調組成。在唐代以前，中國就已經有大量的詩歌產生，而詩歌講求押韻，所以唐代就有很多人對韻母進行分析。早在公元 601 年，《切韻》就將韻母分為 192 個，到了 1008 年的《廣韻》，韻母稍為擴展為 206 個，而聲母也由唐代的 30 個擴展為 36 個。依據發音部位可將聲母分類如下：

重脣音：幫滂並明

輕脣音：非敷奉微

舌頭音：端透定泥

舌上音：知徹澄娘

齒頭音：精清從心邪

正齒音：照穿床審禪

牙　音：見溪羣疑

喉　音：影曉匣喻

半舌音：來

半齒音：日

　　聲調則有「平、上、去、入」四聲。

　　由於 206 韻的數量龐大，宋代的學者把韻母分為 16 個「攝」。這些「攝」的命名是各自其中一個韻目的名稱，包括「果、假、遇、蟹、止、效、流、咸、深、山、宕、江、曾、梗、通、臻」攝。每個攝根據 -u- 介音的存在與否，分為合口、開口。然後再根據介音的類別分為一二三四等。

　　以上的韻攝、開合、等列，加上聲母、韻名、聲調，共同構成了一個漢字的中古音。我們用六個漢字簡稱來形容它的語音組成，學術上稱謂它的音韻地位，也就是一個中國式的「中古拼音」。例如說，「一」的音韻地位是：

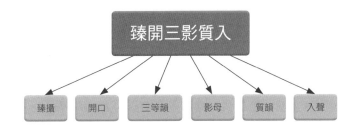

　　一般來說，不同音韻地位的字在中古時期是不同音的，但由於語音變化，在某些方言變成了同音，而在其他的方言則保持不同音。例如說，「一、醫」在中古是不同韻攝、不同聲調的字，在廣東、福建等大部分南方地區方言中也是不同音的，但在普通話已經同音。所以，中古音是研究方言的一個重要參照。本書在研究香港客家話的語音時，亦參照了中古音的描述。

<h1 style="text-align:center">附錄七</h1>

<h1 style="text-align:center">客家話通用拼音方案</h1>

1. 簡介

廣義的客家話有多種口音，而主流是惠陽、梅縣和台灣四縣客家話。惠陽腔是指珠江口一帶的客家話，尤其是以寶安（現在的深圳和香港）、東莞、惠陽、博羅、河源為主，以及從這些地方移民到粵西、廣西、馬來西亞、越南、大溪地、歐洲、中南美洲的人說的客家話。粗略估計操這些客家話的人口大概有一千萬人。在南美國家蘇里南，惠陽腔客家話更是當地的官方語言之一。梅縣腔是指以前的梅縣、平遠、蕉嶺等地，以及從這些地方遷去台灣、印尼、印度、非洲東部（包括毛里求斯）等地的人說的客家話，估計使用人口也有一千萬左右。台灣四縣在音系上非常接近梅縣口音，但也有一定的差別，使用人口估計有三百萬左右。

三種口音加起來的人口超過操客家話人口的一半以上，但目前我們仍然沒有一套可以用來拼寫不同客家話的拼音方案，主要是因為一方面客家話有口音差別，另一方面是操客家話的人口不集中。我們一般只用口語通話，卻沒有一套統一的拼音方案。

因此，筆者在比較過三地的發音特點以後，設計了一套可以兼容惠陽口音、梅縣口音與台灣四縣話的三地客家話的拼音方案，讓超過半數的客家人可以記錄自己的母語，用以表寫字母，學習、教授和傳承客家話，同時也可以用發展一套用客家話輸入中文的輸入法。有這一套通用音標，大體上就可以記錄大多數客家話，比起學習國際音標容易些，可供更多的客家人記錄自己的語言。

2. 語音描述

我們可以先以香港客家話、梅縣話和台灣四縣客家話為代表，比較三地的語音差異。由於第八章已對香港客家話與梅縣話進行詳細比較，這裏不再贅述，只比較前兩者和台灣客家話的差異，並且歸納出一套三地適用的拼音系統。

3. 聲母

如第八章所述，梅縣話聲母與香港客家話大致相同，只是多了三個聲母（見下表斜體）。而台灣四縣話的聲母跟梅縣話相同。

因此，在客家話的拼音中，我們只需要替梅縣和台灣四縣設計一套拼音符號，就可以包含了惠陽腔的聲母，如下表。

附表 7-1 香港、梅縣、台灣四縣三地客家話通用聲母

國際音標	p（巴）	pʰ（怕）	m（媽）	f（花）	v（娃）	
客語拼音	b	p	m	f	v	
國際音標	t（打）	tʰ（他）	n（拿）			l（啦）
客語拼音	d	t	n			l
國際音標	ts（渣）	tsʰ（叉）		s（沙）		
客語拼音	z	c		s		
國際音標	k（家）	kʰ（卡）	ŋ（牙）/ ȵ（惹）	h（哈）		
客語拼音	g	k	ng	h		
國際音標	kᵛ（瓜）	kʰᵛ（跨）			j（也）	ʔ（阿）
客語拼音	gv	kv			y	-

4. 韻母

香港客家話的韻母有 54 個，具體請參見本書第二章表 2-2。

而梅縣的韻母總共 60 個，具體請參見本書第八章表 8-2。

台灣四縣話的韻母跟梅縣差別不大，只是沒有 iau 韻，所有 iau 韻母合併到 εu，另外有跟香港客家話相同的 ŋ 韻。

結合三地的韻母，通用韻母的拼音如下表（轉頁）。

附表 7-2 香港、梅縣、台灣四縣三地客家話通用韻母

國際音標	a (沙)	ai (曬)	au (燒)	am (三)	an (山)	aŋ (牲)	ap (颯)	at (殺)	ak (石)
客語拼音	a	ai	au	am	an	ang	ap	at	ak
國際音標	ia (些)	iai (解)	iau (消)	iam (潛)	ian (堅)	iaŋ (醒)	iap (楔)	iat (決)	iak (錫)
客語拼音	ia	iai	iau	iam	ian	iang	iap	iat	iak
國際音標	i (西)		iu (修)	im (心)	in (新)		ip (習)	it (息)	
客語拼音	i		iu	im	in		ip	it	
國際音標	ɿ (思)			əm (深)	ən (身)		əp (濕)	ət (識)	
客語拼音	ji			jim	jin		jip	jit	
國際音標	u (書)	ui (雖)			un (順)	uŋ (宋)		ut (戌)	uk (叔)
客語拼音	u	ui			un	ung		ut	uk
國際音標					iun (訓)	iuŋ (雄)		iut (屈)	iuk (蓄)
客語拼音					iun	iung		iut	iuk
國際音標	ɛ (洗)		ɛu (餿)	ɛm (參)	ɛn (跟)		ɛp (澀)	ɛt (塞)	
客語拼音	e		eu	em	en		ep	et	
國際音標					iɛn (先)			iɛt (雪)	
客語拼音					ien			iet	
國際音標	ɔ (疏)	ɔi (哀)			ɔn (酸)	ɔŋ (桑)		ɔt (刷)	ɔk (索)
客語拼音	o	oi			on	ong		ot	ok
國際音標	iɔ (嗉)	iɔi (艾)			iɔn (軟)	iɔŋ (箱)		iɔt (*)	iɔk (削)
客語拼音	io	ioi			ion	iong		iot	iok
國際音標				m (唔)	n (你)	ŋ (吳)			
客語拼音				m	n	ng			

* 該音節有聲無字。

5. 聲調

　　三種腔調的客家話聲調都很一致，分為六個聲調，類別、調值和例字表列如下表（斜線後為連讀變調，上聲變調只在梅縣話發生）。

附表 7-3 香港、梅縣、台灣四縣三地客家話通用聲調

	陰平	陽平	上聲	去聲	陰入	陽入
調值	33[*]/35	11	31/33	53[*]/55	31	53
例字	參芬聲	蠶焚成	慘粉省	杉份盛	插忽析	雜佛石
標調符號	´	ˉ	ˇ	`	ˇ	`

* 陰平在三種腔調中會稍有差異，香港、台灣四縣多數唸13（台灣學者標為24），梅縣老派唸44。去聲在台灣客家話沒有變調現象，在任何情況均唸55。

　　客家話標調符號與漢語拼音相同，但由於陰平和陽平在客家話和普通話中剛好相反，所以把符號互換，陰入、陽入和上聲、去聲的調值接近或相同，均採用上聲、去聲的符號。

　　客家話標調方式與漢語拼音相同。但是有幾個字例外：

(1)　自成音節的否定詞「唔」只有一個字，m 不需要標調。

(2)　自成音節的後鼻音「魚、五」，音標是 ng，由於沒有元音，聲調符號標在 n 上面，寫成 ñg, ňg。

以下是例句：

(1)　近水樓台先得月，向陽花木早逢春（下面拼音中，斜線前為梅縣口音，斜線後為其他口音）。

打字拼音：kiun⁴ sui³ leu² toi² sien¹ det³ ngiat⁴/ngiet⁴, hiong⁴ yong² fa¹ muk³ zau³ fung² cun¹.

印刷拼音：kiùn sǔi lēu tōi sién dět ngiàt/ngièt, hiòng yōng fǎ mǔk zǎu fūng cún.

(2)　一二三四五六七八九十（下面拼音中，斜線前為梅縣口音，斜線後為惠陽口音）

打字拼音：yit³ ngi⁴ sam¹ si⁴ ng³ liuk³/luk³ cit³ bat³ giu³ sjip⁴/sip⁴

印刷拼音：yǐt ngì sám sì ňg liǔk/lǔk cǐt bǎt gǐu sjìp/sìp

6. 本方案特色

本方案的客家話聲母只有 21 個，放棄使用 j, q, r, x, w 作為聲母。聲母發音和漢語拼音相同，但 z, c, s 可以同時拼洪音和細音，拼細音的時候在粵東一些地區口音發音接近 j, q, x。ng 作聲母是漢語拼音所沒有的，發音為舌根鼻音（拼洪音）或舌面鼻音（拼細音），如「牙、齦」。

舌尖元音的 ɿ 和央元音 ə 用 ji 來表示，方便打字。

其他元音 a, i, u, ɛ, ɔ 拼寫為 a, i, u, e, o。

韻尾採用 p, t, k，放棄採用 b, d, g。

7. 本方案與台灣客家話拼音方案的比較

(1)　本方案聲母符號與台灣客家話相同。

(2)　韻母：本方案舌尖元音 ɿ 和央元音 ə 用 ji 來表示（香港客家話沒有這兩個發音），而台灣拼音用 ii 表示。韻尾採用 p, t, k，而台灣採用 b, d, g。

(3)　本方案聲調直接標註在元音符號上（與漢語拼音方式相同），但台灣會放在音節的後面。此外，兩者的標調符號有一定的差別：

	陰平	陽平	上聲	去聲	陰入	陽入
本方案	ˊ	–	ˇ	ˋ	ˇ	ˋ
台灣拼音	ˊ	–	ˋ	不標	ˋ	不標

以下是例句：

近水樓台先得月，向陽花木早逢春（以香港客家話發音）。

本方案：kiùn sǔi lēu tōi sién dět ngièt, hiòng yōng fǎ mǔk zǎu fūng cún.

台灣拼音：kiun sui` leū toī sien′ det` ngiet, hiong yonḡ fa′ muk` zau` funḡ cun′.

參考文獻

Constable, N. (1994a). *Christian soul and chinese spirits: A Hakka community in Hong Kong.* University of California Press.

Constable, N. (1994b). *The Village of humble worship: Religion and ethnicity in a Hakka protestant community in Hong Kong.* University of California.

Constable, N. (1996). *Hakka identity in China and abroad.* U. of Washington Press.

Daniel, W.C. So & C.F. Lau (2010). Rapid mass within-nationality language shift in Hong Kong 1949-1971, *Journal of Chinese Linguistics, 41*(1), 21-51.

Hashimoto, M. J. (1992). Hakka in Wellentheorie perspective. *Journal of Chinese Linguistics, 20* (2), 1-49.

Henne, H. (1964). Sathewkok Hakka phonology. *Norsk Tidskrift for Sprogvidenskap*, Volume *20*. (Offprint).

Lau Chun-Fat (2010). The western missionaries and their contributions to the study of the indigenous Hong Kong Hakka dialect. *Humanities International, 1*, 215-222.

Maciver, D. (1926). *A Chinese-English dictionary: Hakka dialect as spoken in Kwangtung province.* Presbyterian Mission Press.

Ng, P. Y. L. (1983). *New peace county, a Chinese gazetter of the Hong Kong region.* Hong Kong U. Press.

Parker, E. H. (1879). Syllabary of the Hakka dialect or language. *The China Review, 8*, 316-318.

Piton, C. (1879). Remarks on the syllabary of the Hakka dialect by Mr. E. H. Parker. *The China Review, 8*, 305-317.

Rey, C. (1926). *Dictionaire Chinois-Francais, dialecte Hac-ka: precede de quelques notions sur la syntaxe chinoise* (Chinese-French Dictionary, Hakka dialect) Reprint. Hong Kong: Societe des Missions-Estrangeres.

Sagart, L. (1977). *Phonologie du dilecte Hakka de Sung Him Tong* (Phonology of the Hakka Dialect of Sung Him Tong, in French), Ph. D. Thesis, University of Paris.

Sagart, L. (1982). Phonology of a Cantonese dialect of the New Territories: Kat Hing Wai. *Journal of the Hong Kong Branch of the Royal Asiatic Society, 22*, 142-160.

Sagart, L. (1988). On Gan-Hakka. *Tsing Hua Journal of Chinese Studies New Series, 18* (1), 141-160.

Sagart, L. (1998). On distinguishing Hakka and non-Hakka dialects. *Journal of Chinese Linguistics*, *26* (2), 281-301.

Schaank, S. H. (1897). *Het Loeh-Foeng Dialect* (陸豐方言). Boekhandel en Drukkerij E. J. Brill, Leiden.

Ting, J. S. and Szeto. N. Y. (1990). *Law Uk Folk Museum*, published by the Hong Kong Urban Council.

Van de Stadt, P. A. (1912). *Hakka-Woordenboek* (Hakka Dictionary, in Dutch), Bativia Landsdrukkerij.

寶安縣地方誌編纂委員會（1997）。《寶安縣誌》。廣東人民出版社。

曹逢甫、連金發（1996）。〈新竹市民語言能力及語言使用調查研究〉。《新竹地區語言分佈和語言互動的調查（台灣清華大學語言學研究所研究報告）》，1-30。

岑麒祥（1953）。〈從廣東方言中體察語言的交流和發展〉。《中國語文》，10，9-12。

陳曉錦（1993）。《東莞方言說略》。廣東人民出版社。

陳修（1993）。《梅縣客家方言研究》。暨南大學出版社。

陳支平（1998）。《客家源流新論──誰是客家人》。台原出版社。

陳忠敏（2003）。〈重論文白異讀與語音層次〉。《語言研究》，3，1-25。

鄧曉華（1998）。〈客家話與贛語及閩語的比較〉。《語文研究》，68，47-51。

董忠司（主編）（1996）。《台灣客家語概論講授資料彙編》。台灣語文學會。

房學嘉（1994）。《客家源流探奧》。廣東高等教育出版社。

甘甲才（2000）。《中山客家話研究》。暨南大學博士論文。

甘於恩（2010）。〈廣東省方言的分佈〉。《學術研究》，9，140-150。

古國順等（2005）。《台灣客語概論》。五南圖書出版股份有限公司。

何耿鏞（1981）。〈大埔客家話的性狀詞〉。《中國語文》，2，111-114。

何耿鏞（1993）。《客家方言語法研究》。廈門大學出版社。

何科根（1998）。〈廣東中山翠亨客家話方言島記略〉。《中國語文》，1，18-23。

胡希張等（1997）。《客家風華》。廣東人民出版社。

黃景湖（1987）。《漢語方言學》。廈門大學出版社。

黃南翔（1992）。《香港古今》。奔馬出版社。

黃淑娉（1999）。《廣東族羣與區域文化研究》。廣東高等教育出版社。

黃雪貞（1986）。〈成都市郊龍潭寺的客家話〉。《方言》，2，116-122。

黃雪貞（1987）。〈客家話的分佈與內部異同〉。《方言》，2，81-96。

黃雪貞（1988）。〈客家方言聲調的特點〉。《方言》，4，241-246。

黃雪貞（1992）。〈梅縣客家話的語音特點〉。《方言》，4，275-289。

黃雪貞（1994a）。〈客家話的名稱和一些常用字〉。《客家縱橫（增刊）（首屆客家方言學術研討會專集）》，25-27。

黃雪貞（1994b）。〈客家方言的詞彙和語法特點〉。《方言》，4，268-276。

黃雪貞（1995）。《梅縣方言詞典》。江蘇教育出版。

嘉應大學中文系（1995）。《客家話詞典》。廣東旅游出版社。

賴紹祥（1994）。〈客方言的重疊式構詞法〉。《客家研究輯刊》，2，79-85。

藍小玲（1998）。〈閩西客話語音系統〉。載於周日健（主編），《客家方言研究（第二屆客方言研討會論文集）》（頁 174-193）。暨南大學出版社。

藍小玲（1999）。《閩西客家方言》。廈門大學出版社。

李惠昌（1996）。〈五華話古次濁聲母字的聲調演變〉。《汕頭大學學報（人文科學版）》，12（6），83-94。

李榮（1989）。〈漢語方言的分區〉。《方言》，4，241-259。

李如龍（1994）。〈從客家方言的比較看客家的歷史〉。載於謝劍、鄭赤琰（主編），《國際客家學研討會論文集》（頁 117-134）。香港中文大學香港亞太研究所海外華人研究社。

李如龍、張雙慶（1992）。《客贛方言調查報告》。廈門大學出版社。

李如龍、張雙慶（1995）。〈客贛方言的入聲韻和入聲調〉。《吳語和閩語的比較研究》，75-99。

李新魁（1994）。《廣東的方言》。廣東人民出版社。

李玉（1986）。〈原始客家話的聲母系統〉。《語言研究》，1，114-148。

李作南（1981）。〈五華方言形容詞的幾種形態〉。《中國語文》，5，363-367。

廖虹雷（2013）。《深圳民間熟語》。深圳報業集團出版社。

林寶卿（1991）。〈閩西客語區語音的共同點和內部差異〉。《語言研究》，21，55-70。

林寶卿（1993）。〈閩西客語區詞彙、語法的的共同點和內部差異〉。《語言研究》，25，98-113。

林立芳、鄺永輝、莊初升（1995）。〈閩、粵、客共同的方言詞考略〉。《韶關大學學報（社會科學版）》，16（3），22-27。

林立芳（1994）。〈梅縣話的一種生動形容詞〉。《客家縱橫（增刊）（首屆客家方言學術研討會專集)》，136-138。

林立芳、莊初升（1995）。《南雄珠璣方言志》。暨南大學出版社。

凌華（1989）。〈話說香港的客家人〉。載於張衞東、王洪友（主編），《客家研究》第一集（頁151-154）。同濟大學出版社。

劉綸鑫（1994）。〈贛南客家話的語音特徵〉。載於謝劍、鄭赤琰（主編），《國際客家學研討會論文集》（頁 555-569）。香港中文大學香港亞太研究所海外華人研究社。

劉綸鑫（1996）。〈江西客家方言中的客籍話和本地話〉。《南昌大學學報》，27（24），97-103。

劉綸鑫（1999）。《客贛方言比較研究》。中國社會科學出版社。

劉綸鑫、萬方珍（1992）。〈客家正名〉。載於邱權政（主編）《中國客家民系研究》（頁 4-24）。中國工人出版社。

徐貴榮（2004）。〈台灣客語的文白異讀研究〉。《台灣語文研究》，2，125-154。

劉若雲（1991）。《惠州方言誌》。廣東科技出版社。

劉叔新（2008）。《東江上游土話羣研究：粵語惠河系探考》。中國社會出版社。

劉添珍（1992）。《常用客話字典》。台灣自立晚報出版。

劉鎮發（1997）。〈香港原居民的漢語方言〉。《方言》，2，133-137。

劉鎮發（1997）。《拼音客語字彙》。香港中文大學出版社。

劉鎮發（2001）。《歷史的誤會、誤會的歷史》。學術研究出版社。

劉鎮發（2003）。〈粵語和客語在文白異讀上的比較〉。載於鄧景濱（主編），《第六屆國際粵方言研討會論文集》（頁 171-179）。澳門中國語文學會。

劉鎮發（2004）。《香港原居民客家話：一個消失中的聲音》。香港中國語文學會。

劉鎮發、蘇詠昌（2005）。〈從方言雜處到廣府話為主 —— 1949-1971 年間香港社會語言轉型的初步探討〉。《中國社會語言學》，5，89-104。

劉鎮發（2007）。〈從方言比較看廣州話梗攝三四等韻文白異讀的由來〉。《方言》，3，311-318。

劉鎮發（2010）。〈從深圳大鵬話看粵語和客家話的接觸關係〉。載於甘於恩（主編）《南方語言學：慶祝詹伯慧教授八十華誕暨從教 58 周年專輯》（頁 42-45）。暨南大學方言研究中心。

盧紹浩（1995）。〈井崗山客家話音系〉。《方言》，2，121-127。

陸志韋（1956）。〈漢語的並立四字格〉。《語言研究》，1，45-82。

張惠英（譯）（1995）。《漢語概說》（原作者：羅杰瑞）。語文出版社。（原作出版年：1988）

羅美珍（1994）。〈談談客家方言的形成〉。《客家縱橫（增刊）（首屆客家方言學術研討會專集）》，28-33。

羅美珍（1990）。〈客家話概說〉。《客家學研究第二輯》，111-113。

羅美珍、鄧曉華（1995）。《客家方言》。福建教育出版社。

羅翽雲（1922）。《客方言》。國立中山大學國學院叢書。

羅香林（1992）。《客家史料彙編》。台灣南天書局。

羅香林（1992）。《客家研究導論》。台灣南天書局。

羅肇錦（1984）。《客語語法》。台灣學生書局。

羅肇錦（1990）。《台灣的客家話》。台原出版社。

橋本萬太郎（1972）。《客家話基礎辭彙》。東京外國語大學。

饒秉才（1994）。〈興寧客家話語音〉。《客家縱橫（增刊）（首屆客家方言學術研討會專集）》，61-73。

聖經公會（1993）。《客語聖經：新約摜詩篇 —— 現代台灣客語譯本》。台灣聖經公會。

聖書公會（1931）。《客語新舊約全書》。英國及海外聖經公會（British and Foreign Bible Society）。

王東（1994）。〈論客家民系之形成〉。載於謝劍、鄭赤琰（主編），《國際客家學研討會論文集》（頁 31-40）。香港中文大學香港亞太研究所海外華人研究社。

王福堂（1998）。〈關於客家話和贛方言的分合問題〉。《方言》，1，14-19。

王李英（1998）。《增城方言誌：第二分冊》。廣東人民出版社。

吳福文（1994）。〈客家稱謂之由來〉。載於謝劍、鄭赤琰（主編），《國際客家學研討會論文集》（頁 25-30）。香港中文大學香港亞太研究所海外華人研究社。

吳金夫（1995）。〈客家方言與民系形成的時間和地點〉。《汕頭大學學報：人文科學版》，83-89。

香港（前）教育署語文教育學院中文系編（1986初版 2000修訂）。《常用字字形表》。香港政府。

項夢冰（1997）。《連城客家話語法研究》。語文出版社。

項夢冰（2006）。〈客家話的界定及客贛方言的分合〉。《語言暨語言學》，7（2），297-338。

蕭國健（1991）。《香港新界家族發展》。顯朝書室。

蕭國健（1992）。《深圳地區之家族發展》。顯朝書室。

謝棟元（1994）。《客家話北方話對照詞典》。遼寧大學出版社。

謝永昌（1994）。《梅縣客家方言志》。暨南大學出版社。

谢留文（2008）。《客家方言語音研究》。中國社會科學出版社。

熊正輝（1987）。〈廣東方言的分區〉。《方言》，2，161-165。

徐貴榮（2004）。〈台灣客語的文白異讀研究〉。《台灣語文研究》，2，125-15。

徐通鏘（1996）。《歷史語言學》（第2版）。商務印書館。

徐運德等（1992）。《客話辭典》。台灣客家中原出版社。

嚴修鴻（1998）。〈客家話人稱代詞單數「領格」的語源〉。《語文研究》，66，50-56。

嚴修鴻（2006）。〈客家話及部分粵語 ang^5（再）字考釋〉。《語言研究》，4，51-52。

嚴修鴻（2006）。〈章組聲母在南方漢語方言中存古的層次〉。載於中國音韻學研究會、汕頭大學文學院（主編），《音韻論集》（頁207-221）。中華書局。

嚴修鴻（2008）。〈KW → P 音變與方言本字考證〉。《中國語文研究》，26，15-20。

嚴修鴻、曾俊敏、余頌輝（2016）。〈從方言比較看粵語「埋」的語源〉。《語言科學》，15（4），422-438。

楊煥典等（1985）。〈廣西的漢語方言〉。《方言》，3，181-190。

游汝杰（1992）。《漢語方言學導論》。上海教育出版社。

余伯禧（1994）。〈梅縣方言的文白異讀〉。《韶關大學學報》，1，21-26。

袁家驊等（1989）。《漢語方言概要》。文字改革出版社。

詹伯慧（1981）。《現代漢語方言》。湖北人民出版社。

詹伯慧（1990）。〈廣東境內三大方言的相互影響〉。《方言》，2，265-269。

詹伯慧（1991）。《漢語方言與方言調查》。湖北教育出版社。

詹伯慧（1992）。〈饒平上饒客家話語言特點說略〉。《中國語文研究》，10，153-158。

詹伯慧、張日昇（1988）。《珠江三角洲方言詞彙對照》。廣東人民出版社。

詹伯慧、張日昇（1990）。《珠江三角洲方言綜述》。廣東人民出版社。

張雙慶、莊初升（2003）。《香港新界方言》。商務印書館（香港）。

張衛東、劉麗川（1989）。〈論客家研究的幾個問題〉。《客家研究》，1，94-118。

張維耿（1982）。〈五華、梅縣話的「動 +e」和「形 +e」〉，《中國語文》，6，460-463。

張維耿（1995）。《客家話詞典》。廣東人民出版社。

張佑周（1994）。〈客家民系之形成及客家人界定論〉。載於謝劍、鄭赤琰（主編），《國際客家學研討會論文集》（頁 51-58）。香港中文大學香港亞太研究所海外華人研究社。

招紹瓚（譯）（1991）。《香港文物志》（原作者：白德）。香港市政局出版。（原作出版年：1988）

周柏勝、劉鎮發（1998）。〈香港客家話向粵語轉移的因素和趨勢〉。《方言》，3，225-232。

周日健（1990a）。〈從水源音看惠州音系的歸屬〉。載於詹伯慧（主編），《第二屆國際粵方言研討會論文集》（頁 204-211）。暨南大學出版社。

周日健（1990b）。《新豐方言志》。廣東高等教育出版社。

周日健（1994）。〈廣東省惠東客家方言的語綴〉。《方言》，2，143-146。

周日健（1994a）。〈水源話的連續變調〉。《客家研究輯刊》，2，86-103。

周日健（1994b）。〈新豐客家方言的語法特點〉。載於謝劍、鄭赤琰（主編），《國際客家學研討會論文集》（頁 509-522）。香港中文大學香港亞太研究所海外華人研究社。

周日健（1997）。〈廣東惠陽客家話音系〉。《方言》，3，232-237。

中國社會科學院語言研究所（1988）。《方言調查字表（修訂本）》。商務印書館。

中國社會科學院語言研究所、澳大利亞人文科學院（1989）。《中國語言地圖集》。香港朗文出版社。

莊初升、黃婷婷（2008）。〈一百多年前新界客家方言中帶「得」的可能式〉。《中國語言學集刊》，2，149-172。

莊初升、黃婷婷（2014）。《19 世紀香港新界的客家方言》。廣東人民出版社。

鄒嘉彥（1997）。〈「三言」、「兩語」說香港〉。《中國語言學報》，25，290-307。

鳴謝

本書之完成乃有賴於劉玉蓮小姐之全額資助，謹此致謝。